한국외국어대학교 일본연구소 총서 **7**

겐지 이야기의 전승과 작의

이 책에서 다루고 있는 내용은
주로 겐지 이야기의 원문 분석을 통해
작품의 미의식과 주제 화형들이
어떻게 전승되고 작의되어
왔는가에 대해 고찰한 것이다.

김종덕 저

제이앤씨
Publishing Company

【 머리말 】

이 논문집은 헤이안 시대 문학 중에서 『겐지 이야기源氏物語』의 미의식과 주제론, 연구사 관련 논문을 모아 정리한 것이다. 그간 일본 최고의 고전 『겐지 이야기』 연구를 위해 도쿄대학 문학부로 유학한 이래 최근까지 학회와 심포지엄 등에서 발표하거나 학술지에 게재한 논문의 별쇄본이 연구실 곳곳에 수북이 쌓여 있다. 그때그때 정리하여 출판하지 못하고 이렇게 늦어진 것을 굳이 변명하자면, 강의와 보직에 따른 잡무, 항상 밀려오는 원고 마감에 급급해 논문집을 묶을 시간적 여유가 없었다. 지난해 돌아가신 은사 스즈키 히데오鈴木日出男 교수님이 박사학위 논문을 출판하라며 출판사를 소개해 주신 지도 이미 오래 전의 일이다. 오로지 자신의 태만 이외에 변명의 여지가 없다.

그리고 좀 더 완벽하고 제대로 된 논문집을 출간해야겠다는 의무감에 지나치게 집착했던 이유도 있다. 그런데 작년에 회갑이 지나면서 이제는 더 이상 미룰 수 없다는 절박감을 느끼게 되었고, 현재의 나 자신에게 최선을 다해야 한다는 일기일회의 심정으로 돌아왔다. 그래서 오래 전에 쓴 원고들의 먼지를 털어내고 분류하여 작품을 리메이크를 한다는 심정으로 우선 정리한 것이 이 논문집이다. 당시에는 열심히 생각하며 썼던 원고들도 다시 읽어보니 다듬어야 할 부분도 많았고, 무엇보다 인용한 고전 원문을 최근에 출판된 「소학관신편전집」으로 바꾸는 작업은 많은 시간이 걸렸다.

이 책에서 다루고 있는 내용은 주로 『겐지 이야기』의 원문 분석을 통해 작품의 미의식과 주제, 화형들이 어떻게 전승되고 작의되어 왔는가에 대해 고찰한 것이다. 우선 제1부 헤이안 시대의 자연과 문화에서는 헤이안 시대 여성의 교양과 문학, 사계의 미의식을 살펴보고, 『겐지 이야기』에 나타난 계절감과 춘추우열에 대한 논쟁을 분석했다. 제2부 일월의 상징과 왕권에서는『겐지 이야기』의 원천으로서『다케토리 이야기』의 화형을 살펴보고, 신화전설 이래로 일월표현과 함께 전승되는 왕권담을 고찰했다. 제3부 꿈과 예언의 실현에서는 일본 고대문학에 나타난 예언이 모노가타리物語 속에서 어떻게 작의되어 있는가, 특히『겐지 이야기』에서 예언은 주인공 히카루겐지의 인생을 왜 선점하게 되는지를 규명했다. 또한 작자 무라사키시키부紫式部는 어떤 기억으로 허구의 모노가타리를 창출했는가를 규명해 보았다. 제4부 집안의 유지와 유언에서는 헤이안 시대 문학에 나타난 유언의 역할을 살펴보고, 특히 기리쓰보인의 유언은 겐지의 왕권달성에 어떤 기능을 하게 되는가를 고찰했다. 그리고『겐지 이야기』에서 히카루겐지는 왜 연고자들과의 사랑을 추구하고 이것이 장편의 주제가 되는가를 알아보았다.

제5부 이로고노미와 모노노케는 서로 상반되는 개념이지만 헤이안 시대 귀족들의 대표적인 사상으로서 분석해 보았다. 우선 이로고노미의 원천이 되는 상대의 풍류가 헤이안 시대까지 전승되는 과정을 살펴보고, 당시의 남녀교재에 있어서 엿보기가 어떤 역할을 했는가를 살펴보았다. 그리고 그로테스크한 모노노케의 행동과 웃음, 골계담의 인물과 계보를 분석했다. 제6부 유리와 재회의 논리에서는 우선 계모의 학대로 인한 계자의 유리, 그리고 귀한 신분의 주인공이 유리한 끝에 다시 원래의 자리로 돌아가 영화를 누리게 되는 귀종유리담을 고찰했다. 그리고 유리를 하면서 헤어졌던 등장인물들이 재회하는 이야기의 유형과 주제를 살펴보았다. 제7부 일상생활의 공간과 놀이문화에서는『겐지 이야기』에 그려지는 공간이 어떤 주제를 작의하게 되는가, 또 질병이 치유되는 논리가 주제를 전개하기 위한 방법이라는 것을 규명했다. 그리고 당시 사람들의 오락과 놀이 문화는 어떤 것이 있었고, 특히 모노가타리에서 바둑을 두는 행위가 단순한 오락이 아니라 인간관계를 맺는 대화로서의 역할을 한다는 것을 고찰해 보았다. 제8부 한국에서의 일본고전문학 연구와 번역에서는 헤이안 시대 문학의 연구와 전망,『겐지 이야기』연구와 과제, 그리고 번역의 문제점을

분석해 보았다.

이 책에서 인용한 작품의 원문이나 인명, 지명 등의 고유명사 표기는 다음과 같은 원칙으로 기술했다.

1) 원문은 기본적으로「新編日本古典文学全集」(小学館)을 인용하고, 기타「新日本古典文学大系」(岩波書店),「日本古典文学全集」(小学館) 과「新潮日本古典集成」(新潮社),「日本古典文学大系」(岩波書店),「日本思想大系」(岩波書店) 등을 참조하였다.

2) 일본어의 고유명사 표기는 교육과학기술부 한글 맞춤법의 외래어 표기법에 따른다.

3) 원문의 번역은 상기 주석서 등을 참고하여 필자가 시도한 것이다. 일본어의 인명과 지명, 작품명 등은 처음 나올 때 한글과 병기하고 이후 한글로 표기한다.

4) 지명 인명 등의 고유명사는 일본어 발음대로 읽어 표기하되, 관직명은 음독으로 읽었다. 또한 고유명사와 함께 쓰인 보통명사는 그대로 기술했다. (예: 도쿄東京,『다케토리 이야기竹取物語』, 좌대신左大臣,『도사 일기土佐日記』)

5) 시대나 천황의 재위, 인물의 생몰연대는 '헤이안 시대(794-1192)', '다이고醍醐(897-930)', '스가와라노 미치자네菅原道真(845-903)'와 같이 표기한다.

6) 저서는『 』, 논문명은「 」, 인용문은 ' '로 표기한다.

7) 기타 사항은 일반적인 저서, 논문 작성의 관례에 따른다.

일본고전문학의 연구를 시작한 이래 많은 교수님과 선배 동료들의 학은을 입었다. 특히 일본에서 학위과정을 하는 동안 미숙한 유학생을 처음으로 받아주신 아키야마 겐秋山虔 교수님과 석·박사 논문을 지도해 주신 스즈키 히데오 교수님께 감사드린다. 오랜 기간 동안 쓴 논문들이라 제목부터 완전히 새로 쓰거나 대폭 수정한 부분이 많았다. 그러나 아직도 유사한 주

제로 인하여 중복되는 원문 인용도 있고, 미진한 부분이 있을 것으로 생각지만 제현의 아낌없는 질정과 조언을 바란다. 마지막으로 항상 서둘러 부탁하는 출판을 쾌히 승낙해 주신 제이앤씨 출판사 윤석현 사장님과 편집부 여러분께 감사의 말씀을 드린다.

2014년 2월
이문동 연구실에서 金鍾德 識

【 목차 】

머리말 / 3

겐지 이야기의 전승과 작의

제1부
헤이안 시대의 자연과 문화

그림 겨루기(『豪華源氏絵の世界 源氏物語』, 学習研究社, 1988)

겐지 이야기의 전승과 작의

제1장

헤이안 시대 여성의 교양

1. 서론

헤이안平安 시대(794-1192)의 여류문학을 주도했던 작가들은 대체로 와카和歌[1]의 가인歌人이거나 궁중에서 커리어우먼으로 활약했던 뇨보女房[2]들이 많았다. 이 시대의 귀족 여성들은 습자와 음악, 와카 등을 교양으로 익혔고, 그림 겨루기絵合, 바둑囲碁, 향 겨루기香合, 조가비 겨루기貝合, 인형놀이雛遊び 등의 오락을 하며 여가를 즐겼다.

『마쿠라노소시枕草子』제21단 '세이료덴 동북 방향 구석의清涼殿の丑寅の隅の'에는 당시의 여성이 꼭 익혀야 할 교양 학문에 대해 다음과 같이 지적하고 있다.

"첫 번째로 습자를 배우세요. 다음으로는 칠현금을 다른 사람보다 더 능숙하게 연주하려고 노력하세요. 그리고 고킨슈 20권을 전부 암송하는 것을 학문으로 생각하세요."라고 말씀하셨다는 것을 (이치조) 천황이 들으시고,

---

1 　중국의 한시에 대해 일본 시가를 총칭하는 말이지만, 좁은 의미로는 5, 7, 5, 7, 7의 31문자로 읊는 정형의 단가.
2 　궁중이나 귀족의 저택에서 시중을 드는 여관. 조로上臈, 주로中臈, 게로下臈의 구별이 있다.

『一つには御手を習ひたまへ。次には琴の御琴を、人よりことに弾きまさらむとお
ぼせ。さては古今の歌二十巻をみな浮かべさせたまふを御学問にはせさせたま
へ』となむ聞えたまひけると、聞しめしおきてぐ[3]

상기 예문은 이치조一条(986-1011) 천황의 중궁 데이시定子가『고킨슈古
今集』를 읽다가 뇨보들에게 이야기하는 대목이다. 옛날 무라카미村上(946
-967) 천황의 센요덴뇨고宣耀殿女御가 후궁으로 입궐하기 전, 뇨고女御의 아
버지 후지와라 모로타다藤原師尹는 딸에게, 첫째 습자를 배우고, 둘째는 칠
현금을 다른 사람보다 잘 연주하고, 셋째는『고킨슈』20권을 전부 암송하
라고 했다는 것이다. 모로타다가 딸에게 익히게 한 이 세 가지는 당시 여성
이 익혀야 할 필수 학문이었을 뿐만 아니라 여성들과 교제하는 남성 귀족
관료들의 교양이기도 했다. 헤이안 시대의 뇨보들은 한문을 바탕으로 고
유의 언어를 자유롭게 표현할 수 있는 가나仮名 문자를 발명하여 와카, 일
기, 수필, 모노가타리物語(이야기) 등을 창작했던 것이다.

헤이안 시대 여성의 문화와 교양을 분석한 연구로는 玉上啄弥의『王朝
人のこころ』[4], 上村悦子의『王朝女流作家の研究』[5], 池田龜鑑의『平安時代の
文学と生活』[6], 清水好子 他의『源氏物語手鏡』[7], 山中裕의『平安朝物語の史
的研究』[8], 山中裕 他의『平安貴族の環境』[9], 山中博의『王朝貴族物語』[10], 服
藤早苗의『平安朝の女と男』[11] 등이 있다. 이와 같은 헤이안 시대 여성의 교
양과 문학에 대한 선행연구는 작가론, 작품론, 성립론, 주제론, 인물론 등
의 분석을 통해 달성되었다.

---

3 松尾聰 他校注,『枕草子』(「新編日本古典文学全集」 小学館, 1999) p.54. 이하『枕草
　子』의 인용은 「新編全集」의 페이지를 표기함.
4 玉上啄弥,『王朝人のこころ』講談社, 1975.
5 上村悦子,『王朝女流作家の研究』笠間書院, 1975.
6 池田龜鑑,『平安時代の文学と生活』至文堂, 1966.
　『平安朝の生活と文学』角川書店, 1981.
7 清水好子 他,『源氏物語手鏡』新潮社, 1983.
8 山中裕,『平安朝物語の史的研究』吉川弘文館, 1983.
9 山中裕 鈴木一雄 他,『平安貴族の環境』國文学解釋と鑑賞, 至文堂, 1991.
10 山口博,『王朝貴族物語』講談社, 1994.
11 服藤早苗,『平安朝の女と男』中央公論社, 1995.

본고에서는 이상과 같은 선행연구를 참고하면서 헤이안 시대의 여성들이 어떠한 문화적 배경 하에서 일생을 살았는가에 대해 고찰하고자 한다. 또한 헤이안 시대의 여류작가들이 습자, 음악, 와카 등의 교양을 바탕으로 형성한 여류문학의 전통과 구조를 분석하고자 한다. 특히 이러한 교양이 허구의 이야기物語 문학에서는 어떻게 인간관계를 움직이고 이야기의 주제를 전개하는 방법이 되는가를 규명하고자 한다.

2. 가나문자와 습자

헤이안 시대의 문헌에는 글씨나 필적을 '手', '御手'로 표현하고 있는데, 예를 들어『마쿠라노소시』의 제177단에는 '이것은 누구의 필적일까これは誰が手ぞ'라든가 '세상 사람의 필적世にある人の手' 등으로 기술하고 있다. 그리고 제152단「부러운 일うらやましげなるもの」에서는, 아이가 있는 사람은 모두 부럽지만 특히 '글씨를 잘 쓰거나手をよく書き' 와카를 잘 읊는 아이가 뭔가 일이 있을 때 먼저 선발된다고 기술했다. 또한 제250단에서도 '글씨도 잘 쓰는手もようかき' 풍류인이 세이쇼나곤清少納言을 비롯한 당시 여성들에게 부러움의 대상이었다는 것을 알 수 있다.

헤이안 시대의 습자手習い란 어린아이가 연습하는 글씨, 또는 성인 남녀가 고가古歌나 와카 등을 소일거리로 마음 가는대로 쓰는 것이라는 두 가지 의미가 있다. 원래 습자는 한문을 연습하는 것이었지만, 가나假名 문자 발명 후에는 주로 여성들이 붓으로 가나를 연면체로 쓰는 글씨 연습을 의미하게 되었다. 또한 혼자 쓴 古歌의 의미나 자작한 와카가 상대에게 알려지면서 자연히 등장인물의 심경이 전달되는 기법으로 사용되기도 했다. 後藤祥子는 성인남녀의 습자가 유아의 그것과는 달리 스스로도 감지하지 못했던 마음속 깊은 곳의 생각을 자연스럽게 이어가는 것[12]이라 지적했다. 즉 가나 문자로 쓴 습자는 미려한 서체가 글씨를 쓴 사람의 인격과 품위를 느끼게 하고, 마음가는대로 써내려간 와카에서는 쓴 사람의 심리가 담겨

---

12 後藤祥子,「手習いの歌」(『講座源氏物語の世界』第九集, 有斐閣, 1991) p.225

있어 주제 분석의 중요한 실마리가 된다고 할 수 있다.

『겐지 이야기源氏物語』에는 '습자手習い'의 용례가 25例나 등장한다. 먼저 若紫卷에서 히카루겐지光源氏는 기타야마北山에 요양을 갔다가 10살의 와카무라사키若紫를 보자, 조모인 비구니에게 아름다운 필적御手으로 와카무라사키의 후견을 맡겠다는 와카를 보낸다. 그러나 비구니는 와카무라사키가 아직 '나니와쓰難波津'의 노래도 제대로 잘 쓰지 못하는 어린애라고 하며 다음과 같이 거절한다.

> 일전에 지나가는 길에 말씀하신 건은 농담이라고 생각했습니다만, 지금 다시 편지를 받고는 뭐라고 답을 올려야 좋을지 모르겠습니다. 아직 나니와쓰조차도 만족스럽게 이어 쓰지 못하니 하릴없는 일입니다. 그렇기는 하지만, 모진 바람이 불면 져버릴 산봉우리의 벚꽃에 마음을 둔다는 것이 얼마나 허무한 일인가요
> 더더욱 걱정이 되어서.
> ゆくての御事は、なほざりにも思ひたまへなされしを、ふりはへさせたまへるに、
> 聞こえさむ方なくなむ。まだ<u>難波津</u>をだにはかばかしうつづけはべらざめれば、
> かひなくなむ。さても、
> 嵐吹く尾上の桜散らぬ間を心とめけるほどのはかなさ
> いとどうしろめたう。　　　　　　　　　　　　　　　　　(若紫①228-229)[13]

상기 답장에서 조모는 와카무라사키가 '難波津'의 노래조차도 아직 연면체로 제대로 잘 쓰지 못하기 때문에 겐지의 상대가 될 수 없다고 한다. 즉 '難波津'의 노래를 쓸 수 있느냐 없느냐로 성인의 기준으로 삼았다는 것을 알 수 있다. 그런데 이 '難波津'의 노래는 『고킨슈』仮名序에서, 오진應神 천황 조에 논어와 천자문을 일본에 전한 백제의 왕인王仁 박사가 지은 와카和歌라고 기술하고 있다. 와카의 내용은 다음과 같다.

13　阿部秋生 他校注, 『源氏物語』1 (「新編日本古典文学全集」, 小学館, 1994). 이하『源氏物語』의 본문 인용은 「新編全集」의 巻冊, 페이지를 표기함.

나니와쓰에 피는 매화꽃이여 지금이야말로 봄이라 아름답게 피는 매화꽃이여.
難波津に咲くや木の花冬こもり今は春べと咲くや木の花'[14]

여기서 나니와는 오사카大阪의 옛 이름이며, 매화꽃은 닌토쿠仁德(5세기 전반) 천황을 상징하고 있다. 이 와카는 왕인 박사가 닌토쿠 천황의 즉위를 축하하는 뜻으로 읊은 노래인데, 이후 궁녀인 우네메采女의 노래와 함께 '와카의 부모'라고 일컬어지게 되었다. 그리고 나라奈良 시대부터 습자를 배우는 기본이 되었다고 한다. 즉『겐지 이야기』의 인용은 습자로 '難波津'의 노래를 연면체로 쓸 수 있어야 한 사람의 여자로서 남자의 사랑을 받아들일 수 있다는 것을 지적한 표현으로 볼 수 있다. 이후 히카루겐지는 와카무라사키를 니조인二条院으로 맞이하여 스스로 스승이 되어 '습자, 그림 등을 이것저것手習、絵などさまざまに'(若紫①258)을 가르치며 자신의 이상적인 여성으로 양육한다.

夕霧巻에서 구모이노가리雲居雁는 이치조미야스도코로一条御息所가 남편 유기리夕霧에게 보낸 편지를 오치바노미야落葉宮가 보낸 것으로 오해하여 부부싸움을 하고 서로 다투게 된다. 이러한 와중에도 유기리의 아이들은 '책을 읽거나 습자를 연습하는 등 갖가지로 정말 정신이 없다文読み手習など、さまざまにいとあわたたし'(④430)고 하여, 책을 읽거나 습자를 하는 것이 일상인 상황이 전개된다. 그리고 헤이안 시대 후기의『요루노네자메夜の寝覚』권4에는 밤에 잠을 자지 못하는 온나이치노미야女一宮가 소녀시절처럼 '그림을 그리고, 인형놀이를 하고, 습자 등을 하며絵かき、雛遊びし、手習などして'[15], 잠을 이루지 못하는 밤의 무료함을 달랜다는 기술이 나온다. 이와 같이 헤이안 시대의 귀족 여성들은 어린 시절부터 무료할 때에 가나의 습자 연습을 중요한 교양으로 생각했다는 것을 알 수 있다.

한편 모노가타리物語에서 등장인물이 심심풀이나 울적한 기분을 습자로 쓴 와카가 다른 사람에게 발견되면 주인공의 심정이 노출되고 특별한 인간관계로 발전하는 중요한 계기가 된다.『겐지 이야기』空蝉巻에는, 겐지

---

14 小沢正夫 他校注,『古今和歌集』(「新編日本古典文学全集」小学館, 2006) p.20. 이하『古今和歌集』의 본문 인용은 「新編全集」의 歌番, 페이지를 표기함.
15 鈴木一雄 校注,『夜の寝覚』(「新編日本古典文学全集」小学館, 1999) p.380.

가 '휴지에 습자한 것처럼 쓰신畳紙に手習のやうに書きすさびたまふ'(①129) 와카를 부하인 고키미小君가 갖고 있다가 나중에 우쓰세미空蟬에게 전달한다. 이를 읽은 우쓰세미空蟬는 고키미의 어리석음을 책망하면서도 겐지의 와카 끝에 자신의 노래를 습자로 적어 넣는다.

末摘花卷에서 겐지는 스에쓰무하나末摘花가 보낸 어울리지 않는 선물과 편지를 받고, '이 편지를 펼친 채로, 끝자락에 습자하는 것처럼 와카를 쓰신 것을この文をひろげながら、端に手習すさびたまふを'(①300) 시녀인 묘부命婦가 엿보고 혼자 말처럼 답가를 읊는다. 葵卷에는 아오이노우에葵上가 죽은 후, 겐지가 아오이노우에의 침소에 들어가 '휘장 앞에 벼루 등이 흩어져 있고 습자하여 버린 종이를 주워御帳の前に御硯などうち散らして手習ひ棄てたまへるを取りて'(②64) 눈물을 훔치며 보시자, 젊은 뇨보女房들이 슬픈 가운데 미소를 짓는다는 것이다. 이는 겐지가 아오이노우에의 습자를 보고 유기리를 낳다가 로쿠조미야스도코로六条御息所의 모노노케物の怪로 인해 죽은 아오이노우에를 그리워한다는 대목이다.

須磨卷에는 겐지가 스마須磨에 퇴거하여 '무료한 가운데 여러 가지 색종이를 이어 붙여 습자를 하고つれづれなるままに、いろいろの紙を継ぎつつ手習をしたまひ'(②200), 그림을 그리는 장면이 나온다. 겐지가 스마에서 그린 그림과 습자는, 나중에 絵合卷의 그림 겨루기에서 사이구 뇨고斎宮女御가 고키덴 뇨고弘徽殿女御를 이기게 되는 먼 동인動因이 된다. 이로 인해 사이구 뇨고가 중궁이 되고, 겐지는 조정에서 정치적인 우위에 서게 된다. 이와 같이 『겐지 이야기』에서는 히카루겐지가 스마에 퇴거해 있는 동안 심심풀이로 쓴 습자와 그림이라 할지라도 모노가타리의 전개에 중요한 의미를 갖고 복선이 된다는 것을 확인할 수 있다.

初音卷에는 아카시노키미明石君가 딸에게서 온 편지를 받고 기뻐하는 마음을 습자로 기술한다는 장면이 나온다. 겐지源氏는 이를 보고, '습자를 쓴 종이들이 마구 흩어져 있어도, 소양이 보통이 아니고, 품위 있는 필적이다. 手習どもの乱れうちとけたるも、筋変り、ゆゑある書きざまなり'(③149-150)라고 하며 자신의 감상을 피력하고 있다. 이 대목은 아카시노키미가 아카시노히메기미明石姫君로부터 온 편지에 의도적으로 가나문자를 많이 섞어 습자를 써넣어 겐지의 눈에 띄게 한 것인데, 이를 보고 감동한 겐지는 초봄의 하룻밤을 아

카시노키미와 함께 지낸다. 즉 겐지는 아카시노키미의 습자를 보고 감동하여 관계가 더욱 친밀해 진다는 주제를 그리고 있다.

若菜上卷에는 온나산노미야女三宮를 만난 무라사키노우에紫上가 자신의 복잡한 심경을, '아무렇게나 쓰신 습자를 벼루 아래에 끼워두었는데, うちとけたりつる御手習を、硯の下にさし入れたまへれど'(④89), 이를 발견한 겐지는 자신의 와카를 그 옆에 써넣는다. 즉 무라사키노우에가 쓴 습자는 대화의 수법으로 사용되고 있으며, 무라사키노우에의 마음속에 담고 있는 감정이 그대로 겐지에게 전해진다. 즉 무라사키노우에는 현재의 자신을 가을의 계절로 비유하며, 겐지가 온나산노미야와의 결혼으로 자신에 대한 애정도 식어버렸다는 것을 읊고 있다. 이에 대해 겐지는 자신의 마음은 여전히 변함이 없다는 점을 강조하지만, 혼자 쓰는 습자이니 무라사키노우에에게 다시 전달되지 않는다. 즉 습자로 쓴 와카가 재차 증답이 되지 않는다는 것은 두 사람의 마음이 괴리되기 시작한다는 것으로 볼 수 있다. 이와 같이 헤이안 시대의 귀족들이 습자로 쓴 와카는 등장인물의 심층심리가 담겨 있고, 또 인간관계가 전개되는 작의가 된다고 볼 수 있다.

橋姫卷에는 하치노미야와 오이기미大君 부녀가 습자와 관련하여 다음과 같은 대화를 나눈다.

> 오이기미가 벼루를 끌어당겨 습자를 하듯이 글씨를 쓰자, (하치노미야가) "여기에다 쓰세요. 벼루 위에다 글씨를 쓰는 것이 아닙니다."라고 하며 종이를 주시자, 아가씨는 부끄러워하며 쓰신다.
> 姫君、御硯をやをらひき寄せて、手習のやうに書きまぜたまふを、「これに書きたまへ。硯には書きつけざなり」とて紙奉りたまへば、恥ぢらひて書きたまふ。 (⑤123)

하치노미야八の宮는 딸 오이기미가 금기사항인 벼루위에다 습자를 하는 것을 보고 종이를 준다. 이에 대해 중세의 주석서 『河海抄』에는 '벼루는 문수보살의 눈이다.硯は文殊の御眼也'[16]라고 하여, 벼루에 직접 글씨를 쓰는 것을

---

16 玉上琢弥 編, 『紫明抄 河海抄』角川書店, 1978. p.545. 이하 『河海抄』 인용은 페이지를 표기함.

금기시 했다는 것을 지적했다. 이어서 오이기미와 나카노키미中の君 자매
는 집안에서 일어났던 갖가지 불운을 한탄하는 와카를 읊는다. 그리고 하
치노미야는 악기의 반주에 맞추어 불경을 외우고, 오이기미에게는 비파,
나카노키미에게는 쟁의 연주법을 가르친다.

手習卷에는 우키후네浮舟와 관련한 습자手習의 용례가 5회나 등장한다.
『河海抄』에는 우키후네가 수심에 젖어 혼자 고민하며 습자를 하는 장면이
많다는 의미에서 '手習君'(p.593)라는 별명이 붙었다는 내력을 지적하고
있다. 手習卷에서 우키후네는 투신자살을 시도하지만 요카와橫川의 승도僧
都에게 구출되어 오노小野의 산장으로 옮겨진다. 우키후네는 僧都의 加持로
겨우 의식을 회복하고 자신의 신분을 감춘 채 출가를 염원한다. 그러나 僧
都의 동생 비구니妹尼는 우키후네를 죽은 딸의 사위였던 中将과 결혼시키
려 한다. 동생 비구니는 우키후네에게 관현의 연주를 권하지만, 우키후네
는 수심에 잠겨 '습자手習'(⑥302)로 읊은 와카에서 차라리 구조되지 않았
으면 좋았다고 하며 한탄한다. 9월이 되어 구출된 지 반년이 지난 후, 동생
비구니가 우키후네에게 하쓰세데라初瀬寺의 관음에 참배를 가자고 권유하
자, 우키후네는 '습자手習'(⑥324)로 쓴 와카에서 이렇게 의지할 바 없이 살
아가고 있으니 하쓰세의 '두 그루의 삼나무二本の杉'를 찾고 싶지 않다고 읊
는다. 여기서 '두 그루의 삼나무'는 연인이나 친구가 재회한다는 것을 의
미하기 때문에, 동생 비구니는 이 와카를 듣고 혹시 사랑하는 남자가 있었
냐며 농담 반으로 추궁하자, 우키후네는 가슴이 철렁해지고 얼굴이 붉어
진다. 이러한 상황의 전개도 결국 우키후네가 습자로 쓴 와카에 내면의 심
리가 담겨 있기 때문으로 볼 수 있다.

우키후네는 승도의 도움으로 출가를 한 후에도, '단지 벼루를 향해 습자
로 와카를 쓰는 연습을 유일한 낙으로 삼고 계신다.ただ硯に向ひて、思ひあまるを
りは、手習をのみたけきことにて書きつけたまふ'(⑥341)라고 할 정도로 습자에 골몰
해 있다. 이 때 동생 비구니妹尼의 사위 中将이 와카를 보내오지만, 정식의
답가가 아닌 습자로 노래를 읊는다. 즉 출가 후의 우키후네는 무료함을 달
래기 위해 습자를 하고, 자신의 심정이 담긴 습자가 中将에게 전해짐으로
써 의사전달의 기능을 하게 되는 대목이다. 그리고 새해가 되어도 우키후
네의 기분은 풀리지 않고 이전에 니오미야匂宮가 읊었던 와카를 생각하며,

'예의 마음을 위로하는 습자를 수행하는 여가에 쓰고 계신다.例の、慰めの手習
を、行ひの隙にはしたまふ'(⑥355)라고 되어 있다. 이러한 대목에서 우키후네는
불도 수행을 하면서도 습자에 열중하고 있다는 것을 알 수 있다.

즉 헤이안 시대의 습자는 모노가타리의 주인공이 무료할 때 휴지 등에
흔히 와카를 쓰는 경우가 많다. 습자는 단순한 글씨 쓰는 연습이 아니라 古
歌를 인용하거나 자신의 심경을 읊은 것이 상대에게 전해졌을 때에는 이
야기의 주제로 이어진다. 특히 우키후네는 투신자살을 시도하여 구출된
이후에 혼자 습자 연습을 하는 경우가 많은데, 우키후네의 습자가 동생 비
구니와 中将에게 전해지면서 새로운 인간관계로 발전된다는 것을 확인할
수 있다.

3. 관현의 합주

헤이안 시대에 음악이 여성의 필수교양이었다는 것은 모노가타리에 수
없이 등장하는 관현管絃의 음악이나 여성의 음악회女楽 등에서 엿볼 수 있
다. 특히 『우쓰호 이야기うつほ物語』는 본격적인 음악의 전승을 종축으로 구
상된 이야기인데, 칠현금의 연주와 비금秘琴의 전승을 둘러싸고 펼쳐지는
인간관계를 그리고 있다. 헤이안 시대의 악기는 주로 관악기와 현악기, 타
악기가 있었는데, 관악기로는 횡적橫笛, 고려적高麗笛, 생황笙篁, 피리篳篥, 퉁
소大篳篥 등이 있고, 현악기로는 비파琵琶(4현), 화금和琴(6현), 칠현금琴(7현),
쟁箏(13현), 타악기로는 큰 북, 작은 북, 정고鉦鼓[17] 등이 있었다. 헤이안 시
대의 음악 중에서, '악樂'은 궁중의 의례적인 행사 때에 전문 관료들이 연
주하는 당악, 고려악 등을 지칭했고, '놀이遊び'는 사적인 향연에서 연주하
는 관현의 합주였다.

『다케토리 이야기竹取物語』에는 가구야히메의 성인식을 축하하는 연회
에서 3일 동안 '노래를 부르고 관현의 놀이를 하고うちあげ遊ぶ'[18], 갖가지 음

---

17   山田孝雄, 『源氏物語の音楽』宝文館出版, 1978.
18   片桐洋一 校注, 『竹取物語』(『新編日本古典文学全集』 小学館, 1999) p.19.

악을 연주했다고 기술하고 있다. 또한『이세 이야기伊勢物語』65단에는 아리 와라在原가 매일 밤 유배지에서 상경하여 사랑하는 여자가 갇혀있는 창고 밖에서 피리를 분다는 이야기가 나온다. 즉 남녀가 서로 만나지 못하는 경 우 음악과 노래로 교감을 나누었다는 것을 알 수 있다.

『마쿠라노소시』73단에도 가모賀茂의 임시 축제 때, 귀족들이 '음악을 아름답게 연주하고, 피리를 연주하고をかしう遊び、笛吹き立てて'(p.130)라는 장 면에서 알 수 있듯이 음악은 의례에서 빠질 수 없는 기본적인 향연이었다. 다음은『마쿠라노소시』77단에서 비가 많이 내려 무료한 날, 이치조一条 (986-1011) 천황이 귀족들을 불러 관현의 음악회를 개최한다는 대목이다.

> 천황이 귀족들을 불러 모아 관현의 놀이를 했다. 미치카다 쇼나곤의 비파는 대단히 훌륭했다. 나리마사의 쟁, 유키요시의 피리, 쓰네후사 중장의 생황 등 이 훌륭한 합주를 했다. 한 곡이 끝나고 비파의 연주가 끝났을 무렵에,
> 殿上人、上の御局に召して、御遊びあり。道方の少納言、琵琶、いとめでた し。濟政、箏の琴、行義、笛、經房の中将、笙の笛など、おもしろし。ひとわ たり遊びて、琵琶ひきやみたるほどに、　　　　　　　　　　(pp.133-134)

이치조 천황이 궁중에서 비파, 쟁, 피리, 생황 등으로 구성된 전형적인 관현의 음악회를 개최한다. 연주자는 모두 남성 귀족관료들로 등장하는 악기의 조화는 천황의 치세가 태평성대임을 상징한다. 이와 같이 당시의 귀족들은 평상시 집안에 몇 가지의 악기를 보유하고 있었고 특정 악기를 연주할 수 있었다. 예를 들면『무라사키시키부 일기紫式部日記』에서 무라사 키시키부는 궁중에서 친정집에 돌아가 과거를 회상하며 '혼자 쟁을 연주 하고는ひとり琴をかき鳴しては'[19], 그은 방안에 방치해 둔 쟁, 화금, 비파 등을 꺼 내어 조율했다고 한다.

『겐지 이야기』末摘花巻에는 으스름 달 밤에, 겐지는 황족인 스에쓰무 하나가 칠현금琴을 연주하는 소리를 듣고 관심을 갖게 된다는 이야기가 나 온다. 明石巻에는 폭풍우를 피해 거처를 아카시明石로 옮긴 히카루겐지가

19　中野幸一 校注,『紫式部日記』(「新編日本古典文学全集」 小学館, 1994) p.202.

한동안 손에 대지 않았던 칠현금을 꺼내 「廣陵」이란 곡을 연주하자 주변의 모든 사람들이 감동하는데, 특히 아카시뉴도明石入道는 겐지를 극찬하고, 비파와 쟁을 가져오게 하여 비파법사의 흉내를 내며 함께 연주한다. 이어서 겐지가 '이 쟁이란 악기는 여인이 부드럽고 편안히 연주하는 것이 흥취가 있다これは、女のなつかしきさまにしどけなう弾きたるこそをかしけれ'(明石②241-242)라고 이야기한다. 이에 아카시뉴도는 자신도 쟁을 다이고醍醐(897-930) 천황 대부터 3대에 걸쳐 배운 솜씨인데, 지금은 딸 아카시노키미가 배우고 있다는 것을 은근히 밝히며 자랑한다.

少女巻에는 레이제이 천황冷泉帝이 스자쿠인朱雀院으로 行幸했을 때, 전설상의 용과 익조의 머리로 장식한 용두익수龍頭鷁首의 배를 띄우고 음악을 연주하는 대목이 나온다. 연회는 으스름달 아래에서 술잔이 돌아가고 와카의 唱和로 분위기가 무르익을 무렵, 천황이 악기를 가져오게 하여 4명의 연주자들에게 가장 어울리는 사람에게 각각 배분한다. 그런데 여기서 주목하고 싶은 것은, '칠현금은 여느 때처럼 태정대신 겐지에게 연주하게 하신다.琴は例の太政大臣賜はりたまふ'(③73)라는 대목이다. 레이제이 천황이 칠현금을 겐지에게 연주하게 한 것은, 겐지가 황족으로 왕권을 체현한 인물이고, 스자쿠인보다도 실제 아버지인 겐지를 더 예우하고자 하는 의지를 담고 있다고 볼 수 있다. 특히 칠현금을 연주하는 겐지는 왕권과 영화를 실현한 인물이라는 것을 상징하고, 레이제이 천황이 히카루겐지의 아들로서 기리쓰보인桐壺院의 치세를 계승하고 있다는 것을 암시하고 있다.

앞에서 인용한『마쿠라노소시』제21단에서, 후지와라 모로타다藤原師尹는 딸 센요덴 뇨고宣耀殿女御에게 습자에 이어서 '칠현금을 다른 사람보다 잘 연주'하라고 주문하였다. 藤原師尹가 딸에게 칠현금을 익히게 하는 것은, 딸이 나중에 입궐하여 뇨고女御로서 왕권에 편입될 것을 예상했기 때문으로 볼 수 있다. 그리고 若菜上巻에서 히카루겐지가 온나산노미야에게 칠현금을 가르치는 것도 스자쿠인의 딸이기에 황녀로서의 신분에 어울리는 악기를 전승하려는 의도가 담겨있다. 즉 헤이안 시대 문학에서 칠현금은 황권이나 왕권을 체득하는 인물이 연주하는 악기라 할 수 있다. 이후 히카루겐지는 칠현금을 온나산노미야女三宮에게 전수하고, 두중장頭中将과 그의 아들 가시와기柏木는 주로 화금和琴을 연주하는 등, 『겐지 이야기』에는 특정한 음악과 악기의 전승이 특정 혈통과 집안으로 전승된다는 것을 확인할 수 있다.

若菜下巻 겐지 47세가 되는 정월, 스자쿠인의 50세 賀宴을 앞두고 六条院에서는 여성들만의 음악회女楽가 개최된다.

> 안쪽에는 방석을 몇 개 나란히 놓고 부인들 앞에 악기들을 가져오게 한다.
> 비장하던 갖가지 악기들이 아름다운 감색 보자기에 싸여있던 것을 꺼내어,
> 아카시노키미에게는 비파, 무라사키노우에에게는 화금, 아카시 뇨고에게는
> 쟁을, 그리고 온나산노미야에게는 이러한 유서 있는 명기는 아직 잘 연주하
> 기 어렵다고 생각되어 평소에 연주하던 칠현금을 조율하여 드렸다.
> 内には、御褥ども並べて、御琴どもまゐりわたす。秘したまふ御琴ども、うるはし
> き紺地の袋どもに入れたる取り出でて、明石の御方に琵琶、紫の上に和琴、女
> 御の君に箏の御琴、宮には、かくことごとしき琴はまだえ弾きたまはずやとあやふ
> くて、例の手馴らしたまへるをぞ調べて奉りたまふ。   (若菜下④187)

겐지는 각각의 여성에게 어울리는 악기를 배당하고, 아들 유기리 대장에게 화금의 조율을 부탁하여 악기의 조율이 끝나자 연주가 시작된다. 우선 아카시노키미의 비파는 연공을 쌓은 특별한 연주로 평가된다. 무라사키노우에紫の上는 화금을 연주했는데, 유기리는 좀처럼 들을 수 없는 신선한 음색이고 전문 연주가들에 비해도 손색이 없을 정도라고 생각했다. 그리고 이런 연주법도 있었나 싶을 정도로 열심히 연습했다는 것을 느꼈다. 아카시 뇨고明石女御의 쟁은 다른 악기의 중간에 어렴풋이 들리는 악기라 정말 귀엽게 느껴지고, 온나산노미야女三宮의 칠현금은 역시 아직 미숙한 수준이라고 평가한다. 여러 악기들은 제각기 훌륭한 음색으로 연주되고, 겐지와 유기리도 관현에 맞추어 창가를 부른다. 그리고 겐지는 4명의 여성들을 입고 있는 의상에 대해서도, 온나산노미야는 푸른 버드나무에, 아카시 뇨고는 등나무 꽃으로, 무라사키노우에는 벚꽃에, 아카시노키미는 5월에 피는 귤나무 꽃으로 각각 비유한다. 즉 네 여성들의 이미지가 각각 연주하는 악기와 꽃나무로 비유되면서 서로 조화를 이룬다는 것은, 겐지의 저택 육조원六条院이 사계절이 순환하듯 평화와 안정을 유지하고 있다는 것을

비유한 것으로 볼 수 있다.

橫笛卷에서 유기리는 가시와기의 일주기가 지난 가을의 저녁 무렵, 일조궁一条宮으로 오치바노미야落葉宮 모녀를 방문한다. 일조궁의 모녀는 고즈넉하게 화금 등을 연주하고 있었다. 유기리도 죽은 가시와기가 애용하던 화금을 조금 연주하고, 오치바노미야에게 한 곡 들려줄 것을 부탁한다. 이 대목에서 오치바노미야는 가을 달밤의 정취에 이끌려 쟁을 조금 연주했는데, 유기리가 '점점 마음이 이끌려 아예 듣지 않는 것이 좋았다는 아쉬운 기분이 들어, 이번에는 비파를 가져오게 하여 정말 아름다운 음색으로 상부련을 연주하신다.いとど心とまりはてて、なかなかに思ほゆれば、琵琶をとり寄せて、いとなつかしき音に想夫恋を弾きたまふ'(④355)라고 되어있다. 오치바노미야는 화금으로 「想夫恋」[20]의 끝부분을 연주한 후, 유기리의 와카에 답가를 읊는다. 유기리는 오치바노미야의 화금을 조금밖에 듣지 못한 것을 아쉬워하며 다음에 다시 한 번 더 들려줄 것을 요청한다. 한편 오치바노미야의 어머니인 이치조미야스도코로一条御息所는 이날 밤의 관현 연주에 대해, 죽은 가시와기도 문제 삼지 않을 것이라고 하며 가시와기의 유품인 피리를 유기리에게 전한다. 이처럼 가시와기가 애용하던 피리는 친구인 유기리에게 전해지지만, 이후 유기리는 이를 겐지에게 전하고, 겐지는 다시 가시와기의 실제 아들인 가오루薫에게 전한다. 이와 같이 겐지가 칠현금을 황녀인 온나산노미야에게 전수하고, 화금은 후지와라藤原씨의 집안으로 전승되고, 가시와기의 피리는 우여곡절 끝에 가오루에게 전해진다는 점에서 악기가 단순한 물건이 아니라 특정 집안의 혈통과 등장인물의 상징으로 그려진다는 것을 확인할 수 있다.

다음은 宿木卷에서 가오루 대장과 후지쓰보 뇨고藤壺女御의 딸 온나니노미야女二宮가 결혼하기 전날, 천황이 후지쓰보藤壺의 등나무 꽃 축제에서 관현의 음악회를 개최하는 대목이다.

> 피리는 그 꿈의 예언에서 이야기했던 고인의 유품인데, 천황이 이전의 어떤 소리와도 비할 바 없는 음색이라고 칭찬하신 적이 있었기에, 이와 같은 화려한 연

---

20 아악雅楽의 곡명으로 남자를 그리워하는 여자의 연정을 노래한 곡.

회가 아니면 언제 또 이런 좋은 기회가 있을까 생각하여 꺼낸 것이다. 대신에게
는 화금, 산노미야(니오미야)에게는 비파 등을 각각 배분하신다. 가오루 대장의
피리는 오늘날 이 세상에서 듣기 어려운 신기한 음색을 연주하였다. 당상관들
중에서도 창가를 잘 하는 사람들을 불러서 정말 흥취있는 연주회를 열었다.

笛は、かの夢に伝へし、いにしへの形見のを、またなきものの音なりとめでさせ
たまひければ、このをりのきよらより、または、いつかははえばえしきついでのあ
らむと思して、取う出たまへるなめり。大臣和琴、三の宮琵琶など、とりどりに賜
ふ。大将の御笛は、今日ぞ世になき音の限りは吹きたてたまひける。殿上人の
中にも、唱歌につきなからぬどもは召し出でて、おもしろく遊ぶ。

(宿木⑤481-482)

온나니노미야가 관현의 연주에 필요한 악기와 칠현금의 악보 2권을 천
황 앞에 내놓았는데, 우대신 유기리가 중간에서 악보는 옛날 히카루겐지
가 직접 서사書寫한 것이라는 내력을 보고한다. 그리고 스자쿠인朱雀院이 보
관하고 있던 쟁, 비파, 화금 등에 대해서도 설명을 한다. 또한 피리는 원래
가시와기의 유품으로 유기리와 겐지를 거쳐 가오루薫 대장이 소장하고 있
던 것을 가지고 나온 것이다. 그리하여 화금은 대신이, 비파는 니오미야匂
宮, 피리는 가오루 대장이 연주하고, 악기의 반주에 따라 창가를 부르게 하
는 등 화려한 관현의 음악회가 열린다. 이는 천황이 사위 가오루를 맞이하
는 음악회로, 천황의 딸과 결혼하게 되는 가오루의 영화와 번영을 그린 대
목이라 생각된다.

이상에서 헤이안 시대 귀족들은 교양으로 관현의 음악을 감상하는 것뿐
만 아니라 명기를 전수받고 스스로 연주할 수 있는 능력을 보유하고 있었
다. 또한 칠현금이 황족에게, 화금은 두중장頭中将의 집안, 비파와 쟁은 아
카시明石 일족, 가시와기의 피리가 가오루에게 전승되는 것처럼 악기가 혈
통이나 유언에 의해 전해진다는 논리를 읽을 수 있다. 그리고 모노가타리
에서는 등장인물이 어떤 악기를 연주하느냐에 따라 각각의 캐릭터가 정해
지는 경우가 많았다. 특히 여성들의 경우 연주하는 악기와 입고 있는 의상,
각각의 식물이 인물의 특성으로 비유되고, 연주하는 악기에 대한 관심을
계기로 남녀의 인간관계가 성립되는 것을 확인할 수 있었다.

4. 와카의 암송

헤이안 시대에는 가요와 와카, 風俗歌, 사이바라催馬楽 등 곡조가 있는 시가를 모두 우타歌라고 일컬었다. 이 중에서 와카는 상대의 집단가요에서 점차 개인적인 시가로 분화되어 남녀의 연애나 의례에서 필수 교양이 되었다. 그래서 헤이안 시대 귀족들은 남녀 모두가 좋은 와카를 암송하려 했는데, 특히 궁중에 출사하여 중궁이나 후궁들의 교육을 담당했던 뇨보女房들은 모두 와카에 능통한 사람들이었다.

세이쇼나곤清少納言은 한문과 와카에 능통하고 재기발랄한 여성으로 이치조一条 천황의 중궁 데이시定子의 뇨보女房로서 7년간이나 궁중생활을 했다. 앞에서 인용한 『마쿠라노소시』 제21단에는, 무라카미村上 천황(946-967)이 宣耀殿女御가 정말로『고킨슈古今集』20권을 다 외우고 있는지 확인하는 과정을 다음과 같이 기술하고 있다.

> 무라카미 천황이 이전부터 들으시고, 궁중에서 근신해야 하는 어느 날, 고킨슈를 들고 건너오셔서 뇨고와의 사이에 휘장을 치게 하자, 뇨고는 여느 때와 다르고 이상하게 생각하고 있는데, 천황은 책자를 펼치시고, "몇 월, 어느 때 누구누구가 읊은 노래는 무엇인가."하고 물으시자, 뇨고는 이 때문이었는가 하는 생각이 들자 재미있다는 느낌이 들기도 했지만, 한편으로는 잘못 기억할 수도 있고 또 잊은 것이라도 있으면 큰일이라는 생각이 들어 무턱대고 격정했을 것이 틀림없다. 천황은 노래를 잘 아는 뇨보를 두서너 명 정도 앞에 불러서 바둑돌로 잘못 대답한 숫자를 헤아리게 하셨는데, 뇨고에게 대답을 강요했다는 상황을 생각하면 얼마나 우아하고 정취 있는 일이었겠는가. 그 가까이에서 모시고 있던 사람들까지 부럽다.
>
> 聞しめしおきて、御物忌なりける日、古今を持てわたらせたまひて、御几帳を引きへだてさせたまひければ、女御、例ならずあやしとおぼしけるに、草子をひろげさせたまひて、『その月、何のをりぞ、人のよみたる歌はいかに』と問ひきこえさせたまふを、かうなりけりと心得させたまふもをかしきものの、ひが覚えもし、忘れたるところもあらば、いみじかるべき事と、わりなうおぼし乱れぬべし。その方に

おぼめかしからぬ人、二、三人ばかり召し出でて、碁石して数置かせたまふと
て、強ひきこえさせたまひけむほどなど、いかにめでたくをかしかりけむ。御前に
候ひけむ人さへこそ、うらやましけれ。　　　　　　　　　　　　　　(pp.54-55)

무라카미 천황이 센요덴뇨고에게 『고킨슈』 암송을 검증하기 위한 준비
와 긴장하는 분위기 등이 잘 나타나 있는 대목이다. 무라카미 천황은 틀린
횟수를 헤아릴 바둑돌까지 준비시켰지만, 뇨고는 『고킨슈』 1100여수를 하
나도 틀림없이 암송하고 있었다는 것이다. 센요덴뇨고의 이 일화는 『오카
가미大鏡』 「좌대신 모로마사左大臣師尹」에도 소개되어 있는데, 淸少納言은
이러한 지적 유희를 우아하고 정취 있는 일로 평가하고 있다. 이 이외에도
헤이안 시대의 인간관계에 있어서 와카가 필수교양이라는 것은, 『마쿠라
노소시』의 152단, 『가게로 일기蜻蛉日記』, 『우쓰호 이야기』의 「축제의 사신
祭の使」권, 『곤자쿠 이야기집今昔物語集』 권13-43화 등에도 비슷한 내용이 기
술되어 있다.

그런데 『겐지 이야기』帚木巻의 비 오는 날 밤의 여성 품평회에서, 사마
노카미左馬頭는 아무리 와카나 습자, 음악의 조예가 뛰어나다 하더라도 바
람둥이 여자는 경계해야 한다고 상대화하여 생각했다. 또한 와카를 읊거
나 받는 것을 극도로 싫어하는 사람도 있었는데, 바로 『마쿠라노소시』의
80단에 등장하는 淸少納言의 남편 다치바나 노리미쓰橘則光였다.

'나를 생각해주는 사람은 결코 와카를 읊어 보내지 말아야 할 것이다. 그러
한 사람들은 모두 원수라고 생각된다. 이것이 마지막이고, 그대로 절교해 버
리려고 생각한다면 와카를 읊으세요.'라고 했기에, 이에 대한 대답으로,
「おのれをおぼさむ人は、歌をなむよみて得さすまじき、すべてあだかたきとなむ
思ふ。今は限りありて、絶えむと思はむ時に、さる事は言へ」など言ひしかば、こ
の返事に、　　　　　　　　　　　　　　　　　　　　　　　　　　(p.149)

橘則光는 와카를 싫어하여 아내 淸少納言에게 자신과 헤어지려면 와카
를 읊으라고 했지만, 淸少納言은 이에 대한 반발로 다시 와카로 답한다. 이
는 작자가 궁중에서 친정으로 나와 있는 동안의 이야기인데, 橘則光는 정

말로 清少納言의 와카를 읽지 않고 그대로 관계가 끊어져 버렸다는 것이
다. 『우지슈이 이야기宇治拾遺物語』11화 등의 설화에서, 橘則光는 도둑으로
부터 습격을 받았지만 오히려 제압했을 정도로 무술이 뛰어난 인물이었으
나, 清少納言과는 서로 맞지 않았는지 결국 이혼하게 된다. 橘則光와 清少
納言은 와카로 소통이 되지 않았다는 것이 이혼을 하게되는 결정적인 사
유가 아니었을까 생각된다.

다음은 후지와라 미치나가藤原道長(966-1027)가 쇼시彰子 중궁 앞에 있던
『겐지 이야기』를 보고 무라사키시키부와 증답한 와카이다.

> 바람둥이라는 평판이 나 있으니까 보는 사람이 꺾지 않고 지나치는 일은 없
> 을 것이라 생각해요.
> 이런 노래를 주셨기 때문에,
> '아직 누구에게도 꺾인 적이 없었는데 도대체 누가 바람둥이라는 말을 하고
> 다닐까요.
> 마음에 들지 않아요.'라고 말씀 드렸다.
> すきものと名にし立てれば見る人の折らで過ぐるはあらじとぞ思ふ
> たまはせたれば、
> 「人にまだ折られぬものをたれかこのすきものぞとは口ならしけむ
> めざましう」と聞こゆ。[21]

藤原道長는 『겐지 이야기』의 내용이 주인공 히카루겐지의 '이로고노미'
를 다루고 있다는 것을 알고 일부러 매실 밑에 깔린 종이에 상기 와카를 읊
은 것이다. 즉 미치나가는 'すき'라는 표현이 매실이 '시다'는 의미와 남자
를 '밝힌다'라는 의미의 동음이의어인 것을 이용하여 무라사키시키부紫式
部를 희롱하는 와카를 읊은 것이다. 미치나가道長와 무라사키시키부는 주
종관계임에도 불구하고 무라사키시키부는 미치나가의 이와 같은 추정을
강하게 부인한 것이다. 무라사키시키부는 헤이안 시대를 대표하는 지식
인 여성으로서 남편 후지와라 노부타카藤原信孝와 사별한 후, 어린 시절부

---

[21] 中野幸一 校注, 『紫式部日記』(『新編日本古典文学全集』 小学館, 1994) p.214.

터 익힌 한학의 지식과 와카나 음악 등의 교양을 인정받아 미치나가에게
발탁되어 이치조一条 천황의 중궁 쇼시彰子를 모시게 되었다. 무라사키시
키부는 중년의 나이인 36세가 되는 1005년부터 중궁 쇼시의 뇨보女房로
입궐하여 근무하던 중, 주군인 미치나가와 상기 와카의 증답을 나누었던
것이다. 이러한 증답은 주종이 모두 와카에 대한 깊은 교양과 지식이 있
기에 가능한 대화라 할 수 있다.

한편 와카를 읊지 못하는 사람이 여자에게 편지를 보내기 위해 대필을
부탁하는 경우도 있었다. 『우쓰호 이야기』「후지와라노키미藤原の君」에는
나이가 60이 넘어 홀아비가 된 시게노 마스게滋野真菅가 아테미야ぁて宮에게
편지를 보내려고 아들 다치하키帯刀에게 와카의 대필을 부탁한다. '내가 이
렇게 홀아비 생활을 하다가 늙어버렸지만, 아내를 얻으려 하는데 연애편
지에 와카가 없는 것은 상대에게 경멸당할 일이야. 와카를 한 수 좀 지어다
오.われかくやもめにてあれば、ほれぼれしきを、女人求めしむとするに、よばひ文のやまと歌な
きは、人あなづらしむるものなり。和歌一つ作りて'[22]라고 부탁하는 대목에서 알 수 있
듯이, 남녀가 구혼을 할 때는 와카를 읊는 것은 상식이었던 것이다.

『古今集』가나조仮名序에는 와카의 역사를 이야기하면서, '(와카는) 이로
고노미의 집안에서 매목埋木처럼 모습을 감추고 사람들에게 알려지지 않
아.色好みの家に埋れ木の、人知れぬこととなりて'(p.22)라고 기술하고 있다. 즉 와카
는『만요슈万葉集』이래로 『고킨슈』가 편찬될 때까지 연애의 달인이었던
'이로고노미(풍류인)'들의 사이에서도 자취를 감추게 되었다는 것이다. 鈴
木日出男는 고대의 '이로고노미'를 '남자가 상대 여성의 영혼 깊숙이 작용
하여 곧 그 마음을 빼앗을 수 있는 힘이다'[23]라고 정의하고, '이로고노미'
의 힘은 와카에서 나온다는 것을 겐지와 고세치五節의 증답을 통해 논증하
고 있다. 따라서 고대의 '이로고노미'는 습자, 음악, 각종 오락 등 모든 예
능의 달인이어야 했지만, 특히 뛰어난 와카의 능력이 있어야 여성의 마음
을 사로잡을 수 있었다는 것이다.

와카를 읊는 형식은 크게 세 가지로 나뉘는데, 혼자서 읊는 독영独詠, 두

---

22 中野幸一 校注, 『うつほ物語』1(『新編日本古典文学全集』小学館, 1999) p.185. 이하
    『うつほ物語』의 본문 인용은 『新編全集』의 巻冊, 페이지를 표기함.
23 鈴木日出男, 『はじめての源氏物語』講談社. 1994. p.50.

사람이 주고받는 증답贈答, 세 사람 이상이 함께 읊는 창화唱和가 있다. 세 가지 모두 등장인물의 심상풍경을 묘사하는 도구로서 역할을 했는데, 독영은 독백이나 심중사유心中思惟, 습자 등으로 표현되었고, 증답은 두 사람이 같은 장소에 있는 경우와 다른 곳에 있는 경우가 있었다. 그리고 습자手習い로 혼자서 쓰는 독영은 나중에 이를 본 다른 사람이 그 옆에다 답가를 써넣은 경우에도 다시 상대에게 전달되지 않으면 증답이 될 수 없다. 그리고 『万葉集』 이래로 이러한 와카와 관련한 일화는 '우타 모노가타리歌物語'로 발전하고, 허구의 모노가타리에도 많은 와카가 등장인물의 인간관계를 이어가는 중요한 역할을 하게 된다.

이러한 우타 모노가타리 중에서 이야기의 주인공이 읊은 와카에 대한 감동으로 사건이 극적으로 해결되고, 남녀관계도 원만하게 진행된다는 이야기를 가덕설화歌德説話라고 한다. 『이세 이야기』 23단에서 야마도大和 지방의 두 남녀가 어렵게 결혼하지만 여자의 생계가 어려워지자 남자가 후처를 얻는다. 그러나 본처가 질투하지 않고 오히려 남편을 걱정하는 와카를 읊자, 감동한 남자가 후처를 버리고 원래 부인과 함께 잘 살게 된다는 설화이다. 『이세 이야기』 23단의 가덕설화에서는 남자가 후처의 집으로 가는 척하고 숨어서 엿보고 있자, 본처는 이를 질투하지 않고 오히려 남자를 걱정하는 다음 와카를 읊는다.

> 바람이 불면 파도가 일어나는 것처럼 도둑이 출몰하는 다쓰다산을 한밤중에 당신은 혼자 넘겠지요.
> 風吹けば沖つしら浪たつた山夜半にや君がひとりこゆらむ[24]

남자는 예상과 달리 여자가 자신을 원망하지 않고 자신을 걱정하는 노래를 읊자 감동하여 다시는 후처의 집에 가지 않게 되었다는 것으로 일단락된다. 『야마토 이야기大和物語』 149단에도 이와 대동소이한 이야기가 실려 있고, 동 158단의 「사슴 우는 소리鹿鳴く声」나, 『쓰쓰미추나곤 이야기堤中納言物語』의 「먹가루はいずみ」 등도 남자가 여자의 와카에 감동하여 본처와

---

24 福井貞助 校注, 『伊勢物語』(「新編日本古典文学全集」 小学館, 1999) p.137.

화합하게 되는 가덕설화이다. 한편 『이세 이야기』 96단은 반대로 남자가 읊은 와카에 감동한 여자가 결혼을 허락한다는 가덕설화이다. 이와 같이 와카의 힘으로 남녀관계가 원만하게 풀리게 되는 이야기는 헤이안 시대 모노가타리의 단골 메뉴였다.

『겐지 이야기』에는 무려 795수나 되는 와카和歌가 등장하는데, 이 중에서 겐지가 읊은 것이 221수로 전체의 약 28%를 차지하고, 가오루薫 57수, 유기리夕霧 39수, 우키후네浮舟 26수, 니오미야匂宮 24수, 무라사키노우에紫上 23수의 순이다. 겐지가 이렇게 많은 와카를 읊었다는 것은 고대의 영웅적인 '이로고노미'로서의 자질을 갖춘 인물로 평가할 수 있다. 겐지는 후지쓰보藤壷나 로쿠조미야스도코로六条御息所, 무라사키노우에, 오보로즈키요朧月夜, 아카시노키미明石君, 온나산노미야女三宮 등, 여러 여성들과 와카의 증답을 통해 특별한 인간관계를 형성하고 있다. 즉 『겐지 이야기』에서 전체 와카의 약 75%는 증답가로 남녀의 인간관계에 필요한 대화나 편지로서 주제를 전개하는데 사용되고 있다.

御法卷에는 자신의 죽음을 예감하는 무라사키노우에가 겐지와 아카시明石 중궁과 함께 와카를 창화하는 대목이 나온다. 무라사키노우에는 4년 전 위독해진 이래로 몇 번이나 출가를 바랬지만 겐지는 이를 허락하지 않는다. 이에 무라사키노우에가 자신의 목숨을 싸리 잎의 이슬로 비유하여 와카를 읊자, 겐지와 아카시 중궁은 마음대로 할 수 없는 인생 자체가 이슬과 같은 것이라고 읊는다. 즉 세 사람의 창화는 인생무상을 상징하는 '싸리 잎의 이슬萩のうは露'(④505)이라는 가어歌語를 중심으로 각각의 심상풍경을 묘사하고 있다.

한편 모노가타리物語 등에서 유명한 옛 시가의 일부분을 인용하여 원래 노래 전체의 정취를 느끼게 하는 히키우타引歌는 와카를 온전히 읊는 것 이상으로 중요한 역할을 한다. 지문 속에서 引歌로 인정하는 범위에 대해서는 연구자에 따라 차이가 있지만, 『源氏物語引歌索引』[25]에는 선행하는 和歌 2,108수를 지적하고 있다. 또한 『完訳日本の古典 源氏物語』[26]에는 『겐

---

25 伊井春樹, 『源氏物語引歌索引』 笠間書院, 1977.
26 阿部秋生 他校注, 『完訳日本の古典 源氏物語』十, 小学館, 1988. pp.451-479.

지 이야기』에 651수의 引歌가 있다는 것을 지적하고 있다. 『겐지 이야기』
夕顔巻에서 겐지가 유모의 집을 방문했을 때 이웃집 울타리에 피어있는
흰 꽃을 보고 혼자말로, '저편 멀리 보이는 분에게 말씀 좀 묻겠습니다.をち
かた人にもの申す'(①136)라고 중얼거리는 대목이 나온다. 이를 들은 부하가
'저 희게 핀 꽃은 유가오라고 합니다.かの白く咲けるをなむ、夕顔と申しはべる'(①
136)라고 대답한다. 이 引歌의 원래 와카는 『古今集』 旋頭歌 1007번에 나
오는 '저편 멀리 보이는 분에게 말씀 좀 묻겠습니다. 그쪽에 희게 피어있는
것은 무슨 꽃입니까.うちわたす遠方人にもの申すわれそのそこに白く咲けるは何の花ぞも'
라는 노래이다. 源氏와 부하는 이 원래의 와카를 알고 마치 선문답이라도
하듯이 묻고 대답을 한 것이다. 이와 같이 헤이안 시대의 모노가타리 문학
에는 선행 와카를 이해하는 기반 위에서 引歌라고 하는 표현을 통해 공감
대를 형성하고 있었다.

和歌는 남녀의 연애나 의례 등에서 일상생활의 필수교양이었고, '이로
고노미'의 와카나 가덕설화 등의 예에서 볼 수 있듯이 무형의 힘을 발휘하
는 시가였다. 특히 모노가타리 문학의 세계에서 와카는 산문의 문체를 긴
장시키고, 증답을 통해 등장인물의 인간관계를 조화시키는 역할을 한다는
것을 알 수 있었다.

5. 결론

이상에서 헤이안 시대의 여류문학을 형성한 여성들의 기본 교양은 어떤
것이 있었고, 당시의 문학에는 어떻게 반영되어 있는가를 고찰해 보았다.
헤이안 시대의 清少納言은 『마쿠라노소시』 제21단에서 여성이 갖추어야
할 교양으로 습자, 음악, 和歌 등이 있었다는 것을 지적하고 있다. 본고에
서는 모노가타리 등에서 이러한 교양이 등장인물의 인간관계에 어떠한 영
향을 미치게 되는가에 대해 살펴보았다.

습자는 어린아이의 글씨 연습을 의미하지만, 성인 남녀가 혼자 고가古歌
나 자신의 와카를 마음 가는대로 쓴 것을 의미하기도 한다. 특히『겐지 이
야기』에서 와카무라사키가 나니와쓰難波津의 와카도 연면체로 잘 쓰지 못

한다는 것은 글씨가 아직 미숙하다는 뜻이지만, 우키후네와 같은 여성들이 혼자 습자로 쓴 와카를 상대의 남자가 보고 답가에 해당하는 와카를 읊어 의사소통이 이루어지는 경우도 있다. 즉 습자는 훌륭한 서체의 미의식뿐만 아니라 등장인물의 의식과 주제를 형성하는 중요한 역할을 한다.

헤이안 시대의 음악 연주는 남녀의 필수 교양이었는데, 악기로는 관악기와 현악기, 타악기가 있었고, 관악기와 타악기는 주로 남자가 연주하고 현악기는 남녀 모두가 연주했다. 그리고 음악의 종류로는 궁중의 의례적인 행사에서 연주하는 악樂과 사적인 향연에서 연주하는 관현의 음악遊び이 있었다. 관현의 음악회에서 연주하는 악기의 특성은 의상 등과 함께 각각 등장인물의 특성을 나타내고 있다. 특히 칠현금은 황족에게, 화금은 두중장頭中將의 집안, 비파와 쟁은 明石 일족 등, 특정 악기가 혈통이나 유언에 따라 전승되는 것을 확인할 수 있다.

한편 와카는 연애나 의식 등에서 필수적이었기에 때문에 지식인 남녀는 반드시 고가古歌에 대한 지식과 함께 많은 와카를 암송하고 있었다. 헤이안 시대의 모노가타리에는 독영과 증답, 창화 등이 적절히 인간관계에 인용됨으로써 인물의 성격과 주제를 이어가는데 필수적인 요소로 작용하고 있다. 그리고 『겐지 이야기』의 작자인 무라사키시키부도 궁중에 출사하여 주군인 道長와 일상생활에서 세련된 와카和歌로 대화를 나누는 장면은 유명하다. 즉 모노가타리 속의 남녀관계뿐만이 아니라 일상생활의 주종 관계에 있어서도 와카에 대한 조예 없이는 대화가 불가능했던 것이다.

이와 같이 헤이안 시대의 귀족여성들은 습자, 음악, 와카 등의 교양을 갖추지 않으면 일상생활을 영위하기 어려웠다. 이러한 교양은 궁중의 뇨보나 귀족 사회 여성들의 실제 생활만이 아니라, 모노가타리 등의 문학에서 인간관계를 형성하고 이야기의 주제를 전개하는 수법이 된다. 특히 와카는 모든 교양과 예능 중에서도 연애나 사교, 의식에서 필수교양이었고, 모노가타리에도 수많은 와카가 포함되고 산문을 긴장시키는 역할을 하고 있다는 것을 확인할 수 있었다.

Key Words 平安時代, 習字, 音楽, 和歌, 宣耀殿女御

제2장

헤이안 시대의 문학과 미의식
-『겐지 이야기』를 중심으로-

1. 서론

일본의 대표적인 전통 문화라 하면 노能, 조루리淨瑠璃, 가부키歌舞伎, 다도茶道, 꽃꽂이華道, 우키요에浮世絵 등을 들 수 있을 것이다. 그런데 이러한 전통 문화의 원천에는 고유의 정서를 있는 그대로 표현할 수 있는 가나仮名 문자의 발명으로 성립된 문학작품이 있다. 특히 헤이안(794-1192) 시대의 『고킨슈古今集』(905)나 『겐지 이야기源氏物語』(1008년경)와 같은 문학 작품에는 일본인의 사계四季에 대한 미의식이나 자연관, 연애관, 인생관 등이 유형적으로 잘 나타나 있다. 이 유형화되고 정형화된 미의식은 오늘날에 이르기까지 일본인의 의식구조를 지배하고 있다.

1000여 년 전 무라사키시키부紫式部(974-?)라고 하는 한 미망인에 의해 성립된 장편『겐지 이야기』는 전편을 우리말로 번역했을 때, 200자 원고지 4,000매가 넘는 세계 최고 최장의 작품이다. 전체 400여명의 등장인물과, 기리쓰보桐壷, 스자쿠朱雀, 레이제이冷泉, 금상今上의 4대 천황에 걸친 70여 년간의 이야기로, 히카루겐지라고 하는 주인공의 비현실적이고 이상적인 일생과 그 자녀들의 이야기를 그리고 있다. 또한 본문에는 수많은 전기伝奇적 화형話型과 함께 795수의 와카和歌가 산재되어 있어 긴장감 있는 문체를

이루고 있다. 일본인의 미의식이 녹아 있는 『겐지 이야기』는 오랜 기간 일
본인들에게 향수·연구되어 왔는데, 근대 이전의 고주석古注釋 중 주요한 것
만도 100여종에 달하며, 근대 이후의 주석과 연구를 합하면 가히 한우충
동의 분량이 될 것이다. 그러나 각 시대에 따라 사상과 문화의 배경이 다
르기 때문에 향수 방법도 독자층이나 시대에 따라 각기 다른 전통이 남아
있다.

무라사키시키부와 거의 동시대 사람인 스가와라 다카스에菅原孝標의 딸
은 『사라시나 일기更級日記』(1060년경)에서 『겐지 이야기』 54권을 얻어서
탐독하는 기분이 '황후의 지위도 부럽지 않다.后の位も何にかはせむ'1라고 기술
했다. 중세의 가인歌人 후지와라 슌제이藤原俊成(1114-1204)는 『롯퍄쿠반
우타아와세六百番歌合』에서 '겐지 이야기를 읽지 않은 가인은 한을 남기는
것이다.源氏見ざる歌詠みは遺恨の事なり'2라고 지적하고 요염한의 정취와 가인의
필독서라는 것을 강조했다. 이후 렌가시連歌師들은 『겐지 이야기』를 불교적
입장에서 '인과응보'의 세계로 분석했고, 근세의 모토오리 노리나가本居宣
長(1730-1801)는 '모노노아와레もののあはれ'의 우미優美를 강조하고, 심오한
미적 정취와 정감을 특징으로 지적했다. 한편 근대의 오리구치 시노부折口
信夫(1887-1953)는 주인공 히카루겐지光源氏가 '이로고노미色好み'를 통해 왕
권을 획득한다는 주제로 고찰했다. 이러한 해석 이외에도 『겐지 이야기』
는 와카和歌, 그림, 음악, 서예, 춤, 향 등 문예와 오락의 미의식이 담겨 있으
며, 후대의 문학과 예능의 원천으로 추앙받고 있다.

본고에서는 헤이안 시대 문학의 배경과 교양을 살펴보고 미의식의 형성
과정을 고찰하고자 한다. 상대의 『만요슈』 등에서 형성되기 시작한 미의
식은 가나문자로 표현된 와카와 수필, 모노가타리에서 유형화되어 이후의
각종 문화양식에 전승된다고 할 수 있다. 특히 『겐지 이야기』에 나타난 '모
노노아와레(우아한 정취)'의 사계관과 미의식이 어떻게 유형화 되었는가
를 규명하고자 한다.

---

1 犬養廉 他校注, 『和泉式部日記 紫式部日記 更級日記 讃岐典侍日記』(「新編日本古
   典文学全集」 小学館, 1994) p.298. 이하 본문의 인용은 「新編全集」의 페이지 수를
   표시함.
2 峯岸義秋 校訂, 『六百番歌合』 岩波書店, 1984, p.182.

2. 귀족들의 교양과 문학

헤이안 시대의 지식인은 천황을 비롯한 상류귀족과 관료, 승려 등 극소수에 불과했다. 그들은 당나라와 한반도로부터 전래된 선진 문물을 접하고 새로운 국풍문화를 창출하거나 향수하며 다음 세대에 전승하였다. 천황을 중심으로 궁중의 귀족들은 한문학이 기본 소양이었지만, 지식인 여성들은 가나仮名 문자를 발명하여 와카和歌나 모노가타리物語, 일기, 수필 등을 창작했고, 음악이나 습자, 회화, 바둑 등의 예능 분야에도 깊은 소양을 갖추고 있었다.

이마이 겐에今井源衛는 헤이안 시대의 왕조 문학에 대한 특정한 선입관으로 다음 두 가지 점을 지적하고 있다. 첫째, 왕조문학은 여류문학이고, 모노가타리나 여류일기·수필이 그것으로 다른 것은 현격히 수준이 떨어진다. 둘째, 모노가타리, 일기, 수필은 우아하고, 섬세하고, 고상한 것이다[3]라는 점이다. 그는 헤이안 시대에 여성의 문학이 당대의 주류를 점하고 있다는 인식이 없었고, 동시대의 문학작품 중 설화나 한시문집 등은 거의 주목을 받지 못하고 있는 점을 지적하고 있다. 이것은 타당한 지적이라 생각되고, 후대의 연구자들이 이러한 선입관에 사로잡혀 있는 부분이 없지 않다고 생각한다. 그러나 헤이안 시대 초기 100년 동안에는 한문학이 융성했지만, 가나 문자의 발명과 함께 894년 견당사가 폐지되고, 905년에『고킨와카슈古今和歌集』가 칙찬집으로 편찬되자 궁정에서 와카의 지위가 향상된다. 그리고 이와 함께 궁정 여류작가들에 의한 모노가타리 문학과 와카和歌, 일기, 수필 등이 창출된다. 특히 무라사키시키부의『겐지 이야기』와 세이쇼나곤清少納言의『마쿠라노소시枕草子』에 나타난 미의식은 후대의 작자와 독자들의 미적인 행동규범을 지배하게 된다.

기노 쓰라유키紀貫之는 905년『고킨슈古今集』의 서문을 가나 문자로 쓰고 있는데, 서두에 나오는 '야마토우타和歌'란 한시에 대해 일본 노래라는 의미로 사용하고 있다. 오늘날에는 5·7·5·7·7의 31문자로 읊는 와카和

---

3 今井源衛,「王朝文学の特質 – その廣さ」(『國文学』学燈社, 1981, 9) p.25.

歌를 단가라고 하는데, 이 和歌에서 중세의 렌가連歌, 근세의 하이카이俳諧(俳句)로 장르가 변천한다. 단가 형식의 가체는 상대에서부터 시작되지만, 『만요슈』에서부터 운문문학의 대표적인 장르일 뿐만 아니라, 내용면에 있어서도 일본인의 미의식과 사계관을 지배하고 그 전통은 오늘날까지 이어진다.

기노 쓰라유키는 『고킨슈』의 서문에서 와카의 본질, 기원과 형식, 역사, 그리고 편집과정을 논하고 있는데 서두는 다음과 같이 시작된다.

> 와카는 사람의 마음을 바탕으로 하여 갖가지 말이 노래로 표현된 것이다. 이세상 사람들은 여러 가지 일을 하기 때문에, 마음속에 생각하는 것을 보고 듣는 것에 견주어 표현한 것이 노래이다. 매화꽃에 지저귀는 꾀꼬리, 맑은 물에 사는 개구리의 소리를 들으면 어떤 생물이 노래를 하지 않는 것이 있겠는가. 아무런 힘도 들이지 않고 천지의 신들을 감동시키고, 눈에 보이지 않는 영혼들조차도 감격시키고, 남녀의 관계도 부드럽게 하며, 사나운 무사의 마음조차 위로하는 것은 와카이다.
>
> やまとうたは、人の心を種として、万の言の葉とぞなれりける。世の中にある人、ことわざ繁きものなれば、心に思ふことを、見るもの聞くものにつけて、言ひ出せるなり。花に鳴く鶯、水に住む蛙の声を聞けば、生きとし生けるもの、いづれか歌をよまざりける。力をも入れずして天地を動かし、目に見えぬ鬼神をもあはれと思はせ、男女のなかをも和らげ、猛き武士の心をも慰むるは歌なり。[4]

이 서문은 기노 쓰라유키의 와카에 대한 이론이며 문학론이라 할 수 있다. 가집 전체의 구성은 20권으로 구성되어 있는데, 봄, 여름, 가을, 겨울의 사계와 축하, 이별, 여행, 사랑, 잡가 등으로 분류하고 있다. 이러한 와카의 분류와 체제는 후대의 가집 편찬에 있어서 하나의 모델이 되었으며, 가집에 나타난 미의식 또한 후대의 운문과 산문문학에 그대로 투영된다. 그리고 사계관을 비롯한 연애관, 자연관, 인생관 등은 일본인의 의식구조에 크나큰 영향을 미쳤다. 『고킨슈』서문에는 왕인王仁 박사의 다음 노래를 와카

---

4 小沢正夫 校注, 『古今和歌集』(『新編日本古典文学全集』11, 小学館. 2006) p.17.
이하 『古今和歌集』 본문 인용은 「新編全集」의 歌番, 페이지 수를 표시함.

의 기원으로 지적하고 있다.

> 나니와쓰에 피는 매화꽃이여 지금이야말로 봄이라 아름답게 피는 매화꽃
> 이여.
> 難波津に咲くや木の花冬こもり今は春べと咲くや木の花   (p.20)

나니와쓰는 지금의 오사카大阪이며, 여기서 매화꽃은 닌토쿠仁德(5세기 전반) 천황을 암시하고 있다. 이 노래는 왕인 박사가 닌토쿠 천황의 즉위를 축하하여 읊은 노래라고 한다. 왕인 박사의 상기 와카는 궁녀 우네메采女의 와카와 함께 노래의 아버지와 어머니라 하고, 후대에 습자를 배우는 어린아이들이 처음으로 쓰는 노래가 된다. 『겐지 이야기』의 若紫巻에서도 와카무라사키若紫의 조모는 히카루겐지光源氏의 편지와 노래에 대한 답장으로, '(와카무라사키는) 아직 나니와쓰조차도 만족스럽게 이어 쓰지 못하오니 하릴없는 일입니다.まだ難波津をだにはかばかしうつづけはべらざめれば、かひなくなむ'(①229)[5]라고 답장을 쓴다. 이 때 와카무라사키는 겨우 열 살, 습자로 연습하는 와카조차도 연면체로 이어서 쓰지 못하고 한 자 한 자 겨우 쓰는 정도였던 것이다. 즉 나니와쓰의 노래를 연면체로 쓸 수 있는가 없는가를 성인의 기준으로 생각한 것이다.

다이고醍醐(897-930) 천황의 명에 따라 『고킨슈』(905)를 칙찬하게 된 편찬자들의 자부심은 대단한 것이었다. 이것은 와카가 사적인 문학에서 공적인 문학으로 그 지위를 되찾게 되었다는 것으로, 서문의 마지막에는 다음과 같이 쓰고 있다.

> 이 가집의 노래가 푸른 버드나무처럼 산실되지 않고, 소나무 잎처럼 떨어지
> 지 않고, 긴 넝쿨처럼 길이 후세에 전해진다면, 새 발자국이 오래 남아있는
> 것처럼 남아 있다면 노래의 형식을 알고, 가집의 본질을 이해하는 사람이라
> 면, 넓은 하늘의 달을 보듯이 이 가집의 옛날 노래를 숭상하고 지금의 노래

---

5 阿部秋生 他校注, 『源氏物語』 1 (『新編日本古典文学全集』 小学館, 1994) p.229. 이하 『源氏物語』의 본문 인용은 『新編全集』의 巻冊, 페이지를 표기함.

를 어찌 그리워하지 않겠는가.

青柳の糸絶えず、松の葉の散り失せずして、真さきの葛長く伝はり、鳥の跡久し
くとどまれらば、歌のさまをも知り、ことの心を得たらむ人は、大空の月を見るが
ごとくに、古を仰ぎて今を恋ひざらめかも。 (p.30)

여기서 '옛날'과 '지금'은 『古今集』라는 서명을 분석한 말이기도 하지
만 가집의 내용을 풀이한 의미이기도 하다. 『고킨슈』의 미의식은 남성적
인 『만요슈』에 비해 온화한 여성적인 가풍으로 후대 작품세계에 미친 영
향은 막대하다고 할 수 있다. 『고킨슈』보다 약 100년 후에 성립된 『마쿠
라노소시枕草子』에는 미의식이 유형화되는 것을 확인할 수 있다.

소메도노 황후의 방 꽃병에 꽂아둔 벚꽃을 보고 읊은 와카   전 태정대신
세상을 오래 살아 늙어 버렸군요. 그렇지만 아름다운 벚꽃을 보면 아무런 근
심 걱정도 없군요.
染殿の后のお前に、花瓶に櫻の花をささせたまへるを見てよめる   前太政大臣
52 年ふればよはひは老いぬしかはあれど花をし見れば物思ひもなし (p.48)

상기 와카는 『고킨슈』 봄의 노래春歌上에 태정대신 후지와라 요시후사藤
原良房(804-872)는 딸 소메도노染殿 황후가 거처의 꽃병에 벚꽃을 꽂아 둔
것을 보고 이와 같은 와카를 읊었다. 요시후사는 딸 아키코明子를 몬토쿠文
德(850-858) 천황의 중궁으로 입궐시켜 후지와라 씨로서는 역사상 처음으
로 태정대신이 되고, 외손자가 세이와清和(858-876) 천황으로 즉위하자 섭
정이 된 인물이다. 요시후사는 벚꽃을 딸인 소메도노 왕후에 비유하여 가
문의 영화를 읊은 것이다.

한편 『마쿠라노소시』 제21단 '세이료덴 동북 방향 구석의清凉殿の丑寅の隅
の'라는 단에는 관백関白 후지와라 미치타카藤原道隆(953-995)의 딸이며, 이
치조一条(986-1011) 천황의 중궁인 데이시定子가 『고킨슈』의 상기 와카를
의식하여 다음과 같은 우아한 놀이를 한다. 중궁 데이시는 툇마루에 크고
푸른 항아리를 놓고 흐드러지게 만발한 5척(약 150cm)이나 되는 벚꽃을
꽂게 했다. 벚꽃은 난간을 넘어가는 것이 있을 정도였고, 주위의 뇨보들은

모두 갖가지 색의 의상을 차려 입고 있었다. 마침 이치조 천황이 나타나자, 데이시 중궁은 뇨보들에게 먹을 갈게하고 종이를 나누어 주며, 지금 머리에 떠오르는 옛날 와카를 한 수씩 적어 보라고 한다. 모두 당황해 했지만 세이쇼나곤은 재치 있게 상기 요사후사의 와카를 인용하여, 제4구 '벚꽃을 보면花をし見れば'을 '당신을 보면君をし見れば'(p.52)으로 바꾸어 읊었다는 것이다. 데이시 중궁은 여러 와카들을 비교해 보고는 '단지 너희들의 재치를 알고 싶었다.ただこの心どものゆかしかりつるぞ'(p.52)고 말했다는 대목에 미의식의 유형화를 엿볼 수 있다.

이어서 데이시 중궁은 『고킨슈』를 앞에 놓고 노래의 윗구를 말씀하시고 아랫구는 무엇인지를 확인하는 놀이도 한다. 그리고 데이시 중궁은 옛날 후지와라 모로타다藤原師尹(908-960) 가 그의 딸 요시코芳子를 센요덴뇨고宣耀殿女御로 입궐시키기 전 『고킨슈』를 암송하게 했던 일화를 들려준다. 모로타다는 딸 요시코를 무라카미村上(946-967) 천황에게 입궐시키기 전의 교육으로, 첫째로 습자를 배우고, 둘째로 칠현금을 다른 사람보다 잘 켤 수 있도록 하고, 셋째로는 『고킨슈』의 와카 20권(1100여수)을 전부 암송하는 것을 여자의 학문으로 하라고 했다는 것이다. 이 소문을 들은 무라카미 천황은 『고킨슈』를 들고 센요덴뇨고의 방으로 가서 한 수 한 수 확인했지만 전부 암송하고 있었다는 것이다. 데이지 중궁은 센요덴뇨고의 예를 우아한 풍류와 놀이로 생각하고, 요즘은 이런 흐뭇한 일이 없다며 감탄했다는 것이다.

이와 같이 『고킨슈』의 우아한 미의식은 유형화, 정형화되어 『겐지 이야기』에 영향을 미치고 있다. 그 분위기에 따른 정취만이 아니라, 히키우타引歌(옛 사람의 노래를 인용하는 것)라는 형태로 『고킨슈』의 일부를 인용하여 본래의 와카가 읊어진 전후의 분위기를 자아내기도 한다. 예를 들면 『겐지 이야기』夕顔巻에서 히카루겐지가 "저기 있는 사람에게 말 좀 묻습니다.をちかた人にもの申す"(①136)라고 혼자 말을 중얼거린다. 이는 『고킨슈』의 세도카旋頭歌의 일부분을 인용하여 중얼거리는 대목이다.

> 저기 있는 사람에게 말 좀 묻습니다. 거기에 희게 피어 있는 것은 무슨 꽃입니까.
> 1007 うちわたす遠方人にもの申すわれ そのそこに白く咲けるは何の花ぞも (p.386)

겐지는 유가오의 집 앞에서 울타리에 걸려 있는 푸른 넝쿨에 핀 흰 꽃이 무엇일까 하고 속으로 생각하며, 『고킨슈』의 위 노래에서 '저기 있는 사람에게 말 좀 묻습니다.'라는 대목을 중얼거린 것이다. 그런데 이 혼자 말을 곁에 있던 시종 무관이 듣고 '저 하얗게 피어 있는 꽃은 박꽃이라고 합니다. かの白く咲けるをなむ、夕顔と申しはべる'(①136)라고 대답한다. 헤이안 시대의 모노가타리에 등장하는 귀족들은 남녀 지위를 막론하고 『고킨슈』를 암송하고 있었고, 작품 속의 세계를 이해하고 미적 감각을 익히고 있었던 것이다.

이와 같이 헤이안 시대의 칙찬집은 와카和歌가 한시漢詩에 대해 일본 노래라는 의도로 편찬되고 『만요슈万葉集』의 전통이 재생산되었다. 한편 가나仮名 산문으로 쓴 모노가타리는 전기傳記 모노가타리와 단편의 우타歌 모노가타리로 창출되고, 이러한 와카와 일기, 모노가타리 등의 선행 작품들을 광범하게 수용하여 성립된 것이 『겐지 이야기』의 세계이다. 『겐지 이야기』의 우아한 정취와 미의식은 수많은 후대 작품에 영향을 주게 되는데, 중세의 유현미와 여정미, 근세의 쓸쓸함과 고독함으로 이어진다.

『겐지 이야기』絵合巻에는 『다케토리 이야기』를 '이야기가 만들어진 원조物語の出で来はじめの親'(②380)라고 기술하고 있다. 헤이안 시대에는 수많은 모노가타리가 여성들에 의해 창작되고 감상되어 여성의 마음을 위로했다고 한다. 후지와라 미치쓰나의 어머니藤原道綱母(섭정 후지와라 가네이에藤原兼家의 부인)는 『가게로 일기』를 가나 산문으로 쓰게 된 이유를 허구의 모노가타리보다 자신의 실제 인생이 더욱 기구하다는 것을 세상에 밝히려 한다고 기술했다. 일부다처제였던 당시의 권문 세도가의 부인으로서 겪었던 슬픈 인생의 기록인 『가게로 일기』는 모노가타리보다도 더 독자들을 감동시켰을 것으로 짐작된다.

『마쿠라노소시』제21단 '세이료덴 동북 방향 구석의'에서 여성의 학문으로, 첫째 습자, 둘째 칠현금의 음악, 셋째 『고킨슈』의 와카를 지적했다, 그리고 135단에는 심심풀이의 오락으로, 바둑, 주사위 놀이, 모노가타리 등을 들고 있다. 이러한 오락과 교양을 기술한 모노가타리는 여성의 무료함을 달래고, 결혼 적령기의 소년 소녀들이 간접 체험을 하는 소중한 역할을 했을 것으로 생각된다.

3. 사계의 취향과 계절감

비발디Vivaldi의 『사계』는 본래 12곡으로 이루어진 협주곡의 일부인데,
봄 가을이 장조, 여름 겨울이 단조로 사계절의 정취가 아름다운 선율로 연
주된다. 비발디보다 7세기 정도 앞선 『마쿠라노소시』 제1단에는 세이쇼나
곤이 일본의 사계에 대한 감각을 다음과 같이 기술하고 있다.

봄은 새벽녘이 좋다. 점점 주위가 밝아지며 산봉우리의 하늘이 붉게 물들어,
보랏빛 구름이 길게 드리운 모양이 운치가 있다.

여름은 밤이 좋다. 달이 있을 때는 더욱 그렇다. 달이 없어 어두울 때도 반딧
불이 많이 날아다니는 풍경이 운치가 있다. 또 겨우 한 마리 두 마리가 희미
하게 빛을 내며 날아가는 것도 정취가 있다. 비가 내리는 것도 정취가 있다.

가을은 저녁 무렵이 좋다. 석양이 비치어 벌써 산꼭대기에 해가 넘어가려고
할 무렵, 까마귀가 둥지를 찾아 돌아가려고 세 마리 네 마리 두 마리 세 마리
가 제각기 서둘러 날아가는 모습도 애수가 느껴진다. 하물며 기러기 등이 떼
를 지어 조그맣게 멀어져가는 것은 대단히 정취가 있다. 해가 완전히 진 다
음 바람소리, 벌레소리가 들리는 것은 새삼스럽게 말할 나위도 없이 좋다.

겨울은 이른 아침이 좋다. 눈이 내린 것은 말할 필요도 없고 서리가 새하얗
게 내린 것도 멋있다. 또 그렇지 않아도 몹시 추운 날 아침, 서둘러 피운 숯불
을 가지고 오가는 것도 아주 이른 겨울의 아침 풍경으로 어울린다. 낮이 되
어 기온이 따뜻해지면 화로나 난로불도 흰 재만 남게 되어 보기가 흉하다.

春はあけぼの。やうやうしろくなりゆく山ぎは、すこしあかりて、紫だちたる雲のほ
そくたなびきたる。

夏は夜。月のころはさらなり、闇もなほ、蛍のおほく飛びちがひたる。また、ただ
一つ二つなど、ほのかにうち光りて行くもをかし。雨など降るもをかし。

秋は夕暮。夕日のさして山の端いと近うなりたるに、烏のねどころへ行くとて、三
つ四つ、二つ三つなど飛びいそぐさへあはれなり。まいて雁などのつらねたる
が、いと小さく見ゆるは、いとをかし。日入り果てて、風の音、虫の音など、は
た言ふべきにあらず。

冬はつとめて。雪の降りたるは言ふべきにもあらず、霜のいと白ろきも、またさら
でもいと寒きに、火などいそぎおこして、炭持てわたるも、いとつきづきし。昼に
なりて、ぬるくゆるびもていけば、火桶の火も、白き灰がちになりてわろし。 **6**

　상기 서단은 헤이안 시대의 봄, 여름, 가을, 겨울에 가장 어울리는 시간
과 경물을 유형적으로 표현한 미적 이념이라 할 수 있다.『마쿠라노소시』
는 전체 300여단에 걸쳐 자연과 인물에 대한 미의식과 사계에 관한 정취
를 표현하고 있다. 이러한 사계와 자연, 인간 생활 전반의 미의식은 유형화
되었고, 왕조의 귀족들은 와카나 수필, 모노가타리 등에 자연과 사계에 대
한 정취를 그렸고, 이를 이해하는 것이 문화인의 교양이라 생각했다.
　헤이안 시대의 자연관은 일본열도 전체가 아니라, 주로 교토京都와 나라
奈良 주변의 자연을 묘사하고 있다. 문학작품에서 이러한 사계의 자연이 유
형화된 것은『마쿠라노소시』나『겐지 이야기』보다 약 1세기 정도 앞선
『고킨슈』의 와카라 할 수 있다.『고킨슈』는 전체 20권 1100수 정도인데,
사계(봄 2권, 여름·가을 2권, 겨울)가 6권, 별리, 여행, 연애 5권, 애상, 잡
가 2권 등으로 구성되어 있다. 단일 시제로는 연애가 가장 많지만, 사계절
을 앞부분에 배치한 것은 일본인들이 얼마나 사계를 중요시하고 있는가를
알 수 있다. 봄의 노래 134수 가운데 벚꽃을 읊은 노래가 74수, 매화를 읊
은 노래가 17수이고, 여름의 노래 34수 가운데 두견새를 읊은 노래가 28수
이다. 가을의 노래 145수 가운데 단풍을 읊은 노래가 50수이고, 겨울의 노
래 39수 가운데 눈을 읊은 것이 22수[7]라는 것은 특정한 자연이 유형화되고
애호되었다는 것을 알 수 있다. 봄의 노래에서 상대의『만요슈万葉集』에서
는 매화가 그 왕자를 지켜왔으나,『고킨슈』에서는 벚꽃이 봄의 꽃을 대표
하게 된다. 헤이안 시대 이후 칙찬집 등에서는 '꽃花'이라고 하면 압도적으
로 벚꽃을 의미하는 경우가 많아졌다. 이러한 미적 이념은 와카를 읊은 사
람이나 후대의 독자들이 모두 공감하는 미의식으로 정착되고 규범으로서
전승된다.

6　松尾聰 他校注,『枕草子』(「新編日本古典文学全集」 小学館, 1999) pp.25-26. 이하
　『枕草子』의 인용은 「新編全集」의 페이지를 표기함.
7　藤本宗利,「空白への視点」(『むらさき』第21輯, 武蔵野書院, 1984. 7). p.33.

『고킨슈』의 가나 서문仮名序에는 '옛날 대대로 천황은 꽃이 핀 봄날 아침, 달이 아름다운 가을날 밤이면 언제나 가까이 모시는 사람들을 불러, 무언가 관련시켜 와카를 읊게 하셨다.古の世々の帝、春の花の朝、秋の月の夜ごとに、さぶらふ人々を召して、事につけつつ歌を奉らしめ給ふ'(p.22)라는 기술이 나온다. 이는 헤이안 시대의 일본 지식인들이 얼마나 시가문학의 유형적인 미의식을 즐겨했는가를 알 수 있다. 이러한 유형미는 『마쿠라노소시』의 봄은 새벽녘의 보랏빛 구름, 여름은 밤의 반딧불, 가을은 저녁 무렵의 까마귀와 벌레소리, 겨울은 이른 아침의 서리와 눈과 같이, 계절과 자연을 일치시킨 미의식으로 전승된다. 즉 사계와 자연 경물을 일체화하여 전형적인 형태로 연상할 뿐만 아니라 하루 동안의 시간까지도 연계한 미의식을 즐겼다는 것이다.

춘추우열을 가리는 논쟁은 이미 나라奈良시대 이전부터 있었다. 『만요슈』의 제1권 16번에는 덴지天智(668-671) 천황이 후지와라 가마타리藤原鎌足(614-669)에게 명하여, 춘산만화春山萬花의 아름다움과 추산천엽秋山千葉의 색채를 경쟁시켰을 때, 누카타노오키미額田王가 대신 노래로 답하는 대목이 나온다. 여기서 누카타노오키미 자신은 봄을 칭찬하다가 가을이야말로 더욱 매력을 느낀다고 답한다. 그리고 헤이안 시대에 성립된 우타아와세歌合의 가집 『논춘추 노래시합論春秋歌合』에서 판정을 맡은 오시고우치노 미쓰네凡河内躬恒는, '정취있는 것은 춘추를 구별하기 어렵고 단지 계절의 마음이 중요한 것이다'[8]라고 했다. 또한 『겐지 이야기』와 거의 동시대에 성립된 『슈이와카슈拾遺和歌集』雑下에는, 기노 쓰라유기紀貫之가 춘추의 우월에 대한 질문을 받고, '때에 따라 변하는 마음은 봄가을에 정신이 혼돈스러워 구별하기 어렵다.春秋に思みだれて分きかねつ時につけつゝ移る心は'(509)라고 읊어 조화의 균형 감각을 지니고 있다. 그런데 이어지는 510번 와카는, 모토요시元吉 황자가 '봄가을 중에서 어느 쪽이 좋은가'라고 묻자, 쇼코덴承香殿 도시코는 가을이 좋다고 분명히 대답한다. 이에 황자는 다시 아름다운 벚꽃을 보여주며 이것은 어떤가라고 묻자, '대개 사람들은 가을이 좋다지만 벚꽃을 보면 어느 쪽이 좋다고 할 수 없어요.おほかたの秋に心は寄せしかど花見る時はいづれともなし'라고 답했다는 것이다. 또 이어지는 511번 작자 미상의 노래

---

8 『日本古典文学大辞典』第6巻, 岩波書店, 1985. p.317.

에도 '봄은 단지 외겹 벚꽃이 필 뿐, 그윽한 정취는 역시 가을에야말로 깊이 느껴진다.春はたゞ花のひとへに咲く許物のあはれは秋ぞまされる'[9]라고 읊어 가을을 찬양하고 있다.

『겐지 이야기』薄雲卷에서 히카루겐지는 양녀인 사이구 뇨고斎宮女御(아키코노무 중궁)에게 다음과 같이 자신의 사계관을 밝힌다.

> 봄날의 꽃과 숲, 가을 들판에 한창인 단풍에 대해서 서로의 생각을 논쟁해 왔으나, 그 계절에 대해 확실히 납득할 수 있는 결론은 아직 없는 듯합니다. 당나라에서는 비단 같은 봄꽃에 비길 계절이 없다고 하고, 일본의 와카에서는 가을의 정취를 특별히 생각합니다만, 그 어느 쪽도 각 계절을 보고 있으면 그 때에 따라 눈이 이끌려 꽃의 색깔도 새소리도 어느 쪽이 좋다고 정하기는 어렵습니다.
>
> 春の花の林、秋の野の盛りを、とりどりに人あらそひはべりける、そのころのげにと心寄るばかりあらはなる定めこそはべらざなれ。唐土には、春の花の錦にしくものなしと言ひはべめり。大和言の葉には、秋のあはれをとりたてて思へる、いづれも時々につけて見たまふに、目移りてえこそ花鳥の色をも音をもわきまへはべらね。
>
> (②461-462)

겐지는 사이구 뇨고에게 봄가을이 다 나름대로의 장점이 있어 우열을 구별하기가 어렵지만, 당나라에서는 봄을, 일본에서는 가을을 선호한다는 점을 지적한다. 그리고 겐지는 사이구 뇨고에게 봄, 가을 중에서 어느 쪽을 좋아하느냐고 묻는다. 사이구 뇨고는 대답하기 어려운 질문이지만, 가을의 저녁 무렵이 '정취있다ぁゃし'고 대답하고, 특히 어머니 로쿠조미야스도코로六条御息所가 돌아가신 가을이 더 그립다고 한다. 즉 일본인은『만요슈』이래로『슈이와카슈』,『겐지 이야기』에 이르기까지 사계절 중 가을을 더 선호하는 취향이 있고, 중세의 와카에서는 이 경향이 더욱 심화되어 가을의 저녁 무렵을 정취 있게 생각하는 표현이 유형화한다.

『겐지 이야기』若菜卷에서 히카루겐지의 장남인 유기리夕霧는 거문고나

---

9 小町谷照彦 校注『拾遺和歌集』(『新日本古典文学大系』岩波書店. 2004) pp.145-146

피리의 음색은 가을의 구름 한 점 없는 밝은 달밤보다는 봄의 안개 사이로 어렴풋이 비치는 달밤이 훨씬 더 곱고 정취 있게 조화롭다고 주장한다. 『겐지 이야기』 54권을 제일 먼저 읽은 사람으로 추정되는 스가와라 다카스에의 딸菅原孝標女이 쓴 『사라시나 일기更級日記』에는, 작자가 황녀의 집에 출사했을 때, 미나모토 스케미치源資通라는 귀족이 계절과 어울리는 악기의 음색을 대비하는 이야기를 듣는다. 스케미치는 봄 안개霞가 자욱하고 흐릿한 달밤에는 비파가 아름답게 들리고, 가을의 밝은 달밤에 벌레소리가 심금을 울리는 때는 쟁과 횡적이 어울린다. 그리고 겨울 밤 춥고 눈이 쌓여 달빛에 빛나고 있을 때에는 피리가 어울린다.(pp.334-335)고 하며, 각 계절의 전형적인 경물과 어울리는 악기의 유형을 지적하고 있다. 이와 같이 헤이안 시대의 귀족들은 계절과 날씨, 시간, 악기의 선율을 유형화시킴으로써 자연과 예술의 조화된 미의식을 향수했던 것으로 추정된다.

『겐지 이야기』 少女卷에서 히카루겐지는 사계절로 나누어진 대저택 육조원에 각 계절에 어울리는 주택과 정원을 조성하고, 각각의 계절에 어울리는 부인을 거주하게 한다. 동남쪽 봄의 저택에는 정처격인 무라사키노우에, 서남쪽 가을의 저택에는 가을을 좋아하는 양녀 아키코노무秋好 중궁, 동북쪽 여름의 저택에는 하나치루사토花散里, 서북쪽 겨울의 저택에는 아카시노키미明石君를 각각 거주하게 하여 자연의 사계절과 인간을 조화시키는 미의식을 실현하고 있다. 노무라 세이치는 이러한 육조원의 세계를 '사계에 의해 상징되는 자연을 이념적으로 표시한 것에 지나지 않는다. 여성들은 그와 같은 이념의 인격화이고, 동시에 자연 자체가 인위적으로 조성된 것인 만큼 미학적인 자연이 되어있다.'[10]라고 정의했다. 그리고 그는 이러한 자연관이 『겐지 이야기』와 헤이안 왕조 전체가 갖고 있던 하나의 사상이고, 육조원이 인간 심정의 상징이고 제2의 자연이라고도 했다.

히카루겐지의 육조원에서 사계의 미의식을 겨루는 절정은 봄을 좋아하는 무라사키노우에와 가을을 좋아하는 중궁과 춘추우열의 논쟁을 하는 대목이다. 少女卷에서 9월의 단풍이 한창 아름답게 물들어 있는 어느 저녁 무렵, 아키코노무 중궁은 궁중에서 육조원으로 나와 쟁반 위에다 갖가지

10　野村精一, 「少女」(『源氏物語必携』 学燈社, 1978) p.49

가을꽃과 단풍을 담아 무라사키노우에에게 보낸다. 함께 보낸 와카에는 '스스로 좋아서 봄을 기다리는 정원은 지금 무료하겠지요. 우리 정원의 아름다운 단풍을 바람결에 전합니다.心から春まつ苑はわがやどの紅葉を風のつてにだに見よ'(少女③82)라고 되어 있다. 무라사키노우에는 회답의 와카에서 바람에 지는 단풍이라며 가볍게 응수하자, 곁에 있던 히카루겐지는 봄꽃이 필 때까지 기다리라고 조언한다. 다음 해 3월 무라사키노우에는 아키코노무 중궁에게 꽃을 바치는데, 나비와 새의 장식을 한 동녀에게, 은으로 된 꽃병에는 벚꽃을, 금으로 된 꽃병에는 황매를 꽂아서 들게 하여 배를 타고 중궁이 있는 가을의 정원으로 가게 한다. 안개 속에서 동녀들이 들고 가는 꽃은 아름다움의 극치라 할 정도였다. 무라사키노우에가 소식으로 보내는 와카에는 '풀숲에서 가을을 기다리는 벌레인 당신은 봄의 꽃동산에 나는 호접조차도 싫다는 것입니까.花ぞののこてふをさへや下草に秋まつむしはうとく見るらむ'(少女③172)라고 했다. 이렇게 봄의 계절에는 무라사키노우에가 승리를 거둠으로써 체면을 유지하게 된다. 아키코노무 중궁과 무라사키노우에의 춘추 우열논쟁은 육조원의 두 여성을 통해 봄 가을의 자연과 미의식을 대비한 대표적인 사례라 할 수 있다.

이와 같이 사계절이 분명한 일본의 자연관, 사계관은 고대로부터 유형화되고 정형화되어 있었다. 특히 미의식의 완성체라 할 수 있는 『겐지 이야기』에는 사계절의 미의식이 유형화 되고, 자연의 이치는 봄에 태어나고 가을에 죽는 것이라 생각했다. 즉 일본인은 사람의 일생을 사계의 리듬과 질서에 맡기는 사생관을 갖고 있었다고 볼 수 있다.

4. 『겐지 이야기』의 성립과 미의식

『겐지 이야기』가 성립된 시대는 중고시대 일본 정치의 중심이 헤이안平安(지금의 교토京都)에 있었던 11세기 초이다. 헤이안(중고) 시대는 794년 나라奈良의 헤이조쿄平城京에서 헤이안쿄平安京로 천도하여 가마쿠라鎌倉에 막부가 개설된 1192년까지의 약 400년간을 말한다. 헤이안 시대 초기 100년 동안은 대륙의 신라, 발해, 당나라 등과의 교류를 통해 국가제도와 정치체제, 한문학을 받아들여 문장경국 사상이 팽배해 있었다. 그러나 894년 스가와라 미치자네菅原道眞의 건의로 견당사가 폐지되면서 소위 일본 고유의 국풍문화가 꽃피게 된다. 이 시대에 뇨보女房를 비롯한 지식인 여성들은 자신의 전통적인 감정이나 미의식을 자유로이 표현할 수 있는 가나仮名 문자를 발명하여, 와카和歌, 일기, 모노가타리物語(이야기), 수필 등의 가나 문학을 찬란하게 꽃피우게 된다.

헤이안 시대 중기는 천황의 외척인 후지와라藤原씨가 조정의 실권을 쥔 섭정摂政 관백関白의 정치가 절정에 달했던 시기이다. 후지와라씨는 9세기 후반부터 300여 년 동안 자신의 딸들을 후궁으로 입궐시켜 외척으로서 섭정관백의 지위를 독차지했다. 특히 후지와라 미치나가藤原道長(966-1027) 대에는, 보름달이 기울어지지 않는 것처럼 이 세상이 자기 세상이라고 읊을 정도로 영화가 절정에 달했다. 미치나가는 자신의 딸 쇼시彰子를 이치조一条 천황의 중궁이 되게 하고, 무라사키시키부를 출사시켜 쇼시의 교육을 맡겼다. 헤이안 시대의 궁중에는 무라사키시키부 외에도『마쿠라노소시枕草子』의 작자인 세이쇼나곤清少納言, 이즈미시키부和泉部와 같은 여류작가들이 궁녀 생활을 하면서, 와카를 읊고 모노가타리와 수필, 일기 등을 창출했다.

이러한 장르 중에서 모노가타리는 헤이안 시대부터 가마쿠라 시대에 걸쳐 가나문자로 작자의 견문과 상상을 바탕으로, 인물과 사건에 대한 줄거리를 기술한 산문문학이다. 모노가타리는 주로 결혼 적령기의 여성들이 읽었는데, 무수한 모노가타리가 기술되었지만 대부분 역사 속으로 소멸되고 현존하는 것은 극히 일부만이 전한다. 984년에 성립된 미나모토 다메노리源為憲의『산보에코토바三宝絵詞』의 서문에는 다음과 같은 기술이 나온다.

> 또 모노가타리란 여자의 마음을 위로하는 것이다. 이것은 오아라키 숲의 풀보다 많고 아리소 바닷가의 잔모래 보다 많지만,
> また物語と云ひて女の御心をやるものなり。大荒木の森の草より繁く、有磯海の浜の真砂よりも多かれど、[11]

---

11 源為憲 撰 江口孝夫 校注,『三宝絵詞』上, 現代思潮社, 1982. p.37.

상기 표현은 다소 과장된 면이 없지 않지만, 당시의 문단에 얼마나 많은 모노가타리가 범람하고 있었는가를 단적으로 짐작할 수 있다. 그리고 이러한 모노가타리 문학의 작자는 여성이거나 작자미상인 경우가 많았는데, 이는 동시대의 가나 문학에 대한 위상을 말해준다. 기노 쓰라유키紀貫之는 현존하는 최초의 가나 일기인 『도사 일기土佐日記』(935년)의 서두에서, '남자가 쓴다는 일기라는 것을 여자도 한번 써 보려는 것이다.男もすなる日記といふものを、女もしてみむとてするなり'[12]라고 기술했다. 즉 쓰라유키는 일기 속에서 자신을 도회韜晦시킴으로써 일기라는 장르 속에서 표현의 자유와 허구의 방법론을 구현하려 했던 것이다. 이는 당대 최고의 문학자이며 남성 귀족 관료였던 기노 쓰라유키가 가나 문자로 일기를 쓰는 것에 대해 마치 자신이 익명의 여성인 것처럼 위장하기 위한 표현으로 볼 수 있다.

『겐지 이야기』의 작자 무라사키시키부는 998년 말, 이미 수년전부터 구혼하고 있었던 후지와라 노부타카藤原信孝와 결혼한다. 다음 해인 999년에는 나중에 와카和歌의 가인으로 유명한 겐시賢子(다이니노산미大弌三位)가 태어나지만, 노부타카의 병사로 인해 2년여의 결혼생활이 끝나게 된다. 두 사람 모두 만혼이었고 짧은 결혼생활이었지만 무라사키시키부는 남편과 인생에 대한 깊은 성찰과 생사의 문제를 반추하고 있는 것을 일기와 만년의 가집인 『무라사키시키부집紫式部集』 등에서 엿볼 수 있다. 무라사키시키부는 노부타카와 사별한 1001년 가을부터 『겐지 이야기』를 집필하기 시작했을 것으로 보인다. 무라사키시키부는 쓸쓸한 과부생활을 하면서 이승에서 이룰 수 없었던 이상적인 결혼 생활을 허구 속에서나마 그렸던 것이다. 이 세상 사람들과는 비교할 수 없을 정도의 미모와 재능을 가진 주인공 히카루겐지의 연애와 그 작품세계는 작자 자신이 현실적으로 실현 불가능한 것을 허구의 모노가타리 속에서 추구하려 했고 그 속에 자신을 해방시키고자 한 것이었다. 그러나 이러한 이상적인 모노가타리의 주인공상에는 선행 모노가타리 작품인 『다케토리 이야기竹取物語』, 『이세 이야기伊勢物語』, 『우쓰호 이야기うつほ物語』 등의 영향이 있었고, 또한 작자가 살았던 역사 속의 이상적인 인물상도 부분적으로 투영되어 있을 것으로 생각된다. 또한

---

12 菊地靖彦 他校注, 『土佐日記 蜻蛉日記』(「新編日本古典文学全集」 小学館, 2004) p.15

작자가 헤이안 시대 섭관정치의 최전성기였던 후지와라 미치나가藤原道長 시대에 쇼시彰子 중궁의 후궁문단에서 활약하고 있었다는 현실적인 배경이 있었기 때문에, 단순한 공상이 아닌 궁중의례와 황자에서 신하가 된 이상적인 인물의 창조가 가능했다고 볼 수 있다.

『겐지 이야기』 속에서는 작자가 누구라는 것을 어디에도 찾아볼 수가 없으나, 작자의 『무라사키시키부 일기紫式部日記』 등을 통해 규명할 수 있다. 일기에 의하면 무라사키시키부는 1005년부터 1013년경까지 궁중에서 중궁 쇼시彰子의 뇨보로 근무했고, 1008년경에는 이미 若紫巻 등이 세상에 유포되어 있었다는 것을 알 수 있다. 일기에 의하면 귀족 관료이며 가인歌人이었던 후지와라 긴토藤原公任(966-1041)도 무라사키시키부가 『겐지 이야기』의 작자라는 것을 알고 있었다. 또한 이치조一条 천황도 『겐지 이야기』를 뇨보가 읽는 것을 듣고, '이 사람은 일본서기도 읽은 듯하다. 정말 학식이 풍부한 듯하다.この人は日本紀をこそ読みたるべけれ。まことに才あるべし'(p.208)라고 말했다는 것을 전하고 있다. 이 이외에 작자와 후지와라 미치나가藤原道長가 증답한 와카의 내용으로 살펴보아도 『겐지 이야기』의 작자가 무라사키시키부임을 확신할 수 있다.

11세기 초 여류작가인 무라사키시키부에 의해 400여명의 등장인물과 4대 천황 70여년에 걸친 이야기를 400자 원고지로 2000매가 넘는 대장편 『겐지 이야기』가 성립되었다는 것은 실로 기적에 가까운 일이었다. 무라사키시키부는 헤이안 시대 석학이었던 후지와라 다메토키藤原為時의 딸로 973년경에 태어났다. 부모는 모두 후지와라 명문 집안이었으나 이미 정치의 중심에서는 멀리 떨어진 지방의 수령계층이었다. 무라사키시키부는 일찍이 생모와 사별하고 부친인 다메토키의 훈도를 받으며 자랐다. 『무라사키시키부 일기』에는 아버지 다메토키가 아들 노부노리惟規에게 한문을 가르치고 있을 때, 옆에서 듣고 있던 무라사키시키부가 먼저 해독하는 것을 볼 때마다, '이 애가 남자가 아닌 것이 얼마나 불행한 일인가.口惜しう、男子にて持たらぬこそ幸ひなかりけれ'(p.209)하고 입버릇처럼 통탄했다고 기술하고 있다. 이 시대의 한문의 학문이란 남자가 입신출세를 하기 위한 것이었지 여자에게는 무용지물이었을 뿐만 아니라 오히려 경원시 되었던 것이다. 1005년 무라사키시키부는 이치조 천황의 중궁 쇼시彰子의 뇨보로 입궐한

후 한문의 자질을 숨겨 사람들 앞에서는 한 '一'자도 쓰지 않았다고 한다. 그러나 무라사키시키부는 쇼시 중궁에게 사람이 없는 틈을 타서 『백씨문집白氏文集』을 은밀히 강독했다는 것을 일기에서 밝히고 있다. 이러한 재능을 지닌 무라사키시키부가 만약에 남자였다면 훌륭한 관리로서 출세는 했을지 모르지만, 『겐지 이야기』는 성립되지 못했을 것이다. 왜냐하면 당시의 모노가타리는 여성이 여성을 위해 창작하고 주로 여성들이 감상하는 문학이었기 때문이다.

가마쿠라鎌倉 시대 초기의 후지와라 슌제이의 딸藤原俊成女이 기술한 것으로 추정되는 모노가타리 평론집인 『무묘조시無名草子』에는 다음과 같이 기술하고 있다.

> 그렇지만 이 『겐지 이야기』가 창출된 것은 아무리 생각해 보아도 현세만이 아니라 전생으로부터 인연인가 하고 진귀하게 생각됩니다. 실로 부처님에게 기원한 영험이라 생각됩니다.
>
> さても、この『源氏』作り出でたることこそ、思へど思へど、この世一つならずめづらかに思ほゆれ。まことに、仏に申し請ひたりける験にや、とこそおぼゆれ。[13]

그리고 무라사키시키부가 겨우 『우쓰호 이야기』, 『다케토리 이야기』, 『스미요시 이야기』 정도를 보고 『겐지 이야기』를 창작한 것은 범부가 흉내낼 수 있는 일이 아니다 라고 지적했다. 『겐지 이야기』에 대한 이러한 평가는 후대의 독자들이 공통적으로 실감했을 것으로 생각된다. 이 말을 들은 젊은 여성이 『겐지 이야기』의 이야기를 해 달라고 하자, 작자는 너무 길어서 다 기억할 수가 없고 책으로 읽어야 한다고 하며 권별로 줄거리와 등장인물에 대해 각각 비평한다.

작품의 구성은 54권으로 구성되어 있는데, 히카루겐지의 일생을 다룬 정편과 자식들의 인간관계를 다룬 속편으로 나누기도 하지만, 일반적으로 전체를 3부로 분류하기도 한다.[14] 제1부는 기리쓰보桐壺 권부터 등나무 속

---

13 桑原博史 校注, 『無名草子』(「新潮日本古典集成」 新潮社版, 1982) p.23.
14 阿部秋生, 『源氏物語研究序説』 東大出版會, 1975, p.939.

잎권藤裏葉巻까지의 33권, 제2부는 봄나물 상권若菜上巻부터 환상권幻巻까지의 8권, 제3부는 니오 병부경권匂兵部卿巻부터 꿈의 부교권夢浮橋巻까지의 13권으로 구성되어 있다. 제1부는 천황의 제2황자로 태어난 히카루겐지가 겐지源氏 성을 하사받고 이야기의 주인공으로 등장하여, 고려인(발해인)의 예언대로 태상천황太上天皇에 준하는 지위에 올라 최상의 영화를 누린다는 이야기이다. 그러나 모노가타리의 논리는 주인공의 운명이기에 영화가 저절로 달성된다는 것으로 전개되지는 않는다. 히카루겐지의 영화는 섭정 관백으로서의 노력과 후지쓰보藤壺, 무라사키노우에紫上를 비롯한 여성들과 사랑의 인간관계를 맺거나, 후지쓰보와의 불윤으로 태어난 아들 레이제이冷泉 천황의 효심 등으로 달성된다. 제2부에서는 히카루겐지의 정처 온나산노미야女三宮와 가시와기柏木라고 하는 귀족과의 밀통이 일어난다. 그 결과 겐지는 자신이 제1부에서 지은 죄과에 대한 인과응보로 생각하여 고뇌하고, 무라사키노우에가 죽은 후, 출가를 기다리는 만년이 묘사되어 있다. 제3부에서는 가오루(표면적으로는 겐지와 온나산노미야의 아들이나 실제는 가시와기의 아들)와 니오미야匂宮가 우지宇治의 여성들과 얽히는 사랑과 갈등이 묘사된다. 『겐지 이야기』는 워낙 장대한 내용이기 때문에 그 내용을 간단히 요약하기는 어렵지만 주도하고 치밀한 구성, 그리고 자연과 인간심리가 조화된 문체는 일본 문학의 정수라고 지적된다. 중세의 렌가시連歌師들이 『겐지 이야기』 전편의 이념을 '인과응보'라고 한 것에 대해, 에도江戸 시대의 국학자인 모토오리 노리나가本居宣長는 '모노노아와레もののあわれ'[15]라고 파악했다. 이는 왕조의 우아한 미적 감각을 대표하는 말로서, 어떤 대상을 접했을 대 자연히 느껴지는 감정, 감상, 감동을 나타내며 우아하고 조화된 정취의 이념을 말한다.

『겐지 이야기』蛍巻에는 겐지와 다마카즈라玉鬘가 모노가타리 논쟁을 전개하는 대목이 나온다. 히카루겐지가 36세 되던 여름, 장마가 예년보다 길게 계속되자 겐지의 저택 육조원의 여성들은 모두 그림과 모노가타리를 읽고 쓰는 일에 골몰하고 있다. 그 중에서 히카루겐지의 양녀로 들어온 다마카즈라는 특히 모노가타리를 열심히 베껴 쓰기도 하고 읽기도 했다. 겐

---

15 大野普, 『本居宣長全集』 第4巻, 筑摩書房, 1981, p.174.

지는 여성들이 머리가 풀어 헤쳐지는 것도 모르고 허구의 모노가타리에 골몰하는 것을 보고 비웃는다. 이에 다마카즈라가 모노가타리야말로 진실이 담겨 있는 것처럼 생각된다고 하며 반발하자, 히카루겐지는 모노가타리에 관한 자신의 본심을 다음과 같이 밝힌다.

> "정말로 함부로 모노가타리를 모욕했군요. 모노가타리란 신들의 시대 이래로 이 세상의 일을 써놓은 것이라고 합니다. 『일본서기』 등은 겨우 일부분에 지나지 않습니다. 이들 모노가타리야말로 오히려 도리에 맞는 자세한 일들이 쓰여 있는 것이지요."라고 하시며 웃으신다.
>
> 「骨なくも聞こえおとしてけるかな。神代より世にあることを記しおきけるななり。日本紀などはただかたそばぞかし。これらにこそ道々しくくはしきことはあらめ」とて
> 笑ひたまふ。　　　　　　　　　　　　　　　　　　　　　　　　　(蛍③212)

상기 대목은 허구의 모노가타리 속에 오히려 진실이 담겨 있다는 겐지의 문학론이다. 그러나 겐지는 무라사키노우에 부인에게 가서 친딸(아카시노키미가 낳은 딸을 무라사키노우에가 양육하고 있음)에게 연애 모노가타리 등을 읽히지 않는 것이 좋겠다고 이야기한다. 특히 무라사키노우에는 계모의 입장이기 때문에 마음씨 나쁜 계모에 관한 옛날이야기 등은 제외하고 특별히 가려서 정서를 시키고 그림으로 그리게 했다. 겐지는 다마카즈라와 무라사키노우에에게 각기 다른 모노가타리 논리를 전개하고 있는 것은, 부모의 입장에서 모노가타리를 자녀 교육의 중요한 교재로 활용했다는 것을 알 수 있다.

『겐지 이야기』絵合巻에는 후궁들이 소장하고 있는 그림의 우열을 가리는 시합이 벌어진다. 이 놀이는 레이제이冷泉 천황의 후궁인 우메쓰보梅壺와 고키덴弘徽殿 사이에 벌어지는데, 겐지는 우메쓰보를, 두중장은 고키덴을 후견함으로써 정치적인 시합이기도 했다. 즉 우메쓰보는 히카루겐지가 애인 로쿠조미야스도코로六条御息所가 낳은 딸을 양녀로 삼아 입궐시켰고, 고키덴은 두중장의 딸이었기 때문이다. 시합은 먼저 후지쓰보(기리쓰보 천황의 중궁) 앞에서 모노가타리 그림의 우열을 겨루게 되었는데, 좌우에서 『다케토리 이야기』와 『우쓰보 이야기』 등으로 겨루었으나 우열을 가리기 어려웠다. 이에 다시 날짜를 정하여 이번에는 천황 앞에서 좌우의 그림을 겨룬 결과, 우메쓰보가 겐지의 스마須磨 그림일기로 이기게 된다. 단순한 그림 놀이이지만 이긴 우메쓰보가 중궁으로 즉위한다는 것은 겐지 측의 정치적인 승리이기도 했다. 즉 히카루겐지는 자신에 대한 세 가지 예언을 의식하고, 그러한 노력의 일환으로 우메쓰보를 양녀로 입궐시켰고, 그림을 좋아하는 레이제이 천황의 중궁으로 즉위시킨 것이다.

겐지는 7살이 되면서 독서를 시작했는데 학문적으로 그 총명함이 초인적일뿐만 아니라, 거문고琴와 피리 등의 음악에 있어서도 궁중의 모든 사람들을 놀라게 할 정도였다. 겐지는 26세 때 스마須磨에 퇴거하여 폭풍우로 인해 다시 아카시明石로 옮겼을 때, 초여름의 달밤에 도읍을 생각하며 거문고를 뜯는 대목이 나온다. 이 때 아카시 법사가 비파를 가져와서 함께 연주하며 음악에 관한 논쟁을 펼친다.

『겐지 이야기』若菜下卷에서 겐지가 47세가 되는 봄, 육조원 저택에서는 4명의 부인들만으로 구성된 합주가 개최된다. 이는 스자쿠인朱雀院(겐지의 형)의 50세 축하연을 위한 리허설이었다. 겐지의 장남인 유기리夕霧는 합주의 반주를 위해 툇마루에서 피리를 불었다. 겐지는 아카시노키미明石君에게는 비파(4현), 무라사키노우에에게는 화금和琴(6현), 아카시 중궁(아카시노키미의 딸)에게는 쟁(13현). 온나산노미야女三宮(겐지의 정처)에게는 칠현금을 각각 나누어 주고 연주하게 했다. 이들 악기는 각각 여성들의 상징으로 가장 잘 연주할 수 있는 악기이며 혼연일체가 되어 연주한다. 그 중에서 아카시노키미의 비파 연주가 가장 뛰어나다고 한다. 또한 겐지는 여성들의 용모와 의상을 바라보며 각각 꽃나무에 비유하는데, 온나산노미야는 푸른 버드나무, 아카시 중궁은 등나무 꽃, 무라사키노우에는 벚꽃, 아카시노키미는 귤나무 꽃으로 비유하여 겐지와의 인간관계를 상징하고 있다. 이윽고 달이 뜨자 겐지와 유기리는 춘추우열에 관한 논쟁을 시작으로 당대의 악기와 누가 가장 뛰어난 연주자인가를 가리는 품평회를 한다. 특히 겐지는 칠현금이 천지를 움직이고 귀신의 마음도 부드럽게 만드는 위력이 있으나 연주의 비법이 단절되고 있어 온나산노미야에게 가르쳤고, 다음에는 아카시 중궁의 아들이 자라면 주법을 전수해야겠다고 한다.

『겐지 이야기』에서 육조원의 여성 합주의 시연이 있은 지 얼마 안 되어

무라사키노우에가 발병한다. 무라사키노우에는 겐지가 셋째 황녀 온나산
노미야와 결혼하기 전까지 평생의 반려자였고 육조원의 안주인이었다. 이
때 그녀의 나이는 37세로 액년이었는데, 고모였던 후지쓰보藤壺도 37세에
죽었다. 무라사키노우에는 용태가 점점 악화되자 기분전환이라도 될까 하
여 옛날에 살던 이조원으로 거처를 옮기자, 모든 문병객들이 이조원으로
몰린다. 육조원은 불이 꺼진 듯이 조용해지고, 이 기회를 이용하여 온나산
노미야는 가시와기柏木와 밀통을 하게 된다. 이로서 겐지의 영화는 급격하
게 조락하는데, 모노가타리는 육조원 영화의 정점을 여성들의 합주로 장
식한 것이다.

5. 이로고노미의 연애

'이로고노미色好み'의 사전적 의미는 연애의 정서를 이해하고 세련된 정
취를 좋아하는 것, 또는 그러한 사람을 뜻한다. 헤이안 시대의 칙찬 가집『고
킨와카슈古今和歌集』에는 '이로고노미'와 '호색好色'이라는 용례가 동시에 등
장한다.『고킨슈』의 가나 서문仮名序에는 와카가 '이로고노미의 집안色好みの
家'(p.22)으로 전승되었다고 하고, 한문 서문에서는 '色好之家'(p.424)라고
기술하고 있다. 그러나 이로고노미가 好色의 번역어인지, 아니면 한자 문
화권인 일본 고유어에 한자가 차용되었는지는 확실하지 않다. 여기서는
헤이안 시대의 남녀의 연애와 풍류인의 미의식과 '이로고노미'의 관계를
살펴보고자 한다.

『時代別國語大辭典』上代編에는 '이로고노미'의 '이로는 접두어로, 형이
나 모母 등의 친족관계를 나타내는 말에 붙어 같은 어머니에서 태어난 남
매라는 것을 나타낸다.'[16]고 되어 있다. 그리고 상대의 문헌에는 '이로'를
'伊呂'로 표기하고, 이로세(同母兄), 이로토(同母弟), 이로네(同母姉), 이로
모(同母妹), 이로하(生母) 등의 용례가 보인다. 오리구치시노부折口信夫[17]는

---

16 『時代別國語大辭典』上代編. 三省堂. 1968. p.109.
17 折口博士記念古代研究所 編,『折口信夫全集』第14卷, 中央公論社, 1987. p.221.

이로고노미가 好色을 직역한 말이 아니라고 하고, '이로'는 여성 혹은 여성의 길이며, '고노무'는 호색의 '호妖'가 아니라 옛날부터 선택한다는 뜻으로 해석하고 있다. 그래서 '이로고노미'는 아마도 여성과의 연애를 선택하거나, 당신을 선택한다는 의미를 갖게 된 것이 아닐까라고 추정했다. 오리구치는 모토오리 노리나가本居宣長가 『겐지 이야기』의 미의식을 '모노노 아와레'라고 지적한 것을 비판하여, 히카루겐지의 이로고노미야말로 고대 왕권王權의 본질이며 미덕美德이라 생각했다.

『논어』의 자한편이나 『맹자』의 양혜왕 장구하편 등에 나오는 호색자 혹은 호색이란 용어는 여색을 탐하는 것을 경계하는 의미로 사용되는 경우가 많다. 다카하시 도루는 '이로고노미'를 '연애나 남녀의 교제를 좋아하고, 그 정취를 노래 등의 예능으로 표현하는 행위나 사람'[18]이라고 분석했다. 즉 '이로고노미'는 근세문학 등에 등장하는 단순한 호색한과는 달리 음악, 미술, 문학 등의 예능에 통달하고, 특히 남녀교제의 필수조건인 와카가 능숙해야 했다. 헤이안 시대 문학작품에서 이로고노미의 대표적인 인물을 들자면, 『이세 이야기伊勢物語』의 주인공인 아리와라 나리히라在原業平나 『겐지 이야기』의 주인공인 히카루겐지가 으뜸이라 할 수 있다.

한편 미야비雅び란 궁정풍宮廷風, 도회풍都會風으로 우아하고 세련된 정취를 말하는데, 역시 와카의 능력과 깊은 관련이 있으며 이로고노미의 조건이기도 했다. 미야비가 최초로 등장하는 문헌인 『만요슈万葉集』권 제5(852)에는 '매화꽃이 꿈에 나타나서 말하기를, 나는 풍류가 있는 꽃이라 생각한다. 부디 나를 술잔에 띄워주시오.梅の花夢に語らくみやびたる花と我思ふ酒に浮かべこそ'[19]라는 노래가 나온다. 미야비를 만요가나万葉仮名의 원문에는 '美他備'로 기술했는데, 『만요슈』권 제2(126. 127)에는 '유사遊士'나 '풍류사風流士' 등을 미야비로 읽은 용례도 나온다.

『이세 이야기』초단初段에는 와카와 미야비의 관계를 알 수 있는 용례가 나온다.

---

18 高橋亨, 「いろごのみ」(『國文学』学燈社, 1985. 9) p.50.
19 小島憲之 他校注, 『万葉集』(『新編日本古典文学全集』小学館, 1998). 이하 『万葉集』의 본문 인용은 『新編全集』의 卷, 페이지 수, 歌番을 표기함.

옛날에 남자가 성인식을 하고, 나라의 도읍인 가스가 마을에 영지가 있었기
때문에 사냥을 하러 갔다. 그 마을에 대단히 아름다운 자매가 살고 있었다.
이 남자는 몰래 엿보았다. 아주 뜻밖에도 쇠퇴한 옛 도읍에 전혀 어울리지
않는 모습이었기 때문에 완전히 여자에게 빠져 버렸다. 남자는 입고 있던 사
냥복의 옷자락을 찢어 와카를 적어 보낸다. 그 남자는 지치풀로 염색한 사냥
복을 입고 있었다.

가스가 벌판의 새 지치풀 같은 당신을 만나니 내 마음은 사냥복의 무늬처럼
한없이 흔들립니다

라고 즉시 노래를 읊어 보냈다. 이러한 때에 노래를 지어 여자에게 보내는
것이 운치 있는 일이라고도 생각한 것일까.

미치노쿠의 넉줄고사리 무늬처럼 흔들리는 내 마음 누구 때문인가요. 바로
당신 때문이지요

라는 노래의 정취를 읊은 것이다. 옛날 사람은 이렇게 정열적인 미야비의 행
동을 했다.

むかし、男、初冠して、奈良の京春日の里に、しるよしして、狩にいにけり。そ
の里に、いとなまめいたる女はらからすみけり。この男かいまみてけり。思ほえ
ず、ふる里にいとはしたなくてありければ、心地まどひにけり。男の、着たりける
狩衣の裾をきりて、歌を書きてやる。その男、信夫摺りの狩衣をなむ着たりける。

春日野の若むらさきのすりごろもしのぶの乱れかぎりしられず

となむおいつきていひやりける。ついでおもしろきことともや思ひけむ。

みちのくのしのぶもぢずりたれゆゑに乱れそめにしわれならなくに

といふ歌の心ばへなり。昔人は、かくいちはやきみやびをなむしける。[20]

『이세 이야기』의 주인공 아리와라 나리히라는 헤이제이平城 천황(806
-809)의 아들인 아보阿保 친왕의 제5남으로, 미남이며 와카를 잘 읊는 풍
류인으로 알려져 있다. 예문의 마지막 문장에서 미야비(풍류)라는 단어는
『이세 이야기』 중에서 유일한 용례이다. 주인공 아리와라 나리히라의 인

---

20   福井貞助 他校注, 『竹取物語 伊勢物語 大和物語 平中物語』(「新編日本古典文学全
       集」小学館, 1999) pp.113-114. 이하 작품의 인용은 「新編全集」의 페이지 수를 표
       시함.

간성을 대표하는 미야비는 왕조문학 작품의 미의식을 나타낸 키워드이다. 그 배경에는 왕조 귀족의 풍아風雅, '이로고노미'의 미의식이 깔려 있다. 이후 '이로고노미'의 가장 중요한 조건은 그 분위기에 맞는 와카를 읊는 것이었다.

헤이안 왕조 귀족들의 남녀가 연애를 시작하는 과정과 조건을 살펴보면 다음과 같다. 당시의 신분이 높은 귀족 여성들은 함부로 남이나 남자들에게 얼굴을 보여서는 안되었다. 그래서 병풍이나 휘장 뒤에 있거나, 가까운 사람을 만날 때에도 발을 사이에 두거나 쥘부채로 얼굴을 가리고 대화를 했다. 그래서 남녀의 교제는 울타리 밖이나 문 틈새기로 서로를 엿보거나, 집밖에서 여성의 악기 연주를 듣거나 시녀의 소개가 있어야 만날 수 있었다. 앞에서 인용한『이세 이야기』의 초단의 용례, '엿보기かいまみ'라는 행위를 통해서 연애가 시작되는 경우가 많았다. 이러한 '엿보기垣間見'는 엿보았다는 것으로 끝나는 것이 아니라, 얼굴을 본 것이 연애나 결혼으로까지 이어지는 경우가 많았다.

『겐지 이야기』若紫巻에서 히카루겐지는 와카무라사키를 울타리 너머로 훔쳐보고, 자신이 이상형으로 생각하는 후지쓰보藤壺와 닮은 미모에 끌려 평생의 반려자로 삼게 된다. 또 若菜上巻에서는 가시와기柏木가 온나산노미야(히카루겐지의 정실 부인)를 엿보고 밀통이 일어난다. 온나산노미야는 저녁 무렵에 귀족의 자제들이 공차기 놀이를 하는 것을 발 뒤에 서서 구경하고 있었는데, 고양이가 뛰어 나오다가 목에 맨 줄이 발에 걸려 올라가자 가시와기에게 노출된다. 이러한 엿보기垣間見는 결국 가시와기와 온나산노미야가 밀통하는 사건으로 이어지는데, 이는 등장인물의 시점이 되며 모노가타리 문학의 인물조형을 위한 전형적인 수법이라 할 수 있다.

헤이안 시대의 남녀의 교제는 주변의 시녀나 유모, 친척으로부터 소문을 듣거나, 거문고, 비파 등의 악기 소리를 듣고 연모하는 마음을 느끼게 되어 시작되었다. 그리고 이러한 교제에는 반드시 와카를 동반하는 연애편지를 주고받았다. 모노가타리에는 대개 자질구레한 편지의 내용은 생략되고 두 사람의 관계를 상징하는 와카만 기술되는 경우가 많았다. 연애편지는 대개 얇은, 주홍색, 보라색 등의 종이에 쓰고, 그 계절의 꽃나무 가지

에 매달아 보내기도 했다. 『겐지 이야기』의 히카루겐지는 언제나 호색인으로서 풍류를 체현한 인물로 묘사되지만 아들 유기리는 그렇지 못했다. 野分巻에서 유기리는 애인 구모이노가리雲居雁에게 보내는 편지에 '바람이 불어 떼구름 흩어지는 저녁에도, 나에게는 한시도 잊을 수 없는 당신입니다.風さわぎむら雲まがふ夕べにもわするる間なく忘られぬ君'(③283)라고 읊은 와카를 보라색 종이에 써서 억새에 매어 보내려고 하자, 시녀들이 색의 조화가 맞지 않는다고 지적한다. 당시의 남녀는 와카를 증답할 때에도 후미쓰키에다文付枝라고 하는 꽃나무와 편지지의 색과 잘 어울리는 내용이라야 연애의 정취를 느꼈다는 것을 알 수 있다.

그리하여 결혼이 성립되면 남자는 3일간 계속하여 여자의 집을 찾아가야 하고, 마지막 날 아침에는 여자의 집에서 결혼 피로연을 갖는다. 매일의 방문은 저녁 무렵에 가서, 다음날 아침 날이 밝기 전에 여자의 집을 나와 본인의 집으로 돌아가는 것이 예의였다. 남자는 집으로 돌아가 바로 여자에게 편지를 써야 했는데, 편지가 늦어질수록 남자의 애정과 성의가 없는 것으로 인식되었다. 이후는 부부의 친밀도와 관계에 따라 남자가 여자의 집으로 방문하는 방처혼의 결혼관계가 유지되는 것이 보통이었으나, 히카루겐지와 같이 처첩들을 자신의 저택으로 데려와 함께 사는 결혼의 형태도 있었다.

히카루겐지는 세 살 때 사별한 어머니의 모습과 '연고ゆかり' 여성을 이상적인 여인으로 생각했다. 죽은 어머니 기리쓰보 고이桐壺更衣와 후궁인 후지쓰보가 닮았다는 말을 듣고, 후지쓰보를 연모하여 밀통을 하게 되고 아들 레이제이冷泉가 태어난다. 후지쓰보의 분별력으로 더 이상의 만남이 불가능해지자, 겐지는 그녀의 조카인 와카무라사키를 좋아하게 된다. 그리고 겐지는 당시로는 만년인 40세에 후지쓰보의 또 다른 조카인 온나산노미야(셋째 황녀)를 정실부인으로 맞이한다.

帚木巻에서 궁중의 귀족들이 여성 품평회를 하는 가운데 중류 계층의 여성이야말로 개성적이며 특색이 있다는 체험담을 듣고도, 겐지는 오로지 고귀한 신분으로 이상형으로 생각하는 후지쓰보만을 생각한다. 이후 중류 계층의 여성을 비롯한 많은 여인들과의 관계에서 겐지는 어머니와 닮은 얼굴의 여성들을 대상으로 이로고노미로서의 이상을 실현한다. 특히 히카

루겐지의 영화가 실현되는 논리는 고대 왕권의 이상적인 인물로서 다양한
여성들과의 연애를 통해 성취된다. 그리고 겐지의 왕권은 육조원이라고
하는 지상낙원의 사계와 각 계절의 여성과 관련된 풍류를 실천함으로써
완성된다고 할 수 있다.

6. 결론

헤이안 시대 문학작품 중에서『겐지 이야기』를 중심으로 일본문학의 풍
류와 미의식을 고찰해 보았다. 특히 왕조문학의 대표적인 미의식이라 할
수 있는 유형적인 사계의 미의식과 이로고노미의 미야비(풍류)를 살펴보
았다. 작가이며 평론가인 나카무라 신이치로가 '일본인의 미의식은 헤이
안 시대에 완성되었다. 그 이전은 준비기이고, 그 이후는 해체기이다.'[21]라
고 논평했던 말을 실감할 수 있을 정도로 일본인의 미의식은 헤이안 시대
문학에서 유형화된 것이 많다는 것을 확인할 수 있었다.

헤이안 시대에 성립된『고킨슈』나『마쿠라노소시』등의 사계관은 통념
적이고 유형화된 미의식이었다. 특히 시가문학인『고킨슈』에서 형성된 미
의식은 오늘날까지 모든 문화 양식의 기본이 되고 있다. 그리고『겐지 이
야기』에서 히카루겐지가 조영한 육조원은『고킨슈』의 사계관과 미의식
의 연장선상에 더욱 심화되었다고 볼 수 있다. 육조원의 사계는 그 계절
에 어울리는 사람과 악기, 의복, 나무 등이 서로 어울리는 미의식을 유형
화시켰다. 또한 상대 시대로부터 제기된 춘추우열의 논쟁도 절정을 이루
어 일본인은 가을을 더 선호하는 미의식을 형성하게 된다.

이러한 우아한 미야비와 미의식을 체현한 '이로고노미'는 고대 일본의
신화 전설에서 왕권을 획득하는 인물이었다. 그런데 헤이안 시대의 문학
에서 '이로고노미'란 주로 남녀교제에 있어서 와카를 잘 읊고, 모노가타
리, 음악, 미술 등의 예능을 습득한 풍류인을 의미한다.『이세 이야기』나
『겐지 이야기』에서 '이로고노미'는 아리와라 나리히라나 히카루겐지와 같

---

21 中村慎一郎,『色好みの構造』岩波書店, 1985. p.8.

은 인물이다. 즉 헤이안 시대의 작품세계에서 궁정풍, 도회풍으로 형성된
이로고노미의 우아한 정취는 일본 문화의 원천으로 전승되고 있다는 것을
확인할 수 있다.

▌Key Words 平安時代, 和歌, 風流, 色好み, もののあはれ

제3장

『겐지 이야기』의 사계와 춘추우열논쟁

1. 서론

헤이안平安 시대의 풍류風流와 美意識은 사계절의 자연과 밀접한 관계가 있다. 근세의 모토오리 노리나가本居宣長가 『겐지 이야기』의 문예이념이라고 주장한 '모노노아와레もののあはれ'의 원천에는 사계를 중심으로 하는 자연묘사와 깊은 관련이 있다. 모토오리 노리나가는 『源氏物語玉の小櫛』에서 모노가타리物語에 대해, '이 모노가타리라는 것은 특히 사람이 느낄 수 있는 모든 것을 갖가지로 표현하여 정취를 보여주는 것이다. 먼저 조정과 민간의 정취 있고 멋있고 위엄 있는 모든 일을 기술하며, 또 춘하추동의 계절마다 꽃과 새, 달, 눈과 같은 것을 흥취 있게 표현하고 있다.此物語は、殊に人の感ずべきことのかぎりを、さまざまかきあらはして、<u>あはれを見せたるもの</u>なり、まづおほやけわたくし、おもしろくめでたく、いかめしき事のかぎりをかき、又<u>春夏秋冬をりをりの花鳥月雪</u>のたぐひを、おかしきさまに書きあらはせるなど'[1]라고 기술하고 있다.

이어서 노리나가는 모노가타리와 자연에 대해, 모두 사람의 마음을 감동시키고 정취 있게 느끼게 하고, 마음속으로 생각하는 일이 있을 때에는 더욱 하늘의 모습이나 초목의 색깔도 정취를 북돋우게 된다고 분석했다. 노리나가는 『겐지 이야기』의 각권에 나타난 사계의 구체적인 본문을 인용

---

1 大野晋 編, 『本居宣長全集』第四巻, 筑摩書房, 1981, p.203.

하면서 춘하추동의 계절감과 남녀의 인간관계를 설명했다. 즉 『겐지 이야기』의 자연묘사는 모노가타리의 배경이 될 뿐만 아니라 주제나 등장인물의 인물상과도 깊은 관련이 있다고 할 수 있다. 특히 히카루겐지의 저택 六条院에는 四方을 四季로 나눈 각각의 저택에 그 계절에 어울리는 여성들이 살게 되는데, 이 여성의 이름도 자연계의 식물이나 경물, 살고 있는 장소에 대비되어 조형되는 경우가 많다. 예를 들면 후지쓰보藤壺, 와카무라사키若紫, 아오이노우에葵上, 로쿠조미야스도코로六条御息所, 우쓰세미空蟬, 유가오夕顔, 스에쓰무하나末摘花, 오보로즈키요朧月夜, 하나치루사토花散里, 아카시노키미明石君, 아사가오朝顔, 다마카즈라玉鬘, 구모이노가리雲居雁, 우키후네浮舟, 유기리夕霧, 가시와기柏木, 히카루겐지光源氏, 가오루薰, 니오미야匂宮 등의 호칭에서 볼 수 있듯이 등장인물의 이름은 자연경물과 관련한 이름이 많다는 것을 알 수 있다. 이러한 이름들은 물론 후대의 독자들에 의해 붙여진 이름이 많지만, 남자와의 사랑이 시작되는 계절이나 와카의 증답과도 밀접한 관계가 있다. 예를 들면 유가오라는 이름은 히카루겐지와의 사랑이 初夏의 계절에 시작되고, 오보로즈키요는 봄날의 밝은 달밤에 혼자말로, '으스름 달밤과 닮은 것은 없다朧月夜に似るものぞなき'(花宴①356)라고 와카和歌를 읊조린 것으로 인해 붙여진 이름이다.

『겐지 이야기』玉鬘十帖에는 사계절마다의 자연과 인간관계의 미의식이 묘사되는 주제가 전개된다. 사계절의 미의식이 어떻게 모노가타리의 논리로서 작용하고 있는가에 대해서는 사계의 계절감을 중심으로 다방면에서 연구가 진행되어 왔다. 秋山虔은 『겐지 이야기』의 세계를 '초월적인 시간 속에 있으면서도 그 속에 인간이 소외되는 것이 아니라 인간의 행위, 인간관계의 내부에서 촉발되는 곳에 자연이 엮여 나온다.'[2]고 하며, 이는 곧 자연이나 계절의 추이에 의해 상징되는 인간의 허무함을 이야기하는 것이라고 지적했다. 그리고 瀬古確는 '『겐지 이야기』에서는 자연이 전체적으로 인생과의 조화를 이루면서 그려져 있는데 비해, 『마쿠라노소시』에서는 그 풍물이 예각적으로 그려져 있다.'[3]고 지적하고 있다. 이 이외에도 『겐지

---

2 秋山虔, 「源氏物語の自然と人間」(『王朝女流文学の世界』東京大学出版部, 1976) p.78.
3 瀬古確, 「源氏物語の四季観・自然観」(『源氏物語講座』第五巻, 有精堂, 1979)

이야기』의 자연과 사계절을 본격적으로 논하고 있는 연구에는 清水好子의
「源氏物語の作風」[4], 小町谷照彦의 「六条院の季節的時空」[5], 鈴木日出男의
『源氏物語歲時記』[6] 등이 있다.

본 연구에서는 『겐지 이야기』에 나타난 자연과 사계절의 미의식이 어떻
게 인간과 조화하여 모노가타리의 내부에 형상화되어 있는가를 고찰하고
자 한다. 春秋優劣의 논쟁은 『만요슈万葉集』의 누카타노오키미額田王 이래로
일본고전문학 속에서 증폭되어 오다가 『겐지 이야기』에서 극명하게 나타
나는데, 사계의 미의식을 와카和歌에서는 어떻게 읊었고 또한 사랑의 인간
관계에 그려지는가를 살펴보고자 한다. 특히 『겐지 이야기』의 少女卷에서
胡蝶卷에 걸쳐 무라사키노우에紫上와 아키코노무 중궁秋好中宮과의 춘추우
열논쟁을 중심으로 사계의 미의식을 재조명해 보고자 한다.

2. 六条院의 사계

『만요슈』의 126, 127, 721, 1016, 1295, 1433, 3807번 등의 노래에는 '미
야비みやび'를 '風流' 혹은 '遊士'로, 852번 노래에서는 '美也備'[7]로 표기하
고 있다. 특히 卷第五의 852번 노래에서 매화꽃을 '미야비風流'의 꽃이라
읊었는데, 이는 '미야비'가 사계의 자연과 깊은 관련이 있다는 것을 알 수
있다. 이 미야비는 『이세 이야기』의 주인공 아리와라 나리히라在原業平나
『겐지 이야기』의 주인공 히카루겐지 등이 체현하고 있는 풍류色好み와 일
맥상통하는 개념이라 할 수 있을 것이다.

이러한 미의식의 원천에는 사계를 중심으로 하는 자연묘사와 인간이 일
체가 되어있는 경우가 많다. 예를 들면 『마쿠라노소시』의 제1단에는 사계
절의 미의식에 대해서, 봄은 이른 아침의 산기슭과 보랏빛 구름, 여름은 밤

4　清水好子, 「源氏物語の作風」(『源氏物語の文体と方法』 東京大学出版部, 1980)
5　小町谷照彦, 「六条院の季節的時空」(『源氏物語の歌ことば表現』 東京大学出版部, 1980)
6　鈴木日出男, 『源氏物語歳時記』 筑摩書房, 1989.
7　小島憲之 他校注, 『万葉集』(『新編日本古典文学全集』 小学館, 1998). 이하 『万葉集』
　의 본문 인용은 「新編全集」의 卷, 페이지 수, 歌番을 표기함.

과 달빛, 반딧불, 가을은 저녁 무렵의 까마귀와 기러기, 바람소리와 벌레소리, 겨울은 이름 아침의 눈과 서리, 화롯불 등, 계절과 자연 경물뿐만이 아니라 시간까지도 일치시켜 연상하였다. 또한『겐지 이야기』의 주제에는 이와 같은 자연의 사계와 미의식이 주인공들의 인물조형을 전형적으로 그리고 있다. 예를 들면『겐지 이야기』의 히카루겐지나 레이제이冷泉 천황은 자연계에 있는 日月의 빛으로 수식되는 경우가 많다. 이는 최고의 미모를 나타내는 표현일 뿐만 아니라 왕권의 상징이 되기도 한다. 특히 히카루겐지의 저택 六条院은 사방이 사계절로 조영된 대저택에 각 계절에 어울리는 여성을 살게 함으로써 자연과 인간이 조화를 이룬 미의식을 형상하고 있다.

『河海抄』卷九에서 '이 육조원은 가와라인을 모방한 것인가. [진본어기에] 보인다.此六条院は河原院を模する歟[真本御記ニ]みえたり'[8]라고 지적된 이후로, 히카루겐지의 저택 六条院은 源融의 별장인 河原院을 모델로 했다는 설이 유력하다. 저택의 크기로 말하자면『우쓰호 이야기ぅつぼ物語』藤原の君巻에서 사가嵯峨 천황의 아들 후지와라노키미藤原の君가 15세 때에 신하의 신분이 되어 이름을 미나모토 마사요리源正頼라고 했다. 마사요리는 황녀 온나이치노미야女一宮와 결혼하여 '삼조대궁에 4町에 해당하는 광대한 저택 三条大宮のほどに、四町にて、いかめししき宮'[9]을 하사받아 자식들과 함께 살았다고 한다. 이는 히카루겐지의 六条院과 꼭 같은 크기인 4町(1町는 사방 약 120m)으로 조영 되었으나, 마사요리의 저택은 각 저택별로 계절과 인물의 특성화가 이루어져 있지는 않았다.

다음은『우쓰호 이야기』藤原の君巻에서 후지와라 가네마사藤原兼雅가 대저택을 조영하여 여러 여성들과 함께 살았다는 기술이다.

그리고 또 우대장 후지와라노 가네마사라고 하는 나이 30살 정도이고, 남녀 관계에 관심이 많고, 한없는 이로고노미(풍류인)로 넓은 집에 많은 집을 짓고, 고귀한 여자들을 곳곳에 살게 하면서 살고 계셨다. 이 사람도 어떻게 하면 아테미야를 아내로 맞이할 수 있을까하고 생각했다.

8 玉上琢弥 編,『紫明抄・河海抄』角川書店, 1978, p.380.
9 中野幸一 校注,『うつほ保物語』1 (『新編日本古典文学全集』小学館, 2004) p.131. 이하『うつほ物語』의 본문 인용은「新編全集」의 卷冊, 페이지를 표기함.

かくて、また、右大将藤原兼雅と申す、年三十ばかりにて、世の中心にくく覚え
たまへる、限りなき色好みにて、広き家に多き屋ども建てて、よき人々の娘、方々
に住ませて、住みたまふありけり。このぬし、あて宮をいかでと思す。 　　（①138）

　가네마사는 당대의 이로고노미色好み로 등장한다는 점과 넓은 저택에 여
러 신분의 여성들을 모아 살게 했다는 점에서 히카루겐지의 직접적인 모
델이 되었을 것이다. 그러한 가네마사가 미나모토 마사요리源正頼의 딸 아
테미야貴宮가 뛰어난 미모라는 소문을 듣고 구혼을 한다는 것은 전형적인
이로고노미로 조형한 것이다. 高橋亨가 '넓은 집에 고귀한 신분의 여성들
을 모아서 살고 있는 가네마사의 一条院은 『겐지 이야기』 六条院의 프레
텍스트가 된다.'[10]고 지적했듯이, 가네마사의 인물상은 히카루겐지와 六条
院에 투영되었을 것으로 생각된다.

　『겐지 이야기』 少女巻, 히카루겐지는 35세 때, 헤이안平安 도읍의 육조六
条에 로쿠조미야스도코로의 저택이 있었던 곳을 중심으로 사계절의 정원
과 장대한 저택 六条院을 조영했다. 그 규모는 사방 약 250m로 일반 귀족
저택의 4배나 되는 크기였다고 한다. 少女巻에서 히카루겐지는 육조원의
춘하추동 사계절에 어울리는 여성을 각각 입주시킨다.

　8월에는 육조원의 조영이 끝나 이사를 하게 되었다. 서남의 저택에는 원래
아키코노무 중궁이 살았던 저택이었기에 그대로 중궁이 사시게 되어있다.
동남은 겐지 대신이 사시게 되어있는 저택이다. 동북에는 이조원의 동쪽 별
채에 살고 있던 하나치루사토, 서북에는 아카시노키미의 저택으로 정해 두
셨다. 원래부터 있었던 연못이나 산 같은 것도 좋지 않은 곳에 있는 것은 허
물어서 위치를 바꾸고, 물의 흐름이나 연못 가운데의 동산도 고쳐서, 네 저택
에 각각 살게 될 분들의 취향에 맞게 조영하셨다.

八月にぞ、六条造りはてて渡りたまふ。未申の町は、中宮の御旧宮なれば、や
がておはしますべし。辰巳は、殿のおはすべき町なり。丑寅は、東の院に住み
たまふ対の御方、戌亥の町は、明石の御方と思しおきてさせたまへり。もとありけ

10　高橋亨, 『色好みの文学と王権』 新典社, 1990. p.39

る池山をも、便なき所なるをば崩しかへて、水のおもむき、山のおきてをあらため
て、さまざまに、御方々の御願ひの心ばへを造らせたまへり。　　(少女③78)[11]

사계절의 저택에 각각 입주하게 되는 주인의 취향에 맞추어 육조원을
조영했다는 것을 기술하고 있으나, 무라사키노우에紫上가 어디에 입주하
게 된다는 기술이 보이지 않는 점에 주의할 필요가 있다. 이후의 본문 내용
으로 무라사키노우에는 당연히 봄의 저택에서 겐지源氏 대신과 함께 살고
있다는 것을 알게 되지만, 이는 부부 일심동체를 상징하는 의미로 해석할
수 있다. 무라사키노우에 이외 저택의 주인들은, 가을의 저택에는 아키코
노무 중궁秋好中宮, 여름의 저택에는 하나치루사토花散里, 겨울의 저택에는
아카시노키미明石の君가 각각 입주하게 된다. 즉 무라사키노우에는 봄의 벚
꽃이 어울리는 여성으로, 하나치루사토는 여름의 여성으로, 아키코노무
중궁은 가을의 단풍이 어울리는 여성으로, 아카시노키미는 겨울의 귤나무
가 어울리는 인물로 상징되고, 각기 사계절로 인격화된 인물조형을 하고
있다.

이러한 인물조형은 결국 히카루겐지의 시각과 미의식을 통해서 결정된
다는 점에 주목할 필요가 있다. 이는 히카루겐지의 '이로고노미色好み'적인
인간관계로 육조원의 각 저택에 살게 되는 여성이 결정된다는 이원적 구
조로 이해할 수 있다. 즉 히카루겐지가 기타야마北山에서 무라사키노우에
를 처음 만난 것이 봄이고, 아키코노무 중궁의 어머니인 로쿠조미야스도
코로는 가을에 죽었고 겐지와의 추억도 가을이 많았다. 그리고 히카루겐
지가 하나치루사토를 만나는 것은 여름 장마철의 어느 맑게 개인 날이었
고, 신분은 낮지만 기품이 있는 아카시노키미는 엄동의 12월에 자신의 딸
을 무라사키노우에의 양녀로 보낸 후, 각종 창고가 즐비한 겨울의 저택에
입주하게 된다.

육조원이 조영되어야 하는 논리를 藤井貞和는 히카루겐지가 로쿠조미
야스도코로의 유언에 따라 前斎宮를 궁중으로 입궐시키고, 少女卷에서는

11　阿部秋生 他校注, 『源氏物語』1 (「新編日本古典文学全集」, 小学館, 1994) p.78. 이
　　하『源氏物語』의 본문 인용은 「新編全集」의 巻冊, 페이지를 표기함.

중궁의 지위에 올리는 것을 '죽은 어머니 병부경궁故母御息所의 영혼에 대한 진혼鎭魂'[12]이라고 분석한 바 있다. 또한 野村精一는 육조원을 '인간과 자연과의 비유적 관계가 단순히 표현의 표층에서 古今集的인 시간적 질서의 공간화에 멈추지 않고 입체적인 구조'[13]라는 점을 파악하고 있다.

그리고 鈴木日出男는 이러한 육조원의 이미지를 '겐지는 자연의 운행과 이치에 따라 六条院 세계에 군림하는 존재로서 天, 地, 人을 묶는 중심에 지배적인 위치를 점하고 있다.'라고 지적하고, 이어서 '겐지는 사랑의 인간관계에 있어 사람들의 마음을 장악하고 있는 것이다. 말하자면 그의 독특한 "이로고노미いろごのみ"의 힘이 육조원에서 발휘될 수 있도록 연출되고 있다고 해도 좋을 것이다.'[14]라고 서술하고 있다. 즉 육조원의 세계는 사계의 미의식을 등장인물인 겐지의 여성들로 하여금 인격화시킨 것으로 볼 수 있다. 그런데 사계 중에서도 특별히 논쟁의 대상이 되는 것은 봄가을인데, 등장인물이 특정 계절을 선호하게 되는 이유와 배경에 대해 구체적인 원문의 용례를 살펴보고자 한다.

若紫卷에서 히카루겐지는 기타야마北山에서 무라사키노우에를 보고 다음과 같은 와카를 읊는다.

> 어린 새싹과 같은 귀여운 사람을 본 뒤로는 나그네의 소매도 눈물이 마를 날이 없네
>
> 빨리 손으로 따서 보고 싶구나. 같은 보랏빛 뿌리로 이어지는 벌판의 어린 풀을
>
> 初草の若葉のうへを見つるより旅寝の袖もつゆぞかわかぬ　　　　(①216)
>
> 手に摘みていつしかも見む紫のねにかよひける野辺の若草　　　　(①239)

첫 번째 노래에서 히카루겐지가 아직 무라사키노우에의 정체를 모르는 시점에서, 무라사키노우에는 '어린 새싹과 같은' 소녀로 묘사되고 있다. 즉 모노가타리에서는 표현이 인물조형을 선도한다는 것을 알 수 있다. 이

12　藤井貞和, 「玉鬘」(『源氏物語講座』第三巻, 有精堂, 1979) p.216
13　野村精一, 「六条院の四季の町」(『講座源氏物語の世界』第五巻, 有斐閣, 1981) p.42
14　鈴木日出男, 『はじめての源氏物語』講談社, 1991, pp.173-174

후 히카루겐지는 승도僧都로부터 무라사키노우에가 병부경궁兵部卿宮의 딸
이라는 이야기를 듣고 비로소 후지쓰보藤壷와 닮았다는 것을 확신하게 된
다. 즉 겐지는 무라사키노우에가 꿈에도 잊지 못하는 후지쓰보의 질녀가
된다는 사실을 알고, 무라사키노우에에 대한 관심과 애정을 와카로 표현
하게 된 것이다. 이후 무라사키노우에는 일생 동안 봄의 저택에서 살며 봄
의 여인으로 비유된다.

　이후 玉鬘十帖에서 무라사키노우에는 다음의 예문들과 같이 철저하게
봄의 부인이라는 이미지가 부여된다.

　　(1) 봄 저택에 사시는 부인은 특별히 다른 곳과는 달리 매화 향기도 발 안쪽
　　의 향과 뒤섞인 바람에 풍겨와 이 세상의 극락정토라고 생각된다.
　　春の殿の御前、とりわきて、梅の香も御簾の内の匂ひに吹き紛ひて、生ける仏の
　　御国とおぼゆ。　　　　　　　　　　　　　　　　　　　　　　（初音③143）

　　(2) 3월 20일 경 봄 부인의 정원은 다른 해보다도 더 아름답게 피어있는 벚
　　꽃.
　　三月の二十日あまりのころほひ、春の御前のありさま、常よりことに尽くしてにほ
　　ふ花の色　　　　　　　　　　　　　　　　　　　　　　　　　（胡蝶③165）

　　(3) 봄 부인의 공양으로 부처님에게 꽃을 바치신다.
　　春の上の御心ざしに、仏に花奉らせたまふ。　　　　　　　　　（胡蝶③171）

　　(4) (겐지는) 이 사람 다마카즈라 때문에 가엾게 될 것이야. 아무리 사랑에
　　대한 집념이 깊다고 해도 봄 부인과 같은 정도로 우대를 한다는 것은 스스로
　　생각을 해도 있을 수 없는 일이라는 것을 잘 알고 계셨다.
　　この人の御ためいとほしかるべし、限りなき心ざしといふとも、春の上の御おぼえ
　　に並ぶばかりは、わが心ながらえあるまじく思し知りたり。　　（常夏③234）

　　(5) 봄과 가을의 경쟁에서는 옛날부터 가을 편을 드는 사람이 많았지만, 소문
　　으로 들은 봄의 부인의 꽃밭에 끌리던 사람들이 또 마음이 확 변하는 모습은

시절에 따라 변하는 인심과 닮았다.

春秋のあらそひに、昔より秋に心寄する人は数まさりけるを、名だたる<u>春の御前</u>の花園に心寄せし人々、またひき返し移ろふ気色世のありさまに似たり。

(野分③263)

(6) 봄 부인도 들으시고, "나까지 원망을 듣게 되는 원인이 되는 것이 괴로운 일"이라며 슬퍼하시자, 겐지 대신이 가련하게 생각하시어,

<u>春の上</u>も聞きたまひて、「ここにさへ恨みらるるゆゑになるが苦しきこと」と嘆きたまふを、大臣の君、いとほしと思て、

(真木柱③380)

(7) (겐지는 무라사키노우에) 봄 부인 정원을 떠나 (다마카즈라가 있었던) 이쪽으로 건너와 정원을 바라보고 계신다.

<u>春の御前</u>をうち棄てて、こなたに渡りて御覧ず。

(真木柱③393-94)

상기 인용문에서 '春の御前'이나 '春の上'는 모두 무라사키노우에를 지칭하고 있다. 인용문의 2, 5, 7번은 '봄 부인'을 정원의 자연경물과 인물을 의도적으로 일체화시킨 표현이고, 1번은 무라사키노우에가 봄의 저택에 살고 있는 부인이고, 봄의 저택을 매화향이 그윽한 극락정토로 지칭하고 있다. 그리고 3, 4, 6번에서는 무라사키노우에를 봄의 정원과 일체화시켜 계절의 인물로 인식하고 하나의 메타포로서 '봄 부인'이라는 호칭이 사용되고 있다.

『겐지 이야기』薄雲巻에는 히카루겐지와 사이구 뇨고斎宮女御(아키코노무 중궁)의 대화를 통해, 춘추우열의 문제와 일본인이 가을을 좋아하게 된 이유를 다음과 같이 밝히고 있다.

〈겐지〉"집안의 번영에 관한 실질적인 바램은 그렇다고 하더라도 1년 동안 변천하는 사계절마다의 꽃이나 단풍 혹은 하늘의 정취에 따라 기분이 좋아지는 일도 있습니다. 봄날의 꽃과 숲, 가을 들판에 한창인 단풍에 대해서 서로의 생각을 논쟁해 왔으나, 그 계절에 대해 확실히 납득할 수 있는 결론은 아직 없는 듯합니다. 당나라에서는 비단 같은 봄꽃에 비길 계절이 없다고 하

고, 일본의 와카에서는 가을의 정취를 특별히 생각합니다만, 그 어느 쪽도 각
계절을 보고 있으면 그 때에 따라 눈이 이끌려 꽃의 색깔도 새소리도 어느
쪽이 좋다고 정하기는 어렵습니다. 좁은 울타리 안에서도 그 시절마다의 정
취를 알 수 있을 정도로 봄의 꽃나무를 심어놓고, 가을 풀도 옮겨 심고, 아무
도 찾는 사람이 없는 데서 울고 있는 벌판의 벌레도 살게 하면서, 누군가에
게 보여주어야지 하고 생각하고 있습니다만, 당신은 봄과 가을 중에서 어느
계절을 더 좋아합니까."라고 묻자, (사이구 뇨고는) 정말 대답하기 어려운 문
제라고 생각하셨지만, 아무 대답도 하지 않는 것도 좋지 않을 것 같아서, "당
신도 판단하기 어려운 문제를 제가 어떻게 알 수 있겠습니까. 말씀하신 것처
럼 옛 노래에 있는 대로 특별히 어느 쪽이 어떻다는 것은 아니지만 '정취있
다'고 하는 가을의 저녁 무렵이 허무하게 돌아가신 어머님과의 인연인 것처
럼 생각됩니다."라고 천진스럽게 말씀하시고, 도중에 입을 다물어 버리는 것
도 정말 귀엽게 보이자 (히카루겐지는) 참을 수 없어,

"그러면 당신도 나와 애틋한 정취를 서로 나누어요. 남몰래 나 자신은 가을
의 저녁바람에 몸이 으스스합니다.

참기 어려운 때도 있습니다."라고 말씀하시는데, 무엇이라고 대답하실 수가
있겠는가, 말씀하시는 바를 잘 모르겠다는 표정을 지으셨다.

（源氏）「はかばかしき方の望みはさるものにて、年の内ゆきかはる時々の花紅
葉、空のけしきにつけても、心のゆくこともしはべりにしがな。春の花の林、秋の
野の盛りを、とりどりに人あらそひはべりける、そのころのげにと心寄るばかりあら
はなる定めこそはべらざなれ。唐土には、春の花の錦にしくものなしと言ひはべ
めり。大和言の葉には、秋のあはれをとりたてて思へる、いづれも時々につけて
見たまふに、目移りてえこそ花鳥の色をも音をもわきまへはべらね。狭き垣根の
内なりとも、そのをりの心見知るばかり、春の花の木をも植ゑわたし、秋の草をも
掘り移して、いたづらなる野辺の虫をも住ませて、人に御覧ぜさせむと思ひたま
ふるを、いづ方にか御心寄せはべるべからむ」と聞こえたまふに、いと聞こえにく
きことと思せど、むげに絶えて御答へ聞こえたまはざらんもうたてあれば、　（女
御）「ましていかが思ひ分きはべらむ。げにいつとなき中に、あやしと聞きし夕こ
そ、はかなう消えたまひにし露のよすがにも思ひたまへられぬべけれ」と、しどけ
なげにのたまひ消つもいとらうたげなるに、え忍びたまはで、

(源氏)「君もさはあはれをかはせ人しれずわが身にしむる秋の夕風
忍びがたきをりをりもはべるかし」と聞こえたまふに、いづこの御答へかはあらむ、
心得ずと思したる御気色なり。   (薄雲②461-463)

히카루겐지는 사람마음이란 계절에 따라 기분이 바뀐다는 점과 춘추우
열의 논쟁이 있었지만 명백한 결론은 없다는 점을 밝히고 있다. 그리고 겐
지는 당나라에서는 봄을, 일본에서는 가을을 선호한다는 점을 밝히고 각
각의 계절에는 나름대로의 아름다움이 있다고 말하고, 사이구 뇨고斎宮女御
에게 당신은 어느 계절을 더 좋아하느냐고 묻는다. 사이구 뇨고는 망설이
다가 『고킨슈』恋(546)의 '언제라도 그립지 않은 계절은 없지만 가을의 저
녁 무렵이야말로 정취있다고 생각합니다.いつとても恋しからずはあらねども秋の夕
べはあやしかりけり'라는 옛 노래古歌를 인용한다. 그래서 자신은 어머니 로쿠
조미야스도코로가 돌아가신 가을과 인연이 있다고 말한다.

히카루겐지의 경우는 賢木巻에서 아키코노무 중궁이 이세 재궁伊勢 斎宮
이 되어 이세 신궁伊勢神宮으로 가기 전, 동행하여 내려가려는 로쿠조미야
스도코로를 사가嵯峨의 노노미야野宮에서 만난 것이 가을이었던 것을 회상
하였는지 모른다. 히카루겐지는 사이구 뇨고斎宮女御와의 이러한 만남을 절
호의 찬스라고 생각하여, 다시금 자신의 심정을 와카로 읊어 사랑을 호소
한다. 그러나 로쿠조미야스도코로의 딸이자 히카루겐지를 계부로 생각하
고 있는 사이구 뇨고는 어떻게 대답을 해야할지 할 말을 잊고 그냥 모르는
척하고 있다가, 발 안쪽으로 물러나며 너무나도 아름다운 겐지의 모습을
오히려 부담스럽게 느끼는 것이었다. 그러나 주변의 궁녀들은 그러한 히
카루겐지의 모습을 보고 마치 '버드나무가지에 벚꽃이 피어있는 듯한柳が
枝に咲かせたる'(②463) 분이라며 가슴을 두근거리며 입방아를 찧는다. 히카
루겐지에 대한 이러한 비유표현은 겐지가 봄의 계절과 부인을 얼마나 좋
아하는가를 상징하는 표현으로 볼 수 있다.

그런데 육조원 사계의 저택에 거주하는 여성들 중에서, 봄의 무라사키
노우에, 여름의 하나치루사토, 겨울의 아카시노키미는 히카루겐지의 부인
이지만 가을의 아키코노무 중궁은 로쿠조미야스도코로의 딸이고 겐지의
양녀이다. 왜 아키코노무 중궁만이 부인이 아니면서도 육조원 가을의 저

택에 입주할 수 있었을까. 그 이유는 앞에서 藤井貞和도 지적했듯이, 아키코노무 중궁을 어머니 로쿠조미야스도코로가 살던 집터에 지은 육조원의 가을의 저택에 입주시킴으로써 질투심이 깊은 로쿠조미야스도코로를 진혼하려 했다는 점에 그 의미를 부여할 수 있을 것이다.

『겐지 이야기』의 제1부에는 가을의 「紅葉賀卷」와 봄의 「花宴卷」가 나란히 이어져 있는 것처럼 4계절 중에서 춘추에 대한 계절감이 잘 나타나 있다. 특히 玉鬘十帖에서는 육조원六條院의 사계절 중에서 특히 봄가을의 저택에 살게 된 무라사키노우에와 아키코노무 중궁은 각각 서로의 계절을 자랑하며 우열의 논쟁을 벌이게 된다.

3. 春秋優劣論争

『마쿠라노소시』의 第1段에는 '봄은 새벽, 여름은 밤, 가을은 저녁 무렵, 겨울은 이른 아침'이라는 헤이안 시대의 계절감을 나타내는 유형적인 표현이 나온다. 이는 사계四季와 하루의 시간, 그리고 자연의 경물들을 일체화시킨 美意識으로 볼 수 있다. 사계에 관한 일본인의 미의식은 『만요슈』에서 출발하여 『고킨슈』에 이르러서 유형화된다고 할 수 있다. 특히 모노가타리에 나타난 春秋優劣論争은 고대 가요 이래로 사계와 자연에 대한 의식을 등장인물의 성격으로 조형한 미의식이다.

최초의 春秋優劣에 관한 논쟁은 『만요슈』 卷第1 누카타노오키미額田王의 노래에서 출발한다.

> 천황이 내대신 후지와라 가마타리에게 명하여 봄 산의 온갖 꽃의 요염함과 가을 산의 갖가지 단풍을 비교하여 어느 쪽이 더 정취가 있는가를 물었을 때, 누카타노오키미가 가요로 판정한 노래.
> 겨울이 지나고 봄이 찾아오면 울지 않던 새도 와서 울고 피지 않았던 꽃도 피지만, 산이 무성하여 들어가 잡지도 못하고 풀이 무성해서 손에 들지도 못하네. 가을 산의 나뭇잎을 보면 노랗게 물든 단풍을 손에 들고 감상하네. 푸른 것은 그대로 두고 아쉬워해요. 그 점이 안타까워요. 아무래도 나는 가을

산이 더 좋아요.

天皇、內大臣藤原朝臣に詔して、春山万花の艶と秋山千葉の彩とを競ひ憐びしめたまふ時に、額田王、歌を以て判る歌

冬こもり 春さり來れば 鳴かざりし 鳥も來鳴きぬ 咲かざりし 花も咲けれど 山をしみ 入りても取らず 草深み 取りても見ず 秋山の 木の葉を見ては 黃葉をば 取りてぞしのふ 靑きをば 置きてぞ嘆く そこし恨めし 秋山そ吾は　　(卷第1-16)

　　궁정 가인歌人이었던 누카타노오키미는 덴지天智(668-671) 천황이 내대신에게 봄 산과 가을 산 중에서 어느 쪽이 더 정취가 있느냐고 묻자, 내대신을 대신하여 노래와 같은 이유로 자신은 가을 산이 더 좋다고 판정한 것이다. 누카타노오키미가 노래에서 춘추우열을 판정한 것은 어떤 한 궁정 가인의 기호가 아니라 당시 귀족들의 일반적인 미의식으로 볼 수 있다. 그리고 이러한 미의식은 이후의 가집이나 『마쿠라노소시』, 『겐지 이야기』의 사계관에도 전승된다.

　　앞에서 인용한 『겐지 이야기』의 薄雲卷에서, 히카루겐지가 아키코노무 중궁에게 사랑은 호소하여 거절당하자 春秋優劣에 관한 대화를 시작하게 된다. 여기서 아키코노무 중궁은 어머니 로쿠조미야스도코로가 가을에 죽었다는 추억으로 가을을 좋아한다고 한다.

　　少女卷의 종반부인 9월, 아키코노무 중궁이 무라사키노우에에게 가을의 단풍을 보내는 것으로 육조원에서의 春秋優劣의 논쟁은 다시 불이 붙는다.

　　9월이 되자 여기저기에 단풍이 물들고, 중궁이 계신 정원은 말로 다 표현할 수 없을 정도로 정취가 있다. 바람이 살짝 부는 저녁 무렵에 상자 덮개 위에 갖가지 꽃과 단풍을 뒤섞어 이쪽으로 보내셨다.

　　(중략) 중궁의 편지에는,

　　(중궁) 봄을 기다리는 정원은 지금 심심하실 터이니 저의 취향으로 보내는 아름다운 단풍을 소식이라 생각하고 보세요.

　　젊은 사람들이 이 사신을 접대하는 것도 운치있다. 답례로는 상자의 덮개에 이끼를 깔고 바위 등을 꾸며서 오엽송 가지에.

　　바람에 지는 단풍은 가벼운 것입니다. 봄의 푸른색을 영원히 변하지 않는 바위 밑 소나무에서 보아주세요.

이 바위 밑 소나무도 잘 보니 아주 정교하게 만든 물건이었다. 이처럼 급히 정취를 담은 재능을 중궁은 멋지다고 생각하시며 보신다. 중궁전의 궁녀들도 다 함께 칭찬하였다. 겐지 대신은 "이 단풍을 담은 편지는 한방 먹은 느낌이군요. 봄꽃이 한창일 때 보복을 하세요. 지금 계절에 단풍을 비방하는 것은 다쓰다 공주(가을의 여신)의 노여움을 살 수도 있으니까. 이번은 양보를 하고 봄꽃을 내세워야 강한 반발도 할 수 있을 것입니다."하고 말씀하시는 것도 정말로 젊고 한없이 매력적인 모습이어서, 어디에서 보아도 멋있지만, 게다가 더할 나위 없이 훌륭한 이 저택에서 여러 부인들은 다정하게 서로 소식을 주고받는 것이었다.

九月になれば、紅葉むらむら色づきて、宮の御前えもいはずおもしろし。風うち吹きたる夕暮に、御箱の蓋に、いろいろの花紅葉をこきまぜて、こなたに奉らせたまへり。(中略) 御消息には、

〈中宮〉心から春まつ苑はわがやどの紅葉を風のつてにだに見よ

若き人々、御使もてはやすさまどもをかし。御返りは、この御箱の蓋に苔敷き、巌などの心ばへして、五葉の枝に、

〈紫の上〉風に散る紅葉はかろし春のいろを岩ねの松にかけてこそ見め

この岩根の松も、こまかに見れば、えならぬつくりごとどもなりけり。かくとりあへず思ひよりたまへるゆゑゆゑしさなどを、をかしく御覧ず。御前なる人々もめであへり。大臣、「この紅葉の御消息、いとねたげなめり。春の花盛りに、この御答へは聞こえたまへ。このころ紅葉を言ひくたさむは、龍田姫の思はんこともあるを、さし退きて、花の蔭に立ち隠れてこそ強き言は出で來め」と聞こえたまふも、いと若やかに尽きせぬ御ありさまの見どころ多かるに、いとど思ふやうなる御住まひにて、聞こえ通はしたまふ。   (少女③81-83)

아키코노무 중궁은 와카와 함께 갖가지 가을꽃과 단풍을 상자의 덮개에 담아 보랏빛 의상을 입은 단정한 아이에게 들려 히카루겐지와 무라사키노우에가 있는 봄의 저택으로 보냈다. 이를 받은 겐지와 무라사키노우에는 아키코노무 중궁이 春秋優劣의 논쟁을 걸어왔구나 하는 것을 느꼈다. 이에 대해 무라사키노우에는 재치 있게 가을인 지금 봄의 저택에서 할 수 있

는 최대한의 답례품인 오엽송에 와카를 읊어 보낸다. 인용문에서 단풍을 '이쪽으로 보내셨다'라고 하는 표현에서 이야기꾼語り手이 히카루겐지와 무라사키노우에 쪽에 있다는 것을 알 수 있다. 히카루겐지의 용모는 앞에서 인용한 薄雲卷에서 버드나무가지에 벚꽃이 피어있는 듯하다고 칭송했던 말과 함께 상기할 필요가 있다. 그리고 겐지가 무라사키노우에에게 지금은 참고 있다가 봄의 계절이 되어야 보복을 하라고 주문했다는 것은, 겐지 또한 무라사키노우에에게 역성을 들고 있는 것으로 해석할 수 있다. 이는『겐지 이야기』에서의 춘추우열 논쟁이 앞으로 어떻게 진행될 것인가를 미루어 짐작할 수 있는 표현이라 하겠다.

玉鬘卷부터 真木柱卷까지의 玉鬘十帖는 유가오夕顔의 딸 다마카즈라玉鬘가 등장하고 그녀를 중심으로 육조원의 사계와 연중행사, 그리고 다마카즈라에 대한 구혼담이 펼쳐지는 이야기이다. 初音卷 히카루겐지 36세의 봄, 서두에는 육조원의 신춘을 다음과 같이 묘사하고 있다.

> 해가 바뀐 설날 아침의 하늘은 구름 한 점 없이 화창해서 하잘 것 없는 사람의 울타리 안에도 눈이 녹은 사이에 내민 풀이 옅게 물들기 시작하고, 오래 전부터 기다렸다는 듯이 그 모습을 보이고 있는 안개 속에서 돋아난 나무의 싹도 희미하게 흐리게 보여 자연히 사람의 기분도 느긋하게 보이는 것이다. 하물며 옥구슬을 깐 듯한 겐지의 육조원 저택은 정원을 비롯하여 곳곳에 눈에 끌리고, 여느 때보다 한층 더 치장을 하고 있는 여러 부인들의 저택은 그대로 이것을 말로 다 표현할 수가 없을 정도이다.
>
> 봄 저택에 사시는 부인은 특별히 다른 곳과는 달리 매화 향기도 발 안쪽의 향과 뒤섞인 바람에 풍겨와 이 세상의 극락정토라고 생각된다. 그렇지만 특별히 새로운 것은 없고, 그렇게 편안하게 살고 있는 것이었다.
>
> 年たちかへる朝の空のけしき、なごりなく曇らぬうららかけさには、数ならぬ垣根の内だに、雪間の草若やかに色づきはじめ、いつしかとけしきだつ霞に木の芽もうちけぶり、おのづから人の心ものびらかにぞ見ゆるかし。ましていとど玉を敷ける御前は、庭よりはじめ見どころ多く、磨きましたまへる御方々のありさま、まねびたてむも言の葉足るまじくなむ。
>
> 春の殿の御前、とり分きて、梅の香も御簾の内の匂ひに吹き紛ひて、<u>生ける仏</u>

の御国とおぼゆ。さすがにうちとけて、安らかに住みなしたまへり。 (初音③143)

히카루겐지의 육조원은 옥구슬을 깔아놓은 듯이 아름다워서 말로 다 할 수가 없다. 특히 무라사키노우에가 사는 봄의 저택은 매화 향기가 가득하고 이곳이 바로 '살아있는 불국토'로 착각할 정도라는 것이다. 이러한 봄의 저택에서 겐지와 무라사키노우에가 이상적인 부부관계로 영화를 누리며 살아간다는 것을 이야기 하고 있다.

胡蝶卷 3월 20일경, 육조원 봄의 저택에는 가는 봄을 아쉬워하는 연회가 열렸다. 봄가을의 저택은 연못으로 서로 이어져 있는데 당나라 식의 배를 타고 오가며 뱃놀이와 음악을 연주하는 등의 놀이를 즐겼다. 아키코노무 중궁은 마침 다시 궁중에서 친정인 육조원의 가을 저택으로 나와 있었다. 무라사키노우에는 '봄을 기다리는 정원은春待つ苑は'이라고 했던 아키코노무 중궁의 노래에 답장을 보내는 것은 바로 지금이라고 생각했다. 또한 히카루겐지도 무라사키노우에에게 이제 답장을 보낼 것을 권했다.

어느 날 아키코노무 중궁이 독경을 시작하는 날, 무라사키노우에는 봄꽃을 부처님에게 공양한 뒤에 와카와 함께 소식을 전한다.

> 계집아이들이 계단 옆으로 다가와 꽃을 바친다. 향을 배분하는 사람들이 이를 받아 화병에 꽂아 두었다. 편지는 히카루겐지의 아들 중장 유기리편에 보내어 말씀드린다.
> 풀 그늘에서 가을을 기다리는 벌레인 당신은 봄꽃에 날아다니는 나비조차도 싫어하겠어요.
> 중궁은 그럼 지난 번 단풍의 노래에 대한 답장인가 하고 빙긋 웃으시며 보신다. 어제의 궁녀들도, "정말로 봄의 아름다운 색채는 절대 폄하할 수 없는 것이었어요."하고 꽃에 홀려서는 제각각 말씀드린다. (중략)
> 중궁의 답장에는 "어제는 소리 내어 울고 싶었습니다.
> 나비라는 말에 이끌려 그대로 가려고 했어요. 여덟 겹 황매화꽃에 막히지 않았다면"라고 되어 있었다.
> 童べども御階のもとに寄りて、花ども奉る。行香の人々取りつぎて、閼伽に加へさせたまふ。御消息、殿の中将の君して聞こえたまへり。

花ぞののこてふをさへや下草に秋まつむしはうとく見るらむ

宮、かの紅葉の御返りなりけり、とほほ笑みて御覧ず。昨日の女房たちも、「げ
に春の色はえおとさせたまふまじかりけり」と花におれつつ聞こえあへり。(中略)
御返り、「昨日は音に泣きぬべくこそは。

こてふにもさそはれなまし心ありて八重山吹をへだてざりせば」とぞありける。

(胡蝶③172-173)

무라사키노우에는 아키코노무 중궁을 가을의 풀벌레로 비유하고, 봄의
나비를 싫어할 수 없을 것이라고 읊었다. 여기서 봄의 나비는 히카루겐지
에 비유되고 있다고 할 수 있고, 다른 뇨보들도 봄꽃을 칭송했다. 아키코노
무 중궁은 황매화꽃인 당신이 막지만 않는다면 나비를 만나러 갔을 것이
라고 읊었다. 즉 아키코노무 중궁은 히카루겐지가 있는 봄을 인정하지 않
을 수 없게 된 것이었다. 이렇게 가을을 상징하는 아키코노무 중궁과 봄을
상징하는 무라사키노우에는 단풍과 꽃으로 대비하여 서로의 계절을 자랑
하는 우아한 논쟁을 했던 것이다.

다음은 아키코노무 중궁이 봄의 계절에서 벌어지는 뱃놀이와 음악의 연
주를 들으면서 봄이 우위에 있다고 생각하는 장면이다.

　날이 새었다. 중궁은 이른 아침에 새가 지저귀는 소리를, 석가산을 사이에 두
고 들으시고 부럽게 생각하셨다. 언제나 봄빛이 넘쳐흐르는 육조원이지만,
마음을 의지할 수 있는 곳이 달리 없다는 것을 아쉽게 생각하시는 분들도 있
었으나,
　夜も明けぬ。朝ぼらけの鳥の囀を、中宮は、物隔ててねたう聞こしめしけり。い
つも春の光を籠めたまへる大殿なれど、心をつくるよすがのまたなきを飽かぬこと
に思す人々もありけるに、
(胡蝶③169)

아키코노무 중궁이 봄의 저택에서 새가 우는 봄의 계절을 부럽게 생각
하지 않을 수 없다. 즉 아키코노무 중궁이 봄의 계절을 부러워했다는 것은
결국 봄의 계절이 우위에 있다는 것을 인정했다고도 볼 수 있다. 무라사키
노우에는 육조원의 안주인으로서 체면을 유지할 수가 있게 되었고, 그 배

경에는 히카루겐지의 절대적인 사랑과 지원이 있었다는 점을 지적하지 않을 수 없다. 히카루겐지가 육조원을 사계절로 조영하고 특히 가을 저택에 아키코노무 중궁을 살게 한 것은 우아한 정취를 즐기기 위한 것만이 아니라, 귀족정치의 세계에서 승리한 정치적 인간으로서의 모습과 보기 드문 문화의 창조자·전승자의 모습이 불가분의 관계가 있다.[15]고도 볼 수 있다.

즉 앞에서 鈴木日出男가 지적한 것처럼 육조원의 사계에서 히카루겐지는 자연의 운행과 이치에 따라 天, 地, 人을 묶는 중심에 있다고 할 수 있을 것이다. 그리고 육조원의 춘추우열논쟁에서 봄의 계절에는 무라사키노우에가 가을의 아키코노무 중궁을 이겼다는 것은 히카루겐지와 함께 지내면서, 육조원의 주인으로서 그 자리를 지켜냈다는 것을 의미한다.

4. 결론

『겐지 이야기』에서 히카루겐지의 저택 육조원은 사방사계로 나뉘어 있고 각각의 저택은 봄, 여름, 가을, 겨울의 사계절에 어울리는 여성들이 살고 있다. 즉 계절의 미의식과 인격이 일체화되어 인간과 자연이 동화되어 있는 세계인 것이다. 이러한 자연과 사계절의 미의식은 일본인의 의식구조와 문화에 뿌리깊이 전승되고 있다.

육조원의 사계절 중에서 특히 봄과 가을의 저택에는 무라사키노우에와 아키코노무 중궁이 살고 있다. 두 사람은 서로 자신의 계절이 우세하다는 주장을 하게 되는데, 이것이 『겐지 이야기』의 春秋優劣論争이다. 玉鬘十帖에서의 이러한 논쟁은 육조원의 사계를 한층 화려하게 하고, 이를 주재하는 히카루겐지는 사계를 지배함과 동시에 그 중심에 서게 된다. 아키코노무 중궁이 먼저 가을의 아름다운 단풍을 상자 덮개에 담아서 보내자, 다음 해 봄 무라사키노우에는 봄의 아름다운 꽃들을 가득 담아 아키코노무 중궁에게 보낸다. 결국 아키코노무 중궁은 봄의 계절에는 가을이 이길 수 없다는 생각을 하고, 새벽녘에 새가 지저귀는 소리를 부럽게 생각한다는 점

---

15 秋山虔, 「みやびの構造」(『講座 日本思想』第5巻, 東京大学出版会, 1985)

에서 춘추우열논쟁은 일단 봄의 승리로 판정할 수 있다.

　일본문학을 통시적으로 살펴보면『만요슈』에서는 가을,『겐지 이야기』에는 봄, 中世의 와카和歌에서는 역시 가을이 우세한 것으로 표현되어 있다. 특히 모노가타리 문학에서는 등장인물을 자연과 일치시켜 인간관계를 형성하게 된다. 이와 같은 한시나 와카의 전통을 이어받은 자연관이나 사계의 미의식이 모노가타리에 전승되고 등장인물의 성격을 규제하고 주제를 형성하는 것이『겐지 이야기』에 나타난 표현의 논리라 생각된다.

　『겐지 이야기』에 나타난 춘추우열논쟁은 자연과 인간이 하나가 되어 모노가타리의 주제를 이어가는 표현의 논리라 생각된다. 특히『겐지 이야기』육조원의 사계 중에서는 봄, 가을이 가장 중시되고, 그 우열의 논쟁은 일본인의 미의식을 지배해 온 풍류라 할 수 있을 것이다. 본고에서는『겐지 이야기』에 나타난 사계절의 미의식을 분석함으로써 일본인의 의식구조와 문화를 이해할 수 있었다고 생각한다.

▮Key Words　四季観, 風流, 美意識, 色好み, 春秋優劣論争

겐지 이야기의 전승과 작의

제2부
일월의 상징과 왕권

가구야히메(『竹取物語』 学習研究社, 1988)

겐지 이야기의 전승과 작의

제1장

『겐지 이야기』의 원천 『다케토리 이야기』

1. 서론

후지와라 슌제이藤原俊成의 딸에 의해 집필되었을 것으로 추정되는『무묘조시無名草子』(13세기 초)에는 무라사키시키부紫式部가 '『우쓰호』,『다케토리』,『스미요시』등을 모노가타리로서 읽은 정도로 그만한 걸작(겐지 이야기)을 만든 것은 범부의 행위로 생각할 수 없는 일이다.'라고 지적되어 있다. 그러나『겐지 이야기』속에는『무묘조시』가 지적한 것 외에도 수많은 선행문학의 원천과 준거准拠, 유직고실有職故実이 기술되어 있다. 이러한 모노가타리의 원천이 되는 사상이나 화형話型은 신화, 전설에서부터 출발하여 오랜 전승과정을 통하여 변형된 형태로 용해되어 있다.

『무묘조시』가 지적한『다케토리 이야기竹取物語』는 와카和歌 설화를 중심으로 성립된『이세 이야기伊勢物語』와 함께 헤이안 시대의 모노가타리 문학으로 선구적인 작품이다. 특히『겐지 이야기』絵合巻에서 '모노가타리의 원조嚆矢'라고 일컬어진 사실에서『다케토리 이야기』에 대한 동시대의 위상을 짐작할 수 있다. 그러나 다케토리 이야기竹取譚에 대한 소재는 이미 민간 전승되고 있었고, 이를 바탕으로 한문학에 조예가 깊은 작자에 의해 가나 산문으로 집필 되었을 것으로 추정되고 있다. 예를 들면 모노가타리의

---

1 桑原博史,『無名草子』(「新潮日本文学集成」新潮社版, 1982.) p.23.

주인공인 가구야히메ゕぐゃ姫의 이름이 『고지키古事記』 中巻 스이닌垂仁 천황
대에 이미 나온다. 스이닌 천황이 '오쓰쓰키타리네노미코大筒木垂根王의 딸
인 가구야히메노미코토迦具夜比売命와 결혼하셔서 낳으신 아이는 오자베노
미코袁那弁王이다.'[2]라고 되어 있다. 여기서 '迦具夜'란 빛이 날 정도로 아름
답다는 의미로 해석된다. 또한 『만요슈万葉集』 巻16(3790)의 고토바가키詞
書(와카 머리말)에는 '옛날에 노옹이 있었는데, 통칭을 다케토리 할아범이
라 했다.昔老翁あり、号を竹取の翁といふ'[3]라는 용례가 나온다. 이 다케토리 할아
범은 春三月에 산속에서 아홉 명의 여자(신선)를 만나는데, 가까이 다가간
죄를 속죄하기 위해서 장가 및 한카反歌 2수를 읊는다. 그리고 아홉 명의 여
자들은 아홉 수의 와카로 답한다. 이러한 이야기는 『다케토리 이야기』 이전
의 神仙譚的인 작품으로 볼 수 있으며, 모노가타리의 원조로서 다케토리
설화의 한 유형이라 할 수 있다.

이와 같은 이야기의 화형話型이나 인물조형, 주제의 구상, 신화, 전설, 사
상 등이 전승되어 『다케토리 이야기』에 전승되고, 전기적인 성격은 허구
의 모노가타리에 절대적인 영향을 미친다. 藤村潔는 『겐지 이야기』 絵合巻
에 『다케토리 이야기』가 모노가타리物語의 원조라는 기사와 관련하여 ''다
케토리 이야기』와 『이세 이야기伊勢物語』는, 모노가타리의 방법이라고 하는
점에서 실로 『겐지 이야기』의 부모였다.'[4]라고 논했다.

본고에서는 『다케토리 이야기』의 향수사享受史를 살펴보고, 『겐지 이야
기』의 프레 텍스트로서 주제와 인물의 화형이 어떻게 전승되고 있는가를
인용과 표현이란 시점에서 고찰하고자 한다.

---

2 山口佳紀 他校注, 『古事記』(「新編日本古典文学全集」 小学館, 2007) p.195. 이하 『古
   事記』의 본문 인용은 「新編全集」의 페이지 수를 표시함.
3 小島憲之 他校注, 『万葉集』(「新編日本古典文学全集」 小学館, 1998). 이하 『万葉集』
   의 본문 인용은 「新編全集」의 巻, 페이지 수, 歌番을 표기함.
4 藤村潔, 『古代物語研究序説』, 笠間書院, 1977. p.129.

2.『竹取物語』의 화형

『다케토리 이야기』의 향수사享受史나 연구사에 관해서는 河添房江[5]와 阿部好臣[6]의 해박한 보고가 있다. 특히 河添는『竹取』의 향수사에 있어서 중세의 문헌상 220여년의 공백기가 있으며, 모노가타리 애호가였던 藤原定家가 만년에 작성한 리스트에도『다케토리 이야기』가 빠져있고,『겐지 이야기』의 주석서에『이세 이야기』의 인용이『다케토리 이야기』의 인용보다 압도적으로 많다는 점을 지적하고 있다.

또한 동시대의 수필가로 淸少納言의『마쿠라노소시枕草子』제199단, '모노가타리는…'에도『다케토리 이야기』의 이름은 빠져있다. 즉『다케토리 이야기』의 유행은 지나가 淸少納言조차도 거론하지 않은 작품을『겐지 이야기』의 絵合巻에서 '모노가타리의 원조'라고 지적했다. 그리고 그림 놀이絵合에서 우메쓰보 뇨고梅壺女御는『다케토리 이야기』와『이세 이야기』를, 고키덴 뇨고弘徽殿女御는『우쓰호 이야기うつほ物語』,『쇼산미正三位』로 우열을 겨루게 된다.

『겐지 이야기』가 모노가타리에서 이렇게까지『다케토리 이야기』에 가치를 두고 있는 이유는 무엇일까. 그 원인을 규명해 나가기 위해서 우선『다케토리 이야기』의 원형과 그 전승과정을 고찰해 보고자 한다. 소위 일문逸文으로 남아있는 날개옷羽衣 전설의 화형으로『단고 지방 후도키丹後国風土記』의 나구노야시로奈具社 전설과『오미 지방 후도키近江国風土記』의 이카고노오에伊香小江 전설[7] 등이 있다.

단고 지방丹後国의 나구奈具 신사 이야기는 선녀天女가 지상의 남성과 결혼하지 않고, 노부부의 딸이 되었다가 쫓겨나는 날개옷羽衣 전설의 한 유형이라 할 수 있다. 히지比治 마을의 히지 산정山頂에 목욕하러 내려온 팔선녀

5 河添房江,「竹取物語の享受」,(『国文学』学燈社, 1985.7) pp.70-74.
     「享受」(『竹取物語, 伊勢物語必携』学燈社, 1988) pp.97-103.
6 阿部好臣,「竹取物語から源氏物語へ研究の現在」,(『国文学』学燈社, 1985.7) pp.75-79.
     「竹取物語 研究の現在」,(『竹取物語, 伊勢物語必携』学燈社, 1988) pp.104-109.
7 植垣節也 校注,『風土記』(「新編日本古典文学全集」, 小学館, 1998) p.483. p.578,

八天女 중의 한 사람이 어떤 노부부가 날개옷을 감추었기 때문에 승천하지 못하고 어쩔 수 없이 노부부의 딸이 된다. 노부부는 천녀天女가 주조하는 술을 팔아 부자가 된 후에 천녀인 딸을 쫓아내 버린다. 천녀는 눈물을 흘리며 돌아갈 집이 없음을 탄식하는 노래를 읊는다. 그리고 이 마을 저 마을을 전전하다가 나구 신사가 있는 마을에 머물러 살게 되었다는 것이다.

오미 지방近江国의 이카고노오에伊香小江 이야기는 가장 오래된 날개옷羽衣 전설(白鳥處女説話)이라 할 수 있다. 이카고노오에 고을에 하늘의 여덟 선녀들이 백조가 되어서 내려와 목욕을 하고 있었다. 이카토미伊香刀美라는 남자가 흰 개를 보내어 여덟 선녀 중 막내의 날개옷을 훔치게 하여 숨겼다. 이에 일곱 선녀는 천상으로 날아가고 막내 선녀는 이카토미와 부부가 되어 2남 2녀를 낳았다. 나중에 날개옷을 찾은 선녀가 승천해 버리자 이카토미는 한탄을 그치지 않았다고 한다.

나구 신사의 이야기에서 노부부는 천녀에게 '의심이 많은 것은 인간 세상의 일상사이다.'라고 하는데, 이는 천녀로 인해 부자가 된 노부부가 천녀를 쫓아내는 행위와 일치하는 셈이다. 또한 『다케토리 이야기』에서 하늘에서 내려온 천인天人이 지상을 더러운 곳으로 생각하여 가구야히메에게 불사약을 먹게 하는 것과 대조적이라 생각된다. 그리고 『다케토리 이야기』에서는 가구야히메가 죄를 지었기 때문에 천상에서 지상으로 쫓겨났지만, 『후도키』의 경우는 남자 혹은 노부부가 하늘에서 목욕하러 내려온 선녀의 날개옷을 훔침으로써 어쩔수 없이 지상에 남게 된다. 천상 세계의 선녀가 지상의 예토穢土를 유리하는 화형은 지상과 천상을 대조함으로써 인간의 이상과 비극을 그린 날개옷 전설의 한 변형으로 볼 수 있다.

헤이안 시대말에 성립된 『곤자쿠 이야기집今昔物語集』 권31 제33화에는, 다케토리 할아범竹取翁이 발견한 여자 아이를 기르는 이야기[8]는 전형적인 다케토리 설화의 한 유형이다. 이 이야기는 민간 전승되고 있었던 다케토리 할아범竹取翁 이야기의 원형에 가까운 유형이라 생각된다. 野口元大는 「『竹取物語』의 構造」,[9]에서 『다케토리 이야기』 전편을 10개의 단으로 나누

---

8   馬淵和夫 他校注, 『今昔物語』四 (「新編日本古典文学全集」, 小学館, 2002), pp.572-575.
9   野口元大, 「『竹取物語』の構造」,(『竹取物語』, 「新潮日本古典集成」, 新潮社 1986), p.91.

었는데, 이 중 다섯 개 단은 가구야히메가 다섯 귀공자들에게 각각 난제를 부과하는 이야기다. 결과는 다섯 사람의 구혼자들이 모두 실패함으로써 가구야히메는 결혼을 거절하고, 마지막에는 천황의 구혼까지도 거절하고 하늘로 승천한다는 이야기이다.

『곤자쿠 이야기집』의 다케토리 이야기竹取譚에서는 난제가 하늘에서 울리는 천둥을 잡아오는 것, 우담화優曇花라고 하는 꽃을 가지고 오는 것, 저절로 울리는 북을 가지고 오는 것 등의 세 가지로 되어 있다. 그런데『다케토리 이야기』에서는 '三'이라는 숫자가 다용되고 있다. 예를 들면 다케토리 할아범이 발견한 가구야히메는 3寸 정도였고, 3개월 정도 지나서 성인으로 성장하며, 명명식命名式의 축하연을 3일간 계속하며, 구혼자가 난제를 해결하는 기간도 약 3년이 지난 후에 승천을 하다.『곤자쿠 이야기집』의 다케토리 이야기竹取譚에서 난제가 세 가지라는 것은『곤자쿠 이야기집』 편자의 창작이라기보다『다케토리 이야기』보다 선행하는 이야기의 원형에 있는 형태가 아닐까 생각된다.

가마쿠라鎌倉 시대에 성립된『가이도키海道記』[10]의 다케토리 이야기竹取譚는『竹取物語』와는 다른 구비전승 계통의 설화이다. 다케토리 할아범은 죽림 속에서 휘파람새의 알에서 깨어난 가구야히메赫奕姬를 딸로 삼은 후, 청죽의 마디마다 황금이 계속 나와 부자가 된다. 가구야히메의 아름다움에 많은 귀족이 구혼을 했으나 난제를 제안하여 모두 거절한다. 천황이 이 소문을 듣고 가구야히메의 집을 방문하여 관계를 맺지만 불사약과 와카和歌를 남기고 승천해 버린다. 천황은 불사약과 답가를 써서 하늘에 가장 가까운 후지산富士山에서 태웠다고 한다. 그 연기는 사랑의 연기가 되어 하늘로 올라갔고, 그래서 그 산을 불사의 봉우리라 불렀고, 고을 이름을 따서 후지라 부르게 되었다고 한다.

『가이도키』의 다케토리 이야기는 문체에서부터 구비 전승된 설화인데, 현존하는 텍스트는『竹取物語』의 영향을 읽을 수 있다. 모노가타리와는 달리 난제담이 구체적이지 않은 점이나 천황과 관계를 맺는 것이 특징이다. 중세에 이르러 모노가타리나 다케토리 설화의 결말이 모두 후지산의

10　片桐洋一 校注,『竹取物語』(「新編日本古典文学全集」, 小学館, 1998), pp.102-103.

어원담語源譚에 집중되어 있는 것은 상호 영향관계에 의한 결과로 보인다.

『다케토리 이야기』의 유화類話로서 중국의 티벳西藏 민족에 구비 전승된 연환체連環体의 장편 설화인 『金玉鳳凰』가운데 「斑竹姑娘」[11]이 주목된다. 이는 1954년 田海燕 등에 의해 채집된 이야기인데, 일본의『다케토리 이야기』와 난제담 부분을 제외하면 같은 원형에서 출발한 화형이라고 생각 될 정도로 내용이 유사하다. 그러나 다섯 구혼자의 이름이 다른 점이나, 斑竹 속에서 나온 竹姬가 난제로서 다섯 구혼자의 구혼을 거절한 후, 竹姬를 발견한 소년 람빠(티벳語로 아들이란 뜻)와 부부가 된다. 이 대목이『다케 토리 이야기』와는 크게 다른 유형이라 할 수 있다. 원래 하나의 화형이었 다 하더라도 일본의『다케토리 이야기』의 성립보다 천년이 지난 후에 수 천리 떨어진 티벳에서 이처럼 유사한 이야기가 채집되었다는 것은 신기한 일이 아닐 수 없다.

이 이외에도 다케토리 이야기竹取譚의 유화로는, 중세에 기술된『古事記』序의 주석서에도『海道記』나 구비전승 계통의 설화가 전한다. 즉『古今集 爲家抄』나『古今和歌序聞書 三流書』등에는 휘파람새의 알에서 깨어난 가 구야하메赫奕姬와 후지산의 어원담을 기술하고 있다.

이상과 같은 날개옷羽衣 전설의 유화는 세계적인 분포를 볼 수 있는데, 몽고나 만주지역에도 유사한 설화가 전해지고 있다.[12] 특히 한국의 「나뭇 군과 선녀」 이야기는 널리 알려져 있다. 나무꾼이 사냥꾼에게 쫓기는 사슴 을 숨겨주자, 사슴은 선녀와 결혼할 수 있는 방법을 가르쳐 준다. 그러나 아이가 넷이 태어날 때까지는 날개옷羽衣을 보여서는 안 된다고 한다. 나무 꾼은 사슴이 가르쳐 준 금강산의 호수에서 목욕을 하고 있는 선녀들 중에 서 가장 예쁜 선녀의 옷을 훔쳐서 숨긴다. 목욕이 끝나자 다른 선녀들은 모 두 무지개를 타고 하늘로 올라가는데, 날개옷이 없는 선녀만 지상에 남게 된다. 이에 나무꾼은 선녀를 위로하며 집으로 데려가서 결혼하여 행복하 게 살게 된다.

세월이 지나서 아이가 셋이나 태어나지만, 선녀는 아직도 날개옷을 입

---

11 野口元大 校注,『竹取物語』(「新潮日本文学集成」 新潮社版, 1986.) pp.201-220.
12 任東權, 「仙女と樵の説話」(『東アジア民族説話の比較研究』, 桜風社, 1978), p.8.

어보고 싶다고 한다. 나무꾼은 사슴이 이야기한 주의를 깜박 잊고 숨겨둔 날개옷을 보여주자, 선녀는 기뻐하며 날개옷을 입고 세 아이를 팔과 다리에 껴안고 하늘로 올라가 버린다. 실의에 빠진 나무꾼은 다시 한번 사슴의 도움으로 이번에는 두레박을 타고 하늘로 올라가 아내인 선녀와 세 아이를 만나게 된다. 그러나 나무꾼은 행복한 생활이 계속될수록 지상에 남아 있는 노모를 걱정한다. 선녀는 나무꾼에게 천마天馬를 타고 가서 노모를 뵙고 오게 한다. 지상에 내려온 나무꾼은 노모가 끓여준 뜨거운 팥죽을 천마 위에서 먹다가 쏟아, 말이 놀라는 바람에 땅에 떨어지고 만다. 천마는 천상으로 올라가 버리고 나뭇군은 하는 수 없이 노모와 함께 다시 나무를 하며 지내게 되었고, 옛날의 사슴도 다시는 나타나지 않았다는 것이다.

「나뭇군과 선녀」 설화는 전형적인 날개옷 전설의 화형이지만 선녀가 승천한 후에 천상과 지상의 단절이 아닌 왕래가 이루어진다는 점이 특징이다. 즉 나무꾼은 두레박을 타고 하늘로 올라가서 다시 천마를 타고 지상에 내려온다는 것이다. 이에 비해 『近江国風土記』의 이카고노오에 전설에서는 날개옷을 찾은 선녀가 승천한 후, 이카토미는 한탄을 할 따름이다. 이 두 가지의 이야기에서 선녀가 목욕하기 위해서 지상에 내려온다는 점과 날개옷을 훔친 사람과 결혼하여 아이를 낳지만 결국엔 승천하게 된다는 공통점이 있지만, 「나뭇군과 선녀」에서는 효도의 개념이 도입된 후일담이 이어진다.

『다케토리 이야기』에는 이상과 같은 화형에 길고 긴 남녀의 연애와 구혼담이 전개되어 있다. 예를 들면 竹取翁説話, 致富長者譚, 求婚難題譚, 羽衣伝説(白鳥處女説話), 地名起源説話 등을 포함하고 있다. 그러나 전체를 크게 둘로 나누면, 羽衣伝説과 求婚譚으로 분류할 수 있을 것이다. 또한 가구야히메가 竹取翁의 딸이 되어 성장하는 과정을 貴種流離譚으로 볼 때, 구혼담은 하나의 통과의례로 생각할 수 있다. 그런데 이와 같은 화형은 『다케토리 이야기』의 주제로서 『겐지 이야기』의 수많은 원천이 된다는 것을 확인할 수 있다.

3. 주제와 인물구상의 인용

후지산과 관련한 이야기는 기노 쓰라유키紀貫之의『고킨슈古今集』의 仮名
序와 와카에도 나온다. 기노 쓰라유키는 와카和歌를 읊는 갖가지 경우를 열
거하는 가운데, '후지산의 연기에 비유하여 사람을 그리워하고富士の煙によそ
へて人を恋ひ'[13]라는 대목을 인용하고 있다.『고킨슈』의 巻第11 恋歌(534) 및
巻第19 雑躰(1028)는 그리워하는 사람에 대한 가슴 속의 정열을 후지산의
분화에 비유한 노래이다. 이는『다케토리 이야기』에서 가구야히메에 대한
천황의 심정을 비유한 표현과 유사하다고 생각된다. 이러한 후지산과 관
련한 노래는 이미『만요슈』巻第11의 奇物陳思의 노래 2695번, 2697번 등
에도 나오는데,『고킨슈』에서는 활화산이었던 후지산의 연기를 소재로 읊
은 작자미상의 노래를 편집한 것으로 보인다.

『다케토리 이야기』의 직접적인 영향관계로 생각할 수 있는 최초의 작품
은『야마토 이야기大和物語』의 77단이라 할 수 있다. 미나모토 요시타네源嘉
種는 우다宇多 法皇의 딸인 가쓰라노미코桂皇女와 은밀히 만나고 있었다. 우다
법황이 8월 15일 밤, 딸에게 亭子院으로 달구경을 하러 오라고 하자, 요시
타네는 가지 못하게 말렸으나 가쓰라노미코가 버렸기에 다음과 같은 노래
를 읊는다.

다케토리 할아범이 밤마다 울면서 가구야히메를 못가게 했다는데, 당신은
오늘 밤 법황에게 가시는구료
竹取がよによに泣きつつとどめけむ君は君にと今宵しもゆく[14]

즉 자신을 다케토리 할아범竹取翁에, 가쓰라노미코桂皇女를 가구야히메에
비유하여, 가쓰라노미코가 亭子院에 가는 것을 막지 못함을 한탄하고 있

다. 이상의 용례 외에도 『다케토리 이야기』의 직접적인 인용도 『うつほ物語』, 『栄花物語』, 『近松中納言物語』, 『夜の寝覚』, 『狭衣物語』, 『大鏡』, 『風葉和歌集』등에 보인다. 이에 대해서는 野口元大가 『다케토리 이야기』관련자료[15]에서 구체적으로 밝히고 있다. 따라서 본고에서는 『겐지 이야기』가 『다케토리 이야기』의 주제나 인물구상을 어떠한 형태로 인용하고 있는가에 대해서　고찰하고자 한다.

　　앞에서 이미 지적한 것처럼, 『겐지 이야기』絵合卷에서 '우선 모노가타리의 원조인 다케토리 할아범의 이야기와 『우쓰호 이야기』의 도시카게를 함께 겨루어 승부를 가린다.まづ、物語の出で來はじめの親なる竹取の翁に宇津保の俊蔭を合はせてあらそふ'[16](絵合②380)라고 하여 『다케토리 이야기』에 대한 작자의 지식을 알 수 있다. 이 시합은 사이구 뇨고斎宮女御와 고키덴 뇨고弘徽殿女御가 좌우로 나뉘어 그림의 콜렉션을 겨루었다. 처음엔 『竹取物語』와 『うつほ物語』, 두 번째엔 『伊勢物語』와 『正三位』로 겨루었지만 승패가 결정되지 않았다. 마지막 시합에서 히카루겐지光源氏가 그린 스마須磨의 그림 일기로 사이구 뇨고(梅壺女御, 秋好中宮) 쪽이 이기게 된다. 사이구 뇨고가 수집한 그림은 '옛날 이야기, 유명하고 유서 깊은 것いにしへの物語、名高くゆゑあるかぎり'이며, 고키덴 뇨고는 '당시에 세상에서 새롭게 재미있어 하는 이야기そのころ世にめづらしくをかしきかぎり'(絵合②379)만을 골라 그림을 그리게 했다고 한다. 결국 그림 겨루기 시합은 유서 깊은 이야기의 그림을 출품한 사이구 뇨고 측이 이긴다는 것은 『겐지 이야기』의 『다케토리 이야기』에 대한 평가를 알 수 있다.

　　이보다 앞서 蓬生卷에서는 스에쓰무하나末摘花가 황폐한 저택에서 가문의 명예를 지키며 고풍스런 생활을 하며 모노가타리를 읽는다는 기술이 나온다.

　　퇴색한 궤를 열어 『가라모리』, 『하코야노토지』, 『가구야히메 이야기』를 그림으로 그린 것을 이따금 위안거리로 하고 계신다.

15　野口元大 校注, 上掲書, 附録.
16　阿部秋生 他校注, 『源氏物語』2 (『新編日本古典文学全集』 小学館, 1994) p.380. 이하 『源氏物語』의 본문 인용은 『新編全集』의 巻冊, 페이지를 표기함.

古りにたる御厨子あけて、唐守、藐姑射の刀自、かぐや姫の物語の絵に描きた
るをぞ時々のまさぐりものにしたまふ。 　　　　　　　　　　(蓬生②331)

겐지의 귀경을 기다리는 스에쓰무하나는 곤궁한 생활 속에서 유행하는
모노가타리가 아닌 오래된 『가구야히메 이야기』(『竹取物語』) 등을 마음의 위
안으로 읽고 있었던 것이다. 겐지 또한 스에쓰무하나가 유서 있는 황족의
집안에 전하는 이야기책 등을 읽는다는 것을 전통의 계승으로 인정하여
받아들인다는 것이다.

手習巻에는 실종된 우키후네浮舟를 요카와横川의 승도僧都가 발견하여 비
구니인 여동생과 함께 극진히 간호한다. 다음은 비구니인 승도의 여동생
이 우키후네의 사정을 알고 싶어 하지만, 우키후네가 모두 잊어 버렸다고
하자 안타까워하는 심정을 나타낸 표현이다.

　　멋진 선녀가 하늘에서 내려온 것을 보고 있는 듯한 기분이 드는 것도 (가구
　　야히메처럼 언제 승천해 버릴지 몰라) 불안한 마음이지만, (중략) 가구야히
　　메를 발견한 다케토리 할아범보다도 더욱 신기한 마음이 들기 때문에, 어떠
　　한 틈새에도 사라져 버리는 것이 아닌가 하고 침착한 기분이 되지 못하는 것
　　이었다.
　　いみじき天人の天降れるを見たらむやうに思ふも、あやふき心地すれど、 　(中
　　略) かぐや姫を見つけたりけん竹取の翁よりもめづらしき心地するに、いかなるも
　　ののひまに消え失せんとすらむと、静心なくぞ思しける。 　　　(手習⑥299-300)

즉 자신의 신분을 밝히지 않는 우키후네浮舟를 『다케토리 이야기』의 가
구야히메에 비유하고, 비구니 자신은 다케토리 할아범竹取翁에 비유하고
있다. 이는 천상 세계에서 죄를 짓고 지상으로 내려온 가구야히메의 이미
지에, 가오루薫와 니오미야匂宮의 사이에서 사랑의 상처를 입고 우지 강물
에 몸을 던져 자살을 기도한 우키후네를 오버랩 시키고 있는 것이다. 또한
우키후네는 건강을 회복한 후에 승도에게 간청하여 출가하게 되는데, 이
출가는 가구야히메가 천황의 구혼까지도 거부하고 천상세계로 승천하는
장면과 일치한다고 할 수 있다.

이와 같이 絵合巻, 蓬生巻, 手習巻에서는 가구야히메 혹은 다케토리 할아범과 같은 명사로서 『다케토리 이야기』를 인용하고 있다. 또한 『겐지 이야기』에서는 보다 심층적인 『다케토리 이야기』의 주제를 동반한 인용도 있다. 그래서 河添房江는 기호론적인 시각까지를 포함한 『다케토리 이야기』의 인용에 대해서 ''겐지 이야기』의 인용을 원근법에 비유한다면, 『竹取』는 원경을 이루는 것이겠지만, 원경이기 때문에 오히려 주제 중심이라고 할 수도 있을 것이다.'[17]라고 지적했다. 즉 『겐지 이야기』의 표층에 나타난 『竹取物語』의 인용 이외에 심층에 표현되어 있는 것은 작자에 의해 환골탈태되어 있어 모노가타리의 주제나 구상 속에 구조적으로 표현되어 있다고 할 수 있다.

河添房江는 御法巻, 幻巻에 나타난 무라사키노우에紫上의 죽음과 관련하여 표층 레벨, 심층 레벨, 무의식적인 투영[18] 등을 포함한 『다케토리 이야기』의 인용을 분석하고 있다. 御法巻에서 중병에 걸린 무라사키노우에는 겐지와 아카시明石 중궁이 지켜보는 가운데 사라져 가는 이슬처럼 숨을 거둔다. 8월 14일의 날이 샐 무렵이었는데, 겐지는 당일로 장례를 치르고 다음날 새벽 무렵에 장지로부터 귀경하는데, 옛날 아오이노우에葵上가 죽었을 때 달이 밝았다는 것을 연상한다. 御法巻에는 '오늘 밤은 오직 눈앞이 캄캄하여 아무것도 분별이 되지 않는다. 14일에 돌아가셔서 장례를 치른 것은 15일의 새벽녘이었다.今宵はただくれまどひたまへり。十四日に亡せたまひて、これは十五日の曉なりけり'(御法④511)라고 되어 있다.

우키후네의 출가나 무라사키노우에의 죽음과 장의가 8월 14일과 15일에 걸쳐 있다는 것은 『다케토리 이야기』의 가구야히메가 8월 15일의 보름달 밤에 승천했다는 상황의 인용으로 볼 수 있다. 그리고 무라사키노우에의 일주기가 지난 후, 겐지는 속세를 떠나기 위한 준비의 하나로 무라사키노우에의 편지를 모두 불태운다.

긁어모아 보아도 아무 소용없는 일이야, 편지여 죽은 사람과 같은 하늘의 연

---

17 河添房江, 「竹取物語の享受」(『竹取物語, 伊勢物語必携』学燈社, 1988), pp.99
18 河添房江, 「源氏物語の内なる竹取物語」(『国語と国文学』, 東京大学国語国文学会, 1984.7), pp.1-15.

기가 되어라.

라고 쓰고는 모두 태워버린다.

かきつめて見るもかひなし藻塩草おなじ雲居の煙とをなれ

と書きつけて、みな焼かせたまひつ。 (幻④548)

이는 자신이 스마須磨에 퇴거해 있었을 때, 무라사키노우에가 보낸 편지인데, 그 여백에 와카를 한 수 써 넣고 모두 태워버린다는 것이다. 이 대목 또한 『다케토리 이야기』에서 천황이 불사약과 함께 편지를 태우는 것과 같은 행위가 투영된 것으로 볼 수 있다. 가구야히메와 무라사키노우에, 천황과 겐지의 관계를 대비해 보면 『겐지 이야기』의 幻巻은 주제와 인물구상이란 측면에서 『다케토리 이야기』와 너무나 흡사하게 부합된다.

『다케토리 이야기』의 결말 부분에서 천황은 가구야히메로부터 불사약과 편지를 받는다. 가구야히메의 승천을 막기 위해 2천명의 군사를 파견했으나, 천인天人의 초능력은 막을 수가 없었고 칙사로 파견한 중장이 가구야히메의 유품을 전한 것이다. 이에 천황은 하는 수 없이 가구야히메를 그리워하는 和歌를 한 수 읊는다.

가구야히메를 두 번 다시 만날 수 없는데, 눈물에 떠 있는 내게 불사약이 무슨 소용이겠어요.

あふこともなみだにうかぶ我が身には死なぬ薬も何にかはせむ[19]

천황은 가구야히메가 보낸 불사약과 편지 등을 하늘에 가장 가까운 스루가 지방駿河国에 있는 산꼭대기에 가서 태워버리라고 명령한다. 즉 가구야히메의 유품을 불태워 그 연기로서 천상과의 교신을 시도한 것으로 생각된다. 『겐지 이야기』에서 히카루겐지가 무라사키노우에의 편지를 태우는 행위도 같은 차원에서 해석할 수 있을 것이다. 또한 두 와카和歌에서 천상으로 올라가거나(가구야히메), 죽은 여자(무라사키노우에)의 유품에 대

19 片桐洋一 校注, 『竹取物語』(『新編日本古典文学全集』, 小学館, 1999) p.76. 이하 『竹取物語』의 본문 인용은 『新編全集』의 페이지를 표기함.

해서 각각 '무슨 소용이 있겠어요.何かはせむ'라든가, '아무런 보람도 없는 일이야.見るもかひなし'라고 읊었다는 것도 표현의 공통분모인 셈이다. 즉 『겐지이야기』에서 가구야히메에 대한 천황의 관계가 그대로 『겐지 이야기』에서는 무라사키노우에에 대한 겐지의 관계로 구조적인 변형이 이루어져 있다.

가구야히메는 승천하기 전 다케토리 할아범에게도 다음과 같은 편지를 남긴다.

> 벗어둔 내 옷을 언제까지나 유품으로 보세요. 달빛이 비치는 밤에는 내가 사는 달을 보아 주세요. 부모님을 남겨두고 이렇게 가는 것이 하늘에서 떨어질 것 같은 기분입니다.
> 脱ぎををく衣を形見と見たまへ。月のいでたらむ夜は、見おこせたまへ。見捨てたてまつりてまかる、空よりも落ちぬべき心地する。 (pp.73-74)

가구야히메의 승천과 무라사키노우에의 죽음을 같은 선상에 놓고 생각할 때, 『겐지 이야기』의 桐壺巻에서 기리쓰보 고이桐壺更衣가 천황에게 마지막으로 와카를 읊는 행위도 같은 발상이라 생각된다. 그리고 桐壺巻에는 칙사인 유게히노 묘부靫負命婦가 고이更衣의 어머니를 방문하고 돌아오는 길에 유품을 받아 온다는 기사가 있다.

> 단지 죽은 사람의 유품으로 이와 같은 용도로 있을까 하여 남겨두셨던 의상한 벌, 그리고 머리 손질하는 도구와 같은 것을 함께 넣는다.
> ただかの御形見にとて、かかる用もやと残したまへりける御装束一領、御髪上の調度めく物添へたまふ。 (桐壺①32)

가구야히메와 기리쓰보 고이桐壺更衣가 의복을 유품으로 남긴다는 것도 공통점이다. 또한 기리쓰보 고이와 닮았다는 것으로 입궐하게 되는 후지쓰보 뇨고藤壺女御를 세상 사람들이 '빛나는 태양과 같은 중궁かかやく日の宮'(桐壺①44)라 불렀다고 한다. 이는 『다케토리 이야기』에서 주인공의 이름 '가구야히메かぐや姫'가 빛이 날 정도로 미모가 뛰어나다는 의미와 상통하

는 비유 표현이라 생각된다. 즉 모노가타리의 주인공이 절대적인 미모의 소유자라는 비유 표현에도 공통점이 있다고 할 수 있다.

이상에서 고찰한 바와 같이 『다케토리 이야기』가 『겐지 이야기』에 투영된 주제나 인물구상은 표층적인 것뿐만 아니라, 보다 심층적이고 무의식적인 영향까지도 포함되어 있다는 것을 확인할 수 있다.

4. 話型의 전승

『다케토리 이야기』에는 여러 가지의 화형이 전체 작품의 주제를 형성하고 있는데, 『겐지 이야기』에는 변형된 형태로 수용되고 있다. 島内景二는 모노가타리 문학의 화형의 정의와 목적에 대해서, '우선 話型이란 우선 세계각지의 민화에 공통으로 존재하는 구조를 의미하며, 「특정한 문학작품」의 본질을 다른 문학작품과의 관련성에 있어서 명백히 하지 않으면 안된다. (중략) 학문으로서의 화형분석학은 끊임없이 표현연구에 접근해 가는 것이다.'[20]라고 분석했다. 본고에서는 『다케토리 이야기』와 『겐지 이야기』에 내재하는 화형의 전승과 영향관계를 표현과 주제를 중심으로 분석하고자 한다.

고대의 白鳥處女譚, 나뭇군과 선녀 이야기, 날개옷羽衣 전설 등에서는 천상(이향)의 선녀와 지상의 남자가 결혼하여 아이까지 갖지만, 날개옷을 찾은 선녀는 천상의 세계로 되돌아 가버린다는 것이 결말이다. 이러한 유형인 『다케토리 이야기』에서는, 다섯 사람의 구혼자들뿐만 아니라 지상의 왕자인 천황의 구혼까지도 거부하고, 날개옷을 입은 가구야히메는 竹取翁을 불쌍하다고 생각하는 연민의 정도 잊어버리고 달나라로 올라가 버린다. 『겐지 이야기』에서 『다케토리 이야기』의 날개옷 전설과 같은 화형이라고 할 수 있는 것은 앞에서 인용한 幻卷의 무라사키노우에 이야기를 지적할 수 있다. 즉 가구야히메의 승천에 대비한 무라사키노우에의 죽음은 8월 14일, 그 장의는 8월 15일에 이루어진다. 그리고 가구야히메가 남기고 간

20　島内景二, 「源氏物語の話型学」(『国文学』, 学燈社, 1990.1), pp.59-61.

불사약과 편지를 천황은 스루가 지방駿河国의 산꼭대기에서 불태우게 하는데, 겐지는 무라사키노우에의 편지를 모두 태운다는 것이다.

『겐지 이야기』의 桐壺卷과 空蟬卷에는『다케토리 이야기』에서 가구야히메가 승천하기 전에, '벗어둔 내 옷을 언제까지나 유품으로 보세요'라고하는 기사의 투영이 그려져 있다. 다음은 桐壺卷에서 칙사가 달빛이 밝게 빛나는 날 밤 고이의 집을 방문하는 대목이다.

> '저녁 달이 아름답게 비칠 무렵에…'
> '달빛만이 무성한 잡초에도 아랑곳 없이 스며들고 있다.'
> '달은 기울어갈 무렵으로 하늘은 전체가 맑게 개어 있는데, 바람은 실로 시원해져서 풀숲의 벌레소리가 눈물을 재촉하는 듯이 들리는 것도 떠나기 어렵게 만드는구나.'
> 「夕月夜のをかしきほどに…」
> 「月影ばかりぞ、八重葎にもさはらずさし入りたる」
> 「月は入方の、空清う澄みわたれるに、風いと涼しくなりて、草むらの虫の声々もよほし顔なるも、いと立ち離れにくき草のもとなり」 　　　　　(桐壺①26-32)

상기 인용문은 칙사와 고이의 어머니가 밤새워 나누는 대화의 시간을 달의 이동으로 표현한 대목이다.『다케토리 이야기』에서 가구야히메가 보름 달 밤에 승천한 것을 연상하게 한다. 기리쓰보 고이桐壺更衣의 친정을 찾아간 칙사 유게히노 묘부靫負命婦는 고이의 어머니로부터 유품인 옷과 머리 손질하는 도구 등을 받아 천황에게 전한다. 기리쓰보 천황桐壺天皇은 칙사의 귀궁帰宮을 기다리고 있던 고이의 유품들을 보고 아무 소용이 없는 일이긴 하지만 다음과 같이 와카를 읊는다.

> 고이의 혼을 찾아가는 도사가 있었으면, 그러면 인편으로라도 그 혼이 있는 곳을 알 수 있을텐데.
> たづねゆくまぼろしもがなつてにても魂のありかをそこと知るべく 　　　　　(桐壺①35)

즉 칙사 유게히노 묘부가 고이의 유품을 가져왔지만, 기리쓰보 천황이

'아무런 소용이 없다.'고 생각하는 것은 『다케토리 이야기』에서 천황이 가구야히메가 보내준 불사약과 편지를 보고는 '무슨 소용이 있겠는가.'라고 생각하는 발상과 유사한 표현이다.

帚木卷에서 히카루겐지는 우쓰세미空蟬의 우아하고 사려 깊은 태도에 마음이 끌린다. 겐지는 이러한 우쓰세미에 대해 다음과 같이 느끼고 있다.

> 원래 성격이 부드러운데다 억지로 고집스런 태도를 취하고 있기 때문에, 가냘픈 대나무와 같은 느낌이 들어 쉽게 꺾일 것 같지 않았다.
>
> 人がらのたをやぎたるに、強き心をしひて加へたれば、なよ竹の心地して、さすがに折るべくもあらず。
>
> (帚木①101-102)

겐지가 우쓰세미空蟬를 '가냘픈 대나무'로 비유한 것은 『다케토리 이야기』의 주인공인 가구야히메의 이름 '가냘픈 대나무와 같은 가구야히메なよ竹のかぐや姫'(p.19)를 연상케 한다. 그리고 겐지는 우쓰세미를 가구야히메처럼 강한 성격이라고 생각하지만, 이후의 문맥에서 두 사람은 관계를 맺은 것으로 되어있다. 이러한 부분은 구체적인 묘사가 없고 독자의 추측에 맡기는 것이 『겐지 이야기』의 문체상의 특징이다.

겐지가 우쓰세미를 만나려고 방에 숨어들어 가자, 우쓰세미는 겐지의 옷이 스치는 소리와 향내가 나자 홑겹만 입은 채로 잠자리를 빠져나가 버린다. 겐지는 예기치 않게 우쓰세미의 옆에서 자고 있던 노키바노오기軒端荻(이요노스케의 딸)와 관계를 맺는다. 다음날 아침 우쓰세미의 겉옷을 갖고 돌아간 겐지는 옷의 주인을 그리워하며, '매미가 허물을 벗고 사라진 나무 아래에서, 허물과 같은 옷을 남긴 그 사람이 그리워空蟬の身をかへてける木のもとになほ人がらのなつかしきかな'(空蟬①129)라고 읊는다. 우쓰세미 또한 '매미 허물에 맺힌 이슬처럼, 나무 그늘에 숨어 은밀히 흐르는 눈물에 젖은 내 소매여空蟬の羽におく露の木がくれてしのびしのびにぬるる袖かな'(空蟬①131)라고 자신의 처지를 한탄하는 노래를 읊는다. 결국 겐지는 우쓰세미를 그리워하지만, 우쓰세미는 신분의 격차와 이요노스케伊予介의 후처라는 자신의 처지를 생각하며 겐지를 거부한다.

『겐지 이야기』의 絵合卷에서도 모노가타리의 원조인 『다케토리 이야기』

의 竹取の翁와 『うつほ物語』의 俊蔭를 겨룰 때, 좌측인 사이구 뇨고斎宮女御 쪽이 『다케토리 이야기』를 다음과 같이 소개한다.

> 오랜 기간 동안 전해온 가냘픈 대나무의 이야기라 특별히 재미있는 대목도 없지만, 가구야히메가 인간세상의 혼탁함에도 물들지 않고 높은 품위를 지키며 승천한 인연은 각별해서 이치를 모르는 여자는 보아도 알 수 없겠지요.
> <u>なよ竹</u>の世々に古りにける事をかしきふしもなけれど、かぐや姫のこの世の濁りにも穢れず、はるかに思ひのぼれる契りたかく、神世のことなめれば、浅はかなる女、目及ばぬならむかし。
>
> (絵合②380)

絵合巻에서 '가냘픈 대나무'라고 하는 것은 『다케토리 이야기』의 주인공 가구야히메를 연상한 표현이라 볼 수 있다. 이상에서 고찰한 것처럼 무라사키노우에나 우쓰세미는 『다케토리 이야기』의 가구야히메와 인물구상이나 표현에 있어, 각각 키워드가 공통적으로 사용되고 있고, 이야기의 주제 또한 날개옷羽衣 전설의 변형이라 할 수 있다.

『다케토리 이야기』의 求婚難題譚은 다섯 사람의 구혼자에 대하여 난제를 부여하여 결혼을 거부한다는 이야기이다. 『겐지 이야기』의 玉鬘十帖에서 다마카즈라玉鬘는 결국 히게쿠로鬚黒 대장과 결혼을 하게 되지만, 『다케토리 이야기』의 가구야히메와 같은 구혼담의 유형이라 할 수 있다. 다마카즈라는 頭中将과 유가오夕顔의 딸로 태어나지만 유가오가 죽은 후 어린 시절 北九州를 漂泊한 뒤에 六条院(겐지의 저택)에 들어가 겐지의 양녀가 된다. 이후 수많은 귀족들의 구혼을 받게 되는데, 특히 의부인 겐지의 애정 공세에 대해서는 고뇌에 빠진다.

다마카즈라는 히젠 지방肥前国에서 상경하지 못하고 있는 동안에, 나이가 20세 정도가 되자, 미모를 전해 들은 수많은 구혼자들이 몰려온다. 다음은 히고 지방肥後国의 호족인 다유노겐大夫監은 무리하게 집으로 찾아와 억지를 부린다는 것을 비난하는 대목이다.

> 연모하는 사람은 밤에 은밀히 숨어든다고 하여 요바이(밤에 여성의 침소에 잠입하는 일)라고 했는데, 이것은 좀 색다른 봄의 저녁 무렵이다. 또한 가을

이 아닌데도 불구하고 '신기하다'고 하는 꼴이다.

懸想人は夜に隠れたるをこそよばひとは言ひけれ、さま変へたる春の夕暮なり。

秋ならねども、あやしかりけりと見ゆ。 (玉鬘③96)

이 대목은 이야기꾼語り手의 표현으로, 다유노겐大夫監이 호색인의 교양으로는 밤에 여성을 찾아와야 하는데 저녁 무렵에 왔다는 것을 비난하고 있다. 연인이 그리워지는 것은 가을의 밤인데, 봄의 저녁 무렵에 찾아와서 연인이 그립다는 것은 맞지 않다는 것이다. 이 '요바이よばひ'라는 표현은 『겐지 이야기』에서 유일한 용례인데, 그 어원 설화는 『다케토리 이야기』의 다음 기사이다.

세상의 귀족들은 신분의 상하에 관계없이 모두 어떻게 하면 이 가구야히메를 얻을 수 있을까, 아내로 맞이할 수 있을까 하고, 소문으로 듣고 마음이 흔들린다. 그 근처의 울타리에도 집의 문에도, 집안 사람들 조차도 간단히 볼 수 없는데, 밤에는 편안히 잠도 못자고 보이지도 않는 어두운 밤에 나와서 울타리에 구멍을 뚫기도 하고 속을 들여다보고 우왕좌왕하고 있다. 그 때부터 '요바이'라는 말이 생겼다.

世界の男、あてなるも、賎しきも、いかでこのかぐや姫を得てしがな、見てしがなと、音に聞きめでて惑ふ。そのあたりの垣にも家の門にも、をる人だにたはやすく見るまじきものを、夜は安きいも寝ず、闇の夜にいでても、穴をくじり、垣間見、惑ひあへり。さる時よりなむ、「よばひ」とはいひける。 (p.19)

玉鬘十帖의 구혼담은 '요바이'라는 단어의 사용으로 보아, 『다케토리 이야기』의 인물조형이 투영되었다고 볼 수 있다. 다마카즈라의 경우는 가구야히메처럼 구혼자들에게 직접적으로 난제를 주어 해결하게 하는 이야기는 없지만, 北九州에서의 고난이나, 겐지로부터 받는 애정 공세에 대한 고민을 대비해 볼 수 있다. 鈴木日出男는 『다케토리 이야기』의 결말이 천황과 竹取翁의 집착 때문에 절망이 크다는 것과 『겐지 이야기』玉鬘十帖에서 겐지의 비탄이 유사하다는 점을 지적했다.[21] 다음은 真木柱卷에서 겐지와 다마카즈라가 증답한 와카이다.

봄비가 계속 한가롭게 내리는데 당신은 친정에 있는 나를 어떻게 생각하고
계십니까.

장마가 계속되는 처마의 물방울에 저는 소매를 적시며 언제나 당신만을 그
리워하고 있습니다.

(源氏) かきたれてのどけきころの春雨にふるさと人をいかにしのぶや

(玉鬘) ながめする軒のしづくに袖ぬれてうたかた人をしのばざらめや

(真木柱③391-392)

이 증답은 다마카즈라가 히게쿠로鬚黒의 저택으로 가고, 2월의 봄비가
내리는 무료한 어느 날, 겐지와 다마카즈라가 증답한 와카이다. 이에는
『다케토리 이야기』의 결말 부분에서 가구야히메와 천황의 증답가가 투영
된 것으로 보인다. 천황의 와카는 앞에서 고찰했으므로 여기서는 가구야
히메의 노래만 인용한다.

이제는 날개옷을 입어야 할 때입니다. 저는 당신을 정취 있게 생각하고 있습
니다.

今はとて天の羽衣着るおりぞ君をあはれと思ひいでける   (p.75)

가구야히메는 이 와카와 함께 불사약을 천황에게 보낸 후, 날개옷을 입
자마자 竹取翁을 가엽다고 생각하는 것도 잊어버리고 달나라를 향해 승천
한다. 즉 『다케토리 이야기』의 가구야히메가 천황을 '정취 있게 생각한다'
는 표현과 『겐지 이야기』의 다마카즈라가 겐지를 '그리워하고' 있는 것은
같은 심정으로 이해할 수 있다.

이 이외에도 『겐지 이야기』에서 여성이 남자의 구혼을 거부하는 화형은
무라사키노우에 이야기, 우키후네浮舟 이야기, 그리고 오이기미大君 이야기
가 있고, 모두 『다케토리 이야기』의 영향을 읽을 수 있다. 그리고 다마카즈
라 이야기는 求婚難題譚과 고귀한 신분의 주인공이 유리를 거듭한 끝에
해피 엔드로 결실을 맺는 귀종유리담이 복합된 화형이라 할 수 있다.

---

21   鈴木日出男, 「物語成立史覚え書き」(『竹取物語伊勢物語必携』学燈社, 1988), pp.10-11.

『겐지 이야기』의 귀종유리담은 다마카즈라 이야기 이외에도 겐지의 스마 퇴거와 귀경까지의 과정, 그리고 겐지의 생애가 하나의 귀종유리담이라고 할 수 있다. 즉 빛나는 겐지라는 이름에서 알 수 있듯이 히카루겐지는 초인적인 미모와 '이로고노미色好み'[22]를 갖추고 있지만, 세속적인 후견이 없어 후지쓰보 사건을 계기로 스마에 퇴거한다. 이후의 겐지는 황권을 획득하지는 못하지만, 여러 여성들과의 인간관계를 계기로 잠재왕권潜在王権을 달성해 간다. 모노가타리의 구상에서 高麗人(발해인)의 예언, 꿈의 해몽, 숙요宿曜의 실현 과정은 스스로의 노력과 인간관계, 그리고 겐지를 実父로서 대우하려는 레이제이 천황冷泉帝의 효심에 의해 달성된다. 제1부의 마지막 藤裏葉巻에서 겐지는 准太上天皇의 지위에 오르게 되고, 육조원에 행차한 레이제이 천황과 스자쿠인朱雀院과 동열의 자리에 앉게 된다. 이러한 겐지의 고난과 영화의 생애는 귀종유리담의 화형이지만 여기서는 고난의 시기였던 스마 퇴거와 『다케토리 이야기』와의 영향관계를 고찰해 보고자 한다.

岡一男는 『다케토리 이야기』에서 오토모노 대납언大伴大納言이 용의 목에 있는 구슬을 찾으러 갔다가 폭풍우를 만나는 장면과, 須磨巻에서 겐지가 雷雨를 만나는 장면을 비교하면 字句, 어조, 문맥이 아주 닮았고 양자 사이에 영향관계가 있다는 것을 확실히 알 수 있다[23]고 지적했다. 예를 들면 『겐지 이야기』의 須磨巻에서 겐지가 폭풍우를 맞고 잠시 잠이 들었을 때, 꿈속에서 '왜 궁에서 부르시는데 오지 않는가.など、宮より召しあるには参りたまはぬ'(須磨②219)라는 말에 잠이 깬다. 그리고 겐지는 '그렇다면 바다 속의 용왕이 정말로 아름다운 것을 좋아해서 자신을 눈여겨 본 것인가.さは海の中の竜王のいといたうものめでするものにて、見入れたるなりけりと思すに'(須磨②219)라고 생각하니, 기분이 나빠져서 해변에 있는 그 집에 더 이상 있고 싶은 마음이 없어진다.

겐지가 폭풍우를 용의 장난으로 생각하는 발상과 『다케토리 이야기』에서 오토모 대납언이 용의 목에 있는 오색으로 빛나는 구슬을 찾으러 갔다

---

22 拙稿, 「王権譚의 伝承과 『源氏物語』」(『日本文化研究』第 4 号, 韓国外大日本文化研究会, 1989), pp.74-77.

23 岡一男, 『源氏物語事典』, 春秋社, 1964. pp.264-265.

가, 폭풍우를 만나 목숨만 건져 돌아와 가신들에게 다음과 같이 말하는 대
목과 대비된다.

> 너희들 용의 목에 있는 구슬을 안 가지고 오길 잘했다. 용은 하늘에 울리는
> 천둥과 같은 종류이다. 그 구슬을 가지려고 하다가 많은 사람들이 죽을 뻔했
> 다. 하물며 용을 잡기라도 했더라면 또 나는 쉽게 죽임을 당했을 것이다.
> 汝ら、よく持て來ずなりぬ。龍は鳴る雷の類にこそありけれ。それが玉を取らむと
> て、そこらの人々の害せられなむとしけり。まして龍を捕へたらましかば、また、
> こともなく我は害せられなまし。　　　　　　　　　　　　　　　　　(p.48)

대납언은 가구야히메가 사람을 죽이려고 용의 구슬을 가져오라는 난제
를 내었다고 비난한다. 이보다 앞서 대납언이 용을 잡으러 바다에 나갔다
가 바람이 불고, 파도가 일며, 천둥까지 머리 위에서 울리자, 선장에게 그
이유를 묻는다. 배의 선장이 말하기를 '용을 죽이려고 찾고 계시기 때문에
이렇게 되는 것입니다. 질풍도 용이 일으키는 것입니다.龍を殺さむと求めたまへ
ばあるなり。疾風も、龍の吹かすなり'(pp.46-47)라고 하며, 빨리 신에게 기원을
올리라고 한다. 즉『다케토리 이야기』와『겐지 이야기』의 須磨卷에는 꼭
같이 바다의 폭풍우는 용의 장난에 의해서 일어난다는 발상이 기술되어
있다.

스마 퇴거에서 용왕에 의해서 폭풍우를 만난 사건은 하나의 시련으로
볼 수 있으나, 앞에서 이야기한 것처럼 스마 퇴거須磨退去 그 자체가 하나의
귀종유리이고,『겐지 이야기』 전체가 하나의 귀종유리담이라고도 할 수
있을 것이다. 인간이 유리한다는 것은 하나의 시련이라는 점에서 가구야
히메가 지상으로 내려오게 된 동기와 겐지가 스마에 퇴거하게 되는 배경
에는 공통점이 있다. 즉 천상과 도읍에서 각각 지은 죄로 인해 유리를 하게
된다는 것이다.『다케토리 이야기』에서는 가구야히메를 데리러 온 천인이
다케토리 할아범竹取翁에게 다음과 같이 말한다.

> 가구야히메는 천상에서 죄를 지으셨기 때문에 이와 같이 미천한 너의 집에
> 서 잠시 계셨던 것이다.

> かぐや姫は罪をつくりたまへりければ、かく賎しきをのれがもとに、しばしおはしつ
> るなり。   (p.72)

천인은 가구야히메가 죄를 지어 지상으로 유리해 있었다는 것과 이제
죄가 소멸했기 때문에 이렇게 맞이하러 온 것이라고 했다. 그러나 다케토
리 할아범은 가구야히메를 양육한 것이 20년이나 되었다고 하며 보내주려
하지 않는다. 모노가타리의 등장인물이 죄를 지어 어딘가로 유리하는 것
은 귀종유리담의 전형적인 이유이다.

須磨卷에서 겐지는 3月 초순, 불제祓除를 하고, '8백 만의 많은 신들도 나
를 어여삐 여겨 주실 것이다. 지은 죄가 그렇게 없으니까.八百よろづ神もあはれ
と思ふらむ犯せる罪のそれとなければ'(須磨②217)라는 와카를 읊는다. 그러자 잠잠
하던 바닷가에 바람이 불며 천둥이 치고 폭풍우가 일어난다. 겐지는 스마
로 출발하기 전에 무라사키노우에게, '나 자신의 과실은 없지만 그러해
야 할 전생의 인연으로 이렇게 되는 것일 것이다.過ちなけれど、さるべきにこそか
かることもあらめ'(須磨②172)라고 하며 원죄冤罪를 주장해 왔다. 그러나 若紫
卷의 꿈의 해몽에 나타난 후지쓰보 사건의 구상에서 '운세에 액이 끼어 있
어 근신해야 할 일이 있다. その中に違ひ目ありて、つつしませたまふべきことなむはべる'
(若紫①233-234)라고 하는 것이 스마 퇴거의 근원적인 이유였던 것이다.

그러나 겐지는 스마須磨로 출발하기 하루 전에 후지쓰보를 만나 다음과
같이 자신의 죄를 시인한다.

> 이렇게 생각지도 않은 죄를 받게 된 점에 대해서도 마음에 걸리는 일이 한
> 가지 있어, 하늘을 올려다보는 것도 두려운 기분이 듭니다. 아까울 것 없는
> 이 몸은 비록 죽는다 하더라도 동궁(겐지와 후지쓰보가 밀통하여 태어난 레
> 이제이 천황)의 즉위만 무사하시다면.
> かく思ひかけぬ罪に當りはべるも、思うたまへあはすることの一ふしになむ、空も
> 恐ろしうはべる。惜しげなき身は亡きになしても、宮の御世にだに事なくおはしま
> さば   (須磨②179)

겐지는 우대신과 고키덴 뇨고弘徽殿女御에 대한 정치적인 죄는 인정하지

않으나 후지쓰보藤壺와의 밀통에 대한 죄는 인정하고 있음을 알 수 있다. 『다케토리 이야기』에서 가구야히메의 죄가 무엇이었는지는 나타나있지 않으나, 유리의 원인으로 남녀의 불윤인 경우가 많은 듯하다.『이세 이야기伊勢物語』에서도 니조二条 황후와 아리와라 나리히라在原業平의 관계나,『겐지 이야기』에서는 겐지와 후지쓰보, 겐지와 오보로즈키요朧月夜의 관계에서 찾아볼 수 있다. 즉 귀종유리담은 고대문학 이래로 고귀한 신분의 영웅이 유리되어 시련을 겪고 방랑을 하게 되지만, 운명에 따라 원래의 도읍으로 복귀하여 영화를 누린다는 것이 기본 화형이라 할 수 있다.

5. 결론

『겐지 이야기』의 원천을 규명해 나가는 시론으로서『다케토리 이야기』와 영향관계를 고찰해 보았다. 모노가타리의 원형이나 話型을 규명하기 위해서는 주제의 분석만이 아니고 인용된 표현의 분석에 의해서 가능하다. 이에 본고에서는『다케토리 이야기』의 원형이 전승되는 과정을 고찰하고, 구체적인 주제나 인물의 구상, 話型의 전승 등이 두 작품 속에서 어떻게 향수되고 있는가를 살펴보았다.

『겐지 이야기』에는 수많은 원천과 소재가 내포되어 있지만『다케토리 이야기』만큼 의도적으로 인용되고 있는 작품도 없다. 絵合巻에서 '모노가타리의 원조'라고 일컫고 있는 사실 만으로도, 당시에는 이미 독자들로부터 소외되고 있던 이 작품에 좀 특별한 의미부여를 하고 있다는 것을 알 수 있다. 즉 그림 놀이에서 당시에 유행하는 작품이 아닌 고전으로서『이세 이야기』와 함께 사이구 뇨고斎宮女御의 그림으로 추천이 된다는 점이다.

『겐지 이야기』의 인물구상에 있어 가구야히메의 투영이 무라사키노우에와 다마카즈라, 우키후네 등에 보인다. 특히 이 부분은 단순히 표층적인 인용뿐만 아니라 보다 심층적인 투영이 엿보인다. 즉『다케토리 이야기』의 천황과 가구야히메의 관계는『겐지 이야기』의 겐지와 무라사키노우에, 기리쓰보 천황과 기리쓰보 고이桐壺更衣의 관계로 오버랩 되고 있다고 생각된다.

　『다케토리 이야기』의 전형적인 화형 세 가지를 지적하자면, 날개옷羽衣
伝説과 求婚譚, 귀종유리담이 될 것이다.『겐지 이야기』에 나타난 羽衣伝説
의 인물로는 무라사키노우에와 우쓰세미空蟬 등을 들 수 있겠고, 求婚譚으
로는 다마카즈라 이야기, 귀종유리담으로는 겐지의 스마 퇴거와 그의 생
애 자체가 하나의 유리담이라 할 수 있다. 그러나 두 작품의 영향관계가 인
물구상이나 話型, 주제 등이 복합되어 나타나기 때문에 기호학적인 방법
론까지를 포함하여 인용된 표현을 분석할 필요가 있다고 생각된다. 즉『겐
지 이야기』의 원천이나 인물의 구상, 화형, 표현 등에는『다케토리 이야기』
가 있다는 것을 확인할 수 있었다.

▌Key Words　話型, 原型, 羽衣伝説, 天人, 求婚者

제2장

왕권담의 전승과 『겐지 이야기』

1. 서론

일본의 고전문학에 있어서 話型 연구는 작품의 주제론, 구상론을 분석하는데 유효한 방법론으로 인식되어 있다. 화형 중에서도 특히 왕권담은 문화인류학, 민속학, 역사학, 종교학 등의 연구성과를 받아들여 최근에는 모노가타리物語 문학(헤이안 시대부터 무로마치室町 시대까지의 산문문학의 한 장르)의 개념 정의에 있어서 주요한 키워드(Key Word)가 되었다.

왕권의 사전적인 의미는 '국왕의 권력, 왕자의 권세'¹라는 뜻이지만, 일본의 고대신화, 모노가타리에서는 대개 천황들이 그 체현자라 할 수 있다. 그러나 천황제에 있어서의 황권과 이를 초월하는 권력자가 갖는 왕권은 구별될 수 있다. 문제는 역사적인 천황제의 황권이 어떠한 형태로 모노가타리 속의 왕권에 투영되어 있으며 또한 황권이 형성·소멸되어 가는가 하는 점이다. 그래서 河添房江는 皇權을 Sein(역사적 현실로서의 천황제 자체), 王權을 Sollen²으로 구분하고, 長谷川政春는 왕권획득의 이야기와 왕권침범의 이야기로 나누고, 왕권을 보증하고 왕권답게 활성화시키는 것은 왕권침범이라고 하는 반 왕권에 의해서 가능하게 된다³고 지적했다.

---

1 新村出 編, 『広辞苑』岩波書房, 1981.
2 河添房江,「天皇と天皇制」(『王朝物語必携』, 学燈社, 1987年) p.44.
3 長谷川政春,「王權」(『國文学』学燈社, 1985年 9月) p.38.

『겐지 이야기』의 왕권성에 대한 선행연구로서는 折口信夫가 「色好み論」[4]과 왕권획득에 관한 논리를 펼친 것이 그 선구이다. 西鄕信綱는 신대의 신화와 제식이라는 시점에서 접근하여 이른바 내란(反王權)이 신성왕권의 고유한 논리이며 역학[5]이라 하고 있다. 益田勝美는 태양의 사제적, 신비적인 성격이 농후하고 섭관 정치적 권력기구의 중요한 부속기관인 천황이 어떻게 황권을 보전하는가[6]를 고찰하고 있다. 深澤三千男는 겐지가 천황이 아닌 准太上天皇이 된 점을 「잠재왕권」의 획득[7]이라 표현했다. 日向一雅는 집안의 유지遺志와 왕권의 완성과정을[8], 河添房江는 구조적인 왕권론으로는 해결되지 않는 왕권생성의 문제를 비유표현의 시점[9]으로 규명하고 있다. 이 외에도 山口昌男[10], 秋山虔[11], 高橋亨[12], 廣田收[13] 등의 연구가 각각의 관점에서 『겐지 이야기』의 왕권을 규명하고 있다.

이상의 논점을 참고로 하면서 본고에서는 왕권담의 전승과 『겐지 이야기』 속의 인간관계, 왕권의 표현구조를 고찰하고자 한다. 즉 주인공인 겐지가 아버지인 기리쓰보 천황에 의해 신하의 신분으로 내려져 皇權에의 길이 단절된 후, 영화의 王權을 달성해 가는 과정에서 구조적인 주제의 전개뿐만 아니라 표현에 의해 창출되는 왕권 이야기의 논리를 재조명해 보고자 한다.

2. 王權譚의 傳承

『겐지 이야기』 이전의 왕권 이야기는 어떠한 유형으로 전승되어 왔는

4 『折口信夫全集』第1, 8, 12, 14卷, 中央公論社, 1985.
5 西鄕信綱, 「古代王權の神話と祭式」(『文学』岩波書店, 1960. 1月, 3月)
　　　　 『日本古代文学史, 改稿版』岩波書店, 1971.
6 益田勝美, 「日知りの裔の物語」(『火山列島の思想』筑摩書房, 1983)
7 深澤三千男, 「光源氏像の形成序說」, 「光源氏の運命」(『源氏物語の形成』櫻楓社, 1972)
8 日向一雅, 「六条院世界の成立について」(『源氏物語の主題』櫻楓社, 1983)
9 河添房江, 「源氏物語の一對の光」(『文学』岩波書店, 1987. 5月)
10 山口昌男, 「天皇制の深層構造」(『知の遠近法』岩波書店, 1978)
11 秋山虔, 「光源氏輪」(『王朝女流文学の世界』, 東京大学出版會, 1976)
12 高橋亨, 「闇と光の變相」(『源氏物語の對位法』東京大学出版會, 1982)
13 廣田收, 「源氏物語の王權とその傳承性」(『日本文学』日本文学協會, 1972. 12月)

가. 역사적인 천황제와 왕권의 논리는 『고지키古事記』의 신화에서 허구의 모노가타리에 이르는 가운데 왕권의 논리가 확립되었다. 그리고 왕권을 달성하는 인물은 이상적인 '이로고노미色好み'와 불가분의 관계에 있다. 이로고노미라는 용어는 『고킨슈古今集』의 가나 서문에서, '(와카는) 이로고노미의 집안에서 매목埋木처럼 모습을 감추고 사람들에게 알려지지 않아,色好みの家に埋れ木の、人知れぬこととなりて'[14]라고 되어 있다. 이 표현이 한문 서문真名序에서는, '至有好色之家 以此爲花鳥之使'(p.424)라고 되어 있다. 즉 한문의 '好色之家'가 '色好みの家'로 대응되고 있다. 'いろごのみ'가 好色의 번역어인지 고유어和語인지는 분명하지 않으나 그 의미가 문학작품 속에서 미묘하게 달리 쓰이고 있는 듯하다.

예를 들어 『論語』의 子罕篇에는 '子曰, 吾未見好德如好色者也'[15] 라 하여 일본어의 이로고노미와는 달리 쓰이고 있다. 또 「孟子」의 梁惠王章句下에는 梁惠王이 '寡人有疾, 寡人好色'이라 하였으나, 萬章章句上에는 孟子가 '好色人之所欲也'라 하여, 호색을 부분적으로는 부정하고 있다. 그러나 이로고노미가 반드시 '好色' 그 자체만을 의미하지는 않으며 좀더 확대생산된 문명적 가치가 담겨 있다는 것은 문학작품 속의 용례를 통하여 느낄 수 있다. 折口信夫는 '色好み라는 말은 한자어의 好色에 너무 꼭 맞기 때문에 아마도 일본에 옛날부터 있었던 이로고노미라고 하는 고유어의 의미를 바꾸어 버렸을 것이다. 호색을 직역한 말은 아니다.'[16]라고 논했다. 그리고 高橋亨는 '연애나 정교를 좋아하고, 그 정취를 노래등의 예능로 표현하는 행위나 사람'[17]을 이로고노미라 정의하고 있다. 그러나 시대가 내려감에 따라서 단순한 '好色者'의 의미로 전락해 간다.

이러한 이로고노미가 어떻게 왕권달성의 필수조건이며, 그 본질이라 할 수 있는지 구체적인 작품의 용례를 통하여 고찰해 보고자 한다. 고대의 신화나 모노가타리에서 주인공은 대개 이로고노미의 체현자로서 왕권을 달

---

14 小沢正夫 校注, 『古今和歌集』(『新編日本古典文学全集』 小学館. 2007) p.22. 이하 『古今和歌集』 본문 인용은 「新編全集」의 歌番, 페이지 수를 표시함.

15 李家源 訳解, 『論語, 孟子』 東西文化社, 1976.

16 『折口信夫全集』 第14卷, 國文学編, 中央公論社, 1985. p.221.

17 高橋亨, 「いろごのみ」(『國文学』 学燈社, 1985年 9月) p.50

성한다. 『고지키古事記』의 경우 이로고노미라는 용례는 보이지 않지만 일본 열도를 생산하는 이자나기노미코토伊耶那岐命와 이자나미노미코토伊耶那美命의 신화나, 귀종유리담으로 인용되는 이즈모出雲 신화의 스사노오노미코토須佐男命, 그리고 야마토타케루倭建 등은 모두가 이로고노미好色み들로서 고대왕권을 형성하는 신들이다. 그리고 스사노오노미코토나 야마토타케루의 이야기는 침범에 의한 反王權을 주제로 한 이야기이다.

『다케토리 이야기』에서는 가구야히메에게 구혼하려는 다섯 사람의 귀공자에 대한 표현으로 '그 중에서 계속해서 청혼을 하고 있는 것은 당대의 이로고노미라고 불리는 사람이 다섯 사람이 포기하지 않고 밤낮으로 방문했다.その中に、なほひけるは、色好みといはるるかぎり五人、思ひやむ時なく、夜昼來たりけり'[18]라고 한다. 이 다섯 귀공자의 이로고노미가 구혼에 실패한 후, 왕권의 체현자인 천황도 구혼을 하지만 가구야히메의 승천을 막지 못함으로써 왕권이 상대화된다는 것이다.

『이세 이야기伊勢物語』는 흔히 『겐지 이야기』와 함께 대표적인 이로고노미 이야기로 일컬어지고 있다. 제39段에는 '천하제일의 이로고노미인 미나모토 이타루라는 사람天の下の色好み、源の至といふ人'[19]라는 기술이 나온다. 이 외에도 『이세 이야기』의 주인공인 아리와라 나리히라在原業平가 이로고노미로서 반왕권을 주제로 한 장단으로는, 제3단의 니조二条 황후를 사모하는 이야기, 제65단 나리히라가 천황이 총애하는 여자를 연모한 죄로 추방되는 이야기, 제69단 이세 재궁伊勢齋宮과의 금기를 깨는 연애 등이 있다. 이러한 이야기들은 이로고노미의 체현자이면서 왕권을 침범하는 반왕권에 관한 이야기들이다.

『우쓰호 이야기うつほ物語』에는 후지와라 가네마사藤原兼雅가 이로고노미로서 미나모토 마사요리源正賴의 딸인 아테미야貴宮에게 구혼하지만 아테미야는 동궁비가 된다. 즉 『우쓰호 이야기』에서는 이로고노미인 가네마사보다 마사요리에게서 오히려 왕권담의 話型이 엿보인다. 이상과 같은 용례의 이로고노미가 왕권 이야기의 話型과 결합하여 이로고노미의 체현자가

---

18 片桐洋一 校注, 『竹取物語』(「新編日本古典文学全集」, 小学館, 1999) p.20. 이하 『竹取物語』의 본문 인용은 「新編全集」의 페이지를 표기함.
19 福井貞助 校注, 『伊勢物語』(「新編日本古典文学全集」, 小学館, 1999) p.147.

왕권을 획득하는 모노가타리의 주인공들이다. 『겐지 이야기』에는 'いろご
のみ' 3例, 'いろごのむ' 1例가 나오는데 비해, '호색인すきもの'은 16例나 등
장하고, 'すき'나 'すきごころ', 'すきごと' 등의 용례도 빈번하다. 그러나 'ま
め'나 '孝' 등의 의식으로 '이로고노미色好み'가 축출되는 경우도 확인된다.
즉 용례의 차원을 넘어서 왕권론이라는 화형의 전승은 모노가타리의 구조
속에 커다란 주제를 형성하고 있다.

　『겐지 이야기』의 주인공 겐지는 뛰어난 미모와 재질을 갖추고 기리쓰보
천황桐壺帝의 둘째 황자로 태어난다. 세상 사람들은 겐지를 '빛나는 황자光
る君'라 불렀다. 그리고 겐지의 계모인 후지쓰보를 '빛나는 태양과 같은 중
궁かかやく日の宮'과 같은 분이라고 불렀다. 이렇듯 신화전설 이래로 재질이
훌륭한 사람은 태어날 때부터 빛나는 광채가 난다고 표현된다.

　『三國遺事』에 전하는 고구려의 시조 朱蒙을 잉태할 때, '柳花가 햇빛이
비치어 몸을 피해도 햇빛은 쫓아가며 비추었다고 한다.爲日光所照, 引身避之, 日
影又逐而照之'고 하고, 또 신라시조 朴赫居世도, '번개 같은 이상한 것이 땅에
닿고異氣如電光垂也', 흰 말이 땅에 엎드려 절하는 듯한 곳에서 얻은 紫卵(一
云青大卵)으로부터 태어나 몸에서는 광채가 났다고 되어 있다. 金閼智도
紫雲이 하늘에서 땅까지 깔려 있는데, 빛이 나는 금궤에서 태어났다고
되어 있다. 그리고 가야의 시조들도 한결같이 알에서 태어나니 이 또한 빛
과 관계가 있다. 따라서 고대의 시조신화는 출생과 성장과정에 반드시 빛
과 관련된 표현으로 비유함으로써 신성 왕권의 고유성을 부여했다고 할
수 있다.

3. 光源氏의 王權性

　桐壺卷末에서 겐지의 이름 '光'은 高麗人(渤海人)[20]이 지었다고 한다.
이는 『竹取物語』의 주인공 가구야히메의 이름에서 '가구야'란 빛이 날 정

20　高麗人은 渤海國에서 파견된 국사인 관상가. 『源氏物語』는 발해 멸망 이전의 시대
　를 準據로 설정.

도로 아름다움을 비유하여 표현한 것과 같은 발상인 것이다.

겐지의 영화와 왕권달성을 예언한 것은 渤海國에서 파견된 국사의 한 사람인 고려인으로 다음과 같이 기술되어 있다.

> 후견인 우대변의 아들인 것처럼 해서 데려가자, 관상가는 놀라서 몇 번이고 고개를 갸우뚱거리며 의아해 했다. 관상가는 '나라의 어버이가 되어 제왕이라는 무상의 지위에 올라야 할 분인데, 그렇게 되면 국란이 일어날지도 모르겠다. 조정의 주석이 되어 천하의 정치를 보좌할 사람으로 보면 또한 그렇지 않은 것 같다.'라고 말했다.
>
> 御後見だちて仕うまつる右大辯の子のやうに思はせて率てたてまつるに、相人おどろきて、あまたたび傾きあやしぶ。(相人)「国の親となりて、帝王の上なき位にのぼるべき相おはします人の、そなたにて見れば、乱れ憂ふることやあらむ。朝廷のかためとなりて、天の下を輔くる方にて見れば、またその相違ふべし」と言ふ。
>
> (桐壺①39-40)

예언의 내용은 겐지가 천황의 지위에는 오르지 못하고, 조정의 주석보다 높은 신분으로 오르게 된다는 가능성을 말한 것으로 보인다. 즉 예언의 내용은 전 후반이 조건절인 '見れば'에 의해서 부정되는 문맥으로 구성되어 있다. 예언의 사정거리는 겐지 39세가 되는 藤裏葉卷까지로, 예언이 실현되고 잠재적인 왕권도 달성되는 것은 겐지가 准太上天皇의 지위에 오르는 것으로 일단락된다. 즉 고려인의 예언은 황권의 단절과 왕권달성의 가능성을 암시한 모노가타리의 복선이라 할 수 있다.

기리쓰보 천황의 결단으로 신적강하臣籍降下하여 皇籍을 떠나, 신하의 신분인 겐지源氏라는 성을 하사받음으로써 모노가타리의 주인공인 히카루겐지가 탄생한다. 그러나 겐지의 왕권달성은 소위 후지쓰보 사건이라고 하는 父帝(기리쓰보 천황)의 후궁인 후지쓰보와 밀통에 의해 가능하게 된다. 이 밀통으로 태어난 아들 레이제이 천황冷泉帝은 표면적으로는 기리쓰보 천황의 황자로서 천황의 보위에 오르고, 실제 아버지인 겐지는 잠재적인 왕권을 달성하게 된다. 즉 겐지의 예언이 실현되는 것은 황권皇權 침범에 의해 이루어지는 셈이고, 이것은 결국 이로고노미인 겐지가 사랑의 인간관계를 가진 결과라 할 수 있다.

겐지와 후지쓰보의 밀회가 처음으로 묘사되는 부분은 若紫卷에서 후지쓰보가 몸이 불편하여 친정에 가 있을 때이다. 그러나 이것이 최초의 밀회가 아님을 확인되고 두 사람은 심정이 응축된 와카를 증답한다.

> 이렇게 만나기는 하여도 다시 만날 기약이 없으니 차라리 이게 꿈이라면 이대로 사라지고 싶어요.
> 라고 하며 눈물에 젖은 모습이 너무나 안타까워서
> 세상의 이야깃거리로 영원히 전해지겠지요. 이 기구한 운명이 꿈속에서 깨지 않는다 하더라도
> 괴로워하시는 후지쓰보의 모습도 정말 당연하고 황송하다.
> 〈源氏〉見てもまたあふよまれなる夢の中にやがてまぎるるわが身ともがな
> とむせかへりたまふさまも、さすがにいみじければ、
> 〈藤壷〉世がたりに人や伝へんたぐひなくうき身を醒めぬ夢になしても
> 思し乱れたるさまも、いとことわりにかたじけなし。　　　　(若紫①231-232)

이 증답가는 계속될 수 없는 두 사람의 관계를 '꿈'으로 비유하고 이후의 운명을 암시하고 있다. 겐지와 후지쓰보의 관계는 『이세 이야기伊勢物語』 69단에서 사냥을 하는 칙사와 이세 재궁伊勢斎宮이 밀회를 했다는 이야기에서 그 원천을 찾을 수 있다. 그리고 후지쓰보가 회임 3개월임이 알려질 무렵, 겐지는 놀랍고도 이상한 꿈을 꾸게 된다.

다음은 겐지가 해몽가에게 자신의 꿈을 해몽하는 대목이다.

> 중장(겐지)도 무섭고 이상한 꿈을 꾸셔서, 해몽하는 사람을 불러서 물으시자, 전혀 생각지도 못한 것(히카루겐지가 천황의 아버지가 된다는)을 해몽한 것이었다. 그리고 해몽가는 '그 운세에 액운이 끼어 있어 근신해야 할 일이 있습니다.'라고 말하자,
> 中将の君も、おどろおどろしうさま異なる夢を見たまひて、合はする者を召して問はせたまへば、及びなう思しもかけぬ筋のことを合はせけり。〈占者〉「その中に違ひ目ありて、つつしませたまふべきことなむはべる」と言ふに、(若紫①233-234)

고려인의 예언이 있은 이후, 겐지의 운명을 이야기한 꿈의 해몽은 자신이 천황의 아버지가 될 것이라는 운명이라는 것이다. 이 꿈의 해몽이 고려인의 예언과 다른 점은 보다 본질적으로 겐지 본인에게 직접 전달되었다는 점이다. 후지쓰보도 천황의 후궁으로서 밀통에 의한 회임으로 인해 비탄에 빠져, 이것이 자신의 宿世이고 운명이라 생각하고 있었다.

紅葉賀卷 겐지 19세인 해, 불의의 황자(레이제이 천황)가 태어난다. 桐壺天皇은 새로 태어난 황자가 겐지와 닮은 것을 보고는, 탁월한 인물은 서로 비슷한 모습을 하고 있다고 생각한다. 그리고 기리쓰보 천황은 겐지가 후견이 없어 초인적인 미모와 학문예술의 재능에도 불구하고 신하로 만든 것을 가슴 아파하면서, 새로 태어난 황자에 대해서 다음과 같이 생각한다.

> 이렇게 고귀한 분(후지쓰보)을 어머니로 하여, (겐지와) 꼭 같이 빛나는 모습으로 태어났기 때문에 이야말로 완전무결한 구슬로 생각하시어 귀중히 양육하시는데, 후지쓰보는 어떻게 해도 마음이 편치 않으시고 불안한 마음을 안고 계신다.
>
> かうやむごとなき御腹に、<u>同じ光</u>にてさし出でたまへれば、<u>瑕なき玉</u>と思しかしづくに、宮はいかなるにつけても、胸の隙なく、やすからずものを思ほす。

> (紅葉賀①328)

후지쓰보는 더욱 더 마음이 조마조마하고 불안하여 수심에 잠겨 있었다. 한편 겐지는 후지쓰보와의 사랑에 의한 불의의 황자가 탄생하자, 잠재적인 왕권을 획득하게 된다는 꿈의 해몽을 의식하기 시작했을 것이다. 겐지와 레이제이 천황, 두 사람을 동시에 빛으로 비유하고 특히 레이제이 천황을 흠이 없는 구슬에 비유함으로써 왕권성이 빛의 표현에서 생성된다는 것을 강조하고 있다. 두 사람의 왕권성을 빛으로 비유한 표현은 紅葉賀卷의 마지막에도 나온다.

> 황자(레이제이 천황)는 성장함에 따라서 겐지와 전혀 구별이 되지 않을 정도였기 때문에 후지쓰보는 정말 괴로운 심정이었지만, 혹시 그렇지 않은가 하고 (겐지와 후지쓰보의 아들이 아닌가 의심하여) 눈치채는 사람은 없는 듯했

다. 도대체 어떻게 되었기에 겐지에 뒤지지 않는 분이 이 세상에 태어날 수
가 있는 것일까. (이는 마치) 일월의 빛이 서로 닮은 듯이 하늘에 있는 것과
같다고 세상 사람들은 생각하는 것이다.

皇子は、およすけたまふ月日に従ひて、いと見たてまつり分きがたげなるを、宮
いと苦しと思せど、思ひよる人なきなめりかし。げにいかさまに作りかへてかは、
劣らぬ御ありさまは、世に出でものしたまはまし。<u>月日の光の空に通ひたるやうに</u>
ぞ、世人も思へる。

(紅葉賀①349)

　세상 사람들은 겐지와 태어난 황자 두 사람의 미모를 일월의 빛으로 비
유하고 있다. 즉 빛은 아름다움의 차원을 넘어 고대왕권의 진원지와 같이,
예언이나 유언과 같은 구조적인 구상 이전의 기호로서 왕권을 상징하는
표현인 것이다.

　賢木卷에서 기리쓰보인桐壺院은 스자쿠 천황朱雀帝에게 동궁(레이제이 천
황)과 겐지에 관한 일을 훈계하고, 겐지에게는 동궁의 후견역을 부탁하고
숨을 거둔다. 그러나 겐지는 아직도 후지쓰보를 연모하는 집념을 갖고 있
는 것이었다. 후지쓰보는 겐지보다 분별력이 있고 냉정하여, 기리쓰보인
의 일주기가 끝난 뒤, 法華八講會의 마지막 날 출가를 단행한다. 이는 겐지
로 하여금 동궁의 후견이라는 것을 자각시키기 위해서였다. 만약 두 사람
의 관계가 세상에 알려졌다면, 두 사람뿐 만 아니라 동궁의 지위도 보전될
리가 없었기 때문이었다. 그러나 겐지는 이때까지 정치적 목적의식이나 자
신의 운명을 적극적으로 개발하려고 하는 의욕이나 자각이 없었다.

　스마須磨 퇴거는 桐壺卷의 고려인 예언과 직접적인 관계는 없으나, 꿈의
해몽에서 '근신해야 할 일'이란 말로 예시되어 있듯이, 후지쓰보 사건의
중요한 과정으로 볼 수 있다. 그러면 우선 왜 겐지가 스마로 퇴거하려는 결
심을 하게 되었을까 하는 문제부터 고찰해 보기로 한다. 賢木卷에서 기리
쓰보인이 죽은 후, 스자쿠 천황은 기리쓰보인의 유언을 지키려 했으나 정
치는 유언대로 이루어지지 않았다.

　스자쿠 천황은 기리쓰보인의 유언을 지켜 겐지에게 마음을 기대려고 하셔
도, 아직 나이가 어리신데다 성격이 지나치게 유순하시어 강한 점이 없으셨

기 때문일 것이다. 모후나 조부인 우대신이 각각 하시는 일에는 반대하실 수
가 없어 조정의 일은 마음대로 안 되는 듯했다.

帝は、院の御遺言たがへずあはれに思したれど、若うおはしますうちにも、御心
なよびたる方に過ぎて、強きところおはしまさぬなるべし、母后、祖父大臣とりど
りにしたまふことはえ背かせたまはず、世の政御心にかなはぬやうなり。

(賢木②104)

스자쿠 천황은 기리쓰보인의 유언대로 겐지에게 정치를 맡기려 했지만,
어머니인 대후나 조부인 우대신이 실권을 장악하고 있었다. 기리쓰보인의
유언은 겐지의 왕권을 보장하려 했지만, 섭정관백의 가문인 우대신 측의
힘이 크게 작용한다는 것이다. 이러한 상황에서 후지쓰보의 출가는 겐지
에게 심각한 타격을 주었다. 그동안 겐지는 꿈의 해몽에서 자신이 천황의
아버지가 된다는 예언과 함께 근신해야 한다는 주의를 들었음에도 불구하
고 충분히 자각하지 못했던 것이다. 설상가상으로 우대신의 딸인 오보로
즈키요朧月夜와 밀회를 거듭한 것이 발각되어 고키덴 대후弘徽殿大后(스자쿠
천황의 모후)에게 알려진다. 이 사건을 계기로 고키덴 대후는 우대신과 함
께 겐지를 추방할 계획을 진행한다. 모노가타리의 논리는 후지쓰보와의
밀통, 오보로즈키요와의 밀회를 겐지의 왕권침범으로 설정하고, 왕권 이
야기의 주인공을 유리하게 만든 것이 귀종유리담의 화형이며 일종의 통과
의례로 볼 수 있다.

겐지는 결국 스마에 퇴거할 것을 결심한다. 이에는 꿈의 해몽에서 근신
해야 한다는 예언을 크게 의식하고, 후지쓰보의 출가로 인한 심경의 변화
를 예상할 수 있다. 겐지는 스마로 출발하기 전, 후지쓰보를 방문하여 자신
의 본심을 밝힌다.

이렇게 생각지도 않은 죄를 받게 된 점에 대해서도 마음에 걸리는 일이 한
가지 있어, 하늘을 올려다보는 것도 두려운 기분이 듭니다. 아까울 것 없는
이 몸은 비록 죽는다 하더라도 동궁(겐지와 후지쓰보가 밀통하여 태어난 레
이제이 천황)의 즉위만 무사하시다면.

かく思ひかけぬ罪に當りはべるも、思うたまへあはすることの一ふしになむ、空も

> 恐ろしうはべる。惜しげなき身は亡きになしても、宮の御世にだに事なくおはしま
> さば
> (須磨②179)

겐지의 본심을 들은 후지쓰보도 공감을 했지만, 동궁의 일이 마음에 걸렸다. 즉 겐지는 스마 퇴거의 동기는 오보로즈키요朧月夜와의 밀회 발각이라는 표면적인 이유가 아니라, 후지쓰보 사건의 심층에 기인하는 것이었다. 겐지는 스스로의 근신과 자신이 후견인 동궁의 안태를 지키기 위해 퇴거를 결심한 것이다.

겐지의 스마須磨 퇴거는 황권 침범에 대한 유리이기도 했지만, 모노가타리의 구상으로서는 후지쓰보 이야기藤壺物語와 아카시 이야기明石物語의 접점이었다. 3월 초순, 스마의 해변에서 겐지는 자신의 죄가 없음을 신들도 알고 어여삐 여길 것이라고 하자, 신은 폭풍우를 일으켜 경계시켰다. 이것은 정치적으로는 원죄를 주장해도 무방하지만 후지쓰보와의 숙세적인 죄을 부정해서는 안 된다는 의미였다. 이윽고 폭풍우가 잔잔해진 뒤, 꿈에서 죽은 기리쓰보인이 나타나서 스미요시 신이 인도하는대로 이곳을 떠나라고 말한다. 그리고 고 기리쓰보인은 스자쿠인에게도 말할 것이 있어 급히 상경해야 한다고 했다.

한편 도읍에서는 흉사가 계속되고 폭풍우가 요란한 날 밤에, 스자쿠 천황의 꿈에 고 기리쓰보인이 나타나서 여러 가지 일들을 타이르고, 눈을 노려보았기 때문에 스자쿠 천황은 눈병이 난다. 이에 스자쿠 천황은 기리쓰보인의 유언을 지킬 것을 결심하고 모후의 반대도 듣지 않고 겐지를 소환한다는 선지를 내린다. 이러한 점에서 모노가타리 문학에 나오는 유언은 예언에 버금가는 위력을 발휘하고 있음을 알 수 있다.

겐지는 고 기리쓰보인의 권고와 마중 나온 아카시明石 법사의 인도로 스마須磨에서 아카시明石로 옮긴다. 아카시 법사는 겐지에게 자신의 딸인 아카시노키미明石の君와 결혼해 줄 것을 은근히 기대한다. 겐지는 법사의 이야기를 듣고 모두가 전생으로부터의 숙연이라 생각한다. 아카시노키미와 겐지의 사이에서 난 딸은 나중에 중궁이 된다. 다음은 두 사람의 관계를 상징하는 왕권성이 빛의 비유로 표현된 대목이다.

달빛과 햇빛을 손에 넣은 듯한 느낌이 들어서
月日の光を手に得たてまつりたる心地して   (明石②224-225)

　여기서 달과 해는 물론 아카시 법사의 딸인 아카시노키미와 겐지를 비유하고 있다. 이와 꼭 같은 비유가 14년 후에 겐지의 딸인 아카시 뇨고明石女御가 황자를 낳았을 때에도 묘사되고 있다. 아카시 법사는 외손녀가 동궁이 될 황자를 낳았다는 이야기를 듣고 아카시노키미에게 보낸 편지에서 지난날의 꿈 이야기를 한다.

　　당신이 태어나려던 그 해 2월의 그 날 밤에 본 꿈인데, 내 자신은 수미산을 오른 손으로 받들고 있었습니다. 그 산의 좌우로부터 해와 달의 빛이 밝게 비치어 세상을 밝히고 있습니다. 자신은 산 아래 그림자에 숨어서 그 빛에 닿지 않았습니다. 산을 넓은 바다에 띄워두고 자신은 조그만 배를 타고 서쪽을 향해 저어가는, 그런 꿈을 꾸었던 것입니다. (중략)
　　빛이 나오려는 새벽녘이 가까워졌습니다. 그래서 지금에야 비로소 옛날에 꾼 꿈 이야기를 하는 것입니다.
　　わがおもと生まれたまはんとせしその年の二月のその夜の夢に見しやう、みづから須弥の山を右の手に捧げたり、山の左右より、月日の光さやかにさし出でて世を照らす、みづからは、山の下の蔭に隠れて、その光にあたらず、山をば広き海に浮かべおきて、小さき舟に乗りて、西の方をさして漕ぎゆくとなむ見はべりし。(中略)
　　ひかり出でん暁ちかくなりにけり今ぞ見し世の夢がたりする   (若菜上④113-115)

　수미산은 아카시노키미를, 달은 아카시 뇨고, 해는 새로 태어난 황자를 암시하고 아카시 법사 자신은 서방의 극락정토로 간다는 것이다. 河添房江는 이러한 일월에 관한 표현에 대해, '한쌍의 빛에 대한 비유는 왕권담에 깊이 관련하는 Key word의 위상을 한층 선명하게 한 느낌이 든다.'[21]라고 서술하고 있다. 즉 이러한 일월의 빛에 대한 비유는 아카시 일족의 왕권획

득에 관한 당위성을 표현한 것이지만, 이는 곧 겐지의 왕권 달성으로 이어진다고 볼 수 있다. 왜냐하면 이러한 아카시 일족의 왕권성도 겐지의 이로고노미에 의한 인간관계로 구체화될 수 있기 때문이다.

4. 光源氏의 왕권달성

제왕의 상을 가진 겐지가 신하로서의 인생을 걷기 시작한 후, 황권에의 길은 단절되었지만 고려인의 예언, 후지쓰보 사건과 오보로즈키요朧月夜 사건이 원인이 되어 스마須磨, 아카시明石에 퇴거한 역경의 운명은 전생으로부터의 숙세宿世였다. 스자쿠 천황이 고 기리쓰보인의 유언을 지키려고 하는 노력은 모노가타리에 있어서 유언의 위력을 말해주는 것이다. 그리하여 겐지는 아카시明石로부터 귀경하여 권력의 중심에 복귀하게 된다.

겐지의 왕권성은 이러한 구조적인 모노가타리의 전개 이전에 왕권의 상징 표현인 빛에 비유된다. 그리고 레이제이 천황의 황권과 아카시 일족의 왕권이 겐지의 잠재왕권 형성의 가능성을 보증해 주는 것이었다. 이하 이러한 왕권의 소유자인 겐지가 왕권형성을 위해서 어떠한 노력과 변모를 하며, 불의의 아들인 레이제이 천황의 역할을 고찰해 본다.

겐지가 스마·아카시에서 2년반 가까운 퇴거생활을 하고 귀경한 다음 해 레이제이 천황이 즉위한다. 겐지는 내대신이 되고, 致仕했던 대신(겐지의 장인)이 섭정 태정대신이 되었다. 여기서 주목할 것은 겐지 자신이 직접 정치를 집행하지는 않는다는 점이다.

澪標卷에서 겐지는 아카시노키미가 딸을 출산했다는 보고를 듣고, 이전에 宿曜[22]의 예언에서 세 자녀의 운명을 판단해 준 것을 기억한다.

> 숙요에 '아이는 셋인데, 천황, 황후가 반드시 나란히 태어날 것이다. 그 중에서 좀 낮은 신분은 태정대신의 지위에 오를 것입니다.' 라고 판단했던 것이

---

22 인도에 由來하는 천문역학으로 宿曜經을 경전으로 하여 별의 운행을 사람의 운명에 비추어 길흉을 예언. (『廣辭苑』)

꼭 들어맞는 듯하다.

宿曜に「御子三人、帝、后かならず並びて生まれたまふべし。中の劣りは太政
大臣にて位を極むべし」と勘へ申したりしこと、さしてかなふなめり。 (澪標②285)

예언에서 '帝'는 레이제이 천황으로서 이미 즉위했고, '后'는 아카시노
키미가 낳은 딸인데, 藤裏葉卷에서 동궁비로 들어가 나중에 중궁이 된다.
그리고 '낮은 신분'이라는 사람은 정처 아오이노우에葵上가 낳은 아들 유기
리夕霧를 의미한다. 겐지는 이어서 레이제이 천황이 즉위한 것을 생각이 적
중했다고 하며 기뻐한다. 그리고 겐지 자신은 황위에 오를 숙연이 멀었던
것이라고 하며, 레이제이 천황의 비밀을 보통 사람들은 잘 모르는 일이지
만 관상가의 예언은 틀리지 않았다고 생각한다. 겐지는 황후의 후보가 될
딸이 태어난 것을 계기로 현재까지 겐지 자신의 운명에 관한 예언들이 지
금부터도 틀림없이 실현이 될 것이라는 확신을 가졌다.

이 宿曜의 예언이 고려(渤海)의 관상가가 한 예언이나 꿈의 해몽과 다른
점은 앞의 두 가지 예언은 겐지 자신에 관한 것이지만, 숙요의 예언은 겐지
의 자녀에 관한 예언이라는 점이다. 여기서 중요한 것은 이 예언을 기억한
후의 겐지의 변모이다. 즉 앞의 두 예언 중에서 일부가 실현되자 미실현된
예언을 실현시키기 위해 겐지 스스로가 적극적인 노력을 하게 된다는 것
이다. 겐지는 우선 아카시노키미의 몸에서 난 딸을 위해서 유모를 보내고,
이조원의 저택으로 데리고 와서 성인식을 갖게 하는 등, 차후 중궁의 후보
로서 손색이 없는 양육을 한다. 그리고 태정대신이 될 것이라고 한 유기리
夕霧는 처음부터 신하로서 교육을 시키기 위해서 대학에 입학시켜 철저한
학문을 하게 해서 스스로의 힘으로 출세할 수 있도록 했다. 유기리는 이후
각고 정진하여 少女卷에서 대학의 시험에 합격하고 진사에 급제하여 侍從
의 벼슬에 오른다. 또 겐지는 애인이었던 로쿠조미야스도코로六条御息所의
딸인 전재궁前斎宮을 양녀로 삼아 레이제이 천황의 후궁에 입궐시켜 중궁
이 되게 한다. 이는 당시의 시대배경이 후지와라藤原 씨의 여성이 중궁의
자리를 독점했던 점을 고려하면, 미나모토源 씨가 중궁이 됨으로써 조정정
치의 실권이 겐지에게 있다는 모노가타리 구상이라 할 수 있다.

이와같은 겐지의 섭관적攝関的, 가부장적인 노력은 그 자신의 영화를 이

루었을 뿐만 아니라 잠재적인 왕권을 달성하게 된 것이다. 鈴木日出男는
이러한 왕권형성의 과정을 다음과 같이 지적하고 있다.

> 레이제이 천황과 관련된 잠재왕권적, 또 아키코노무 중궁(前斎官)에 대해서
> 는 准攝関的인, 또 아카시노키미의 딸에 대해서는 섭관적인 각각의 관계를
> 맺었던 것이었다. 이것이 겐지 영화의 기본적인 구도라고 해도 좋겠지만, 그
> 러나 이것이 당초부터 겐지 스스로 자가의 권력확충을 의도하여 도모한 것
> 은 아니었다. 오히려 다양한 사랑의 인간관계를 통하여 이루어진 결과라고
> 볼 수 있는 것이다.[23]

즉 겐지가 잠재왕권적, 준섭관적, 섭관적인 관계로 영화를 달성한 것은
이로고노미인 겐지의 인간관계에서 이루어졌다는 것이다. 이러한 겐지의
변모는 여성관계에서도 현저하게 나타나는데, 이미 스마 퇴거 이전의 여
성편력만을 하고 다녔던 천황의 아들이 아니었다. 특히 아카시노키미의
몸에서 딸이 태어나고 숙요의 예언을 기억한 뒤에는, 레이제이 천황의 실
부로서 잠재적인 왕권을 갖추고 섭관적인 노력을 기울였다. 로쿠조미야스
도코로가 죽고 후견으로 되어 있던 전재궁前斎宮을 입궐시키기 위해서, 후
지쓰보와 함께 이 문제를 상담하고 계획하는 등 후지쓰보에 대한 태도도
변했다. 이 경우 겐지에게 겨론 적령기의 딸이 없었던 것이 오히려 다행한
일이었다. 실제로 딸이 있었다고 하더라도 비밀의 아들인 레이제이 천황
에게 자신의 딸을 입궐시키는 것은 불가능했을 것이다. 그리하여 한 때는
영원한 이상적인 여성으로 동경했던 후지쓰보와도 이제는 섭정관백으로
서 정치적인 상담을 하는 상대로 생각하게 된 것이다.

伊藤博는 澪標巻 이후 겐지의 변모한 행동에 대해 다음과 같이 지적했다.

> 이리하여 미오쓰쿠시澪標 이후의 세계는 우선 겐지 자신이 체제의 논리에
> 순응하여 변모하고, 이 중심인물의 변모가 그를 둘러싼 여러 인물에도 많든

23 鈴木日出男, 「光源氏の榮華 ― 光源氏論(4)」(『講座源氏物語の世界』第六集. 有斐
閣, 1981) p.36.

적든 작용하여 이에 작품세계 전체가 변용하게 된다.[24]

伊藤博는 또한 변모의 동기에 대해 내적인 필연성보다는 외적인 계기에 의해서 급격히 과거와 단절한 느낌이 든다고 분석했다. 물론 외적인 요청이나 영향이 있었던 것도 사실이지만, 겐지 자신의 내적인 자각에 의해서 변모한 부분도 크다고 생각된다. 즉 외적인 계기나 동기가 있어도 내적인 목적의식의 변화가 없이는 실행에 옮겨지지 못할 것이다. 예를 들어 賢木卷에서 기리쓰보인이 죽은 후, 후지쓰보의 출가는 겐지가 스마須磨로 퇴거하는 계기가 되었다. 그러나 스마 퇴거는 레이제이 천황의 무사한 즉위를 위해서였고, 후지쓰보가 출가한 의도는 겐지를 깨우치도록 하기 위해서였던 것이다.

澪標卷 이후의 변모도 겐지가 레이제이 천황의 실부라는 잠재왕권적인 의식의 변화와 내적인 심경변화가 생김으로써 영화와 왕권달성을 위한 노력을 하게 된 것이다. 그러나 겐지 스스로의 노력에는 신하로서의 영역을 벗어나지 못하는 한계가 있었고, 왕권을 획득하는 데에는 후지쓰보가 죽은 후, 출생의 비밀을 알게 된 레이제이 천황의 역할을 기다리지 않으면 안 된다.

薄雲卷에서 겐지 32세, 레이제이 천황 14세의 봄, 조정의 중신인 태정대신이 죽고, 천변지이가 빈번하게 일어나 민심이 소란하였다. 내대신 겐지는 짐작이 가는 바가 있었다. 후지쓰보가 초봄부터 내내 앓다가 중병으로 발전한 것이다. 후지쓰보는 아들인 레이제이 천황의 문병을 받고 37세인 厄年이 되는 해이기 때문에 죽음을 예감하지만 자신의 영화에 만족한다. 그러나 후지쓰보는 레이제이 천황이 겐지와의 관계를 꿈에도 알지 못하는 것이 죽어도 마음에 걸리는 일이라고 생각한다.

이러한 후지쓰보의 의지는 모노가타리 전개의 중대한 모티프로서 기도승(승도)에 의해서 레이제이 천황에게 알려진다. 겐지의 영화나 잠재왕권도 레이제이 천황이 실부를 알게 됨으로서 달성되는 것이다. 레이제이 천황에 이어서 겐지가 문병했을 때는 임종직전이었다. 후지쓰보는 기리쓰보

---

24 伊藤博, 「『澪標』以後 — 光源氏の變貌」(『日本文学』第14卷 第6號, 日本文学協會, 1965. 6月) pp.37-38.

인의 유언을 빌어 레이제이 천황의 후견을 맡아준 겐지에게 감사하다는 표현을 하지만, 실제로는 겐지에 대한 무한한 사랑을 고백한 것이라 할 수 있다.

후지쓰보가 죽은 후, 궁중에는 대대로 기도승으로 근무한 승려가 고령임에도 불구하고 근무하고 있었다. 어느 조용한 새벽녘에 승려는 레이제이 천황에게 출생에 관한 비밀을 이야기했다. 승려는 이 비밀을 알고 있는 사람은 승도 자신과 왕명부(후지쓰보의 시녀)뿐이라고 하고, 후지쓰보 중궁이 레이제이 천황을 회임했을 때부터 즉위할 때까지 기도를 해 왔기 때문에 알게 되었다고 했다. 그리고 최근에 천변지이가 일어난 이유는 레이제이 천황이 이 비밀을 모르기 때문이란 것을 다음과 같이 이야기한다.

> 천변지이가 자주 일어나 계시가 나타나고, 세상이 평온하지 않은 것은 이 비밀(레이제이 천황이 실부인 겐지를 모르는 일) 때문입니다. 아직 어리고 사물의 도리도 몰랐을 때에는 아무 일이 없이 지났습니다만, 이젠 나이도 드셨고, 무엇이든지 잘 아실 때가 되었기 때문에 하늘이 벌을 내리는 것입니다. 모든 길흉은 어버이 때부터 시작된다는 것입니다. 이 천변지이가 어떠한 죄에 해당되는지도 모르시는 것이 무서워 지금까지 말하지 않았지만, 어쩔 수 없이 다시금 입 밖에 내어버렸습니다.
> 天変頻りにさとし、世の中静かならぬはこのけなり。いときなくものの心知ろしめすまじかりつるほどこそはべりつれ、やうやう御齢足りおはしまして、何ごともわきまへさせたまふべき時にいたりて咎をも示すなり。よろづのこと、親の御世よりはじまるにこそはべるなれ。何の罪とも知ろしめさぬが恐ろしきにより、思ひたまへ消ちてし事を、さらに心より出だしはべりぬること　　　　　　　　（薄雲②452）

승도는 자식이 어버이를 모르고 있기 때문에 하늘이 벌을 내리는 것이라 했다. 출생의 비밀을 안 레이제이 천황은 번민하면서, 황통이 난맥이 있었던 선례를 典籍에서 조사했다. 그래서 일세의 겐지源氏가 納言(태정관의 관직, 대납언, 중납언, 소납언의 총칭), 혹은 대신이 된 후에 다시 황자 선지를 받아 제위에 오른 예가 있음을 알았다. 즉 레이제이 천황은 겐지가 실부임을 안 이상 신하의 신분으로 둘 수가 없었고, 그렇다고 세상에 실부임

을 밝힐 수도 없는 것이었다. 결국 레이제이 천황은 겐지에게 양위하고 싶
다는 의향을 밝히지만 겐지는 내심 두려운 생각을 하며 완곡히 거절했다.
그리고 겐지는 고 기리쓰보인의 遺志에 따라 보위에는 오르지 않겠다고
하며, 조정의 신하로 있다가 좀 더 나이가 들면 은퇴하겠다고 말했다. 레이
제이 천황은 다시 태정대신이 될 것을 권했으나 겐지가 이것도 거절하여
위계만 승진하도록 했다. 레이제이 천황은 그래도 겐지가 자신의 실부임
을 안 이상 신하인 채로 있는 것이 황송하여 황자의 신분으로나마 오르도
록 권유했으나, 겐지는 자신외에 조정의 후견역을 맡을 사람이 없다는 이
유로 사양한다.

　여기서 레이제이 천황이 겐지를 實父로서 대우하려는 '孝心'이 잘 나타나
있다. 이로부터 8년 동안, 겐지는 신하로서 최고의 영화인 태정대신이 되었
고, 육조원이란 대 저택을 조영하여 궁전에 못지않은 현세의 극락세계를 구
가하며 살았다. 그러나 그것은 신하로서의 섭관적인 정치적 실권을 장악한
것이지 고려인의 예언에서 말한 최고의 왕권이 달성된 것은 아니었다.

　藤裏葉卷 겐지 39세의 가을. 겐지는 태상천황에 준하는 지위에 올라 왕
권을 달성한다. 다음 해 겐지는 40세가 되기에, 축하를 위해서 레이제이
천황을 비롯하여 모두가 그 준비를 하고 있다. 레이제이 천황이 표면적으
로는 신하인 겐지의 40세 축하 준비를 하는 것이 實父에 대한 효심의 발로
라 할 수 있다. 레이제이 천황은 實父가 겐지라는 것을 안 뒤로, 비밀이 세
상에 누설되지 않는 범위 내에서 어떻게 해서든지 겐지를 아버지로서 대
우하려고 노력해 왔다. 천황은 40세의 축하연 이전에 겐지의 왕권에 가장
어울리는 지위를 생각해 낸 것이다.

　　그 해 가을 (겐지는) 태상천황에 준하는 지위를 받으시고, 식봉(식읍)도 늘
　　고, 관직과 년작이 모두 추가되었다.
　　その秋、太上天皇に准ふ御位得たまうて、御封加はり、年官、年爵などみな添
　　ひたまふ。
　　　　　　　　　　　　　　　　　　　　　　　　　　　　(藤裏葉③454)

　겐지는 준태상천황의 지위에 오르지 않아도 이미 조정의 주석이었고 최
고의 권력자였다. 그러나 레이제이 천황은 황통 난맥의 선례를 역사의 전

적에서 조사하고, 겐지가 천황에 오르지 않았기 때문에 태상천황이 될 수 없어 준태상천황의 지위를 수여했던 것이다. 그래도 레이제이 천황은 세상의 눈을 의식해서 천황의 보위를 양위하지 못함을 아침저녁으로 한탄한다는 것이다.

『河海抄』에는 准太上天皇에 대한 준거로서, '本朝의 太上天皇은 持統天皇 때부터 시작된 女帝이다. 東三条院正曆二年七月一日院號.'[25]의 예를 들어, 藤原兼家의 딸인 센시詮子 東三条院을 지적하고 있다. 그러나 『源氏物語 湖月抄(中)』의 薄雲巻의 주에서도 비판하고 있듯이 東三条院은 엔기延喜 (901-922) 이후의 예이기 때문에, 엔기 무렵을 준거로 하고 있는 『겐지 이야기』의 准太上天皇은 지토持統 천황의 예를 참고로 한 것이라 할 수 있다. 『겐지 이야기』가 엔기 무렵을 준거로 하고 있다고는 해도 詮子와 동시대를 산 작자는 東三条院에 관한 일을 소상히 알고 작품에 반영했을 수가 있다.

겐지가 准太上天皇에 즉위하기 10년전, 澪標巻에서 후지쓰보藤壺에게 이미 太上天皇에 준하는 식봉(식읍) 등을 지급했다고 되어 있다. 澪標巻에서 후지쓰보가 准太上天皇의 待遇를 받고, 藤裏葉巻에서 겐지가 准太上天皇에 즉위한 것이 같은 레이제이 천황의 치세 중에 이루어진 것은 우연이 아니라 작자의 치밀한 왕권 이야기의 구상에서 나왔다고 볼 수 있다.

레이제이 천황이 겐지를 실부로 대우하려는 효심이 발휘되는 것은 薄雲巻에서 후지쓰보가 죽고 난 후, 자신의 출생에 관한 비밀을 알고 나서부터이다. 그러나 松風巻의 다음 와카의 증답은 두 사람의 관계를 사전에 암시한 것이 아닐까 생각된다.

> 달이 밝게 비춘다는 강 저편에 있는 마을이기에 달빛은 아늑하고 당신도 편안하지요.
> 달빛이 가깝다는 평판만 높지 사실은 아침저녁으로 안개도 걷히지 않는 산골입니다.
> 〈帝〉 月のすむ川のをちなる里なればかつらのかげはのどけかるらむ

---

25 玉上琢弥 編, 『紫明抄 河海抄』角川書店, 1978年. p.332. (正曆二年은 991年)

〈源氏〉久かたのひかりに近き名のみしてあさゆふ霧も晴れぬ山里

(松風②419-420)

상기 인용문은 겐지가 가쓰라인桂院(가쓰라가와 근처의 별장)에 머물고 있을 때, 레이제이 천황과 증답한 와카이다. 아직 출생의 비밀을 모르는 레이제이 천황이 먼저 贈歌를 읊고, 겐지가 答歌를 읊었다. 이는 천황이 아버지인 겐지를 무의식적으로 대우를 한 셈이며, 또 겐지를 달빛에 비유함으로써 왕권성을 부여하고 있다. 이는 紅葉賀卷에서 겐지와 레이제이 천황이 '일월의 빛이 서로 닮은 듯이'(①349)라고 비유된 것처럼 겐지의 왕권 확립을 암시하는 표현으로 생각된다. 즉 레이제이 천황은 무의식적으로 겐지의 왕권달성을 도운 셈이다.

겐지의 영화가 절정에 달하고 왕권확립이 상징적으로 실현된 것은 레이제이 천황, 스자쿠 천황이 같이 준상상천황인 겐지의 저택인 육조원에 행차한 일이었다. 겐지 39세 10월. 이러한 일은 그 사례가 별로 없었기 세상 사람들은 놀랐다고 한다. 准太上天皇은 신하가 아니라 천황, 원(상황)과 동렬이란 것을 증명이라도 하듯이 다음과 같이 서술되어 있다.

> (천황과 스자쿠인의) 자리 두 개를 훌륭하게 설치하고, 주인인 겐지의 자리는 한 단 아래쪽에 설치되어 있어, (천황이) 선지를 내려 동열에 놓도록 한 것은 잘한 일이라 생각 되었다. 그래도 천황은 정해진 것 이상의 예를 올리지 못함을 유감으로 생각하시는 것이었다.
>
> 御座二つよそひて、主の御座は下れるを、宣旨ありて直させたまふほど、めでたく見えたれど、帝はなほ限りあるゐやゐやしさを尽くして見せたてまつりたまはぬことをなん思しける。
>
> (藤裏葉③459-460)

레이제이 천황의 표현에서 비록 '孝'라는 용어는 보이지 않지만, 이렇게 實父에 대한 孝心의 발휘로 겐지를 准太上天皇으로 올리고, 六条院에 행차하여 천황과 동렬에 앉도록 한 것이다. 이 행차의 의례로서 겐지의 潛在王權이 달성된 것으로 볼 수 있다.

이러한 천황의 행차는 紅葉賀卷에서 기리쓰보 천황이 스자쿠인에 행차했을 때를 연상하게 했다. 겐지는 그 試楽이 베풀어지는 세이료덴清涼殿의 후지쓰보 앞에서 青海波(아악의 곡명)를 추었던 것이다. 그 때 후지쓰보는 레이제이 천황을 회임하고 있었다. 20년전의 일이지만, 두 행차는 후지쓰보 사건의 출발과 왕권의 달성이란 점에서 원인과 결과의 관계로 생각된다. 이러한 실상을 꿈에도 생각할 수 없었지만, 太政大臣(겐지의 처남이자 친구였던 頭中将)은 겐지의 贈歌에 대한 答歌로서 다음과 같이 읊었다.

> 성스러운 보랏빛 구름 가운데 섞여 있는 국화꽃은 성대의 별인가 합니다.
> むらさきの雲にまがへる菊の花にごりなき世の星かとぞ見る　　　　(藤裏葉③461)

太政大臣(頭中将)은 겐지가 신적강하를 했어도 끝내는 准太上天皇이라는 존귀한 별과 같은 지위에 올랐다는 것을 칭송하고 있다. 즉 태정대신은 조정의 重臣으로서 겐지를 빛나는 별에 비유하여 그의 潜在王権을 인정한 셈이다. 이어서 스자쿠인과 레이제이 천황의 와카和歌 증답도 이루어진다. 鈴木日出男가 '두 조의 贈答歌는 모두 개인적인 내용의 贈歌가 황통 정치에 관한 내용의 返歌에 의해서 옴짝달싹하지 못하게 만들어 버린다는 공통의 형태를 반복하고 있다.'[26]고 지적했듯이, 확고한 潜在王権에 의해서 성왕의 통치가 계속된다는 것을 확인한 것이다. 또한 레이제이 천황의 용모에 대해 나이가 들면서 (藤裏葉巻에서 20세), 점점 자리가 잡혀 '(레이제이 천황은) 육조원과 꼭 같아 보이고, 중납언(유기리)이 서 있는 얼굴이 또한 레이제이 천황과 꼭 같은 것이 사람들의 눈을 의심할 지경이었다.' (藤裏葉③462)라고 되어있다. 즉 아들 레이제이 천황에 의해 보장되는 겐지의 潜在王権을 상징하는 표현으로 볼 수 있다.

桐壺巻에서 고려인의 관상에서 최고의 영화가 예언된 겐지의 潜在王権은 후지쓰보 사건에 의한 不義의 황자를 얻음으로써 실현되는 것이었다. 즉 예언을 의식한 자각에 의해서 섭관적인 신하의 영화는 달성할 수가 있었으나, 스스로 潜在王権을 획득할 수는 없었다. 그것은 후지쓰보 死後에 출생의 비밀을 알게 된 레이제이 천황의 '孝心'에 의해서 가능한 것이었다.

26　鈴木日出男, 上掲書, p.44.

5. 결론

고대왕권이 物語化될 때, 그 변형이 어떠한 형태로 투영되고 있느냐하는 것을 고찰하고자 했다.『三國遺事』에 전하는 시조 신화들의 왕권은 빛에 비유되고 있고,『고지키』이래 많은 고전작품들에서 이로고노미는 왕권의 기본조건이었다.『겐지 이야기』에 있어서 겐지의 왕권성과 潛在王權의 형성과정은 '光'이라는 이름으로부터 비롯되고 빛에 대한 비유에서 시발되었다. 모노가타리의 구조적인 측면에서 고찰해 보면 桐壺卷, 若紫卷, 澪標卷 등 겐지에 대한 예언은 대략 11년 단위로 구상되어, 그 예언의 실현으로 주인공의 영화와 잠재왕권이 달성된다.

겐지는 고려인의 예언을 계기로 皇權이 단절되고 신적강하를 하게 된다. 후지쓰보 사건(겐지와 후지쓰보의 밀통사건)에 의해 不義의 아들인 레이제이 천황이 태어나고 이 宿世로 인해 후지쓰보는 출가하고, 겐지는 근신을 목적으로 스마로 퇴거한다. 또한 꿈의 해몽을 의식하고 동궁(레이제이 천황)을 무사히 즉위시키기 위한 퇴거였다. 즉 후지쓰보 사건은 겐지가 潛在王權을 달성하는 진원지였다.

澪標卷 이후 스마須磨·아카시明石에서 돌아온 겐지는 딸이 태어나는 것을 계기로 宿曜의 예언을 기억한다. 이후 겐지는 예언에 대한 실현을 기대하고, 섭관적, 가부장적 노력을 하는 인간으로 변모한다. 그러나 섭관으로서의 정치적인 권력은 신하로서의 영화에 지나지 않았고, 겐지의 잠재왕권적 지위가 확보되는 것은 薄雲卷에서 자신의 출생에 관한 비밀을 알게된 레이제이 천황의 '孝心'에 의해서 달성되는 것이었다. 레이제이 천황은 겐지를 實父로서 대우하기 위해서 황통난맥의 선례를 조사하는 등, 갖가지 노력 끝에 藤裏葉卷에서 准太上天皇의 지위에 오르게 한다. 그리고 六条院(겐지의 저택)에 스자쿠인과 함께 행차하여 겐지를 동열에 앉게 함으로써 완전한 잠재왕권이 달성된다. 레이제이 천황은 그래도 정해진 이상의 예의를 올리지 못하는 것을 안타깝게 생각할 정도의 '孝心'을 보이고 있다. 즉 겐지의 왕권달성이 가능하기 위해서는 實子인 레이제이 천황이 아버지를 대우하려는 '孝心'이 필수조건이었던 것이다.

이상과 같이 겐지의 영화와 왕권은 이로고노미적인 인간관계의 결과이
지만, 왕권성의 표현은 반드시 日, 月, 星 등의 빛에 비유되고 있음을 확인
할 수 있었다. 그러나 제2부의 若菜巻 이후에는 인과응보의 숙연으로 인간
관계의 균형이 깨어지고 겐지의 왕권 이야기가 조락기를 맞이하게 된다.

▍Key Words 栄華, 王権, 色好み, 孝心, 摂政関白

겐지 이야기의 전승과 작의

제3장

일월표현과 한일 왕권담의 비교연구

1. 서론

동서고금을 막론하고 왕권의 상징은 日月과 빛光으로 비유되는 경우가 많았다. 고대 이집트의 왕 파라오는 천지만물의 창조자이며 태양신인 라 Ra의 아들로 비유되었다. 한국과 중국의 제왕신화에서도 日月과 빛光으로 갖가지 기적과 서조가 일어나고, 꿈에 일월을 보고 시조가 태어나기도 했다. 특히 고구려, 신나, 가락국의 시조신화에서 왕권의 상징은 일월과 빛으로 비유되거나 수식되는 경우가 많았다.

일본의 『고지키古事記』 신화에서 시조신인 아마테라스오미카미天照大御神는 이자나기伊耶那岐命가 黃泉國에서 더러운 것穢れ을 보고 왼쪽 눈을 씻을 때 태어난 신이다. 아마테라스오미카미는 일본 천황가의 시조신으로 타원형의 눈에서 태양신이 태어났다는 점 또한 왕권의 상징으로 지적할 수 있을 것이다. 헤이안平安 시대의 『겐지 이야기』에서도 히카루겐지光源氏의 왕권 확립이 일월 및 빛의 비유표현과 일체화되어 모노가타리物語의 주제를 이루고 있다.

『겐지 이야기』의 왕권 연구는 역사학, 문화인류학, 민속학, 종교학 등 갖가지 분야와 연구성과를 교류하고 있는 것이 특징이다. 왕권담 연구의 선구라 할 수 있는 민속학자 오리구치 시노부折口信夫는 고대의 영웅이 왕권을 획득하는 미덕으로서 체현하는 것을 이로고노미色好み[1]로 정의 하였

다. 이후 西鄕信綱의 '신성 왕권의 논리'[2], 『겐지 이야기』를 중심으로 深澤
三千男의 '잠재왕권론'[3]이 있고, 이 이외에도 日向一雅[4], 河添房江[5], 高橋
亨[6], 小嶋菜溫子[7] 등이 왕권론의 제문제를 정면으로 고찰하였다.

본고에서는 이상의 선행연구를 바탕으로 한국과 일본의 신화, 전설, 이
야기物語 등에 나오는 일월과 빛光의 표현을 중심으로 왕권담의 형성과정
을 재검토해 보고자 한다. 특히『源氏物語』에 나타난 왕권담의 전승과 등
장인물들의 인간관계와 비유표현 등을 종합적으로 분석한다. 그리고 고전
문학에 있어서의 '日月'과 '光'이 어떻게 왕권의 표현으로 정착하게 되었
는가 하는 문제를 비교연구의 방법을 동원하여 규명해 보고자 한다. 단 황
권과 왕권의 개념에 대해서는, 河添房江가 지적한 것처럼 皇權을 Sein(역
사적 현실로서의 천황제 자체), 王權을 Sollen[8]으로 구분하여 분석하고자
한다.

2. 대륙의 始祖神話와 왕권의 상징

이집트의 파라오를 비롯하여 동서양을 막론하고 고대국가의 창조신화
에서는 일월이나 태양의 빛光이 왕권의 상징으로 비유되는 경우가 많았다.
이집트 신화에는 천지의 시작은 물이었는데, 수면에 떠있던 알 연꽃이라
는 설도 있고 천지 창조자이며 태양신인 라Ra가 태어났다고 한다. 이집트
의 왕권 신화에서 창조자가 알에서 태어났다는 것은 한국의 始祖 신화와

1 『折口信夫全集』第1, 8, 12, 14卷. 中央公論社, 1986.
2 西鄕信綱, 「古代王權の神話と祭式」『文学』岩波書店, 1961. 1月, 3月)
          『日本古代文学史』改稿版, 岩波書店, 1971.
3 深沢三千男, 『源氏物語の形成』桜楓社, 1972.
4 日向一雅, 『源氏物語の主題』桜楓社, 1983.
          『源氏物語の王権と流離』新典社, 1989.
5 河添房江, 『源氏物語の喩と王権』有精堂, 1992.
6 高橋亨, 「源氏物語の光と王権」『日本文学』日本文学協会, 1989. 2月)
7 小嶋菜温子, 『源氏物語批評』有精堂, 1995.
          『かぐや姫幻想』ー皇権と禁忌ー, 森話社, 1995年一九九五年
8 河添房江, 「天皇と 天皇制」(『王朝物語必携』学燈社, 1987年) p.44.

일맥상통한다고 볼 수 있다.

중국에서는 光源인 해日와 달月이 세월, 혹은 성인이나 부부, 또는 왕권의 상징으로 비유되었다. 예를 들면『長恨歌』에서 楊貴妃가 道士를 만났을 때, '봉래궁 안에서 오랜 세월을 보냈다蓬萊宮中日月長'라고 하는 표현에서 '日月'은 시간이나 세월을 의미하고 있다. 그리고『論語』子張篇에서 子貢이 '공자는 일월이다仲尼日月也'라고 한 것은 성인을 '日月'로 비유했고,『詩經』國風에서는 '日月'과 같이 화목한 부부관계를 비유하고 있다.

중국의 사서에는 역대 제왕들의 탄생 전후에는 기이한 일화들이 많이 전해지고 있다. 예를 들면『史記』의 은본기殷本紀에는 은나라 설契왕의 어머니 간적簡狄이 시냇물에서 목욕을 하고 있는데 물가에서 제비玄鳥가 알을 낳았다. 간적이 그 알을 삼켜버렸는데, 그로 인해 임신을 하여 낳은 아이가 설이라는 것이다. 또한 진본기秦本紀에도 여수女脩가 베를 짜고 있다가 제비의 알을 삼키고 아들 대업大業을 낳았다는 이야기가 나온다. 한편『史記』의 고조본기高祖本紀에는 어머니 유온乳媼이 큰 늪의 제방에서 자고 있을 때 신을 만나는 꿈을 꾸었다. 그 때 갑자기 천둥 번개가 치고 사면이 캄캄해져 아버지 태공太公이 달려가 보니 교룡蛟龍이 유온의 배 위에서 꿈틀대고 있는 것이었다. 이 후 유온이 임신하여 낳은 아이가 유방이라고 기술하고 있다.

班固의『漢武帝內傳』서두에는 다음과 같은 기사가 나온다.

> 경제가 꿈을 꾸었는데, 신녀가 태양을 바쳐서 왕부인에게 드리자, 부인이 이를 삼켰다. 그리고 14개월이 지나 무제를 낳았다. 경제가 말하기를 짐이 꿈에 본 적기가 화해서 적용이 되었도다. 해몽가가 이를 길하다고 했다.
> 景帝夢. 神女捧日以授王夫人. 夫人呑之. 十四月而生武帝. 景帝日吾夢亦氣化爲赤龍. 占者以爲吉. [9]

즉 漢나라 景帝의 태몽에서 왕부인이 태양을 삼키는 꿈을 꾼 후에 武帝가 태어났다는 것은 武帝의 왕권을 태양으로 상징하고 있는 것이다. 이후

---

9 班固著,「漢武帝內傳」『國訳漢文大成』文学部 第十二巻, 晋唐小說, 國民文庫刊行會, 1920年 p.1.

武帝는 3살 때부터 영특한 자질이 나타나고 제위에 즉위한 후에는 신선도를 좋아했다고 한다. 그리하여 서왕모西王母로부터 3천년에 한번 열매를 맺는다고 하는 복숭아를 얻어먹게 된다는 것이다. 이와 같이 중국의 신화에는 제비의 알을 삼킨다든가, 해와 달을 품에 안거나, 빛을 받아 임신을 하는 것으로 황제의 왕권을 상징적으로 표현하고 있다.

우리나라의 시조신화에도 시조가 탄생할 때에 기이한 일화들이 많이 있었다. 특히 『三國史記』와 『三國遺事』에 나오는 시조들의 탄생 설화에는 둥근 알 형태卵形로 태어나거나, 일월과 빛의 표현으로 왕권을 상징하는 경우가 많다. 예를 들면 『三國遺事』 卷第一에는 동부여 河伯의 딸 柳花가 日光을 받고 卵形으로 출산하는 이야기가 나온다.

> 금와는 이상하게 여겨 그녀를 방 속에 가두어 두었더니 햇빛이 방 속으로 비쳐왔다. 그녀가 몸을 피하자 햇빛은 다시 쫓아와서 비쳤다. 이로 해서 태기가 있어 알 하나를 낳으니 크기가 닷 되들이 정도였다.
> 金蛙異之. 幽閉於室中. 爲日光所照. 引身避之. 日影又遂而照之. 因而有孕. 生一卵. 大五升許.[10]

金蛙王이 柳花를 방에 가두어 두자, 일광이 그녀를 쫓아가며 비추었는데, 얼마 후 태기가 있어 닷 되들이 정도의 알을 낳았다는 것이다. 이에 왕이 기이하게 여겨 그 알을 개와 돼지에게 주어도 먹지 않고, 길에 버려도 소와 말이 피해가고, 들에 내버리자 새와 짐승들이 알을 덮어주고, 쪼개보려 해도 쪼개지지도 않아 柳花에게 되돌려 주었다. 柳花가 그 알을 천으로 싸서 따뜻한 곳에 놓아두자, 한 아이가 알의 껍질을 깨고 나왔는데, 나이 7세에 이미 골격이 범상하고 외모가 영특하며 활을 잘 쏘았기에 이름을 주몽朱蒙이라 하였다. 이 아이가 바로 후에 高句麗의 시조가 되는데, 이 이야기는 일월감정설화日光感精說話의 유형으로 왕권의 신빙성을 '빛'으로 표현하려고 하는 신화의 논리를 읽을 수 있다.

---

10 一然著, 李民樹訳, 『三国遺事』 乙酉文化社 1987. p.61. 이하 『三国遺事』의 본문 인용은 같은 책의 페이지 수를 표시함.

『三國遺事』의 新羅始祖 赫居世王의 신화는 다음과 같이 전해지고 있다. 新羅六部의 조상들이 높은 곳에 올라 남쪽을 보니, 楊山의 산자락에 있는 우물가에서 '번개빛처럼 이상한 기운이 땅에 드리워 비추고異氣如電光垂地'(p.67) 있는 것이 흰 말이 땅에 꿇어앉아 절하는 형상이었다. 사람들이 달려가 보니, '자줏빛 알 한 개—紫卵, 一云靑大卵'가 있었고, 말은 사람을 보자 하늘로 올라가 버렸다. 그 알을 깨어 '童男'을 얻었는데 동천東泉에서 목욕을 시켰다고 한다.

> 몸에서 광채가 나고 새와 짐승들이 따라서 춤을 추었다. 이내 천지가 진동하고 해와 달이 청명해졌다. 이에 혁거세라고 이름을 지었다.
> 身生光彩. 鳥獸率舞. 天地振動. <u>日月淸明</u>. 因名赫居世王 (p.67)

신라의 시조인 박혁거세가 알에서 나왔을 때 몸에 광채가 나고 일월이 청명했다는 인용문의 표현은 바로 왕권의 상징이라 할 수 있을 것이다.『三國遺事』에는 '赫居世'를 향언鄕言일 것이라고 추정하고 있는데 '혁赫'은 빛나는 모양을 말한다. 이와같이 '혁赫'이 이름에 들어가는 것은 일본 최초의 이야기物語인『다케토리 이야기』의 주인공 가구야히메かぐや姬인데, '가구'란 '赫'을 일본 고유어로 읽은 것이다.『고지키』에서는 '가구야히메'를 '迦具夜比売'로,『海道記』에서는 '赫奕姬'로 표기하고 있다.

『三國遺事』에 나오는 昔脱解王은 龍城國의 왕비가 알卵을 낳았기 때문에 궤짝에 넣어 바다에 띄워 보냈는데 赤龍의 호위를 받아 신라의 아진포로 들어왔다. 혁거세왕의 고기잡이 할멈이 궤를 열어보니 단정하게 생긴 남자가 태어나 있었는데, 궤를 열고 알을 깨고 나왔다고 해서 이름을 脱解라 했다. 노례왕弩禮王이 붕어하자 脱解가 왕위에 올랐다. 탄생시에 광채가 나는 둥근 알에서 나왔다는 것은 왕권의 이상성을 표현한 것이라 생각된다.

또한 金閼智의 탄생설화에는 다음과 같은 이야기가 있다. 호공瓠公이 月城慶州의 옛이름의 西里를 걸어가고 있는데, 밝은 빛이 시림始林, 一作鳩林 속에서 비치는 것을 보게된다.

자줏빛 구름이 하늘로부터 땅에 뻗혔는데 그 그름 속에 황금의 궤가 나무가지에 걸려 있었다. 빛은 그 궤 속에서 나오고 있었다.

有紫雲從天垂地. 雲中 有黃金櫃, 掛於樹枝. 光自櫃出 (p.74)

호공이 이 사실을 왕에게 고하여, 왕이 빛이 나는 금궤를 열어보자 남자 아이가 누워 있다가 일어났다. 왕이 赫居世의 故事와 같았으므로 아이의 이름을 알지閼智라 하고, 금궤에서 나왔다 하여 성을 金씨라 했다. 왕이 태자로 삼았지만 바로 즉위하지 않고 후대의 미추이사금味鄒尼師今 때부터 왕위에 올랐다.

『三國遺事』 卷第二 가락국기駕洛國記에도 九干의 추장들이 龜旨峰의 정상에서, 구지가龜旨歌를 노래하며 무용하자, 紫色 줄에 붉은 보자기에 싼 金合子 안에 '해처럼 둥근圓如日者'(p.183) 황금 알卵 여섯 개가 들어 있었다. 사람들이 모두 놀라 절을 백 번하고 아도간我刀干의 집에 두었다가, 다음날 아침에 다시 가보니 알은 모두 용모가 수려한 어린아이가 되어 있었다. 이들은 10여일 지나자 키가 9척으로 자라나 은나라 탕왕과 같고, 얼굴은 용과 같은 것이 한나라 고조와 같고, 눈썹이 팔자로 빛나는 것은 당나라 고조와 같고, 눈동자가 겹으로 된 것은 虞나라 舜과 같았다고 기술하고 있다.

『三國遺事』 卷第一의 '延烏郎과 細烏女' 이야기는 다음과 같다. 신라의 바닷가에 살던 연오랑과 세오녀가 바위를 타고 일본으로 가버리자, 신라의 해와 달에 광채가 없어졌다고 한다. 日官이 왕에게 아뢰기를 해와 달의 精氣가 일본으로 가 버렸기 때문이라고 했다. 이에 왕이 사자를 보내 두 사람을 찾자, 연오랑이 말하기를 이는 하늘의 뜻이라 돌아갈 수가 없다고 하며, 세오녀가 짠 비단으로 하늘에 제사를 지내면 괜찮아진다고 했다. 과연 세오녀가 짠 비단으로 하늘에 제사를 올리자 해와 달의 정기가 되돌아 왔다. 그래서 신라에서는 그 비단을 국보로 삼고 제사지낸 곳을 迎日縣이라고 했는데 지금도 그 지명이 그대로 남아있다. 즉 세오녀에게서 해의 빛을 상징하는 이미지가 있음을 알 수 있는데, 이는 일본의 아마테라스오미카미天照大御神가 여성신이며 태양신인 점과 일맥상통한다고 볼 수 있다.

현재 서울의 景福宮, 昌德宮, 德壽宮 등 조선왕조 궁전의 龍床御座 뒤에는 일월곤륜도日月崑崙圖, 日月五峯山圖, 日月五嶽圖라 불리는 병풍이 세워져 있다. 이들 병풍에 그려진 일월은 왕과 왕비를 상징하고, 五嶽圖는 다섯 개의 봉우리로 그려져 왕실의 존엄을 나타내고 있다. 병풍의 좌우에는 소나무와 계곡, 그 아래에는 바다가 펼쳐져 長生圖의 모티브와도 깊은 관계가 있고, 왕실의 무궁한 번성을 기원하여 그려졌을 것으로 보인다. 이상에서 고찰한 바와 같이 빛光이나 일월, 광원光源의 형태인 알卵로 태어나는 것은 모두 고대왕권의 상징이나 비유 표현으로 사용되고 있는 알 수 있다.

3. 신화 전설의 王權譚

헤이안平安 시대의 『禮儀類典繪圖』[11]에는 궁중에서 皇位繼承 등의 의례를 행할 때에 동쪽에는 日像幢, 서쪽에는 月像幢을 세우게 되어있다. 또 문학에서도 日月 혹은 빛光의 表現은 『고지키』나 『日本書紀』, 『만요슈』에서 『고킨슈』, 『겐지 이야기』에 이르기까지 다양한 용례가 나오는데, 주로 자연이나 세월, 시간의 흐름이나 왕권 등의 의미를 나타낸다. 특히 『고지키』나 『만요슈』에는 천황이나 황자를 '달과 해처럼月日のごとく'이라든가 '빛나는 태양과 같은 황자高光る日の御子' 등의 표현으로 황권과 왕권을 상징하고 있다.

『고지키』中卷에는 신라 왕자 아메노히보코天之日矛가 일본으로 건너가게 된 사연을 전하고 있다.

신라국에 늪이 하나 있었는데, 이름을 아구늪이라 했다. 이 늪 근처에서 한 미천한 여자가 낮잠을 자고 있었다. 그런데 일광이 무지개처럼 그 여자의 음부 위를 비추었다.

新羅国に一つの沼有り。名は、阿具奴摩と謂ふ。此の沼の辺に、一の賎しき女昼寝せり。是に、日の耀、虹の如く、其の陰の上を指しき。[12]

11 所功, 「皇位の継承儀礼-『北山抄』を中心に」(『平安時代の儀礼と歳事』至文堂, 1991) p.22.
12 山口佳紀 他校注, 『古事記』(「新編日本古典文学全集」小学館, 2007) p.275. 이하 『古事記』의 본문 인용은 「新編全集」의 페이지 수를 표시함.

이후 그 미천한 여자는 임신하여 붉은 구슬赤玉 낳았다. 新羅 왕자 아메노히보코가 우연히 그 붉은 구슬을 입수하여 마루바닥 위에 놓아두었더니, 赤玉이 미녀로 변신해 있었다. 이에 아메노히보코는 그 미녀와 결혼하여 정처正妻로 맞이하였다. 그런데 아메노히보코는 오만해져서 그 여자를 욕했다. 그리고 부인이 자신의 모국인 일본으로 가 버리자, 아메노히보코도 따라서 건너가 다지마但馬国에 머물게 되었다는 것이다. 이 이야기는 동부여의 柳花가 일광日光에 의해 알卵을 낳고, 그 알에서 주몽朱蒙이 나왔다는 것과 같은 유형의 日光感精説話라 할 수 있다.

또한 『古事記』 신화에는 이자나기伊耶那岐命가 黄泉国에서 더러운 것穢れ을 보았다 하여 눈을 씻는 과정에서 해와 달의 신이 나타난다.

> 이 때 왼쪽 눈을 씻을 때 태어난 신의 이름은 아마테라스오미카미이며, 그리고 오른쪽 눈을 씻을 때 태어난 신의 이름은 쓰쿠요미노미코토이다. 다음에 코를 씻었을 때 태어난 신의 이름은 다케하야스사노오노미코토이다.
>
> 是に左の御目を洗ひたまふ時、成れる神の名は、天照大御神。次に、右の御目を洗ひたまふ時、成れる神の名は、月読命。次に、御鼻を洗ひたまふ時、成れる神の名は、建速須佐之男命。
>
> (p.53)

광명을 나타내는 눈의 좌우에서 각각 해와 달의 신이 태어났다는 것은 상징적인 의미가 있다고 생각한다. 그래서 아마테라스오미카미天照大御神는 태양신을 상징하며 한국의 민담 '해와 달이 된 남매'에서처럼 신격은 여성으로 이세 신궁伊勢神宮에 천황의 시조신으로 모셔지고 있다. 신체神体가 거울이라는 점도 태양을 상징하며 왕권의 은유라 할 수 있다. 그리고 쓰쿠요미노미코토月読命는 달月의 신인데, 달을 쓰쿠요미오토코月読男 등으로 표현하는 것으로 미루어 달의 신격은 남성으로 표현하고 있는 것이 아닐까 생각된다. 그런데 한국에서는 율령체제의 정비와 왕통의 嫡男承繼이 정착됨에 따라 '日月崑崙圖'처럼 해와 달을 왕과 왕비에 비유하게 되는데, 이에는 음양사상과 왕권사상이 투영되었을 것으로 생각된다.

『日本書紀』 巻第十四에는 다음과 같이 유랴쿠雄略 천황의 탄생설화를 기술하고 있다.

천황이 태어났을 때에, 신기한 빛이 전당에 충만했다. 장성하여 건장함이 보통 사람과 달랐다.

天皇、産れまして 神光殿に滿めり。長りて侊健しきこと、人に過ぎたまへり。[13]

유랴쿠 천황이 탄생할 때에 신기한 기운이 주변에 충만해 있다는 것은 천황의 왕권을 표현하려는 것으로 해석할 수 있다. 또 유랴쿠 천황이 비범한 신체와 재능을 지녔다는 표현은 중국과 한국의 시조신화 등에서도 공통으로 볼 수 있는 기술이다.

『고지키』나『만요슈』의 시가에서도 천황과 황자들을 빛나는 태양으로 비유하여 왕권을 찬양하는 노래가 많다. 『고지키』中巻 景行天皇条에는 야마토타케루노미코토倭建命가 동정東征에서 다시 오와리尾張国로 돌아와 미야즈히메美夜受比売와 가요를 증답한다. 이 때 미야즈히메는 답가에서 야마토타케루를 '하늘 높이 빛나는 태양의 아들, 온 세상을 통치할 우리 황자님 高光る 日の御子 やすみしし 我が大君'(p.230)이라고 노래하고 있다. 또한 下巻의 仁徳天皇条에는 다케시우치노스쿠네建内宿禰가 천황의 장수를 기원하는 가요에서 '하늘 높이 빛나는 태양의 아들高光る 日の御子'(p.304)이라고 읊었고, 雄略天皇의 궁녀가 읊은 노래에서도 '태양의 아들高光る 日の御子'(p.351)이라는 표현으로 각각 천황의 황권을 칭송하고 있다.

한편『만요슈』의 巻1에서는 가키노모토 히토마로柿本人麻呂가 가루노미코軽皇子를 '온 세상을 통치할 우리 황자님 하늘 높이 빛나는 태양의 아들やすみしし我が大君 高照らす日の皇子(45)'[14]이라고 표현했다. 巻二에서도 덴무天武 천황을 '하늘 높이 밝히는 태양의 아들高照らす 日の皇子(162)'이라고 읊었다. 또한 가키노모토 히토마로는 天武의 아들인 히나미시미코日並皇子의 죽음을 애도하는 노래에서 '하늘 높이 밝히는 태양의 아들高照らす 日の御子(167)'라고 읊었다. 궁중의 하급 관리 등도 '하늘 높이 밝히는 우리 태양의 아들高照らす我が日の御子(171, 173)이라고 읊어, 역대 천황의 자손들이 천손강림한

---

13 小島憲之 他校注,『日本書紀』2, (「新編日本古典文学全集」岩波書店, 1997 p.141. 이하『日本書紀』의 본문 인용은「新編全集」의 권, 페이지 수를 표시함.

14 小島憲之 他校注,『万葉集』1-4 (「新編日本古典文学全集」小学館, 1998). 이하『万葉集』의 본문 인용은「新編全集」의 巻, 페이지 수, 歌番을 표기함.

아마테라스오미카미天照大御神의 후손임을 강조하고 있다.

『만요슈』卷第13에는 해와 달에 대한 표현을 다음과 같이 유형화하고 있다.

> 하늘에 있는 해와 달처럼 내가 올려다보는 당신이 늙어가는 것이 안타깝군요.
> 天なるや月日のごとく我が思へる君が日に異に老ゆらく惜しも　　　(3260)

천황이나 황자의 왕권을 해와 달로 비유하고 늙어가는 것을 안타깝게 생각하고 있는 내용이다. 『만요슈』에서는 천황의 황권을 '하늘 높이 빛나는 태양'으로 비유하는 경우가 많았는데, 상기의 노래에서는 동시에 일월로 비유하고 있다. 일반적으로 일본어에서 시간이나 세월은 '月日'로 표기하여 '쓰키히つきひ'라 읽고, 하늘의 태양과 달을 나타낼 경우는 '日月'로 표현하지만, 『만요슈』등에서는 그러한 구별이 없었던 것이다. 이러한 경향은 후대의 『겐지 이야기』에서 더욱 더 분명하게 나타난다.

한편 무라사키시키부紫式部의 증조부 후지와라 가네스케藤原兼輔가 撰錄한 『聖徳太子伝暦』에는 성덕태자가 백제의 현자賢者 일라日羅에게 관상을 보는 장면이 있다.

> 일라가 몸에서 크게 빛을 발하자, 맹렬한 불꽃이 화염과 같고, 태자도 미간에서 빛이 발산되자, 광채가 줄기처럼 빛났다. 한참 있다가 곧 멈추었다.
> 日羅大放身光, 如火熾炎, 太子亦眉間放光, 如日暉之枝, 須臾即止[15]

처음 성덕태자가 허름한 몸차림으로 여러 동자들과 함께 백제의 사신이 묵는 난파관難波館으로 들어가자, 일라는 태자의 비범함을 알아보고 절을 했다고 한다. 태자가 들어오자 日羅는 '敬礼救世観世音, 前燈東方粟散王, 云云' 이라고 했다는 것이다. 즉 성덕태자를 동방의 조그만 나라에 세상을 구할 관음이 재래한 것으로 보았던 것이다. 百済의 관상가인 日羅의 몸에서 빛이 발산되었다는 것은 聖人에 대한 비유이고, 성덕태자의 眉間에서 태양

15　出口常順, 『聖徳太子・南部仏教集』玉川大学出版部, 1972. p.27.

과 같은 빛이 나왔다는 것은 태자의 왕권을 상징하는 표현으로 볼 수 있다.
이러한 성덕태자의 이상적인 인물상은『겐지 이야기』의 히카루겐지에 투
영되어, '빛光'의 수식이 왕권을 획득하는 인물의 상징이 되고 볼 수 있다.

『三宝絵』984에는 日羅의 이야기에 이어서 聖徳太子가 스이코推古 천황
(592-628)의 섭정을 하고 있을 무렵, 百済의 아좌태자阿佐太子가 성덕태자에
게 '敬禮救世大慈観世音菩薩, 妙教流通東方日本国, 四十九歳伝灯演説'라고
했다는 기사가 나온다. 즉 阿佐太子는 성덕태자를 관음보살로서 예배하고
49년 동안 불법을 설교할 것이라고 예언했다. 그리고 이 때에도 聖徳太子
의 眉間에서 '흰 빛을 발해서 그 길이가 3장이나 되었는데 잠시 후에 줄어
들었다白き光を放ちたまふ。長三丈ばかり、しばらくありて縮り入りぬ'[16]고 기술하고 있다.
『三宝絵』에서 百済의 日羅와 阿佐太子가 본 聖徳太子의 眉間에서 발하는 광
채는 부처의 白毫를 연상케 하며, 이는 불교를 공인시키려 한 태자를 칭송
한 표현임과 동시에 섭정인 聖徳太子의 왕권을 상징하는 것으로 볼 수 있다.

다음은『고킨슈』賀歌(364)에서, 다이고醍醐 천황(897-929)의 중궁 온시
穏子가 아버지 藤原基経의 저택에서 야스아키保明 황자를 출산했을 때, 칙사
로 파견된 후지와라 요루카藤原因香가 읊은 축하의 노래이다.

> 동궁이 태어났을 때 가서 읊었다.
> 가스가산의 높은 봉우리에 떠오르는 태양처럼 (황자님은) 흐린 날 없이 빛날
> 것이다.
> 春宮の生まれ給へりける時にまゐりてよめる
> 峰高き春日の山にいづる日はくもる時なく照らすべらなり[17]

나라奈良의 가스가산春日山 기슭에는 후지와라藤原씨의 씨족 신을 모신
가스가 신사가 있다. 후지와라씨의 중궁이 낳은 아들이니까 황태자로서
왕권을 획득할 것으로 보고 '떠오르는 태양'으로 비유하여 읊은 노래이
다.『고지키』나『만요슈』에서도 황자가 '하늘 높이 빛나는 태양'으로 비유

---

16 源為憲 撰, 江口孝夫 校注,『三宝絵詞』上, 現代思潮社, 1982. p.161.
17 小沢正夫 校注,『古今和歌集』(『新編日本古典文学全集』 小学館, 2006) p.156. 이하
　　『古今和歌集』본문 인용은 「新編全集」의 歌番, 페이지 수를 표시함.

되었다고 해서 반드시 즉위하여 천황이 되지는 않았다. 그러나 시가나 신화 전설에서 천황이나 황자를 태양이나 달로 비유하는 것은 노래를 읊는 사람의 바람을 담고 있거나 왕권의 당위성을 유형적으로 읊은 표현이라 할 수 있다.

4. 『겐지 이야기』의 日月과 王権

'日月의 빛光'은 신화전설의 시대로부터 긴 세월에 걸쳐 전승되어온 황권皇権과 王権의 상징이었다. 그러나 '일월의 빛'을 『겐지 이야기』의 왕권을 상징하는 비유표현으로서 고찰할 경우, 염두에 두어야 할 것은 『겐지 이야기』가 허구의 이야기라는 점일 것이다. 『겐지 이야기』 속에서 주인공 히카루겐지의 왕권 획득 논리는 무엇일까. 그리고 구슬玉, 卵形, 빛光, 日月 등의 표현이 어떻게 황권과 왕권을 생성시키고 있는가를 고찰해 보고자 한다.

『겐지 이야기』의 桐壷巻에서 고려인(실제는 발해인)[18] 관상가가 히카루겐지의 운명을 예언하게 되고, 광光이라는 이름을 지어준다. 또한 若紫巻에는 北山의 僧都가 히카루겐지에게 '성덕태자가 백제로부터 구입하셨던 옥의 장식을 한 금강자의 염주聖徳太子の百済より得たまへりしける金剛子の数珠の玉の装束したる'(若紫①221)를 바쳤다고 하는 기사가 나온다. 이 대목에는 무라사키시키부의 증조부가 편찬했다고 하는 『聖徳太子伝暦』에서 日羅가 聖徳太子의 관상을 보았을 때 미간에서 광채가 났다는 표현이 투영되어 있다고 볼 수 있다. 즉 히카루겐지에게 빛의 표현이 수식되었다는 것은 곧 영화의 왕권을 확립하게 될 것이라는 상징으로 해석할 수 있다.

『겐지 이야기』 속에서 주인공 히카루겐지의 이름은 겐지의 성을 하사받기 전에는 '皇子', '若宮'로 불리다가, 겐지源氏가 된 이후로는 源氏の君, 光る君, 源氏, 光る源氏 등으로 불렸으나, 이후로는 그때그때의 관직명인 中

---

18 『源氏物語』에 나오는 고려인이 발해인이라 할 수 있는 근거는, 작품의 본문에서 桐壷巻의 배경을 발해가 망하기 이전인 9세기 말로 설정하고 있다는 점이다. 그리고 『続日本記』 등의 기록을 보면 일본에서는 발해국의 국호를 주로 '高麗国'이라고 불렀다.

将, 中将の君, 大将, 右大将, 源氏の大納言, 大殿, 権大納言, 内大臣, 大臣, 内の大臣, 太政大臣, 六条の院 등으로 불렸다. 그런데『겐지 이야기』속에서 히카루겐지에게 '빛나는光る'라는 수식이 붙어있는 용례는 '빛나는 황자光る君'와 '빛나는 겐지光る源氏'가 모두 5例 등장한다.

이하 '光る'로 修飾되는 이름이 어떻게 히카루겐지의 왕권을 생성하게 되는가를 살펴보고자 한다. 다음은 桐壺巻에서 처음으로 이름이 명명되는 장면이다.

> 세상 사람들은 빛나는 황자라고 했다. 후지쓰보도 겐지와 함께 천황의 총애가 지극하였기에 빛나는 태양과 같은 중궁이라고 불렀다.
> 世の人光る君と聞こゆ。藤壺ならびたまひて、御おぼえもとりどりなれば、かかやく日の宮と聞こゆ。
> (桐壺①44)

> 빛나는 황자라는 이름은 고려인이 겐지를 칭송하여 지은 이름이라고 전해진다고 한다.
> 光る君という名は、高麗人のめできこえて、つけたてまつりけるとぞ言ひ伝へたるとなむ。
> (桐壺①50)

고려인(발해인) 관상가는 桐壺巻의 예언에서 히카루겐지 일생의 영화와 그가 왕권 획득의 가능성을 간파하고 있었다. 겐지의 이름에 '빛나는光る'이라는 수식이 붙은 것은 히카루겐지라는 이름에서부터 미리 왕권을 상징하고 있는 셈이다. 주석서『河海抄』에는 '빛나는 황자라고 했다光る君ときこゆ'에 대해, '亭子院第四皇子敦慶親王号玉光宮好色無双之美人也'[19]라는 주석을 달고 있다. 즉 우다宇多 천황의 넷째 아들 아쓰요시敦慶 황자가 구슬처럼 빛나고, 호색하며 비할 바 없는 미남이었다는 것이다. 그런데 '빛나는 황자光る君'가 공식적인 경우에 많이 사용되는 반면에, '빛나는 겐지光る源氏'는 사적인 경우에 많이 쓰이고 있다.

다음은 帚木巻의 서두에 나오는 '빛나는 겐지光る源氏'의 용례이다.

---

19 玉上琢弥 編,『紫明抄・河海抄』角川書店 1978. p.208

빛나는 겐지라고 이름만은 거창하지만 사실은 일일이 말하기에는 꺼려지는
과실이 많은데, 게다가 이러한 연애 이야기 등을 후대에 전해서 경박한 사람
이라는 이름을 전하게 되지는 않을까 하고, 스스로는 비밀로 해 두었던 숨은
이야기까지도 전한 사람들은 정말로 남의 이야기를 좋아하는구나.

光る源氏、名のみことごとしう、言ひ消たれたまふ咎多かなるに、いとど、かかる
すき事どもを末の世にも聞きつたへて、軽びたる名をや流さむと、忍びたまひけ
る隠ろへごとをさへ語りつたへけん人のもの言ひさがなさよ。　　　　(帚木①53)

히카루겐지라는 이름은 겐지의 미모나 연애 편력 등을 이야기하고자 할
경우에 주로 사용된 이름이라는 것이다. 그리고 작품의 이름을 『빛나는 겐
지의 이야기光る源氏の物語』라고도 했는데, 이 또한 주인공의 미모나 사적인
이야기를 염두에 둔 표현이다.

다음의 용례는 若紫卷와 紅梅卷에 나오는 히카루겐지의 명성을 전하는
표현이다.

세상에서 칭송이 자자한 빛나는 겐지를 이러한 기회에 한번 보시지 않겠습
니까. 속세를 떠난 법사의 기분에도 정말로 이 세상의 괴로움을 잊고 수명이
길어지는 듯한 모습입니다. 그럼 인사를 드리러 갈까요.

この世にののしりたまふ光る源氏、かかるついでに見たてまつりたまはんや、世を
棄てたる法師の心地にも、いみじう世の愁へ忘れ、齢のぶる人の御ありさまな
り、いで御消息聞こえん。　　　　　　　　　　　　　　　　　(若紫①209)

아, 빛나는 겐지라고 불리던 한창 때인 대장으로 계실 무렵
あはれ、光る源氏といはゆる御盛りの大将などにおはせしころ　　(紅梅⑤48)

若紫卷의 용례는 미모와 다양한 재능을 지닌 풍류인 히카루겐지의 소문
을 전하는 僧都의 말이다. 그리고 紅梅卷의 용례는 히카루겐지가 죽은 뒤
에 회상하는 문맥이지만, '빛나는 겐지'라고 하는 이름이 어디까지나 젊은
시절의 용모나 풍류인의 비유로 사용되고 있다.

무라사키시키부紫式部는 주인공 히카루겐지의 호색色好み과 왕권 획득을

'빛光'의 표현으로 상징하고 있다. 그런데 이러한 빛光의 표현이 왕권으로 연결되는 원천은 어디에 있을까. 桐壺巻에는 기리쓰보 천황과 고이更衣가 前世로부터의 깊은 인연이 있었던 탓인지, '세상에 둘도 없이 아름다운 옥동자世になくきよらなる玉の男御子'(①18)가 태어났다고 기술되어 있다. 高句麗와 新羅, 駕洛国의 시조들이 빛나는 卵形으로 태어나 나라의 시조로서 왕권을 획득하게 되는 것처럼, 히카루겐지가 둥근 옥玉과 같은 남자아이로 태어났다는 것은 왕권획득의 가능성을 표현한 것으로 볼 수 있다.

『겐지 이야기』의 주인공에게 '구슬玉'이란 표현이 수식되는 인물로는 히카루겐지, 후지쓰보, 레이제이 천황, 아카시노히메기미明石姫君의 4명이다. 우선 히카루겐지는 '옥동자玉の男御子'(①18)로, 藤壺는 '구슬처럼 빛나는玉光りかかやく'(①348), 레이제이 천황은 '하자 없는 구슬瑕なき玉'(①328)로, 아카시노히메기미는 '밤에 빛나는 구슬夜光りけむ玉'(②403)로 비유하고 있다. 이 외의 '玉'에 대한 표현은 14개 용례가 나오는데 모두 보석이나 이슬露, 눈물涙 등의 자연이나 경물과 사물에 대한 비유이다. 히카루겐지를 '옥동자'라고 표현한 것은 결국 왕권을 획득하게 될 것이라는 상징인 것이다. '옥동자'인 히카루겐지와 '구슬처럼 빛나는', '빛나는 태양'인 후지쓰보와의 밀통에 의해 태어난 아들 레이제이 천황을 '하자 없는 구슬'이라고 하는 표현은 다소 반어적인 표현이다. 그러나 세상 사람들에게는 알려지지 않은 비밀이었기 때문에 천황으로 즉위하여 황권을 획득하게 될 것이라는 것을 암시하고 있는 것이다.

다음은 紅葉賀巻에서 후지쓰보藤壺는 히카루겐지와 황자 레이제이 천황이 너무 닮은 얼굴인 것을 괴롭게 생각하는데 비해, 세상 사람들은 이 두 사람을 달月과 해日로 비유하고 있는 대목이다.

> 도대체 어떻게 되었기에 겐지에 뒤지지 않는 분이 이 세상에 태어날 수가 있는 것일까. (이는 마치) 일월의 빛이 서로 닮은 듯이 하늘에 있는 것과 같다고 세상 사람들은 생각하는 것이다.
> げにいかさまに作りかへてかは、劣らぬ御ありさまは、世に出でものしたまはまし。月日の光の空に通ひたるやうにぞ、世人も思へる。　　　(紅葉賀①349)

세상 사람들이 히카루겐지와 황자를 마치 달月과 해日가 닮은 듯이 하늘에서 서로 빛나고 있다고 생각한다는 것이다. 즉 히카루겐지를 月光으로, 황자(레이제이 천황)는 日光으로 비유하여 각각 왕권과 황권의 상징으로 표현하고 있는 셈이다. 日月은 모두 絶對的인 의미를 갖고 있지만, 여기서 레이제이 천황의 日光은 皇權 그 자체를 암시하고, 月光은 히카루겐지의 후견을 상징하는 것으로 생각된다. 이후 日光인 황자는 즉위하여 레이제이 천황이 되고, 月光인 히카루겐지는 레이제이 천황의 후견으로서 천황 이상의 왕권을 획득하게 된다. 즉 당위(sollen)로서의 왕권과 실재(sein)로서의 황권을 각각 달과 해로 비유한 것이다.

須磨·明石卷에서 아카시뉴도明石入道는 꿈과 스미요시 신住吉神의 계시를 믿고 아내의 반대를 무릅쓰고 자신의 딸을 히카루겐지와 결혼시키려 한다. 다음은 히카루겐지가 스마須磨의 폭풍우를 피해 아카시明石로 왔을 때, 아카시뉴도가 온갖 정성을 다해 히카루겐지를 돌보는 대목이다.

> 배에서 수레로 옮겨 탈 때, 해가 점차 솟아오르자 아카시뉴도는 얼핏 겐지의 얼굴을 보자 늙음을 잊고 장수할 것 같은 기분이 들어 웃음을 짓고 제일 먼저 스미요시 신에 참배를 했다. 달과 해의 빛을 내 손에 넣은 듯한 기분이 들어 히카루겐지를 열심히 돌보는 것도 무리가 아니다.
>
> 舟より御車に奉り移るほど、日やうやうさし上りて、ほのかに見たてまつるより、老忘れ齡のぶる心地して、笑みさかえて、まづ住吉の神をかがつ拜みたてまつる、月日の光を手に得たてまつりたる心地して、營み仕うまつることことわりなり。
>
> (明石②234)

아카시뉴도는 히카루겐지가 아카시에 오자마자, '달과 해의 빛月日の光'을 얻은 듯한 기분이 들어 스미요시 신에 우선 감사를 드린다. 여기서 달과 해의 빛을 아카시뉴도의 딸과 히카루겐지를 비유한 것이라고 한다면, 『詩經』国風의 月日처럼 히카루겐지와 아카시노키미의 화목한 부부를 의미할 것이다. 그러나 이 부분의 月日은 히카루겐지와 若菜上卷에서 태어나는 겐지의 외손자에 대한 비유이다. 혹은 달빛을 아카시노히메기미明石姫君, 햇빛은 천황으로 즉위할 황자의 상징으로 볼 수도 있겠다. 이와 같이 '구슬

玉'이나 '태양日'은 왕권이나 황권의 비유표현으로 이야기物語의 주제를 선점하고 있는 것이다.

松風卷에 나오는 레이제이 천황과 겐지의 와카和歌 증답은 달이 후견인을 상징하고 있다는 것을 알 수 있는 노래이다.

> 달이 밝게 비춘다는 강 저편에 있는 마을이기에 달빛은 아늑하고 당신도 편안하지요.
>
> 달빛이 가깝다는 평판만 높지 사실은 아침저녁으로 안개도 걷히지 않는 산골입니다.
>
> 〈帝〉月のすむ川のをちなる里なればかつらのかげはのどけかるらむ
>
> 〈源氏〉久かたのひかりに近き名のみしてあさゆふ霧も晴れぬ山里
>
> (松風②419-420)

상기 와카에서 레이제이 천황은 자신의 출생에 대한 비밀을 모르는 상태이다. 원래 와카 증답의 룰은 천황에게는 신하가 먼저 읊어야 하지만, 여기서는 아들인 레이제이 천황이 贈歌를 읊고, 아버지인 히카루겐지가 答歌를 읊고 있다. 즉 무의식 중에 부자의 대우관계가 지켜지고 있는 것이다. 그리고 레이제이 천황은 자연히 자신의 아버지 히카루겐지를 달로 비유하여 후견인으로서의 위상을 읊고 있는 것이다.

賢木卷에서 후지쓰보와 히카루겐지의 와카 증답에서는 '구름 위의 달雲の上の月', '달 그림자月かげ'(②126)라고 읊은 것은 천황이 있는 궁중, 그리고 후견으로서의 스자쿠 천황을 비유하고 있다. 또한 須磨卷에서 히카루겐지가 기리쓰보인桐壺院을 생각하며 '달도 구름에 숨었도다月も雲がくれぬる'(②182)로 읊은 것은 고 기리쓰보인을 후견인이라 생각하여 달에 비유하고 있다. 즉『겐지 이야기』에서는 천황도 후견인의 입장인 경우에는 '달月'로 비유된다는 것을 알 수 있다.

若菜上卷에서 아카시뉴도明石入道는 동궁에 입궐한 아카시노히메기미明石姬君가 황자를 출산했다는 소식을 듣고, 딸 아카시노키미에게 장문의 편지를 보낸다.

당신이 태어나려던 그 해 2월의 그 날 밤에 본 꿈인데, 내 자신은 수미산을 오른 손으로 받들고 있었습니다. 그 산의 좌우로부터 해와 달의 빛이 밝게 비치어 세상을 밝히고 있습니다. 자신은 산 아래 그림자에 숨어서 그 빛에 닿지 않았습니다. 산을 넓은 바다에 띄어두고 자신은 조그만 배를 타고 서쪽을 향해 저어가는, 그런 꿈을 꾸었던 것입니다. (중략)

빛이 나오려는 새벽녘이 가까워졌습니다. 그래서 지금에야 비로소 옛날에 꾼 꿈 이야기를 하는 것입니다.

わがおもと生まれたまはんとせしその年の二月のその夜の夢に見しやう、みづから須弥の山を右の手に捧げたり、山の左右より、月日の光さやかにさし出でて世を照らす、みづからは、山の下の蔭に隠れて、その光にあたらず、山をば広き海に浮かべおきて、小さき舟に乗りて、西の方をさして漕ぎゆくとなむ見はべりし。(中略)

ひかり出でん暁ちかくなりにけり今ぞ見し世の夢がたりする　　(若菜上④113-114)

뉴도의 편지는 아카시노키미가 태어날 때의 瑞夢을 밝히고 있다. 꿈의 내용은 전체적으로 불교적 세계관으로 구성되어 있는데, '수미산須弥の山'은 아카시노키미, '달月'은 아카시 뇨고, '해日'는 뇨고女御가 낳은 황자를 상징하고 있다. 또한 와카和歌에서 '해가 떠오르는 새벽 ひかり出でん暁'이 가까워졌다는 것은 황자가 즉위하고, 아카시 뇨고가 국모가 될 날도 멀지 않다는 것을 의미하고 있다. 이와 같이『겐지 이야기』에서 히카루겐지의 영화와 왕권이 사랑의 인간관계나, '月日', '玉' 등의 표현의 논리에 의해 선점되어 있다는 것을 확인할 수 있었다.

5. 결론

이상에서 중국과 한국의 시조신화에 나타난 빛光과 난형卵形의 출산, 일본의 신화전설에 나타난 빛과 일월 표현을 중심으로 왕권담을 비교 고찰해 보았다. 특히『겐지 이야기』에 나타난 구슬玉과 日月의 빛으로 형용되는 인물과 왕권, 황권의 관계를 살펴보았다. 그리고『겐지 이야기』에서는 왕권을 상징하는 키워드인 구슬과 日月의 표현이 이야기物語의 주제를 선점하게 되는 논리를 확인할 수 있었다.

중국의 사서에 나오는 역대 제왕들의 시조신화에는 제비의 알을 삼키거나, 태양을 품에 안는 꿈을 꾸고 남아를 출산하는 기이한 일화들이 전해지고 있다. 우리나라의 시조신화에도 고구려의 시조 주몽은 동부여의 柳花가 日光을 받고 낳은 알卵에서 태어나고, 신라 시조 赫居世王도 '자줏빛 알'이 광채에 싸여 있다가 남자아이로 태어난다. 昔脫解王은 龍城國의 왕비가 낳은 알에서 태어나고, 김알지는 빛이 나는 금궤에서, 가락국의 시조들은 붉은 보자기에 싼 金合子 안에 있는 해처럼 둥근 황금 알에서 태어난다.

『겐지 이야기』에서 왕권 달성의 논리는 구슬玉, 빛光, 일월 등의 표현이 이야기의 주제를 선점하는 형태로 기술되어 있다. 자연과학적으로 생각하면 월광은 스스로 발하지 못하고 태양의 빛을 반사해서 빛나는 것이나, 『겐지 이야기』에서 왕권을 확립하는 빛光의 표현군에서는 일월을 미묘하게 구별하여 사용하고 있다. 즉 '日光'은 황권, '月光'은 왕권을 획득하는 주인공 히카루겐지나 후견인의 역할을 하게 되는 인물의 비유로 사용되고 있다. 그리고 히카루겐지의 왕권은 일월의 빛이나 구슬의 빛이 사랑의 관계를 비유하는 가운데 자연히 왕권이 확립되는 것처럼 전개되고 있었다.

『고지키』에서 일본 천황가의 시조신인 아마테라스오미카미의 신격은 여성이었다. 그런데 『만요슈』에는 천황이나 황자를 지칭하여 '하늘 높이 빛나는 태양의 아들'이라고 하는 유형적인 표현군이 나온다. 즉 일본의 왕권담에서는 시조나 천황 등 남녀 모두를 태양으로 비유하고 있으며, 일월도 남녀 구별 없이 왕권의 당위성을 상징하고 있다. 한편 한국의 경우는 율령체제가 정비되면서 '日月五嶽図'처럼 왕은 태양, 왕비는 달로 유형화 되었을 것으로 생각된다.

▌Key Words 日月, 皇権, 王権, 遺言, 夢, 虚構

겐지 이야기의 전승과 작의

제3부

꿈과 예언의 실현

발해인 관상가(『豪華源氏絵の世界 源氏物語』, 学習研究社, 1988)

겐지 이야기의 전승과 작의

제1장

고대문학에 나타난 예언과 작의

1. 서론

고대의 일본인은 인간의 운명을 판단하는 가치기준으로서 占卜을 믿고, 인간의 힘으로는 어떻게도 할 수 없는 人事에 대해서 신이나 부처의 영험을 기원한 것 같다. 특히 허구의 이야기物語에서는 占卜이 이야기의 작의가 되어, 주제의 종축을 형성하고 주인공의 운명을 결정하므로 반드시 실현되는 경우가 많다. 『겐지 이야기源氏物語』에 나타난 예언의 의의에 대해, 阿部秋生는 '특히 고대전승 이야기物語의 경우에는 거의 절대적인 위력을 발휘'[1] 하는 것이라고 지적했다. 즉 헤이안 시대의 모노가타리 문학 속에서 예언이나 꿈의 해몽, 유언 등은 필연적이며 결정적으로 실현되는 허구의 복선이 된다고 할 수 있다.

일본의 고대신화나 전설, 이야기 등에는 대륙의 고구려, 신라, 백제, 발해, 당나라 등의 관상가들이 빈번히 등장하여 황자나 귀족의 운명을 판단하는 장면이 그려져 있다. 이는 일본의 관상 설화가 이들 도래인渡来人 관상가들과 깊은 관련이 있다는 것을 말해준다. 한국의 占卜에는 자연관상점, 동식물과 기타 사물에 의한 점, 夢占, 神秘占, 人爲占, 作卦占, 觀相占 등이 행해지고 있었다고 한다[2]. 이러한 占卜은 고대 중국으로부터 전래된 이래,

---

1 阿部秋生, 『源氏物語研究序説』東大出版会, 1975. p.954

『삼국유사』 등에도 예언이나 꿈에 의해 인간의 운명을 판단하는 설화가 적지 않다. 한국의 관상 설화도 고소설에 전승되어 불교나 왕권사상과도 깊은 관련을 맺으며 이야기의 주제를 형성하는 허구의 作意로서 역할을 하는 경우가 많다.

본고에서는 일본에 건너간 도래인 관상가들을 주목하면서, 『겐지 이야기』를 중심으로 예언이 이야기 속에서 어떠한 기능을 하고 있는가를 고찰하고자 한다. 특히 『겐지 이야기』의 예언은 작품의 주제를 분석하는데 있어 반드시 집고 넘어가야 하는 문제이기 때문에 수많은 선행 연구가 있다.[3] 聖德太子와의 영향관계를 분석한 것만도 松本三枝子[4], 木船重昭[5], 堀內秀晃[6], 後藤祥子[7] 등의 연구가 있다.

이하 『겐지 이야기』에 나오는 고려인의 예언을 중심으로 도래인의 관상 설화가 어떻게 주인공 히카루겐지의 인물조형에 투영되어 있는가를 규명하고자 한다. 또한 겐지의 왕권과 영화가 실현되는 과정에서 꿈의 해몽, 별자리의 예언, 또는 기리쓰보 천황桐壺帝의 유언 등이 어떠한 역할을 하고 있는가를 등장인물의 인간관계에 주목하면서 고찰하고자 한다.

2. 渡來人 관상가들의 예언

『겐지 이야기』의 작자 무라사키시키부의 증조부인 후지와라 가네스케 藤原兼輔(877-933)에 의해 집대성된 『聖德太子傳曆』의 비다쓰敏達 12년(583) 7월조에는, 백제의 현자 達率(二品) 일라日羅가 성덕태자의 관상을 보는 기사가 나온다.

---

2 朝鮮總督府 編, 『朝鮮の占卜と豫言』 調査資料第三十七輯 1935. 3月

3 拙稿, 「光源氏の栄華と予言」, (『第十回国際に本文学研究資料館集会発表』 1986. 11月)

4 松本三枝子, 「光源氏と聖德太子」(『へいあんぶんがく』 東京大学平安文学研究會, 1976. 7月)

5 木船重昭, 「『源氏物語』高麗人の觀相と構想・思想」, (『日本文学』 日本文学協會, 1973. 10月)

6 堀內秀晃, 「光源氏と聖德太子信仰」, (『講座源氏物語の世界』 第二集, 有斐閣, 1980)

7 後藤祥子, 「叛逆の系譜」(『源氏物語の史的空間』 東京大学出版會, 1986)

태자가 몰래 황자와 상의하여 미복을 입고, 여러 동자를 따라 난파관에 들어가 보셨다. 일라는 상에 있었는데, 주위의 사람들을 바라보았다. 태자를 가리키며 말하기를, '저 동자는 바로 신인이다.'라고 했다. 이 때 태자는 누더기를 걸치고, 얼굴을 더럽게 하고, 새끼줄을 허리에 매고, 마부의 아이와 어깨를 나란히 하고 계셨다. 일라가 사람을 보내 들어오게 했다. 태자는 놀라 자리를 피했다. 일라는 요배했다. (중략) 태자는 사양하다가 바로 일라의 방에 들어가셨다. 일라가 무릎을 꿇고 손바닥을 합장하여 말하기를, '경례구세관음대보살 전등동방속산왕 운운'이라 말했다. 다른 사람들은 이를 듣지 못했다. 태자가 얼굴을 고치고 허리를 굽혀 용서를 빌었다. 일라는 몸에서 크게 빛을 발하고, 불이 세차게 타는 듯 했다. 태자도 미간에서 빛을 발했다. 일광이 나뭇가지와 같았다. 잠시 동안 그러다가 멈추었다.

太子密かに皇子と諮し微服を御いて、諸の童子に従って館に入りて見えたまう。日羅床に在りて、四の観る者を望む。太子を指して曰く、「那る童子や、是れ神人なり」と。時に太子、麁布の衣を服たまい、面を垢し、縄を帯びて、馬飼の児と肩を連ねて居たまう。日羅人を遺して、指して引かせまつるに。太子驚きて去りたまう。日羅遥に拝し。 (中略) 太子辞讓して直ちに日羅の坊に入りたまう。日羅地に跪きて、掌を合せ白して曰さく、「敬礼救世観音大菩薩　伝灯東方粟散王、云云」と。人聞くことを得ず。太子容を修め、折磬して謝したまう。日羅大いに身光を放てば、火の熾んなる炎の如し。太子眉間より光を放ちたまへば、日の暉の枝の如し。須臾あって即ち止んぬ。[8]

聖德太子(574-622)는 백제의 사신으로 日羅라고 하는 용한 관상가가 難波館에 와 있다는 이야기를 듣고, 신하를 따라가 보려했으나 천황이 이를 허락하지 않았다. 이에 태자는 허술하게 차려입어 신분을 감추고 難波館에 갔는데, 日羅는 누더기를 걸치고 마부의 아이와 함께 있는 태자를 한눈에 알아보고 합장했다는 것이다. 이는 대자의 자질을 강조하는 문맥임과 동시에 불교를 숭배하게 되는 태자의 미래상을 표현한 것이라 할 수 있

8 山口常順 他編, 「聖德太子伝暦」(『聖德太子・南部仏教集』玉川大学出版部, 1972) p.27. 『聖德太子傳暦』卷上(「續群書類從」第八輯上, 1983). 이하『聖德太子傳暦』의 인용은 같은 책의 페이지를 표기함.

다. 또한 관상을 본 후에 日羅와 태자가 몸과 미간에서 각각 빛을 발했다는 것은 두 사람 모두 성인임을 나타내고 있다. 이 일라의 관상 설화는『겐지 이야기』의 桐壺卷에서 고려인이 겐지의 관상을 보는 장면과 흡사하여, 성덕태자의 이미지가 히카루겐지에 투영된 것으로 파악할 수 있다.

『聖德太子傳曆』의 스쥰崇峻 천황 5년(591) 4월에는 백제로부터 阿佐王子가 사신으로 가서 성덕태자의 얼굴을 보고, 또 좌우의 手相과 足相을 보는 상황이 자세히 기술되어 있다. 그리고 阿佐王子가 성덕태자에게 '敬禮救世大慈、觀音菩薩、妙教流通、東方日國、四十九歲、傳燈演說大慈大悲敬禮菩薩'(p.16)이라 말하는 동안, 성덕태자의 미간에서는 白光을 발했다고 한다. 이와 같은 성덕태자의 瑞相과 관련한 관상 설화는『三宝絵』(984)나『곤자쿠 이야기집』권제11 등에도 거의 같은 내용이 전승되고 있다. 즉 이러한 관상 설화는 모두 불법을 널리 전파한 성덕태자의 활약을 그린 것이라 할 수 있다.

『가이후소懷風藻』(751)의 「淡海朝大友皇子」 전기에는, 당나라의 사신인 유덕고劉德高가 오토모 황자大友皇子의 관상을 보는 기사가 나온다. 劉德高는 오토모 황자를 보고 의아하게 생각하여, '이 황자의 풍골이 보통 사람과 달라, 실로 이 나라에 맞지 않는다. 此の皇子、風骨世間の人に似ず、實に此の國の分に非ず'[9]라고 예언했다. 그런데 오토모 황자는 23살에 동궁이 되었으나, 다음 해에 임신난(672)으로 천명을 다하지 못하고 자살하게 되는 비운의 황자였다. 즉 비범한 자질이 있다는 오토모 황자의 관상은 비극적인 형태로 실현된 것이라 생각할 수 있다.

同書의 「大津皇子」의 항목에는 신라승 行心이 오쓰 황자大津皇子의 관상을 보는 기사가 실려 있다.

그때 신라승 행심이라고 하는 사람이 있었다. 천문복서를 알았다. 황자에게 말하기를, '태자의 골법이 신하의 상이 아닙니다. 이러한 관상이라 오랫동안 아래의 지위에 있으면 아마도 몸을 보전하기 어려울 것입니다.'라고 했다.

---

9 小島憲之 校注,『懷風藻』(「日本古典文学大系」岩波書店, 1964) p.68. 이하『懷風藻』의 인용은 같은 책의 페이지를 표기함.

이에 역모가 진행되었다.

時に新羅僧行心といふもの有り、天文卜筮を解る。皇子に詔げて曰はく、「太子
の骨法、是れ人臣の相にあらず、此れを以ちて久しく下位に在らば、恐るらくは
身を全くせざらむ」といふ。因りて逆謀を進む。   (p.74)

오쓰 황자는 덴무天武 천황의 장자로서 어렸을 때부터 문무에 능하고, '성격이 대단히 방탕하여 법도에 구애받지 않는' 인물이었다고 기술되어 있다. 이러한 성격은 이후『이세 이야기』의 주인공인 在原業平나『헤이주 이야기』의 다이라노 사다분平貞文과 같은 '이로고노미色好み'의 특징이 되기도 하다. 이 때 천문과 占卜에 능통한 新羅僧인 행심은 오쓰 황자의 자질을 뚫어보고 '신하의 상이 아닙니다.'라고 예언한 것이다.『懷風藻』에서는 오쓰 황자가 모반의 죄를 짓고, 결국 死罪에 이른 것은 행심의 간계에 의한 것이라고 평하고 있으나, 오쓰 황자가 신하의 상이 아니라고 한 행심의 관상은 비극적으로 실현된 셈이다.

14세기 중엽의『겐지 이야기』주석서인『가카이쇼河海抄』에는『三代實錄』을 인용하여 히카루겐지의 준거로서 고고光孝 천황(884-887)과 미나모토 다카아키라源高明(914-982)의 관상 설화를 제시하고 있다. 그리고『三代實錄』권제45에 의하면, 고고 천황은 도키야스時康 황자였던 어린 시절부터 총명하여 경전과 사기를 잘 읽고, 용모가 수려하고, 풍류의 성격이었다고 한다. 嘉祥 2年(849)의 조에는, 발해국의 대사 王文矩가 도키야스 황자의 관상을 보는 기사가 기술되어 있다.

가쇼 2년 발해국이 입조했다. 대사 왕문구가 바라보았다. 도키야스는 여러
황자의 가운데 앉아 있다가 일어나 인사했다. 가까운 사람에게 말하기를 이
공자에게 귀한의 상이 있다. 이 분은 반드시 천위에 오를 것이다.

嘉祥二年、渤海国入覲。大使王文矩望見、天皇在諸親王中拝起之儀。謂所
親曰。此公子有至貴之相。其登天位必矣。[10]

___

10 黒板勝美 編,『日本三代実録』後編 巻第四十五、吉川弘文館 1989. p.549.

왕문구는 많은 황자들이 있는 가운데 19세인 도키야스時康 황자을 보고, 반드시 天位에 오를 것이라고 가까운 사람들에게 말했다는 것이다. 도키야스 황자는 왕문구가 관상을 본지 35년이나 지나서, 54세의 高齡이 되어서야 光孝天皇으로 卽位하게 되었다. 즉 왕문구의 관상은 35년간이나 유효하다가 결국 실현된 셈이다. 이 觀相說話는 『겐지 이야기』에 있는 고려인의 예언만큼 복잡하지는 않지만, 예언은 반드시 실현된다라는 당위성을 이야기하고 있는 것이라 생각된다.

『河海抄』에는 다이고醍醐 천황의 아들인 西宮左大臣 源高明(914-982)의 관상 설화가 소개되어 있다.

> 혹기에 서궁 좌대신이 천황의 행차를 수행하시는 것을, 도모노 벳토 렌페이라고 하는 관상가가 보고, 이렇게 수려한 용모의 사람을 아직 보지 못했다고 칭송했다. 또한 뒷모습을 보고는, 등에 고상이 있어 아마도 유배를 가게 될 것이라고 말했다.
>
> 或記西宮左大臣行幸供奉し給けるを伴別當廉平といふ相人みて容兒人にすくれ給へりいまたかゝるいみしき人をみすとほめ申けるかうしろをみて背に苦相ありおそらくは赴讁所給へしといひけり。[11]

미나모토 다카아키라源高明는 969년 다자이후太宰府로 좌천된다. 도모노 렌페이는 다카아키라의 서상瑞相과 흉상의 양면을 보고, 나중에 유배를 가는 일까지 예언한 것이다. 렌페이가 다카아키라의 두 가지 면의 관상을 모두 파악하고 예언했다는 것은 『겐지 이야기』에 나오는 고려인의 예언과 유사하다고 할 수 있다. 『河海抄』는 계속해서 '고려인의 예언에서도 히카루겐지를 국란이 일어날지도 모른다고 한 관상과 닮은 것인가.'라고 부언하고, 須磨巻까지의 이야기에서 히카루겐지의 운명이 미나모토 다카아키라와 닮았다는 점을 지적하고 있다.

『오카가미大鏡』의 道長下(雜雜物語)에는 고려의 관상가가 섭관가의 자식들을 보고 예언하는 기사가 실려 있다. 즉 고려의 관상가가 시게키繁樹

---

11 玉上琢弥 編,『紫明抄・河海抄』角川書店, 1978. p.206.

부부의 장수를 예언하고 있을 때, 우연히 그곳에 있던 후지와라 모토쓰네
藤原基經(836-891)의 자식들인 도키히라時平, 나카히라仲平, 다다히라忠平, 다
다히라의 아들 사네요리實賴의 관상을 본다는 것이다. 時平(871-909)에 대
해서는 '용모가 수려하고 성정이 뛰어나 일본에서는 있기 어렵다. 일본의
주석이 되고도 남음직하다.御かたちすぐれ、心魂すぐれ賢うて、日本にはあまらせたまへ
り。日本のかためと用ゐむにあまらせたまへり'[12]라고 했다. 즉 뛰어난 용모와 조정의
'중신'이 될만한 자질을 겸비하고 있다고 예언했다. 그리고 忠平(880-949)
에 대해서는 '아아, 일본국의 주석이로다. 오랫동안 세상을 이어서 가문의
이름을 드높일 사람은 바로 이 분이로다.あはれ、日本国のかためや。ながく世をつぎ
門ひらくこと、ただこの殿'(p.411)라고 예언했다고 한다. 이들에 대한 고려인의
관상은 대체로 거의 틀림없이 실현되어, 후지와라藤原 씨가 영화를 누리게
되는 예언이 되었다고 할 수 있다.
　『大鏡』에는 다다히라忠平의 아들인 사네요리(900-970)에 대한 고려인
의 관상을 기술하고 있는데, 이는『聖德太子傳曆』의 관상 설화나『겐지
이야기』에 나오는 고려인의 예언과도 장면설정이 매우 유사하다.

　　특히 초라한 모습으로 신분이 낮은 사람들 사이에 끼어서 멀리 계셨는데, 많
　　은 사람들 가운데 사네요리를 올려다보시고는 손가락으로 가리키며 말씀드
　　렸기에, 무슨 일이었는가 하고 생각했는데 나중에 들으니 '귀한 신분이야'하
　　고 말씀드렸다는 것이야.
　　ことさらにあやしき姿をつくりて、下臈の中に遠く居させたまへりしを、多かりし人
　　の中より、のびあがり見たてまつりて、指をさしてものを申ししかば、何事ならむと
　　思ひたまへりしを、後にうけたまはりしかば、「貴臣よ」と申しけるなりけり。(p.411)

　사네요리는 허술한 모습으로 신분을 숨기고, 지위가 낮은 사람들과 함
께 멀리 떨어져 앉아 있었는데도 불구하고, 고려의 관상가는 그의 신분을
쉽게 간파한 것이다. 관상 설화에서 이러한 전형적인 장면설정은 성덕태

12　橘健二 他校注,『大鏡』(「新編日本古典文学全集」小学館, 1996) p.411. 이하『大鏡』
　　의 본문 인용은 같은 책의 페이지를 표기함.

자가 일라를 만나는 장면이나, 『겐지 이야기』에서 히카루겐지가 고려인을
만나는 상황과도 대단히 유사하다. 성덕태자의 경우는 '허름한 베옷을 입
고, 얼굴에 때가 끼어 있으며, 새끼줄을 허리띠로 매고, 마부의 아이'와 함
께 있었다고 되어 있다. 또한 히카루겐지의 경우는 아버지인 기리쓰보 천
황이 '후견으로 되어 있는 우대변의 아이'인 것처럼 관상가를 만나게 했다
고 되어 있다. 그러나 현명한 대륙의 관상가들은 금방 황자들의 관상을 간
파해 버린다. 또한 관상의 내용을 들은 의뢰인들은 고려의 관상가들을 한
결같이 '정말로 현명하도다.まことにかしこかりけり'[13](桐壺①41)라든지, '대단
히 신통하다.なほいみじかりけり'(『大鏡』p.412)라며 칭송하고 있다.

『古事談』(1215년경) 권6의 48화에는 '어떤 관상가가 醍醐帝, 保明親王,
時平, 道真, 忠平 등을 예언한 일'이 실려 있다. 특히 다다히라忠平에 대해
서, '그는 재능, 심지, 용모 모두가 조정에 적합하다. 틀림없이 오랫동안 조
정에 출사할 것이다.'[14]라고 예언했다. 이것은 『大鏡』에서 일본국의 '주석'
이 될 것이라고 예언한 고려인의 관상을 상기시킨다. 이때 다다히라는 아
직 낮은 신분이었으나, 후에 섭정관백이 되어서 영화의 정점에 오르면서
고려인의 예언이 실현된다.

고대사나 모노가타리에 등장하는 도래인 관상가들은 고귀한 신분의 피
관상자들이 아무리 그 신분을 감추어도, 비범한 재능이나 자질을 한눈에
알아차려 버리는 것으로 묘사된다. 그리고 피관상자의 인생이 우여곡절을
겪어도, 결국에는 예언대로 실현된다는 것이 관상 설화의 논리라고 할 수
있다. 또한 고대문학에 있어서 점복에 의한 예언은 정치적인 판단보다도
우선하는 경우도 있었으며, 이야기物語의 주제와 주인공의 운명이 예언에
의해 그 모티프가 결정되는 경우가 많다. 특히 허구의 이야기나 설화 등의
세계에서 예언이 주인공의 일생과 인간관계를 주박하거나 주제를 선점하
게 되는 것은 유형화된 일본 고전문학의 특징이라 할 수 있을 것이다.

---

13 阿部秋生 他校注, 『源氏物語』1 (『新編日本古典文学全集』 小学館, 1994) p.41. 이하
　　『源氏物語』의 본문 인용은 『新編全集』의 巻冊, 페이지를 표기함.
14 小林保治 校注, 『古事談』下　現代思想社, 1981. p.170

3. 高麗人의 예언

『겐지 이야기』의 桐壺卷에 등장하는 '高麗人'에 대해서 문자 그대로 고려인이라는 설[15]이 있지만, 일반적으로 渤海人이라고 해석하는 것이 통설로 되어 있다[16]. 예를 들면 『續日本紀』 天平宝字 3년(759) 1월 3일의 기사[17]나, 宝龜 3年(772) 2월 28일[18] 등의 기사에 의하면 발해와 일본에서 모두 '高麗國'으로 불렸다는 것을 알 수 있다. 즉 '高麗'는 발해의 정식 국호이기도 했던 것이다.

또한 『우쓰호 이야기』俊蔭卷의 서두에는 '(도시카게가) 7세가 되는 해, 아버지가 고려인과 만나는데, 이 일곱 살이 되는 아이가 아버지를 제치고 고려인과 한시를 증답했기 때문에, 七歳になる年、父が高麗人にあふに、この七歳になる子、父をもどきて、高麗人と詩を作り交はしければ'[19]라고 하는 기사가 나온다. 도시카게는 어린 나이에 式部省의 진사에 합격하여 견당사로 파견되었다가, 波斯國에 표류하여 선인으로부터 칠현금의 비곡을 배워 귀국한다. 일본의 견당사는 894년에 폐지되고, 渤海는 926년에 契丹에 의해 멸망하기 때문에, 『우쓰호 이야기』의 고려인은 결코 고려(918-1392)시대의 고려인이 될 수가 없고 발해국의 사람인 것이다.

『겐지 이야기』의 桐壺卷에도 고려인의 관상이 끝난 후에 히카루겐지가 고려인과 한시를 증답하는 장면에는 도시카게의 자질이 그대로 히카루겐지에 투영된 것으로 볼 수 있다. 즉 『겐지 이야기』의 桐壺卷에서 히카루겐지의 운명을 예언하는 고려인은 발해국에서 국사로 파견된 관상가였던 것이다. 그리고 桐壺卷에는 우다宇多 천황의 「寬平御遺誡」[20]가 인용되어 있는

---

15 山中裕,「源氏物語の歴史意識」(『平安漢文学の史的研究』吉川弘文館 1978)
16 『河海抄』,『源氏物語玉の小櫛』등의 고주석 이래로 通説.
17 「高麗使楊承慶等貢方物奏日、高麗國王大欽茂言」(『續日本紀』「新訂增補國史大系」吉川弘文館) p.259
18 「賜渤海王書云、天皇敬問高麗國王」(上同 p.401)
19 中野幸一 校注,『うつほ保物語』1 (『新編日本古典文学全集』小学館, 2004) p.19. 이하 『うつほ物語』의 본문 인용은 『新編全集』의 巻冊, 페이지를 표기함.
20 山岸德平 他校注,『古代政治社會思想』(『日本思想大系』8 岩波書店, 1979) p.105.
「外藩の人必ずしも召し見るべき者は、簾中にありて見よ。直に対ふべからざらくの

데, 이는 宇多天皇이 寬平九年(897)에 어린 醍醐天皇(897-930)에게 보위를 물러줄 적에, 궁중에서 외국인을 만날 때에는 발을 치고 만나고, 직접 대면하지는 말 것을 경계한 내용이다. 즉『겐지 이야기』의 작자는 이야기 物語의 시대설정을 자연히 延喜(901-922) 무렵으로 하여, 은연중에 桐壺卷에 등장하는 고려인은 발해인이라는 사실을 확인하고 있는 셈이다.

근세의 本居宣長는『源氏物語玉の小櫛』에서 '엔기 무렵에 온 사람들은, 모두 발해국의 사신으로 고려는 아니지만, 발해도 고구려의 일족이니까, 일본에서는 원래 말하던 대로 고려라고 한 것이다.'[21]라고 지적했다. 즉 901년 무렵이라면 발해가 망하기 20여년 전으로, 공적인 사절로서 鴻臚館에 묵고 있었던 桐壺卷의 고려인은 발해국 사람임에 틀림이 없다고 할 수 있을 것이다.

『겐지 이야기』의 桐壺卷에 있는 고려인의 예언은, 기리쓰보 천황桐壺帝의 둘째 아들로 태어난 히카루겐지가 초인적인 미모와 학문 예술의 능력에도 불구하고 외척의 후견이 없는 탓으로 親王의 선지도 내리지 않았을 무렵, 다음과 같은 장면설정 아래서 관상이 이루어진다.

그 무렵 고려인이 와 있는 가운데 뛰어난 관상가가 있다는 것을 들으시고, 궁중에서 접견하는 것은 우다 천황의 훈계가 있었기 때문에, 대단히 은밀하게 이 황자를 홍려관으로 보내셨다. 후견인인 우대변의 아들인 것처럼 해서 데려가자, 관상가는 놀라서 몇 번이고 고개를 갸우퉁거리며 의아해 했다. 관상가는 '나라의 어버이가 되어 제왕이라는 무상의 지위에 올라야 할 분인데, 그렇게 보면 국란이 일어날지도 모르겠다. 조정의 주석이 되어 천하의 정치를 보좌할 사람으로 보면 또한 그렇지 않은 것 같다.'라고 말했다.

そのころ、高麗人の参れる中に、かしこき相人ありけるを聞こしめして、宮の内に召さむことは宇多帝の御誡あれば、いみじう忍びてこの皇子を鴻臚館に遣はしたり。御後見だちて仕うまつる右大辯の子のやうに思はせて率てたてまつるに、相人おどろきて、あまたたび傾きあやしぶ。(相人)「国の親となりて、帝王の上なき

み。李環、朕すでに失てり。新君慎め。」

21 大野晋 編,『本居宣長全集』第四卷, 筑摩書房, 1981. p.327.

位にのぼるべき相おはします人の、そなたにて見れば、乱れ憂ふることやあらむ。朝廷のかためとなりて、天の下を輔くる方にて見れば、またその相違ふべし」と言ふ。

(桐壷①39-40)

　　우다 천황宇多帝의 유훈이 있었기에 궁중에서 외국의 사신을 직접 대면할 수가 없기 때문에, 기리쓰보 천황은 히카루겐지의 신분을 감추고 홍려관으로 보낸 것이다. 그러나『聖德太子傳曆』에서 日羅가 난파관難波館에 온 태자의 신분을 한눈에 간파했듯이, 발해의 관상가는 우대변이 은밀히 데리고 온 히카루겐지가 우대변의 아이가 아니라는 것쯤은 금방 알아차려 버린다. 그리고 발해의 관상가는 히카루겐지의 초인적인 용모와 자질에 감동하고 신기해하면서, 히카루겐지가 영화와 왕권을 획득하게 될 무한의 가능성을 예언한 것이었다. 여기서 관상가가 의아해한 것은 황자가 우대변의 아들이라고는 도저히 생각할 수 없을 정도로 특수한 관상이었을 뿐만 아니라, 그 관상이 복잡하고 난해한 까닭에 고심했기 때문일 것이다.

　　『聖德太子傳曆』의 日羅나,『懷風藻』의 당나라 사신인 劉德高, 신라 승려 行心, 渤海國의 대사 王文矩 등의 관상가들은 각각 훌륭하고 긍정적인 관상을 간파하고 있다. 그런데『河海抄』의 西宮左大臣 源高明의 관상은 전후반에서 각각 瑞相과 凶相을 예언했다. 그리고『겐지 이야기』의 고려인의 예언도 전반과 후반이 두개의 조건절, '그렇게 보면そなたにて見れば'에 의해서 부정되는 문맥으로 구성되어 있다. 이는 히카루겐지의 운명이 관상의 이면에 감추어져 있는 영화와 왕권의 가능성을 예언한 것이라 생각된다. 즉 고려인의 예언에서는 구체적인 내용보다는 그 가능성만을 이야기하고 있는데, 이러한 표현은 조화를 강조하는『겐지 이야기』의 미의식이라 할 수 있을 것이다.

　　기리쓰보 천황은 예언의 전반이 자신의 정치적 판단과 일치하고 있고, 예언의 후반에서는 히카루겐지가 조정의 주석이 되더라도 신하로 끝나는 상은 아니라 했기 때문에 히카루겐지를 신하의 신분으로 내리는 신적강하를 결심했을 것이다. 즉 예언의 전반에서 말한 '나라의 어버이가 되어 제왕이라는 무상의 지위에 올라야 할' 관상을 포기하면, '국란이 일어날' 부분은 해소될 것으로 받아들였을 것이다. 즉 전반은 겐지가 즉위하지 않았기

때문에 자연히 소멸되었고, 스마에 퇴거한 것은 若紫卷의 꿈의 해몽에서 이야기한 레이제이 천황의 즉위를 위한 새로운 모노가타리의 구상이었다. 또한 『겐지 이야기』 제3부 匂宮卷의 후일담에서, '그런 무서운 소동이 일어나려고 한 사태도 결국은 무사히 지내시고つひにさるいみじき世の乱れも出で来ぬべかりしことをも事なく過ぐしたまひて'(⑤26)라고 하여, 겐지가 온건한 성격이라 모든 것을 잘 이겨냈다는 것을 이야기하고 있다.

기리쓰보 천황이 히카루겐지를 신하의 신분으로 내리는 과정은 ① 천황 자신의 일본식 관상, ② 고려인 관상가의 예언, ③ 정치적 판단, ④ 宿曜[22]의 명인에 의한 판단이라는 네 단계의 판단 자료를 근거로 결단을 내리고 있다. 즉 기리쓰보 천황은 네 차례나 확인을 할 정도로 주의 깊게 히카루겐지의 사성 겐지賜姓源氏를 결심한 셈인데, 물론 결정적인 역할을 한 것은 고려인 관상가의 예언이다. 그런데 『겐지 이야기』의 본문에서 고려인의 예언만을 기술한 것은 선진 이국의 관상을 가장 권위 있는 것으로 생각했기 때문일 것이다.

기리쓰보 천황의 결단은 단순히 예언을 따랐다기보다도 시대의 상황을 정확하게 인식한 판단이며, 히카루겐지의 운명에 대한 커다란 가능성을 믿고 그것이 최대한 열리는 길을 택한 것으로 볼 수 있다. 즉 관상가의 예언을 들은 기리쓰보 천황이 '또한 그렇지 않은 것 같다.'라고 하는 가능성에 기대를 걸었다는 점에 주목하면 예언의 진의도 명확해질 것이라고 생각한다. 예언의 내용을 둘러싸고 고주석이래 여러 연구자에 의한 제해석이 있으나 대체로 전후반의 어느 한쪽을 가지고 전체로 해석하고 있다. 그러나 예언의 진의는 고려인의 관상에서 표면에는 나타나 있지 않은 히카루겐지의 무한한 영화와 왕권의 가능성을 말한 것이라고 생각된다.

고려인의 예언은 히카루겐지의 운명의 범위만을 막연히 암시하고 있으며, 구체적으로는 아무런 언급도 하지 않았다. 히카루겐지가 살아가야 할 운명이 예언의 전반과 후반이 일체가 되어 표현되어 있는 것이다. 히카루

---

22 印度에서 유래한 天文曆学으로 별의 운행을 사람의 운명과 연결하여 吉凶을 점침. 일본에는 불교와 함께 전해져서 平安中期 이후 널리 유포됨. 七曜, 十二宮, 二十八宿의 별자리로 一生의 운명과 吉凶을 아는 방법을 적은 宿曜經을 經典으로 하고 있음.

겐지의 운명의 실체, 신하 이상의 지위가 무엇인가 하는 것은 의문과 호기
심을 가지고 모노가타리를 읽어나가는 동안에 그 의미가 차츰 밝혀지는
것이다. 즉 고려인의 예언은 若紫卷의 꿈 해몽夢占이나 澪標卷의 숙요宿曜의
예언에 의해 구체화되어, 藤裏葉卷에서 히카루겐지가 准太上天皇이 되고,
레이제이 천황冷泉帝, 스자쿠인과 함께 동렬에 앉는 것으로 실현된다고 할
수 있다.

桐壺卷의 예언은 수수께끼도 아니고 고려인 관상가가 이해를 하지 못한
채 그렇게 말한 것도 아니었다. 히카루겐지의 얼굴에 나타난 관상을 있는
그대로 말한 것이었다. 발해 사람인 관상가가 准太上天皇에 관해 알고 있
었는지 어떤지에 관계없이 예언의 내용과 准太上天皇을 직결시켜 버리면,
독자가 『겐지 이야기』를 읽을 흥미가 반감될 것이다. 왜냐하면 예언은 작
자가 구상한 모노가타리의 복선이므로, 准太上天皇도 예언의 범위 내에
들어있기는 하지만 직결시킬 수는 없는 것이다. 즉 고려인의 예언의 진의
는 전 후반을 포함하여 히카루겐지의 운명의 범위와 영화의 가능성을 말
하고 있는 것으로 생각된다.

그리고 桐壺卷의 끝에서 '빛나는 황자光る君'(①50)라는 이름은 고려인
이 붙인 것으로 되어있다. 그러나 이 명명 설화보다도 먼저 세상 사람들이
히카루겐지를 '빛나는 황자', 그리고 후지쓰보를 '빛나는 태양과 같은 중
궁'(①44)이라 칭송했다고 되어있다. 이 '빛나는'이란 표현은 聖德太子가
미간에서 발했다는 빛과도 조응되며, 왕권을 상징하는 빛으로 해석할 수
있다.

若紫卷에서 겐지는 기타야마北山의 고승에게 학질의 치료를 받고 완쾌
한 뒤에 고승, 승도와 함께 석별의 노래를 창화한다. 승도는 겐지에게 '우
담화의 꽃을 기다려 본 듯한 기분이 들어 심산의 벚꽃에는 눈도 가지 않는
다.優曇華の花待ち得たる心地して深山桜に目こそうつらね'라고 읊었고, 고승은 '심산의
소나무 문을 오랜만에 열어, 아직 본적도 없는 꽃을 본 듯합니다.奧山の松のと
ぼそをまれにあけてまだ見ぬ花のかほを見るかな'(①221)라고 읊었다. 이러한 승도와
고승의 노래는 천축에서 삼천 년에 한번 핀다고 하는 우담화의 꽃처럼 겐
지의 용모가 보기 드문 미모이라는 점을 찬미하고 있는 것이다.

그리고 고승은 겐지에게 독고独鈷를 부적으로 헌상하고, 승도는 성덕태

자가 백제로부터 입수해 두었던, 옥으로 장식된 금강자의 염주를 주었다. 여기서도 성덕태자가 가졌던 '금강자의 염주'가 겐지의 손에 들어갔다는 것은, 성덕태자의 이미지가 히카루겐지 위에 오버랩 되어 있다고 할 수 있다. 또한 승도는 北山에서 귀경하는 히카루겐지를 보며, '아아, 무슨 인연으로 이러한 모습인데도 불구하고, 이 번거로운 일본의 말세에 태어나셨을까.ぁはれ、何の契りにて、かかる御さまながら、いとむつかしき日本の末の世に生まれたまへらむ'(①234)라고 하며 눈물을 흘렸다. 이러한 표현도 성덕태자와 같은 왕권의 '빛'이 히카루겐지에 투영된 것으로 볼 수 있다. 松本三枝子는 '성덕태자상이 태양의 황자 신앙이라고 하는 공통의 기반으로, 불교의 영향을 받아 형성되었다.'[23]라고 하며, 고려인의 예언에 日羅의 예언이 투영되어 있다는 점을 지적하고 있다. 즉 히카루겐지의 인물조형에는 불교를 숭배한 성덕태자의 이미지가 투영되어 두 가지 예언이 공통의 기반을 형성하고 있다고 할 수 있을 것이다.

다음은 賢木卷에서 기리쓰보인이 高麗人의 예언을 상기하며 스자쿠 천황에게 겐지를 중용하라는 유언을 하는 대목이다.

> 반드시 세상을 다스릴 수 있는 관상입니다. 그래서 나는 번거로운 일이 발생할 것을 우려해서 황자로도 두지 않고 신하로서 조정의 후견으로 만들려고 생각했던 것입니다. 그 의도를 헛되이 하지마세요.
> かならず世の中たもつべき相ある人なり。さるによりて、わづらはしさに、親王にもなさず、ただ人にて、朝廷の御後見をせさせむ、と思ひたまへしなり。その心違へさせたまふな。
> (賢木②96)

기리쓰보인은 히카루겐지가 '반드시 세상을 다스릴 수 있는 관상'이었기 때문에 신적강하를 시켜 조정의 후견으로 만들었다고 했다. 스자쿠 천황도 기리쓰보인의 유언을 듣고, '결코 유언을 위배하지 않겠다.'고 되풀이해서 약속한다. 그러나 기리쓰보인이 죽자, 그 약속은 지켜지지 않게 되고,

---

23 松本三枝子, 「光源氏と聖徳太子」(『へいあんぶんがく』東京大学平安文学硏究會, 1976. 7月), p.29

스자쿠 천황은 히카루겐지가 스마須磨로 퇴거하는 것을 막지하지 못한다.

그러나 고려인의 예언과 같은 맥락인 기리쓰보인의 유언이 무위로 끝날 수는 없었던 것이다. 明石巻에서 스자쿠 천황의 꿈에 나타난 고 기리쓰보인이 눈을 쏘아 본 탓으로, 스자쿠 천황은 안질을 앓게 된다. 그러자 스자쿠 천황은 어머니 고키덴 대후의 반대도 무릅쓰고, 히카루겐지를 도읍으로 소환하는 선지를 내린다. 결국 기리쓰보인은 임종의 순간까지도 고려인이 남긴 예언의 가능성을 믿어 의심치 않았고, 예언과 같은 취지의 유언을 남겨 반드시 예언이 지켜지게 했던 것이다. 즉『겐지 이야기』에서 히카루겐지의 운명이 고려인의 예언대로 실현되는 것이야말로 모노가타리의 논리였던 것이다.

4. 예언과 光源氏의 운명

고려인의 관상에 히카루겐지의 운명이 예언되었지만 영화의 가능성일 뿐 구체적인 내용이나 실현과정에 대해서는 아무것도 언급되어 있지 않다. 그런데 히카루겐지는 그 이름처럼 영화의 주인공으로 등장하여 많은 여성들과의 연애를 체험하게 된다. 특히 죽은 어머니와 얼굴 모습이 닮았다고 하는 후지쓰보가 기리쓰보 천황의 후궁으로 입궐하자 자연스럽게 사모하게 되고 결국에는 밀통을 하기에 이른다.

若紫巻의 해몽에 의해 그 심층이 드러나는 후지쓰보와의 밀통사건은 아이러니하게도 히카루겐지가 영화와 왕권을 획득하게 되는 원천이 된다. 이 꿈의 해몽은 고려인 관상가의 예언에 포함되기는 하지만 직접 그 연장선상에 있다기보다 운명 이야기의 원천이 되는 후지쓰보 사건의 전망을 예언한 것이었다. 즉 후지쓰보 사건은 히카루겐지의 운명 이야기를 진행시키는 기본원리가 되어 저변을 흐르는 가장 굵은 선을 이루게 되는 진원지인 것이다.

若紫巻에서 히카루겐지는 후지쓰보가 친정에 나와 있는 틈을 타서 밀통을 하고 와카를 증답한다. 히카루겐지와 후지쓰보의 와카는 '꿈 속'과 '깨지 않는 꿈' 등의 언어표현으로 고뇌에 가득찬 두 사람의 관계를 암시하고 있는 듯하다. 겐지와 후지쓰보는 더 이상의 밀통은 지속할 수 없게 되지만, 밀통에 의한 후지쓰보의 회임과 불의의 황자 레이제이 천황冷泉帝를 출산함으로써 더욱 죄의 두려움에 고뇌하게 된다.

후지쓰보가 회임 3개월이 되어, 천황에게도 그 사실을 주상했을 무렵에 히카루겐지는 이상한 꿈을 꾸게 된다. 若紫卷의 이 꿈은 후지쓰보가 회임하게 되었다는 전조였던 것이다.

> 중장(겐지)도 무섭고 이상한 꿈을 꾸셔서, 해몽하는 사람을 불러서 물으시자, 전혀 생각지도 못한 것(겐지가 천황의 아버지가 된다는)을 해몽한 것이었다. 그리고 해몽가는 '그 운세에 액운이 끼어 있어 근신해야 할 일이 있습니다.'라고 말하자, 겐지는 번거롭게 생각하셔서, "이것은 자신의 꿈이 아니야, 남의 꿈을 이야기한 것이야. 이 꿈이 실현될 때까지 아무한테도 발설하지 말라."라고 말씀하시고, 마음속으로는 어찌된 일일까 하고 생각하고 있는 차에 후지쓰보가 회임하셨다는 이야기를 듣고, 어쩌면 꿈의 내용이 이 일과 연관이 있나 하고 생각하시는데,
>
> 中将の君も、おどろおどろしうさま異なる夢を見たまひて、合はする者を召して問はせたまへば、及びなう思しもかけぬ筋のことを合はせけり。〈占者〉「その中に違ひ目ありて、つつしませたまふべきことなむはべる」と言ふに、わづらはしくおぼえて、〈源氏〉「みづからの夢にはあらず、人の御ことを語るなり。この夢合ふまで、また人にまねぶな」とのたまひて、心の中には、いかなることならむと思しわたるに、この女宮の御こと聞きたまひて、もしさるやうもやと思しあはせたまふに、
>
> (若紫①233-234)

해몽의 내용 자체는 아주 명확하지만 겐지 자신이 직접 받은 예언으로서의 의의는 대단히 크다. 고려 관상가의 예언이 운명의 범위, 가능성을 말하고 있는데 비해 해몽은 보다 현실적으로 구체성을 띠고 의뢰자 본인에게 직접 전해진 예언이다. 해몽가에 의하면 겐지 자신이 천황의 아버지가 되는 것과 그를 위해서는 '액운違ひ目'이 있어 근신하지 않으면 안 될 일이 있다는 것이다. 겐지는 서몽이 누설되는 것을 방지하기 위해 자신의 꿈이 아니라고 말하고 해몽가에게 함구령을 내린다.

清水好子는 이 후지쓰보 사건의 의미를, '현세의 인생밖에 가지지 않은 사람에게는 쉬이 이해되지 않는 윤리의 문제를 넘는 힘을 믿고 있던 사람들의 이야기이다.'[24]라고 지적했다. 그리고 해몽을 설정한 의도는 겐지와 父帝의 后가 밀통하여 회임했다고 하는 윤리의 벽을 뛰어넘는 운명 이야기의 주인공을 조형하기 위한 것이라고 지적했다. 또한 후지쓰보도 '꿈에도 생각하지 못했던 인연을 가슴 아프게あさましき御宿世のほど心憂し'(若紫① 234) 생각하고 있는 것으로 보아 이 밀통에 의한 회임은 현세를 사는 사람으로서는 어찌할 수 없는 숙세이고 운명이었다고 생각했던 것 같다.

그러나 겐지가 정치적 권력과 자신의 운명을 적극적으로 개발하려는 목적의식에 눈뜨는 것은 기리쓰보인이 죽고 후지쓰보가 출가한 이후이다. 겐지는 기리쓰보인이 죽은 후 동궁의 후견이 되고 그토록 연모했던 후지쓰보마저 출가해 버리자, 발해 관상가의 예언을 생각하게 되었는지 모른다. 그리고 이제 동궁을 지킬 수 있는 것은 자신뿐이라는 것을 자각했을 것이다. 여기서 간과할 수 없는 것은 겐지의 운명에 대한 후지쓰보의 영향력이다. 즉 후지쓰보가 출가했던 것은 겐지의 연모로부터 도피하기 위한 것이기도 했지만, 그 심층에는 겐지가 동궁의 후견으로서의 역할을 수행해 줄 것을 자각시키려는 의도가 있었던 것이 아닐까. 후지쓰보는 그렇게 하지 않으면 겐지와 동궁, 그리고 자기 자신까지 포함해서 모두 파멸할지 모른다고 생각했을 것이다. 즉 후지쓰보의 출가는 여성으로서의 분별력과 모성적인 깊은 사려를 느끼게 한다.

그러나 이 때 겐지는 후지쓰보가 출가한 의도를 충분히 헤아릴 수 있었을 터임에도 그 행동이 신중하지 못했다. 즉 賢木卷에서 이전부터 애인이기는 했으나, 정적의 딸인 오보로즈키요와의 밀회를 거듭하는 동안에 우대신에게 발각되는 일이 발생한 것이다. 우대신의 보고를 들은 고키덴弘徽殿 대후는 자신들을 경멸하고 조롱했다 하여, 겐지를 추방할 계획을 세운다. 그러나 오보로즈키요朧月夜 사건은 어디까지나 고키덴 대후와 우대신이 겐지를 추방하는 계기가 되었을 뿐, 실제로 겐지가 스마 퇴거를 결심하게 된 것은 밀통의 아들 레이제이에 대한 우려와 꿈의 해몽 때문이었다.

---

24 清水好子,「光源氏論」『国語と国文学』東大国語国文学会 1979. 8 p.6

須磨卷의 권두에서 겐지는 다음과 같이 스마須磨로 퇴거할 것을 결심하고 있다.

세간의 분위기가 겐지에게 아주 불리하게 돌아가 불편한 일만 늘어나자 일부러 모른 척하고 있어도, 어쩌면 이보다 더 안 좋은 일이 일어날지도 모른다는 생각이 들었다. 스마에는 옛날에야 사람이 사는 집도 있었지만 지금은 마을에서 떨어져 쓸쓸하고 어부의 집조차 드물다는 이야기를 들었지만,

世の中いとわづらはしくはしたなきことのみまされば、せめて知らず顔にあり経ても、これよりまさることもやと思しなりぬ。かの須磨は、昔こそ人の住み処などもありけれ、今はいと里ばなれ心すごくて、海人の家だにまれに、など聞きたまへど、

(須磨②161)

겐지는 관작을 빼앗기고 조정에서 내몰리다 보니, 이보다 더 나쁜 사태가 일어날 것을 염려하고 있는 것이다. 여기서 '이보다 더한 일'이란 제명 처분 이상의 유배만이 아니라, 동궁에게 미칠 영향까지를 생각한 것으로 볼 수 있다. 겐지는 이미 제명 처분되어 있으며, 이는 유배의 준비단계라고 생각하고 있었다. 또한 자신의 꿈에 대한 해몽에서 '액운'이 끼어 있으니 근신하라는 말을 듣고 있었던 것이다. 따라서 겐지는 동궁의 안태를 지키기 위해서라도 유배가 정해지기 전에 스스로 스마 퇴거를 결심했던 것으로 볼 수 있다.

若紫卷의 해몽에서 '액운違ひ目'은 좌천, 즉 스마須磨로의 퇴거를 예언한 것이었다. 겐지의 스마 퇴거는 賢木卷에서 오보로즈키요와의 밀회가 발각되는 사건으로 인한 표면적인 이유만이 아니라, 해몽에서 나타난 액운이라는 보다 깊은 이면의 저의가 있었던 것이다. 즉 겐지는 스스로 스마에 퇴거함으로 인하여 자신과 후지쓰보, 그리고 동궁을 지키려고 한 것이다.

須磨로 퇴거한 겐지는 폭풍우를 만나 아카시明石로 옮겨 아카시노키미明石の君를 만나지만, 아버지 고 기리쓰보인의 조령의 도움으로 귀경하여, 권대납언으로 승진하여 정계의 중심에 다시 복귀하게 된다. 겐지에게 있어서 일생일대의 사건이었던 스마 퇴거는 고려인의 예언에서 나온 '國乱'이 아니라, 若紫卷의 해몽에서 '액운違ひ目'이라는 말로 예언된 것이었다. 그

리고 그 '액운'은 히카루겐지가 천황의 아버지가 되기 위해서 근신하지 않으면 안 될 일이었다. 즉 자신의 아들인 동궁을 무사히 즉위시키기 위하여 히카루겐지는 스마 퇴거를 결심했던 것이다.

若紫卷으로부터 11년이 지난 시점인 澪標卷, 히카루겐지의 나이 29세 때, 동궁이 레이제이 천황冷泉帝으로 즉위함으로써 꿈의 해몽은 실현된다. 그리고 澪標卷에는 고려인의 예언이 실현되기 위한 또 하나의 새로운 구상인 별자리의 예언이 제시되어 있다. 이는 히카루겐지 세 자녀의 운명을 판단한 宿曜의 예언이다. 스마 아카시로부터 귀경한 히카루겐지는 아카시노키미의 출산예정일까지 계산하여 부하를 보내어 위로하고, 3월초에 딸이 태어났다는 소식을 듣고 회상하는 형식으로 기술되어 있다. 澪標卷에서 히카루겐지가 회상하는 별자리의 예언은 다음과 같다.

> 숙요에서 '아이는 셋인데, 천황, 황후가 반드시 나란히 태어나실 것입니다. 그 중에서 가장 낮은 분은 태정대신이 되어 신하로서는 최고가 될 것입니다.'라고 판단했던 것이 꼭 들어맞는 듯하다.
>
> 宿曜に「御子三人、帝、后かならず並びて生まれたまふべし。中の劣りは太政大臣にて位を極むべし」と勘へ申したりしこと、さしてかなふなめり。　(澪標②285)

이 별자리의 예언은 고려인의 관상과 若紫卷의 꿈의 해몽을 좀 더 구체화한 것이라 할 수 있다. 소위 아카시 모노가타리明石物語가 도입되는 구상인 것이다. 별자리의 예언을 회상한 이후의 히카루겐지는, 자신이 무상의 지위에 올라 세상을 통치할 것이라던 수많은 관상가들의 예언이 틀림이 없다는 것을 확신하지 않을 수 없었다. 즉 히카루겐지는 '자신은 즉위하는 것과 인연이 멀었던 거야. 아들인 레이제이 천황이 이렇게 제위에 있는 것을, 그 진상을 분명히 아는 사람은 없지만, 관상가의 예언은 틀리지 않았어,宿世遠かりけり。内裏のかくておはしますを、あらはに人の知ることならねど、相人の言空しからず'(②286)라고 생각한다. 이는 히카루겐지가 예언대로의 운명에 대하여 충분히 납득하고 있는 것이며, 고려인의 예언대로 자신이 제위에 오를 수는 없었다는 것을 자각한 것으로 볼 수 있다.

그로부터 3년 후인 薄雲卷에서 후지쓰보가 죽은 후, 밀통의 진상을 들

은 레이제이 천황이 히카루겐지에게 양위하려 하자, 겐지는 완고하게 사퇴한다. 이 때 히카루겐지는 '어찌 기리쓰보인의 뜻을 어기고, 이르지 못할 지위에 어찌 오를 수가 있겠습니까.何か、その御心あらためて、及ばぬ際には上りはべらむ'(②456)하고 말하며, 기리쓰보인의 유언과 관상가의 예언을 상기하는 것이었다.

宿曜의 예언이 발해 관상가의 예언이나 해몽과 다른 점은 앞의 두 가지는 히카루겐지에 자신에 관한 것이고, 宿曜의 예언은 겐지의 자녀에 관한 것이라는 점이다. 그리고 히카루겐지는 앞의 두 가지 예언의 일부가 실현되었으므로, 이 예언의 실현을 위해 보다 적극적으로 자신의 영화를 성취시키고자 노력함으로써 변모해 간다.

히카루겐지는 須磨・明石에서 귀환한 후, 특히 宿曜의 예언을 생각해낸 뒤 예언을 의식하고 인생을 관조하게 된다. 또한 후지쓰보에 대한 태도도 바뀌어 후견을 하기로 한 전재궁前齊宮의 입궐에 대하여 히카루겐지는 모든 일을 후지쓰보와 상의하고 계획한다. 이리하여 히카루겐지는 로쿠조미야스도코로의 유언에 따라 양녀로 입적한 前齊宮을 레이제이 천황冷泉帝의 후궁으로 입궐시키고, 자신의 친딸인 아카시노히메기미明石姬君를 동궁비로 키우면서 점차 섭정관백과 같은 정치가로 변모해 간다.

鈴木日出男는 히카루겐지의 영화를, 레이제이 천황를 둘러싼 潛在王權的인, 그리고 아키코노무 중궁秋好中宮(前齊宮)의 准攝関的, 또는 明石姬君의 딸과의 攝関的인 각각의 제관계[25]에 의해 달성되는 것이라고 지적했다. 이것은 히카루겐지 영화의 기본적인 구도라고 할 수 있지만 그렇다고는 해도 이것이 애초부터 히카루겐지 스스로가 집안의 권세 확충을 의도하여 도모한 것은 아니었다. 오히려 히카루겐지는 다양한 사랑의 인간관계를 맺은 결과로서 이와 같은 영화와 왕권을 획득한 것이다.

즉 히카루겐지의 영화와 왕권은 레이제이 천황, 齊宮, 明石姬君에 의해 각각 潛在王權的, 准攝関的, 攝関的으로 달성되는 것이라 할 수 있다. 이러한 히카루겐지의 영화는 각각 후지쓰보, 로쿠조미야스도코로, 아카시노키

---

25 鈴木日出男,「光源氏の栄華-光源氏論4」(『講座源氏物語の世界』第6集, 有斐閣, 1981), p.36.

미와 '사랑의 인간관계'를 맺은 결과라 할 수 있지만, 예언을 의식한 히카루겐지의 노력, 레이제이 천황冷泉帝의 효심 등도 고려인의 예언이 실현되는 중요한 역할을 하고 있다는 점도 지적하지 않을 수 없다.

5. 결론

일본 고대의 관상 설화에는 한반도로부터의 도래인 관상가들의 활약이 두드러진다. 특히 일본의 고전문학에서는 관상이나 꿈의 해몽, 유언 등의 예언으로 주인공의 운명이 선점되고, 예언이 허구의 작의가 되는 경우가 많다. 그리고 이들의 예언내용과 장면설정에는 피관상자들이 신분을 숨기고 관상가를 만나는 등 유형적인 표현이 반복되는 것을 볼 수 있다.

『겐지 이야기』제1부의 운명 이야기는 주인공 히카루겐지의 숙명적인 왕권과 영화가 고려인의 예언대로 성취되는 구조를 이루고 있다. 히카루겐지의 운명을 예언한 고려인의 관상은 若紫卷의 꿈의 해몽과 澪標卷에서 별자리로 사람의 운명, 길흉을 점치는 宿曜의 예언 등과 함께 점차로 해명되어 가는 것이었다. 즉 예언의 실현은 레이제이 천황冷泉帝의 친모인 후지쓰보의 출가, 히카루겐지의 스마 퇴거, 宿曜의 예언을 상기한 이후의 히카루겐지의 변신 등으로 성취되어 가는 것이었다.

결과적으로 히카루겐지의 운명은 예언의 범위 안에 있지만, 예언이 실현되기까지 그저 기다리고 있었던 것은 아니었다. 賢木卷에서 히카루겐지는 동궁의 안태를 위해 분별력 있게 출가한 후지쓰보에게 자극받아 스스로 스마에 퇴거함으로써 동궁을 지키려고 했다. 특히 澪標卷 이후는 예언을 의식하여 변모한 히카루겐지의 攝關的인 노력도 영화를 가져왔으나 거기에는 한계가 있어, 신하로서의 영화에 지나지 않았다. 최고의 영화는 레이제이 천황의 효심에 의해 藤裏葉卷에서 准太上天皇에 즉위하여 레이제이 천황과 스자쿠인과 함께 동열에 앉는 것으로 실현된다.

고려인 관상가에 의해 예언된 히카루겐지의 영화는 그러한 히카루겐지의 노력, 기리쓰보 천황의 유언, 사랑의 인간관계, 그리고 薄雲卷에서 출생의 비밀을 안 레이제이 천황이 히카루겐지를 아버지로 대우하려고 하는 효심의 발로 등에 있다고 할 수 있다. 이에는 예언을 등장인물의 행동원리로 실현시키고자 하는 허구의 논리가 작용하고 있다고 할 수 있다.

▌**Key Words** 予言, 夢占い, 宿曜, 遺言, 栄華, 王権

제2장

『겐지 이야기』의 예언과 구상

1. 서론

『겐지 이야기』의 제1부, 운명이야기는 히카루겐지의 숙명적인 예언의 실현이 그 기본구조를 이루고 있다. 그리고 제2부의 마지막 권인 幻卷에 이르기까지 모노가타리의 구조가 11년 단위로 유기적인 체계에 의해 구상되어 있다.[1] 즉 주인공 히카루겐지의 연령이 7세, 18세, 29세, 40세, 51세 등 11년을 단위로 각각 일생의 중대한 예언이나 해몽 등을 듣거나, 准太上天皇이 되거나, 평생의 반려자인 무라사키노우에가 타계하는 사건이 일어난다.

고대의 문학작품에 나타난 예언의 의의에 대해서 阿部秋生씨는 '특히 고대전승 이야기의 경우에는 거의 절대적인 위력을 발휘'[2]한다고 지적했다. 즉 고대 모노가타리에서 예언은 필연적이며 결정적으로 실현되는 것이라고 할 수 있다. 문제는 독자가 예언을 어떠한 관점에서 해석하고 파악하느냐에 달려있다고 생각된다.

본고에서는 『겐지 이야기』 제1부의 桐壷卷, 若紫卷, 澪標卷에 나오는 세 가지의 예언에 의해 전개되는 히카루겐지의 영화가 제2부에서 파멸하는

---

1 藤村潔, 『源氏物語の構造』, 赤尾照文堂, 1981. 『源氏物語』가 10년을 단위로 구상되었다고 고찰.
2 阿部秋生, 『源氏物語研究序説』 東大出版會, 1975. p.954.

과정을 고찰한다. 즉 예언이 이야기 속에서 어떠한 기능을 하고 있으며, 어떻게 주인공 히카루겐지의 영화에로 수렴이 되어가는가, 그리고 예언의 실현원리는 어디에 있으며 어떻게 구상되고 있는가를 분석하고자 한다. 그런데 고주석 이래, 종래의 고려인(발해인)의 예언에 대한 해석은 藤裏葉卷의 准太上天皇과 직결시키거나 기리쓰보桐壺 천황이 賜姓源氏를 결심하게 되는 과정 등, 예언의 어느 일면만을 가지고 전체의 의미로 해석하는 경우가 많았다. 본고는 이러한 예언의 해석에 의문을 가지고 고려인의 예언이 전체로서 히카루겐지의 운명을 이야기 한 것이라는 것을 분석하고자 한다.

히카루겐지의 운명은 若紫卷의 꿈의 해몽과 澪標卷에서 별자리로 사람의 운명과 길흉을 점치는 宿曜[3]의 예언등과 함께 점차로 달성되어가는 것이었다. 예언의 실현과정은 레이제이 천황의 친모인 후지쓰보의 출가, 히카루겐지의 스마 퇴거, 宿曜의 예언을 상기한 이후에 겐지의 변모, 薄雲卷에서 히카루겐지가 자신의 형이 아니고 친부라는 사실을 알게 된 레이제이 천황冷泉天皇의 효심과 같은 등장인물의 인간관계에 의해서 가능하게 된다. 즉 예언의 진의를 규명함에 있어서 예언의 자의적인 해석에만 한정하지 않고 이야기의 전개 속에서 히카루겐지를 중심으로 하는 인간관계의 심층을 분석하고자 한다.

겐지는 왕권과 영화를 달성한 다음 해, 온나산노미야(스자쿠인의 셋째 공주)를 정처로 맞이한다. 이에 평생의 반려자였던 무라사키노우에가 발병하고 결국 세상을 떠나게 된다. 따라서 제1부에서 왕권과 영화를 획득하지만, 제2부에서는 육조원의 영화가 파멸되어 가는 과정이 11년 단위로 구성되어 있다. 이러한 예언과 영화의 달성이 단순히 11년이라는 시간적 이행에 따라서 이야기가 진행되는 것이 아니라 등장인물의 다양한 인간관계에 의해서 작의된다는 점을 규명하고자 한다. 그리고 히카루겐지는 예언을 들었다고 해서 저절로 실현되기까지 가만히 기다리는 것이 아니라,

---

3 인도에서 유래한 天文曆学으로 별의 운행을 사람의 운명과 연결하여 길흉을 점침. 일본에는 불교와 함께 전해져서 平安中期 이후 널리 유포됨. 七曜, 十二宮, 二十八宿의 별자리로 일생의 운명과 길흉을 아는 방법을 적은 宿曜經을 경전으로 하고 있음.

예언의 내용을 인식하고 달성을 위해서 어떠한 노력을 했는가를 고찰할 것이다.

2. 高麗人의 예언

히카루겐지는 일곱 살 무렵, 초인적인 미모와 학문 기예의 능력에도 불구하고 외척의 후견이 없는 탓으로 황자의 선지도 받지 못하고 있다. 이 때 渤海国[4]으로부터 파견된 국사의 한사람인 관상가의 예언은 다음과 같은 상황에서 행해진다.

> 그 무렵 고려인이 와 있는 가운데 뛰어난 관상가가 있다는 것을 들으시고, 궁중에서 접견하는 것은 우다 천황의 훈계가 있었기 때문에, 대단히 은밀하게 이 황자를 홍려관으로 보내셨다. 후견인인 우대변의 아들인 것처럼 해서 데려가자, 관상가는 놀라서 몇 번이고 고개를 갸우뚱거리며 의아해 했다. 관상가는 '나라의 어버이가 되어 제왕이라는 무상의 지위에 올라야 할 분인데, 그렇게 보면 국란이 일어날지도 모르겠다. 조정의 주석이 되어 천하의 정치를 보좌할 사람으로 보면 또한 그렇지 않은 것 같다.'라고 말했다.
>
> そのころ、高麗人の参れる中に、かしこき相人ありけるを聞こしめして、宮の内に召さむことは宇多帝の御誡あれば、いみじう忍びてこの皇子を鴻臚館に遣はしたり。御後見だちて仕うまつる右大辯の子のやうに思はせて率てたてまつるに、相人おどろきて、あまたたび傾きあやしぶ。(相人)「国の親となりて、帝王の上なき位にのぼるべき相おはします人の、そなたにて見れば、乱れ憂ふることやあらむ。朝廷のかためとなりて、天の下を輔くる方にて見れば、またその相違ふべし」と言ふ。
>
> (桐壺①39-40)

---

4 桐壺巻에 나오는 '高麗人'은 渤海國에서 파견된 國使였다는 것이 通說. 다음의『續日本紀』에는 渤海를 兩國이 모두 다음과 같이 '高麗'라는 국호로도 호칭되었다.
  ▷ 高麗使楊承慶等貢方物奏曰. 高麗國王大欽茂言. (『續日本紀』卷第二十一, 天平宝字三年〈759〉正月条)
  ▷ 賜渤海王書云. 天皇敬問高麗王. (『續日本紀』卷第三十二, 宝龜三年〈772〉二月条, 宝龜二年十二月에 渡日한 大使 壹萬福 등이 歸國할 때)

이 예언 전후의 장면설정은 『우쓰호 이야기』의 俊蔭卷 서두와 비슷하다. 이야기의 주인공인 히카루겐지와 도시카게는 7세 무렵에 각각 발해에서 온 사신과 한시를 증답했다. 히카루겐지가 흥취있는 시구를 짓자 관상가가 보고 극찬했다고 한다. 예언의 내용에서 관상가가 의아해한 것은 황자가 우대변의 아들이라고는 생각할 수 없을 정도로 특수한 관상이었을 뿐만 아니라, 관상하기가 복잡하고 난해한 까닭에 고심했기 때문일 것이다. 관상가의 예언은 전반과 후반이 두 개의 조건절 '보면見れば'에 의해 부정되는 문맥으로 되어 있다. 예언의 내용을 둘러싸고 고주석 이래로 여러 연구자에 의한 해석이 있다. 이하 다소 무리가 있을지도 모르겠으나, 예언의 전반과 히카루겐지가 준태상 천황准太上天皇이 되는 것을 중심으로 해석하는 설과, 예언의 후반과 賜姓源氏를 중심으로 해석하는 설로 나누어 분석 고찰해 보고자 한다.

이하 예언의 전반에 중점을 둔 해석을 정리해 보면 다음과 같다. 우선 고주석서 중에서 예언의 전반에 의거하여 准太上天皇과 직결하여 해석을 내리고 있는 것은 이치조 가네라—条兼良의 『花鳥余情』(1472)이다.

> 나라의 어버이가 된다는 것은 육조원 히카루겐지가 태상천황의 존호를 받으시는 일을 말한다. 국란이 일어난다는 것은 스마의 포구로 옮기는 일이다. 조정의 주석이 된다는 것은 섭정관백으로서 천자를 보좌하는 것이다. 겐지는 결국 존호를 받으셨기 때문에 조정의 주석으로의 상은 아닌 것이다.[5]

『花鳥余情』에서는 '나라의 어버이'를 准太上天皇, '국란이 일어난다'는 것을 스마 퇴거라고 해석하고 있다. 그러나 본고에서는 '나라의 어버이가 되어 제왕이라고 하는 무상의 지위에 오를 상'은 천황의 지위, '국란이 일어난다'는 것은 나라가 소란스러워 백성이 근심한다는 뜻으로 해석하고자 한다. 예언의 전반은 '그렇게 보면そなたにて見れば'이라는 조건절에 의해 '나라의 어버이'가 되는 것과 '국란이 일어난다'는 것이 동시 발생적으로 장치되어 있다. 즉 히카루겐지는 결국 천황으로 즉위하지는 않았으므로 국

---

5 伊井春樹 編, 『花鳥余情』櫻楓社, 1978. p.16.

란도 일어나지 않았던 것이다.

　『花鳥余情』에서 힌트를 얻어 '나라의 어버이'를 准太上天皇으로 해석하는 설을 다시 주장한 것은 森一郎였다. 森의 고려인 관상가의 예언에 대한 견해는, '桐壷巻의 고려인 관상가의 예언에 대하여'[6], '桐壷巻의 고려인 관상가의 예언에 관한 해석' 등 수정을 거듭해 왔다. 특히 '나라의 어버이'를 천자, '국란이 일어난다'는 하늘의 계시로 정의하고, 그것이 히카루겐지의 숙세의 실체라고 지적했다. 그리고 森는 '예언의 전후반 모두 실체적으로 준태상천황을 표현하고 있다고 생각한다.'[7]고 지적했다. 그런데 예언의 전반이 '천자가 되어서는 안 될 제왕의 상'이라고 하는 해석은 수긍할 수 있으나, '准太上天皇'의 명칭이 아닌 실체가 표현되어 있다고 하는 점은 납득하기 어렵다. 왜냐하면 히카루겐지의 영화의 예언이 실현되기까지는 准太上天皇과 직결되는 것이 아니라, 그 심층에 후지쓰보藤壷 사건이 관련되어 있기 때문이다. 즉 히카루겐지가 레이제이 천황의 친아버지로서, 준태상천황이 된 것은 결국 후지쓰보 사건의 결과이며, 예언의 단계에서는 영화의 가능성만이 언급되어 있는 것이다.

　本居宣長는 주석서 『源氏物語玉の小櫛』에서 고려인의 예언을 다음과 같이 해석하고 있다.

　　겐지는 결국 천황의 아버지로서 태상천황의 존호를 받았기 때문에 처음부터 제왕의 상이 있었던 것이다. 그렇지만 예언대로 제위에는 올라가지 못했기 때문에 제왕의 상은 있으면서 조금 흠이 있었던 것 같다. 이에 지금 이 관상가가 그 흠이 있는 부분을 알 수 없어서 수상쩍게 고개를 갸우뚱거리며 생각하니, 어쩌면 제왕이 되어서는 국란이 일어날지도 모르겠다고 했다. 또 제왕의 상에 조금 흠이 있다는 것은 어쩌면 또 섭정관백이 되셔야 할 관상인가하고 생각해 보지만, 역시 제왕의 상이기 때문에, 섭관으로는 그 상이 맞지 않고 다르다고 했다. 국란이 일어난다고 하는 것은 제왕의 상으로서 흠이 있는

6　森一郎, 「桐壷巻における高麗の相人の予言について」(『平安文学研究』第36巻, 平安文学研究会, 1966年 6月)

7　森一郎, 「桐壷巻の高麗の相人の豫言の解釋」(『青須我波良』第26號, 帝塚山短期大学日本文学会, 1983, 7月) pp.91-92.

것을 의심해서 어쩌면 그런 일이 있을 것인가 하고 말한 것이다. 그러한 것을 원래부터 국란이 일어날 상을 갖고 있는 듯이 주석한 것은 잘못된 것이다. '또한 그렇지 않은 것 같다'는 것을 정치를 보좌하는 신하가 되시면, 국란이 일어난다는 상은 변해서 좋아진다는 것도 잘못된 것이다. 그렇게 해서는 소기宗祇, 게이추契沖 등도 말했듯이 '또'라고 하는 말이 맞지 않는다. 이것은 가초요세이花鳥余情의 설이 옳았다.[8]

宣長도 예언의 전반을 히카루겐지가 천황의 아버지로서 준태상천황이 되는 것을 직결시키는 셈이다. 결국 『花鳥余情』의 해석을 지지하면서, 후반의 국란이 일어난다고 하는 것을 제왕으로서 흠집이 있다는 식으로 해석하고 있다.

深沢三千男는 '고려인 예언의 전반에서 준태상천황이 되는 숙세는 들어맞고 있다.'[9]라고 했으며, 重松信弘는 '예언은 신하인 겐지에게 준태상천황의 특별한 대우를 받게 하기 위해서 구상되었다.'[10]라고 고찰했다. 그리고 三谷邦明는 '왜상의 판단을 확인하는 고려인 관상가의 예언은 이미 藤裏葉卷의 준태상천황 즉위라고 하는 영화가 구상되어 있음을 말해 주고 있다.'[11]고 분석했다.

玉上琢弥는 '제왕의 자리에 오르는 것이다. 다만 통치는 하지 않는다. (중략) 태상천황에 준하는 양위한 천황과 동격인 대우이다.'[12]라는 현실적인 해석을 하고 있으며, 木船重昭는 예언이 현실적으로는 끝내 실현되지 않고 은계에 있어서 암시적으로 성취되었다고 하면서 '이리하여 고려인 관상가의 예언에서, 천자의 부와 천자는 성취되고, 천자의 부와 표리가 일치하고 있다.'[13]고 지적했다.

藤井貞和는 준태상천황을 예언의 전반에 바로 연결시키지는 않고 있으

8 大野晋 編, 『本居宣長全集』第4卷, 筑摩書房 1981. pp.327-328.
9 深澤三千男, 『源氏物語の形成』櫻楓社, 1972. p.57.
10 重松信弘, 『源氏物語の主題と構造』風間書房, 1981. p.141.
11 三谷邦明, 「源氏物語における虛構の方法」『源氏物語講座』第1卷 有精堂, 1971. p.51.
12 玉上琢弥, 『源氏物語平釋』第1卷 角川書店, 1964, p.116.
13 木船重昭, 「『源氏物語』高麗人の觀相と構想・思想」(『日本文学』日本文学協会, 1973. 10月) p.33.

나, '고려인 관상가는 후지쓰보 사건을 정확하게 알아맞히고 있다.'[14]고 분석하고, 土方洋一도 '관상가의 예언은 히카루겐지의 스마 퇴거나 준태상천황의 존호를 얻는 것보다도 실은 후지쓰보와의 밀통 사건을 당면 표적으로 설정하고 있다.'[15]고 해석하고 있다. 高橋和夫는 제왕의 상인 히카루겐지에 대하여 '현제인 기리쓰보 천황은 감히 고려인의 예언에 도전함으로써 백성의 안녕을 기원했다.'[16]라고 해석하고 예언이란 필연적인 것이지 결정적인 것은 아니라고 하고 있다.

日向一雅는 '비일상적인 왕권의 실현이 히카루겐지가 가진 제왕상이었다.'고 보고, '준태상천황의 지위는 히카루겐지의 특이한 왕권을 명실공히 완성하는 것이었다.'[17]고 보았다. 그리고 塚原鉄雄는 예언이 부대적인 확인으로서의 기술에 지나지 않는다고 보고, '고려인 관상가의 源氏 관상은 이후의 모노가타리 전개에 관여하는 바 없다.'[18]고 해석하여 예언의 의의 자체를 부정하고 있다.

이상의 諸説이 예언의 전반을 중심으로 해석한 연구이나, 私見으로는 겐지에 대한 예언의 전반이 '국란이 일어날 것'에 의해 제왕의 지위가 부정되고, 후반에서는 '조정의 주석이 되는 것' 이상으로 무한한 영화의 가능성을 포괄적으로 알아맞히고 있는 것이라고 해석한다. 즉 고려인 예언은 전후반의 어느 한 부분이 전체의 의미를 대표하는 것이 아니라, 전후반으로서 히카루겐지 일생의 운명을 이야기 한 것이라 생각된다.

예언의 후반을 중심으로 신적강하臣籍降下와 사성 겐지賜姓源氏에 중점을 두고『花鳥余情』에 이의를 제기하고 있는 것은 쇼하쿠肖柏의『弄花抄』이다. 쇼하쿠는 '조정의 신하가 되면 국란이 일어난다는 것은 달라질 관상이다라고 보았다. 花鳥余情에서는 조정의 신하가 되실 상으로 보면, 결국에는 태상천황의 호를 받기 때문에 그 상과 다르다는 것이다. 운운.'[19]라고 지

---

14 藤井貞和, 「神話の論理と物語の論理」(『日本文学』日本文学協会, 1973. 10月) p.43.
15 土方洋一, 「高麗の相人の豫言を讀む」(『むらさき』1980. 7月) p.18.
16 高橋和夫, 「源氏物語-高麗人豫言の事」(『群馬大学教育学部紀要』人文社会科学編, 1981. 9月) p.10.
17 日向一雅, 『源氏物語の主題』櫻楓社, 1983. p.69, p.75.
18 塚原鐵雄, 「高麗相人と桐壺父帝-源氏生涯の路線定位-」(『中古文学』第28號 中古文学会, 1981. 11月) p.28.

적했다. 즉 '조정의 신하'가 되면 국란은 일어나지 않는다고 주석을 달고 있다. 게이추契沖나 마부치真淵도 지적했듯이 '또한'이라는 말에 주의하면 '그렇지 않은 것 같다.'가 국란이 일어나는 것을 부정하는 말이 아니라 조정의 신하 이상의 가능성을 이야기한 것이라 생각된다.

『岷江入楚』의 「或抄」에서는 처음부터 제왕의 자리에 오르면 국란이 일어나지만 천하를 보좌하는 신하로 출발하면 국란의 상이 달라진다고 하고, 그러한 사정을 기리쓰보 천황이 미리 알고 賜姓源氏를 결심했다는 절충설까지 등장했다.[20] 北村季吟의 『湖月抄』에서도 「師説」에 '兩説을 공히 사용해야 할 것이다. 운운.'[21]이라고 해석하여 절충설을 제시하고 있다. 手塚昇는 예언 후반의 '조정의 신하'를 대신, 대장이라 하고 '또한 그렇지 않은 것 같다.'라고 한 것은 대신, 대장 이상이 될 것이다라는 발상으로, '작자가 후지와라씨의 섭정관백에 대신할 수 있는 황족 출신의 섭정관백인 히카루겐지를 그린 것이다.'[22]라고 해석했다.

伊井春樹도 賜姓源氏와 예언의 후반을 직결시켜 '관상가는 명확하게 즉위에 대한 코스를 부정하고 히카루겐지는 조정의 신하로 나아가야 한다고 시사했던 것이다.'[23]고 하고, 후반을 '주석이 되어 천하를 보좌하는 상이 되면 히카루겐지의 운명은 또 달라질 것이라는 견해였다.'[24]고 해석했다. 池田勉는 '桐壺巻에 나오는 관상가의 이야기는 花鳥余情의 주석처럼 겐지의 준태상천황에 관하여 예언을 하고 있는 것이 아니고 오히려 천황으로 하여금 겐지 성을 내리도록 하는 그 동기와 근거를 지시하는 역할을 하고 있는 것.'[25]이라 했다.

이 외에도 논점은 조금씩 다르나 구체적으로 예언을 해석하고 있는 연구로는 島津久基[26], 藤村潔[27], 秋山虔[28], 坂本昇[29], 清水好子[30], 後藤祥子[31]

19 伊井春樹 編, 『弄花抄』(「源氏物語古注集成」8, 櫻楓社, 1983)
20 中田武司 編, 『岷江入楚』第一巻(「源氏物語古注集成」11 櫻楓社, 1980)
21 有川武彦 校訂, 『源氏物語湖月抄』上, 講談社, 1982.
22 手塚昇, 『源氏物語の再檢討』風間書房, 1966.
23 伊井春樹, 「光源氏の榮華と運命」(『源氏物語の探究』第2集, 風間書房, 1976) p.102.
24 伊井春樹, 「高麗の相人の豫言」(『講座源氏物語の世界』第1集 有斐閣 1980) p.82.
25 池田勉, 「桐壺の巻における高麗の相人の語をめぐつて」(『成城國文学論集』第1集, 成城大学大学院文学研究會 1969. 11月) p.143.
26 島津久基 『源氏物語講話』中興館, 1930.

등의 제론이 있다. 이상의 논고에 대한 면밀한 검토를 전제로 하여 管見을 정리해 보고자 한다.

예언의 내용 중에서 가장 난해한 부분은 전 후반이 모두 부정되어 있는 데, 왜 기리쓰보 천황은 황자를 신하의 위치에 내려서 賜姓源氏를 단행했을까 하는 점이다. 예언은 帝位에 오를 상도 아니고 신하의 길을 걸을 상도 아니라고 하면 도대체 예언의 진의는 무엇이었을까?『河海抄』의 주석에 나와 있는 실제 史實에 있어서 관상의 실례 등을 보아도 예언이 부정하는 표현으로 기술되어 있는 예는 거의 없다. 그러나 고려인의 예언은 전 후반 모두 부정하는 문맥으로 히카루겐지의 운명을 예고하고 있다. 즉 예언의 진의는 직접 관상가의 말에는 직접적으로 표현되어 있지 않은 이면의 의미인 무한한 영화와 왕권의 가능성을 말한 것이라고 생각된다.

기리쓰보 천황이 황자를 신하의 신분으로 내려 겐지로서 일생을 살아가게 한 결정의 단계를 정리하면 다음과 같다. ① 천황 자신의 왜상, ② 고려인 관상가의 예언, ③ 정치적 판단, ④ 숙요의 명인에 의한 판단이라는 네 단계의 판단 자료를 근거로 결심했을 것으로 생각된다. 즉 천황은 황자의 신적강하를 위해 네 차례나 확인을 할 정도로 신중하게 판단을 했다. 이 중에서 신적강하의 가장 결정적인 방아쇠와 같은 역할을 한 것이 고려인 관상가의 예언이었다. 즉 기리쓰보 천황의 정치적 판단이 장전이라면 고려인의 예언은 방아쇠가 되고 기리쓰보 천황의 결단에 의해 신적강하가 단행되는 식의 구조이다.

그러면 예언을 의뢰한 기리쓰보 천황은 전 후반 모두 부정되어 있는 예언을 듣고 어떻게 賜姓源氏를 결의하게 되었을까. 예언의 전반은 제왕의 자리에 오를 상이지만 거기에는 국란이 따라 일어날 것이라고 말하고 있다. 이는 천황의 왜상 및 정치적 판단과도 일치했을 것이다. 따라서 천황은

27 藤村潔,『源氏物語の構造』第二, 赤尾昭文堂, 1971.
28 秋山虔,「隣接諸学を總合した新しいアプローチ, 源氏物語三」(『國文学解釋と鑑賞』至文堂, 1967. 1月)
29 坂本昇,『源氏物構想論』明治書院, 1981.
30 清水好子,「光源氏論」(『國語と國文学』東京大学国語国文学会, 1979. 8月)
31 後藤祥子,「光源氏像の一面 - 高麗人の觀相をめぐつて-」(『文学』Vol 51. 岩波書店, 1983. 3月)

예언을 듣고 '관상가가 참으로 현명하다'고 생각했다. 예언의 후반은 조정의 중신이 되어 천하의 정치를 보좌하는 신하로 보아도 그 상이 다른 것 같다고 했다. 즉, 제왕의 상은 있으나 제왕의 자리에 오르면 국란이 일어나며 그렇다고 해서 신하로서 끝날 상도 아니라고 한 것이다. 제왕도 신하도 아니라면 대체 무엇일까? 즉 예언은 신하 정도에서는 끝나지 않는, 신하 이상의 지위에 오를 가능성을 제시한 것으로 볼 수 있다.

鈴木日出男는 '천황의 결단은 단순히 예언을 따랐다기보다도 시대의 상황을 적확하게 인식한 판단이며 이 황자의 운명의 커다란 가능성을 믿고 그것이 최대한 열리는 길을 택했다는 것이 될 것이다. 예언을 인용하여 말하면 "조정의 주석이 되어 천하의 정치를 보좌할 사람으로 보면 또한 그렇지 않은 것 같다."는 가능성에 기대를 건 것이 된다.'[32]라고 명확한 규명을 했다. 즉 관상가의 예언을 들은 기리쓰보 천황이 '또한 그렇지 않은 것 같다.'라고 하는 '가능성에 기대를 걸었다.'는 점을 주목하면 예언의 진의도 명확해질 것이라고 생각한다.

고려인의 예언은 히카루겐지의 운명을 막연히 암시하고 있을 따름이지 구체적으로는 언급하지는 않았다. 예언의 전반과 후반이 일체가 되어 히카루겐지가 앞으로 살아가게 될 운명의 범위를 정하고 있는 것이다. 예언은 두 가지 모두 부정되고 있으므로 그 어느 한쪽만을 들어 전체의 의미로서 파악하면 예언의 진의와 다른 뜻이 되어버린다. 즉 천황의 제위에 오르면 국란이 일어날 수 있고, 신하의 지위로 강하시켜도 신하 이상의 영화를 누리는 자리에 오를 것이라는 가능성에 기대를 걸었다고 생각된다. 예언을 의뢰한 기리쓰보 천황도 그것을 잘 이해하고 있었다고 생각된다. 즉 황자를 親王의 신분으로 둘 것인가 아니면 신하로 내릴 것인가 하는 갈림길에서 기리쓰보 천황은 발해에서 온 국사의 한사람인 관상가의 이야기를 듣고 겐지를 신적강하하기로 마음을 굳힌다는 것이다.

그러면 히카루겐지의 운명의 실체는 과연 무엇인가. 독자는 신하 이상의 자리란 과연 무엇인가라는 의문과 호기심을 가지고 모노가타리를 읽어

---

32 鈴木日出男,「主人公の登場 - 光源氏論1」(『講座源氏物語の世界』第1集, 有斐閣, 1980) p.64.

나가는 동안에 그 의미가 차츰 밝혀지는 것이다. 즉 후지쓰보藤壷 사건의 심층에 의해 성취된 히카루겐지의 영화는 若紫巻의 夢占이나 澪標巻의 宿曜의 예언으로 구체화되어 藤裏葉巻에서 준태상천황으로 즉위하고 레이제이 천황, 스자쿠인과 함께 동렬에 앉는 것으로 실현된다.

예언은 수수께끼도 아니고 고려인 관상가가 이해를 하지 못 한 채 그렇게 말한 것도 아니다. 황자의 얼굴에 나타난 관상을 있는 그대로 말했던 것이다. 발해의 사신인 관상가가 준태상천황에 관해 알고 있었는지 어떤지 관계없이 예언의 내용과 준태상천황을 직결시켜 버리면 독자는 『겐지 이야기』를 읽을 흥미가 반감될 것이다. 왜냐하면 예언은 작자가 구상한 모노가타리의 복선이며 그 복선은 대단원에서 실현되므로, 예언의 범위내에 준태상천황이 들어가기는 하지만 직결되지는 않는다. 준태상천황이 되는 것은 꿈의 해몽과 숙요의 해석에서 구체화되기 때문이다. 즉 고려인이 말한 예언의 진의는 전 후반을 포함하여 히카루겐지의 운명의 범위와 영화의 가능성을 말하고 있는 것으로 생각된다.

이상에서 7세의 히카루겐지에게 예언된 관상의 의미를 고찰해 보았는데, 이 고려인의 예언은 주인공 히카루겐지의 운명을 결정하는 중요한 복선이 된다. 즉 최초로 이루어진 예언이면서 히카루겐지의 일생을 구속하는 내용인 것이다. 그런데 이 예언은 주인공 히카루겐지에게 직접 전달된 것이 아니고, 후견인 우대변에게 전달되어 아버지인 기리쓰보 천황이 신적강하를 결심하는 결정적인 계기를 만들어 주고 있다. 따라서 이야기의 발단에서부터 예언으로 신적강하한 히카루겐지가 모노가타리의 주인공으로 등장한다는 사실을 독자들에게 고지하는 셈이다.

3. 꿈의 해몽

若紫巻 히카루겐지의 18세 때, 겐지는 고려인의 예언을 구체화하는 꿈의 해몽을 듣게 된다. 桐壷巻으로부터 꼭 11년만의 새로운 구상이다. 고려인의 예언으로 히카루겐지의 운명이 예언되기는 했지만 영화의 가능성일 뿐 구체적인 형태나 실현과정에 대해서는 아무것도 언급되어 있지 않다.

그 후 히카루겐지는 그 이름처럼 운명 이야기의 주인공으로 등장한다. 그런데 히카루겐지가 세살 때 죽은 어머니 기리쓰보 고이桐壺更衣와 얼굴 모습이 닮았다는 후지쓰보藤壺가 기리쓰보 천황의 후궁으로 입궐하자 자연스럽게 따르고, 가장 이상적인 여인으로 사모하고 그리워한다. 이후 이 두 사람의 관계는 불의의 밀통으로 이어진다.

若紫卷에서 히카루겐지의 꿈을 해몽하면서 그 심층이 드러나는 후지쓰보藤壺 사건은 히카루겐지와 후지쓰보가 밀통함으로써 히카루겐지 영화의 출발점이 되는 구조이다. 이 해몽은 고려인 관상가 예언의 범위내에 들어가지만, 직접적인 연장선상에 있다기보다 히카루겐지의 운명 이야기의 진행원리와 숙명을 점친 것이다. 즉 이 후지쓰보 사건은 히카루겐지의 운명 이야기를 진행시키는 기본원리가 되어 저변을 흐르는 가장 굵은 선을 이루고, 겐지 왕권의 진원지가 된다고도 할 수 있다.

若紫卷에서 히카루겐지는 병환으로 궁중에서 친정에 돌아와 있는 후지쓰보藤壺와 밀회한 후 다음과 같은 와카를 증답하고 있다. 후지쓰보는 히카루겐지와의 만남이 처음이 아닌 듯 고뇌하면서 꿈이기를 바란다.

> 이렇게 만나기는 하여도 다시 만날 기약이 없으니 차라리 꿈이라면 난 이대로 사라지고 싶어요.
> 하며 눈물에 젖어있는 모습이 참으로 안타까워,
> 후대 세상의 이야깃거리로 전해지겠지요. 이 기구한 운명이 꿈속에서 깨지 못한다 하더라도.
> 괴로워하는 후지쓰보의 마음도 당연하고 황송한 일이다.
> 〈源氏〉見てもまたあふよまれなる夢の中にやがてまぎるるわが身ともがな
> とむせかへりたまふさまも、さすがにいみじければ、
> 〈藤壺〉世がたりに人や伝へんたぐひなくうき身を醒めぬ夢になしても
> 思し乱れたるさまも、いとことわりにかたじけなし。   (若紫①231-232)

이 '꿈 속', '깨지 않는 꿈' 등의 언어표현은 고뇌로 가득찬 두 사람의 관계를 암시하고 있는 듯하다. 그리고 겐지의 '꿈 속'은 다음에 나오는 '놀랍고도 이상한 꿈'을 꾸는 전조라고 보아도 좋을 것이다. 겐지와 후지쓰보의 밀통은 이 이상 지속할 수 없게 되지만 밀통에 의한 후지쓰보의 회임과 불의의 황자(레이제이 천황)가 탄생됨으로써 죄의 두려움에 고뇌하게 된다.

후지쓰보藤壺가 회임 3개월째가 되어 천황에게도 알려졌을 즈음, 히카루겐지는 이상한 꿈을 꾼다.

> 중장(겐지)도 무섭고 이상한 꿈을 꾸셔서, 해몽하는 사람을 불러서 물으시자, 전혀 생각지도 못한 것(겐지가 천황의 아버지가 된다는)을 해몽한 것이었다. 그리고 해몽가는 '그 운세에 액운이 끼어 있어 근신해야 할 일이 있습니다.'라고 말하자, 겐지는 번거롭게 생각하셔서, '이것은 자신의 꿈이 아니야, 남의 꿈을 이야기한 것이야. 이 꿈이 실현될 때까지 아무한테도 발설하지 말라'라고 말씀하시고, 마음속으로는 어찌된 일일까 하고 생각하고 있는 차에 후지쓰보가 회임하셨다는 이야기를 듣고, 어쩌면 꿈의 내용이 이 일과 연관이 있나 하고 생각하시는데,
>
> 中将の君も、おどろおどろしうさま異なる夢を見たまひて、合はする者を召して問はせたまへば、及びなう思しもかけぬ筋のことを合はせけり。〈占者〉「その中に違ひ目ありて、つつしませたまふべきことなむはべる」と言ふに、わづらはしくおぼえて、「みづからの夢にはあらず、人の御事を語るなり。この夢合ふまで、また人にまねぶな」とのたまひて、心の中には、いかなることならむと思しわたるに、この女宮の御事聞きたまひて、もしさるやうもやと思しあはせたまふに、
>
> (若紫①233-234)

히카루겐지의 꿈은 후지쓰보의 회임과 자신이 천황의 아버지가 된다는 전조였다. 그런데 해몽가는 겐지가 천황의 아버지가 되는 데에는 '액운'이 있어서 근신하지 않으면 안 될 일이 있다고 말한다. 겐지는 비밀이 누설되는 것을 방지하기 위해 자신의 꿈이 아니라고 말하고 해몽가에게 함구령을 내린다. 이 해몽에 대해 『河海抄』에서는 전혀 생각지도 못한 일을 히카루겐지가 천자의 아버지가 될 전조인가. 그 가운데 액운이 끼어 있다는 것은 좌천에 대한 것인가.[33]라고 지적했다. 즉 '전혀 생각지도 못한 일'은 히

---

33 玉上琢弥,『紫明抄.河海抄』角川書店, 1968, p.261.

카루겐지가 레이제이 천황冷泉帝의 아버지가 되는 일이고, '액운'은 좌천, 즉 스마須磨 되거를 예언한 것이라고 해석한 것이다. 히카루겐지의 스마 퇴거는 오보로즈키요와의 밀회 사건의 발각이라는 표면적인 이유만이 아니라 보다 깊은 이면의 저의가 있었다고 생각된다. 즉 스마 퇴거에는 후지쓰보藤壺 사건이라고 하는 이면적인 이유가 바닥에 깔려있고, 겐지 스스로 퇴거하는 형식을 취하고 있다.

해몽의 내용 자체는 아주 명확하지만 히카루겐지 자신이 직접 받은 예언으로서 그 의의가 있다. 고려인 관상가의 예언이 기리쓰보 천황에게 운명의 범위, 가능성을 말하고 있는데 비해, 꿈의 해몽은 보다 현실적으로 구체성을 띠고 의뢰자 본인에게 직접 전해진다.

清水好子씨가 후지쓰보 사건에 대해 '현세의 인생밖에 가지지 않은 사람에게는 쉬이 이해될 수 없는 윤리의 문제를 초월하는 힘을 믿고 있던 사람들의 이야기이다.'[34]라고 해석하고 있다. 즉 이 해몽을 설정한 의도는 인간 히카루겐지가 아버지의 후궁 후지쓰보 뇨고와 밀통을 한다는 불윤의 벽을 뛰어넘는 운명 이야기의 주인공을 조형한 것이다. 그러나 당사자인 후지쓰보는 임신 3개월이 되어 주위 사람들이 수상쩍게 생각하자, '꿈에도 생각하지 못했던 인연을 가슴 아프게あさましき御宿世のほど心憂し'(若紫①234) 생각한다. 즉 후지쓰보는 밀통에 의한 회임을 현세를 사는 사람으로서 어찌할 수 없는 숙세이고 운명으로 받아들이고 있는 것이다.

그런데 히카루겐지가 정치적 권력과 자신의 운명을 적극적으로 개발하려는 목적의식에 눈뜨는 것은 기리쓰보인이 붕어하고 후지쓰보藤壺가 출가한 후이다. 히카루겐지는 기리쓰보인의 붕어 후 동궁의 후견인이 되었지만, 그토록 연모했던 후지쓰보마저 출가해 버리자 비로소 고려인 관상가의 예언과 꿈의 해몽을 상기했을 것이다. 그리고 이제 동궁을 지킬 수 있는 것은 자신뿐이라고 자각했던 것이다. 여기서 간과할 수 없는 것은 히카루겐지의 운명에 대한 후지쓰보의 영향력이다. 즉 후지쓰보藤壺가 출가한 것은 히카루겐지의 연모로부터 도피하기 위한 것이기도 했지만, 그 심층에는 겐지에게 동궁(스자쿠 천황 다음의 레이제이 천황)의 후견으로서 역

---

34 清水好子, 前揭書, p.6.

할을 수행해 줄 것을 자각시키려는 의도가 아니었을까. 만약 그렇게 하지 않으면 히카루겐지, 동궁, 후지쓰보 자신까지 포함해서 세 사람 모두 파멸할지 모른다고 생각했을 것이다. 이러한 대목에 후지쓰보의 분별력과 모성적인 깊은 사려를 발견할 수 있다.

그러나 히카루겐지는 후지쓰보藤壺가 출가한 의도를 충분히 헤아리고 있었을 터임에도 그 행동이 신중하지 못했다. 즉 賢木卷에서 이전부터 애인이지만 오보로즈키요와의 밀회를 거듭하는 동안에 우대신에게 발각되는 사건이 발각된 것이다. 우대신의 보고를 들은 弘徽殿大后(제1황자인 스자쿠 천황의 母)는 자신들을 경멸하고 조롱했다 하여 히카루겐지의 추방을 획책하게 되었다. 그러나 오보로즈키요朧月夜 사건은 어디까지나 고키덴 측이 히카루겐지를 추방하는 계기로 삼았을 뿐이며 실제로 히카루겐지가 스마 퇴거를 결의한 것은 후지쓰보 사건에 기인하는 꿈의 해몽에 나오는 '액운違ひ目' 때문이다.

須磨卷의 권두에서 히카루겐지는 스마 퇴거의 결의를 다음과 같이 생각하고 있다.

> 세상일이 대단히 번거롭고, 좋지 않은 일만 많아져 모르는척하고 지내고는 있어도, 이보다 더한 일 (제명 처분 이상의 형벌, 유죄)이 발생할지도 모르겠다고 생각하셨다.
> 世の中いとわづらはしく、はしたなきことのみまされば、せめて知らず顔にあり経ても、これよりまさることもやと思しなりぬ。　　　　　　　(須磨②161)

히카루겐지는 관작을 빼앗기고 고키덴 대후 측으로부터 조정에서 내몰리고, 그보다 더 나쁜 사태가 일어날 것을 염려하고 있다. '이보다 더한 일'은 제명처분 이상의 유죄뿐 만이 아니고 동궁에게까지 미칠 영향을 생각한 표현으로 해석할 수 있다. 겐지는 그러한 최악의 사태가 되기 전에 스스로 도읍을 떠나 스마에 퇴거할 것을 결심했던 것이다. 겐지는 이미 제명 처분된 것이 유배를 가는 준비 단계라고 생각하고 있었고, 또 자신의 꿈에 대한 해몽에서 천황의 아버지가 되기 위해서는 '액운'이 있어서 근신하라는 말을 듣고 있었던 것이다. 겐지는 동궁의 안태를 지키기 위해 유죄가 되기 전에 스스로 스마 퇴거를 결의했던 것이라고 생각된다.

겐지는 스마須磨의 해변에서, 여러 신들에 기원해서 몸의 부정을 없애는 불제를 하면서, '수많은 신들도 나를 불쌍히 여기시겠지요. 나는 지은 죄가 그렇게 없으니까.八百よろづ神もあはれと思ふらむ犯せる罪のそれとなければ'(須磨②217) 라고 말하자 갑자기 하늘이 깜깜해지고 폭풍우가 일어난다. 즉 신은 히카루겐지가 지은 죄가 없다고 하자 폭풍우로 경고한 것이다. 여기서 히카루겐지는 오보로즈키요와의 밀통과 관련하여 고키덴 대후 측에 대해서 원죄임을 주장해 왔다. 그런데 폭풍우는 인간으로서 범할 수 있는 모든 죄에 대해서 무죄를 주장하는 히카루겐지를 경계했던 것이다.

폭풍우가 겨우 잠잠해질 무렵, 히카루겐지의 꿈에 나타난 고 기리쓰보인은 '이는 그저 사소한 인간의 죄업이다.これはただいささかなる物の報いなり'(明石②229)라고 하며 위로한다. 모노가타리에서 후지쓰보 사건에 대한 히카루겐지의 죄의식에 대해 고 기리쓰보인이 모른다면, 기리쓰보인이 생각한 죄는 사소한 인간의 죄업이라고 볼 수 있다. 그러나 히카루겐지가 자신의 무죄를 주장하는 것에 대해서, 신은 아버지의 후궁인 후지쓰보와 밀통한 사건에 대한 벌로서 폭풍우를 일으킨 것이라 생각할 수 있다.

히카루겐지는 지금까지 고키덴 대후 쪽에서 획책하는 음모에 대해는 자신의 억울함을 주장해 왔다. 가령 須磨巻에서 스마로 퇴거하기 전, 무라사키노우에게 '자신에게는 잘못이 없지만 전생으로부터의 인연에 의해서 이렇게 되는 것이라고 생각하니過ちなけれど、さるべきにこそかかることもあらめと思ふに'(②172)라고 말해 스마에 퇴거하는 것이 자신의 과실이 아니고, 전생으로부터의 숙세라고 생각한다.

그런데 겐지는 후지쓰보藤壷에게는 다음과 같이 진심을 토로한다.

'이렇게 뜻밖의 죄(제명이 된 것)를 받고 보니, 가슴속에 짐작이 가는 꼭 한 가지 일에 대해서만이 하늘이 무서운 느낌이 듭니다. 하찮은 이 몸은 비록 죽은 목숨이 된다고 하여도 동궁의 지위만 무사하다면'라고 말씀하시는 것은 지당한 것이다.

かく思ひかけぬ罪に當りはべるも、思うたまへあはすることの一ふしになむ、空も恐ろしうはべる。惜しげなき身は亡きになしても、宮の御世にだに事なくおはしま

さば」とのみ聞こえたまふぞことわりなるや。 (須磨②179)

겐지는 관직에서 제명된 것이 뜻밖의 생각지도 못 했던 죄라고 여기고 있다. 그러나 한가지 후지쓰보와의 밀통에 의해서 동궁이 태어났다는 사실에 대해서만은 하늘이 무서운 죄의식을 느끼고 있다. 즉 히카루겐지는 고키덴 대후 측에 대해서 정치적으로는 무죄라고 생각하고 있으나 후지쓰보 사건에 대해서만은 죄의식을 느끼고 있다. 겐지는 꿈의 해몽에서 들은 대로 동궁을 무사하게 즉위시키기 위해서는 자신이 희생이 되어 스마에 퇴거할 결심을 굳히는 것이다. 다만 밀통의 비밀이 세상에 알려지지 않으므로, 내심은 숙세의 죄의식을 늘 가지고 있었으나 표면적으로는 원죄임을 호소했던 것이다.

이후 겐지는 스마須磨, 아카시明石로 퇴거하지만 고 기리쓰보인의 힘에 의해 귀경하게 되고 권대납언으로 승진하여 정계의 중추로 부귀하게 된다. 히카루겐지에게 있어서 일생일대의 사건이었던 스마 퇴거는 『花鳥余情』에서 해석하고 있듯이 고려인의 예언에 나오는 '국란'에 의한 것이 아니었다. 이 스마 퇴거의 구조는 若紫巻의 꿈의 해몽 속에 나오는 '액운'이라는 말로 해몽되어 있었다. 그 액운은 히카루겐지가 천황의 아버지가 되기 위한 액땜으로 근신하지 않으면 안 될 일이었다. 즉 히카루겐지는 자신의 아들인 동궁을 무사히 즉위시키기 위해 스마 퇴거를 결심했던 것이었다. 이는 고려인 관상가의 예언이 실현되어 가는 과정이며, 후지쓰보 사건을 통하여 히카루겐지가 천황의 아버지가 되어 영화를 누리게 되는 액운이 곧 스마 퇴거였던 것이다.

4. 宿曜의 예언

澪標巻에서 히카루겐지 29세, 레이제이 천황이 즉위함으로써 히카루겐지의 꿈을 해몽한 예언이 실현된다. 고려인의 예언이 구체적으로 실현되는 새로운 구상인 宿曜의 판단이 제시된 것은 若紫巻에서 꼭 11년이 되는 시점이었다. 宿曜의 예언은 히카루겐지 세 아이들의 운명을 판단한 내용인데, 겐지 29세의 3월 초, 아카시노키미가 딸을 출산했다는 보고를 들었을 때 회상하는 형식으로 기록되어 있다.

> 숙요에서 '아이는 셋인데, 천황, 황후가 반드시 나란히 태어나실 것입니다. 그 중에서 가장 낮은 분은 태정대신이 되어 신하로서는 최고가 될 것입니다.'라고 판단했던 것이 꼭 들어맞는 듯하다. 대체로 히카루겐지가 자신이 무상의 지위에 올라 세상을 통치하실 것이라고 하는 것은, 그렇게 현명하고 많은 관상가들이 한결같이 말씀 올리고 있었던 것을 이 몇 년간은 세상의 번거로움 때문에 깜박 잊고 있었는데, 금상인 레이제이 천황이 이렇게 제위에 오르신 것을 의도한대로 실현되었다고 기쁘게 생각하셨다. 스스로 자신이 제위에 오르는 일은 결코 있을 수 없는 일이라 생각하셨다.
>
> 宿曜に「御子三人、帝、后必ず並びて生まれたまふべし。中の劣りは太政大臣にて位を極むべし」と勘へ申したりしこと、さしてかなふなめり。おほかた、上なき位にのぼり世をまつりごちたまふべきこと、さばかり賢かりしあまたの相人どもの聞こえ集めたるを、年ごろは世のわづらはしさにみな思し消ちつるを、當帝のかく位にかなひたまひぬることを思ひのごとうれしと思す。みづからも、もて離れたまへる筋は、さらにあるまじきことと思す。
>
> (澪標②285-286)

　유기리를 포함한 세 자녀의 영화를 예언함으로써 히카루겐지의 영화의 실현도 확실해진 셈이다. 즉 겐지와 후지쓰보의 밀통에 의한 아들이 레이제이 천황이 되고, 아카시노키미가 딸을 출산했다는 보고를 받은 후, 숙요의 예언이 회상되는 의미는 후지쓰보 계의 이야기에 아카시 계의 이야기가 도입되는 구상이 비로소 명확해진 것이다. 히카루겐지는 숙요의 예언과 수많은 관상가의 예언들을 생각해 내고 전생으로부터의 숙연을 생각하며 자신이 제위에 오를 인연은 먼 것이었다는 것을 느낀다.

　아카시 이야기의 주제가 이렇게 치밀한 구상에 의한 것이라는 것은 작자가 여성이기 때문에 가능한 일이라 생각된다. 明石卷에서 히카루겐지가 거듭 귀경의 선지를 받고 있을 즈음, 아카시노키미는 '6월경부터 회임의 기색이 있어 입덧으로 고생하고 계셨다.六月ばかりより心苦しき気色ありて悩みけり'(明石②263)라는 기술이 있었다. 아카시노키미가 임신으로 인한 입덧이 있었던 것은 겐지가 아카시明石을 출발하기 2개월 전이었으므로 겐지도 당연히 알고 있었을 것이다. 도읍으로 복귀한 겐지는 조정의 정치와 이조원의 개축 등 다망함에도 불구하고, '3월초 해산이 이쯤이겠지 하고 생각하시고 남몰래 걱정하시며 사람을 보내셨다.三月朔日のほど、このころやと思しやるに、人知れずあはれにて、御使ありけり'(澪標②285)라고 한다. 이렇게 아카시노키미의 출산 예정일까지 계산하여 숙요의 예언을 구상할 수 있는 것은 작자가 무라사키시키부라는 여성이기 때문에 가능한 일이라 생각된다.

숙요의 예언을 회상한 다음 겐지가 '관상가의 말은 틀리지 않았어.相人の言空しからず、と御心の中に思しけり'라고 생각했던 것은 현재까지 자신의 운명을 점친 수많은 관상가들의 예언이 일부는 실현되었기 때문에 앞으로도 예언대로 될 것이라는 가능성에 기대를 걸었을 것이다. 히카루겐지는 관상가들의 예언이 틀리지 않았음을 확인하고, 이 이후부터는 예언을 의식하게 되고 아직 달성되지 않은 예언의 실현을 위해 노력하는 것을 볼 수 있다. 즉 아카시노키미가 딸을 출산했다는 보고를 들은 직후, 숙요에서 장래에 황후가 된다고 하는 자신의 딸을 아카시明石의 시골에 둘 수 없다고 생각한 히카루겐지는 이조의 동원을 개축하여 아카시明石의 딸을 맞이할 준비를 서두르는 것이었다. 즉 히카루겐지의 운명 이야기에는 후지쓰보 중심의 이야기와 아카시 중심의 이야기가 있는데, 澪標巻 겐지 29세에 아카시노키미明石の君에게서 딸이 태어났다는 것은 아카시明石 이야기의 출발을 의미하는 것이라 볼 수 있다.

이 숙요의 예언이 고려 관상가의 예언이나 해몽과 다른 점은 앞의 두 가지는 히카루겐지에 자신에 관한 예언이고 숙요의 예언은 겐지의 자녀에 관한 예언이라는 것이다. 그리고 히카루겐지는 앞의 두 가지 예언의 일부가 실현되었으므로 이 예언을 받은 뒤에는 보다 적극적으로 자신의 영화의 예언들을 성취시키고자 노력하는 사람으로 변모해 간다.

스마須磨・아카시明石로부터 귀환한 히카루겐지는 특히 숙요의 예언을 생각해 낸 뒤 예언을 의식하고 인생을 관조하게 된다. 복권 후의 히카루겐지는 후지쓰보에 대한 태도도 바뀌어 후견으로 되어 있는 전재궁의 입궐에 대하여 후지쓰보와 상의하고 계획한다. 이리하여 로쿠조미야스도코로의 유언에 따라 전재궁을 양녀로 입적시키고 섭정관백적인 정치가로 변모해 가는 히카루겐지의 일면을 엿볼 수 있다.

伊藤博는 澪標卷 이후의 히카루겐지의 변모를, '그것은 겐지 내면의 전개, 내적 필연성에 근거하여 서서히 이루어진 것으로 형상되고 있다고 단정 지울 수는 없는 듯하며, 다분히 예언의 요청이라고 하는 외적 계기에 의해, 그 놓여진 위치가 요청하는 에너지의 방향에 몸을 맡겨 급격하게 과거와 단절한 마음이 있었던 것 같다.'[35]고 지적했다. 澪標卷에서 히카루겐지가 숙요의 예언을 상기한 뒤에 변모하는 것은 분명하지만, 겐지의 자각과 변모는 賢木卷에서 후지쓰보의 출가에 충격을 받은 뒤부터 시작된 것이라고 생각된다. 그리고 이러한 히카루겐지의 변모는 내적인 목적의식의 변화이지 반드시 예언이나 해몽, 숙요의 판단에만 의지했다고 할 수는 없을 것이다. 『겐지 이야기』 제1부의 桐壺卷에서 藤裏葉卷까지, 히카루겐지는 세 가지 예언에 구속되면서 영화를 달성하게 되는 것은 사실이지만, 예언은 등장인물의 인간관계와 노력에 의해서 비로소 실현된다.

鈴木日出男는 히카루겐지의 영화가 실현되는 과정을, '레이제이 천황을 둘러싼 잠재왕권적인, 그리고 아키코노무 중궁을 둘러싼 준섭관적인, 또는 아카시에서 태어난 딸과의 섭관적인 각각의 제관계를 포괄하고 있는 것이다. 이것이 히카루겐지 영화의 기본적인 구도라고 할 수 있지만, 그렇다고는 해도 이것이 애초부터 겐지 스스로가 자가의 권세 확충을 의도하여 도모한 것은 아니었다. 오히려 다양한 사랑의 인간관계의 결과로서 비롯된 것으로 보인다.'[36]라고 설명했다. 즉 히카루겐지의 왕권에 대한 관계를 레이제이 천황, 레이제이 천황과 사이구 뇨고, 동궁(레이제이 천황)과 아카시노뇨고의 관계에 의해 잠재왕권적, 준섭관적, 섭관적으로 파악하여 이것을 '사랑의 인간관계'에 의한 결과로 분석하고 있다. 히카루겐지의 영화와 왕권은 '사랑의 인간관계'를 의식한 겐지의 노력과, 후지쓰보의 분별력, 레이제이 천황의 효심 등에 의해 실현된다.

이상과 같이 澪標卷에서 숙요의 예언을 상기한 후 히카루겐지는 정치적

---

35 伊藤博「『澪標』以後 - 光源氏の變貌-」(『日本文學』第14卷 第6號, 日本文學協會, 1965. 6月) pp.37-38.
36 鈴木日出男, 「光源氏の榮華 - 光源氏論4」『講座源氏物語の世界』第6集 有斐閣, 1981. p.36.

인 인물로 변모한다. 즉 자신의 운명을 점친 예언에 대해 그것에 만족하고 저절로 실현될 것을 기다리지 않고 스스로 실현시키려고 노력하는 것이다. 그의 이러한 섭관적인 자세는 絵合卷에서 전재궁을 레이제이 천황의 황후로 들여보내고, 아카시노히메기미를 동궁비로 양육하여 藤裏葉卷 겐지 39세에 동궁의 뇨고女御로 입궐시킨다. 그리고 '그 중에서 가장 낮은 신분'인 유기리는 처음부터 대학에 보내서 엄하게 학문을 시킴으로써 자신의 실력으로 출세할 수 있도록 했다. 이러한 히카루겐지의 가부장적인 노력은 결국 그 자신의 영화로도 이어진다.

5. 예언의 실현과 구상

藤裏葉卷에서 태정대신인 히카루겐지는 아카시노키미가 낳은 딸의 입궐이 끝나고 유기리도 구모이노가리와 결혼하여 안정되었을 때, 즉 모든 일이 끝나고 일단락이 되자 이것이 자신의 영화의 정점이라고도 생각했는지 '안도하시며 이제야말로 염원해 오던 출가를 해야지.御心落ちゐはてたまひて、今は本意も遂げなん'(③453)라고 하며 출가를 결심한다. 즉 히카루겐지는 지금까지의 여러 예언이나 해몽, 숙요 등에서 이야기한 자신의 영화의 운명이 전부 실현된 것은 아니지만, 앞으로 실현될 것이 틀림없다고 생각한 것이었다.

그러나 고려인 관상가의 예언에 '조정의 주석이 되어 천하의 정치를 보좌할 사람으로 보면, 또한 그렇지 않은 것 같다.'라고 했던 것처럼 히카루겐지의 숙세는 신하로서 절정을 이루는 섭관이나 태정대신으로 그치는 것이 아니었다. 제왕의 상이면서 자리에 오르면 안 되고 신하로서 끝나지 않는다고 하는 고려인 관상가의 예언은, 히카루겐지 39세인 藤裏葉卷에서 히카루겐지가 准太上天皇에 즉위하고 '그해 가을 태상천황에 준하는 지위를 받으시고.その秋、太上天皇に准ふ御位得たまうて'(③454), 육조원에 레이제이 천황과 스자쿠인이 행차行幸하여 동열에 앉는 것으로 실현되는 것이었다. 이 최고의 영화는 히카루겐지 자신의 노력만이 아니라, 후지쓰보의 분별력, 그리고 薄雲卷에서 자신의 출생의 비밀을 안 레이제이 천황이 겐지를 예

우하려는 효심에 의해 실현된 것이었다. 따라서 히카루겐지 영화의 예언이 실현되는 원리는 후지쓰보 사건이라고 하는 인간관계가 심층에 깔려있다고 할 수 있다.

　그러면 히카루겐지의 영화가 달성되는 데 있어서 가장 결정적인 역할을 하게 되는 레이제이 천황은 어떻게 해서 자신의 출생에 대한 비밀을 알게 되는 것일까. 薄雲巻에서 후지쓰보의 붕어 후 잦은 천변지이가 일어나자, 숙직하던 승도가 레이제이 천황에게 자신이 알고 있는 히카루겐지와 후지쓰보와의 관계를 이야기하고 출생의 비밀을 상주한다. 그리고 천변지이가 자주 일어나는 것은 천자가 자신의 부모를 모르고 있기 때문에 일어나는 하늘의 노여움이라고 한다. 출생의 비밀을 안 레이제이 천황은 번민하고 스스로 황통난맥의 선례를 전적에서 조사하여 일세의 겐지가 납언 또는 대신이 된 후, 새로이 황자의 선지를 받아 제위에 즉위한 사례를 확인한다. 레이제이 천황은 실부가 히카루겐지라는 사실을 안 이상, 겐지를 신하의 신분으로 그대로 둘 수가 없었던 것이다. 여기서 레이제이 천황이 겐지를 아버지로서 대우하고자 하는 효심을 엿볼 수 있다. 그리고 마침내 양위하고 싶다는 의향을 비치나 겐지는 '어림도 없는 제위에 어찌 오를 수 있겠습니까.及ばぬ際には上りはべらむ'(薄雲②456)라고 하며 사양한다. 레이제이 천황이 조사한 대로 일세의 겐지가 친왕親王에서 천황이 되어도 문제는 없으나 히카루겐지의 경우는 불가능하다. 왜냐하면 히카루겐지가 레이제이 천황 다음의 천황이 되면 어버이가 아들의 후대 천황으로 즉위하는 셈이 된다. 여기서도 고려인의 예언은 적용되어, 레이제이 천황은 다른 방법을 생각하여 겐지를 예우해야만 했다.

　藤裏葉巻에서 레이제이 천황은 가까스로 히카루겐지를 준태상천황으로 예우했으나, 그래도 만족하지 못하여 '세상의 평판을 두려워하여世の中を憚りて'(③454) 양위를 할 수 없음을 조석으로 한탄한다는 것이다. 그리고 히카루겐지 39세의 10월, 단풍이 한창인 무렵 레이제이 천황은 스자쿠인을 권유하여 함께 히카루겐지의 저택 육조원六条院에 행차한다.

　　(레이제이 천황과 스자쿠인의) 자리 두개를 훌륭하게 배열하고, 주인인 육조원의 자리는 한 단 아래 있는 것을 천황이 선지를 내려 동렬이 되도록 고치

게 하신 것은 잘한 일이지만, 그래도 천황은 정해져 있는 이상의 예의는 다
하지 못하는 것을 유감으로 생각하시는 것이었다.

御座二つよそひて、主の御座は下れるを、宣旨ありて直させたまふほど、めでた
く見えたれど、帝はなほ限りあるゐやゐやしさを尽くして見せたてまつりたまはぬ
ことをなん思しける。

(藤裏葉③459-460)

레이제이 천황이 겐지의 자리를 천황과 동열로 만들어 히카루겐지의 영
화는 정점에 달하고 고려인의 예언도 비로소 실현된다. 그러나 레이제이
천황은 그래도 규정 이상의 예우를 표면적으로는 할 수 없음을 안타깝게
생각할 정도로 효심이 지극했다. 즉 히카루겐지가 영화의 예언을 달성할
수 있게 된 것은 후지쓰보의 분별력과 겐지 자신의 노력도 중요했지만, 레
이제이 천황이 겐지의 아들로서 부친을 예우하려는 효심에 의해 가능한
것이었다.

이상에서 고찰한 것처럼 고려인의 예언이나, 해몽, 숙요의 예언 중에서,
藤裏葉卷 현재 미실현된 것은 다음과 같다. 우선 아카시노히메기미가 뇨
고로 입궐하여 아직 황후가 되지는 않았다. 그러나 御法卷에서 히카루겐
지 51세 때에 중궁이 된다. 그리고 아오이노우에와의 사이에서 태어난 유
기리는 지금 중납언 종삼위이지만, 이후 태정대신이 되는 것은 별 문제가
없을 것이다. 여기서 일단 세 가지 예언은 히카루겐지가 준태상천황이 되
면서 거의 성취되지만, 이것은 다음 해 若菜上卷에서 겐지 40세의 축하연
을 위해 준비된 것으로 볼 수 있다. 즉 예언의 힘은 藤裏葉卷까지로 거의
소멸했지만, 예언에서 이야기한대로 히카루겐지 스스로는 최고의 영화를
성취했고, 이후의 제2부 若菜卷에서는 새로운 구상으로 발전하고 있다는
것을 알 수 있다.

히카루겐지 40세가 되는 若菜上卷은 澪標卷으로부터 꼭 11년이 되는
해이고, 정월에 40세의 축하연賀宴이 있었고, 2월에는 스자쿠인의 셋째 공
주女三宮를 정처로 맞이하게 된다. 이 사건은 그동안 평생의 반려자로 20여
년 동안 같이 지낸 무라사키노우에를 고뇌에 빠뜨리게 했다. 그러나 히카
루겐지는 온나산노미야의 유치함에 실망하고 오히려 무라사키노우에의
사려 깊은 행동에 감동한다. 그런데 제2부에서 새로운 이야기의 구상으로

등장한 것은 스자쿠인의 셋째 공주에게 끈질긴 집념을 불태우는 가시와가
柏木와의 관계이다. 若菜下卷에서 무라사키노우에의 병이 위독해져서 이조
원으로 옮기자, 겐지가 이조원에서 간호하고 있을 동안에, 가시와기는 겐
지의 정처인 온나산노미야와 끝내 밀통을 하게 된다.

柏木卷에서 히카루겐지 48세, 온나산노미야(스자쿠인의 셋째 공주)는
불의의 아들 가오루薰를 출산한다. 그러나 비밀을 알고 있는 사람은 당사자
와 뇨보 고지주小侍從, 겐지 이외의 세상 사람들은 모르는 일이다. 겐지는 표
면적으로는 자신의 아들이지만 실제로는 가시와기의 아들을 안고 침통하
게 과거를 회상한다. 히카루겐지는 처음 이 밀통의 비밀을 알았을 때, 아버
지인 기리쓰보 천황도 어쩌면 자신과 후지쓰보와의 관계를 알고도 모르는
척 하고 있었던 것이 아닐까하고 생각한다. 겐지는 가시와기를 한편으로는
동정하며 '얼마나 사랑이란 산이 깊으면 산속으로 들어가면 갈수록 헤매게
되는 걸까,いかばかり恋てふ山の深ければ入りと入りぬる人まどふらむ(古今六帖 四)'(若菜下
④255)라는 고가古歌를 연상하는 것이었다.

御法卷 히카루겐지 51세, 若菜卷에서 온나산노미야가 겐지의 정처로 들
어온 지 꼭 11년째 되는 해이다. 후지쓰보 다음으로 이상적인 여성으로 히
카루겐지에게 사랑을 받았던 무라사키노우에는 끝내 원하던 출가도 이루
지 못한 채 세상을 하직한다. 무라사키노우에가 히카루겐지를 만난 지 꼭
33년째이고 11년의 주기가 세 번 지난 셈이다. 이처럼 예언의 효력이 끝
난 제2부에서도 11년의 주기는 지켜지고 있는 것이다.

6. 결론

이상으로 桐壺卷, 若紫卷, 澪標卷에 나오는 세 가지 예언이 제1부에서
어떻게 주인공의 운명 이야기로 구상되고, 히카루겐지 영화의 운명이 실
현되어 가는가를 등장인물의 인간관계에 주목하면서 분석해 보았다. 그리
고 이 세 가지 예언은 각각 히카루겐지의 7세, 18세, 29세에 나왔고, 그 예
언이 실현되는 것은 39세의 가을이지만 40세의 축하연으로 이어지는 것이
었다. 또한 예언의 효력이 끝난 제2부의 모노가타리 구상에 있어서도,

40세의 축하연에 이어 온나산노미야를 정처로 맞이한 지 11년 뒤에 무라사키노우에가 타계한다. 즉 1, 2부 공히 주요한 모노가타리의 구상이 11년 단위로 구성되어 있는 것을 고찰했다.

　이야기物語 속에서 결과적으로 주인공 히카루겐지는 예언에 지배되지만 예언이 실현되기까지 그저 기다리기만 한 것은 아니었다. 賢木卷에서 히카루겐지는 동궁의 즉위를 위해 분별력 있게 출가한 후지쓰보에게 자극을 받아 스스로 스마에 퇴거함으로써 동궁을 지키려고 했다. 또한 澪標卷 이후에는 예언을 의식하여 변모한 히카루겐지의 섭정관백적인 노력도 영화를 달성하지만, 거기에는 한계가 있어서 신하로서의 영화에 지나지 않았다. 히카루겐지 최고의 영화는 太上天皇에 준하는 지위를 받고, 레이제이 천황, 스자쿠인과 함께 동렬에 앉는 것으로 실현되는 것이었다.

　그러나 제1부, 제2부에서 이야기의 구조가 11년 단위로 유기적인 체계에 의해 구상되어 있다고 하더라도 그것만으로 이야기가 진행되는 것은 아니었다. 고려인 관상가에 의해 예언을 받은 히카루겐지의 영화가 실현되는 것은 히카루겐지의 노력, 후지쓰보의 분별력, 그리고 자신의 출생의 비밀을 알게 된 레이제이 천황이 히카루겐지를 아버지로 예우하려는 효심 등의 인간관계에 의해서 가능한 것이었다. 이에는 예언을 등장인물의 행동원리로서 실현시키고자 하는 허구의 논리가 작용한다는 것을 확인할 수 있었다.

┃Key Words　高麗人, 予言, 観相, 夢合せ, 虚構

겐지 이야기의 전승과 작의

제3장

무라사키시키부의 기억과 허구
-한반도 도래인을 중심으로-

1. 서론

고대사나 이야기物語에 등장하는 예언가들은 고귀한 신분의 피관상자가 아무리 감추려 해도 그 비범한 자질을 한눈에 알아차려 버린다. 그리고 피관상자들의 인생이 어떠한 우여곡절을 겪어도 결국에는 실현되는 것이 예언의 논리였다. 그런데 일본의 고대문헌에 등장하는 관상가들 중에는 유난히 고려인이 많다. 『겐지 이야기源氏物語』의 桐壺卷에도 주인공 히카루겐지의 일생과 주제의 복선이 되는 고려인 관상가의 예언이 나온다.

『겐지 이야기』는 헤이안 시대 중기에 살았던 여류 작가 무라사키시키부에 의해 그려진 허구의 이야기이다. 그러나 중세 이후에『겐지 이야기』가 허구인 것을 전제로 역사적인 시대설정이나 인물에 대한 모델, 사적 등에 대한 역사적 사실을 지적한 준거準拠에 대해 많은 논의가 이루어지고 있다. 그런데『겐지 이야기』의 수많은 준거를 처음으로 지적한 것은 중세의 주석서인『河海抄』(1362년경)이다.

『가카이쇼河海抄』에는『겐지 이야기』의 기리쓰보桐壺 천황을 다이고醍醐, 스자쿠朱雀 천황은 朱雀, 레이제이冷泉 천황은 무라카미村上, 금상今上 천황은 레이제이冷泉로, 히카루겐지를 西宮 左大臣 미나모토 다카아키라源高明[1]로 설정하고 있다. 그러나 근세의 本居宣長는 준거에 대해 단지 작자의 마음속에 있었던 일인데 후대에 와서 이를 반드시 하나하나 연상할 필요는 없다[2]라고 하며 부정적으로 해석했다. 고주석 이후 현대의 준거론에 대한 연구로는 玉上琢弥[3], 清水好子[4], 山中裕[5], 野村精一[6], 高橋亨[7] 등의 논고가 있다. 특히 清水好子는 이야기物語의 인물이나 사건이 역사상 실존했던 어떤 사실을 근거로 비유하고 있다고 해석할 때, 그러한 사실을 이야기의 準拠[8]라고 정의했다.

『겐지 이야기』에는 '韓人', '百済', '高麗人', '高麗笛', '高麗の錦', '高麗の紙', '高麗の楽' 등의 한반도의 국명과 관련된 용례가 많이 나온다. 이 중에서 '고려인'은 4용례가 나오는데, 고려인 관상가가 행한 히카루겐지에 대한 예언은 이야기의 주제에 큰 영향을 미치게 된다. 『겐지 이야기』의 桐壷巻에 등장하는 고려인은 사신으로 홍려관鴻臚館에 묵고 있었는데, 천황이 우대변右大弁의 아들인 것처럼 하여 보낸 히카루겐지의 관상을 보고, 고려인은 히카루겐지의 생애를 예언하고 이름을 지어준다. 그런데 『겐지 이야기』의 桐壷巻에 나오는 이 '高麗人'에 대해 '渤海国人'이라고 하는 설과 '高麗国人'이라는 두 가지 설이 있다.

작자 무라사키시키부紫式部는 渤海国人과 高麗国人 중 어느 쪽을 기억하여 예언의 주제를 설정한 것일까. 그리고 허구의 이야기 속에서 어떻게 '고려인'과 등장인물들과의 관계를 구상하고 있는가. 본고에서는 이와 같은 무라사키시키부의 고려인 대한 기억이 어떻게 『겐지 이야기』라고 하는 허구의 이야기 속에 그려져 있는가 하는 문제를 고찰하고자 한다.

1　玉上琢弥 編, 『紫明抄·河海抄』角川書店 1978. pp.186-187
2　大野晋 編, 『本居宣長全集』第四巻, 筑摩書房, 1981. p.179
3　玉上琢弥, 『源氏物語研究』角川書店, 1966.
4　清水好子, 「源氏物語の源泉 Ⅴ準拠論」(『源氏物語講座』第8巻, 有精堂, 1977)
5　山中裕, 『平安朝文学の史的研究』吉川弘文館, 1974.
6　野村精一, 「訓みの表現空間」(『平安時代の歴史と文学 文学編』吉川弘文館, 1981)
7　高橋亨, 「引用としての准拠」(『平安時代の歴史と文学 文学編』吉川弘文館, 1981)
8　清水好子, 「源氏物語における準拠」(『源氏物語の文体と方法』東京大学出版会, 1980) p.276.

2. 도래인 관상가

『겐지 이야기』桐壺卷에 나오는 '高麗人'은 주인공인 히카루겐지 일생
의 중대한 운명을 예언하고 있다. 그리고 이 예언은 이후의 이야기 전개에
지대한 영향을 미치게 되는데, 작자는 대체 어느 나라의 고려인을 생각한
것일까. 桐壺卷의 용례대로라면 '高麗国'에서 파견된 사신이다. 그런데 역
사상 일본에서 '고려'라고 불렸던 나라는 고구려, 발해, 고려의 세 나라가
있었는데, 무라사키시키부가 『겐지 이야기』를 집필하고 있었던 11세기 초
에는 고구려와 발해는 한반도에 존재하지 않았다. 그러면 '고려인'을 고려
국(918-1392)의 사람이라고 할 수 있을 것인가. 이하 고구려, 발해, 고려와
일본과의 관계를 간략하게 살펴보기로 한다.

고구려는 기원전 37년에 건국하여 한반도 북부와 만주에 세력을 확장
했던 고대국가로서 4C 무렵 광개토대왕 무렵에 최전성기를 맞이했다. 한
반도 남부의 신라, 백제와 대항했으나, 668년 신라·당나라의 연합군에 의
해 멸망했다. 『日本書紀』, 『日本靈異記』 등 일본의 고대문헌에서는 이 고
구려를 '高麗'로도 표기하고 있다.

한편 발해는 고구려의 장군이었던 대조영이 698년에 건국한 나라이다.
지배층은 고구려의 유민이고, 고구려를 부흥한 나라라는 자각을 갖고 있
었다. 일본과의 교류는 727년부터 약 180연간에 34회나 국사를 파견하여
일본국과의 국서에는 양국에서 함께 高麗国이라는 국호를 사용했다. 『續
日本紀』(797)의 다음 기사에는 발해와 일본이 상호간에 高麗라고 호칭하
고 있었다는 것을 알 수 있다.

高麗使楊承慶等貢方物奏曰. 高麗国王大欽茂言.

(卷第二十一, 天平宝字三年[759] 正月条)

賜渤海王書云. 天皇敬問高麗王.　　　　(卷第三十二, 宝亀三年[772]二月条)[9]

9　黒板勝美 編, 『續日本紀』 吉川公文館, 1959. p.259

759년의 기사는 발해 사신 楊承慶이 일본에 사신으로 파견되어, 高麗国王 大欽茂가 쇼무聖武 천황의 죽음을 애도한다는 말을 전하고 있다. 한편 772년의 기사는 고닌光仁 천황(770-780)이 渤海国使 壱万福에게 발해국왕이 국서에서 '天孫'이라는 말을 사용한 것에 대해 항의하여 묻고 있는 내용이다. 두 국서에서 볼 수 있듯이 발해와 일본은 서로 高麗国이라는 국호를 사용하고 있는 것을 알 수 있다. 그런데 발해국은 한 때 해동성국이라고 칭해질 정도의 문화국가로 성장했으나 926年 거란契丹에 의해 멸망한다.

高麗国은 918年에 왕건이 건국하여 1392년에 조선으로 바뀐 나라이다. 그런데 이 고려국도 처음에 국호를 후고구려라고 칭할 정도로 고구려의 부흥을 내세운 나라였다. 그래서 발해가 契丹에게 망한 후, 고구려계의 지배층을 많이 받아들였다. 그리고 고려의 태조는 발해의 왕족 大光顯을 고려의 종적에 넣을 정도로 동족의식을 분명히 하고, 그 조상에 대한 제사를 올리게 해 주었다.

이상과 같이 高句麗, 渤海, 高麗는 시대적으로 각기 다른 나라였으나 동족동근의 나라라고 하는 의식이 있었다. 이와 같이 세 나라는 민족적인 뿌리를 같이 했으나, 무라사키시키부가 『겐지 이야기』를 집필하고 있었던 시기는 11세기 초의 고려시대였다. 그러나 당시의 고려와 일본과는 국교가 없었기 때문에 고려의 국사가 홍려관에 묵을 수는 없었다. 이하 발해인과 고려인 뿐만이 아니라 무라사키시키부의 기억에 투영되었을 것으로 추정되는 도래인들의 예언 설화를 살펴보기로 한다.

무라사키시키부의 증조부인 후지와라 가네스케藤原兼輔가 편찬한 『聖德太子伝曆』 비다쓰敏達 十二年(583)에는, 백제의 현자, 達率二品 日羅가 聖德太子의 관상을 보는 기사가 실려 있다.

태자가 몰래 황자와 상의하여 미복을 입고, 여러 동자를 따라 난파관에 들어가 보셨다. 일라는 상에 있었는데, 주위의 사람들을 바라보았다. 태자를 가리키며 말하기를, '저 동자는 바로 신인이다.'라고 했다. 이 때 태자는 누더기를 걸치고, 얼굴을 더럽게 하고, 새끼줄을 허리에 매고, 마부의 아이와 어깨를 나란히 하고 계셨다. 일라가 사람을 보내 들어오게 했다. 태자는 놀라 자리를 피했다. 일라는 요배했다. (중략) 태자는 사양하다가 바로 일라의 방에 들어

가셨다. 일라가 무릎을 꿇고 손바닥을 합장하여 말하기를, '경례구세관음대보살 전등동방속산왕 운운'이라 말했다. 다른 사람들은 이를 듣지 못했다. 태자가 얼굴을 고치고 허리를 굽혀 용서를 빌었다. 일라는 몸에서 크게 빛을 발하고, 불이 세차게 타는 듯 했다. 태자도 미간에서 빛을 발했다. 일광이 나뭇가지와 같았다. 잠시 동안 그러다가 멈추었다.

太子密かに皇子と諮し微服を御いて、諸の童子に従って館に入りて見えたまう。日羅床に在りて、四の観る者を望む。太子を指して曰く、「那る童子や、是れ神人なり」と。時に太子、儙布の衣を服たまい、面を垢し、縄を帯びて、馬飼の児と肩を連ねて居たまう。日羅人を遣して、指して引かせまつるに。太子驚きて去りたまう。日羅遥に拝し。 (中略) 太子辞讓して直ちに日羅の坊に入りたまう。日羅地に跪きて、掌を合せ白して曰さく、「敬礼救世観音大菩薩 伝灯東方粟散王、云云」と。人聞くことを得ず。太子容を修め、折磬して謝したまう。日羅大いに身光を放てば、火の熾んなる炎の如し。太子眉間より光を放ちたまへば、日の暉の枝の如し。須臾あって即ち止んぬ。[10]

비다쓰敏達 천황 12年(583), 백제의 현자인 일라가 사신으로 왔다는 이야기를 들은 성덕태자(574-622)가 신하를 따라 난파관으로 가기를 원했다. 그러나 천황이 이를 허락하지 않았기에, 태자는 허름한 옷으로 신분을 감추고 난파관에 갔다. 일라는 성덕태자가 누더기를 걸치고 마부의 아이와 함께 있었지만, 한눈에 알아보고 관음보살 운운하며 합장을 했다는 것이다. 또한 일라와 성덕태자의 몸과 미간에서 각각 빛을 발했다는 것은 두 사람이 모두 비상한 인물임을 나타내고 있으며, 불교를 숭배하게 되는 태자의 미래상을 표현한 것이라 할 수 있다. 『聖徳太子伝暦』 스쥰崇峻 5年(591) 4월에는 백제의 아좌태자가 성덕태자의 얼굴과 좌우의 수상, 족상을 보고, '敬礼救世大慈、観音菩薩……'이라고 했다고 한다. 그 때에도 성덕태자의 미간에서는 백광을 발했다고 되어 있다. 이러한 관상 설화는 불법 전파를 위해 노력한 성덕태자의 이상성을 그린 것이라 할 수 있다. 이

10 山口常順 他編, 「聖徳太子伝暦」(『聖徳太子・南部仏教集』 玉川大学出版部, 1972) p.27.

관상 설화는『겐지 이야기』의 桐壺卷에서 고려인 예언가가 히카루겐지의 관상을 보는 장면과 유사하여, 성덕태자의 이미지가 히카루겐지의 인물상에 투영되었다고 볼 수 있다.

『懷風藻』751의 「大津皇子」에는 新羅僧 行心이 오쓰 황자의 관상을 보는 기사가 실려 있다.

> 그때 신라승 행심이라고 하는 사람이 있었다. 천문복서를 알았다. 황자에게 말하기를, '태자의 골법이 신하의 상이 아닙니다. 이러한 관상으로 오랫동안 하위에 있으면, 아마도 몸을 보전하기 어려울 것입니다'라고 했다. 이에 역모가 진행되었다.
>
> 時に新羅僧行心といふもの有り、天文卜筮を解る。皇子に詔げて曰はく、「太子の骨法、是れ人臣の相にあらず、此れを以ちて久しく下位に在らば、恐るらくは身を全くせざらむ」といふ。因りて逆謀を進む。[11]

오쓰 황자大津皇子는 덴무天武 천황(673-686)의 장남으로 어렸을 때부터 문무에 능하고, '성격이 아주 방탕하여 법도에 구애받지 않는性頗る放蕩にして、法度に拘らず'(p.74) 인물이었다고 한다. 이러한 오쓰 황자의 성격은『이세 이야기』의 주인공인 아리와라 나리히라在原業平나『헤이주 이야기』의 다이라노 사다분平貞文과 비슷한 '이로고노미色好み'의 성정이라 할 수 있을 것이다. 이러한 오쓰 황자에게 천문과 점복에 능통한 行心이 '신하의 상이 아니다'라고 예언한 것이다.『懷風藻』에서는 오쓰 황자가 모반의 죄를 짓고 死罪에 이른 것은 行心의 간계에 의한 것이라고 평하고 있다. 그러나 오쓰 황자가 신하의 상이 아니라고 한 行心의 예언은 비극적으로 끝난 셈이다.

『三代実錄』卷第四十五에 의하면 고고光孝 천황은 도키야스 황자였던 어린 시절부터 총명하여 経史를 잘 읽고, 용모가 閑雅하고 풍류의 기질이 있었다고 한다.『三代実錄』嘉祥二年(849)에는 渤海国(高麗国)의 대사 王文矩가 도키야스 황자의 관상을 보는 기사가 실려 있다.

---

11 小島憲之 校注,『懷風藻』(「日本古典文学大系」岩波書店, 1964) p.74.

가쇼 2년 발해국이 입조했다. 대사 왕문구가 바라보았다. 도키야스는 여러 황자의 가운데 앉아 있다가 일어나 인사했다. 가까운 사람에게 말하기를 이 공자에게 귀한 상이 있다. 이 분은 반드시 천위에 오를 것이다.
嘉祥二年、渤海国入観。大使王文矩望見、天皇在諸親王中拜起之儀。謂所親曰。此公子有至貴之相。其登天位必矣。[12]

『三代実録』에서 王文矩는 많은 황자들이 있는 가운데 19세인 도키야스 황자를 보고 至貴의 상이 있어 반드시 천위에 오를 것이라고 주위 사람들에게 말했다는 것이다. 그런데 도키야스時康 황자는 고려인 王文矩가 관상을 본 지 35년이나 지난 54세의 고령이 되어서야 光孝天皇(884-886)으로 即位하게 된다. 즉 王文矩의 관상은 35년이나 지난 후에 결국 실현된 셈이다. 이는『겐지 이야기』에서 히카루겐지의 7세 무렵에 고려인의 예언이 있었으나, 39세에 准太上天皇이 됨으로써 영화의 예언이 실현되는 점과 유사하다고 할 수 있다.

앞에서 인용한『겐지 이야기』의 주석서『河海抄』에는 光孝天皇의 관상 설화와 함께, 醍醐天皇의 아들 西宮 左大臣 미나모토 다카아키라源高明 (914-982)에 대한 예언을 히카루겐지의 준거로서 소개하고 있다.

或記에 서궁 좌대신이 천황의 행차를 수행하시는 것을, 도모노 벳토 렌페이라고 하는 관상가가 보고, 이렇게 수려한 용모의 사람을 아직 보지 못했다고 칭송했다. 또한 뒷모습을 보고는, 등에 고상이 있어 아마도 유배를 가게 될 것이라고 말했다.
或記西宮左大臣行幸供奉し給けるを伴別當廉平といふ相人みて容兒人にすくれ給へりいまたかゝるいみしき人をみすとほめ申けるかうしろをみて背に苦相ありおそらくは赴謫所給へしといひけり。[13]

도모노 벳토 렌페이伴別當廉平가 미나모토 다카아키라의 瑞相과 凶相의

---

12 黒板勝美 編,『日本三代実録』後編 巻第四十五、吉川弘文館 1989. p.549.
13 玉上琢弥 編,『紫明抄・河海抄』角川書店, 1978. p.206.

양면을 보고, 나중에 유배를 가게된다는 것을 예언한 것이다. 실제로 미나모토 다카아키라는 安和2년(969)의 정변으로 규슈 다자이후太宰府로 좌천된다. 『河海抄』는 계속해서 '고려인의 예언에서 히카루겐지를 국란이 일어날지도 모른다고 한 관상과 닮은 것인가.'라고 부언하고, 須磨巻까지의 이야기에서 히카루겐지의 운명이 미나모토 다카아키라와 닮았다는 점을 지적하고 있다. 즉 『겐지 이야기』에서 고려인이 히카루겐지의 영화와 스마 퇴거를 예언한 것은, 도모노 벳토 렌페이가 미나모토 다카아키라의 瑞相과 凶相을 지적했다는 점과 유사하다고 할 수 있다.

헤이안 시대 후기에 편찬된 역사 이야기 『大鏡』의 道長下 雑雑物語에는 고려인 관상가가 摂関家의 자식들을 보고 그 운명을 예언하는 기사가 나온다. 즉 高麗人 관상가가 繁樹夫婦가 장수할 것이라는 예언을 하고 있을 때, 우연히 그곳에 있던 모토쓰네基経(836-891)의 자식들인 도키히라時平・나카히라仲平・다다히라忠平와 다다히라의 아들인 사네요리実頼의 관상을 보게 된다는 것이다.

도키히라(871-909)에 대해서는 '용모가 수려하고 성정이 뛰어나 일본에서는 있기 어렵다. 일본의 주석이 되고도 남음직하다御かたちすぐれ、心だましひすぐれ賢うて、日本にはあまらせたまへり。日本のかためと用ゐむにあまらせたまへり'[14]라고 했다. 즉 뛰어난 용모와 조정의 「중신」이 될만한 자질을 겸비하고 있다고 예언한 것이다. 한편 忠平(880-949)에 대해서는 '아아, 일본국의 주석이로다. 오랫동안 세상을 이어서 가문의 이름을 드높일 사람은 바로 이 분이로다あはれ、日本国のかためや。ながく世をつぎ門ひらくこと、ただこの殿(p.412)'하고 예언했다고 한다. 이들에 대한 고려인의 관상은 대체로 거의 틀림없이 실현되어, 후지와라藤原 씨가 영화를 이루게 되는 근본적인 예언이 되었다고 할 수 있다.

다음은 藤原忠平의 아들인 사네요리実頼(900-970)에 대한 고려인의 관상인데, 『聖徳太子伝暦』의 観相説話와 함께 『겐지 이야기』의 고려인 예언과 장면설정이 너무나 유사한 내용이다.

---

14 橘健二 他校注, 『大鏡』(『新編日本古典文学全集』小学館, 1996), p.411. 이하 『大鏡』의 본문 인용은 같은 책의 페이지를 표기함.

특히 초라한 모습으로 신분이 낮은 사람들 사이에 끼어서 멀리 계셨는데, 많은 사람들 가운데 사네요리를 올려다보시고는 손가락으로 가리키며 말씀드렸기에, 무슨 일이었는가 하고 생각했는데 나중에 들으니 '귀한 신분이야' 하고 말씀드렸다는 것이야.

ことさらにあやしき姿をつくりて、下臈の中に遠く居させたまへりしを、多かりし人の中より、のびあがり見たてまつりて、指をさしてものを申ししかば、何事ならむと思ひたまへりしを、後にうけたまはりしかば、「貴臣よ」と申しけるなりけり。 (p.411)

実頼는 허술한 모습으로 신분이 낮은 사람들과 함께 멀리 떨어져 있었음에도 불구하고, 高麗의 관상가는 그의 신분을 이미 간파하고 있었던 것이다. 관상 설화에서 피관상인이 아무리 남루한 차림을 하고 있어도 관상가는 그 신분을 알아차리게 된다는 전형적인 장면설정이다. 実頼의 관상 장면은 『聖徳太子伝略』에서 日羅가 聖徳太子의 관상을 보는 장면이나, 『겐지 이야기』에서 고려인이 히카루겐지를 예언하는 상황과 대단히 유사한 내용이다. 현명한 관상가들은 황자나 귀족들의 瑞相을 한눈에 간파해 버린다는 것이다. 또한 관상의 내용을 들은 의뢰인들은 고려의 관상가들을 한결같이 '정말로 현명하도다.まことにかしこかりけり'[15]라든지, '대단히 신통하다.なほいみじかりけり'(『大鏡』p.412)라며 칭송하고 있다.

이와 같이 고대사나 모노가타리에 등장하는 도래인 관상가들은 고귀한 신분의 피관상자들이 아무리 그 신분을 감추고 있어도, 비범한 재능이나 귀한 관상을 한눈에 알아차려 버리는 것으로 묘사된다. 그리고 피관상자의 인생이 우여곡절을 겪어도, 결국에는 예언대로 실현된다는 것이 관상 설화의 논리라고 할 수 있다. 이러한 관상 설화가 인물과 시대, 장면설정은 조금씩 다르지만, 무라사키시키부의 독서체험에 의해 부분적으로 『겐지 이야기』의 고려인에 투영되었을 것으로 생각된다.

한편 観相説話가 아니라도 선행작품에 등장하는 고려인이 무라사키시키부의 기억에 남아 『겐지 이야기』의 허구에 영향을 주는 경우도 있었을

---

15 阿部秋生 他校注, 『源氏物語』 1 (「新編日本古典文学全集」 小学館, 1994) p.41. 이하 『源氏物語』의 본문 인용은 「新編全集」의 巻冊, 페이지를 표기함.

것이다. 예를 들면 『우쓰호 이야기』俊蔭卷에 등장하는 고려인은 주인공
의 예언을 하는 장면은 없지만 『겐지 이야기』의 고려인과 비슷한 인물이
라 생각된다.

> 그 아이가 대단히 영리했다. 부모는 '대단히 기이한 아이이다. 자라는 것을
> 봅시다.'라고하며, 글도 읽히지 않고 가르치지도 않았고 길렀는데, 나이에도
> 어울리지 않게 키가 크고 총명했다. 일곱 살이 되는 해, 아버지가 고려인과
> 만나는데, 이 일곱 살 되는 아이가 아버지를 제치고 고려인과 한시를 증답했
> 기 때문에, 천황이 들으시고 '기이하고 신기한 일이로다. 언젠가 한번 시험
> 을 해 봐야지.'하고 생각하고 있었는데, 12살이 되어 성인식을 마쳤다.
> その子、心のさときことかぎりなし。父母「いとあやしき子なり。生ひいでんやうを
> 見む」とて、書も読ませず、いひ教ふる事もなくて生ほし立つるに、年にもあは
> ず、たけ高く、心かしこし。七歳になる年、父が<u>高麗人</u>にあふに、この七歳にな
> る子、父をもどきて、<u>高麗人</u>と詩を作り交はしければ、おほやけ聞こしめして、あ
> やしうめづらしきことなり。いかで試みむと思すほどに、十二歳にてかうぶりし
> つ。[16]

式部大輔 겸 좌대변인 기요하라 황자清原王와 황녀 사이에 아들 도시카
게俊蔭가 태어난다. 도시카게는 태어나면서부터 총명하여 학문을 가르치
지 않았는데도 스스로 터득하여 아버지보다도 더 뛰어난 실력으로 고려인
과 한시를 증답했다는 것이다. 『겐지 이야기』의 桐壺卷에도 고려인의 관
상이 끝난 후에 히카루겐지가 고려인과 한시를 증답하는데, 이러한 장면
설정에는 도시카게의 자질이 그대로 히카루겐지에게도 투영되어 있는 것
으로 볼 수 있다.

　일본의 견당사는 894년에 폐지되는데, 도시카게는 견당사로 파견되었
다가 波斯国에 표류하여 선인으로부터 칠현금의 비곡을 배워 귀국한다.
따라서『우쓰호 이야기』의 고려인은 고려(918-1392) 시대의 고려인이 될

16　中野幸一 校注, 『うつほ保物語』1 (『新編日本古典文学全集』 小学館, 2004) p.19. 이
　　하『うつほ物語』의 본문 인용은 『新編全集』의 巻冊, 페이지를 표기함.

수는 없는 것이다. 따라서『우쓰호 이야기』의 고려인의 이미지가 투영된 『겐지 이야기』桐壺巻의 고려인 또한 고려시대의 고려인은 아니다.

이상에서 일본에서 '高麗'라고 불렸던 세 나라 高句麗, 渤海, 高麗를 살펴보고,『겐지 이야기』에 투영된 관상 설화를 고찰해 보았다. 우선 고구려도 일본에서는 高麗라고 했지만 무라사키시키부가 고구려인 관상가를 그렸을 가능성은 희박할 것이다. 그런데 渤海는 국호가 高麗로도 불렸고, 무라사키시키부의 독서 체험과 기억에 따라『겐지 이야기』에 나오는 고려인은 발해국으로부터 파견된 사신일 것으로 추정된다.

3.『겐지 이야기』의 高麗人과 허구

『겐지 이야기』에는 '高麗笛', '高麗の錦', '高麗の紙', '高麗の乱声', '高麗の楽' 등 高麗와 관련한 용례가 16례나 나온다. 구체적인 예를 들면 '고구려의 피리高麗笛'(末摘花①274), '당나라와 고구려의 갖가지 무악唐土、高麗と尽くしたる舞ども'(紅葉賀①314), '발해의 호도색 종이高麗の胡桃色の紙'(明石②248), '발해의 비단高麗の錦'(絵合②386), '발해의 종이高麗の紙'(梅枝③419), '高麗の紙'(梅枝③419), '高麗笛'(梅枝③422), '高麗の乱声'(若菜上④95), '高麗笛'(若菜上④101), '고구려의 아악高麗の楽'(若菜上④101), '高麗唐土の楽'(若菜下④171), '발해의 푸른 바탕의 비단高麗の青地の錦'(若菜下④193), '唐土高麗'(若菜下④199), '高麗笛'(若菜下④202), '高麗の乱声'(竹河⑤79), '高麗唐土の錦、綾'('宿木⑤436) 등이 그것이다.

'高麗' 혹은 '高麗'의 합성어 중 음악의 경우는 고구려 기원의 아악을 지칭하는 경우가 많고, 비단, 종이 등 선진문물에 이어지는 용례는 발해를 지칭하는 경우가 대부분이다. 한편 '高麗人'은 모두 4例가 나오는데 桐壺巻에 2例, 花宴巻에 1例, 梅枝巻에 1例가 나온다. 이 중에서 花宴巻 이외의 용례는 동일 인물일 가능성이 높다. 이하 본문에 나오는 '高麗人'에 대한 용례를 중심으로 무라사키시키부의 기억과 허구의 이야기로 발전되는 과정을 고찰한다.

『겐지 이야기』桐壺巻에서 발해국으로부터 파견된 국사의 한사람인 고

려인 관상가는 히카루겐지의 운명을 예언하게 된다. 예언은 히카루겐지의
나이 일곱 살 무렵에 다음과 같이 진행된다.

> 그 무렵 고려인이 와 있는 가운데 뛰어난 관상가가 있다는 것을 들으시고,
> 궁중에서 접견하는 것은 우다 천황의 훈계가 있었기 때문에, 대단히 은밀하
> 게 이 황자를 홍려관으로 보내셨다. 후견인인 우대변의 아들인 것처럼 해서
> 데려가자, 관상가는 놀라서 몇 번이고 고개를 갸우뚱거리며 의아해 했다. 관
> 상가는 '나라의 어버이가 되어 제왕이라는 무상의 지위에 올라야 할 분인데,
> 그렇게 되면 국란이 일어날지도 모르겠다. 조정의 주석이 되어 천하의 정치
> 를 보좌할 사람으로 보면 또한 그렇지 않은 것 같다.'라고 말했다.
>
> そのころ、高麗人の参れる中に、かしこき相人ありけるを聞こしめして、宮の内に
> 召さむことは宇多帝の御誠あれば、いみじう忍びてこの皇子を鴻臚館に遣はした
> り。御後見だちて仕うまつる右大辯の子のやうに思はせて率てたてまつるに、相
> 人おどろきて、あまたたび傾きあやしぶ。(相人)「国の親となりて、帝王の上なき
> 位にのぼるべき相おはします人の、そなたにて見れば、乱れ憂ふることやあら
> む。朝廷のかためとなりて、天の下を輔くる方にて見れば、またその相違ふべし」
> と言ふ。
>
> (桐壺①39-40)

　고려인이 히카루겐지의 관상을 보고 예언을 한 것은 초인적인 미모와
학문 기예의 능력에도 불구하고 외척의 후견이 없는 탓으로 친왕親王의 선
지가 내리지 않았을 무렵이다. 기리쓰보 천황은 여러 가지를 고려한 끝에
히카루겐지를 신하의 신분으로 내릴 것을 생각하고 있던 차에 발해로부터
온 사신 중에 현명한 관상가가 있다는 이야기를 듣게 된다. 당시에 외국의
사신을 궁중으로 불러들이는 것은 우다宇多(887-896) 천황의 유훈으로 금
지되어 있었기 때문에, 사신이 묵고 있는 숙소인 鴻臚館으로 히카루겐지
를 보낸다.

　다이고醍醐(897-929) 천황의 아버지인 宇多 천황의 유훈이란 '외국의 사
람을 반드시 불러서 만나야 할 자는 발 안에서 보아라, 직접 대면하지 말
것이다.外藩の人必ずしも召し見るべき者は、簾中にありて見よ。直に対ふべからざらくのみ'[17]
라는 「寛平御遺誡」이다. 즉 궁중에서 외국의 사신을 대면할 때는, 발을 치

고 보고 직접 대면하지 말라라는 것이다. 이에 겐지는 미복 차림을 하고 사신이 묵고 있는 홍려관으로 나가게 된 것이다. 이는 우다 천황이 다이고 천황에게 내린 유훈이니, 『겐지 이야기』의 시대설정은 자연히 다이고 천황의 시대임을 밝히고 있는 셈이다. 따라서 다이고 천황 대에 홍려관에 묵었던 고려인은 발해에서 온 사신인 것이다.

관상가에게는 황자의 신분을 밝히는 것이 아니라, 우대변의 아들인 것처럼 하여 관상을 보게 했다. 예언의 내용에서 고려인 관상가가 놀라며 이상하게 생각한 것은 황자가 우대변의 아들로서는 도저히 있을 수 없는 황위에 오를 수 있는 관상이었을 뿐만 아니라, 관상하기가 복잡하고 난해하였기 때문일 것이다. 이와 같은 예언 전후의 장면설정은 『聖德太子伝曆』의 성덕태자나 『三代実録』의 도키야스 황자, 『大鏡』의 사네요리実頼, 『우쓰호 이야기』의 도시카게 이야기와 유사한 점이 많다고 할 수 있다.

특히 『겐지 이야기』의 絵合卷, 蛍卷에 이름이 나오는 『우쓰호 이야기』의 俊蔭卷 서두와는 비슷한 장면설정이 흡사하다. 『우쓰호 이야기』의 도시카게는 7살 때 발해에서 온 사신과 한시를 증답하고, 히카루겐지 또한 흥취있는 詩句를 짖자 고려인이 보고 극찬하며 진귀한 선물을 주었다고 되어 있다. 즉 두 작품 모두 주인공들이 고려인과 한시를 증답한다는 것이다. 그리고 앞에서 고찰한 바와 같이 도시카게가 견당사로 파견된 『우쓰호 이야기』의 고려인은 발해국의 고려인이라는 것을 알 수 있다.

桐壷卷의 권말에는 예언만이 아니라, 고려인이 히카루겐지라는 이름을 지어주었다는 이야기가 評語처럼 기술되어 있다.

히카루겐지라고 하는 이름은 고려인이 칭송하여 붙인 것이라고 전해진다는 것이다.
光る君といふ名は、高麗人のめできこえてつけたてまつりけるとぞ言ひ伝へたるとなむ。　　　　　(桐壷①50)

17　山岸德平 他校注, 『古代政治社会思想』「寛平御遺誡」(「日本思想大系」8, 岩波書店, 1979年) p.105

小学館「新編全集」의 주석에는 앞에서 예언을 한 관상가와 동일 인물인
지 판단하기 어렵다고 되어 있다. 한편「新日本古典文学大系」(岩波書店)에
는 앞의 고려인이 히카루겐지를 절찬하여 지은 이름이라고 지적하고 있다.
그런데『겐지 이야기』의 본문에는 예언이 있은 후에 히카루겐지를 세상 사
람들은 '빛나는 황자光る君'라고 하고, 후지쓰보를 '빛나는 태양의 궁かかやく
日の宮'(桐壷①44)이라고 불렀다고 한다. 그러나 세상 사람들이 '빛나는 황
자'라고 부르게 된 것은 고려인 관상가가 이름을 '光'라 지은 후에, 이를 들
은 사람들이 따라서 그렇게 불렀을 것으로 생각하는 것이 온당할 것이다.

관상의 내용에 대해서는 전반부와 히카루겐지가 준태상천황이 되는 것을
직결하여 해석하는 설과, 후반부와 賜姓源氏를 직결하여 해석하는 설로 나
누어져 있다. 그러나 예의 내용에 대해서는 이전에 고찰한 바가 있기 때문
에[18], 본고에서는 작자의 고려인에 대한 기억을 중심으로 살펴보고자 한다.
결국『겐지 이야기』의 작자인 무라사키시키부는 주인공의 운명을 예언하는
관상가로서 권위 있는 사람을 선택한 것이 고려인일 것으로 생각된다.

다음은 花宴卷에 나오는 고려인의 용례이다.

> 그러한 행동은 삼가야 할 행동이지만, 왠지 흥취 있게 생각하셔서 오보로즈
> 키요는 어디 있을까, 하고 가슴을 두근거리며 '쥘부채를 빼앗겨서 괴로운 심
> 정이로구나.'라고 하며, 일부러 점잖은 목소리로 말을 걸어보고 중방에 걸터
> 앉아 있었다. '이상한 취향의 고려인이네요.'하고 응대하는 것은 그 진의를
> 모르는 사람일 것이다.
> さしもあるまじきことなれど、さすがにをかしう思ほされて、いづれならむ、と胸うち
> つぶれて、「扇を取られてからきめを見る」と、うちおほどけたる声に言ひなして、
> 寄りゐたまへり。「あやしくもさま変へける高麗人かな」と答ふるは、心知らぬにや
> あらん。　　　　　　　　　　　　　　　　　　　　　　　　　　　　　　(花宴①365)

봄날 밤 등나무 꽃이 만발한 우대신 집에서, 히카루겐지는 이전에 궁중
에서 쥘부채를 서로 바꾸었던 오보로즈키요를 찾고 있었던 것이다. 히카

18　拙稿,「高麗人の予言と作意」『ことばが拓く古代文学史』笠間書院, 1999.

루겐지는 가곡 사이바라催馬楽에서 '고려인에게 오비帯를 빼앗겨서'라고 되어 있는 노래를 '쥘부채를 빼앗겨서'라고 바꾸어 읊었다. 따라서 '이상한 고려인'이라고 응대하는 사람은 '쥘부채'의 의미를 잘 모르는 사람인 것이다. 히카루겐지는 오히려 대답을 못하고 한숨만 쉬고 있는 오보로즈키요를 찾아내 와카和歌를 증답한다. 즉 여기서의 고려인은 催馬楽에서의 이야기이므로 고구려인으로 볼 수 있다.

다음은 梅枝巻에 기리쓰보 천황 대에 고려인이 비단 등을 헌상했다는 대목이다.

> 이조원의 창고를 열게 하여 당나라에서 수입된 물건을 꺼내게 하셔서, 대이가 올린 물건과 비교해 보시고는, '비단이나 능직 등도 역시 오래된 것이 좋고 잘 만들어져 있군.'이라고 말씀하시며 아카시노히메기미가 신변에 두고 사용하실 세간으로 덮개, 깔개, 요 등 갖가지 물건의 테두리로, 돌아가신 상황(기리쓰보인)의 초기에 고려인이 헌상한 비단, 비색 금색의 비단 등이 요즈음 것과는 달라, 다시 여러 가지로 살펴보시고 선별하시고, 이번에 대이가 올린 능라 등은 뇨보들에게 하사하셨다.
>
> 二条院の御倉開けさせたまひて、唐の物ども取り渡させたまひて、御覧じくらぶるに、「錦、綾なども、なほ古き物こそなつかしうこまやかにはありけれ」とて、近き御しつらひのものの覆ひ、敷物、褥などの端どもに、故院の御世のはじめつ方、高麗人の奉れりける綾、緋金錦どもなど、今の世の物に似ず、なほさまざま御覧じ當てつつせさせたまひて、このたびの綾、羅などは人々に賜はす。　(梅枝③403-404)

아카시노히메기미明石姫君가 입궁할 날이 가까워지면서 성인식 준비를 하는 장면이다. 히카루겐지는 돌아가신 기리쓰보 천황 때 고려인이 가지고 온 진귀한 비단 등을 아카시노히메기미가 입궐하여 사용할 수 있도록 선별해 둔다는 것이다. 앞에서 '高麗錦' 등의 용례를 지적했는데, 고려인이 가지고 온 비단은 요즈음 것과는 달리 진귀한 물건이라는 것이다. 즉 이 고려인은 桐壷巻에서 히카루겐지의 운명을 예언했던 관상가와 같은 고려인이라 생각된다.

桐壷巻의 고려인에 대해 中院道勝의 『岷江入楚』(1598)에는 '닌토쿠 천

황 때의 왕인 등과 같은 발해의 사신을 말한다. 모두 같은 부류이다仁德天皇
の時王仁なとのことし渤海客など云皆此類也'[19]라고 기술되어 있다. 즉『岷江入楚』는
백제의 왕인 박사처럼 한반도로부터의 사신은 모두 같은 사람으로 해석하
고 있는데, 고려인을 渤海人으로 해석하고 있다.

『겐지 이야기』를 예술적으로 해석하여 '사물의 정취もののあはれ'론을 주장
한 本居宣長는『源氏物語玉の小櫛』(1796)에서 다음과 같이 기술하고 있다.

> 엔기(901-922) 무렵에 도래한 사람은 모두 발해국의 사신으로 고려는 아니
> 지만 발해도 고구려의 후손이기 때문에 일본에서는 원래 말하던 대로 고려
> 라고 한 것이다. 호키 8년(777)에 온 발해의 사신도 문덕(850-857) 실록1에
> 고려국이 사신을 파견했다고 기술되어 있다.
> 延喜のころ参れるは、みな渤海国の使にて高麗にはあらざれども、渤海も、高麗
> の末なれば、皇国にては、もといひなれたるまゝに、こまといへりし也、宝亀8年
> に、参れりし渤海の使の事をも、文徳実録一に、高麗国遣使と記されたり。[20]

宣長는 渤海国은 고구려의 후예이기 때문에 고구려의 사신을 고려인이
라 불렀던 것처럼 발해국의 사신도 고려인이라 불렀다는 것이다. 그리고
구체적인 용례로서 문덕실록의 기사를 들고 있다. 즉『河海抄』이래로 오
늘날의 연구에 이르기까지 桐壺卷의 '고려인'은 '渤海人'으로 해석하는 것
이 통설처럼 되어 있는 것이다.

그런데 山中裕는『겐지 이야기』의 桐壺卷에 나오는 高麗人이 高麗国의
사람일 가능성을 다음과 같이 서술하고 있다.

> 즉 발해국인이라고 한정하면, 발해국이 멸망한 엔초(923-929) 연간 이래는
> 고려의 도래는 없는 것이 되는데, 고려인이라고 할 경우는 무라사키시키부
> 가『겐지 이야기』를 집필하고 있을 무렵인 간코 5년(1008년)에도 일본으로
> 왔던 것이다. 단지 공적인 사절이 아닌 것이 하나의 문제이다. (중략) 이 고

---

19 中田武司 編,『眠江入楚』桜楓社, 1980. p.66.
20 大野晋 編,『本居宣長全集』第四巻, 筑摩書房, 1981 p.327.

려국을 '고려'라고 절대로 말할 수 없다고는 생각할 수 없을 것이다.

　即ち渤海国人と限定すれば、渤海国の亡びた延長年間以來は、高麗の到來は
ないということになるが、高麗人という場合は紫式部の源氏物語執筆のころ寛弘
５年前後にも來日しているのである。但し公の使節でないことが一つの問題であ
る。(中略) この高麗国を「こま」と絶対にいわぬとも考えられぬであろう。[21]

　『겐지 이야기』桐壺卷에 나오는 고려인이 발해인이 아닌 高麗国人이라
는 주장이다. 실제로 발해국은 926년 거란에게 멸망했기 때문에 무라사키
시키부가『겐지 이야기』를 집필하고 있었던 11세기 초에는 존재하지 않았
다. 따라서 무라사키시키부가 본 것은 高麗国(918-1392) 사람일 것이라는
논리이다. 그러나 그 당시 고려국과 일본과는 국교가 없었기 때문에, 고려
국의 사신이 鴻臚館에 묵을 수는 없었다. 그래서 山中裕는 무라사키시키
부가 고려국의 사신이 영빈관에 해당하는 鴻臚館에 묵는다는 픽션을 사용
하면서『겐지 이야기』를 창작한 것이라고 지적하고 있다.

　『겐지 이야기』蛍卷에는 겐지는 다마카즈라에게 '일본서기 같은 것은 단
지 일부분에 지나지 않는다. 이들 이야기 속에 올바르고 자세한 것이 있을 것
이다.日本紀などはただかたそばぞかし。これらにこそ道々しくはしきことはあらゆ'(蛍③212)라
고 하며, 허구의 모노가타리 논쟁을 펼치고 있다.『겐지 이야기』의 桐壺卷에
등장하는 고려인 관상가는 어떤 특정한 史実이나 이야기만으로 형성된 것이
아니라, 준거론에 따르면 '渤海国人'이지만, 작자가 살았던 시대의 '高麗国
人'이 복합되었을 가능성이 있다. 즉 桐壺卷의 '고려인'에는 선행하는 관상
설화에 나오는 관상가들과 주인공들에 대한 무라사키시키부의 갖가지 기억
이 복합적으로 투영되어 허구의 고려인이 조형되었을 것으로 생각된다.

4. 결론

　『겐지 이야기』의 작자 무라사키시키부는 고려인에 대한 갖가지 기억을

21　山中裕,『平安朝文学の史的研究』吉川弘文館、1978. pp.71-72

갖고 '고려인의 예언'이라고 하는 허구의 이야기物語를 그리고 있다. 무라사키시키부가『겐지 이야기』를 집필하고 있었던 11세기 초는 분명히 발해는 멸망하고 고려가 한반도를 재통일한 후이지만, 桐壷巻의 시대설정은 무라사키시키부가 살았던 시대보다 약 100년 전인 다이고醍醐(897-929) 천황 무렵으로 되어 있다.

山中裕는『겐지 이야기』의 桐壷巻에 등장하는 '고려인'에 대해서 문자 그대로 고려인이라는 설을 제안했다. 그러나 본고에서는 일반적으로『河海抄』이래로 고려인을 渤海人이라고 해석하는 통설을 선행하는 観相説話와 본문의 구체적인 용례를 통해 재확인해 보았다. 특히『続日本紀』에서 渤海国과 일본은 서로 高麗国이라고 불렸다는 것을 확인할 수가 있었다. 또한『우쓰호 이야기』俊蔭巻에서 도시카게가 고려인과 한시를 증답하는 내용은『겐지 이야기』의 고려인이 히카루겐지의 관상을 보는 이야기에 영향을 주었다고 볼 수 있다. 견당사는 894년에 폐지되었고,『우쓰호 이야기』의 도시카게는 고려인과 만났고, 견당사로 파견되었기 때문에, 이들 고려인은 결코 고려(918-1392) 시대의 고려인이 될 수는 없는 것이다.

『겐지 이야기』의 桐壷巻에도 宇多帝의「寛平御遺誡」가 나오는데, 이는 자연히 이야기의 시대설정이 다이고 천황 대라는 것을 말하고 있고, 따라서『겐지 이야기』의 고려인은 渤海人이라는 사실을 이야기하고 있는 셈이다. '고려인'의 용례에서도 花宴巻 1例는 시가에서 고구려인으로 비유되고 있지만, 桐壷巻 2例, 梅枝巻 1例는 渤海人일 것으로 추정된다.

『겐지 이야기』桐壷巻의 고려인에는 백제의 日羅, 신라승 行心, 발해국사 王文矩, 伴別當廉平 등 수많은 관상가들의 이미지가 투영되어 있다. 즉 무라사키시키부는『겐지 이야기』의 시대를 다이고醍醐・스자쿠朱雀・무라카미村上・레이제이冷泉라고 하는 역사적인 시대를 표면에 부설하면서, 한편으로는 자신의 다양한 기억을 허구화하여 모노가타리를 구상했을 것으로 생각된다.

Key Words 紫式部, 虚構, 記憶, 高麗人, 観相,

제4부
집안의 유지와 유언

스마의 겐지(『豪華源氏絵の世界 源氏物語』, 学習研究社, 1988)

겐지 이야기의 전승과 작의

제1장

헤이안 시대 문학에 나타난 유언담

1. 서론

모노가타리物語 문학은 진실과 허구의 상호관계 속에서 예언이나 꿈, 유언 등이 이야기의 주제로 전개되는 경우가 많다. 예를 들면『우쓰호 이야기ぅつほ物語』나『오치쿠보 이야기落窪物語』,『겐지 이야기』등에는 집안의 유지遺志나 상속, 왕권의 확립을 위해 유언遺言이 설정되어 있다. 이러한 유언은 유지나 예언, 영험담인 형식을 빌려 모노가타리에서 주제의 구상으로 설정되어 있기 때문에 반드시 지켜지거나 등장인물들의 행동을 제어하는 역할을 한다.

상대의『日本書紀』나『만요슈』등에도 '遺言'의 용례가 나오는 것으로 보아 일본에서는 일찍부터 집안의 遺志나 유언이 후손에게 남겨지고 있었다는 것을 알 수 있다. 그런데 본고에서 다루고자 하는 것은 단순한 유언의 용례가 아니라 허구의 모노가타리에서 유언의 행위가 話型의 하나로 이야기의 전개에 근간을 이루거나 주제의 복선으로 작용하는 경우를 그 대상으로 한다. 특히 침체된 집안의 재건을 위해 자신을 희생하고 자녀를 통해 가문의 부흥을 염원하는 집안의 遺志에 따라 윤명적인 인생을 살아가는 주인공의 인간관계에 대해서도 살펴보고자 한다.

遺言의 용례는『日本書紀』2例,『만요슈』1例,『日本靈異記』5例,『우쓰호 이야기』9例,『겐지 이야기』20例,『大鏡』2例,『今昔物語集』19例 등이

보인다. 특히 장편의 주제와 관련이 있는『겐지 이야기』20例 중에는 기리
쓰보인의 유언이 9例로 가장 많고, 明石入道가 3例, 桐壺更衣의 아버지인
大納言과 로쿠조미야스도코로가 각각 2例, 그리고 스에쓰무하나의 유모,
가시와기, 八の宮, 一条御息所에 각각 1例가 사용되고 있다. 이 이외에도『오
치쿠보 이야기』의 다다요리忠賴나『겐지 이야기』의 다자이 소이太宰少弍처
럼 실제로 유언은 하고 있지만 용례가 없는 경우도 있다. 본고에서는 이러
한 유언의 용례 중에서 장편의 주제와 주인공의 운명에 직접적으로 영향
을 주는『우쓰호 이야기』의 도시카게,『겐지 이야기』의 가시와기, 桐壺更
衣의 아버지 대납언, 기리쓰보인桐壺院, 아카시뉴도明石入道, 로쿠조미야스도
코로六条御息所 등의 유언을 중심으로 분석하고자 한다.

유언과 遺志에 관한 대표적인 선행 연구로는 다음과 같은 논고가 있다.
日向一雅는『겐지 이야기』를 중심으로 부모의 遺志가 뒤에 남은 후손들의
삶을 呪縛하는 논리가 존재한다는 것을 역설하고 있고[1], 藤村潔씨는 로쿠
조미야스도코로의 유언과 딸의 운명을[2], 坂本昇는 히카루겐지가 기리쓰보
인의 유언을 충실히 준수하는 과정을[3], 加藤洋介는 준거와 후견의 확립이
라는 문제로서 유언을 분석하고 있다[4]. 이 이외에도 阿部秋生는 아카시明石
일족과 유언의 문제를[5], 池田勉는 고려인의 예언과 유언의 관계를[6], 森一
郎는 유언과『겐지 이야기』의 주제를 분석하는[7] 등 많은 논문에서 유언과
遺志의 문제를 고찰하고 있다.

본고에서는 이상과 같은 선행연구를 바탕으로 헤이안 시대를 중심으로
유언담에 관한 통시적이고 구체적인 분석을 통해 모노가타리의 허구성을
고찰한다. 특히 많은 "유언"의 용례를 담고 있는『겐지 이야기』를 중심으
로 유언이 작품의 구조와 등장인물의 인간관계에 어떠한 영향을 미치고

1　日向一雅,『源氏物語の主題』-「家」の遺志と宿世の物語の構造, 桜楓社, 1983.
　　　　『源氏物語の王権と流離』新典社, 1989.
　　　　『源氏物語の準拠と話型』至文堂, 1999.
2　藤村潔,「六条御息所の遺言」(『講座源氏物語の世界』有斐閣, 1980)
3　坂本昇,『源氏物語構想論』第一章 桐壺帝, 明治書院, 1981.
4　加藤洋介,「冷泉-光源氏体制と後見」(『文学』岩波書店, 1989. 8)
5　阿部秋生,『源氏物語研究序説』東京大学出版会, 1959.
6　池田勉,『源氏物語試論』古川書房, 1974.
7　森一郎,『源氏物語の主題と方法』桜楓社, 1979.

있는가를 분석한다. 그리고 모노가타리에서 유언이 한번 내려지면 반드시 지켜지는 허구의 복선으로 모노가타리의 주제를 선점하고 작자의 作意로서 기능하게 되는 논리를 규명하고자 한다.

2. 악기와 음악의 유언

『우쓰호 이야기』俊蔭卷에는 기요하라 도시카게淸原俊蔭가 딸에게 하시국波斯国에서 들여온 악기와 음악을 秘伝하려는 유언을 남긴다. 도시카게는 견당사로 파견되어 당나라로 가던 중 태풍을 만나 하시국으로 표착하여 금琴의 비곡과 악기를 받아 귀국하게 된다. 23년 만에 일본에 귀국한 도시카게는 사가嵯峨 천황으로부터 식부소보式部少輔로 임명되어 동궁의 학문을 돌보게 되었다.

도시카게는 일세 겐지源氏의 딸과 결혼하여 딸을 낳는데, 이 아이가 4살 되는 해부터 매일 琴을 가르쳤다. 도시카게의 딸은 천성이 총명하여 한 번에 한 곡씩 익히고, 나이가 12, 3살이 되자 천황과 동궁을 비롯한 수많은 귀족으로부터 구혼을 받게 된다. 그런데 딸의 나이가 15살이 되는 해 2월 어머니가 죽고, 도시카게도 병상에 누워 임종을 예감한다. 도시카게는 자신의 일생을 회고한 다음, 저택의 북서쪽 동굴에 숨겨둔 南風과 波斯風이라는 이름의 두 가지 琴은 만대의 보물이라고 말하며 다음과 같이 유언을 남긴다.

'‥‥혹은 세상을 살아가다가 대단히 힘든 일을 당했을 때에 이 금을 연주하여라. 그리고 아이가 생겨서 그 아이가 영리하고 현명하고, 정신이 제대로 박혀 몸도 마음도 다른 사람보다 뛰어나면 그 아이에게 전하라.'라는 유언을 남기고 절명해버렸다.

「‥‥もしは世の中に、いみじき目見たまひぬべからむときに、この琴をばかき鳴らしたまへ。もし子あらば、その子、十歳のうちに見たまはむに、聡く賢く、魂とのほり、容面、心、人に優れたらば、それに預けたまへ」と遺言しおきて、絶え入りたまひぬ。

(俊蔭①47)[8]

도시카게는 딸에게 南風과 波斯風이라는 秘琴을 전하면서 좋은 일이 있을 때나 재난이 있을 때, 짐승의 습격을 받았을 때, 혹은 적의 침입이 있을 때, 세상에 어려운 일이 있을 때 연주하라고 일러준다. 그리고 만약 현명하고 총명한 아이가 생기면 그 아이에게 두 대의 琴을 전하라는 유언을 남긴 것이다. 도시카게가 죽자 집안의 가세는 점점 기울고 하인들도 집을 떠난 황폐한 집에서, 도시카게의 딸은 우연한 기회에 태정대신의 아들 후지와라 가네마사藤原兼雅와 관계를 맺고 아들 나카타다仲忠를 낳는다.

그리고 가네마사와는 연락이 단절되고, 아무런 후견이 없는 도시카게의 딸은 점점 생계가 어려워진다. 이에 도시카게의 딸은 '아버지가 유언하신 금父の遺言したまひし琴'(俊蔭①79)을 들고 집을 떠나, 어린 아들 나카타다가 산 속에서 발견한 곰이 사는 동굴에 숨어살게 된다. 도시카게의 딸은 나카타다에게 금을 가르치며 기회가 있을 때마다 아버지의 유언에서 이야기한 秘琴을 연주한다. 특히 아즈마東国의 무사들이 침입을 해왔을 때, 도시카게가 유언에서 이야기한 대로 琴을 연주하여 위기를 넘긴다. 또한 이를 계기로 아버지 가네마사와 재회한 나카타다가 조정에 출사하여 琴을 연주하자, 많은 명문가에서 사위로 삼으려 한다. 이후 樓上 上下卷에서 나카타다는 딸 이누미야犬宮에게도 琴을 가르치는 등, 『우쓰호 이야기』에는 전체적으로 秘琴의 전수와 학예를 존중하는 분위기가 넘쳐난다. 특히 만대의 보물인 秘琴과 연주법이 아버지의 유언과 유지에 따라 자손에게 전수된다는 점이 유언담의 계보이고 모노가타리의 논리인 셈이다.

이러한 악기의 전승은 『겐지 이야기』에도 나오는데, 柏木卷에서 가시와기는 온나산노미야女三宮와의 밀통으로 가오루에게 악기를 전하려고 한다. 가시와기는 온나산노미야와의 밀통으로 가오루가 태어나자, 이미 히카루 겐지光源氏에게 발각된 것을 자각한다. 이에 온나산노미야는 출가하고, 가시와기는 임종에 즈음하여 친구인 유기리에게 갖가지 유언을 남긴다. 유기리는 49제가 지난 후 一条宮에 찾아가 가시와기의 미망인 오치바노미야 落葉宮를 문안한다. 이 때 오치바노미야의 어머니 이치조미야스도코로一条御

---

8   中野幸一 校注, 『うつほ物語』1 (「新編日本古典文学全集」14, 小学館, 1999) p.47. 이하 『うつほ物語』의 인용은 「新編全集」의 권, 페이지 수를 표기.

息所는 다음과 같이 가시와기의 유언을 상기하며 눈물을 흘린다.

> '……임종하려는 때에 이 사람 저 사람에게 남기신 유언이 가슴에 사무치고, 괴로운 마음속에도 기쁘기도 했을 것입니다'라고 하며 많이 우시는 모습이다.
>
> いまはとてこれかれにつけおきたまひける御遺言のあはれなるになん、うきにもうれしき瀬はまじりはべりける」とて、いといたう泣いたまふけはひなり。
>
> (柏木④331)[9]

　이후 가시와기의 일주기가 되자, 유기리는 오치바노미야에게 더욱 관심을 기울이며 비파로 相夫恋을 합주하고, 이치조미야스도코로는 가시와기가 사용하던 피리笛를 유기리에게 전한다. 그런데 이날 밤 유기리의 꿈에 가시와기가 나타나 피리를 자신의 자손에게 전해달라는 의미의 와카를 읊는다. 이에 유기리는 히카루겐지를 찾아가 진실을 확인하고자 하지만, 겐지는 교묘하게 대답을 피하면서 피리의 내력을 이야기하며 자신이 맡아두겠다고 한다. 제3부의 橋姫巻에서는 우지宇治에서 벤노키미弁の君라고 하는 노파에 의해 가시와기의 유서와 죽기 전의 사정이 가오루에게 전해지고, 宿木巻에는 가오루가 등나무 꽃 향연에서 가시와기가 전한 피리로 아름다운 선율을 연주하는 장면이 나온다.

　이상과 같이 『우쓰호 이야기』와 『겐지 이야기』에는 악기와 음악의 연주가 유언에 의해 전승되고 긴 주제를 형성하는 유언담의 존재를 확인할 수 있다. 즉 유언은 허구의 장편 이야기에서 주제의 복선이 되고, 유언담은 작품의 주제를 선점하는 화형話型으로 기능하고 있음을 확인할 수 있다.

9　阿部秋生 他校注, 『源氏物語』4 (『新編日本古典文学全集』, 小学館, 1994) p.331. 이하 『源氏物語』의 인용은 「新編全集」의 권, 페이지 수를 표기.

3. 상속과 後見의 의뢰

『오치쿠보 이야기』에는 계모에게 학대받던 주인공 오치바노키미落窪の君가 소장少将 미치요리道頼와 결혼하여 행복한 가정을 꾸리게 된다는 계모학대담이다. 미치요리는 40세도 안되는 나이에 태정대신으로 승진하여 악독한 계모에게는 복수를 하지만, 중병이 든 장인 미나모토 다다요리源忠頼가 대납언大納言으로 승진하고 싶어 하는 것을 알고 그 소원을 들어준다. 이에 다다요리도 자신의 저택을 비롯한 대부분의 재산을 오치바노키미에게 상속한다는 유언을 남긴다. 즉 『오치쿠보 이야기』에 '遺言'이라는 용례는 나오지 않지만, 실제로 다다요리의 유언을 통해 재산 상속을 한다.

한편 『겐지 이야기』澪標卷에서는 로쿠조미야스도코로가 출가에 즈음하여 자신의 죽음을 예감했는지, 겐지源氏에게 이세 재궁伊勢斎宮이었던 딸의 후견을 의뢰하는 유언을 남긴다. 로쿠조미야스도코로의 유언을 들은 겐지가 자신의 힘이 닿는 대로 도움을 주겠다고 약속하자, 로쿠조미야스도코로는 겐지의 후의에 감사해 하면서도, 자신의 딸에게 연애의 감정을 갖지는 말아달라는 당부를 한다. 이에 대해 겐지는 스마須磨・아카시明石로부터 돌아온 후에는 이미 옛날의 자신과 다르다는 점을 강조하고 다음과 같이 딸처럼 후견을 하겠다는 약속을 한다.

> '이렇게 유언을 듣는 사람 속에 포함시켜 주신 것도 대단한 영광입니다. (중략) 조금은 어른스런 나이가 되었지만 돌봐줄 만한 딸도 없어 뭔가 섭섭하게 생각하고 있었어요.'라고 말씀드리고 돌아가셨다.
>
> 「かかる御遺言の列に思しけるも、いとどあはれになむ。(中略) すこし大人しきほどになりぬる齢ながら、あつかふ人もなければ、さうざうしきを」など聞こえて、帰りたまひぬ。
>
> (澪標②313-314)

겐지는 먼저 로쿠조미야스도코로가 자신에게 이러한 부탁을 하는 것에 대한 답례를 하고, 아버지와 같은 심정으로 대하겠다고 대답한다. 로쿠조미야스도코로의 유언은 히카루겐지가 레이제이 천황의 후궁으로 양녀인 전재궁前斎宮을 입궐시킴으로써 실현된다. 레이제이 천황은 겐지와 후지쓰보의 아들로 당시에 11살이고 전재궁은 20살이나 되었으나, 겐지와 후지쓰보는 은밀한 협의하에 결혼을 성사시켰다. 겐지가 전재궁을 양녀로 삼아 준섭관적인 결혼을 시킨 것은 점차 정치적인 인물로 변모해 가는 것으로 해석할 수가 있다. 이는 곧 로쿠조미야스도코로의 유언을 지키는 것임과 동시에 겐지의 잠재왕권과 영화를 보장하게 된다는 의미가 있다.

제2부의 若菜下巻에서도 로쿠조미야스도코로는 겐지에 대한 집념으로 다시 死霊으로 나타나지만, 자신의 유언을 지켜 딸을 중궁으로 즉위시켜준 점에 대해서는 고맙다고 인사를 한다. 그러나 로쿠조미야스도코로는 겐지에 대한 집념으로 온나산노미야를 출가시키고 무라사키노우에를 죽음에 이르게 만든다. 로쿠조미야스도코로의 모노노케物の怪는 유언의 문제보다는 겐지에 대한 절망적인 愛執으로 인하여 성불하지 못하고 있음을 토로하고 있다. 즉 로쿠조미야스도코로의 유언은 겐지의 영화를 실현하는데 중요한 역할을 하지만, 로쿠조미야스도코로의 모노노케는 육조원의 영화를 파멸하는 당사자가 되기도 하는 이율배반적인 결과를 초래하게 된다.

夕顔巻에서는 유가오가 행방불명인 채로 죽은 후, 그녀의 딸 다마카즈라는 유모의 일족과 함께 규슈의 쓰쿠시筑紫로 내려가 온갖 고난을 겪게 된다. 다마카즈라가 10살 무렵에 유모의 남편인 다자이太宰 소이少弐는 세 아들에게 다마카즈라를 도읍으로 모시고 가서 아버지인 내대신 두중장을 만나게 하라고 하며 다음과 같은 유언을 남긴다.

> 아들이 셋 있었는데, '단지 이 아가씨를 도읍으로 모시고갈 일만을 생각해라. 나에 대한 효도 같은 것은 걱정하지 말라.'라고 유언을 한 것이었다.
> 男子三人あるに、「ただこの姫君京に率てたてまつるべきことを思へ。わが身の孝をば、な思ひそ」となむ言ひおきける。　　　　　　　　(玉鬘③91)

그러나 유모의 자녀들은 모두 쓰쿠시筑紫 지방의 사람들과 혼인을 하고 인연을 맺고 있어 기회를 보며 미루고 있는 사이에 다마카즈라의 나이가 21살의 성인이 되었다. 이 때 다마카즈라의 미모를 전해들은 히고 지방肥後国의 태부감太夫監이 구혼을 강요해오자 유모는 장남 분고노스케豊後介와 함께 九州를 탈출한다. 그러나 도읍에 돌아와도 바로 내대신을 만날 수도 없고, 특별한 후원이나 대책도 없이 일족은 하쓰세初瀬의 하세데라長谷寺에 참배하여 기원을 하러갔다가, 우연히 겐지의 시녀인 우콘右近을 만나 육조원六条院으로 들어가 영화를 누리게 된다.

제3부에서 하치노미야는 도읍에서 왕권 경쟁에서 패배한 후, 우지宇治의 산장으로 은둔해 두 딸 오이기미大君과 나카노키미中の君을 양육하며 불도에 정진하고 있었다. 이 이야기를 들은 가오루는 우지로 하치노미야를 찾아가 친교를 나누는데, 橋姫卷에서 자신의 죽음을 예감한 하치노미야는 가오루에게 은근히 딸들의 후견을 부탁한다. 다음은 椎本卷 가오루 23세가 되는 가을, 하치노미야가 다시금 가오루에게 딸들의 후견을 의뢰한다.

> '내가 죽은 다음 이 공주들을 뭔가 일이 있으면 찾아봐 주시고 버리지 마시고 돌보아주세요'라고 하며 돌아보며 말씀하시자.
> 「亡からむ後、この君たちをさるべきもののたよりにもとぶらひ、思ひ棄てぬものに数まへたまへ」などおもむけつつ聞こえたまへば、　　　　　　(椎本⑤179)

병약해진 하치노미야가 딸들의 후견을 부탁하자, 가오루도 세속적인 일에 집착하지는 않지만 두 딸을 끝까지 돕겠다는 약속을 거듭한다. 그리고 하치노미야는 다시 딸들에게도 여러 가지 훈계를 남기고, 특히 황족으로 태어난 인연을 생각하여 확실한 후견이 될 만한 사람이 없으면 우지를 떠나지 말라는 유언을 하고(椎本⑤185) 山寺로 들어가 운명한다. 이후 가오루는 오이기미大君 자매에게 모든 지원을 아끼지 않고 호의를 베풀지만, 오이기미는 고맙게 생각하면서도 결혼은 받아들이지 못한다. 다음은 시녀인 벤辨이 하치노미야의 유언을 상기하며 가오루의 구혼을 받아들이도록 권유하는 대목이다.

> 돌아가신 하치노미야의 유언을 지켜야한다 라는 생각은 지당하지만, 그것은 그럴만한 사람이 없고 신분에 맞지 않은 결혼을 하지 않을까 하고 걱정하셔서 경계하신 것이겠지요.
> 故宮の御遺言違へじと思しめす方はことわりなれど、それは、さるべき人のおは

せず、品ほどならぬことやおはしまさむと思して、いましめきこえさせたまふめりし
にこそ。

(総角⑤249)

상기 예문은 하치노미야의 의도가 어디에 있든 유언을 지키고자 하는 힘이 자매의 시녀들에게 작용한다는 것을 이야기하고 있다. 그리고 오이기미大君는 나카노키미中の君와 니오미야匂宮와의 결혼이 행복해지지 않을 것을 우려한 나머지, 아버지의 유언을 핑계로 가오루에 대한 결혼거부의 생각을 굳힌다.

이상에서 『오치쿠보 이야기』의 다다요리忠頼, 『겐지 이야기』의 로쿠조미야스도코로, 다자이太宰 소이, 하치노미야 등이 각각 아들과 딸, 그리고 도와줄 사람에게 유언을 남기는 대목을 살펴보았다. 이들 유언의 내용은 대체로 상속이나 후견을 위한 내용이 많았고, 유언은 작품의 주제를 이루며 왕권의 획득, 주인공의 영화, 결혼거부의 논리로 작용한다는 것을 확인할 수 있었다.

4. 집안의 遺志를 달성

『겐지 이야기』의 서두에는 기리쓰보 고이桐壺更衣의 아버지 대납언은 이미 돌아가시고 어머니는 궁중의례와 교양이 풍부한 사람이었다고 기술되어 있다. 즉 정치·경제적으로 이렇다할 후견도 없는 상황에서 딸을 고이更衣로 입궐시킨 것이다. 그리고 오로지 천황의 깊은 사랑 하나로 궁중 생활을 하다가 아름다운 옥동자 히카루겐지를 출산하지만, 고키덴 뇨고를 비롯한 후궁들의 증오와 질투로 인하여 죽음을 맞이하게 된다. 기리쓰보 고이는 궁중을 떠나기 전에 유언이라고도 할 수 있는 独詠歌를 남긴다.

桐壺卷에는 고이가 죽은 후, 고이의 어머니는 고 대납언故大納言이 다음과 같은 유언을 남겼다는 것을 천황의 칙사에게 밝히고 있다.

고 대납언이 임종에 이르기까지 단지 "이 아이를 궁중에 출사시키려는 숙원을 반드시 이루도록 해요. 내가 죽었다고 해서 어이없이 뜻을 저버리지 말라.”고 되풀이해서 충고를 들어 왔기 때문에, 확실한 후견이 될 만한 사람이 없는 출사는 차라리 하지 않는 것이 좋다고 생각하면서도, 단지 그 유언을 저버리지 말아야지 하는 생각에서 출사를 시켰는데, 과분할 정도의 총애가 무엇보다도 황송했기 때문에, 보통 사람들처럼 대접받지 못하는 수치를 감추고 궁중 생활을 해왔던 것인데,

故大納言、いまはとなるまで、ただ、『この人の宮仕の本意、かならず遂げさせ
たてまつれ。我亡くなりぬとて、口惜しう思ひくづほるな』と、かえすがえす諫め
おかれはべりしかば、はかばかしう後見思ふ人もなきまじらひは、なかなかなるべ
きことと思ひたまへながら、ただかの遺言を違へじとばかりに、出だし立てはべり
しを、身にあまるまでの御心ざしの、よろづにかたじけなきに、人げなき恥を隠し
つつ、まじらひたまふめりつるを、　　　　　　　　　　　　　　　　(桐壺①30-31)

　　故大納言은 딸에게 집안의 모든 기대를 걸고, 자신이 죽더라도 이를 실현시킬 것을 유언으로 남긴 것이다. 更衣의 어머니는 남편의 유언을 지키려고 딸을 입궐시켰지만, 딸이 죽자 천황의 과도한 사랑을 오히려 원망하는 생각을 갖는다. 그러나 기리쓰보桐壺 천황은 '고 대납언의 유언을 어기지 않고 출사의 뜻을 끝까지 지킨 답례에 故大納言の遺言あやまたず、宮仕の本意深くもの したりしよろこびは(桐壺①34) 보답하려고 해왔다고 하며, 고이更衣는 죽었지만 아들 히카루겐지를 꼭 지켜주겠다는 굳은 결심을 한다.

　　故大納言의 유언이 갖는 의의에 대하여, 秋山虔은 가문의 숙원인 가문 의식이 발휘되고 있다는 점을 지적했다.[10] 그리고 고 대납언의 유언이 갖는 또 다른 의미는 히카루겐지라고 하는 모노가타리의 주인공을 필연적으로 등장시키기 위한 모노가타리의 구상으로 볼 수 있다. 즉 고 대납언의 遺志를 지키겠다는 천황의 결심은 유언이라는 구상이 반드시 실현된다는 모노가타리의 논리를 증명하고 있는 셈이다.

　　須磨卷에서 고 대납언은 아카시뉴도明石入道의 숙부인 안찰 대납언按察大納言이라는 사실이 알려진다. 그런데 明石入道 또한 자신의 야망을 실현시키기 위해 딸 아카시노키미를 자신의 신분에 어울리지 않는 높은 신분의

10　秋山虔,「桐壺帝と桐壺更衣」(『講座源氏物語の世界』第一集, 有斐閣, 1980) p.10.

남자와 결혼시킬 생각을 하고 있는 인물이었다. 그러나 헤이안 시대에는 아카시뉴도처럼 딸을 신분이 높은 집안과의 혼인에 의해 家格을 높이려고 하는 것이 당시의 통념이기도 했다. 다음은 아카시뉴도가 딸 아카시노키미에게 한 유언인데, 若紫卷에서 히카루겐지가 瘧病으로 北山의 승려에게 加持를 받으러 갔을 때 부하인 요시키요良清가 소개하는 형식으로 기술되어 있다.

> '……"나 자신 이렇게 허무하게 몰락해 있으니까. 아이라고는 이 딸 하나인데, 나에게는 특별한 생각이 있어. 만약 내가 먼저 죽어, 그 뜻을 펴지 못하고 내가 생각하는 운명이 틀어지면 바다에 몸을 던져라."고 평소에 유언을 해두고 있다고 합니다.'라고 말씀드리자, 겐지도 재미있는 이야기로구나 하고 듣고 계신다.
>
> 「……『わが身のかくいたづらに沈めるだにあるを、この人ひとりにこそあれ、思ふさまことなり。もし我に後れて、その心ざし遂げず、この思ひおきつる宿世違はば、海に入りね』と、常に遺言しおきてはべるなる」と聞こゆれば、君もをかしと聞きたまふ。
> (若紫①203-204)

즉 아카시뉴도明石入道는 딸 아카시노키미에게 결코 평범한 결혼을 해서는 안된다는 유언을 평소부터 하고 있었다는 것이다. 하리마 수령播磨守의 아들인 요시키요는 아카시뉴도의 딸이 미인이라는 평판을 이야기하자, 겐지도 관심을 보인다는 것이다. 이에 다른 부하들이 요시키요에 대해 '정말 호색한 녀석이니까, 그 아카시뉴도의 유언을 파기하려는 생각일거야.いとすきたる者なれば、かの入道の遺言破りつべき心はあらんかし'(若紫①204)라는 이야기를 주고받는다. 아카시노키미도 아버지의 유언대로 높은 프라이드를 갖고 평범한 결혼은 하지 않겠다는 생각을 갖고, 만약 부모가 먼저 돌아가시기라도 하면 투신자살이라도 할 생각을 하고 있었다. 그리고 明石卷에서 아카시뉴도明石入道는 히카루겐지에게 유언을 실현시키기 위해 한해에 두 번씩 반드시 스미요시住吉 신에게 기원을 올린 것이 18년이나 된다는 이야기를 한다. 그런데 이 유언은 결국 지켜져서 히카루겐지와 아카시노키미는 결혼하여 딸을 낳게 되고, 이 딸은 중궁이 되어 겐지가 섭정관백과 같은 정치

적 기반을 안정시키는데 중요한 역할을 하게 된다.

『겐지 이야기』에서 아카시뉴도의 유언은 겐지와 아카시노키미가 만나기까지의 인연을 맺어주는 역할을 하지만, 이후 모노가타리의 주제는 사랑의 인간관계가 우선하여 진행된다. 若菜上卷에서 아카시노히메기미明石姫君가 황자를 출산했다는 소식을 듣고 비로소 아카시뉴도는 아카시노키미에게 瑞夢에서 본 숙원을 밝히고 새소리도 들리지 않는 산으로 들어간다. 이 이야기를 들은 겐지는 '그렇다면 이건 바로 그 유언이로구나さらばその遺言ななりな'(若菜上④127)라고 하며 눈물을 짓는다. 히카루겐지는 아카시뉴도를 이상한 사람이라고 생각했지만, 자신이 아카시노키미와 결혼하고 딸을 갖기 위한 전생으로부터의 인연이라 생각하게 된다. 즉 澪標卷 宿曜의 예언에서 '御子三人' 중에서 황후가 될 것이라고 한 아카시노히메기미의 운명은 아카시뉴도의 유언과 기원으로 성취되는 것이었다.

5. 王権의 확립

『겐지 이야기』 제1부에서 기리쓰보인과 아카시뉴도明石入道, 그리고 로쿠조미야스도코로의 유언은 각각 히카루겐지의 운명과 결혼, 후견을 통한 왕권 확립과 깊은 관계가 있다. 특히 기리쓰보인의 유언은 크게 스자쿠 천황과 히카루겐지에 대한 유언으로 나누어 생각할 수 있는데, 기본적으로는 故大納言의 유언과 발해의 고려인 예언을 이어받아 히카루겐지의 왕권과 영화를 달성하게 해주는 역할을 하고 있다.

賢木卷에서 로쿠조미야스도코로는 겐지와의 사랑을 단념하고 이세 재궁伊勢斎宮이 된 딸을 따라 이세伊勢로 내려간다. 이 때 병이 위독해진 기리쓰보인은 스자쿠 천황에게 자신의 死後에 일어날지도 모를 정치적인 심려에서 동궁과 겐지源氏를 잘 부탁한다는 유언을 다음과 같이 이야기한다.

> '내 생전과 다름없이 대소의 일에 상관없이 겐지와 거리를 두지 말고, 무슨 일이든지 후견이라고 생각해라. 나이보다는 조정의 정치를 함에 있어서 조금도 염려하지 않아도 될 것으로 생각한다. 반드시 세상을 다스릴 수 있는

관상이야. 그래서 성가신 일이 일어날 것을 우려해서 황자로 두지 않고 신하로서 조정의 후견을 시키려고 생각한 것이야. 이러한 나의 뜻을 저버리지 말라.'라는 심금을 울리는 유언들이 많았지만, 여자가 말해서 될 일이 아니기에 여기에 조금 이야기한 것조차도 마음에 걸린다. 천황도 대단히 슬프게 생각하시어, 결코 유언을 위배하지 않겠다는 취지의 말을 되풀이해서 대답하셨다.

「はべりつる世に変らず、大小のことを隔てず何ごとも御後見と思せ。齢のほどよりは、世をまつりごたむにも、ををさ憚りあるまじうなむ見たまふる。かならず世の中たもつべき相ある人なり。さるによりて、わづらはしさに、親王にもなさず、ただ人にて、朝廷の御後見をせさせむ、と思ひたまへしなり。その心違へさせたまふな」と、あはれなる御遺言ども多かりけれど、女のまねぶべきことにしあらねば、この片はしだにかたはらいたし。帝も、いと悲しと思して、さらに違へきこえさすまじきよしを、かへすがへす聞こえさせたまふ。　　　　　　(賢木②95-96)

기리쓰보인은 스자쿠 천황에게 자신의 死後에 일어날지도 모를 황위계승과 관련하여 동궁과 源氏를 잘 부탁한다는 유언을 다짐했다. 이에 대해 스자쿠 천황은 기리쓰보인에게 유언을 반드시 지키겠다는 약속을 했다. 기리쓰보인은 발해인 관상가가 15년 전에 겐지의 운명을 예언한 것을 상기하며 겐지가 조정의 後見이 될 인물임을 스자쿠 천황에게 강조하고 있는 것이다. 모노가타리의 작자는 당시의 여자가 말해서는 안되는 정치적인 내용을 기술하고는 자기변명을 하는 문맥에 이어서, 스자쿠 천황이 기리쓰보인의 유언을 지키겠다고 다짐했다는 기술이 이어진다. 이와 같이 유언이란 모노가타리의 주제를 선점하고, 또 반드시 지켜지기 위해서 기술되는 구상인 것이다.

고려인의 관상과 기리쓰보인의 유언이 히카루겐지를 황자의 신분에서 신하로 강하시켜 조정의 후견이 되어야 한다는 내용은 동일하다. 고려인의 예언에서는 제왕이 되면 국란이 일어날지도 모르고, 그렇다고 해서 조정의 주석이 되어 천하의 정치를 보좌할 사람도 아닌 것 같다고 했다고 했다. 그리고 기리쓰보인의 유언에서는 겐지가 반드시 세상을 다스릴 수 있는 사람이라고 강조했다. 즉 예언은 제왕의 지위와 신하로 남을 관상을 모두 부정함으로서 겐지의 영화와 왕권달성을 암시하고 있으나, 기리쓰보인의 유언에서는 정치적인 판단을 겸하여 겐지源氏를 신하로 중용하라는 뜻을 담고 있다고 생각된다.

한편 기리쓰보인은 히카루겐지에게도 다음과 같은 유언을 남기고 있다.

> 기리쓰보인은 겐지 대장에게도 조정에 출사할 때의 마음가짐이나, 또한 이 동궁의 후견 역할을 해야 한다는 것을 거듭 거듭 당부하셨다.
>
> 大将にも、朝廷に仕うまつりたまふべき御心づかひ、この宮の御後見したまふべ
> きことを、かへすがへすのたまはす。　　　　　　　　　　　　　　(賢木②97)

기리쓰보인이 겐지源氏에게 강조한 것은 무엇보다도 이제 겨우 5살이 되는 동궁의 후견을 맡는 일이었다. 동궁은 표면적으로 겐지의 동생이지만 실제로는 겐지와 후지쓰보 중궁의 밀통에 의해 태어난 아들이다. 겐지는 자신의 아들인 동궁의 후견을 너무나 당연하다고 생각했을 것이다. 그러나 모노가타리의 문맥에서 기리쓰보인이 겐지와 후지쓰보 중궁의 관계를 알고 있다는 표현은 없다.

賢木卷에서 오보로즈키요와의 밀애 사건으로 삭탈관직이 된 겐지는 스스로 스마에 퇴거하게 되는데, 이에는 若紫卷의 꿈의 해몽이 큰 영향을 주었으리라 생각된다. 자신이 천황의 아버지가 될 것이라는 것과 그것이 성취되려면 액땜을 위한 근신을 해야 할 일이 있다고 한 해몽가의 말을 믿은 것이다. 즉 겐지가 스마에 퇴거하게 된 것은 若紫卷의 꿈을 믿고, 동궁의 후견이 되라는 고 기리쓰보인의 유언을 믿었기 때문으로 볼 수 있다.

賢木卷의 다음 예문은 스자쿠 천황이 기리쓰보인의 유언을 지키려고 노력하지만, 외척인 우대신 집안의 정치적인 획책으로 인하여 마음대로 되지 않는다는 기술이다.

> 천황은 기리쓰보인의 유언을 지키고, 겐지에게 마음을 쏟고 계셨지만 젊으신 데다, 너무 심약하셔서 강한 점이 없으신 것이겠지. 어머니 황태후와 조부인 우대신이 각각 하시는 일은 반대하실 수가 없고, 세상의 정치가 뜻대로 되지 않는 듯했다.

帝は、院の御遺言たがへずあはれに思したれど、若うおはしますうちにも、御心
なよびたる方に過ぎて、強きところおはしまさぬなるべし、母后、祖父大臣とりど
りにしたまふことはえ背かせたまはず、世の政御心にかなはぬやうなり。

(賢木②104)

스자쿠 천황은 심약할 뿐만 아니라, 어머니 皇太后와 조부인 우대신의 세도로 인하여 정치를 뜻대로 할 수가 없었다. 즉 기리쓰보인의 유언을 지키기가 어려워지고, 모든 정치적인 실권이 스자쿠 천황의 외척인 우대신과 母后인 弘徽殿에게 넘어가게 되자 左大臣도 사직서를 제출한다. 그러나 스자쿠 천황도 처음에는 고 기리쓰보인이 左大臣을 조정의 중요한 후견으로 생각하여 나라의 중진으로 등용하라는 遺言(賢木②138)을 상기하여 수리하지 않는다. 그러나 좌대신이 다시 사직을 원하고 은퇴해 버리자 세상은 우대신 일파의 천하가 되어버린다.

기리쓰보인의 一周忌에 후지쓰보 중궁도 法華八講의 法要를 개최하고 마지막 날에 出家를 해 버린다. 겐지는 비로소 자신의 실제 아들인 동궁을 돌볼 수 있는 후견이 자신 밖에 없다는 것을 자각하게 된다. 후지쓰보 중궁이 출가한 이유는 분별력 없는 히카루겐지의 접근을 막아 자신들의 아들인 동궁의 무사한 즉위를 바랬기 때문이었다. 그러나 히카루겐지는 아직도 자신이 동궁의 후견인임을 충분히 자각하지 못하고 있었다. 겐지는 기리쓰보인의 유언과 후지쓰보 중궁의 출가, 左大臣의 사임 등으로 인한 정치적인 위기에도 불구하고, 尚侍 오보로즈키요와 밀애를 거듭하다가 우대신에게 발각되고 만다. 우대신의 보고를 듣고 격분한 고키덴 대후는 히카루겐지를 추방할 모의를 하게 된다.

이후 겐지는 기리쓰보인의 유언을 지키려고 노력했지만 뜻대로 되지 않는다. 이에 조정의 모든 실권은 고키덴 대후와 우대신 일파에게로 넘어가고, 겐지는 오보로즈키요와의 밀통이 우대신에게 발각되자 須磨로 퇴거할 준비를 한다. 그리고 겐지는 도읍을 떠나기 전에 기리쓰보인의 무덤을 찾아가서, '달도 구름에 숨었구나月も雲がくれぬる'(須磨②182)라고 읊으며 유언의 영험이 무력함을 호소하고 있다. 기리쓰보인의 무덤은 이미 잡초만 무성하여 쓸쓸하고 한 풍경이다. 와카에서 달은 기리쓰보인의 王權을 상

징하는 표현으로, 기리쓰보인이 王權을 보호하지 못하고 구름 속에 가려진 상태라는 것을 의미한다. 그러나 겐지가 須磨로 퇴거하자, 기리쓰보인의 魂靈은 스자쿠 천황의 꿈에 나타나서 경계함으로써 히카루겐지가 다시 조정과 동궁의 후견할 수 있도록 유언의 영험을 나타낸다.

앞에서 지적한 바와 같이 오보로즈키요와의 밀통 사건으로 이미 삭탈관직이 된 겐지는 겨우 자각하여 스스로 스마에 퇴거한다. 그런데 이 자각에는 若紫卷의 꿈 해몽에서 源氏 자신이 천황의 아버지가 된다는 것과 그것이 성취되려면 액땜을 위한 근신을 해야 할 일이 있다고 한 해몽가의 말을 의식하고 있다고 볼 수 있다. 즉 겐지가 스마에 퇴거하게 된 배경은 若紫卷에서의 꿈을 의식하고 자신이 동궁의 露現되지 않은 비밀의 아버지라는 점과 동궁의 후견이 되라는 고 기리쓰보인의 유언이 있었기 때문인 것이다.

히카루겐지가 須磨로 퇴거한 뒤 도읍과 조정에는 天変地異가 자주 일어나고, 고 기리쓰보인은 他界에서 자신의 유언이 지켜지지 않자 스자쿠 천황의 꿈에 나타나 겐지에 관해 여러 가지 주의를 시키며 경계를 한다. 그리고 스자쿠 천황은 꿈에서 고 기리쓰보인이 기분 나쁘게 자신을 쏘아본 결과, 眼疾을 앓게 되었다고 생각하고, 父皇의 유언을 어기게 된 점에 대해 깊은 죄의식을 느끼게 된다. 또한 고키덴 대후의 아버지인 太政大臣이 죽고 고키덴 대후마저도 병이 들어 자리에 눕게 된다. 스자쿠 천황은 이러한 재앙의 원인이 기리쓰보인의 유언을 무시하고 무고한 源氏를 유배시키게 된 응보라고 생각한다. 이에 스자쿠 천황은 어머니인 大后의 반대에도 불구하고, 源氏를 복귀시키려는 결심을 굳힌다. 그리고 스자쿠 천황은 자신이 동궁에게 양위를 했을 때, '朝廷의 후견이 되어 세상의 정치를 맡을 수 있는 사람'(明石②262)은 源氏 밖에 없다고 생각한다. 이에 겐지는 赦免의 宣旨를 받아 2년여 동안의 須磨·明石 퇴거 생활을 마치고 権大納言으로 조정에 복귀하게 된다. 이와 같이 유언은 예언이나 解夢과 함께 히카루겐지의 귀종유리담을 형성하면서 반드시 실현되어, 허구의 이야기에 당위성을 부여하고 있다.

겐지가 도읍으로 복귀하여 고 기리쓰보인의 追善供養을 위한 法華八講 会를 개최하자, 고키덴 대후는 결국 源氏를 제압하지 못하게 것을 불쾌하게 여긴다. 그러나 스자쿠 천황은 다음과 같이 源氏를 소환함으로써 기리쓰보인의 유언을 지키게 되었다고 생각한다.

　　천황은 기리쓰보인의 유언을 마음에 두고 계신다. 반드시 뭔가의 응보가 있
　　을 것이라는 생각이 들었는데, 겐지를 원래 자리로 부르신 후로는 기분이 상
　　쾌한 듯 했다. 때때로 불편했던 눈도 완전히 나았지만,
　　帝は、院の<u>御遺言</u>を思ひきこえたまふ。ものの報いありぬべく思しけるを、なほし
　　立てたまひて、御心地涼しくなむ思しける。時時おこり悩ませたまひし、御目もさ
　　わやぎたまひぬれど、
　　　　　　　　　　　　　　　　　　　　　　　　　　　　　　　　(澪標②279)

　　스자쿠 천황은 기리쓰보인의 유언을 지키지 못한 점을 두려워하고 있었
기에 源氏를 소환했기 때문에 눈병이 나았다고 생각한다. 그리고 다음 해
2월 스자쿠 천황은 레이제이 천황이 冠礼元服를 치름과 동시에 양위를 한
다. 여기서 주목하고 싶은 것은 스자쿠 천황은 유언의 呪縛에서 결코 벗어
날 수 없었고, 기리쓰보인의 유언을 지키려고 하는 스자쿠 천황의 노력이
『겐지 이야기』를 王権物語로 전개하는 중요한 動因이 되었다는 점이다.
　　賢木巻으로부터 17년 후인 若菜上巻, 스자쿠인은 문병을 온 유기리에게
기리쓰보인의 유언에 대해 다음과 같이 술회하고 있다.

　　고 기리쓰보인께서 임종하실 무렵에 수많은 유언이 있는 가운데, 겐지에 관
　　한 일과 지금의 천황에 관한 일을 특별히 말씀하셨는데, 내가 정작 황위에
　　오른 뒤에 모든 일에 규정이 있어 마음대로 되지 않았다. 마음속으로 호의는
　　변하지 않았지만, 대수롭지 않은 과실 때문에 겐지에게 원망을 받을 일도 있
　　었을 것이라고 생각하는데, 몇 해 동안 그때의 원망을 나타내는 일이 조금도
　　없으셨다. (중략) 레이제이 천황에 관한 일은 고 기리쓰보인의 유언에 거슬
　　리지 않고 처리를 해 놓았기 때문에, 이렇게 말세의 명군으로서 전대의 명예
　　까지도 드높여 주신 것은 염원이 이루어진 듯이 기쁜 일입니다.
　　故院の上の、いまはのきざみに、あまたの<u>御遺言</u>ありし中に、この院の御事、今
　　の内裏の御事なん、とりわきてのたまひおきしを、おほやけとなりて、事限りあり
　　ければ、内々の心寄せは変らずながら、はかなき事のあやまりに、心おかれたて
　　まつることもありけむと思ふを、年ごろ事にふれて、その恨み遺したまへる気色を

なむ漏らしたまはぬ. (中略) 内裏の御事は、かの御遺言違へず仕うまつりおきて
しかば、かく末の世の明らけき君として、来し方の御面をも起こしたまふ、本意の
ごと、いとうれしくなむ。
(若菜上④22-23)

　스자쿠 천황은 유기리에게 고 기리쓰보인의 유언을 지키지 못해서 겐지
가 스마에서 귀경한 후에 자신을 원망하리라 생각했는데 전혀 그러한 기
색이 없어서 감사해 한다는 것이다. 그리고 源氏에 대한 기리쓰보인의 유
언은 지키지 못했지만, 동궁에 대한 유언은 잘 지켜서 무사히 레이제이 천
황으로 즉위시켰다는 점을 강조하고 있다. 결국 기리쓰보인의 유언은 레
이제이 천황의 皇權과 히카루겐지의 王權을 확립시키는 역할을 하게 된
것이다.
　기리쓰보인의 유언에 대한 스자쿠 천황의 심경을 들은 유기리는 아버지
源氏로부터 평소에 들은 이야기를 다음과 같이 전한다.

　이렇게 조정의 후견을 중도에 사퇴하고 조용히 출가를 하려고 은퇴한 뒤로
는 아무 일에도 관여하지 않고 있어서, 고 기리쓰보인의 유언대로 출사도 못
하고 있지만, 스자쿠인이 재위하고 계실 때에는 겐지 자신이 연령도 기량도
부족하고, 현명한 윗사람들이 많이 계셨기 때문에 그 뜻을 펼쳐 보일 수가
없었다.
　かく朝廷の御後見を仕うまつりさして、静かなる思ひをかなへむと、ひとへに籠り
ゐし後は、何ごとをも知らぬようにて、故院の御遺言のごともえ仕うまつらず、御
位におはしましし世には、齢のほども、身の器物も及ばず、賢き上の人々多く
て、その心ざしを遂げて御覧ぜらるることもなかりき。
(若菜上④23-24)

　유기리에 의하면 겐지는 前年인 藤裏葉卷에서 이미 准太上天皇이 되어
은퇴해 있었고, 또한 出家를 생각하고 있기 때문에 朝廷의 후견을 하지 못
하게 되었다는 것이다. 그리고 스자쿠인 시절에는 현명한 윗사람들 고키
덴 대후와 우대신 때문에 조정의 후견을 다하지 못했다고 했다. 그리고 지
금의 겐지는 형인 스자쿠인과 격의 없이 이야기를 나누고 싶지만 은퇴했
기 때문에 어쩔 수 없이 소원하다는 것이다. 여기서 주목하고 싶은 것은 이

러한 모든 상황이 스자쿠인으로 하여금 온나산노미야를 源氏에게 降嫁시
키게 되는 동인으로 작용하게 된다는 점이다.

　기리쓰보인의 유언은 주로 스자쿠인과 히카루겐지에게 행해졌지만, 이
는 대체로 당시에 다섯 살인 동궁을 위한 것이었다. 또한 기리쓰보인은 源
氏에게 조정에 출사할 때의 마음가짐이나, 또한 동궁의 후견역을 되풀이
해서 당부했다. 기리쓰보인은 임종의 마지막 순간에도 동궁의 후견이 가
장 걱정되는 일이었던 것이다. 桐壺卷에서 기리쓰보인은 총애하는 更衣가
후견이 없어 죽고, 히카루겐지를 신하로 강등시키지 않을 수 없었던 일을
생각하면서 源氏로 하여금 동궁의 후견을 맡도록 했던 것이다. 기리쓰보
인은 히카루겐지의 전철을 밟지 않기 위해서라도 동궁만큼은 든든한 정치
적인 배경을 가진 源氏에게 후견을 하도록 유언함으로써 레이제이 천황의
皇權을 반석 위에 올려 놓으려한 것이다.

　薄雲卷에서 소위 후지쓰보 사건의 당사자인 후지쓰보는 임종하기 전,
겐지가 기리쓰보인의 유언을 지켜 레이제이 천황의 후견을 다해 준 것에
대한 감사의 인사를 전한다.

　　'고 기리쓰보인의 유언대로 금상의 후견으로서 일해오신 것은 전에부터 대
　　단히 감사하게 생각하고 있지만, 언제 그것에 대해서 각별한 감사의 기분을
　　전할까하고 한가하게 생각하고 있었는데, 이제는 생각할수록 안타깝게 여겨
　　져요'하고 꺼져가듯 말씀하시는 것도 희미하게 들리는데,
　　「院の御遺言にかなひて、内裏の御後見仕うまつりたまふこと、年ごろ思ひ知りは
　　べること多かれど、何につけてかはその心寄せことなるさまをも漏らしきこえむとの
　　み、のどかに思ひはべりけるを、いまなむあはれに口惜しく」とほのかにのたまは
　　するもほのぼの聞こゆるに、　　　　　　　　　　　　　　　　(薄雲②446)

　후지쓰보는 임종 직전까지 기리쓰보인의 유언을 상기하면서 겐지가 레
이제이 천황의 후견을 위해 성의를 다 해준 것에 감사해한다. 源氏도 후지
쓰보에게 그 동안 레이제이 천황의 후견을 위해 성의를 다해 왔다는 말을
한다. 즉 후지쓰보는 源氏에 대한 사랑을 기리쓰보인의 유언을 빌어 표현
한 것으로 볼 수 있다. 이 대목은 기리쓰보인의 유언이 레이제이 천황의 황

권을 지키게 하고 히카루겐지 왕권을 확립시키는 원천이 되었다는 점을 모노가타리物語 스스로가 밝히고 있는 대목이라 생각된다. 그러나 히카루 겐지 왕권의 원천은 겐지와 후지쓰보의 사랑과 밀통 사건으로 보아야 할 것이다. 즉 기리쓰보인의 유언을 이행함으로써 왕권은 확립되지만, 유언 의 역할은 어디까지나 겐지와 후지쓰보의 밀통이라고 하는 주인공들의 인 간관계를 보조하는 것이 모노가타리의 논리인 것이다.

6. 결론

이상에서 헤이안 시대의 문학에 나타난 유언담과 허구의 관련양상을 고 찰해 보았다. 특히 헤이안 시대의 용례를 중심으로 악기와 음악의 유언, 상 속과 후견의 의뢰, 집안의 遺志를 달성, 그리고 왕권의 확립을 원하는 유언 등에 관해 고찰해 보았다. 특히 『우쓰호 이야기』나 『겐지 이야기』 등에서 어떻게 유언이 허구의 복선으로 작용하고 주제와 주인공들의 행동을 제어 하게 되는가를 분석해 보았다.

『우쓰호 이야기』 俊蔭卷에서 清原俊蔭는 波斯国에서 얻은 琴의 비곡과 악기를 얻어 귀국하여, 딸에게 琴을 전하고 연주에 관한 유언을 남긴다. 이 로 인해 秘琴의 연주는 아들 나카타다와 그 딸 이누미야いぬ宮에게까지 전 해져 4대에 걸친 琴의 전승이 이루어진다. 『겐지 이야기』 柏木卷에서도 가 시와기는 온나산노미야와의 밀통으로 태어난 아들 가오루에게 자신의 분 신인 피리笛를 전하려 한다. 이 피리는 가시와기가 유언과 함께 一条御息 所에게 전하고, 유기리와 히카루겐지, 가오루에게로 전해진다. 이러한 유 언담은 주인공의 염원을 담은 유언이 각각 의뢰한 인물을 통해서 전해지 고 반드시 달성된다는 話型의 하나로 볼 수 있다.

한편 『오치쿠보 이야기』에는 미나모토 다다요리源忠頼가 미치요리와 오 치바노키미에게 상속을 한다는 유언을 남기고, 『겐지 이야기』에서는 로쿠 조미야스도코로가 히카루겐지에게, 하치노미야가 가오루에게 각각 딸의 후견을 의뢰하는 유언을 한다. 그리고 故大納言이 桐壺更衣에게, 아카시 뉴도가 아카시노키미에게 한 유언은 집안의 遺志가 딸에게 전달되는 경우이다. 그리하여 桐壺更衣가 히카루겐지를 낳고, 아카시노키미明石の君가 明石中宮을 낳아 몰락해가는 집안의 운명을 자녀에게 기대하는 유언담을 형성하게 된다. 아카시뉴도는 비록 외손자이지만 집안의 유지와 유언으로 왕권과 섭정관백의 영화를 성취하게 된다는 것을 이야기하고 있는 것이다.

『겐지 이야기』에서 기리쓰보인은 레이제이 천황으로 왕권 계승을 기대하는 유언을 두 아들 스자쿠 천황과 히카루겐지에게 하게 된다. 스자쿠 천황은 처음에 유언을 지키지 않다가 기리쓰보인이 자신을 쏘아보는 꿈을 꾼 후로 눈병을 앓으면서 유언의 힘을 자각하고 지키려는 노력을 하게 된다. 그리고 히카루겐지는 우대신 일파의 획책으로 須磨·明石로 퇴거했다가 귀경한 후에는 레이제이 천황의 조정에서 후견과 왕권을 확고히 다지는 역할을 하게 된다. 이 과정에서 기리쓰보인의 유언이 레이제이 천황의 즉위를 가능하게 하는 결정적인 역할을 한다는 것이 모노가타리의 논리이다.

이상과 같이 유언은 예언이나 꿈의 해몽 등과 마찬가지로 모노가타리의 주제를 선점하는 이야기의 복선이 되고 있다. 특히 기리쓰보인의 유언은 고려인의 예언과 함께 레이제이 천황과 히카루겐지의 王權을 확립시키는 직접적인 원인이 된다고 해도 과언이 아닐 것이다. 이러한 점에서 遺言譚은 모노가타리의 보편적인 테마인 사랑의 인간관계를 보완하고 허구의 이야기를 제어하는 話型으로 분류할 수 있을 것이다.

Key Words 遺言譚, 後見, 遺志, 靈驗, 虛構

겐지 이야기의 전승과 작의

제2장

기리쓰보인의 유언과 왕권달성

1. 서론

『겐지 이야기源氏物語』의 螢巻에서 히카루겐지는 다마카즈라에게 '모노가타리는 신대 이래로 이 세상에 있는 일을 써서 남긴 것이라고 합니다.『일본서기』같은 것은 정말로 일부분에 지나지 않습니다.神代より世にある事を記しおきけるななり。日本紀などはただかたそばぞかし'(螢③212)라고 자신의 物語觀을 피력하고 있다. 즉 히카루겐지는『日本書紀』라고 하는 史實보다도 허구의 모노가타리物語 속에서 더욱 인간의 진실을 발견할 수 있다는 점을 강조한다.

古代의 모노가타리 문학은 이러한 진실과 허구의 상호관계 속에서, 모노가타리의 주제가 전개되고 있다.『겐지 이야기』의 작자 무라사키시키부는 허구의 모노가타리物語 구상을 위해 예언과 꿈, 유언 등을 중요한 요소로 활용하고 있다. 모노가타리에 있어서 유언은 예언과 마찬가지로 주제의 구상으로 설정되어 있으므로 반드시 지켜지게 되어있다. 즉 예언이나 유언, 꿈 등은 이야기物語 작자의 구상이므로 등장 인물들의 행동을 제어하는 역할을 한다.

유언과 유지遺志, 선조의 영험에 관한 선행 연구로는 다음과 같은 것이 있다. 日向一雅는『겐지 이야기』의 제1부에는 집안 부모의 遺志가 뒤에 남은 후손들의 삶을 呪縛하는 論理가 존재한다는 것을 역설하고 있다'. 坂本昇는 히카루겐지光源氏가 기리쓰보인桐壺院의 유언을 충실히 준수하는 과정

을 고찰했다². 加藤洋介는 준거准據와 후견의 확립이라는 문제로서 유언을
다루고 있다³. 이 이외에도 明石一族의 이야기와 유언의 문제를 다룬 阿部
秋生의『源氏物語硏究序說』⁴, 고려인의 예언과 유언의 관계를 다룬 것으
로는 池田勉의『源氏物語試論』⁵, 森一郞의『源氏物語の主題と方法』⁶ 등 수
많은 논문에서 유언의 문제가 다루어지고 있다.

『겐지 이야기源氏物語』에 나타난 유언의 용례는 모두 20例이다. 유언을
하는 주체를 기준으로 그 빈도수를 보면, 기리쓰보인桐壺院이 9回, 아카시
뉴도明石入道가 3回, 桐壺更衣의 아버지인 고 대납언大納言과 로쿠조미야스
도코로가 각각 2回, 그리고 스에쓰무하나의 유모, 가시와기, 하치노미야八
の宮, 오치바노미야의 母에 각각 1回가 사용되고 있다. 이 이외에도 다자이
소이太宰少貳처럼 실제 유언은 하고 있지만 용례가 없는 경우도 있다. 이러
한 유언들 가운데 桐壺更衣의 아버지인 大納言과 기리쓰보인, 아카시뉴도
明石入道, 로쿠조미야스도코로六条御息所가 남긴 유언은 겐지의 운명에 직접
혹은 간접적인 영향을 미치고 있다.

본고에서는『겐지 이야기』속에 나타난 기리쓰보인의 유언이 모노가타
리의 구조와 등장인물의 인간관계에 어떠한 영향을 미치고 있는가를 분석
하고자 한다. 특히 황자의 신분에서 신적강하한 겐지가 왕권을 획득하는
과정에서 기리쓰보인의 유언이 어떠한 역할을 하고 있는가에 대한 고찰을
하고자 한다.

2. 朱雀帝에 대한 유언

기리쓰보인의 유언을 고찰하기 이전에 주인공 히카루겐지의 출생과 유

---

1 日向一雅,『源氏物語の主題』-「家」の遺志と宿世の物語の構造-, 櫻楓社, 1983.
    『源氏物語の王權と流離』新典社, 1989.
2 坂本昇,『源氏物語構想論』第一章 桐壺帝, 明治書院, 1981.
3 加藤洋介,「冷泉-光源氏體制と後見」(『文学』岩波書店, 1989. 8)
4 阿部秋生,『源氏物語硏究序說』東京大学出版會, 1959.
5 池田勉,『源氏物語試論』古川書房, 1974.
6 森一郞,『源氏物語の主題と方法』櫻楓社, 1979.

언의 관계를 잠시 살펴보기로 한다. 『겐지 이야기』의 작자는 桐壺卷의 서
두에서부터 기리쓰보 천황이 기리쓰보 고이桐壺更衣를 총애하는 정도를 長
恨歌의 楊貴妃에 비유하고 있다. 기리쓰보 고이는 정치적인 후견이 전무
한 상태에서 아버지인 大納言의 유언에 따라 후궁에 出仕한 것이다. 기리
쓰보인의 총애를 독점하던 기리쓰보 고이는 히카루겐지를 출산한 후, 수
많은 후궁들의 시기와 질투로 인하여 세살 난 源氏를 남겨두고 숨을 거둔
다. 更衣가 죽은 후, 기리쓰보 천황이 보낸 命婦에게 更衣의 어머니는 다음
과 같이 故大納言의 유언을 회상한다.

> 고 대납언이 임종에 이르기까지 단지 '이 아이를 궁중에 출사시키려는 숙원
> 을 반드시 이루도록 해요. 내가 죽었다고 해서 어이없이 뜻을 저버리지 말
> 라.'고 되풀이해서 충고를 들어 왔기 때문에, 확실한 후견이 될 만한 사람이
> 없는 출사는 차라리 시키지 않는 것이 좋다고 생각하면서도, 단지 그 유언을
> 저버리지 말아야지 하는 생각에서 출사를 시켰는데, 과분할 정도의 총애가
> 무엇보다도 황송했기 때문에, 보통 사람들처럼 대접받지 못하는 수치를 감
> 추고 궁중 생활을 해왔던 것인데,
> 故大納言、いまはとなるまで、ただ、『この人の宮仕の本意、かならず遂げさせ
> たてまつれ。我亡くなりぬとて、口惜しう思ひくずほるな』と、かへすがへす諫め
> おかれはべりしかば、はかばかしう後見思ふ人もなきまじらひは、なかなかなるべ
> きことと思ひたまへながら、ただかの遺言を違へじとばかりに出だし立てはべりし
> を、身にあまるまでの御心ざしの、よろづにかたじけなきに、人げなき恥を隠しつ
> つ、まじらひたまふめりつるを、   (桐壺①30-31)[7]

고이更衣의 어머니는 정치적인 후견이 없는 출사는 좋지 않다는 것을 알
고 있었다. 그러나 집안의 遺志라 할 수 있는 대납언의 유언에 따라, 천황
의 총애를 받을 수도 있다는 것만을 의지하여 更衣를 후궁에 입궐시켰다
는 것이다. 命婦로부터 고 대납언의 숙원을 전해들은 기리쓰보인도 更衣

---

7 阿部秋生 他校注, 『源氏物語』1 (「新編日本古典文学全集」, 小学館, 1994) pp.30-31.
   이하 『源氏物語』의 인용은 「新編全集」의 권, 페이지 수를 표기.

가 처음 출사하던 무렵을 회상하며 '고 대납언의 유언을 지킬려고 한故大納
言の遺言あやまたず'(桐壺①34) 고이更衣의 어머니에 대해 보답을 해 줄려고 노
력했었는데 이제는 어쩔수 없다고 했다.

자신의 생사와는 관계없이 更衣를 출사시켜야 한다는 고 대납언의 유언
이 갖는 의의에 대하여, 秋山虔은 가문의 숙원인 家門意識이 발휘되고 있
다[8]고 지적했다. 고 대납언의 유언이 갖는 또 다른 의미는 히카루겐지라고
하는 모노가타리의 주인공을 필연적으로 등장시키기 위한 모노가타리의
구상인 것이다.

『겐지 이야기』 제1부에 나오는 유언 가운데 기리쓰보인과 明石入道, 그
리고 로쿠조미야스도코로의 유언은 각각 히카루겐지의 운명과 결혼, 후견
등으로 주인공의 榮華와 깊은 관계가 있지만, 이하 기리쓰보인의 유언을
중심으로 고찰한다.

賢木卷에는 로쿠조미야스도코로六条御息所가 겐지와의 사랑을 단념하고
이세 재궁伊勢齊宮이 된 딸을 따라 이세伊勢로 내려간다는 문맥에 이어서, 그
동안 불편했던 기리쓰보인의 병이 위독해진다고 되어 있다. 이후 기리쓰
보인은 스자쿠 천황에게 자신의 死後에 일어날지도 모를 정치적인 심려에
서 동궁에 대해 몇 번이고 부탁한 다음, 겐지源氏를 잘 부탁한다는 유언을
아래와 같이 다짐했다.

'내 생전과 다름없이 대소외 일에 상관없이 겐지와 거리를 두지 말고, 무슨
일이든지 후견이라고 생각해라. 나이보다는 조정의 정치를 함에 있어서 조
금도 염려하지 않아도 될 것으로 생각한다. 반드시 세상을 다스릴 수 있는
관상이야. 그래서 성가신 일이 일어날 것을 우려해서 황자로 두지 않고 신하
로서 조정의 후견을 시키려고 생각한 것이야. 이러한 나의 뜻을 저버리지 말
라.'라는 심금을 울리는 유언들이 많았지만, 여자가 말해서 될 일이 아니기
에 여기에 조금 이야기한 것조차도 마음에 걸린다. 천황도 대단히 슬프게 생
각하시어, 결코 유언을 위배하지 않겠다는 취지의 말을 되풀이해서 대답하
셨다.

---

8 秋山虔, 「桐壺帝と桐壺更衣」 『講座源氏物語の世界』 第一集, 有斐閣, 1980. p.10.

「はべりつる世に変らず、大小のことを隔てず何ごとも御後見と思せ。齢のほどよりは、世をまつりごたむにも、をさをさ憚りあるまじうなむ見たまふる。かならず世の中たもつべき相ある人なり。さるによりて、わづらはしさに、親王にもなさず、ただ人にて、朝廷の御後見をせさせむ、と思ひたまへしなり。その心違へさせたまふな」と、あはれなる御遺言ども多かりけれど、女のまねぶべきことにしあらねば、この片はしだにかたはらいたし。帝も、いと悲しと思して、さらに違へきこえさすまじきよしを、かへすがへす聞こえさせたまふ。 (賢木②95-96)

기리쓰보인은 桐壺巻에서 15년 전에 겐지의 운명을 고려인인 관상가가 예언한 내용을 상기하며 겐지가 조정의 후견이 될 인물임을 스자쿠 천황에게 강조하고 있는 것이다. 모노가타리의 작자는 당시의 여자가 말해서는 안되는 정치적인 내용을 기술하고는 자기변명을 하는 문맥에 이어서, 스자쿠 천황이 기리쓰보인의 유언을 지키겠다는 다짐을 했다고 기술하고 있다. 유언은 반드시 지켜지기 위해서 기술되는 모노가타리의 구상인 것이다. 기리쓰보인의 源氏에 대한 유언은 히카루겐지가 스마에 流離하게 되는 등 일시적으로 지켜지지 않는 듯 했으나 결국에는 지켜지게 된다.

고려인의 관상과 유언의 내용을 비교해 보면, 예언을 들은 후에 황자로 두지 않고 신하로서 조정의 후견이 되게 한 결과는 양쪽이 모두 같다. 그런데 유언에서는 겐지가 반드시 세상을 다스릴 수 있는 관상이었다고 하고, 예언에서는 제왕이 되면 국란이 일어날지도 모르고, 그렇다고 해서 조정의 주석이 되어 천하의 정치를 보좌할 사람도 아닌것 같다고 했다. 즉 예언의 진의는 제왕과 신하를 모두 부정함으로서 히카루겐지의 영화와 왕권달성을 암시한 것이나, 기리쓰보인은 정치적인 판단을 겸하여 겐지源氏를 신적으로 내려야 한다는 의미로 해석한 것이다.

이후 스자쿠 천황은 賢木巻의 다음 예문과 같이 기리쓰보인의 유언을 지키려고 노력하지만, 외척인 우대신 집안의 정치적인 획책으로 인하여 마음대로 되지 않는다.

스자쿠 천황은 기리쓰보인의 유언을 지켜 겐지에게 마음을 기대려고 하셔도, 아직 나이가 어리신데다 성격이 지나치게 유순하시어 강한 점이 없으셨기 때문일 것이다. 모후나 조부인 우대신이 각각 하시는 일에는 반대하실 수가 없어 조정의 일은 마음대로 안 되는 듯했다.

帝は、院の御遺言たがへずあはれに思したれど、若うおはしますうちにも、御心なよびたる方に過ぎて、强きところおはしまさぬなるべし、母后、祖父大臣とりどりにしたまふことはえ背かせたまはず、世の政、御心にかなはぬやうなり。

(賢木②104)

스자쿠 천황은 젊고 심약할 뿐만 아니라, 어머니 황태후와 조부인 우대신의 세도로 인하여 세상의 정치를 뜻대로 할 수가 없었다는 것이다. 즉 기리쓰보인의 유언을 지키기가 어려워진 것이다. 모든 정치적인 실권이 스자쿠 천황의 외척인 우대신과 모후인 고키덴弘徽殿으로 넘어가게 되자, 겐지의 장인인 좌대신도 천황에게 사직서를 제출한다. 그러나 스자쿠 천황도 처음에는 고 기리쓰보인이 좌대신을 조정의 중요한 후견으로 생각하여 나라의 중진으로 등용하라는 '유언御遺言'(賢木②138)을 상기하여 수리하지 않는다. 그러나 좌대신은 다시 사직을 원하고 은퇴해 버리자, 세상은 우대신 일파의 천하가 되어버린다.

기리쓰보인의 일주기에 후지쓰보 중궁은 法華八講의 법요를 개최하고 마지막 날에 출가를 단행해 버린다. 겐지는 이제 자신의 실제 아들인 동궁을 돌볼 수 있는 후견은 자신 밖에 없다는 것을 자각하게 된다. 후지쓰보 중궁이 출가한 이유는 분별력 없는 히카루겐지의 접근을 막아 자신들의 아들인 동궁의 무사한 즉위를 바랬기 때문일 것이다. 그런데 히카루겐지는 자신이 동궁의 후견인임을 충분히 자각하지 못하고 있었다. 겐지는 기리쓰보인의 유언과 후지쓰보 중궁의 출가, 좌대신의 사임 등으로 인한 정치적인 위기에도 불구하고, 상시 오보로즈키요와 밀애를 거듭하다가 우대신에게 발각되고 만다. 우대신의 보고를 듣고 격분한 고키덴 대후는 히카루겐지를 추방할 모의를 하게 된다.

오보로즈키요와의 밀통 사건으로 이미 삭탈관직이 된 겐지는 겨우 자각하여 스스로 스마에 퇴거한다. 이 자각에는 若紫巻에서 겐지가 꾼 꿈의 해몽에서 자신이 천황의 아버지가 된다는 것과 그것이 성취되려면 액땜을 위한 근신을 해야 할 일이 있다고 했던 해몽가의 말을 의식하고 있다고 볼

수 있다. 즉 겐지가 스마에 퇴거하게 된 배경은 若紫卷에서의 꿈을 의식하
고 자신이 동궁의 露現되지 않은 비밀의 아버지라는 점과 동궁의 후견이
되라는 고 기리쓰보인의 유언이 있었기 때문일 것이다.

고 기리쓰보인은 타계에서 자신의 유언이 지켜지지 않자 스자쿠 천황의
꿈에 나타나서 다음과 같이 경계한다.

> 그해 조정에는 신기한 전조가 빈번하게 나타나 왠지 소란스러운 일이 많았
> 다. 3월 13일, 천둥 번개가 치고 비바람이 소란한 밤, 천황의 꿈에 기리쓰보
> 인이 궁전 앞의 계단 아래에 서서, 대단히 기분 나쁘게 쏘아보시니 스자쿠
> 천황은 단지 황송해할 뿐이다. 고 기리쓰보인은 여러 가지 많은 일에 대하여
> 주의를 시키시는 것이었다. 겐지에 관한 일이었을 것이다.
> その年、朝廷に物のさとししきりて、もの騒がしきこと多かり。三月十三日、雷鳴
> りひらめき雨風騒がしき夜、帝の御夢に、院の帝、御前の御階の下に立たせた
> まひて、御氣色いとあしうてにらみきこえさせたまふを、かしこまりておはします。
> 聞こえさせたまふことども多かり。源氏の御ことなりけんかし。　　　(明石②251)

겐지가 스마須磨로 퇴거한 뒤 조정에는 천변지이가 일어나고, 스자쿠 천
황은 父皇의 유언을 어기게 된 죄의식을 느끼게 된다. 스자쿠 천황은 꿈에
고 기리쓰보인이 기분 나쁘게 자신을 쏘아본 결과, 안질을 앓게 되었다고
생각하게 된다. 또한 고키덴 대후의 아버지인 태정대신이 죽고 고키덴 대후
마저도 병이 깊어간다. 스자쿠 천황은 이러한 재앙의 원인이 기리쓰보인의
유언을 무시하고 무고한 겐지源氏를 유배시키게 된 응보라고 생각한다.

> 스자쿠 천황은 '역시 그 겐지가 무고한데 역경에 처해있는 것이라면, 틀림없
> 이 그 응보가 있을 것이라 생각됩니다. 이제는 역시 원래 지위를 주도록 해
> 야겠어요.'하고 자주 생각을 말씀하시자, '그렇게 하셔서는 세상으로부터 너
> 무 경솔하다는 비난을 받겠지요. 죄를 두려워하여 도읍을 떠난 사람을 불과
> 3년도 지나지 않아서 용서하게 된다면 세상 사람들이 무엇이라고 말하고 다
> 닐까요.'하고 대후가 강경하게 경계하셨기 때문에 망설이고 있는 동안에, 세
> 월이 흘러 병환이 갖가지로 무거워지기만 하였다.

なほこの源氏の君、まことに犯しなきにてかく沈むならば、かならずこの報いあり
なんとなむおぼえはべる。今はなほもとの位をも賜ひてむ」とたびたび思しのたま
ふを、「世のもどき輕々しきやうなるべし。罪に怖ぢて都を去りし人を、三年をだ
に過ぐさず赦されむことは、世の人もいかが言ひ傳へはべらん」など、后かたく諫
めたまふに思し憚るほどに月日重なりて、御なやみどもさまざまに重りまさらせたま
ふ。
(明石②252)

스자쿠 천황은 기리쓰보인의 원령을 두려워하여 천변지이와 자신의 질
병을 모두 자신이 유언을 지키지 않았기 때문이라 생각한다. 스자쿠 천황
은 어머니인 대후의 반대에도 불구하고, 겐지源氏를 복귀시키려는 결심을
굳힌다. 이에 겐지는 2년여 스마明石의 퇴거 생활을 한 끝에 사면의 선지를
받아 권대납언權大納言으로 조정에 복귀하게 된다. 스자쿠 천황은 동궁에게
양위를 했을 때, '조정의 후견이 되어 세상의 정치를 맡을 수 있는 사람朝廷
の御後見をし、世をまつりごつべき人'(明石②262)은 源氏 밖에 없다고 생각한다.
히카루겐지의 스마 퇴거는 貴種流離譚의 話型으로 지적되고 있는데 유언
은 예언이나 해몽과 함께 화형의 논리에 당위성을 제시하고 있다.

겐지가 복귀한 뒤에 고 기리쓰보인의 追善供養을 위한 法華八講會를 개
최하자, 고키덴 대후는 결국 源氏를 제압하지 못하고만 것을 불쾌하게 생
각한다. 그러나 스자쿠 천황의 심경은 源氏를 소환함으로써 기리쓰보인의
유언을 지키게 되어, 그 구속력으로부터 벗어나게 되었다고 생각한다.

천황은 고 기리쓰보인의 유언을 마음에 두고 계신다. 반드시 뭔가의 응보가
있을 것이라는 생각이 들었는데, 겐지를 원래 자리로 부르신 후로는 기분이
상쾌한 듯 했다. 때때로 불편했던 눈도 완전히 나았지만,
帝は、院の御遺言を思ひきこえたまふ。ものの報いありぬべく思しけるを、なほし
立てたまひて、御心地凉しくなむ思しける。時々おこり惱ませたまひし御目もさわ
やぎたまひぬれど、
(澪標②279)

위의 예문에서 알 수 있듯이 스자쿠 천황은 기리쓰보인의 유언을 지키
지 못한 것을 두려워하고 있었다. 그래서 안질이 나은 것도 유언에 따라 겐

지를 소환하여 권대납언으로 승진시켰기 때문이라고 생각하고 있다. 심약한 스자쿠 천황은 다음 해 2월 동궁이 관례와 성인식元服을 치르자 양위를 한다. 冠禮를 치른 동궁은 겐지의 얼굴을 빼어 닮아 두 사람이 '눈부실 정도로 서로 빛나고 있는 것을ぃとまばゆきまで光りあひたまへるを'(澪標②282), 세상 사람들이 칭송했다고 한다.

히카루겐지와 동궁이 '서로 빛나다'라고 수식된 표현은 王權과 皇權이 천부적이라는 것을 암시하고 있다. 그러나 여기서는 기리쓰보인의 유언을 지키려고하는 스자쿠 천황의 노력이 『겐지 이야기』를 왕권 이야기物語로 전개하는 중요한 동인이 되고 있다. 즉 모노가타리의 주인공인 스자쿠 천황은 유언의 呪縛力에서 결코 벗어날 수 없었던 것이다.

賢木卷으로부터 17년 후인 若菜卷, 스자쿠인의 병이 점점 위독해지자 겐지는 유기리를 使者로 문병을 보낸다. 스자쿠인은 유기리에게 기리쓰보인의 유언에 대해 다음과 같이 술회하고 있다.

> 고 기리쓰보인께서 임종하실 무렵에 수많은 유언이 있는 가운데, 겐지에 관한 일과 지금의 천황에 관한 일을 특별히 말씀하셨는데, 내가 정작 황위에 오른 뒤에는 모든 일이란 규정이 있어 마음대로 되지 않았다. 마음속으로 호의는 변하지 않았지만, 대수롭지 않은 과실 때문에 겐지에게 원망을 받을 일도 있었을 것이라고 생각하는데, 몇 해 동안 그때의 원망을 나타내는 일이 조금도 없었다. (중략) 레이제이 천황에 관한 일은 고 기리쓰보인의 유언에 거슬리지 않고 처리를 해 놓았기 때문에, 이렇게 말세의 명군으로서 전대의 명예까지도 올려주신 것은 염원이 이루어진 듯이 기쁜 일입니다.
>
> 故院の上の、いまはのきざみに、あまたの御遺言ありし中に、この院の御こと、今の内裏の御事なむ、とりわきてのたまひおきしを、おほやけとなりて、事限りありければ、内々の心寄せは變らずながら、はかなき事のあやまりに、心おかれたてまつることもありけんと思ふを、年ごろ事にふれて、その恨み遺したまへる氣色をなん漏らしたまはぬ。(中略) 内裏の御ことは、かの御遺言違へず仕うまつりおきてしかば、かく末の世の明らけき君として、來し方の御面をも起こしたまふ、本意のごと、いとうれしくなむ。(若菜上④22-23)

　　스자쿠 천황은 유기리에게 고 기리쓰보인의 유언을 지키지 못해서 겐지
가 스마에서 귀경한 후에 자신을 원망하리라 생각했는데, 전혀 그러한 기
색이 없어서 감사했다고 한다. 그리고 한동안 겐지源氏에 대한 기리쓰보인
의 유언을 지키지 못했지만, 동궁에 대한 유언은 거스리지 않고 잘 지켜서
무사히 레이제이 천황으로 즉위시켰다는 점을 강조하고 있다. 즉 유언의
힘은 스자쿠인이 깨닫지 못하는 부분에서 레이제이 천황의 황권皇權과 히
카루겐지의 왕권王權을 확립시킨 것이다. 기리쓰보인의 유언에 대한 스자
쿠 천황의 심경을 들은 유기리는 아버지 겐지源氏로부터 평소에 들은 이야
기를 다음과 같이 전한다.

　　　이렇게 조정의 후견을 중도에 사퇴하고 조용히 출가를 하려고 은퇴한 뒤로
　　는 아무 일에도 관여하지 않고 있어서, 고 기리쓰보인의 유언대로 출사하지
　　도 못하고 있지만, 스자쿠인이 재위하고 계실 때에는 겐지 자신이 연령도 기
　　량도 부족하고, 현명한 윗사람들이 많이 계셨기 때문에 나의 뜻을 펼쳐 보일
　　수도 없었다.
　　　かく朝廷の御後見を仕うまつりさして、靜かなる思ひをかなへむと、ひとへに籠り
　　ゐし後は、何ごとをも知らぬようにて、故院の御遺言のごともえ仕うまつらず、御
　　位におはしましし世には、齡のほども、身の器物も及ばず、賢き上の人人多く
　　て、その心ざしを遂げて御覽ぜらるることもなかりき。　　　　　(若菜上④23-24)

　　유기리에 의하면 겐지는 전년인 藤裏葉卷에서 이미 准太上天皇이 되어
은퇴해 있었고, 또한 출가를 생각하고 있기 때문에 조정의 후견은 하지 못
하고 있다는 것이다. 그리고 스자쿠인은 현명한 윗사람들 고키덴 대후와
우대신 때문에, 겐지가 조정의 후견 역할을 다하지 못했다고 한다. 그러나
지금의 겐지는 형인 스자쿠인과 격의 없이 이야기를 나누고 싶지만 자신
이 은퇴했기 때문에 어쩔 수 없이 소원하다는 것이다.

　　스자쿠인은 온나산노미야女三宮의 후견을 걱정하고 있던 이 시점에, 왜
유기리에게 기리쓰보인의 유언 이야기를 꺼냈을까. 스자쿠인은 온나산노
미야의 후견으로 유기리가 어떨까하고 생각해 본다. 그러나 시녀女房들의
평가에서는 유기리도 뛰어나지만, 역시 겐지의 원숙함을 따르지 못한다는

것이다. 또한 겐지는 스자쿠인이 유언을 지키지 않은 점을 전혀 개의치 않는 포용력과 시녀들에 의해 '빛난다光る'라는 표현이 어울리는 아름다움을 더하고 있다고 한다.

온나산노미야에 대한 여러 구혼자들 가운데 결국 조정의 후견이었고 동궁의 후견이기도 했던 겐지源氏에게 강가降嫁가 결정된다. 이러한 스자쿠인의 결정에는 기리쓰보인의 유언과 겐지에 대한 신뢰가 작용했다고 생각된다. 즉 레이제이 천황의 즉위와 겐지의 왕권 확립은 스자쿠 천황의 유언 이행으로 이루어지는 것이라 할 수 있다.

3. 光源氏에 대한 유언

기리쓰보인의 유언은 주로 스자쿠인과 히카루겐지에게 행해진다. 동궁에게도 여러 가지 유언을 하지만 이제 다섯 살인 동궁은 잘 알아듣지 못했을 것이다. 이 모든 과정을 후지쓰보 중궁은 옆에서 지켜보고 있었다. 그러면 기리쓰보인이 겐지源氏에게는 어떠한 유언을 남겼는가를 확인한다.

기리쓰보인이 源氏에게 처음으로 동궁에 대한 후견을 부탁한 것은 葵卷 서두에서 스자쿠 천황에게 양위한 직후였다.

> (기리쓰보인이) 동궁의 후견이 없는 것을 걱정하셔서 겐지 대장에게 만사를 잘 부탁하심에 대해서도, 겐지는 한편으로 입장이 난처한 기분이었지만 기쁘게 생각하셨다.'
> 御後見のなきをうしろめたう思ひきこえて、大将の君によろづ聞こえつけたまふも、かたはらいたきものからうれしと思す。
> (葵②17)

기리쓰보인이 겐지源氏와 후지쓰보와 관계를 알고, 동궁의 후견을 부탁하지는 않았다고 생각한다. 그러나 겐지는 자격지심에서 난처한 기분이면서도 속으론 기쁘게 생각하고 있는 것이다. 모후가 황족인 동궁에 대한 후견을 신하인 겐지가 맡는 것이 지극히 당연한 일이었지만, 이를 임종의 순간에 기리쓰보인이 유언으로 다시 당부한다는 것은 당시의 후견이 얼마나 중요한 일이었는지를 알 수 있다. 기리쓰보인은 임종의 마지막 순간에도 동궁의 후견이 가장 걱정되는 일이었고, 그 후견은 반드시 겐지가 맡아야 했다.

> (기리쓰보인은) 겐지 대장에게도 조정에 출사할 때의 마음가짐이나, 또한 이 동궁의 후견역을 해야 한다는 것을 되풀이해서 당부하셨다.
>
> 大将にも、朝廷に仕うまつりたまふべき御心づかひ、この宮の御後見したまふべきことを、かへすがへすのたまはす。　　　　　　　　　　　　　　(賢木②97)

기리쓰보인이 겐지源氏에게 강조한 것은 무엇보다도 이제 5살이 되는 동궁의 후견을 맡아 무사히 즉위시키는 일이었다. 모노가타리의 문맥에서 기리쓰보인이 겐지와 후지쓰보 중궁의 관계를 알고 있다는 표현은 없다. 그러나 이 동궁은 표면적으로는 겐지의 동생이지만 실제로는 源氏와 후지쓰보 중궁의 밀통에 의해 태어난 아들이므로, 겐지로서는 후견을 맡는 것이 너무나 당연하다고 생각했을 것이다.

헤이안 시대의 후견과 준거의 문제는 加藤洋介의 상기 논문에 면밀한 분석이 나와 있다. 『겐지 이야기』의 본문에는 桐壺卷에서 기리쓰보인 스스로가 이미 히카루겐지의 후견 문제로 인하여 뼈저리게 경험한 바가 있었다. 다음은 桐壺卷에서 총애하던 更衣가 죽고, 제1황자를 동궁으로 책봉하지 않을 수 없게 되었을 때, 기리쓰보 천황의 심경을 묘사한 부분이다.

> 다음해 봄 동궁이 정해질 때에도 제1황자를 뛰어넘어 이 황자를 동궁으로 책봉하고 싶다는 생각을 깊이 하셨으나, 후견을 할 만한 사람이 없고, 또한 세상 사람들이 인정하지 않을 일이기에, 오히려 황자를 위해 위험한 일이라 염려되어서 그러한 내색은 조금도 하시지 않았기 때문에, '그만큼 귀여워하셨지만 역시 한계가 있었구나.'하고 세상 사람들이 이야기하고 고키덴 뇨고도 안심하셨다.
>
> 明くる年の春、坊定まりたまふにも、いとひき越さまほしう思せど、御後見すべき人もなく、また、世のうけひくまじきことなりければ、なかなかあやふく思し憚りて、色にも出ださせたまはずなりぬるを、「さばかり思したれど限りこそありけれ」と世人も聞こえ、女御も御心落ちいたまひぬ。　　　　　　　　　(桐壺①37)

기리쓰보인은 제1황자인 스자쿠를 동궁으로 책봉할 때, 후견이 없는 왕권은 세상 사람들에게 인정을 받을 수 없다는 것을 깨닫고 있었던 것이다. 그래서 미모와 재능을 갖추고 비할 바 없는 총애에도 불구하고 둘째 황자를 겐지로 신적강하할 것을 결심하게 된 것이다. 이에는 물론 고려인의 관상가가 히카루겐지를 신하의 신분으로 끝나지는 않을 관상이라고 말한 예언이 기리쓰보인의 정치적인 결심에 중요한 역할을 했을 것이다. 그러나 무엇보다도 히카루겐지가 동궁 책봉에서 배제된 것은 이 때 마땅한 후견이 없었다는 것이 가장 큰 이유였던 것이다.

기리쓰보인은 히카루겐지의 전철을 밟지 않기 위해서 레이제이 천황만큼은 든든한 정치적인 배경을 가진 후견을 갖게 해 주려고 생각한 것이다. 그 때 조정에서 가장 강력한 후견이 될 수 있는 인물은 후지쓰보와 겐지源氏였다. 그래서 이미 紅葉賀卷에서 양위할 생각을 하고 있던 기리쓰보 천황은 스자쿠 천황의 어머니인 고키덴 뇨고弘徽殿女御보다 후지쓰보를 먼저 중궁으로 간택했던 것이다. 동궁의 외척은 모두 황족이므로 후지쓰보만이라도 확실하게 중궁의 지위에 올려놓으려 생각한 것이다. 그리고 겐지源氏를 동궁의 후견으로 삼으라는 유언을 함으로써 레이제이 천황의 황권을 반석 위에 올려 놓으려한 것이다.

이후 겐지는 이 유언을 지키려고 노력하지만 뜻대로 되지 않는다. 겐지는 모든 정권이 고키덴 대후와 우대신에게로 넘어가고, 오보로즈키요와의 밀통이 우대신에게 발각되자 스마로 퇴거할 준비를 한다. 겐지는 스마로 퇴거하기 이전에 기리쓰보인의 능을 찾아가서 유언의 영험이 무력함을 호소한다.

> 그렇게까지 걱정하셔서 말씀하신 갖가지 유언은 어디로 어떻게 사라져버린 것일까, 하고 지금 새삼스럽게 말해보아도 도리가 없는 일이다.
> さばかり思しのたまはせしさまざまの御遺言はいづちか消え失せにけん、と言ふ かひなし。
>
> (須磨②181-182)

그러나 기리쓰보인의 무덤은 이미 잡초만 무성하여 쓸쓸한 풍경이다. 달도 구름에 가리고 이슬내린 길을 헤매던 겐지는 다음과 같은 와카를 읊는다.

돌아가신 아버지의 혼령은 어떻게 보시는지요. 아버지라 생각하던 달마저도
구름 속에 숨어버리네.
なきかげやいかが見るらむよそへつつながむる月も雲がくれぬる　　(須磨②182)

위 와카에서 달은 기리쓰보인이고 왕권을 보호하는 비유 표현이다. 즉
겐지는 기리쓰보인이 왕권을 수호하지 못하고 구름 속으로 숨어버렸다는
것을 읊었다. 물론 기리쓰보인의 유언이 여기서 완전히 소멸된 것은 아니
고, 須磨卷에서 다시 나타난 기리쓰보인은 자신의 유언을 실현시킨다.

겐지가 須磨로 퇴거하여 폭풍우를 만나 위기에 처했을 때, 기리쓰보인
이 꿈에 나타나 源氏를 위로하고, '스미요시 신이 인도하는 대로 빨리 배를
타고 스마의 포구를 떠나라.住吉の神の導きたまふままに、はや舟出してこの浦を去りね'
(明石②229)고 알려준다. 그리고 자신은 궁중의 스자쿠 천황에게 할 이야
기가 있다고 하며 사라진다. 기리쓰보인은 스자쿠 천황의 꿈에 나타나서
유언을 지키지 않은 스자쿠 천황를 노려보아 안질을 앓게 만든다.(明石②
251) 기리쓰보인의 혼령은 히카루겐지가 조정의 후견과 동궁의 후견을 다
할 수 있도록 유언의 영험을 나타낸 것이다.

후지쓰보 사건의 당사자인 후지쓰보는 薄雲卷에서 임종시에 겐지가 기
리쓰보인의 유언을 지켜 레이제이 천황의 후견을 다해 준 것에 대한 감사
의 말을 한다.

'고 기리쓰보인의 유언대로 금상의 후견으로서 일해오신 것은 전에부터 내
단히 감사하게 생각하고 있지만, 언제 그것에 대한 각별한 감사의 기분을 전
할까하고 여유롭게 생각하고 있었는데 이제는 생각할수록 안타깝게 여겨져
요.'하고 꺼져가듯 말씀하시는 것도,
「院の御遺言にかなひて、内裏の御後見仕うまつりたまふこと、年ごろ思ひ知りは
べること多かれど、何につけてかはその心寄せことなるさまをも漏らしきこえむとの
み、のどかに思ひはべりけるを、いまなむあはれに口惜しく」とほのかにのたまは
するも、　　　　　　　　　　　　　　　　　　　　　　　　　(薄雲②446)

겐지 또한 후지쓰보가 임종하기 직전에 자신이 레이제이 천황의 후견을

위해 열과 성의를 다해왔다는 것을 이야기한다. 이러한 대화는 레이제이 천황의 後見을 통해 표면적으로는 말할 수 없는 두 사람이 사랑을 확인하고 있는 대화라 생각된다. 레이제이 천황의 즉위로 인해 겐지의 왕권이 확립되기 때문에 겐지와 후지쓰보의 밀통 사건은 그 원천이라 할 수 있다. 즉 기리쓰보인의 유언을 이행함으로써 겐지의 왕권이 확립되지만, 그것은 어디까지나 이러한 등장인물들의 인간관계에 의해 달성된다는 것을 확인할 수 있다.

4. 결론

이상에서 고찰한 바와 같이 스자쿠 천황과 히카루겐지에게 부여된 기리쓰보인의 유언은 레이제이 천황의 즉위와 히카루겐지의 왕권 확립을 위한 것이었다. 이러한 구도는 『겐지 이야기』 제1부에서 히카루겐지에 대한 고려인의 예언이 달성되어 가는 과정과 같은 맥락이다. 즉 기리쓰보인의 유언은 예언이 이루어지기 위한 전제조건인 동시에 과정이라고 할 수 있다. 기리쓰보인의 유언이 준수된다는 것은 곧 히카루겐지의 영화와 왕권 확립이 이루어지는 것이었다.

桐壺卷에서 히카루겐지는 후견이 없다는 이유로 기리쓰보인의 총애에도 불구하고 동궁 책봉에서 배제되었다. 이 때 기리쓰보인은 히카루겐지를 신적강하하면서 자신의 총애보다는 어머니의 신분과 후견이 갖는 정치적인 논리에 대해서 뼈를 깎는 아픔을 맛보았을 것이다. 이에 기리쓰보인은 황족인 후지쓰보가 황자를 출산하자 히카루겐지와 꼭 같이 빛나는 황자라 생각하며 소중히 양육한다. 그리고 황자의 후견이 없음을 생각하여 고키덴 뇨고를 제치고 후지쓰보를 중궁으로 책봉했다. 기리쓰보인은 스자쿠 천황에게 양위함과 동시에 후지쓰보가 낳은 황자를 동궁으로 책봉하고, 황자의 후견을 히카루겐지에게 맡긴다.

賢木卷에서 기리쓰보인은 많은 유언을 했다고 되어 있으나, 모노가타리에 기술하고 있는 것은 스자쿠 천황과 히카루겐지에 대한 유언뿐이다. 그 주된 내용은 스자쿠 천황에게는 히카루겐지를 조정의 주석으로 중용하라는 것과 히카루겐지에게는 동궁의 후견이 되라는 것이었다. 기리쓰보인의 유언은 자신의 死後에 일어날지도 모를 정변에 대한 염려이겠지만, 유언은 겐지를 중심으로 이루어져 있다. 특히 스자쿠 천황에 대한 유언에서 겐지가 반드시 세상을 다스릴 수 있는 관상이라고 하여 신하로 만들었다고 한 것은 히카루겐지에 대한 고려인의 예언과 신적강하를 결심한 기리쓰보인의 정치적인 판단이 반영된 표현이라 할 수 있다.

　기리쓰보인의 유언은 스자쿠 천황이 유언을 지키려고 하는 의지와 유언의 영험이 작용함으로써, 히카루겐지의 영화와 왕권을 달성하게 만들었다. 그러나 히카루겐지의 왕권이 달성되는 것은 유언의 힘만이 아니라, 고려인의 예언과 겐지의 노력, 인간관계의 결과로 가능하게 되었다고 할 수 있다. 즉 히카루겐지 스스로가 의도하지 않은 인간관계의 결과가 레이제이 천황의 황권과 자신의 왕권을 성취하는 원동력이 되었던 것이다.

▌ Key Words　桐壺院, 遺言, 靈驗, 後見, 栄華, 王権

제3장

『겐지 이야기』에 나타난 연고자와 장편의 구상

1. 서론

『겐지 이야기』는 혈연관계나 닮은 용모 등 '연고ゆかり'의 인물이 장편의 주제를 이끌어가는 원동력으로 작용한다. 이들 연고자들은 처음에는 '대신하는 인물形代'로 위안거리로 생각되지만 점차 자신의 정체성을 찾아간다. 따라서 등장인물의 '연고'를 규명하는 것은 장편 모노가타리物語의 주제를 규명할 수 있는 키워드라 할 수 있다.

그런데 '연고'의 인물이나 표현은 와카和歌나 우타 모노가타리歌物語, 일기, 수필 등에는 거의 나오지 않다가 허구의 모노가타리에서 본격적으로 등장한다. 그 용례를 살펴보면『가게로 일기蜻蛉日記』에 1例,『우쓰호 이야기』에 6例,『落窪物語』에 3例,『겐지 이야기』에는 무려 48例가 나타난다. 『겐지 이야기』의 경우 '御ゆかり' '人のゆかり' '紫のゆかり' '草のゆかり' '露のゆかり' 'ひとつゆかり' 등으로 사용되고 있다. 또한 '연고'와 연관이 있는 표현으로 '유품形見' 46例, '대신하는 인물形代' 3例, '대신하는 사람人形' 9例, '인연縁' 5例, '연고よすが' 23例, '의지할 사람よるべ' 13例 등이 있다. 이 중에는 단순한 유품이나 사물을 가리키는 경우도 있지만, 등장인물과의 연고를 지칭하여 특별한 인간관계를 이어가는 경우도 있다.

『겐지 이야기源氏物語』에 나오는 '연고'의 의미는 크게 혈연관계, 인척관계, 그리고 일반적인 관계 등으로 나누어 볼 수 있다. 본고에서 고찰하는 연고는 어떤 여성이 혈연관계 등으로 얼굴이 닮은 것을 이유로 남자 주인공이 좋아하게 되고 관계를 맺게 되는 경우이다. 예를 들면 제1, 2부에서 기리쓰보 고이桐壺更衣를 대신하는 인물은 후지쓰보와 무라사키노우에, 온나산노미야가 있고, 다마카즈라 十帖에는 유가오와 다마카즈라, 우지宇治 十帖에서는 오이기미大君와 나카노키미中の君, 우키후네浮舟 등의 연고자들이 있다. 이들 연고자들은 각각 계모학대담과 같은 화형話型을 내재하면서 모노가타리의 장편 구상에 주요한 역할을 하는 인물들이다.

『겐지 이야기』의 연고자에 관한 연구로는 등장 인물론과 관련하여 小山敦子의 「紫上」[1], 南波浩의 「紫の上の発見」[2], 長谷川政春의 「さすらいの女君」[3], 藤井貞和의 「形代浮舟」[4], 日向一雅의 「浮舟についてー人形の方法と主題的意味ー」[5], 村井利彦의 「紫のゆかり」[6] 등이 있다. 그리고 '연고'와 '形代'의 문제를 정면으로 분석한 연구로는 北川真理의 「形代の女君」[7], 横井孝의 「〈ゆかり〉の物語のしての源氏物語」[8], 鈴木一雄의 「『源氏物語』の女性造型と"ゆかり"」[9], 三谷邦明의 「源氏物語躾糸」[10], 三田村雅子의 「源氏物語における〈形代〉」[11], 高橋享의 「〈ゆかり〉と〈形代〉ー源氏物語の統辞法」[12]이 있고, 용어의 개념에 관한 해설로 北川真理의 「ゆかり」[13], 鷲山茂雄의 「形代」[14] 등이 있다.

본고에서는 이와 같은 선행연구를 참고하면서, 『겐지 이야기源氏物語』에

1 小山敦子, 「紫上」(『源氏物語の研究』, 武蔵野書院, 1975)
2 南波浩, 「紫の上の発見」(『講座源氏物語の世界』2, 有斐閣, 1981)
3 長谷川政春, 「さすらいの女君」(『講座源氏物語の世界』5, 有斐閣, 1981)
4 藤井貞和, 「形代浮舟」(『講座源氏物語の世界』8, 有斐閣, 1983)
5 日向一雅, 「浮舟についてー人形の方法と主題的意味」(『源氏物語の主題』横風社, 1983)
6 村井利彦, 「紫のゆかり」(『源氏物語講座』3, 勉誠社, 1992)
7 北川真理, 「形代の女君」(『源氏物語講座』4, 勉誠社, 1983)
8 横井孝, 「〈ゆかり〉の物語のしての源氏物語」(『源氏物語の探究』14, 笠間書院, 1989)
9 鈴木一雄, 「『源氏物語』の女性造型と"ゆかり"」(『物語文学を歩く』, 有精堂, 1989)
10 三谷邦明, 「源氏物語躾糸」, 有精堂. 1991.
11 三田村雅子, 「源氏物語における〈形代〉」(『源氏物語 感覚の表現』, 有精堂, 1996)
12 高橋享, 「〈ゆかり〉と〈形代〉ー源氏物語の統辞法」(『源氏物語の詩学』, 名古屋大学出版会, 2007)
13 北川真理, 「ゆかり」(『源氏物語事典』, 大和書房, 2002)
14 鷲山茂雄, 「形代」(『源氏物語事典』, 学燈社, 1989)

나타난 '연고'가 모노가타리의 장편 구상으로 이어지는 작의를 고찰하고
자 한다. 또한 어떤 인물의 연고를 이어받은 주인공이 단순히 대신하는 인
물이 아니라 어떻게 자신의 인생을 자각하고 정체성을 찾아가는가도 살펴
볼 것이다. 특히 작품 전체의 주제를 형성하고 있는 '지치 풀의 연고紫のゆか
り', '유가오의 연고夕顔のゆかり', '우지의 연고宇治のゆかり'가 각각 어떠한 인
간관계를 형성하고 있는가를 규명하고자 한다.

2. 紫上와 지치 풀의 연고

겐지는 3살 때 어머니 기리쓰보 고이桐壺更衣가 죽은 후, 소위 '지치 풀의
연고紫のゆかり'로 닮은 얼굴인 후지쓰보藤壺, 무라사키노우에紫上, 온나산노
미야女三宮를 좋아하게 된다. 겐지는 11살 무렵에 어머니와 닮았다고 하는
후지쓰보가 기리쓰보 천황의 후궁으로 들어오자, 자신도 모르게 연모하는
마음을 품게 된다. 계모자 관계인 두 사람은 결국 밀통을 하게 되고 레이제
이 천황이 태어난다. 한편 若紫卷에서 겐지는 기타야마北山에 학질을 치료
하러 갔다가, 후지쓰보의 질녀인 와카무라사키를 만나 자신의 이상형으로
양육하여 결혼한다. 그리고 겐지는 당시로서 만년의 나이인 40살 때에 후
지쓰보의 또 다른 질녀인 온나산노미야女三宮를 정처로 받아들이게 된다.
그런데 온나산노미야는 겐지의 기대와 달리 처조카인 가시와기와 밀통하
여 가오루薫을 출산한다.

겐지는 왜 이렇게까지 '지치 풀의 연고'에 집착한 것일까. 이에 대한 의
문은 장편 『源氏物語』의 作意와 깊은 관련이 있을 것으로 생각된다. 특히
지치 풀과 관련이 깊는 '풀의 연고草のゆかり'와 '지치 풀의 연고紫のゆかり'는
각각 2例씩 나온다. 이 표현은 지치 풀紫草의 뿌리에서 보라색 염료를 채취
하는 데 연유하는데, 이는 후지쓰보와 무라사키노우에가 혈연관계라는 것
을 암시하고, 源氏와 후지쓰보, 무라사키노우에, 온나산노미야의 관계는
제1부와 제2부의 장편적 주제를 형성하게 된다.

桐壺卷에는 기리쓰보 고이와 후지쓰보가 닮았다는 것을 다음과 같이 소
개하고 있다.

돌아가신 기리쓰보 고이의 용모와 닮은 분을, 삼대의 천황을 이어서 모셔오는 동안에 본 적이 없었는데, 단지 황후의 딸이 정말 기리쓰보 고이와 꼭 닮은 모습으로 성장하셨습니다. 세상에 드문 미모입니다.

亡せたまひにし御息所の御容貌に似たまへる人を、三代の宮仕に伝はりぬるに、え見たてまつりつけぬを、后の宮の姫君こそいとようおぼえて生ひ出でさせたまへりけれ。ありがたき御容貌人になん。　　　　　　　　　(桐壺①42)[15]

　삼대의 천황을 섬긴 궁녀 전시典侍는 기리쓰보 고이와 닮은 얼굴인 후지쓰보를 이와 같이 소개한다. 후지쓰보는 기리쓰보 고이桐壺更衣와 혈연관계가 아니지만, 기리쓰보桐壺의 오동나무 꽃과 후지쓰보의 등나무 꽃은 같은 보라색이라는 점에서 서로 닮은 얼굴임을 상징한다. 기리쓰보 천황은 고이更衣를 '대신하는 인물'로 후지쓰보를 입궐시키지만, 겐지는 지치 풀의 연고인 후지쓰보와 밀통을 하게 되고, 그로 인해 레이제이 천황이 태어난다. 本居宣長는 두 사람의 사랑을 '모노노아와레もののあはれ'라 정의하고 이상적인 남녀관계로 설명했다. 여기서 주목하고 싶은 점은 겐지가 지치 풀의 연고인 후지쓰보를 사랑하게 되지만, 후지쓰보는 레이제이 천황의 탄생을 계기로 스스로 분별력을 발휘하여 겐지의 애집愛執을 피해 출가를 단행한다는 점이다.

　若紫巻에서 '지치 풀의 연고'인 무라사키노우에는 후지쓰보와 닮은 인물로 등장한다.

얼굴 모습이 너무나 가련하고 눈썹 부분이 어슴푸레 아름답게 보이고, 천진하게 쓸어 올린 이마와 머리카락이 자란 모습이 너무나 귀엽다. 지금부터 아름답게 자라는 모습을 지켜보고 싶다고 생각하며 가만히 보고 계신다. 사실은 한없이 사모하고 있는 분과 아주 닮았기 때문에 저절로 눈이 끌린 것이라고 생각하니 눈물이 흘렀다.

つらつきいとらうたげにて、眉のわたりうちけぶり、いはけなくかいやりたる額つ

15　阿部秋生 他校注,『源氏物語』1 (「新編日本古典文学全集」 小学館, 1999) p.42. 이하
　　『源氏物語』의 인용은 「新編全集」의 권, 페이지를 표기함.

き、髪ざしいみじうううつくし。ねびゆかむさまゆかしき人かな、と目とまりたまふ。さるは、限りなう心を尽くしきこゆる人に、いとよう似たてまつれるがまもらるるなりけり、と思ふにも涙ぞ落つる。

(若紫①207)

겐지가 학질이 걸려 北山로 치유하러 갔을 때, 우연히 후지쓰보와 닮은 어린 와카무라사키를 엿보게 되는 장면이다. 겐지는 승도僧都로부터 와카무라사키의 아버지 병부경궁兵部卿宮이 후지쓰보의 오빠로, 와카무라사키가 후지쓰보의 질녀가 된다는 사실을 듣고 비로소 두 사람이 닮은 이유를 납득하게 된다. 이후 겐지는 자신의 어머니와 닮았다고 하는 후지쓰보를 이 세상에서 가장 이상적인 여성으로 생각하지만, 후지쓰보에 대한 사랑이 좌절되자 지치 풀의 연고인 와카무라사키를 이상적인 여인으로 양육하게 된다.

그런데 다음 예문에서 겐지가 와카무라사키를 엿본 후, 아직 그 신분을 잘 알지 못한 시점이기는 하지만 처음에는 '위안거리'로 생각하고 있는 것을 확인할 수 있다.

> 그런데 정말 귀여운 아이로구나. 누구일까. 그 사람 대신으로 언제나 마음의 위안거리로 보고 싶구나, 하고 마음 속 깊이 생각했다.
> さても、いとうつくしかりつる児かな、何人ならむ、かの人の御かはりに、明け暮れの慰めにも見ばや、と思ふ心深うつきぬ。

(若紫①209)

상기 예문에서 '그 사람 대신'이란 후지쓰보의 대신이다. 즉 겐지는 와카무라사키를 후지쓰보를 '대신하는 인물'로서 위안거리로 가까이 두고 보고 싶다고 생각한 것이다. 이후 겐지는 와카무라사키를 이상적인 여성으로 양육하게 되지만, 처음에 '대신하는 인물'로서 생각했다는 것은 앞으로의 관계를 상징하고 있다. 겐지는 도읍으로 돌아온 와카무라사키의 조모 아마기미尼君에게, '빨리 손에 꺾어보고 싶구나. 같은 지치 풀의 뿌리로 연결된 벌판의 어린 풀 手に摘みていつしかも見む紫のねにかよひける野辺の若草'(若紫①239)라고 읊어 와카무라사키에 대한 강한 집념을 보이고 있다.

尼君가 죽은 후, 겐지는 와카무라사키若紫를 이조원으로 데려와 습자를

가르치다가 보라색 종이에 와카와 함께 '무사시노라고 하면 원망스러워武
蔵野といへばかこたれぬ'(①258)라는 고가古歌의 한 구절을 써 놓았다. 이 고가의
원문은 『古今六帖』五3507에 나오는 '잘 모르지만 무사시노라고 하면 원망
스러워. 어쩌면 그것이 지치 풀 때문인지도.しらねともむさしのといへばかこたれぬよ
しやそこそはむらさきのゆゑ'[16]이다. 그리고 『이세 이야기』의 서단에 나오는 '가스
가 벌판의 어린 지치 풀春日野の若むらさき'[17]와 『古今集』雑歌上867의 '단 한 그
루의 지치풀이 있어 무사시노에 자라는 모든 풀이 정겹게 보입니다.紫のひと
もとゆゑに武蔵野の草はみなながらあはれとぞみる'[18]도 '草のゆかり'와 관련이 있다.
　이어서 겐지는 와카무라사키若紫를 '지치 풀의 연고草のゆかり'에 비유하
며 와카를 증답한다.

> 잠자리를 같이 하지는 못했지만 귀엽군요. 무사시노의 이슬을 가르기 어렵
> 듯 함께 할 수 없는 지치 풀의 연고
> 왜 원망스럽다고 말씀하시는지 몰라 걱정이 됩니다. 대체 무슨 풀의 연고인
> 지요.
> 〈源氏〉ねは見ねどあはれとぞ思ふ武蔵野の露わけわぶる草のゆかりを
> 〈紫〉かこつべきゆゑを知らねばおぼつかないかなる草のゆかりなるらん
>
> (若紫①258-259)

　겐지는 와카무라사키가 아직 어려 잠자리를 함께 하지 못하는 것을 원
망스럽다고 읊었지만, 아직 10살에 지나지 않는 어린 와카무라사키로서는
겐지가 왜 자신을 '지치 풀의 연고'로 비유하고 원망스럽다고 했는지 이해
할 수가 없었던 것이다. 겐지는 아마기미尼君가 죽자, 아버지인 병부경궁兵
部卿宮이 와카무라사키를 자신의 저택으로 데려가려 한다는 이야기를 듣고
선수를 쳐 이조원으로 데려온다. 겐지의 명분은 계모가 있는 兵部卿宮의

16　新編国歌大観編集委員会, 『古今和歌六帖』(「新編国歌大観」第二巻, 角川書店, 1986)
　　p.3521
17　高橋正治 他校注, 『竹取物語 伊勢物語 大和物語 平中物語』(「新編日本古典文学全
　　集」, 小学館, 1994) p.113. 이하 『伊勢物語』의 인용은 「新編全集」의 페이지를 표기함.
18　小沢正夫 他校注, 『古今集』(「新編日本古典文学全集」小学館, 1994) p.329.

저택으로 데려가면 학대당할 수 있다는 우려 때문이라고 하지만, 와카무
라사키가 후지쓰보와 닮은 얼굴로 '지치 풀의 연고'라는 점에 마음이 끌렸
기 때문일 것이다. 두 사람의 와카에서 '草のゆかり'란 보라색의 염료가 되
는 지치 풀인데 와카무라사키를 상징한다. 그리고 뿌리로 연결되어 있다
고 하는 것은 후지쓰보와 와카무라사키 두 사람이 서로 혈연관계라는 것
을 의미한다.

　다음은 末摘花巻에서 와카무라사키를 처음으로 '지치 풀의 연고'로 비
유하고 있는 대목이다.

　　그 지치 풀의 연고자를 찾아 데려온 이후에는, 그녀만을 귀여워한 나머지 로
　　쿠조미야스도코로에게조차도 이전보다 멀어진 듯하니까. 하물며 이 황폐한
　　저택에 사는 사람 스에쓰무하나가 불쌍하다는 생각을 잊은 것은 아니지만
　　기분이 내키지 않는 것은 어쩔 수 없는 일이다.
　　かの紫のゆかり尋ねとりたまひては、そのうつくしみに心入りたまひて、六条わた
　　りにだに離れまさりたまふめれば、まして荒れたる宿は、あはれに思しおこたらず
　　ながら、ものうきぞわりなかりける。　　　　　　　　　　　　（末摘花①289）

　겐지는 二条院으로 와카무라사키를 데려온 뒤에는 오로지 와카무라사
키만을 귀여워하고, 로쿠조미야스도코로나 스에쓰무하나 등은 일절 만나
지 않는다는 것이다. 즉 겐지의 관심은 지치 풀의 연고자이며 후지쓰보와
닮은 얼굴인 와카무라사키에게만 있다는 것을 강조한 기술이다.

　若菜上巻에서 겐지는 스자쿠인으로부터 또 한 사람의 '지치 풀의 연고'
인 온나산노미야와의 결혼을 제의받는다.

　　이 황녀의 어머니 뇨고는 다름 아닌 후지쓰보 중궁과 자매일 것이다. 용모도
　　언니 다음으로 뛰어나다는 소문이 났던 분이었으니, 어느 혈통으로 보더라
　　도 이 황녀의 용모는 아마도 보통이 아닐 것이다.
　　この皇女の御母女御こそは、かの宮の御はらからにものしたまひけめ、容貌も、
　　さしつぎには、いとよしと言はれたまひし人なりしかば、いづ方につけても、この
　　姫宮おしなべての際にはよもおはせじを　　　　　　　　　　（若菜上④41）

온나산노미야는 스자쿠인의 셋째 딸로, 어머니는 병부경궁兵部卿宮의 또
다른 누이동생인 후지쓰보 뇨고藤壺女御이다. 겐지는 처음에 자신의 여명도
얼마 남지 않았다고 하며, 형 스자쿠인의 제의를 거절한다. 그러나 후지쓰
보의 질녀이니 '지치 풀의 연고'라는 점과 따라서 용모도 출중할 것이라는
생각에 점차 마음이 흔들린다. 결국 겐지는 온나산노미야를 六条院의 정
처로 받아들이게 된다. 이에 六条院의 주인으로 있었던 무라사키노우에는
발병하여 스스로 二条院으로 물러나 출가를 희망하지만 겐지의 반대로 이
마저도 여의치 않자 법화경 1000부를 공양한다.

若菜上巻에서 겐지는 온나산노미야와 결혼하고 비로소 무라사키노우
에와 전혀 다르다는 것을 느낀다.

> 온나산노미야는 아직 작고 미숙한데다 너무나 어린 모습으로 정말 어린애
> 같았다. 그 지치 풀의 연고인 무라사키노우에를 찾아 데려왔을 때의 일을 생
> 각하니, 그쪽은 총명하여 상대할 보람이 있었는데, 이쪽은 그에 비해 정말 유
> 치하게 생각되지만, 그래도 좋아, 이 정도라면 얄밉게 자기를 내세우는 일은
> 없을 것이라 안심이 되지만, 한편으로는 너무나 김이 빠진 느낌이 들었다.
> 姫宮は、げにまだいと小さく片なりにおはする中にも、いといはけなき気色して、
> ひたみちに若びたまへり。かの紫のゆかり尋ねとりたまへりしをり思し出づるに、
> かれはざれて言ふかひありしを、これは、いといはけなくのみ見えたまへば、よか
> めり、憎げにおし立ちたることなどはあるまじかめりと思すものから、いとあまりもの
> のはえなき御さまかなと見たてまつりたまふ。   (若菜上④63)

겐지는 무라사키노우에를 처음 만났을 때와 온나산노미야를 비교하며
같은 지치 풀의 연고자로 닮은 얼굴이지만 서로 많이 다르다고 생각한다.
若紫巻에서 무라사키노우에는 10살이었지만 총명하고 귀여웠는데, 14살
의 온나산노미야는 유치하고 어린애 같은 것이다. 즉 겐지는 온나산노미
야가 지치 풀의 연고라는 생각에 기대가 컸던 만큼 실망감도 더했을 것이
다. 그러나 겐지는 이렇게 온나산노미야가 무라사키노우에에 비해 유치하
고 부족한 부분이 많기 때문에 오히려 서로 대립되는 일은 없으리라고 생
각한다.

겐지의 이러한 실망과 허탈감의 연장선상에 온나산노미야는 가시와기와 밀통을 하고 불의의 아들 가오루薰가 태어난다. 겐지는 가시와기의 편지로 사실을 확인하지만 누구에게도 이 사실을 말할 수 없다. 겐지는 혼자 고뇌하면서 레이제이 천황과 가오루薰를 보면서 인과응보와 죄의식을 느낀다. 또한 온나산노미야도 번뇌하면서 아버지 스자쿠인과 겐지의 만류에도 불구하고 스스로의 의지로 출가를 단행함으로써 육조원의 인간관계와 질서는 조락을 맞이하게 된다.

이와 같이 겐지는 일생 동안 어머니 기리쓰보桐壷 고이更衣와 닮은 '지치풀의 연고'를 찾아 후지쓰보, 무라사키노우에, 온나산노미야와 관계를 맺는다. 겐지가 지치 풀의 연고를 찾은 것은 어머니에 대한 오이디푸스 콤플렉스가 그 원천에 있다고 볼 수 있겠지만, 처음에는 단순한 '대신하는 인물'로서 위안을 받고 싶다는 생각을 했다. 겐지는 '대신하는 인물'나 혈연관계의 인물, 닮은 용모의 여성을 좋아하지만, 결국 각각의 여성들은 자신의 정체성을 찾아가게 된다. 즉 겐지가 '지치 풀의 연고'를 찾아가는 과정과 연고자의 자각이 『겐지 이야기』제1, 2부의 큰 주제를 형성한다는 것을 확인할 수 있다.

3. 玉鬘와 夕顔의 연고

夕顔巻에서 17세의 겐지는 유가오 집의 박꽃을 계기로 알게 된 중류 계층의 유가오에게 몰입하게 된다. 겐지는 사성 겐지賜姓源氏로 신하의 신분이 되었지만, 항상 행동의 제약을 받지 않을 수 없었기에 중류계층의 유가오에게서 해방감을 느꼈을 것이다. 그런데 8월 15일 밤 유가오의 집을 찾은 겐지는, 다음 날 아침 유가오와 시녀 우콘右近만을 데리고 자신의 황량한 별장 모원某院으로 간다. 그 날 밤 이상한 여자의 모습을 한 모노노케物の怪로 인해 유가오는 허망하게 짧은 생을 마감한다.

겐지는 유가오가 죽은 후 비로소 그녀가 두중장頭中将의 여자라는 것과 그 사이에 세 살짜리 딸 다마카즈라玉鬘가 있다는 것을 알게 된다. 다마카즈라는 유가오의 행방을 모른 채 유모 일행과 함께 쓰쿠시로 유랑하다 우여곡절 끝에 다시 도읍으로 돌아온다. 겐지의 시녀가 된 우콘은 하세데라 참배 길에서 우연히 다마카즈라 일행과 재회하고, 다마카즈라는 겐지의 양녀로 六条院에 들어가게 된다. 이하 겐지가 유가오의 연고에 관심을 갖게 되는 논리를 살펴보도록 한다.

末摘花卷의 서두에는 유가오가 죽은 지 한 해가 지났지만 아직도 그녀를 잊지 못하는 겐지의 심경이 다음과 같이 묘사된다.

> 겐지는 아무리 생각해도 떨쳐버릴 수 없는 유가오의 이슬처럼 덧없이 사라져버린 슬픔을 해가 지나도록 잊지 못하고 있다.
> 思へどもなほあかざりし夕顔の露に後れし心地を、年月経れど思し忘れず
>
> (末摘花①265)

夕顔卷에서 夕顔가 먼저 源氏를 유혹했다는 점에서 유녀의 이미지도 있지만, 겐지는 허무하게 죽은 유가오가 이슬처럼 사라졌다고 생각한다. 겐지는 아오이노우에葵上와 로쿠조미야스도코로六条御息所 등 주변의 부인들이 모두 신분이 높고 신경이 쓰이는 사람들뿐이라 편안하게 만날 수 있었던 유가오를 아직도 잊지 못하고 있다. 그리고 겐지가 이렇게 유가오를 잊지 못하고 있는 것은, 玉鬘卷에서 그녀의 딸 다마카즈라가 유가오의 연고자로서 재등장하게 되는 동인이 된다고 볼 수 있다.

玉鬘卷에서 겐지는 유가오의 시녀였던 우콘을 유가오의 연고자로 생각하여 항상 가까이 두고 있다.

> 그로부터 오랜 세월이 지났지만 겐지는 사랑했던 유가오를 한 시도 잊을 수가 없었다. 겐지는 제각기 성격이 다른 여인들을 차례로 알게 되면서, 만약 살아있었으면 하고 정말 그립고 안타깝게 생각한다. 유가오의 시녀였던 우콘은 특별한 여자는 아니었지만, 겐지가 유가오의 연고자라 생각하여 애처롭게 생각해 주셔서, 옛날부터 뇨보와 마찬가지로 가까이 모시고 있었다.
> 年月隔たりぬれど、飽かざりし夕顔をつゆ忘れたまはず、心々なる人のありさまども
> もを見たまひ重ぬるにつけても、あらましかばとあはれに口惜しくのみ思し出づ。
> 右近は、何の人数ならねど、なほその形見と見たまひて、らうたきものに思した

れば、古人の数に仕うまつり馴れたり。 　　　　　　　　　　(玉鬘③87)

　　겐지는 유가오와 사별한지 18년이 지났지만 여전히 잊지 못하고, 시녀 우콘을 유가오의 특별한 연고形見로 생각하여 가까이 하고 있다. 한편 다마카즈라는 어머니 유가오와 헤어진 후, 다자이太宰 소이가 된 유모의 남편과 함께 규슈의 쓰쿠시筑紫로 내려가 그곳에서 성장하게 된다. 다마카즈라는 규슈에서 갖가지 난관을 격은 후에 겨우 도읍으로 올라오지만, 그들을 반가이 맞이해주는 사람은 없었다. 두중장頭中将이 친아버지이지만 어머니도 없이 오랜 기간 변방을 방랑하다가 갑자기 나타나 자신이 딸이라고 해도 이를 인정받기란 쉬운 일이 아니었다. 이에 다마카즈라 일행은 신불에 기원할 생각으로 하치만구八幡宮에 참배를 했지만 영험이 없자, 다시 하세데라初瀬寺의 관음에 참배하러 가는 도중의 숙소 쓰바이치椿市에서 우연히 우콘右近과 재회하게 된다.

　　다음은 玉鬘巻에서 우콘이 겐지에게 長谷観音의 영험으로 유가오의 연고인 다마카즈라를 찾았다고 보고하는 대목이다.

　　　　〈겐지〉 "아까 찾아냈다는 사람은 어떤 사람이야. 존엄한 수행자와 사이가 좋
　　　　아져 데리고 온 것이야."하고 묻자, 〈우콘〉 "어머나, 남이 들으면 어쩌려고요.
　　　　허무하게 이슬처럼 사라진 유가오의 연고자를 찾았기에."라고 말씀드린다.
　　　　〈源氏〉「かの尋ね出でたりけむや、何ざまの人ぞ。尊き修行者語らひて、率て來
　　　　たるか」と問ひたまへ、〈右近〉「あな見苦しや。はかなく消えたまひにし夕顔の露
　　　　の御ゆかりをなむ、見たまへつけたりし」と聞こゆ。 　　　　　(玉鬘③120)

　　겐지가 농담처럼 대하는 물음에, 우콘右近이 이슬처럼 사라진 유가오의 연고자 다마카즈라를 찾았다고 보고한다. 유가오와 다마카즈라는 모녀관계이니 당연히 닮은 부분이 많을 것이나, 겐지의 관심을 끄는 것은 '이슬처럼 사라진 유가오의 연고夕顔の露の御ゆかり'라는 말이었을 것이다. 이어서 겐지가 '그 사람의 용모는 그 옛날의 유가오와 비교하여 떨어지지는 않는가. 容貌などは、かの昔の夕顔と劣らじや'(③121)라고 묻자, 우콘은 반드시 그만큼이라고 할 수는 없지만 특별히 아름답게 자란 것 같다고 대답한다. 즉 겐지의

관심은 우콘의 대답에서 볼 수 있듯이 어디까지나 유가오와 닮은 다마카즈라의 미모였다. 이후 겐지는 실제 아버지인 두중장 몰래 다마카즈라를 양녀인 것처럼 육조원으로 받아들인다. 이 소문이 퍼지자 많은 구혼자들이 나타나지만, 겐지는 다마카즈라를 유가오의 연고로 생각하고 특별한 감정을 품게 된다.

胡蝶卷에서 겐지는 다마카즈라에게 '단지 옛 사랑에 대한 그리움과 그에 대한 위안ただ昔恋しき慰め'(胡蝶③189)이라고 하며, 유가오에 대한 그리움을 다마카즈라에게 표출하고 있다. 이러한 겐지의 행위는 이로고노미色好み적인 성정도 내포되어 있지만, 다마카즈라가 유가오의 연고자라는 점에서 발로되는 것이라 할 수 있다. 그러나 겐지는 다마카즈라를 '대신하는 인물'와 마음의 위안거리慰め로만 생각함으로써 다마카즈라의 마음을 얻을 수가 없었고, 이는 결국 다마카즈라와 히게쿠로鬚黒의 결혼으로 해소된다. 이와 같이 '유가오의 연고夕顔のゆかり'는 결국 玉鬘十帖라고 하는 장편적 주제를 이끄는 동인이 된다고 볼 수 있다.

4. 浮舟와 宇治의 연고

柏木卷에서 가시와기와 온나산노미야의 밀통으로 태어난 가오루薰는 어린 시절부터 자신의 출생에 대한 익문을 품고 출가의 뜻을 품고 있었다. 橋姫卷에서 22살이 된 가오루는 우지에서 불도에 전념하고 있는 하치노미야八の宮를 찾는다. 그곳에서 가오루는 우연히 하치노미야의 두 딸 오이기미大君, 나카노키미中の君를 엿보게 된다. 가오루는 처음 오이기미에게 관심을 갖지만, 그녀가 결혼을 거부하고 죽자 그 동생인 나카노키미에게, 다시 배다른 자매로 닮은 얼굴인 우키후네에게 마음을 주게 된다.

오이기미는 우지를 떠나지 말라는 아버지 하치노미야의 유언대로 가오루의 구혼도 거부한다. 가오루는 오이기미의 마음을 얻기 위해서 나카노키미를 니오미야에게 소개하지만, 오이기미가 죽자 이를 후회하며 나카노키미에 대한 미련을 버리지 못한다. 이러한 가오루에게 나카노키미는 배 다른 자매로 오이기미와 닮은 우키후네浮舟를 소개하는데, 우키후네는 오이기

미를 '대신하는 인물'이며 연고의 인물인 셈이다. 중세의 모노가타리物語 평론서인 『無名草子』에서는 이들을 '우지의 연고宇治のゆかり'[19]라 지적했다.

다음은 宿木卷에서 가오루가 오이기미를 생각하며, 나카노키미와 결혼하지 못한 것을 후회하고 있는 대목이다.

> 〈가오루는〉 그 분(오이기미)이 허무하게 돌아가신 뒤라 천황의 따님과 결혼하라는 것도 별로 기쁘지 않고, 이 나카노키미와 결혼했더라면 좋았을 걸 하는 생각만이 나날이 더하고, 단지 돌아가신 분의 연고라고 생각하니 체념하기 어려운 것이다. 같은 자매 사이라고는 해도 특히 이 두 사람은 더할 나위 없이 다정했던 것이다. 오이기미는 임종에 즈음해서도 "남은 동생을 나와 꼭 같이 생각해 주세요."라고 하시고,
> 〈薫〉かの人をむなしく見なしきこえたまうてし後思ふには、帝の御むすめを賜はんと思ほしおきつるもうれしくもあらず。この君を見ましかばとおぼゆる心の月日にそへてまさるも、ただ、<u>かの御ゆかり</u>と思ふに、思ひ離れがたきぞかし、はらからといふ中にも、限りなく思ひかはしたまへりしものを、いまはとなりたまひにしはてにも、とまらん人を同じことと思へとて、   (宿木⑤388)

가오루는 오이기미에 대한 미련이 남아 천황의 둘째 딸 온나니노미야女二宮와의 혼담도 탐탁지 않게 생각한다. 그리고 가오루는 나카노키미를 오이기미의 연고라 생각하여 이미 니오미야의 아이를 회임하고 있었지만 결혼하지 않은 것을 후회한다. 이후에도 가오루는 오이기미가 임종에 즈음해서 남긴 유언을 상기하며 나카노키미를 '우지의 연고자宇治のゆかり'로 생각하여 나카노키미에 대한 미련을 버리지 못한다.

나카노키미는 이러한 가오루의 구애를 피하기 위해 배다른 자매로 오이기미과 닮은 얼굴인 우키후네의 존재를 알려준다.

> "여러 해 동안 그 사람이 이 세상에 있는 줄도 모르고 있다가, 이번 여름 무렵에 먼 시골로부터 올라와서 알게 되었습니다. 남남처럼 대할 수도 없었지

---

19   久保木哲夫 校注, 『無名草子』(「完訳日本の古典」27, 小学館, 1989) p.222, 242.

만 그렇다고 갑자기 친하게 지내기도 쉽지 않다고 생각했습니다. 일전에 찾아왔는데 신기할 정도로 죽은 언니와 닮았다는 생각이 들어 너무나 그리웠습니다. 당신은 저를 언니에 대신할 사람이라고 말씀하시지만, 나는 모든 면에서 언니와는 다르다고 주변에서도 이야기하곤 했었는데, 전혀 닮은 리가 없는 그 사람이 어떻게 그렇게까지 닮은 것일까요."라고 말씀하시는 것을, 가오루는 꿈같은 이야기로 듣고 있다.

年ごろは世にやあらむとも知らざりつる人の、この夏ごろ、遠き所よりものして尋ね出でたりしを、疎くは思ふまじけれど、また、うちつけに、さしも何かは睦び思はんと思ひはべりしを、先つころ來たりしこそ、あやしきまで昔人の御けはひに通ひたりしかば、あはれにおぼえなりにしか。形見など、かう思しのたまふめるは、なかなか何ごともあさましくもて離れたりとなん、見る人々も言ひはべりしを、いとさしもあるまじき人のいかでかはさはありけん」とのたまふを、夢語かとまで聞く。

(宿木⑤449-450)

우키후네는 하치노미야가 도읍에 살았을 때 시녀였던 주조노키미中将君의 사이에 태어난 딸이다. 하치노미야에게 부인으로 인정을 받지 못하자, 주조노키미는 우키후네를 데리고 히타치노스케常陸介의 후처가 되었다. 우키후네는 여러 해 동안 소식이 단절되어 있다가 먼 시골에서 연고를 찾아 도읍으로 올라온 것이다. 나카노키미는 우키후네가 배다른 자매이지만 신기할 정도로 언니와 닮았다고 하고, 자신은 모든 면에서 언니와는 다르다는 점을 강조하고 있다. 나카노키미의 이야기를 들은 가오루는, 하치노미야가 '은밀히 정을 통한 여자가 낳은 아이人の忍ぶ草摘み'(宿木⑤451)일 것으로 짐작한다.

가오루는 '죽은 오이기미와 닮았다고 하는 연고자에게 마음이 끌려似たりとのたまふゆかりに耳とまりて'(宿木⑤451), 나카노키미에게 좀더 자세한 사정을 캐물었다. 그러나 나카노키미의 설명에도 불구하고, 가오루는 '오이기미와 닮았다고 말씀하시지만, 그것이 사실인지 어떻게 알 수 있겠어요.似たりとのたまひつる人も、いかでかはまことかとは見るべき'(宿木⑤453)라고 하며 믿지 못한다. 이후 가오루는 우지에서 벤노아마弁の尼를 통해 우키후네가 하치노미야와 中将君 사이에 태어난 딸이라는 이야기를 듣고, 비로소 혈연관계

가 틀림없으니 오이기미를 닮은 것도 사실일 것으로 생각하고 만나고 싶어 한다.

이후 가오루는 다시 우지에 갔다가 우연히 弁の尼와 우키후네가 대화하는 모습을 엿보게 된다.

> 아마기미 앞에서 우키후네가 부끄러워 옆을 보고 있는 옆얼굴이 이쪽에서도 완연하게 보인다. 지금 이 여자를 보니 정말로 정취를 느끼게 하는 눈언저리나 머리카락의 느낌이 죽은 오이기미와 꼭 닮았다. 가오루는 오이기미의 얼굴도 차분히 보신 적이 없지만, 우키후네를 보자 오이기미가 저절로 머리에 떠올라 언제나처럼 눈물이 흘렀다. 아마기미에게 대답을 하는 목소리나 느낌이 나카노키미와도 많이 닮았다고 생각된다.
>
> 尼君を恥ぢらひて、そばみたるかたはらめ、これよりはいとよく見ゆ。まことにいとよしあるまみのほど、髮ざしのわたり、かれをも、くはしくつくづくとしも見たまはざりし御顔なれど、これを見るにつけて、ただそれと思ひ出でらるるに、例の、涙落ちぬ。尼君の答へうちする声けはひ、宮の御方にもいとよく似たりと聞こゆ。
>
> (宿木⑤493)

가오루는 그간 공사를 하고 있던 불당을 보러 우지에 갔다가, 우연히 오이기미와 꼭 닮은 우키후네를 엿보고 눈물을 흘릴 정도로 감동한다는 것이다. 또한 가오루는 오이기미의 얼굴을 자세히 본적이 없다고 하면서도 닮은 부분을 구체적으로 지적하고, 우키후네의 목소리와 느낌이 나카노키미와도 닮았다고 생각한다. 그리고 가오루는 이렇게 오이기미와 닮은 사람을 지금까지 만나지 않은 것을 후회하며 '이 사람보다 더 낮은 신분이라 할지라도 그 사람의 연고이기만 하다면これより口惜しからん際の品ならんゆかりなどにてだに'(宿木⑤493), 결코 함부로 대할 수 없다고 생각한다. 이후 가오루와 우키후네는 너무나 큰 신분차로 인해 서로가 망설이고 있는 동안, 우키후네에게 좌근중장左近中将이라는 구혼자가 나타난다. 그러나 우키후네가 히타치노스케常陸介의 의붓자식이라는 이유로 파혼당하는 일이 발생한다. 이에 우키후네의 어머니 주조노키미가 우키후네를 은밀히 이조원의 나카노키미에게 맡긴다.

東屋卷에서 나카노키미는 가오루에게 다시금 우키후네를 권유하지만, 가오루는 오히려 나카노키미에게 연정을 호소한다.

> 옛사랑을 대신할 수만 있다면 항상 가까이 두고 그리울 때마다 유품으로 생각해야지.
> 라고 여느 때와 같이 농담처럼 말씀하시고 기분을 푸신다.
> "미소기강 이쪽저쪽의 여울에 흘려보낼 인형이라니, 그렇게 덧없는 것이라면 항상 곁에 둔다고 누가 믿겠습니까.
> '끌어당기는 손이 많아서'라고 하지요. 그렇다면 그 아가씨가 불쌍하지 않습니까."라고 하시자, 〈가오루〉"그렇지만 결국 정착해야 할 곳은 당신입니다. 새삼 말할 나위도 없는 이야기입니다. 정말 당신의 무정한 처사는 덧없는 물거품과 맞서는 것과 같군요. 버려져 떠내려가는 것은 인형은 사실은 나 자신입니다. 어떻게 하면 이 마음을 위안 받을 수 있겠어요."라고 이야기하는 동안에,
> 〈薫〉見し人のかたしろならば身にそへて恋しき瀬々のなでものにせむ
> と、例の、戯れに言ひなして、紛らはしたまふ。
> 〈中の君〉「みそぎ河瀬々にいださんなでものを身に添ふかげとたれか頼まん
> 引く手あまたに、とかや。いとほしくぞはべるや」とのたまへば、〈薫〉「つひに寄る瀬は、さらなりや。いとうれたきやうなる、水の泡にも争ひはべるかな。かき流さるるなでものは、いでまことぞかし、いかで慰むべきことぞ」など言ひつつ、

(東屋⑥53)

나카노키미中の君는 가오루에게 은밀히 자신의 집에 와 있는 우키후네를 적극적으로 권유한다. 이에 가오루는 우키후네를 어디까지나 오이기미의 연고로 생각하겠다고 한다. 나카노키미는 옛 시가를 인용하며 그렇게 되면 우키후네가 불쌍하지 않겠느냐고 하자, 가오루는 위안받을 사람은 자신이라며 오히려 나카노키미에게 연정을 호소한다. 그런데 집으로 돌아온 니오미야가 우키후네의 방에 들어가 관심을 가지자, 中将君는 급히 우키후네를 三条의 안가로 옮긴다. 그리고 가오루는 弁の尼의 도움을 받아 三条의 안가에서 우키후네와 하루 밤을 같이 보낸 후, 우키후네의 거처를 다시 우지로 옮긴다. 이러한 가오루의 우키후네에 대한 관심이 우키후네에

대한 사랑이라기보다 어디까지나 오이기미의 대신으로 생각한다는 점에서 두 사람의 비극적인 운명이 시발된다고 볼 수 있다.

浮舟卷에서도 가오루는 우키후네를 어디까지나 오이기미의 대신으로 생각하고 있다.

> 〈가오루〉 일간에 충분한 대우를 하지요. 원래 산골에서 지낼 때의 위안거리로 생각했으니까, 다소 시일이 걸리는 일을 만들어 천천히 가서 만나지요.
>
> 〈薫〉 いまいとよくもてなさんとす。山里の慰めと思ひおきてし心あるを、すこし日数も経ぬべき事どもつくり出でて、のどやかに行きても見む。　　　(浮舟⑥107)

가오루는 우키후네에 대해 신분의 차이를 생각하고 항상 오이기미를 '대신하는 인물'로서 만나겠다는 생각을 하고 있다. 이에 비해 정열적인 니오미야는 東屋卷에서 이조원에 와 있던 우키후네를 본 이후 잊지 못하고 있다가, 가오루로 위장하여 우지로 가서 관계를 맺는다. 이러한 두 사람 사이에서 괴로워하던 우키후네는 결국 투신자살을 선택한다. 그러나 이마저도 우키후네의 마음대로 되지 않고 요카와橫川의 승도僧都에 의해 구출되지만, 자신의 의지로 출가를 함으로써 정체성을 찾아간다.

우키후네는 스스로 투신자살을 기도하고, 출가를 결행함으로써 비로소 자신의 아이덴티티를 표출했다. 우키후네는 오이기미를 '대신하는 인물'로 등장하지만 가오루의 위안거리慰め가 되는 것을 완고하게 거부한 셈이다. 즉 宇治十帖는 '우지의 연고자宇治のゆかり'인 오이기미, 나카노키미, 우키후네의 인간관계를 주제로 작의된 것이라 생각된다.

5. 결론

『겐지 이야기』에서 겐지나 가오루는 왜 혈연관계나 닮은 용모의 연고자를 추구하려 했을까. 또한 '연고'의 주인공들은 어떻게 겐지와 가오루의 위안거리가 아닌 자신의 정체성을 지키려 했을까. 그리고 이러한 연고자들과 남녀의 인간관계는 어떻게 모노가타리의 장편적 주제를 형성하고 있는가에 대해 고찰해 보았다.

겐지는 죽은 어머니와 닮았다고 하는 계모 후지쓰보를 이상적인 여성으로 생각하고, '지치 풀의 연고'인 무라사키노우에, 온나산노미야와 관계를 맺는다. 이에는 어머니에 대한 오이디푸스 콤플렉스가 원천에 있다고 생각된다. 겐지는 연고자를 '形代'와 위안거리로 생각하지만, 세 여성은 겐지의 애집愛執이나 냉대로부터 벗어나 자신의 아이덴티티를 찾고자 한다. 즉『겐지 이야기』제1, 2부의 주제는 겐지의 보라색 지치 풀의 연고에 대한 애집과 연고자의 자립과정을 그린 것이라 생각된다.

또한 겐지는 18년의 세월이 지나도 잊지 못하는 유가오에 대한 그리움으로 '유가오의 연고夕顔のゆかり'인 다마카즈라에게 관심을 갖게 된다. 이는 겐지의 이로고노미色好み적인 성정과도 관련이 있으나, 다마카즈라를 유가오의 대신이며 위안거리慰め로 생각한다. 한편 다마카즈라는 오갈 데 없는 자신을 육조원으로 받아들이고 친부 두중장보다도 더 세심한 배려를 해준 겐지에게 감사한 마음을 느끼지만, 겐지의 연정에 고뇌하다가 히게쿠로와의 결혼으로 겨우 자립하게 된다. 즉 겐지의 '유가오의 연고'에 대한 호기심이 다마카즈라玉鬘 십첩十帖라고 하는 장편적 주제를 이끄는 원동력이 된 셈이다.

한편 가오루는 오이기미가 죽은 후 '우지의 연고자宇治のゆかり'인 나카노키미와 우키후네에게 호감을 갖는다. 그런데 가오루는 오이기미이 죽은 후 나카노키미가 소개한 우키후네를 신분의 격차 등으로 오이기미를 '대신하는 인물'로만 생각한다. 한편 니오미야는 우키후네를 보자 정열적인 애집으로 우지까지 찾아가 관계를 맺는다. 즉 가오루의 우유부단함이 우키후네에게 니오미야와의 삼각관계를 발생케 하고, 괴로움을 견디지 못한 우키후네는 결국 투신자살을 시도하게 된다. 그러나 우키후네는 이마저도 마음먹은 대로 되지 않자, 결국 출가를 택함으로써 속세와의 인연을 끊는다. 즉 우지의 연고라고 하는 구상이 우지宇治 십첩라고 장편의 주제를 구성하고 볼 수 있다.

이와 같이『겐지 이야기』는 '지치 풀의 연고'와 '유가오의 연고', '우지의 연고'와 같은 연고자를 중심으로 작의된 모노가타리物語라 생각된다. 즉 지치 풀의 연고는 제1, 2부에서 무라사키노우에가 출가할 때까지, 유가오의 연고는 다마카즈라 십첩에서 다마카즈라의 등장에서 결혼까지, 우지의 연고는 우지 십첩에서 우키후네의 출가에 이르기까지 장편 주제를 이어간다는 것을 확인할 수 있었다.

▌Key Words 平安時代, 物語, 女性, ゆかり, 形代.

겐지 이야기의 전승과 작의

제5부
이로꼬노미와 모노노께

우차 싸움(『豪華源氏絵の世界 源氏物語』, 学習研究社, 1988)

겐지 이야기의 전승과 작의

제1장

이로고노미의 원천과 전승

1. 서론

　사계나 사랑을 주제로 한 인간관계는 동서고금를 막론하고 문학의 영원한 주제였다. 특히 일본의 헤이안 시대(794-1192)라고 하는 문학공간 속에서 '이로고노미色好み'는 '미야비優雅'와 함께 이상적인 등장인물을 조형하는 미의식이며 조건으로 되어있다. 구체적으로 이로고노미를 체현한 전형적인 주인공을 말하자면 가다노交野의 소장, 아리와라 나리히라在原業平, 히카루겐지 등이라 할 수 있다.

　'好色'과 '이로고노미'가 상응한다는 것은 『고킨슈古今集』真名序의 '好色之家'와 仮名序의 '이로고노미의 집色好みの家'[1]이라고 하는 표현으로 알 수 있다. 그러나 근세 이전의 술어로서 이로고노미=好色이라고 단정하기는 어려울 것이다. 원래 한자어의 호색은 부정적인 의미이지만, 헤이안 시대의 모노가타리物語 문학에서는 이상적인 주인공을 이로고노미로 조형하고 부정과 긍정의 兩義的인 뜻으로 사용되고 있다.

　연구사적으로 '이로고노미色好み'라고 하는 술어를 최초로 사용한 것은 주지하는 바와 같이 折口信夫였다. 折口는 고대의 영웅이 왕권을 획득하

1　小沢正夫 校注, 『古今和歌集』(『新編日本古典文学全集』小学館, 2007) p.22. 이하 『古今和歌集』 본문 인용은 「新編全集」의 歌番, 페이지 수를 표시함.

는 미덕으로서, 헤이안 시대의 용어인 이로고노미론을 제기했다. 그러나 이미 에도江戸 시대의 국학자, 本居宣長는 『源氏物語玉の小櫛』2권에서 '이 모노가타리의 本意를 권선징악이라 하고, 호색에 대한 경계라고 하는 것은 실로 사실과 다르다.'[2]라고 논했다. 즉 宣長는 모노가타리에 불의의 사랑을 그리고 있는 것은 유불에서 선악을 가르치는 것과는 달리 정과 사랑에 의한 사물의 정취もののあはれ를 그리기 위한 것이지 호색을 경계하기 위한 것은 아니라고 주장한 것이다.

折口 이후 이로고노미를 정면으로 다루고 있는 주된 연구로는, 吉田精一의 「色好みの意義と変遷」,[3] 秋山虔의 「中古-文学に現れた好色生活-」, 「好色人と生活者」,[4] 南波浩의 「〈色好み〉の歴史社会的意義」,[5] 今西裕一郎의 「〈色好み〉私論」,[6] 今井源衛의 「色好みの特質と変容」,[7] 中村愼一郎의 『色好みの構造』,[8] 福井貞助의 「歌物語の色好み」,[9] 高橋亨의 「色ごのみの文学」,[10] 鈴木日出男의 「〈人物造型〉色好みの成立」, 『はじめての源氏物語』[11] 등이 있다. 이 이외에도 「古典文学のキ-ワ-ド」(『国文学』 学灯社 1985. 9), 『源氏物語事典』(1989), 『古典文学史必携』(1992) 등에도 '이로고노미'의 연구사와 용어해설이 되어 있다.

이 연구에서는 반드시 '好色'과 '色好み'라는 용어에 집착하지 않고 중국과 한국의 전기伝奇, 일본의 헤이안 시대 모노가타리物語를 중심으로 이로고노미의 전승과정, 즉 그 의미가 어떠한 변천과정을 거쳐 왔는가를 고찰한다. 특히 이로고노미의 조건이 와카의 증답에 의해 완성되는 논리를 규명하고자 한다. 그리고 『겐지 이야기源氏物語』 이전의 호색 화형의 모노가타

2 大野晋 編, 『本居宣長全集』 第四卷, 筑摩書房, 1981. p.222
3 吉田精一, 「色好みの意義と變遷」(『國文学』 至文堂, 1961. 6月)
4 秋山虔, 「中古-文学に現えた好色生活-」(『國文学』 至文堂, 1961. 6月)
   「好色人と生活者」『王朝の文学空間』 東大出版會, 1984.
5 南波浩, 「〈色好み〉の歴史社會的意義」(『日本文学研究資料叢書』 有精堂, 1982)
6 今西裕一郎, 「〈色好み〉私論」(『靜岡女子大学國文研究』 1975. 2月)
7 今井源衛, 「色好みの特質と變容」(『國文学』 至文堂, 1981. 4月)
8 中村愼一郎, 『色好みの構造』 岩波書店, 1985.
9 福井貞助, 「歌物語の色好み」(『歌物語の研究』 第一章, 風間書房, 1986)
10 高橋亨, 「色ごのみの文学」(『源氏物語とその周邊の文学』 武藏野書院, 1986)
11 鈴木日出男, 「〈人物造型〉色好みの成立」(『國文学』 學燈社, 1991年 9月)
   『はじめての源氏物語』 講談社, 1991.

리에 대해서는 졸고 「源氏物語의 源泉과 伝承」[12]을 참고했다.

2. 이로고노미의 원천

'色'과 유사한 의미인 '艶'은 色字와 豊字로 조합이 된 글자인데, 渡部泰明은 '艶'은 '탐미적인 지향이 근본이며, 신체적인 감각을 살려 포착된 왕조적인 우미'[13]라고 규정하고 있다. 그러나 '艶'의 개념은 와카 비평의 개념과 미묘한 차이가 있다. 『고킨슈古今集』의 한문 서문에서는 小野小町의 노래를 '艶而無気力'이라 하며, 당시의 와카和歌가 '以艶為基」의 상태라고 비판하고 있다. 이는 『고킨슈』의 가나仮名 서문에서, '(한시에 대해 일본의 와카는) 이로고노미들 사이에서 모습을 감추고, 아는 사람이 없게 되어 공식적인 장소에서는 참억새 꽃의 이삭만도 못한 존재가 되어 버렸다.色好みの家に埋れ木の, 人知れぬこととなりて, まめなる所には, 花薄ほに出すべきことにもあらずなりにたり'[14]라는 상황이었으나, 와카의 위상이 달라져 칙찬 가집으로 편찬하게 되었다는 자부심과 조응하는 것이라 할 수 있다.

『무라사키시키부 일기』에서는 '艶'인 사람이 하는 행동은 '달을 보고 꽃을 감상하며', '모노가타리를 좋아하고 뽐내며 와카를 잘 읊는'[15] 것으로 묘사되고 있다. 즉 『고킨슈』나 『무라사키시키부 일기』의 용례를 대조해 보면 '이로고노미'란 艶과 풍류를 좋아한다는 의미로 해석할 수 있다. 그리고 好色의 '色'은 원래 남녀간의 정욕, 용모의 아름다움 등의 의미로서, 한자어의 호색은 여색이나 미인을 좋아한다는 뜻으로 쓰인다. 여기서 '色'의 원래 의미가 중국 고전의 용례에서 어떻게 쓰이고 있는지를 살펴보기로 한다.

『論語』의 学而篇 7에 '현자를 현자로 대하기를 마치 여색을 좋아하듯이

---

12 金鍾德, 「源氏物語의 源泉과 傳承」(『日本研究』 제8호, 韓國外大日本研究所, 1993)

13 渡部泰明, 「艶」(『古典文学史必携』 学燈社, 1992) p.175

14 小沢正夫 校注, 『古今和歌集』(『新編日本古典文学全集』11, 小学館. 2006) p.23.
    이하 『古今和歌集』 본문 인용은 「新編全集」의 歌番, 페이지 수를 표시함.

15 中野幸一 他校注, 『紫式部日記』(「新編日本古典文学全集」 小学館, 1994) p.198,
    p.206

하고子夏曰, 賢賢易色'[16]라 했다. 이 대목은 고래로 가장 난해한 부분으로 지적되고 있는데, 색을 좋아하는 기분으로 현인을 존경하라는 의미로 해석된다. 또한 衛靈公篇 12에는 '참으로 안타까운 일이다. 내 아직 이성을 사랑하듯 하는 그런 정열을 가지고 수양에 몰두하는 사람을 보지 못했다.子曰, 己矣乎, 吾未見好德如好色者也'(p.175)라 했는데, 이는 子罕篇에도 같은 내용이 실려 있는데, 색을 좋아하는 것과 덕을 좋아하는 것을 대비하여 미와 덕의 조화를 추구한 것이다. 季氏篇 7에는 '군자로서 자중해야할 것에 셋이 있다. 아직 혈기가 가라앉지 못한 청년 시절에는 여자를 삼가야 하고君子有三戒, 少之時, 血気未定, 戒之在色'(p.186)이라 하여 청년기의 여색을 군자삼계의 하나로서 지적하고 있다. 즉 공자는 유교의 도덕을 실현하기 위해서는, 여색을 특히 경계해야 할 점으로 논한 것이다.

『孟子』의 梁恵王章句 하편에는 齊나라의 宣王이 '과인에게는 못된 버릇이 있습니다. 나는 색을 좋아합니다.寡人有疾, 寡人好色'(p.248)라고 했다. 이에 孟子는 '옛날에 대왕도 색을 좋아하시어 그 왕비를 사랑하시었습니다. (중략) 왕께서 색을 좋아하시려거든 백성들과 같이 하옵소서. 왕께서 이러하오면 무슨 어려움이 있겠습니까.昔者大王好色, 愛厥妃 (中略) 王如好色, 与百姓同之, 於王何有'라 답했다. 즉 맹자는 선왕이 자신의 나쁜 질병이 '여색을 탐하는 것'이라고 말하자, 선왕이 왕비를 총애했던 것처럼 호색도 백성과 함께 하면 왕도의 이상을 실현하는데 아무런 문제가 없다고 했다.

다음은 『孟子』의 万章章句上에서 万章의 난문에 대한 맹자의 답변이다.

색을 좋아하는 것은 사람들이 다 원하는 바이나, 요 임금의 두 딸을 아내로 삼았으나 그것이 순 임금의 근심을 풀기에 부족했다. (중략) 남이 기뻐해 주거나 호색과 부귀도 순 임금의 근심을 풀기에 부족하고 오직 부모가 기뻐해 주는 것만이 그의 근심을 풀어줄 수 있었다. 사람은 어려서는 부모를 사모하고, 색을 좋아하게 되는 나이가 되면 예쁜 여자를 사모하고, 처자를 가지게 되면 처자를 사모하며, 벼슬을 하면 임금을 사모하고 임금의 마음에 들지 못

---

16 李家源 訳註解, 『論語 孟子』 東西文化史, 1976. p.35. 이하 『論語 孟子』의 인용은 같은 책의 페이지 수를 표시함. 번역은 일부 수정.

하면 초초해지도록 애쓴다.

好色人之所欲, 妻帝之二女, 以不足以解憂, (中略) 人悅之, 好色富貴, 無足以
解憂者, 惟順於父母, 可以解憂, 人少則慕父母, 知好色則慕少艾, 有妻子則慕
妻子, 仕則慕君, 不得於君則熱中, (p.362)

맹자는 색을 좋아하는 것은 모든 사람들이 원하는 바이라고 지적했다.
그러나 舜帝의 근심은 천자가 되어 사람들에게 경애를 받기보다도 호색
부귀보다도 단지 부모가 기뻐해 주는 것만이 근심을 해소할 수 있다고 한
다. 사람은 어려서는 부모를 사모하고, 연애의 정취를 아는 나이가 되면 예
쁜 여자를 사랑하고, 처자를 가지면 처자를 사랑하게 된다는 것이다. 여기
서 '知好色'은 『고킨슈』의 이로고노미와 같은 뜻으로 연애의 정취를 이해
한다는 뜻으로 해석된다. 그리고 인간은 누구나 나이를 먹어감에 따라 변
하는데, 舜帝의 효심이 변하지 않음을 칭송하고 있다.

즉 孔子와 孟子는 청년기의 호색에 대해 각기 다른 견해를 나타내고 있
다. 공자는 아직 혈기가 가라앉지 못한 청년 시절에는 여자를 삼가야 한다
고 경계하고 있으나, 맹자는 색을 좋아하게 되는 나이가 되면 예쁜 여자를
사모한다고 하여 사람의 자연스런 감정으로 해석하고 있다. 또한 맹자는
색을 좋아하는 것은 모든 사람들의 공통 심리이고, '육체와 색욕은 하늘에
서 인간에게 내려준 본성이다.形色, 天性也'(盡心章句上, p.445)라고 하여 호
색을 자연적 보편적인 인간의 본성으로 이해하고 있다.

중국의 고전에서 호색의 위상을 가장 잘 나타내고 있는 것은 『문선文選』
卷第19, 송옥宋玉의 '登徒子好色賦一首 幷序'이다. 다음은 대부인 등도자登徒
子가 초왕楚王에게 宋玉의 호색을 비난하자, 宋玉이 이에 반발하는 대목이다.

대부 등도자는 초왕을 모시고 송옥을 비난해 말하기를, "송옥이라는 사람은
용모와 모습이 아름답고, 말을 잘하고 또 호색합니다. 왕이시여 부디 그와 함
께 후궁에 출입하지 마십시오."라고 했다. 왕은 등도자가 한 말을 송옥에게
물었다. 송옥은 "용모와 모습이 수려한 것은 하늘이 주신 것입니다. 말에 미
사여구가 많은 것은 선생님에게 배운 것입니다. 그러나 저는 여색을 좋아하
지는 않습니다."라고 대답했다. 왕이 말하기를, "네가 호색하지 않다고 하는

데, 증명할 수 있는가. 증명할 수 있다면 그대로 두겠지만, 그렇지 않다면 차후로 내 앞에 오지 못하게 하겠다."고 했다. (중략) 등도자는 그러한 여인을 좋아하여 아이를 5명이나 낳게 했습니다. 왕이시여 잘 생각해 보십시오. 누가 더 호색한지를.

大夫登徒子、侍於楚王、短宋玉曰、玉爲人、体貌閑麗、口多微辞、又性好色。願王勿与出入後宮。王以登徒子之言問宋玉。玉曰、体貌閑麗、所受於天也。口多微辞、所学於師也。至於好色、臣無有也。王曰、子不好色、亦有説乎。有説則止、無説則退。 (中略) 登徒子悦之、使有五子。王孰察之誰爲好色者矣。[17]

宋玉은 楚王에게 자신이 호색이 아니라는 이유에 대해 다음과 같은 예를 들어 이야기한다. 楚国에서 가장 미인은 자신의 옆집에 사는 처녀인데, 자신을 연모하여 울타리에 올라가 3년이나 엿보고 있지만 아직 몸을 허락한 일이 없다고 한다. 그런데 登徒者는 그의 아내가 머리는 쑥대처럼 엉클어지고, 찌부러진 귀, 이는 다 빠지고, 부스럼투성이고, 게다가 치질에 걸려 있는데도 불구하고, 아이를 다섯이나 낳게 했으니 호색인 것은 登徒者라고 주장한다. 여기서 宋玉이 말하는 登徒者의 호색은 형이하학적인 단순히 여색을 탐하는 호색한의 의미로 쓰고 있다.

孟子는 효행을 논하면서 호색을 전면적으로 부정하지는 않았지만, '登徒子好色賦一首 并序'에서는 호색은 원칙적으로 부정적인 의미로 해석되고 있다. 宋玉은 자신이 호색한이 아니라고 항변하고 있으며, 오히려 登徒者의 호색을 음란한 행위로 경계하고 있다. 그러나 登徒者가 宋玉에게 '용모와 모습이 아름답고, 말을 잘하고体貌閑麗、口多微辞'라고 말한 것이야말로 아리와라 나리히라와 같은 '이로고노미色好み'의 일반적인 조건이 아닐까 생각된다.

'登徒子好色賦一首 并序'는 당대의 전기 소설인 『鶯鶯伝』(会真記)에도 인용되어 있다. 長某라고 하는 훌륭한 서생이 23세가 되어도 아직 여색을 가까이해본 적이 없었는데, 長生은 그 이유를 다음과 같이 변명하고 있다.

---

17 小尾郊一, 『文選』文章編 二 (『全釋漢文大系』 集英社, 1974) pp.461~462. 이하 『文選』의 인용은 같은 책의 페이지 수를 표기함.

등도자는 정말로 호색하지 않다, 단지 음란할 뿐이다. 나는 진정한 호색가이
지만, 아직 마음에 드는 상대를 만나지 못한 것이다.

登徒者非好色者, 是有淫行, 余真好色者, 而色不我值 [18]

登徒者의 행위는 이로고노미가 아니고 단지 음행일 따름이다. 자신이야
말로 진정한 호색가인데 아직 마음에 드는 미인을 만나지 못했을 뿐이지
정이 없는 남자는 아니라고 했다. 長生의 변명에서는 호색자와 음행을 분
명히 구별하고 있다. 즉 長生이 登徒者를 부정하고 자신이야말로 진정한
호색자라고 하는데, 이는『다케토리 이야기』에서 '이로고노미라고 하는
다섯 사람色好みといはるるかぎり五人' [19]이나『이세 이야기』39단에서 '천하의
이로고노미天の下の色好み' [20]라고 하는 말과도 상통하는 의미라 생각된다.

白楽天의「장한가長恨歌」의 首句에는 '한나라의 황제가 미인을 좋아해서
경국을 생각하게 되고漢皇重色思傾国' [21]라고 하고,「이부인李夫人」의 結句에는
'차라리 경성의 미인을 만나지 않는 것이 좋았다.不如不遇傾城色' [22]라고 되어
있다. 여기서 경국이나 경성의 색이란 모두 절세의 미인이란 뜻이고, 두 수
의 의미는 상반되는 듯하면서 결과적으로는 부합된다고 할 수 있다.『겐지
이야기』나『마쿠라노소시』등 일본의 헤이안 시대 문학에 절대적인 영향
을 준 이들 서사시는 일국 일성의 운명을 결정하는 정도의 왕과 미인의 연
애를 읊은 것이다. 그러나 白楽天은「李夫人」의 結句에서 호색이란 경계해
야 할 행위라고 지적했다.

다음은『古文真宝』後集巻之五에서 당나라의 張蘊古가 太宗에게「大
宝箴」을 올려 천자가 여색에 탐닉하는 것을 경계한 내용이다.

후궁에서 여색에 빠지지 말고, 야외에서는 수렵을 너무 즐겨도 안되며, 귀한

18 　内田泉之介 他,『唐代伝奇』(「新釈漢文大系」44, 明治書院, 1994) p.297. 이하『鶯鶯
　　傳』의 인용은 같은 책의 페이지 수를 표시함.
19 　片桐洋一 校注,『竹取物語』(「新編日本古典文学全集」, 小学館, 2006) p.20. 이하
　　『竹取物語』의 본문 인용은「新編全集」의 페이지를 표기함.
20 　福井貞助 他校注,『伊勢物語』(「新編日本古典文学全集」, 小学館, 2006) p.148. 이하
　　「伊勢物語」의 인용은「新編全集」의 페이지를 표기함.
21 　田中克己,『白楽天』(「漢詩大系」第12巻, 集英社, 1983) p.42
22 　田中克己,『白楽天』上掲書, p.97

보물을 너무 탐하지 말고, 나라를 음란하게 하는 음악을 듣지 말라. 즉 여색에 빠지면 사람의 도리를 잃게 되고, 수렵에 빠지면 절도를 잃게 된다. 구하기 어려운 보물을 가지면 자만해지고, 망국의 음악은 음란하다.

勿内荒於色。勿外荒於禽。勿貴難得貨。勿聴亡国音。内荒伐人性、外荒蕩人心。難得之貨侈、亡国之音淫。 [23]

張蘊古는 천자가 탐닉하기 쉬운 것으로 호색, 수렵, 보물, 음악 등을 들고 있다. 특히 여색에 빠지면 사람이 살아가는데 필요한 성정을 잃게 된다고 했다. 예를 들면 呉王 夫差는 越王 勾践이 절세의 미인 西施를 책략으로 보낸 줄 모르고, 西施에게 탐닉해 있다가 勾践에게 멸망한 것은 좋은 예라 할 수 있을 것이다. 즉『大宝箴』의 왕도사상에서는 호색을 가장 경계해야 할 행위로 지적하고 있다.

『三国史記』와『三国遺事』에는 국왕의 호색을 기술한 대목이 자주 나온다.『三国遺事』卷1 紀異第1「桃花女와 鼻荊郎」의 이야기에서, 신라 제25대 舎輪王은 576년에 즉위하여 諡号를 진지대왕真智大王이라 했다. 성은 김씨, 起烏公의 딸을 왕비로 맞이하고 知刀夫人이라 했다. 그런데 真智大王이 나라를 다스린 지 4년 만에 '주색에 빠져 음란하고 정사가 어지러워政乱荒婬' [24], 나라 사람들이 그를 폐위시켰다고 한다. 신라 사람들이 真智大王을 폐위시키기 전에 다음과 같은 일이 있었다는 기사가 있다.

이보다 먼저 사량부 어떤 민가의 여자 하나가 얼굴이 곱고 아름다와 당시 사람들은 도화녀라 불렀다. 왕이 이 소문을 듣고 궁중으로 불러들여 욕심을 채우고자 하니.

前此、沙梁部之庶女、姿容艶美、時号桃花女、王聞而召致宮中、欲幸之。

(p.88)

真智大王이 桃花女의 미모를 듣고 남편이 있는 도화녀를 궁중에 불러

---

23 星川清孝,『古文真宝』後集, (「新釋漢文大系」明治書院, 1979) p.224
24 李民樹 訳,『三國遺事』乙酉文化社, 1987. p.88. 이하『三國遺事』의 본문 인용은 같은 책의 페이지 수를 표시함.

범하려 했던 것이다. 이 사건으로 나라 사람들이 真智大王을 폐위시킨 원인이 되었다는 것이다. 물론 다른 이유나 배경도 있었겠지만, 왕이라 할지라도 호색하여 음란하면 폐위될 수도 있다는 것을 기술한 것이다.

同卷2, 신라 마지막 제56대 金傅大王의 조에는 景哀王의 기사가 실려 있다.

> 이 때에 경애왕은 더욱 음란하고 놀기에만 바빠 궁녀들과 좌우 근신들과 더불어 포석정에 나가 술자리를 베풀고 즐기다가 견훤이 오는 것도 알지 못하였으니, 저 문 밖의 한금호나 누각 위의 장려화와 다를 것이 없었다.
> 於是時. 景哀王加之以荒楽. 与宮人左右出遊鮑石亭. 置酒燕街. 不知甄萱之至.
> 与夫門外韓擒虎. 楼頭張麗華. 無以異矣.　　　　　　　　　　　　(p.150)

제55대 景哀王은 포석정에서 주색에 빠져, 정사를 돌보지 않았기에 견훤의 습격도 알지 못했다는 것이다. 그리고 견훤을 수나라의 한금호에, 경애왕과 궁인을 진나라의 후주와 장려화에 비유하여, 황음한 왕의 최후가 같음을 지적한 것이다.

同卷1, 제29대 太宗 春秋公의 기사에는 백제 마지막 의자왕에 대해서, '즉 무왕의 맏아들이다. 영웅스럽고 용맹하고 담력이 있었다. 부모를 효도로 섬기고 형제간에 우애가 있었다. 당시 사람들은 그를 해동증자라 했다. 乃虎王之元子也. 雄猛有胆気. 事親以孝. 友于兄弟. 時号海東曾子'(p.105)라고 기술되어 있다. 의자왕은 왕자였을 때, 해동의 증자라고까지 불렸으나, 641년 즉위한 뒤로 '주색에 빠져 정사는 어지럽고 나라는 위태로왔다.耽婬酒色, 政荒国危'(p.105)라고 한다. 즉 의자왕이 주색에 탐닉해 있었기 때문에 나라가 위기에 처하고 결국에는 멸망하게 되었다는 것을 기록해서 호색을 경계하고 있는 것이다.

『三国史記』권제28, 백제본기 의자왕 16년 춘 3월조에는 다음과 같은 기술이 있다.

> 왕이 궁인과 더불어 음황 탐락하여 술 마시기를 그치지 아니하였다. 좌평 성충(혹은 정충)이 극간하니, 왕이 노하여 옥중에 가두었다. 이로 인하여 감히

간하는 자가 없었다.

王与宮人淫荒耽楽。飲酒不止。佐平成忠或云浄忠極諫、王怒因之獄中、由是無敢言者。[25]

『三国史記』는 정사의 기록이지만, 義慈王이 주색에 빠져서 좌평 成忠의 충정을 받아들이지 않아 나라가 멸망하는 원인이 된 점은 『三国遺事』의 기록과 동일하다. 이상의 용례에서 '호색'이란 용어는 보이지 않지만, 왕이 음황, 탐악, 황음하다는 것이 결국 여색을 탐하는 의미로 쓰이고 있다. 그리고 임금이 호색하다는 것은 대체로 정란과 국란의 원인으로 기술되고 있다.

目加田さくお는 이러한 백제 왕족의 이로고노미적인 혈통이 일본의 왕실에 유입된 과정을 분석하고 있다. 目加田의 저서 『物語作家圏の研究』에 의하면 '간무桓武 천황의 모친은 백제계의 귀화인 다카노니이카사高野御笠이고, 헤이제이平城 천황은 역시 백제계 葛井宿禰道依의 딸 藤子를 입궐시켜 아보 친왕阿保親王을 낳았다. 이 阿保親王을 부친으로 해서 오오에 집안大江家과 아리와라 집안在原家이 출현한 것이다.'[26]라고 분석했다. 또한 대표적인 백제계 귀족들로, 아리와라 나리히라在原業平와 그의 형인 중납언 유키히라行平, 육가선六歌仙의 대표가인인 승정 헨조遍照, 가와라河原 우대신인 미나모토 노부源融, 당대일류의 한시인 미요시 기요유키三善清行, 다이라노 사다분平貞文, 미나모토 이타루源至 등의 가계를 지적하고 있다. 이들은 한결같이 '이로고노미'이며 풍류의 가인들이었다.

그러나 『三国史記』나 『三国遺事』의 기록에 나타난 음황 탐악했던 백제 의자왕 계통의 도래인 귀족들은 헤이안 왕조의 섭정관백의 정치가 정비되어 가는 시기에 왕권의 중심에서 소외될 수밖에 없었을 것이다. 권력의 중심에서 벗어나 있었던 이들 백제계 귀족들은 왕권에서 소외됨으로 인해, 오히려 풍류나 연애의 정취를 즐기는 생활을 하고 이로고노미 이야기의 주인공이 되었을 것으로 생각된다.

---

25 李丙燾 訳註, 『三國史記』上下, 乙酉文化社, 1993. p. 이하 『三國史記』의 인용은 같은 책의 페이지 수를 표시함.
26 目加田さくを, 『物語作家圏の研究』武蔵野書院, 1964. p.338

3. 이로고노미의 전승

이로고노미色好み에게 있어서 와카를 읊는다는 것은 어떠한 의의가 있을까.『文選』에서 登徒者가 宋玉을 '용모와 모습이 아름답고, 말을 잘하고 또 호색한 성정이다. 体貌閑麗, 口多微辞, 又性好色'라고 한 것은 전형적인 호색인의 조건이라 할 수 있을 것이다. 이 표현은『日本三代実録』元慶4년 (880) 5월 28일조에서 아리와라 나리히라在原業平(825-880)의 일생을 '나리히라는 용모가 수려하고 성격이 방종하여 구애받지 않았다. 거의 한학의 재능은 없고 와카를 잘 읊었다. 業平体貌閑麗, 放縱不拘, 略無才学, 善作和歌'[27]라고 하는 문맥에 투영되어 있다. 宋玉의 말에 미사여구가 많다는 것은, 그대로 나리히라業平가 와카를 잘 읊는다는 말과 통하고, 체모한려와 함께 이로고노미의 조건이라는 것을 알 수 있다.

먼저 인용한『앵앵전鶯鶯伝』의 주인공인 長生은 여행 중에 재난을 만난 최씨 집안을 도와준다. 崔家의 딸은 '얼굴빛이 요염하고 광채가 나게 아름다워 사람의 마음을 움직였다.顔色艶異、光輝動人'(p.299)라고 할 정도로 미모였다고 묘사되어 있다. 崔娘의 용모가 눈부시게 빛난다는 것은 마치『겐지 이야기』의 桐壺卷에서 히카루겐지나 후지쓰보의 아름다움을 칭송하고 있는 듯한 인물조형이다. 長生은 崔家의 딸을 좋아하게 되어 하녀인 홍낭에게 자신의 심경을 밝힌다. 그러자 홍낭은 아가씨가 '한시를 잘 짓고 문장을 잘 쓰고' 하니까, 시를 읊어 보내는 것이 좋겠다고 권한다. 이에 長生과 崔家의 아가씨는 서로 '春詞二首'와 '明月三五月'의 시가를 증답는데, 崔娘의 답시는 다음과 같다.

달을 기다리는 서쪽 행랑채 아래에 살짝 문을 열어 바람을 맞는다. 울타리에 꽃 그림자 흔들리고 그리운 사람 오실까.
待月西廂下 迎風戶半開 払墻花影動 疑是玉人来   (p.302)

---

27 黑板勝美,『日本三代實錄』後編, 吉川弘文館, 1983. p.475

長生도 이 시의 의미를 이해하고 2월 16일 밤, 울타리를 넘어 崔家의 서편 행랑채에 들어가니 문이 절반쯤 열려있다. 崔娘도 시에서 玉人으로 비유한 長生이 오기를 기다리지만, 처음에는 長生의 호색을 심하게 꾸짖는다. 그러나 崔娘은 이삼일 지나서 스스로 長生의 방을 찾아와 관계를 맺는다. 헤이안 시대의 모노가타리에 나오는 와카의 증답은 심정 전달이 대부분인데 비해서, 崔娘의 시는 능동적이고 일상 회화적인 답가이다. 長生은 『鶯鶯伝』의 서두에서 자신이야말로 호색자라고 말하지만, 琴이 능숙하고 광채가 나는 듯 한 용모의 崔娘도 호색자의 조건을 갖추고 있다고 할 수 있다. 그리고 琴으로 '霓裳羽衣曲'[28]을 연주하고 있는 崔娘에는 양귀비의 이미지가 있고, 또한 『다케토리 이야기』의 주인공 가구야히메의 날개옷羽衣을 상기하게 한다.

다음은 『三国史記』 권제13, 고구려 본기 제1, 琉璃明王 3년 7월조에서 琉璃王이 왕비 松씨가 죽은 후에 두 후처를 얻어 생기는 이야기이다.

> 왕이 다시 두 여자를 취하여 계실을 삼으니, 하나는 화희란 여자로 골천인의 딸이요, 하나는 치희란 이로 한인의 딸이었다. 두 여자가 사랑다툼으로 서로 불화하매, 왕이 양곡이란 곳에 동서 이궁을 짓고 그들을 각각 두었다.
> 王更娶二女以継室, 一曰禾姬, 鶻川人之女也, 一曰雉姬, 漢人之女也, 二女争寵不相和, 王於涼谷造東西二宮, 各置之。 (p.262)

유리왕은 두 계실 화희와 치희는 사이가 나빠 동서의 궁전에 각각 거처하게 했다. 유리왕이 기산에 사냥을 간 사이에 두 사람은 싸움을 하여 한인인 치희가 도망을 가 버렸다. 왕은 곧 쫓아가서 달랬지만 한족인 치희는 돌아오려고 하지 않았다. 때마침 황조(꾀꼬리)가 나무가지에 모여 앉아있는 것을 보고 유리왕은 다음과 같은 시를 읊는다.

꾀꼬리는 오락가락, 암놈 수놈 놀건마는, 외로운 이내 몸, 뉘와 함께 돌아

---

28 『長恨歌』에 玄宗皇帝가 驪宮에서 楊貴妃의 춤에 맞추어 들었다는 曲. 蜀나라의 方士가 楊貴妃의 靈魂을 찾아가자, 살아있을 때의 霓裳羽衣의 모습 그대로였다고 한다.

가리

翩翩黃鳥、雌雄相依、念我之独、誰其与帰。 (p.262)

高句麗 2대 유리왕의 한시에 '好色'이란 용례는 없지만 이로고노미적인 정취의 연가戀歌를 잘 읊었다. 상기 한시는 유리왕이 치희와 헤어져 쌍쌍이 놀고 있는 꾀꼬리에 비유하여 자신의 쓸쓸한 심정을 읊은 것이다. 이러한 유리왕의 이로고노미를 『고지키』에 나오는 닌토쿠仁德 천황에 비유하자면, 화희는 이와노히메石之日売, 치희는 구로히메黒比売를 연상케 한다. 즉 이로고노미인 유리왕과 닌토구 천황은 여성의 질투심에 방황하는 자신의 심정을 각각 시로 읊었다.

헤이안平安 시대 모노가타리의 주인공은 왜 이상적인 이로고노미로 조형되어야 할까. 주인공이 이로고노미로 불리게 되는 조건은 과연 무엇일까. 이로고노미와 와카가 긴밀한 관계인 것은 이미 선행연구에서도 지적되어 왔다. 高橋亨는 '용모를 비롯하여 일상의 행동이나 음악, 미술, 문학 등 오늘날의 예술 영역을 받치고 있는 것이 이로고노미의 문화였다. 특히 와카를 읊는 것이 중요하다.'[29]라고 논했다.

한편 鈴木日出男는 이로고노미를 '남자가 상대 여성의 영혼 깊숙이 작용하여 곧 그 마음을 공략할 수 있는 힘이다.'[30]라고 정의했다. 또한 '겐지의 이로고노미가 발휘되는 것은 와카를 증답하는 것이 큰 힘이 되고 있다.'(上揭書, p.53)고 논하고, 겐지源氏와 고세치五節와의 증답贈答을 예로 들고 있다. 즉 이로고노미는 모든 예능의 전승자였다고 할 수 있으며, 특히 와카의 전승과는 밀접한 관계가 있다고 할 수 있다.

『고킨슈』의 가나 서문仮名序에서 당시의 와카가 '이로고노미들 사이에서 모습을 감추고, 아는 사람이 없게 되어色好みの家に埋れ木の、人知れぬこととなりて'(p.23)라고 한 것처럼, 이로고노미는 와카와 밀접한 관계에 있다. 가나 서문에서는 이로고노미가 좀 부정적인 의미로 사용되고는 있지만, 20권의 가집 가운데 사랑戀部을 읊은 것이 5권이나 점하고 있다는 것은 와카가 이

---

29 高橋亨, 「いろごのみ」(『國文学』 学燈社, 1985. 9) p.51
30 鈴木日出男, 『はじめての源氏物語』 講談社, 1991. p.50

로고노미의 필수조건이었다는 것을 알 수 있다.

『다케토리 이야기』에서 천황은 사냥을 핑계로 다케토리 할아범竹取の翁 인 사누키노 미야코의 집으로 들어가 가구야히메かぐや姫를 만난다. 그리고 가구야히메를 '보시자見たまふに', 빛이 충만한 듯이 아름다운 사람이 앉아 있었다고 한다. 천황은 도망가려는 가구야히메의 소매를 잡고, '처음으로 잘 보시니까' 비할 바 없이 아름다운 여성이라고 생각한다. 이 장면에서 '보다見る'라는 표현이 그대로 부부관계를 맺는다는 의미는 아니지만, 일반 적으로 '보다見る', '만나다あふ', '살다すむ', '다니다かよふ', '밤에 다니다よば ひ', '데려오다すゑる' 등과 함께 결혼한다는 의미로 쓰이는 경우가 많다.

다섯 사람의 구혼자들이 이로고노미라고는 하지만, 가구야히메에게 편 지를 써서 보내도 답장도 없고 괴로운 심정을 와카로 읊어 보내어도 아무 런 효험이 없었다고 되어 있다. 그런데 천황은 가까이서 가구야히메를 직 접 보고, 와카和歌 증답을 통하여 서로의 심정을 교환한다.

> 천황은 가구야히메에게 편지를 써서 보낸다. 가구야히메는 천황의 요구는 거절했지만 답장을 정말 정취있게 보냈다. 천황은 계절마다의 나무나 풀과 함께 와카를 읊어 보내셨다.
>
> かぐや姫の御もとにぞ、御文を書きてかよはせたまふ。御返り、さすがに憎から ず聞えかはしたまひて、おもしろく、木草につけても御歌をよみてつかはす。
>
> (p.63)

이와 같이 천황은 와카의 증답을 반복하여 가구야히메의 마음을 지배한 것이다. 모노가타리의 작자는 가구야히메의 결혼거부의 논리와 함께 천황 의 이상적인 이로고노미를 그리려고 한 것이 아닐까 생각된다.

『이세 이야기』에는 이로고노미色好み의 用例가 25段, 28段, 37段, 39段, 42段, 58段, 61段에 걸쳐 8례가 나온다. 그런데 초단에는 이로고노미의 용 례는 없지만, 특히 와카와 깊은 관련이 깊은 이야기이다. 옛날에 어떤 남자 가 성인이 된 후, 나라奈良의 도읍에서 아름다운 자매를 엿보고 입고 있던 시노부 무늬信夫摺의 옷자락에 와카를 읊어서 여자에게 보냈다. 노래의 내 용은, '가스가春日 벌판의 옅은 보라빛 풀처럼 아름다운 당신을 만나니, 나

의 마음은 보라빛의 시노부 무늬처럼 한없이 흐트러져 있습니다. 春日野の若
むらさきのすりごろもしのぶの乱れかぎりしられず'(p.113)라고 되어 있다. 이와 같은
옛날 사람들의 풍류의 연가를 읊는 행위, 정열적이고 우아한 노래를 읊는
행위야말로 이로고노미의 조건이었던 것이다.

『이세 이야기』39段에는, 西院에 살고 있는 준나淳和 천황(桓武天皇의 셋
째 황자)의 황녀인 다카이코崇子가 죽은 날 밤에, 이로고노미인 미나모토
이타루源至가 여자 가마에 반딧불을 넣어 그 얼굴을 보려고 한다. 이러한
행위는 이로고노미의 풍류적인 행위라고 할 수 있다. 그런데 여자 가마에
타고 있던 또 다른 남자가 이타루가 읊은 와카를 보고는 '천하의 이로고노
미天の下の色好み'의 노래로는 평범하다는 비판을 한다. 이 문맥은『겐지 이야
기源氏物語』螢巻에서 히카루겐지가 반딧불로서 다마카즈라玉鬘의 얼굴을
연인들에게 보이게 하여 사랑을 갈구하게 만드는 장면에 투영되어 있다고
할 수 있다.

61段에는 옛날 남자가 쓰쿠시筑紫, 지금의 北九州에 갔을 때, 발簾 속에서
'이 사람은 호색이라고 소문이 자자한 풍류인이야これは、色好むといふすき者'라
고 하는 여자의 말을 듣고 와카를 증답한다.

쓰쿠시에 와서 소메가와를 건너는 사람은 어떻게 물들지 않고 건널 수가 있
겠습니까.
染河を渡らむ人のいかでかは色になるてふことのなからむ　　　　　　(p.163)

남자는 소메가와染河라는 지명에 비유하여 여자가 자신을 이로고노미라
고 한 말에 항의하고 있는 셈이다. 여자도 답가에서 희롱하는 섬たはれ島이
라는 이름 때문에 바람기가 있는 것처럼 생각되는 것과 마찬가지로 누명
이라며 반발하고 있다. 나리히라業平가 쓰쿠시筑紫에 갔다고 하는 증거는
없지만, 도읍에서 나리히라가 이로고노미라는 소문은 멀리 쓰쿠시에까지
알려져 있었던 것이다. 여기서 '色好む'란 '연애의 정취를 이해한다'는 뜻
으로, '풍류인すき者'을 수식하고 있다. 옛날 남자가 遊女로 추정되는 여자
와 와카를 증답했다는 것은 스스로 이로고노미라는 것을 긍정하고 있고,
와카를 읊는 능력이 바로 이로고노미의 조건인 셈이다.

『야마토 이야기』에는 5개단에 이로고노미의 용례가 나오는데, 103단의 헤이주平中, 139단의 모토요시元良 황자, 168단의 헨조遍照, 169단의 우도네리内舍人, 171단의 아쓰요시敦慶 황자의 시녀 야마토大和 등이 각각 이로고노미로 등장하고 있다.

헤이주平中에 대해서는 『헤이주 이야기平中物語』에서 고찰하기로 하고, 여기서는 모토요시 황자에 대해 살펴보기로 한다. 『元良親王集』의 서두에는 모토요시 왕자元良親王의 이로고노미에 대해 다음과 같이 기술하고 있다.

　　요제이인의 첫째 황자인 모토요시 황자는 대단한 이로고노미였기 때문에, 세상에 있는 아름다운 여자란 여자는 관계를 갖거나 갖지 못 하거나 편지를 보내고 와카를 읊어 보내셨다.

　　陽成院の一宮もとよしのみこ、いみじきいろごのみにおはしましければ、よにある女のよしときこゆるには、あふにも、あはぬにも、文やり歌よみつつやりたまふ。

(『新編国歌大観 第三巻』)

모토요시元良 황자와 같이 '편지를 보내고 와카를 읊는다'는 것은 이로고노미의 필수조건이었던 것이다. 『이세 이야기』의 139단에서는 고 병부경궁 모토요시元良 황자가 아직 젊었을 시절에 이로고노미적인 행동을 하고 다녔다. 이 때 승향전에 있던 중납언이라는 뇨보女房와 관계를 맺었다. 그러나 병부경궁은 드문드문 만난 뒤로 여자를 찾지 않게 되자, 여자는 남자를 원망하는 와카를 읊어 보내고 아무것도 먹지 못하게 되었다는 것이다.

『河海抄』권1에는 아쓰요시敦慶 황자에 대해 '亭子院第四皇子敦慶親王号玉光宮好色無双之美人也'[31]라고 하여, 황자가 미모의 이로고노미였다는 것을 확인할 수 있다. 『야마토 이야기』171段에는 좌대신 후지와라 사네요리藤原実頼가 소장이었을 때, 아쓰요시敦慶 황자의 시녀로 있던 야마토大和라고 하는 여성과 친하게 지냈다. 그런데 이 야마토는 대단한 이로고노미였기 때문에, 남자에게 마음이 이끌렸지만 항상 만날 수 없음을 안타까워했다. 그래서 그리워하는 와카를 증답하고 한동안 남자가 오지 않자, 남자가

31　玉上琢弥 編, 『紫明抄・河海抄』角川書店 1978. p.208

근무하는 궁중에까지 쫓아가 만났다는 것이다. 시녀인 야마토는 아쓰요시敦慶 황자 못지않게 이로고노미로서 정열적인 와카를 읊었던 것이다.

그러나 와카和歌가 능숙하다고 해서 일생동안 이로고노미로 일관할 수는 없다. 예를 들면 168단의 헨조遍照는 출가하기 전에 연애의 기본교양이라고 할 수 있는 와카를 잘 읊어서 이로고노미라고 불렸다. 그러나 출가 후 헨조遍照의 이로고노미는 당연히 소멸해 버린다. 『마쿠라노소시』 158단에는 옛날에 훌륭했던 것이 지금은 소용이 없는 것으로, '이로고노미였던 사람이 나이가 들어 쇠약해진 것色好みの老いくづほれたる'이라고 지적했다. 즉 출가나 노쇠로 인하여 이로고노미의 미의식은 그 존재가치가 소멸된다고 할 수 있다.

『헤이주 이야기』에는 헤이주平中가 이로고노미의 조건을 구비한 인물로 조형되어 있지만 이로고노미色好み의 용례는 나오지 않는다. 그러나 후세의 헤이주平中의 먹물칠墨塗 골계담滑稽譚에는 다이라노 사다분平貞文이 희화화된 이로고노미로서 해학적인 연애의 실패자로 등장한다. 『헤이주 이야기』 제1단에는 헤이주平中가 자신보다 관직이 높은 귀족과 한 여자를 사이에 두고 삼각관계가 된다. 헤이주는 결국 사랑에는 승리하지만, 중상모략을 받아 궁중생활을 게을리 하게 된다. 그로 인해 궁중에서 관직을 박탈당하고 실의의 나날을 보내게 된다. 그러한 때에 친구들이 집으로 몰려와서 밤새 술을 마시고 관현의 연주를 하며 와카를 읊었다고 한다. 그런데 헤이주의 아버지가 천황 모후의 조카였기 때문에, 모후가 천황에게 헤이주의 무죄를 변호하자, 천황은 헤이주에게 이전보다 상급의 관위를 내렸다고 한다. 다이라노 사다분平貞文은 간무 천황의 현손에 해당되지만, 제1단에서 보는 한 백제계 도래인 귀족의 특징이 그대로 나타나 있다.

『紀家集』 쇼타이昌泰 원년(898년)의 競狩記에는 헤이주平中의 부친인 다이라노 요시카제平好風의 호색에 대해서 다음과 같이 기술하고 있다.

> 다이라노 요시카제가 기분좋게 술을 마시고 긴 노래와 춤을 추면, 모든 사람들이 잠을 깨고 결국 긴 밤을 샌다.
>
> 好風朝臣快ク飲ンデ先ヅ酔ヒ、長歌長舞、一座眼ヲ覚マシ、遂二遥夜ヲ徹ス。 **32**

다이라노 요시카제와 헤이주는 음주, 가무, 음악에 소질이 뛰어난 이로
고노미였다는 것이다. 이상에서 살펴 본 바와 같이 『다케토리 이야기』에
서는 이로고노미인 다섯 사람의 구혼자들보다도, 천황과 가구야히메가 와
카의 증답을 함으로써 이로고노미의 이상을 구현하고 있다. 『헤이주 이야
기』에서는 이로고노미란 용례는 없지만 와카를 잘 읊을 수 있는 것이 이로
고노미의 조건으로 되어 있다. 또한 『이세 이야기』와 『야마토 이야기』에
서는 이로고노미가 남녀 모두에게 사용되면서 연애의 정취를 나타내거나,
여자인 경우에는 이성관계를 원하는 호색자의 의미로 사용되었다. 『우쓰
호 이야기』에는 전부 9개의 '이로고노미色好み' 용례가 나오는데, 용모와 음
악의 소질이 그 전제조건으로 되어 있다.

　『우쓰호 이야기』忠社巻에서 우대신 다치바나 치카게橘千蔭는 용모가 아
름다운 일세의 겐지源氏 딸과 결혼한다. 그리고 겐지 아가씨는 옥과 같이
빛나는 아들 다다코소忠社를 낳고, 다다코소가 다섯 살 되던 해에 병으로
죽는다. 이후 다다코소는 13, 4세의 이로고노미로 성장한다는 것이다.

> 용모가 수려하고 마음씨 또한 대단히 우아한 미소년으로 성장하여, 관현의
> 음악에 능하고, 어디 하나 흠잡을 데 없는 이로고노미로 성장하여
> かたち清らに、心なまめきたること限りなし。よきほどなる童にて、遊びいとかしこ
> く、こともなき色好みにて生ひ出でて　　　　　　　　　　　(忠こそ①217) [33]

　『うつほ物語』에서는 다다코소의 용모가 우아하고 관현이 능숙하다는 점
을 이로고노미의 조건으로 생각하고 있다는 점에 주목할 필요가 있다.

　藤原の君巻에는 우대장 후지와라 가네마사藤原兼雅가 좌대장 미나모토노
마사요리源正頼의 딸 아테미야貴宮에게 관심을 갖는 부분에서 다음과 같이
기술하고 있다.

　우대장 후지와라노 가네마사는 나이가 30살 정도로, 세상 사람들이 우아한

32　萩谷朴, 『平中全講』 非売品, 1959. p.128

33　中野幸一 校注, 『うつほ保物語』1 (『新編日本古典文学全集』 小学館, 2004) p.217.
　　이하 『うつほ物語』의 본문 인용은 『新編全集』의 巻冊, 페이지를 표기함.

사람이라 생각하는 대단한 이로고노미로서, 넓은 정원에 큰 집들을 지어서
고귀한 신분의 여자들을 곳곳에 살게 하고 있다. 이 사람이 어떻게 아테미야
를 생각할 수 있겠는가.

右大将藤原の兼雅と申す、年三十ばかりにて、世中心にくく覚えたまへる、限な
き色好みにて、広き家に多き屋ども建てて、よき人々の娘、方々に住ませて、住
みたまふありけり、このぬし、あて宮をいかでと思す。　　　　(藤原の君①138)

　가네마사는 이미 많은 처첩들을 거느리고 있는데 어찌 아테미야에게 구
혼을 할 수 있느냐고 비판한다. 가네마사는 연애의 정취를 이해하는 이로
고노미이나 아테미야에게는 어울리지 않는다는 것이다. 이 가네마사의 이
로고노미는 『겐지 이야기』에서 히카루겐지가 조영한 육조원에 투영된 것
으로 보인다. 여기서 가네마사가 넓은 정원에 큰 집들을 지어 부인들을 한
곳으로 모은 것 또한 이로고노미의 조건이라 할 수 있다.

　藤原の君巻에서 아테미야貴宮를 연모하는 다이라노平 중납언 마사아키正
明의 이로고노미에 대한 평판은 다음과 같다.

　그리고 동궁의 사촌인 다이라노 중납언은 관현의 음악이 대단히 능숙한 이
로고노미였다. 세상의 모든 여자는 황녀이던 미망인이던 다이라노 중납언에
게 구애를 받아 넘어가지 않는 사람이 없을 정도로 유명한 이로고노미였다.

かくて、東宮の御いとこの、平中納言と聞こえて、いとかしこき遊び人、色好に
て、ありとしある女をば、皇女たちをも、御息所をも、のたまひ触れぬなく、名高
き色好みにものしたまひけり。　　　　　　　　　　　　　(藤原の君①140)

　平中納言의 경우도 다다코소忠社와 마찬가지로 역시 음악적인 소양이
이로고노미의 필수조건으로 되어 있다. 그리고 황녀와 임자가 있는 여성
조차도 이로고노미인 그를 사랑하게 된다는 것이다.

　嵯峨院巻에서는 좌근소장 미나모토 나카요리源仲頼의 이로고노미를 다
음과 같이 소개하고 있다.

　그런데 좌근소장 미나모토 나카요리는 좌대신 미나모토 스케나리의 둘째 아

들이다. 이 소장은 나이 30살 세상에서는 훌륭한 사람이라고 한다. 실제로 구멍이 있는 관악기는 불고, 실이 있는 현악기는 어떤 것도 켜고, 어떤 무용이라도 추고, 갖가지의 예능이 비범하고 용모도 결점이 없었다. 이 세상에서 최고의 이로고노미였다. 모든 금과 피리는 모두 이 사람의 손을 거치지 않은 것은 좋지 않다고 할 정도이다.

> かくて、左近少将源仲頼、左大臣祐成のおとどの二郎なり。この少将、三十、世の中にめでたき者にいはれけり。穴あるものは吹き、緒あるものは弾き、よろづの舞数を尽くして、すべて千種のわざ世の常に似ず、かたちもいとこともなし。世の中の色好みになむありける。よろづの琴、笛、この人の手かけぬはいとわろし。
>
> (嵯峨の院①354)

미나모토 나카요리는 악기의 연주와 무용, 그리고 용모가 이로고노미로서의 조건을 완벽하게 갖추고 있다. 그런데 『우쓰호 이야기』에서는 다른 모노가타리에서 처럼 왜 와카를 이로고노미의 조건으로 밝히지 않는가하는 의문이 생긴다. 藤原の君卷에서 60세 정도의 홀아비인 재상 시게노 마스게滋野真菅가 아테미야에게 편지를 보내기 위해 아들 다치하키帶刀에게 와카의 대필을 부탁한다.

> 내가 이렇게 홀아비 생활을 하여 늙어버렸는데, 아내를 얻으려고 하는데 연애 편지에 와카가 없는 것은 상대에게 경멸당할 일이야. 와카를 한 수 지어다오.
>
> われかくやもめにてあれば、ほれぼれしきを、女人求めしめむとするに、よばひ文のやまと歌なきは、人あなづらしむるものなり、和歌一つくりて。
>
> (藤原の君①185)

마스게는 60세의 나이에도 아테미야에게 연애편지를 보내기 위해 와카의 대필을 부탁한다는 것이다. 즉 『우쓰호 이야기』의 시대에는 남녀 간에 연애나 구혼을 할 경우에, 와카는 이미 기본적인 교양의 하나로 인식되고 있었던 것이다. 따라서 이로고노미의 조건으로 굳이 와카를 읊는 것을 내세우지 않고, 오히려 관현의 연주나 무용 등이 필수적인 요소로 지적되었을 것으로 생각된다.

『오치쿠보 이야기』卷1, 좌근소장 미치요리道頼는 오치쿠보노키미의 시녀인 아고키阿漕에게 이로고노미라는 말을 듣는다. 그런데 미치요리는 다른 시녀인 쇼나곤少納言으로부터 당시의 이상적인 이로고노미로 여성들에게 회자되고 있던 벤노쇼쇼弁少将, 별명이 가타노쇼쇼交野少将에 관한 이야기를 듣는다.

> 그 사람 가타노쇼쇼는 아주 신기한 능력을 가진 사람으로, 단 한 줄의 편지, 와카라도 보내면 헛되이 끝나는 일이 없이, 남의 부인이나 천황의 비까지도 애인으로 삼고 있는 것이야. 그래서 입신출세도 하지 못하고 있는 거야.
> かれは、いとあたしき人の癖にて、文一くだりやりつるが、はづるるやうなければ、人の妻、帝の御妻も持たるぞかし、さて身いたづらになりたるやうなるぞかし。[34]

이러한 쇼나곤의 이야기를 휘장 뒤에서 전부 들은 좌근소장은 쇼나곤이 방에서 나간 뒤에 이로고노미인 가타노쇼쇼를 질투하면서 비난한다. 좌근소장의 비난에 대해 오치쿠보노키미가 잠자코 있자, 좌근소장은 다시 도읍의 여자란 여자는 모두 가타노 쇼쇼交野少将(弁少将)을 좋아해 마음이 끌리지 않는 여자가 없다는 것은 정말로 부러운 일이야라고 하여, 모노가타리物語 작자의 이로고노미 관을 엿보게 해준다.

위의 예문에서 주목해야 할 점은 이로고노미의 힘이란 용모나 호색성 외에도 '단 한줄의 편지', 즉 와카의 힘으로 모든 여성의 마음을 사로잡을 수 있음을 가타노 쇼쇼交野少将의 예를 들고 있다. 이러한 문맥과 상통하는 것은『古今集』가나 서문에서 '와카란 사람의 마음을 소재로 하여 (중략) 남녀 사이를 부드럽게 하고, 용감한 무사의 마음도 위로하는 것やまとうたは、人の心を種として、 (中略) 男女の中をも和らげ、 猛き武士の心をも慰むる'(p.17)이라고 하여, 와카의 본질과 효용을 이야기한 대목이다. 그러나 한편으로는『이세 이야기』의 주인공 아리와라 나리히라在原業平나『헤이주 이야기』제1

---

34 三谷栄一 他校注,『落窪物語・堤中納言物語』(「新編日本古典文学全集」 小学館, 2000) p.93. 이하『落窪物語』의 본문 인용은 「新編全集」의 페이지를 표기함.

단의 다이라노 사다분平貞文과 같이 와카와 연애에 능한 이로고노미가 입
신출세는 하지 못한다는 점도 지적하고 있다.

4. 히카루겐지의 호색과 이로고노미

『源氏物語』의 주인공 히카루겐지는 앞에서 고찰한『이세 이야기』의 주
인공인 아리와라 나리히라在原業平와 함께 일본고전문학에 등장하는 대표
적인 이로고노미의 체현자이다. 그런데 문제는『源氏物語』속에서 히카루
겐지에 대해서 이로고노미로 불리는 용례가 없다는 점이다. 그러면 히카
루겐지는 과연 어떻게 실질적인 이로고노미로 불리고 천황의 권력에 버금
가는 왕권을 실현할 수 되었을까.

『源氏物語』에는 이로고노미色好み가 3例, '색을 좋아하는色好める'이 1例
나온다. 히카루겐지는 이로고노미의 수식은 없으면서도, 이야기의 주인공
으로서『고지키』의 신화에 나타난 영웅들과 마찬가지로 이상적인 연애를
하고, 그러한 인간관계에 따른 연애의 결과로 인해서 왕권을 획득하게 된
다.『源氏物語』에서 이로고노미色好み가 그려진 용례는 다음과 같다.

우선 末摘花卷에는 히카루겐지에게 스에쓰무하나를 소개하는 다유노
묘부를 이로고노미라고 기술하고 있다.

> 다이니의 유모에 이어서 중요하게 생각하고 계시는 사에몬의 유모라고 하는
> 사람의 딸이, 다유노 묘부라고 하여 궁중에 출사하고 있다. 황족의 피를 이은
> 효부다유의 딸이었다. 연애의 정취를 정말 잘 아는 젊은 이로고노미였는데,
> 히카루겐지는 이 궁녀를 불러 일을 시키곤 하는 것이었다.
> 左衛門の乳母とて、大弐のさしつぎに思いたるがむすめ、大輔命婦とて、内裏
> にさぶらふ、わかむどほりの兵部大輔なるむすめなりけり、いといたう色好める若
> 人にてありけるを、君も召し使ひなどしたまふ。　　　　　　　　　　(末摘花①266)

겐지가 뇨보들 중에서 연애의 정취를 잘 아는 이로고노미인 다유노묘부
大輔命婦에게 심부름을 시킨다. 그런데 히카루겐지는 이로고노미인 다유노

묘부가 소개하는 스에쓰무하나에게 특별한 관심을 갖고 있었기에, 나중에
스에쓰무하나가 추녀인 것으로 보고 더욱 놀란다는 것이다.

若菜下巻에서 무라사키노우에는 겐지가 들어오지 않는 날에 밤늦도록
시녀들에게 모노가타리物語를 읽게 하는 대목에서 이로고노미의 용례가
나온다.

> 무라사키노우에는 언제나 겐지가 들어오지 않는 밤에는 늦게까지 잠들지 못
> 하고 시녀들에게 이야기책을 읽게 하여 듣고 계신다. 이처럼 세상의 화제가
> 될 만한 옛날이야기에는, 바람둥이 남자나, 이로고노미(연애의 정취를 잘 이
> 해하는 남자), 두 사람의 여자와 사귀는 남자를 만난 여자, 이와 같은 이야기
> 를 쓰 모은 것도 마지막에는 어떤 결말이 나지만, 자신은 이상하게도 정처
> 없이 살아온 것이 아닌가. (중략) 라는 생각을 하면서 밤늦게 잠자리에 드신
> 새벽녘부터 가슴앓이를 하셨다.
>
> 対には、例のおはしまさぬ夜は、宵居したまひて、人々に物語など読ませて聞き
> たまふ。かく、世のたとひに言ひ集めたる昔語どもにも、あだなる男、色好み、
> 二心ある人にかかづらひたる女、かやうなることを言ひ集めたるにも、つひによる
> 方ありてこそあめれ、あやしく浮きても過ぐしつるありさまかな、(中略) など思ひつ
> づけて、夜更けて大殿籠りぬる暁方より御胸を悩みたまふ. (若菜下④212)

무라사키노우에는 겐지가 없는 밤에는 모노가타리를 들으며 시간을 보
낸다는 것이다. 그리고 남자 주인공들의 성격을 평가하고 관계한 여자들
과 자신의 처지를 비교한다. 여기서 이로고노미란 연애의 정취를 이해하
는 다정다감한 남자를 의미한다. 무라사키노우에는 이러한 남자들과 관계
를 맺은 모노가타리의 여자 주인공들은 모두 의지할 남자가 있고 대체로
해피 엔드를 맞이하는데 비해서, 자신의 불행한 숙세를 생각하며 괴로워
하고 있다. 히카루겐지는 세상에서 풍류인 혹은 이로고노미라고 불렸지
만, 옛날이야기의 주인공들처럼 무라사키노우에 자신만을 행복하게 해주
지는 않는다고 생각한다. 모노가타리의 작자는 히카루겐지를 직접 이로고
노미라고 하지는 않았지만, 옛날이야기의 주인공과 비유하여 간접적으로
이로고노미임을 이야기한 것으로 볼 수 있다.

橫笛卷에는 히카루겐지의 정처인 온나산노미야女三の宮와 가시와기의 사이에 태어난 불의의 아들 가오루薫를 보면서 히카루겐지는 다음과 같은 감회를 피력한다.

> (가오루는) 이가 돋아나기 시작한 곳에 깨물려고, 죽순을 꼭 잡은 채, 침을 흘리며 물어뜯고 있는 것을 히카루겐지가 보시고는, "정말로 기묘한 이로고노미로구나."라고 말씀하시며,
> 기억하기 싫은 일을 잊지 않고 있지만, 그래도 이 아이는 귀여워 버리지 못하겠네.
> 라고 하며 죽순을 뺏고 가까이 데려와 말을 걸지만 가오루는 웃고만 있을 뿐 무심하게 기어 다니며 조잘대고 있다.
> 御歯の生ひ出づる食ひ當てむとて、筍をつと握り持ちて、雫もよよと食ひ濡らしたまへば、(源氏)「いとねぢけたる色ごのみかな」とて、
> うきふしも忘れずながらくれ竹のこは棄てがたきものにぞありける
> と、率て放ちてのたまひかくれど、うち笑ひて、何とも思ひたらずいとそそかしう這ひ下り騒ぎたまふ。
> (橫笛④350-351)

히카루겐지는 온나산노미야가 밀통으로 낳은 어린 가오루를 보며 가시와기를 연상하지 않을 수 없다. 가오루가 기어 다니며 죽순을 물어뜯고 있는 것을 보고는, 가시와기의 분신인 가오루가 여자가 아닌 죽순에 집착하고 있는 것을 '기묘한 이로고노미'라고 말한 것이다. 그렇지만 어린 가오루가 천진난만하게 웃는 모습을 보고 있으면 미워할 수가 없어 말을 걸어 본다는 것이다.

宿木卷에서는 25세가 된 가오루薫의 미모를 다음과 같이 표현하고 있다.

> 가오루님이 나가시다가 정원에 내려서, 꽃 속에 서 계신 모습은 특별히 우아하고 풍류있는 행동을 하신 것은 아니지만, 보통 사람의 모습이 아니고, 한눈에 고상한 모습은 보는 사람이 부끄러워질 뿐으로, 대단히 잘난척하는 이로고노미들과는 비교가 되지 않을 정도로, 저절로 우러나는 풍취가 있어 보이셨다. 나팔꽃을 끌어당기자 이슬이 우두둑 떨어졌다.

"아침 이슬은 순간이기에 아름다운 것인가 덧없는 나팔꽃에 마음이 끌리는 구나.

덧없는 일이야."하며 혼자말로 중얼거리며 꽃을 꺾어 들고 계신다. 마타리 같은 꽃에는 눈도 주지 않고 지나쳐 나가셨다.

出でたまふままに、下りて花の中にまじりたまへるさま、ことさらに艶だち色めきて ももてなしたまはねど、あやしく、ただうち見るになまめかしく恥づかしげにて、い みじく気色だつ色好みどもになずらふべくもあらず、おのづからをかしくぞ見えた まひける。朝顔をひき寄せたまへる、露いたくこぼる.

「今朝のまの色にやめでんおく露の消えぬにかかる花と見る見る

はかな」と独りごちて、折りて持たまへり。女郎花をば見過ぎてぞ出でたまひぬ る。

(宿木⑤391)

가오루는 보통의 풍류인과는 비교가 되지 않을 정도이고, 보는 사람이 부끄러워질 정도로 고상하고, 보통의 이로고노미와는 다르다는 것을 강조 하고 있다. 즉 가오루는 특별한 이로고노미風流人이기에 마타리女郎花와 같 은 꽃은 쳐다보지도 않고, 짧은 순간의 아름다움을 발하는 나팔꽃에만 마 음이 끌린다는 것이다. 여기서 마타리 꽃은 그 이름 때문에 여성을 비유하 는 것이 와카에서의 약속이다. 따라서 가오루는 이로고노미이면서도 보통 의 마타리 같은 여성에 대해서는 별로 관심이 없고, 단지 무상과 허무함을 상징하는 나팔꽃 같은 여성에만 마음이 끌린다는 것이다. 즉 가오루는 이 로고노미이긴 하지만 '호색'하지는 않다는 것을 강조하고 있는 대목이다. 또한 가오루가 무상함을 쫓고 있는 것은 자신이 밀통에 의해 태어났다는 사실을 알게 된 뒤에 구도적인 자세에서 비롯된 것으로 해석할 수 있다.

『겐지 이야기』에서 주인공 겐지에게 이로고노미라는 지적은 하지 않지 만, 비슷한 의미의 '호색すき'이라는 수식은 많이 사용된다. 특히 제1부의 앞부분에 주로 몰려 있는데 전부 26용례가 사용되고 있다. 또한 겐지에게 는 '호색すき'과는 정반대되는 개념인 '성실まめ'의 용례가 무려 40회나 쓰 이고 있다. 즉 모노가타리는 히카루겐지가 이상적인 이로고노미이면서 성 실한 인물이라는 것을 강조하고 있다는 것을 알 수 있다. 또한 히카루겐지 에 대해 '호색すき'의 수식은 후지쓰보가 죽는 薄雲巻 이후에는 거의 나타

나지 않는다는 것은 이로고노미의 원천이 후지쓰보에 있다는 것을 확인할 수 있다. 그러면 왜 모노가타리에서 주인공 히카루겐지를 이로고노미라고 하지 않았을까.

히카루겐지는『이세 이야기』의 아리와라 나리히라在原業平와 함께 당시의 모노가타리物語 독자들로부터 최고의 이상적인 인물이며 이로고노미로서 동경의 대상이었을 것이다. 그런데도 불구하고 이로고노미라고 수식한 용례는 한 번도 없다는 것은 '이로고노미'만으로는 이상적인 주인공상을 충분히 조형할 수가 없어 의도적으로 표현하지 않았을 것으로 생각된다. 즉 단순한 용례보다는 히카루겐지의 실제 행동에서 이상적인 이로고노미의 인간관계를 형성해 가는 것을 더욱 중요한 문제로 생각했을 것이다. 결국 히카루겐지의 영화와 왕권은 남녀의 인간관계를 통해서 달성된 것이기 때문이다.

5. 결론

이상에서 한자어의 호색으로부터 이로고노미로의 전승과정과 이로고노미의 조건을 고찰해 보았다. 중국의 문헌에서 호색은 유교 이념이나 왕도사상의 관점에서는 항상 경계해야 할 행위로 지적되었다. 그러나 맹자는 호색을 자연 상태의 인간성으로 생각하고 있는데, 여기서 이로고노미의 원천을 찾을 수 있다고 생각한다.

헤이안 시대 문학에 있어서 이로고노미의 주인공은 와카나 음악, 무용 등의 예능에 뛰어난 자질을 갖춘 풍류인으로서, 반드시 아름다운 용모가 그 전제조건이었다. 특히 우아한 와카를 읊는 능력은 이로고노미의 첫 번째 조건이었다. 시가를 잘 읊는 것이 이로고노미의 조건이 되는 것은 일본의 헤이안 시대 문학에서 만이 아니고 대륙의 전기, 설화 등에 있어서도 마찬가지였다.

고대의『고지키』나 헤이안 시대 모노가타리의 주인공들이 이로고노미라고 수식되어 있지 않거나, 도리어 정반대가 되는 개념인 성실함으로 묘사되는 경우도 있었다. 그러나 용례에 관계없이 와카를 읊는 주인공이 이로고노미의 체현자로 조형되는 경우가 많았다. 이는 『겐지 이야기』의 주인공 히카루겐지의 경우도 마찬가지로 이로고노미로 수식되어 있지는 않지만, 등장인물 중에서 가장 많은 여성들과 와카를 증답한 전형적인 이로고노미이며, 이로고노미의 인간관계를 유지해온 결과 영화와 왕권을 달성했다고 할 수 있다.

중세의 평론서 『無名草子』에서는 여성의 이로고노미에 대해서, 옛날부터 연애의 정취를 좋아하고 예능을 배우는 사람이 많았지만, 여자로서 아직 가집을 찬집한 적이 없는 것이 대단히 안타까운 일이라며, 여성의 이로고노미와 와카의 관계를 이야기하고 있다. 그리고 예로부터 연애의 정취를 좋아하고 와카를 읊는 사람이 많았지만, 오노노 고마치小野小町야말로 모습도 용모도 태도도 마음씨도 모두 훌륭했다고 평가했다. 즉 『無名草子』의 지적대로 이로고노미라는 용례에 관계없이 남녀를 막론하고 와카를 읊는 행위에 의해 상대의 마음을 얻고 이것이 이로고노미의 첫번째 조건이었던 것이다.

Key Words 色好み, 風流, 和歌, 音楽, 手習い

겐지 이야기의 전승과 작의

제2장

『겐지 이야기』에 나타난 엿보기의 표현과 구조

1. 서론

일본 고대의 남녀는 오늘날보다 자유연애에 가까운 교제를 했던 것으로 보인다. 우선 상대에는 우타가키歌垣 혹은 가가이燿歌라고 하는 축제가 있었는데, 봄가을에 산이나 강가 등 일정 장소에 남녀가 모여 가무를 하면서 짝을 찾았다. 애초의 우타가키는 농경의례의 풍요와 마을의 번영을 위해 기원하는 종교행사였으나 점차 남녀가 배우자를 구하고 가무를 즐기는 행사로 변질되었고 궁중에 들어가면서 답가와 함께 궁중의례의 하나가 된다. 『고지키古事記』나 『후도키風土記』, 『만요슈万葉集』, 『쇼쿠니혼기続日本紀』 등에 전해지는 가요에 의하면 우타가키의 장소는 일종의 성적 해방이 일어나는 공간이었다고 한다.

그런데 헤이안平安 시대의 귀족들에게 있어서도 인생에서 가장 중대한 일은 관직의 승진과 이성에 대한 연애와 결혼이라 할 정도로 결혼에 대한 관심이 컸다. 단적인 예로 헤이안 시대의 칙찬 가집인 『고킨슈古今集』는 전체 20권 중 5권이 사랑恋의 노래로 전체의 32%를 차지하고 있다는 것만 보아도 미루어 짐작할 수 있다. 그러나 귀족 여성이 성인이 되면 남자와 한 자리에 앉거나 서로 얼굴을 마주할 수도 없었다. 따라서 남자들은 울타리나 병풍, 발 사이로 '엿보기垣間見'를 통해 연정을 키웠는데, 이는 상대 여성의 경우도 마찬가지였다. 즉 헤이안 시대에는 남녀가 결혼 전에 서로 만날 수 있는 일은 거의 없었기 때문에, 대체로 주위의 소문이나 평판을 듣거나, 우연히 '엿보기'를 하고 와카를 보내는 것으로 연애가 시작되었다.

헤이안 시대의 '垣間見'는 울타리나 문틈으로 엿본다는 의미인데, 오늘날의 '엿보기のぞき'와 같은 음산한 행위나 의미는 없고 문학 창작의 한 수법으로 새로운 인물을 등장시키거나 묘사하는 방법으로 이용되었다. 상대의 『古事記』 등에는 보지 말아야 할 금기로서의 '엿보기'도 있었지만, 헤이안 시대에는 남녀가 연애를 시작하는 계기가 되기도 하고, 이야기物語가 진행되는 공간으로 묘사되기도 했다. '엿보기'에 관한 본격적인 연구로는 今井源衛의 '物語構成上の一手法ーかいま見について'[1], 篠原義彦의 '源氏物語に至る覗見の系譜'[2], 川上規子의 '源氏物語における垣間見の研究'[3], 三谷邦明의 '夕霧垣間見'[4], 吉海直人의 '源氏物語の若紫巻の垣間見再検討', '伊勢物語の垣間見再検討', '垣間見る薫'[5], ドーリズ・G・バーゲン의 '紫上の再見'[6], 三田村雅子의 '若紫垣間見再読'[7] 등이 있지만, 이 이외에도 많은 논문에서 작품의 주제와 남녀의 인간관계를 규명하기 위해 垣間見를 분석하고 있다.

본고에서는 이상의 선행연구를 참고하여 상대 이래로 헤이안 시대 문학에 나타난 '엿보기'의 표현과 구조를 살펴보고, 『源氏物語』를 중심으로 '垣間見'의 논리를 규명하고자 한다. 또한 '垣間見'와 함께 비슷한 행위로 '엿듣기たちぎき'가 있지만, 본고에서는 '엿보기'에 국한하여 살펴보기로

---

1 今井源衛, 「中古小説創作上の一手法」(『国語と国文学』 東京大学国語国文学会, 1948. 1)
       「物語構成上の一手法ーかいま見について」(『王朝文学の研究』, 角川書店, 1970)

2 篠原義彦, 「源氏物語に至る覗見の系譜」(『季刊文学・語学』 全国大学国語国文学会, 1973. 8)

3 川上規子, 「源氏物語における垣間見の研究」(『日本文学』46, 東京女子大学, 1976. 9)

4 三谷邦明, 「野分巻における〈垣間見〉の方法」(『物語文学の方法』Ⅱ, 有精堂, 1989)
       「夕霧垣間見」(『講座源氏物語の世界』5巻, 有斐閣, 1999)

5 吉海直人, 「源氏物語の若紫巻の垣間見再検討」(『国学院雑誌』, 国学院大学, 1999. 7)
       「伊勢物語の垣間見再検討」(『伊勢物語の表現史』笠間書院, 2004)
       「垣間見る薫」(『源氏物語宇治十帖の企て』おうふう, 2005)

6 ドーリズ・G・バーゲン, 「紫上の再見」(『源氏研究』4, 翰林書房, 2003. 4)

7 三田村雅子, 「若紫垣間見再読」(『源氏研究』8, 翰林書房, 1999, 4)
       「物語文学の視線」(『源氏物語感覚の論理』有精堂, 1996)

한다. 우선 『古事記』 등에 나오는 금기의 '垣間見'가 헤이안 시대 남녀의 연애로 이행되는 전승과정을 분석한다. 그리고 『源氏物語』의 등장인물인 히카루겐지와 유기리夕霧, 가시와기柏木, 가오루薫 등의 '垣間見' 용례를 중심으로 남성 귀족들의 엿보기를 분석함으로써 등장인물의 인간관계나 주제, 이야기 구성상의 작의를 고찰하고자 한다.

2. 엿보기에 대한 禁忌와 伝承

상대의 신화・전설・설화 등에서 '엿보기'를 금기시하는 발상은 후대의 문학에도 변형된 형태로 전승되고 있다. 특히 여성의 출산 장면은 남자에게 노출되는 것을 금기로 여겨져, 보지 말라고 하는 것을 남자가 봄으로써 영원히 이별하게 되는 禁忌 이야기의 유형이다. 특히 여우나 학, 우렁이 등 이류와의 결혼이 영원한 이별로 끝나는 이유는 대체로 엿보지 말라는 금기를 지키지 않았기 때문으로 그려지는 경우가 많다.

『古事記』 상권에서 이자나기伊耶那岐, 이자나미伊耶那美의 남녀 신이 나타나 일본의 국토와 여러 신들을 낳은 후 이자나미 신이 죽는다. 이에 이자나기 신이 이자나미를 만나기 위해 죽음의 나라인 황천까지 쫓아가 아직 국토를 더 만들어야 하니 현세로 되돌아가자고 한다. 그런데 이자나미는 황천국의 신과 상담이 있다고 하고, 그 동안 자신의 모습을 절대로 엿보지 말라고 했지만 이자나기는 기다리다 지쳐 전당 안으로 들어가 엿보게 된다.

> 그래서 왼쪽 머리에 꽂고 있던 신성한 참빗의 굵은 살을 하나 꺾어, 거기에 불을 붙여 들어가 보자, 여신의 신체에는 구더기가 잔뜩 모여들어 우글거리고 있었다. 머리에는 큰 벼락이 있고, 가슴에는 불벼락이 있고, 배에는 검은 벼락이 있고, 음부에는 찢는 벼락이 있고, (중략) 합해서 8 종류의 벼락이 돋아나 있었다.
> 故、左の御みづらに刺せる湯津々間櫛の男柱一箇取り闕きて、一つ火燭して入り見し時に、うじにたかれころろきて、頭には大雷居り、胸には火雷居り、腹には黒雷居り、陰には析雷居り、(中略) 并せて八くさの雷の神、成り居りき。[8]

이자나미는 무서워 도망가는 이자나기가 자신을 모욕했다고 생각하고, 황천국의 추녀들과 신들로 하여금 추격하게 했는데, 이자나기는 복숭아 열매 3개를 던져 쫓는다. 그리고 나중에는 이자나미가 직접 쫓아오자 현세와 황천의 경계를 거대한 바위로 막아버린다는 것이다. 현세로 돌아온 이자나기는 황천에서 더러운 것을 보았다고 생각하여 불제祓除를 받는데, 왼쪽 눈을 씻을 때 아마테라스오미카미天照大御神, 오른쪽 눈을 씻을 때 쓰쿠요미노미코토月讀命, 코를 씻을 때 스사노오노미코토須佐之男命를 낳는다. 이 신화는 인간이 현세와 황천 세계를 오갈 수 없게 된 것을 논리적으로 설명하고 있는 셈인데, 민속학적으로는 빈궁殯宮 의례의 형식으로 해석할 수 있다.

다음은 『古事記』 상권에서 도요타마히메노미코토豊玉毘売命가 호오리노미코토火遠理命에게 출산하는 광경을 보고 엿보지 말라고 했음에도 불구하고 들여다본다는 대목이다.

> '모든 이국 사람들은 출산할 때가 되면 원래의 모습으로 돌아가 아이를 낳는다고 합니다. 그래서 저도 지금 본래의 모습이 되어 출산을 하려고 합니다. 바라건대 제 모습을 보지 마세요.' 하고 말했다. 그러나 호오리는 그 말을 이상하게 생각하여, 도요타마히메가 출산하는 모습을 살짝 들여다보니 여덟 길이나 되는 큰 악어로 변신하여 기어 다니며 뒹굴고 있었다. 이 광경을 보지미자 놀라 무서워하며 도망쳤다.
> 「凡そ他し国の人は、産む時に臨みて、本つ国の形を以て産生むぞ。故、妾、今本の身を以て産まむと為。願ふ、妾を見ること勿れ」といひき。是に其の言を奇しと思ひて、窃かに其の方に産まむとするを伺へば、八尋わにと化りて、匍匐ひ委蛇ひき。即ち見驚き畏みて遁げ退きき。(p.135)

도요타마히메는 호오리노미코토가 엿본 것을 유감으로 생각한다고 하며 해신海神의 나라로 돌아가 버린다. 이후 도요타마히메가 낳은 아이는 아마쓰히타카히코나기사타케우가야후키아헤즈노미코토 天津日高日子波限建鵜葺

---

8 山口佳紀 他校注, 『古事記』(『新編日本古典文学全集』 1, 小学館, 1997) p.45. 이하 『古事記』의 인용은 『新編全集』의 페이지 수를 표기.

草葺不合命라고 하는 긴 이름이 붙여지고, 후에 천손 강림하는 진무神武 천황의 아버지이다. 두 신은 그래도 서로 사랑하는 마음을 잊지 못해 와카를 주고받는다는 것이다. 즉 이자나기伊耶那岐와 호오리노미코토火遠理命는 엿보지 말라는 금기를 깸으로 인하여 결국 아내와 이별하고 시련을 겪게 된다는 이야기를 그리고 있다.

『니혼료이키日本霊異記』 중권 제22, 23화는 어떤 행인이 진에지蠱惠寺 근처를 지나는데 어디선가 '아야, 아야.' 하는 소리가 들려, 종자를 시켜 '들여다보게 하니窺ひ看しむれば'[9], 집안에서 도둑이 불상을 훔쳐 손발과 머리를 분해하기 위해 정으로 내려치고 있었다는 이야기이다. 이에 행인은 불상을 원래 절에 돌려보내고 도둑은 묶어서 관아로 보냈다는 것이다. 『곤자쿠 이야기집今昔物語集』 권12 제13화에도 이와 유사한 이야기가 전하고 있는데, 모두 불상의 영험을 설파하는 것이지만 '엿보기垣間見'로 인해 도둑을 잡게 되는 계기가 되었다는 것을 밝히고 있다.

그러나 상대에서 헤이안 시대가 되면서 '엿보기垣間見'의 의미는 크게 달라진다. 高田祐彦는 『다케토리 이야기』와의 차이를 중심으로 헤이안 시대의 엿보기는 '보는 쪽의 내면을 나타내고 있는 점, 보는 대상이 괴이하고 경이로운 것이 아니라 아름다운 여성이라는 점'[10]을 지적하고 있다. 즉 헤이안 시대의 귀족 남자가 엿보는 대상은 주로 아름다운 여성이며, '엿보기'는 남녀 연애의 계기가 되고 결혼으로 이어지는 출발점이라 할 수 있다.

『다케토리 이야기』에는 구혼자들이 아름다운 가구야히메를 엿보는 광경을 다음과 같이 묘사하고 있다.

이 세상에 사는 남자는 신분이 높은 사람도 낮은 사람도 모두 "어떻게 해서든지 이 가구야히메를 갖고 싶다, 아내로 삼아야지." 하고, 소문으로만 듣고도 감동하여 정신을 못 차린다. 근처 일대의 울타리 가까이나 저택의 문 옆에, 가까이 모시고 있는 사람도 그렇게 쉽게 볼 수가 없는데, 밤에는 편히 잠도 못자고 보이지도 않는 캄캄한 밤중에도 와서 울타리에 구멍을 뚫고 안을

---

9 中田祝夫 校注, 『日本霊異記』(「新編日本古典文学全集」10, 小学館, 1995). p.185.
10 高田祐彦, 「垣間見」(『竹取物語 伊勢物語必携』 学燈社, 1988) p.209

엿보고 어슬렁대고 있다. 그 때부터 '요바이'라는 말이 생겼다.

世界の男、あてなるも、賤しきも、いかでこのかぐや姫を得てしがな見てしがな
と、音に聞きめでて惑ふ。そのあたりの垣にも、家の門にも、をる人だにたはや
すく見るまじきものを、夜は安きいも寝ず闇の夜にいでて、穴をくじり、垣間見、
惑ひあへり。さる時よりなむ、「よばひ」とはいひける。[11]

가구야히메가 성인식을 올리고 관현의 연회를 가진 후에 온 세상의 남자란 남자는 모두 가구야히메에게 관심을 가지고 엿보게 되었다는 것이다. 즉 '엿보기'란 결혼 전의 남녀가 울타리 등의 틈새로 들여다보는 행위로 애정을 품게 되었다는 것을 알 수 있다. 그리고 '엿보기'가 결혼으로 이어지지는 않지만, 결혼을 뜻하는 'よばひ'가 '엿보기와 관련이 깊다는 민간 어원설화를 밝히고 있다. 이미『만요슈』권12-2906번의 노래에서도 'よばひ'를 원문에서는 '結婚'[12]이라는 한자로 쓰고 있는 것은 이를 증명하는 것이라 하겠다.

『이세 이야기』의 제1단에는 성인식을 마친 옛날 남자가 자신의 영지가 있는 나라奈良의 가스가春日 고을에 갔다가 아름다운 자매를 엿보게 된다는 내용이다.

옛닐에 남사가 성인식을 하고, 나라의 도읍인 가스가 마을에 영지가 있었기 때문에 사냥을 하러 갔다. 그 마을에 대단히 아름다운 자매가 살고 있었다. 이 남자는 몰래 엿보았다. 아주 뜻밖에도 쇠퇴한 옛 도읍에 전혀 어울리지 않는 모습이었기 때문에 완전히 마음이 동요되었다. 남자는 입고 있던 사냥복의 옷자락을 찢어 와카를 적어 보낸다. (중략) 옛날 사람들은 이렇게 정열적인 미야비의 행동을 했다.

むかし、男、初冠して、奈良の京春日の里に、しるよしして、狩にいにけり。その里に、いとなまめいたる女はらからすみけり。この男かいまみてけり。思ほえず、ふる里にいとはしたなくてありければ、心地まどひにけり。男の、着たりける

---

11 片桐洋一 校注,『竹取物語』(「新編日本古典文学全集」12, 小学館, 1999) p.19
12 小島憲之 他校注,『万葉集』(「新編日本古典文学全集」 小学館, 1998). p.306 이하
    『万葉集』의 본문 인용은 「新編全集」의 巻, 페이지 수, 歌番을 표기함.

狩衣の裾をきりて、歌を書きてやる。 (中略) 昔人は、かくいちはやきみやびをな
むしける。 [13]

이 옛날 남자는 가스가春日 고을에서 아름다운 자매를 엿보자 지체하지
않고 그 자리에서 자신의 심정을 와카和歌로 읊어 보내는 풍류를 지녔다는
것이다. 와카를 읊게 하는 행위, 즉 우아한 풍류도 자매를 엿보는 행위의
결과로서 일어난 것이다. 이후의 모노가타리物語 문학에는 남자가 엿보는
경우에 여자 쪽도 눈치를 채고 있는 경우가 많다. 따라서 남녀가 엿보는 행
위는 이성간의 연애가 시작되는 필수조건이었던 것이다.

다음은 『오치쿠보 이야기』에서 소장 미치요리道頼가 오치쿠보노키미落窪
の君를 엿보고 감동하는 장면이다.

소장은 "날이 새기 전에 다시 오라."라고 하며 우차를 돌려보냈다. 다치하키
는 아코기의 방문 입구에서 한참 머물다가 계획을 말씀드린다. 소장은 "인기
척이 없는 때라 안심이다."라고 하며, "우선 아가씨를 엿보게 해줘."라고 말
씀하시자, (중략) 기대어 고개를 숙이고 있는 사람이 있다. 아마 오치쿠보노
키미일 것이다. 낡은 흰 홑옷을 입고, 부드러운 명주에 솜이 든 겉옷을 입은
듯하다. 그 옷을 허리로부터 아래에 걸치고 옆으로 쳐다보고 있어 얼굴은 보
이지 않는다. (중략) 오치쿠보노키미는 "아아, 깜깜하구나. 남편이 왔다고 했
지. 빨리 가세요."하고 말하는 아가씨의 목소리도 아주 고상하다.
御車は「まだ暗きに来」とて、帰りつ。我が曹司の遺戸口にしばしゐて、あるべき
ことをきこゆ。「人ずくななる折なれば、心やすし」とて、「まづかいばみをせさせ
よ」とのたまへば、(中略) 添ひ臥したる人あり。君なるべし。白き衣の萎えたると
見ゆる、着て、掻練のはり綿なるべし。腰より下にひきかけて、側みてあれば、
顔は見えず。(中略)「あな暗のわざや。人ありと言ひつるを、はや往ね」といふ声
もいといみじくあてはかなり。 [14]

13 福井貞助 校注, 『伊勢物語』(「新編日本古典文学全集」12, 小学館, 1999) pp.113-114
14 三谷栄一 三谷邦明 校注 『落窪物語』(「新編日本古典文学全集」17, 小学館, 2000)
　　pp.35-37

상기 예문에서 주목하고 싶은 것은 소장이 "우선 아가씨를 엿보게 해
줘."라고 말하는 대목이다. 남녀가 자유롭게 얼굴을 볼 수 없는 시대에 '엿
보기'는 연애의 필수적인 과정이었기에 少将은 무엇보다 먼저 아가씨를 엿
보려고 했던 것이다. 또한 소장이 오치쿠보노키미落窪の君를 엿보려고 하자, 다
치하키가『금기의 아가씨物忌の姫君』라는 옛날이야기의 주인공처럼 만약 못
생긴 여자라면 어떻게 하겠느냐고 하자, 소장은 이야기의 내용처럼 도망가
면 된다고 하는 대화를 '엿보기'의 과정에서 주고받는다. 즉 소장 미치요리
道頼와 부하인 다치하키帯刀, 그리고 오치쿠보노키미落窪の君와 아코기阿漕의
주종이 서로 해학적인 대화로 이어가는 과정을 사실적으로 묘사하고 있다.
한편 소장과 오치쿠보노키미가 같이 있는 것을 엿보는 계모의 시점과 심리
묘사 등도 뛰어나다. 즉『오치쿠보 이야기』의 '엿보기垣間見' 표현은 '보는
자見るもの'와 '보이는 자見られるもの'에 대한 묘사가 이전의 어떤 모노가타리
物語 문학보다도 뛰어나다고 할 수 있다.

이 이외에도『겐지 이야기源氏物語』이전의 헤이안 시대 이야기에서 '垣
間見'의 행위는 거의 모든 작품에서 산견되고 있다.『야마토 이야기』149
단에는 남편이 정원에 숨어 자신을 걱정하는 부인의 태도를 엿보고 감동
하는 가덕설화歌徳説話가 그려져 있고, 148단에는 헤어진 아내는 남편을, 남
편은 아내를 엿보는 장면이 번갈아 가며 펼쳐진다. 한편『헤이주 이야기』
의 17난과 34단은 애인이 된 여자의 집에 가서 다른 남자를 만나고 있는
것을 엿보게 된다는 이이야기이다. 그리고『우쓰호 이야기』의 春日詣巻에
는 다다코소忠こそが, 嵯峨の院巻에서는 미나모토 나카요리源仲頼가 선녀와
같이 빛나는 아테미야あて宮를 엿보고 연정으로 애를 태우는 심리가 잘 묘
사되어 있다.

이와 같이 엿보기는 상대에서 헤이안 시대로 내려오면서 큰 변화를 보
이고 있다는 것을 확인할 수 있었다. 상대에는 엿보지 말라는 금기를 어김
으로써 남녀가 헤어지거나 엿보기를 통해 도둑을 잡는다든지 하는 유형이
었다. 그러나 헤이안 시대에는 대체로 남자가 우아한 여성들을 엿보고 애
정을 느끼게 되는 경우가 많고 그 심리가 사실적으로 묘사되어 있다. 특히
『오치쿠보 이야기』에서는 '보는 자'와 '보이는 자'의 심층심리가 극명하게
그려지고 있어 등장인물의 행동에 객관성을 부여하고 있다.

3. 光源氏와 夕霧의 엿보기

『겐지 이야기源氏物語』의 엿보기와 관련한 용례는 '엿보기かいまみ'가 5例인데 비해, 'のぞき'가 46例로 압도적으로 많고, 엿보기의 용례가 없이 행위만이 있는 경우 등 다양한 형태가 있다. 본고에서는 히카루겐지와 유기리夕霧, 가시와기柏木, 가오루薰 등 주요 등장인물의 '엿보기' 대목을 분석하여 등장인물의 설정과 주제의 전개를 살펴보고자 한다.

다음은 若紫巻에서 히카루겐지가 기타야마北山에서 어린 와카무라사키를 엿보는 장면의 일부분이다.

봄날의 해는 길고 무료하여 저녁 무렵에 안개가 자욱하여, 예의 그 섶 울타리 가까이에 나왔다. 부하들은 모두 돌려보내고 고레미쓰 아손과 울타리 안을 들여다보니, 바로 서쪽 정면의 방에 수호불을 모시고 불공을 드리고 있는 것은 비구니였다. 발을 조금 말아 올리고 꽃을 공양하고 있는 듯하다. (중략) 말쑥한 차림의 뇨보가 두 사람 정도 보이고, 그리고 계집아이들이 들락날락하며 놀고 있었다. 그 가운데 10살 정도 되어 보이는데, 흰 속옷에 황매화 빛의 풀이 죽은 윗옷을 입고 달려 나온 아이는 많은 다른 아이들과는 비교도 되지 않고 자란후의 미모가 틀림없이 아름다울 것으로 생각되어 보기에도 귀여운 얼굴이다. 머리카락은 부채를 펼친 듯이 한들한들하고 얼굴은 손으로 문질러 심하게 새빨개져 있다. "무슨 일이야. 아이들과 싸움을 한 거야."하고 말하며, 그 비구니가 올려다보고 있는 얼굴에 누군가와 좀 닮은 부분이 있어, 겐지는 이게 딸일까 하고 바라보신다. 와카무라사키는 "참새 새끼를 이누기미가 놓쳐버렸어요. 바구니 속에 잘 넣어두었는데." 하며 정말 안타까운 듯한 표정이다. 日もいと長きにつれづれなれば、夕暮のいたう霞みたるにまぎれて、かの小柴垣のほどに立ち出でたまふ。人々は帰したまひて、惟光朝臣とのぞきたまへば、ただこの西面にしも、持仏すゐたてまつりて行ふ、尼なりけり。簾すこし上げて、花奉るめり。(中略) きよげなる大人二人ばかり、さては童ぞ出で入り遊ぶ。中に、十ばかりにやあらむと見えて、白き衣、山吹などの萎えたる着て、走り來たる女子、あまた見えつる子どもに似るべうもあらず、いみじく生ひ先見えてうつくしげな

る容貌なり。髪は扇をひろげたるやうにゆらゆらとして、顔はいと赤くすりなして立てり。「何ごとぞや。童べと腹立ちたまへるか」とて、尼君の見上げたるに、すこしおぼえたるところあれば、子なめりと見たまふ。「雀の子を犬君が逃がしつる。伏籠の中に籠めたりつるものを」とて、いと口惜しと思へり。   (若紫①205-206)[15]

겐지는 이에 앞서 섶 울타리에서 승방을 내려다보는데, 비구니와 젊은 뇨보, 여자아이들이 살고 있는 것을 엿보고 있었다. 상기 인용은 겐지가 서방정토를 향해 수행하는 비구니의 모습을 엿보고 또한 대화를 엿듣고, 와카무라사키가 입고 있는 의상이나 천진난만한 행동과 머리 모양, 얼굴 모습 등을 보면서 관심을 갖는 대목이다. 특히 10살의 와카무라사키가 참새 새끼를 놓치게 된 것을 안타까워하며 우는 대목은 오늘날의 소설 못지않게 사실적인 묘사라 할 수 있다.

그리고 이어지는 若紫卷의 문장에는 와카무라사키가 후지쓰보와 연고가 있다는 것을 암시하고 있다. 즉 겐지는 '이렇게 생각하시는 것은 한없이 사랑하는 후지쓰보와 너무나 흡사하게 닮았기 때문에, 자연히 눈이 끌렸기 때문이었다.さるは、限りなう心を尽くしきこゆる人にいとよう似たてまつれるがまもらるるなりけり'(①207)라고 생각하며 눈물을 흘린다는 것이다. 비구니와 와카무라사키若紫와의 관계가 밝혀지지 않은 시점이기에, 겐지는 와카무라사키의 천진난만한 행동과 얼굴 노습이 후지쓰보와 닮은 것을 의아하게 생각한다. 겐지는 이어서 와카무라사키가 후지쓰보의 조카라는 사실을 알게 되고 와카무라사키를 이상적인 여성으로 양육하여, 아오이노우에葵上가 죽은 후 결혼하여 평생의 반려자로 삼게 된다. 따라서 若紫卷에서의 엿보기는 『겐지 이야기』의 주제에서 그만큼 중요한 기능을 한다고 볼 수 있다. 작품 전체에서도 가장 서정적인 대목으로 '보는 자'와 '보이는 자'의 행동과 심리묘사는 이전의 모노가타리物語와는 비교가 안 될 정도로 상세하고 뛰어나다고 할 수 있다.

다음은 野分卷에서 유기리가 태풍이 지나간 후의 육조원六条院에 문안을

---

15 阿部秋生 他校注, 『源氏物語』1 (『新編日本古典文学全集』20, 小学館, 1994). pp.205-206. 이하 『源氏物語』의 인용은 「新編全集」권, 페이지 수를 표기.

갔다가 우연히 계모인 무라사키노우에를 엿보게 되는 장면이다.

무라사키노우에가 사는 육조원의 봄 저택에 정성을 들여 가꾼 정원수들이, 때마침 불어 닥친 거센 태풍으로 작은 싸리나무도 뿌리 채 뽑힐 지경이었다. 무라사키노우에는 마루 끝에 나와 싸리나무 가지가 이리저리 휘어서 한 방울의 이슬도 남아있지 않을 정도로 바람에 쓸려버린 정경을 바라보고 계신다. 겐지 대신은 아카시노히메기미의 방에 가 있었다. 그 때 유기리 중장이 오셔서 동쪽 복도의 칸막이 넘어 여닫이문이 열려있는 사이를 무심코 들여다보니, 뇨보들이 많이 모여 있어 멈추어 서서 가만히 응시하고 있었다. 병풍도 거센 바람에 날려 한쪽 옆으로 접혀있어, 집안이 가려진 곳 없이 다 들여다보이는데, 마루에 마련한 자리에 앉아계시는 분은 다른 사람과는 전혀 다르게 품위가 있고 아름다워 갑자기 눈이 부신 듯한 느낌이 들고, 봄날 새벽녘의 안개 속에서 만개한 멋진 산 벚꽃을 보는 듯한 느낌이 들었다. (중략) 겐지 대신이 자신을 멀리하여 가까이오지 못하게 하려는 것이 무라사키노우에가 이처럼 보는 사람이 마음을 빼앗기지 않을 수 없는 미모이기 때문에 조심성이 많은 성격이라, 만약 이러한 일이 발생하지 않을까 걱정하신 것이 아닐까하고 생각하자, 유기리는 무서워져서 물러나려고 했다. 마침 그 때 겐지 대신이 서쪽의 아카시노히메기미 방에서 안쪽 문을 열고 건너오신다.

南の殿にも、前栽つくろはせたまひけるをりにしも、かく吹き出でて、もとあらの小萩はしたなく待ちえたる風のけしきなり。折れ返り、露もとまるまじく吹き散らすを、すこし端近くて見たまふ。大臣は、姫君の御方におはしますほどに、中将の君参りたまひて、東の渡殿の小障子の上より、妻戸の開きたる隙を何心もなく<u>見入れたまへる</u>に、女房のあまた見ゆれば、立ちとまりて音もせで見る。御屏風も、風のいたく吹きければ、押したたみ寄せたるに、見通しあらはなる廂の御座にゐたまへる人、ものに紛るべくもあらず、気高くきよらに、さとにほふ心地して、春の曙の霞の間より、おもしろき樺桜の咲き乱れたるを見る心地す。 (中略) 大臣のいとけ遠く遥かにもてなしたまへるは、かく、見る人ただにはえ思ふまじき御ありさまを、至り深き御心にて、もしかかることもやと思すなりけり、と思ふに、けはひ恐ろしうて、立ち去るにぞ、西の御方より、内の御障子ひき開けて渡りたまふ。

(野分③264-266)

상기 예문에는 '垣間見'도 'のぞき'의 용례도 나오지 않지만, 유기리가 '동쪽 복도의 칸막이 넘어 여닫이문이 열려있는 사이를 무심코 들여다보 니'라는 표현에서 무라사키노우에를 엿보고 있다는 것을 알 수 있다. 유기 리는 무라사키노우에를 봄날 새벽녘의 안개 속에서 만개한 산 벚꽃을 보 는 듯하고, 사람의 혼이 빼앗길 듯한 미모라고 생각한다. 뿐만 아니라 혼자 삼조궁에서 자면서 겐지源氏를 부러워하고, 무라사키노우에와 같은 미모 의 여자와 살게 되면 수명도 늘어날 것이라고 생각한다. 그리고 유기리는 겐지가 그 동안 자신을 무라사키노우에에게 접근하지 못하게 한 것이 이 처럼 아름다운 미모였기 때문이라고 생각한다. 三谷邦明는 이러한 유기리 의 행위에 대해 '근친상간적인 이미지를 중층적으로 부가하여 그린'[16] 것 이라고 지적하고 있다. 이후 유기리는 계모인 무라사키노우에를 연모하지 만 겐지는 이를 강력하게 경계한다. 그러나 유기리는 모노가타리의 장면 을 전환하는 시점인물로서 육조원의 여러 여성을 엿보게 된다.

유기리는 무라사키노우에의 미모를 엿보고 가슴앓이를 하지만, 무라사 키노우에의 얼굴을 다시 보게 되는 것은 御法卷에서 무라사키노우에가 죽 은 후이다. 겐지는 무라사키노우에의 죽음에 망연자실한 나머지, '이 유기 리 대장이 무라사키노우에를 이렇게 엿보는 것을 보아도, 겐지는 굳이 숨 기려는 마음도 들지 않는 듯하다.この君のかくのぞきたまふを見る見るも、あながちに 隠さんの御心も思されぬなめり'(御法④509)라는 상태이다. 유기리가 무라사키노 우에를 연모하는 것은 겐지가 후지쓰보를 사랑하는 것과 같은 논리이지 만, 유기리는 구모이노가리를 사랑했고 원래 성실한 사람이기에 겐지源氏 처럼 이성을 잃지는 않았다.

그러나 유기리는 장례가 끝난 후에도 野分卷와 御法卷에서 엿보았던 무 라사키노우에의 모습을 회상하며 우수에 젖는다. 즉 若紫卷에는 히카루겐 지의 엿보기, 野分卷에서는 유기리의 엿보기를 통해, 무라사키노우에와 히카루겐지, 무라사키노우에와 유기리의 인물조형과 사랑의 인간관계가 그려진다는 것을 알 수 있다. 이와 같이 남녀관계의 출발은 '엿보기'로부 터 시작되고, 등장인물의 마음을 사로잡아 사랑의 포로로 만드는 기능을

---

16   三谷邦明, 「夕霧垣間見」(『講座源氏物語の世界』5卷, 有斐閣, 1999) p.226.

하게 된다는 것을 확인할 수 있었다.

4. 柏木의 엿보기

　스자쿠인朱雀院은 셋째 딸 온나산노미야女三宮를 고심한 끝에 육조원 겐지에게 강가降嫁시킨다. 겐지는 생각이 어리고 유치한 온나산노미야에게 실망한다. 한편 온나산노미야의 降嫁로 인해 육조원의 주인 자리를 빼앗긴 무라사키노우에는 그 동안 인내했던 고뇌가 표출되면서 발병한다. 무라사키노우에가 이조원으로 옮겨가고, 간병을 위해 겐지가 육조원을 비운 사이에, 오랜 동안 연모하고 있던 가시와기柏木는 온나산노미야와 드디어 밀통을 하게 된다. 이 온나산노미야의 밀통사건은 육조원의 질서와 인간관계를 상대화시키고 조락하게 만든다.
　이 밀통의 계기가 된 것은 육조원에서 축국蹴鞠 놀이가 있던 날, 가시와기가 온나산노미야를 엿보게 되는 사건이다.

　　가시와가가 온나산노미야 처소 쪽으로 쳐다보자, 여느 때처럼 조심성 없는 뇨보들이 있는 기척이 느껴지고, 발 아래로 삐져나온 의복의 옷자락의 형체가 마치 봄날의 오색비단 보자기와 같았다. 휘장들을 아무렇게나 방 한쪽으로 밀쳐놓고 가까이에 모여 있는 시녀들은 품위가 없어 보이는데, 그곳으로 작고 귀여운 당나라 고양이를 좀 큰 고양이가 쫓아 와서 갑자기 발 끝자락으로 달려 나오고, 뇨보들이 깜짝 놀라고 허둥대며 몸을 움직이는 기척이나, 옷이 쓸리는 소리가 시끄럽게 들렸다. 고양이는 아직 사람에게 길이 들지 않은 탓일까, 줄이 길게 연결되게 묶어놓는데 엉켜버렸는지 도망치려고 당기는 동안에, 발 아래쪽이 들려 방안이 훤히 들여다보이게 되어도 이를 바로 고치려는 사람도 없다. 이 기둥 가까이에 있던 뇨보들도 당황한 모습으로 손을 쓰지도 못하고 무서워하고 있는 듯하다.
　　宮の御前の方を後目に見れば、例のことにをさまらぬはひどもして、色々こぼれ出でたる御簾のつまづま透影など、春の手向の幣袋にやとおぼゆ。御几帳どもしどけなくひきやりつつ、人げ近く世づきてぞ見ゆるに、唐猫のいと小さくをかし

げなるを、すこし大きなる猫追ひつづきて、にはかに御簾のつまより走り出づる
に、人々おびえ騒ぎてそよそよと身じろきさまよふけはひども、衣の音なひ、耳か
しがましき心地す。猫は、まだよく人にもなつかぬにや、綱いと長くつきたりける
を、物にひきかけまつはれにけるを、逃げんとひこじろふほどに、御簾のそばい
とあらはにひき開けられたるをとみにひきなほす人もなし。この柱のもとにありつる
人々も心あわたたしげにて、もの怖ぢしたるけはひどもなり。　　　(若菜上④140)

　　상기 인용문에서 가시와기의 엿보기는 밀통사건으로 이어져 육조원 붕
괴의 복선이 된다. 가시와기가 엿보는 온나산노미야는 본인은 물론 뇨보
들도 모두 조심성이 없고 느슨하여 기회를 노리고 있는 가시와기가 엿볼
모든 조건이 두루 갖추어져 있었다. 그곳에 고양이 두 마리가 서로 쫓고 쫓
기는 과정에서 묶어놓은 줄이 발을 들어 올리게 되어 방안의 상황이 있는
그대로 노출된 것이다. 그리고 온나산노미야의 뇨보들 중에서 이 상황을
아무도 수습하려는 사람도 없었다는 것이다. 가시와기는 차분히 온나산노
미야의 의상과 아름다운 머리카락이 키보다 7, 8촌이나 더 길게 늘어뜨려
져 있는 모습 등을 자세히 들여다본다.
　　이어서 가시와기는 온나산노미야의 구체적인 얼굴 모습과 행동을 다음
과 같이 보고 있다. 우선 온나산노미야가 몸집이 가냘프고 작아 옷자락이
길게 남아있고, 그 자태는 품위가 있고 가련하게 보였다. 이에 가시와기는
온나산노미야를 '얼굴이나 몸짓 등이 정말 느긋하고, 젊고 귀여운 사람이
구나面もちもてなしなど、いとおいらかにて、若くうつくしの人や'(若菜上④141)라고 생
각했다. 저녁 무렵이라 분명히 보이지는 않지만, 온나산노미야의 얼굴이
나 몸짓, 행동을 본 가시와기는 무한한 감동과 애정을 느끼게 된다. 한편
뇨보들 또한 젊은 귀족들의 공차기을 엿보느라 정신이 팔려 가시와기가
온나산노미야를 엿보는 것에 신경을 쓸 겨를이 없었다. 즉 결과적으로 뇨
보들의 부주의함도 가시와기의 온나산노미야 엿보기를 도와준 셈이 되었
다. 헤이안 시대 여성은 집안 사람조차도 근친 이외는 그 얼굴을 볼 수가
없었는데, 이렇게 외간 남자에게 엿보이게 된 것은 큰 사건이었다. 무엇보
다 온나산노미야의 미모가 가시와기의 마음을 뒤흔들어 놓게 된 것이다.
　　이러한 가시와기의 엿보기를 도와준 또 하나의 공로자는 당나라 고양이

이다. 만약 고양이를 묶은 줄이 발을 들어 올리지 않았다면 온나산노미야
의 얼굴을 볼 수는 없었을 것이다. 축국의 놀이 이후에 이상할 정도로 온나
산노미야에게 집념을 불태우며 번민하던 가시와기는 동궁에게 부탁하여
온나산노미야의 고양이를 빌려 품에 안고 대리만족을 하며 잠이 들기도
한다. 고양이가 "야옹, 야옹"하고 울자, 가시와기는 혼자 '그리워하는 사람
의 유품이라 생각하여 키우는데 너는 무슨 생각으로 그렇게 우느냐.恋ひわぶ
る人のかたみと手ならせばなれよ何とてなく音なるらん'(若菜下④158)라는 노래를 읊는
다. 그리하여 동궁이 돌려달라고 해도 주지 않고 혼자 독차지하여 매일 매
일 고양이를 상대하였다.

가시와기의 엿보기는 결국 인간으로서 지켜야할 도리를 깨고 일탈함으
로써 겐지의 육조원 질서를 붕괴시킨다. 이러한 가시와기의 밀통을 알아
차린 겐지는 후지쓰보와의 관계를 상기하며, '고 기리쓰보 천황도 지금의
자신처럼 마음속으로는 밀통의 사실을 알고계시면서 모르는 척하고 계셨
던 걸까. 생각해 보면 그 무렵의 일은 정말 무섭고 있을 수 없는 잘못이었
어.故院の上も、かく、御心には知ろしめしてや、知らず顔をつくらせたまひけむ。思へば、その世
の事こそは、いと恐ろしくあるまじき過ちなりけれ'(若菜下④255)라고 하며, 과거 기리
쓰보 천황의 입장에서 번뇌했다. 겐지는 사랑에 의해 일어난 밀통을 비난
하기 어렵다는 생각을 하기도 하지만, 가오루가 태어난 것은 레이제이 천
황이 태어난 데 대한 응보라고 생각한다.

5. 薫의 엿보기

우지宇治의 하치노미야八の宮는 부인도 먼저 죽고 불우한 나날을 보내고
있었는데, 남은 두 딸의 양육을 위해 출가도 하지 못하고 불도수행에 힘쓰
고 있었다. 이러한 때에 가오루는 자신의 출생에 관한 비밀을 느끼고 불도
수행을 할 목적으로 하치노미야를 찾는다. 우지에 왕래하기 시작한 지 3년
째 되는 가을에, 가오루는 우지의 새벽달 아래에서 악기를 합주하는 아름
다운 자매 오이기미大君과 나카노키미中の君를 엿본 후, 특히 언니인 大君에
게 마음이 끌린다.

　　다음은 橋姫巻에서 가오루가 오이기미과 나카노키미 자매를 엿보는 장
면이다.

　　가오루가 저 편으로 통할 것 같은 대나무 문을 조금 밀고 들여다보자, 발을
　조금 들어올리고 시중드는 뇨보들이 달빛이 아름답고 일대에 안개가 자욱한
　풍경을 바라보며 가까이 앉아있다. 툇마루에는 정말로 추운 듯이 야위고, 낡
　아서 주름잡힌 옷을 입은 동녀 한 사람과 또 같은 모습의 뇨보 등이 보인다.
　(중략) 한편 뭔가에 기대어 엎드려있던 여자는 거문고 위에 구부리고, 〈오이
　기미〉 "석양을 되돌아오게 하는 술대라는 들어보았지만, 유별난 생각을 하
　는 사람이로구나."라고 하며 빙긋이 웃는 모습은 좀 더 의젓하고 취미가 고
　상할 듯한 모습이다. 〈나카노키미〉 "거기까지는 알 수 없지만, 이것도 달과
　인연이 없다고 할 수는 없어요."라고 하며 편안하게 하잘것없는 농담을 주고
　받고 계신 두 사람의 모습은 멀리서 상상하던 것과는 전혀 달라, 정말 가슴
　에 사무치는 듯한 우아한 정취가 있다. 젊은 뇨보들이 읽고 있는 옛날이야기
　를 들어보면, 반드시 이런 아가씨의 이야기가 있는데, 가오루는 설마 실제로
　그런 일은 없을 것이다 라고 하며 화를 내기도 했었다. 그런데 정말 사람들
　의 눈에 띄지 않는 곳에 이렇게 심금을 울리는 일도 있구나 하고, 가오루의
　마음은 아가씨들에게 이끌리는 것이었다.
　あなたに通ふべかめる透垣の戸を、すこし押し開けて見たまへば、月をかしきほど
　に霧りわたれるをながめて、簾を短く捲き上げて、人々ゐたり。 (中略) 添ひ臥し
　たる人は、琴の上にかたぶきかかりて、「入る日をかへす撥こそありけれ、さま異
　にも思ひおよびたまふ御心かな」とて、うち笑ひたるけはひ、いますこし重りかによ
　しづきたり。「およばずとも、これも月に離るるものかは」など、はかなきことをうちと
　けのたまひかはしたるけはひども、さらによそに思ひやりしには似ず、いとあはれ
　になつかしうをかし。昔物語などに語り伝へて、若き女房などの読むをも聞くに、
　必ずかやうのことを言ひたる、さしもあらざりけむ、と憎く推しはからるるを、げにあ
　はれなるものの隈ありぬべき世なりけりと、心移りぬべし。　　　(橋姫⑤139-140)

　　상기 인용문에 앞서 가오루는 만추의 계절에 우지의 하치노미야를 방문
하여 비파와 쟁을 합주하는 소리를 듣는다. 가오루가 대나무로 된 문 사이

로 들여다보자, 오이기미大君와 나카노키미中の君 자매는 비파를 앞에 놓고 달구경을 하면서 이야기를 나누고 있었다. 이 대목은 그야말로 '엿보기垣間見'와 '엿듣기たちぎき'가 동시에 이루어지는 장면이라 할 수 있다. 불도수행의 구도적인 자세를 지녔던 가오루도 이렇게 아름다운 자매를 엿보는 순간, 옛날이야기에나 나오는 줄 알았던 일이 자신에게도 일어났다고 생각하며, 고상해 보이는 大君에 대한 사랑으로 방황하게 된다. 여기서 옛날이야기라 함은 『다케토리 이야기』의 가구야히메나 『이세 이야기』 1단의 여자 자매의 이야기 등을 연상할 수 있다.

한편 두 자매는 자신들이 누군가에게 엿보이고 있다는 것도 모르고 있다가, 갑자기 가오루 중장이 만나기를 청하자 당황한다. 그런데 허둥대기만 하는 젊은 뇨보들이 원만히 응대를 하지 못하자, 나이 든 벤노아마弁の尼가 나와 수습하면서 갑자기 가시와기의 유언이 있다는 말을 한다. 가오루는 수상하게 생각을 하여 그날은 귀경하고, 다음해 겨울 다시 우지에 가서 弁으로부터 자신의 출생에 관한 비밀과 가시와기의 유서를 확인한다. 가오루가 부모의 비련을 안은 주인공이라는 점에서 히카루겐지와 비슷한 설정이지만, 밀통에 의한 자식이라는 점에서는 레이제이 천황과 같은 입장이다.

가오루는 하치노미야의 두 자매 오이기미와 나카노키미를 엿본 이래, 불도수행과 자매에 대한 사랑으로 방황한다. 특히 하치노미야가 죽은 후, 가오루는 오이기미의 마음을 얻기 위해 나카노키미를 니오미야에게 소개하여 결혼시킨다. 그러나 하치노미야의 유훈을 지키려는 오이기미는 불성실한 니오미야를 보고 나카노키미의 불행을 염려하다 죽음을 맞이한다. 이후 나카노키미는 오이기미를 잊지 못하고 있는 가오루에게 오이기미를 빼어 닮은 배다른 자매인 우키후네浮舟의 존재를 알려준다.

다음은 宿木卷에서 가오루 대장이 하쓰세初瀬에 참배하고 우지로 돌아오는 우키후네를 엿보는 대목이다.

> 가오루 대장은 가모 축제 등으로 분주한 시기가 지나고, 20여일 무렵에 여느 때처럼 우지로 가셨다. (중략) 어떤 사람의 행차인가 하고 묻자, 시골 사투리가 섞인 남자가, "전 히다치 차관의 딸이 하쓰세 절에 참배하고 돌아오는 길입니다. 가는 길에도 이곳에 묵었습니다."라고 대답하여,

賀茂の祭など騒がしきほど過ぐして、二十日あまりのほどに、例の、宇治へおは
したり。 (中略)「何人ぞ」と問はせたまへば、声うちゆがみたる者、「常陸前司殿
の姫君の初瀬の御寺に詣でてもどりたまへるなり。はじめもここになん宿りたまへり
し」と申すに、
(宿木⑤487-488)

　상기 인용문은 가오루가 우키후네를 처음 엿보는 대목이다. 가오루는
우키후네의 우차가 집안으로 들어오자 재빨리 종자들을 다른 곳으로 숨게
하고, 자신은 침전의 한 가운데 있는 두 칸 정도의 방에 자리를 잡고 있었
다. 그리고 새로 지은 집이라 발도 치지 않아, '칸막이로 세운 장지문의 구
멍으로 엿보신다.立て隔てたる障子の穴よりのぞきたまふ'(宿木⑤488)는 것이다. 그
런데 우키후네는 우차에서 빨리 내려오라는 재촉에 '왠지 누군가 보고 있
는 듯한 느낌이 든다.あやしくあらはなるう心地こそすれ'(⑤489)라고 하여, 은근히
엿보는 사람을 의식하고 있다. 가오루는 상대를 의식하여 옷이 스치는 소
리에도 주의를 기울이고 있지만, 옷에 스민 향기가 자연히 온 집안에 퍼지
자 우키후네의 뇨보들이 감동한다.
　가오루는 우키후네를 엿보고, '우선 머리 모양이나 몸매가 날씬하여 고
상한 점은 정말 죽은 오이기미와 꼭 닮았다.まづ、頭つき様体細やかにあてなるほど
は、いとよくもの思ひ出でられぬべし'(⑤489)라고 생각한다. 여기서 가오루가 우키
후네를 좋아하게 되는 것은 우키후네라고 하는 여성의 실체보다는 어디까
지나 오이기미 대신이라는 점에 주목할 필요가 있다. 이후 우키후네는 가
오루의 절대적인 사랑을 받지만, 東屋卷에서 니오미야 또한 우키후네를
엿본 이래로 정열적인 사랑을 하게 되면서 우키후네의 불행은 시작된다.
우키후네는 결국 두 사람과의 삼각관계에서 양심의 가책을 견디지 못해
우지가와宇治川에 투신자살을 시도하지만, 요카와横川의 승도에게 구출되어
출가한다.
　히카루겐지는 어머니 기리쓰보 고이와 닮은 후지쓰보 중궁을 따르고,
이어서 후지쓰보와 닮은 조카인 무라사키노우에, 온나산노미야를 엿보고
각각 아내로 맞이한다. 그리고 가오루 또한 우키후네를 사랑하게 되는 것
은 이상형으로 생각했던 오이기미와 닮았다는 말을 듣고 엿보게 된 것이
계기가 된다. 따라서 이상형으로 생각하는 인물과 닮은 여성을 좋아하게

된다는 점에서, 히카루겐지와 가오루는 닮은꼴이고, 이렇게 연고ゆかり가 있는 사람을 사랑하게 되는 것이 모노가타리 문학의 논리라 생각된다.

6. 결론

이상에서 상대 이래의 모노가타리物語와 『겐지 이야기』의 주요인물 중심으로 '엿보기'가 이야기의 표현과 주제를 어떻게 제어하고 있는가를 살펴보았다. 일본의 상대 문학에서는 '엿보기'를 금기시하는 경우가 많으나 헤이안 시대에는 아름다운 여성을 엿보고 애정을 느끼고 결혼으로 이어지는 것이 보통이었다.

상대의 『古事記』에서 이자나기伊耶那岐와 호오리노미코토火遠理命는 각각 '보지 말'고 하는 터부의 침범을 지키지 않고 엿봄으로써 아내와 헤어지게 되는 유형이다. 그런데 헤이안 시대의 모노가타리는 대부분의 작품에서 엿보기의 사례를 볼 수가 있는데, 대체로 아름다운 여자를 엿보고 구혼을 하는 화형이다. 『다케토리 이야기』, 『이세 이야기』, 『야마토 이야기』, 『헤이주 이야기』, 『우쓰호 이야기』 등에서 엿보기를 하고 구혼을 하지만 반드시 결혼하지는 않는다. 그러나 『오치쿠보 이야기』에서는 소장 미치요리가 오치쿠보노키미를 엿보고 행복한 결혼으로 이어지는 과정과 '보는 자'와 '보이는 자'의 심리가 극명하게 묘사되어 있다.

『겐지 이야기』에는 전기 작품에 비해서 좀더 다양한 '엿보기垣間見'의 용례가 나오는데, 우선 히카루겐지는 와카무라사키를 엿보고 평생의 반려자로 삼는다. 野分卷에서 유기리는 무라사키노우에를 엿본 후 아름다운 모습을 잊지 못하고 연모하지만 구체적인 상황은 발생하지 않는다. 그런데 若菜上卷에서 가시와기는 온나산노미야는 엿본 것이 계기가 되어 밀통을 하게 된다. 그리고 橋姫卷에서 불심이 깊은 가오루는 오이기미와 나카노키미 자매를 엿보지만 오이기미로부터 결혼을 거부당한다. 그런데 宿木卷에서 가오루는 오이기미와 닮은 우키후네를 엿보고 결혼을 하지만, 니오미야와의 삼각관계로 인하여 더욱 복잡하게 얽히는 숙명의 인간관계가 그려진다.

이상의 '엿보기'와 이야기의 구조를 살펴보면, 엿본 남자와 엿보인 여성이 반드시 결혼하는 것은 아니라는 것을 알 수 있다. 그리고 부정한 '垣間見'의 경우에 유기리는 무라사키노우에를 엿본 후 상상의 밀통을 하지만, 가시와기는 온나산노미야를 엿본 것이 밀통사건으로 이어진다. 즉 '엿보기'의 표현과 기능은 실제로 결혼을 하거나, 결혼은 하지 않더라도 엿본 상대에 대해 감동과 연애의 감정이 증폭되는 계기가 된다는 것을 확인할 수 있었다.

Key Words 垣間見, 昔男, 人物造形, 恋愛, 密通

제3장

모노노케와 조소표현에 나타난 그로테스크 양상

1. 서론

일반적으로 어떤 사물이나 인간, 예술에 대해 '그로테스크grotesque하다'고 할 때, 우리는 '기괴하고 끔찍스럽거나 엽기적猟奇的'이란 의미로 많이 사용한다. 그러나 『금성판 국어대사전』에는 '① 괴상하고 기이한 것, 또는 흉측하고 우스꽝스러운 것, ② 예술 창작에서, 인간이나 사물을 괴기하고 황당무계하게 묘사한 괴기미怪奇美'[1]의 두 가지 의미로 설명하고 있다. 여기서 주의할 점은 그로테스크에는 우리가 상식적으로 알고 있는 '괴상하고 기이한 것' 뿐만이 아니라 '우스꽝스러운' 요소도 포함시키고 있다는 점이라 생각된다.

그로테스크의 어원은 원래 16세기 초 고대 이탈리아의 로마 지하 동굴 grotta에서 발굴된 장식무늬에서 유래한다. 이 동굴의 벽에는 공상의 생물, 괴상한 인간의 상, 꽃, 과일, 촛대 등이 복잡하게 그려져 있었는데 이를 이탈리아어로 그로테스키grotteschi라 했다[2]. 이러한 고대의 장식무늬는 르네상스나 바로크의 장식술에서 크게 유행하게 되었고, 이후 미술과 문학, 예

---

1 김민수 외, 『금성판 국어대사전』 금성출판사, 1991
2 由良君美, 「グロテスク」(『文芸用語の基礎知識』至文堂, 1985. 4月) p.186

술 일반에 걸쳐 환상적인 괴기성과 우스꽝스러움을 일컫는 표현을 프랑스
어인 그로테스크라고 하는 말로 정착되었다.

　괴기성과 우스꽝스러움은 그로테스크의 두 요소라 할 수 있는데, 이는
기본적으로 기존의 질서에서 일탈과 희화화戱画化가 수반되는 개념이라 할
수 있다. 러시아의 문학평론가 미하일 바흐친Mikhil Bakhtin(1895-1975)은
그로테스크는 본질적으로 신체적인 것으로서, 언제든지 육체 및 육체적인
부절제에 관련되어 이러한 것들을 과도하고 난폭하게, 그러면서도 본질적
으로는 유쾌하게 찬양한다[3]고 지적했다. 또한 프랑수아 라블레의 작품을
분석하면서 그로테스크의 양상을 모더니스트의 그로테스크에서 사실주
의적 그로테스크로 발전해 왔다고 분석하고 있다. 그리고 1957년에는 볼
프강 카이저Wolfgang Kayser가 『예술과 문학에 있어서의 그로테스크The
Grotesque in Art and Literature』를 출간함으로써 그로테스크가 주목할 만한
미학적 분석과 비평적 평가의 대상이 되었고[4], 그로테스크의 가치를 부조
화와 희극적인 양면의 표현을 반영하는 것으로 해석하기 시작했다. 이러
한 서구의 이론에서 그로테스크는 기존 질서가 무너지거나 해체되고 왜곡
혹은 상반된 형태의 특성과 이미지를 갖고 있다는 것을 알 수 있다.

　그러면 이러한 그로테스크의 개념이 없었던 일본 고전문학이나 문화 속
에서 어떻게 하면 그로테스크한 이미지를 읽어낼 수 있을 것인가. 일본의
고전문학이나 문화가 처음부터 그로테스크라는 관념을 갖고 창작되지는
않았지만 결과적으로 괴기성과 우스꽝스러움을 그리고 있는 사실적인 형
상이나 표현이 없다고 할 수는 없다고 생각된다. 단지 '그로테스크'라고
하는 오늘날의 서구 이론과 개념의 차이가 있는 것은 나라가 다르고 시대
적 상황과 문화적 배경이 서로 다르기 때문이라 생각된다.

　일본문화에 있어서 '言語의 그로테스크'는 언어 유희를 통해 사회를 풍
자하거나, 등장인물의 주인공 그리고 부조리에 대한 조롱은 희극적인 쾌
감을 통해 정상의 규범을 깨뜨린 변칙적인 美学과 일그러뜨림이라고 하는
왜곡현상을 표현하고 있다고 할 수 있다. 특히 헤이안平安 시대의 모노가타

3　philip Thomson 저, 金榮茂 역, 『그로테스크』(「문학비평총서」26, 서울대학교출판
　부, 1986) p.77
4　philip Thomson 저, 金榮茂 역, 상게서, p.18

리物語에 등장하는 모노노케物の怪는 귀족들을 공포의 도가니로 몰아세우고 사회의 질서를 교란시키며 인간관계를 이간시키는 그로테스크한 리얼리즘을 연출하고 있다. 그리고 중고 중세에 걸쳐 귀족들이 황당무계한 행동이나 점잖지 못한 화법은 사람들의 웃음거리가 되어 결국에는 귀족사회가 상대화되고 귀족문학에서 서민문학으로의 이행을 가져오게 되었다.

일본문화의 그로테스크적인 이미지는 上代의 주술적 기능을 본질로 하는 '노리토祝詞'와 '이와이고토護詞·鎮詞'에 나타나 있고, 이 시대의 언령신앙言靈信仰과 '초목 언어草木言語'에 사상적 기반을 둔 언어에도 표현되어 있다고 생각된다. 이것은 상대 시대의 신화와 전설을 중심으로 한 언어의 그로테스크성으로서, 헤이안 시대의 대표적인 문예 장르인 모노가타리物語의 형성에도 사상적인 배경이 되고 있다. 이러한 경향은 중세의 교겐키고狂言綺語에 사상적 기반을 둔 교겐狂言, 교카狂歌 등의 장르적 특징을 통해 언어의 그로테스크적 표현 구조를 나타내고 있다. 이러한 표현 구조는 근세와 현대의 라쿠고落語와 만자이漫才에도 깊은 영향을 주었기에 이러한 연구를 통해 일본문학의 희화화戯画化 또는 해학성을 조명할 수 있다고 생각된다.

본고에서는 일본 문화에 나타난 그로테스크한 양상 중에서 특히 모노노케物の怪를 중심으로 괴기한 언어의 그로테스크를 분석하고자 한다. 우선 고전문학의 텍스트를 중심으로 모노노케가 어떻게 작품의 주제를 형성하게 되는가 하는 의문에서 출발하여 각 작품별로 모노노케의 종류를 질병과 원령으로 나누고 고전문학의 언어 유희적 기능을 살펴보고자 한다. 특히 헤이안平安시대 귀족문학에서 모노노케의 웃음이 어떻게 인물과 사회를 풍자하고 있는가에 주의하고자 한다. 그리하여 그로테스크한 언어 표현이 모노가타리의 주제에는 어떠한 영향을 미치고 있고, 또한 작자의 작의作意로서 어떤 기능을 하고 있는가를 규명하여 그 시대상을 조명해 보고자 한다.

2. 그로테스크 표현의 伝承

일본 상대문학에는 언령 신앙言靈信仰이라고 하는 것이 있는데, 이는 고대인들이 말이나 노래에 정령이 깃들어 있어 그 영력에 의해 현실이 좌우

된다고 생각하는 사상이다. 현대의 우리말에도 '말이 씨가 된다'는 말이 있고, 현대 일본의 관혼상제에서도 수많은 금기 표현이 있는 것을 보면 오늘날에도 말의 영력과 주력呪力은 의식적 무의식적으로 믿어지고 있다는 것을 알 수 있다.

언령 신앙은 언어의 주력呪力을 그 핵심으로 하고 있기 때문에 언령은 일상 언어보다도 제식 언어祭式言語에서 주로 나타난다. 예를 들어 천손강림天孫降臨 신화에 있어서 언어의 이데올로기적 기능은 왕권 지배의 정당성을 가미하라이神攘ひ, 가미야와시神和し라고 하는 강력한 언어의 주력을 배경으로 하고 있고, 고토아게高言·言挙라고 불리는 언어의 주력도 성난 신이나 사악하고 괴기한 영혼이나 귀신들을 진혼하는 기능을 하고 있는 것이다. 문헌상으로 '언령言霊'이란 용어가 처음으로 나타나는 것은 고대 가요집인 『만요슈』이고, 『古事記』나 『日本書紀』에는 의외로 '言霊'이란 용어는 나오지 않는다. 『만요슈』에는 '言霊'에 관한 용례가 3회 나오는데 대체로 '야마토 나라倭の国는 언령이 도와주는 나라'라는 전형적인 어구에 등장한다.

이러한 상대의 언령 신앙에서 언어의 주술적인 기능을 본질로 하는 것으로 노리토祝詞가 있는데, 이것은 궁중이나 신사에서 오곡의 풍작을 기원하거나 귀신의 추방 등을 기도하며 신에게 바치는 언어이다. 특히 잡신雜神이나 도코요常世 신의 변형인 주언신呪言神의 정령을 잠재우기 위해 주문을 외우는 것을 이와이고토護詞·鎮詞라고 한다. 이는 언어의 주술적인 성격을 띠고 있는 주언呪言으로서 언어의 그로테스크적 양상을 잘 나타내고 있다고 할 수 있다.

『日本書記』卷第二 神代下에는 '또한 초목이 모두 말을 잘 했다.復、草木咸能く言語有り'[5]라든가, 卷第十九 欽明天皇条에는 '천지가 개벽했을 때 초목이 말을 했을 시절에天地割け判れし代、草木言語せし時に((②439)라고 대목이 나온다. 『日本書記』에서 이야기하는 '초목언어草木言語'란 초목이나 새와 짐승, 그리고 돌에도 영혼이 있어 언어를 발한다는 것을 의미한다. 이러한 초목언어와 자연신과의 관련성은 일본인들의 고대적인 사상관을 파악하는 데

---

5 小島憲之 他校注, 『日本書紀』1, (「新編日本古典文学全集」 岩波書店, 1994 p.111. 이하 『日本書紀』의 본문 인용은 「新編全集」의 권, 페이지 수를 표시함.

있어 중요한 접근 방법이 된다고 할 수 있다. 이와 같이 신화나 전설을 중심으로 하는 제식 언어의 주력 기능이나, 초목 언어를 중심으로 하는 언령신앙을 통해 상대 언어의 그로테스크적인 양상을 살펴볼 수 있다.

헤이안平安 시대의 대표적인 문학 장르라고 할 수 있는 모노가타리物語에서도 이러한 언령 신앙의 기능을 확인할 수 있다. 즉 모노가타리의 탄생은 신이 전하는 말이나 조상신이 전하는 말에서 유래됐다고 할 수 있는데, 이와 같은 모노가타리의 유래 및 내포된 의미에서도 영靈과 혼魂의 관련성을 배제할 수 없기 때문이다. 예를 들어 신과 조상신의 가타리고토語り事: 전하는 말의 성격은, 신과 조상신이 정체불명의 '영靈；もの'으로 전락했을 때 신탁神託으로서의 노리토祝詞나 주술적인 언어의 신앙적인 성격을 배제한 '모노靈'의 '가타리語り:이야기'가 되었다고 하는 기원설의 근거는 이러한 영靈적 성격을 내포하고 있기 때문이다.

즉 모노가타리의 모노物는 모노靈에 뿌리를 두고 있어 '모노靈'의 '가타리語り'라는 표현구조는 주력을 가진 이야기로 그로테스크한 성격을 띠고 있는 것으로 볼 수 있다. 특히 가타리語り의 표현 방식은 갖가지 신들의 이념을 전제로 해서 성립된 것이기에 가타리고토かたりごと가 가미가타리神語라는 근거도 여기에 있다고 할 수 있다. 그리고 신의 정통성으로부터 타락하여 정체불명의 모노靈, 鬼로서 기묘하거나 기괴한 이야기로 전락한 것이 物語인 것이다. 또한 모노物에는 자연의 영력靈力이 포함되어 있다는 사상, 신의 탄생이 모노物의 내부에서 생성되어 변신했다고 하는 것과도 그 관련성을 있다. 그 배경에도 언령 신앙이 내재되어 있는데, 모노가타리에서의 언령 신앙은 모노物=靈의 상象으로서, 언어言葉는 주체의 이야기와 직접적으로 연결되는 심적 작용이라 할 수 있다.

이와 같은 언어의 주술적인 측면 이외에도 언어의 유희적 기능에서도 언어의 그로테스크적 양상을 찾아볼 수 있다. 일본문학에 있어서 상대·중고·중세·근세로의 시대적 흐름에 따라 변화하는 독특한 언어 표현에는 여러 가지 문예이념이 잠재되어 있으며, 언어의 생성과 해체의 과정에서 각 시대를 특징짓는 언어의 유희를 접할 수 있다. 주로 소외된 계층이 주체가 되고 있는 언어의 유희를 통한 사회 풍자나 비리 고발, 그리고 부조리에 대한 조롱은, '언어의 그로테스크'라고 하는 기능을 통해 희극적인 쾌감을 전달하고 있으며, 그것은 정상의 규범을 깨뜨린 미학적인 변칙과 일그러뜨림이라고 하는 왜곡현상도 수용하고 있다고 할 수 있다.

특히 헤이안 시대의 모노가타리에서 고귀함과 우아한 문화를 향유하고 있는 귀족들이 상대화하여 실패하거나 실수를 하고, 황당무계한 욕설이나 점잖지 못한 수다스러운 화법 등에 의해 권위를 상실하는 모습은 동시대의 왕조문학 또는 궁중문학으로 대표되는 귀족 문학의 형태와 뚜렷한 이질성을 나타내고 있다. 그러한 실패담은 그 동안 은폐되어 왔던 귀족들의 속내를 희화화 또는 풍자한 문학이라고 할 수 있다. 이러한 언어 유희적 기능에서는 일본 문화 특유의 말장난인 '고토바아소비言葉遊び'의 계보를 언급할 수 있다. 고토바아소비는 골계성과 해학을 자아내는 언어의 그로테스크적인 성격의 일부분이라고 할 수 있다.

예를 들어 최초의 모노가타리인 『다케토리 이야기竹取物語』에서는 가구야히메かぐや姫에게 구혼하기 위해 난제難題를 풀어 가는 다섯 명의 구혼자들의 이야기를 통해 이러한 언어 유희의 특징을 확인할 수 있다. 특히 다섯 명의 구혼자들의 활약하는 각각의 난제담難題譚에는 요바이夜這い(구혼), 하치오스테루鉢を捨てる(はぢをすつ : 뻔뻔하다), 가이나시貝なし(甲斐なし : 보람 없다) 등의 어원 설화를 밝히고 있어 언어의 유희적 기능이 잘 나타나 있다.

한편 『우쓰호 이야기うつほ物語』에는 아테미야あて宮의 구혼담을 둘러싸고 등장하는 삼 인의 괴짜三寄人인 간스케노미야上野宮, 미하루 다카모토三春高基, 시게노 마스케滋野真菅의 괴기스러운 행동과 욕설과 비방을 하는 어조에서는 일본 특유의 해학이 엿보이고 있다. 또한 세 사람의 괴짜가 음모하는 아테미야 약탈 계획은 카니발의 세계라고 할 수 있는 축제의 공간에서 벌어지고 있는데, 여기에 등장하는 음양사陰陽師, 무당巫, 도박꾼博打, 동자京童部, 할미嫗, 할비翁 등의 소외된 계층의 적나라한 사회 고발에는 풍자와 해학, 그리고 조롱이라고 하는 언어의 그로테스크적 기능이 내재돼 있다고 할 수 있다.

언어의 유희를 통한 사회 풍자나 비리 고발, 그리고 부조리에 대한 조롱은, 언어의 그로테스크라고 하는 기능을 통해 희극적인 쾌감을 전달하고 있으며, 그것은 정상의 규범을 깨뜨린 미학적인 변칙과 일그러뜨림이라고

하는 왜곡 현상도 내포하고 있는 것이다. 즉 권위의 상징인 귀족들이 욕설, 수다스러운 어법, 희화성 등은 동시대의 귀족문학 또는 궁중문학이라는 고급문학과 이질적인 성격을 가진 것이다. 특히『겐지 이야기』의 세계에는 그로테스크한 生靈과 死靈인 모노노케物の怪를 등장시켜 인간의 심리를 적나라하게 묘사하고 작품의 주제를 오컬트적인 세계로 이끌어 귀족사회의 치부와 붕괴 과정을 노출시키고 있다.

일본 최초의 수필문학이자 궁정풍宮廷風의 우아함과 해학인 '오카시をかし'를 미적 이념으로 하고 있는『마쿠라노소시枕草子』134단에는 바보스러운をこ 성격을 띠는 '사루가이さるがひ'라는 표현이 있는데, 사루가이さるがひ는 해학적이고 골계적인 '사루가쿠고토猿樂言'(100단, 177단)를 지칭한 표현이다. 이 사루가쿠猿樂란 골계적 이야기를 담고 있는 우스꽝스러움をかしきこと과 풍자적인 흉내나 농담의 성격을 가진 소에고토そへごと를 노래와 춤으로서 그로테스크한 '웃음笑い'을 자아내는 예능이라고 할 수 있다.

일본 문학에 있어서 '와라이笑い：웃음'라고 하는 것은 즐거움, 기쁨을 표현하는 것뿐만 아니라, 이상함이나 조롱 등의 심정을 소리나, 얼굴의 표정으로 분출하는 것이다. 또한 때때로 사상事象의 의미의 일의성一意性을 뛰어넘어 분쇄하고 이화異化함으로써 새로운 가치 창조의 장을 제공하는 것이다. 일반적으로 일본 문학에 나타나는 웃음이라 한다면, 문학이 환기하는 웃음과, 문학에 등장하는 웃음으로 크게 나눌 수 있다. 그로테스크적 색채를 띠고 있는 '문학이 환기하는 웃음'은 해학을 의미하는 것으로, 예를 들면, 설화나 옛날 이야기에 있어서의 '소화笑話', 그리고 소극笑劇으로서의 교겐狂言 등의 장르를 들 수 있다.

중세 후기인 무로마치室町 시대의 대표적인 소극笑劇인 교겐은 사루가쿠猿樂 본래의 골계적인 흉내의 요소가 가미된 것으로, 원래 교겐의 의미에는 다와고토戱言라고 해서 도리에 어긋나거나 미친 듯한 농지거리에서 나오는 해학적인 말투와 이상한 동작이 그 원류라고 할 수 있다. 교겐 중에서 오니 교겐鬼狂言(귀신과 도깨비가 등장하는 이야기), 출가 교겐出家狂言(스님의 파계, 탐욕, 무식을 풍자한 이야기), 야마부시 교겐山伏狂言(야마부시의 주술적 활동 이야기) 등에는 그로테스크한 내용이 담겨있다.

교겐을 중심으로 하는 중세 언어의 그로테스크 기호학은 광기狂氣의 개념을 통해 이해할 수 있다. '광狂'은 일반적인 기준으로부터 벗어난 정상이 아닌, 비정상적인 상태로, 그로테스크적인 색채를 띠고 있으며, 중세의 교겐이나 근세 이후의 교카狂歌, 교시狂詩, 교분狂文 등의 문학적 장르를 통해 일본인들의 생활 속에 자리잡고 있다. 이러한 교겐키고狂言綺語의 사상은 『산보에三宝絵』序, 『에이가 이야기栄華物語』권제15, 『헤이케 이야기平家物語』권제3 大臣流罪, 『고콘초몬주古今著聞集』跋, 『료진히쇼梁塵秘抄』222 등에 잘 나타나 있다. 교겐키고狂言綺語의 출전은 백낙천白楽天의 『白氏文集』 '香山寺白氏洛中集記'이지만, 『和漢朗詠集』卷下仏事에도 아래와 같이 기술하고 있다.

> 나는 이승에서 세속의 문학작품을 창작하여 미사여구를 가지고 사람들을 미혹시켰다. 이 다음 내세에서는 어떻게 해서든지 불법을 찬불하고 설법을 하는 계기로 삼고 싶다.
> 願はくは今生世俗の文字の業、狂言綺語の誤りを以て、飜して當来世世讃仏乗の因転法輪の縁と為さん[6]

유불儒仏의 내전 외전이 이데올로기화하고 토착화하는 과정에서 국풍문화国風文化가 화려하게 개화했다고 할 수 있다. 백낙천의 시마詩魔 의식은 이와 같은 상황 아래에서 작용과 반작용으로 실화의 세계와 망언妄語・허언虛語의 표현 세계가 『겐지 이야기』의 蛍卷에는 독특한 모노가타리론物語論이 전개되기도 했다.

『平家物語』권제3「大臣流罪」에는 太政大臣 후지와라노 모로나가藤原師長가 다이라노 기요모리平清盛에 의해 좌천되었을 때, 출가하여 아쓰다묘진熱田神宮에 참배하여 비파의 반주에 맞추어 상기의 첫 구인 '願くは今生世俗文字の業、狂言綺語の誤をもって'[7]를 朗詠했다는 것이다. 『平家物語』는 전체적으로 불교적 인과응보 제행무상 성자필멸의 비장한 분위기 속에 그로테스크한 풍자, 야유, 조소 등의 표현이 다용되는 가운데 백낙천의 시마詩魔 의식이 기술되어 있었다.

6　菅野礼行 校注, 『和漢朗詠集』(「新編日本古典文学全集」19. 小学館, 1999) p.308, 588番. 이하 『和漢朗詠集』의 본문 인용은 「新編全集」의 권, 페이지 수를 표시함.
7　市古貞次 校注, 『平家物語』1(「新編日本古典文学全集」45, 小学館, 1994) p.248,

근세 시대에는 '교카狂歌' 등에서 언어의 그로테스크를 접할 수 있는데 그 성격은 불교적인 색채와는 거리가 멀다. 이 시대에 유행한 교카狂歌는 전통 시가문학인 와카和歌의 음수율5·7·5·7·7을 빌려서 일상적인 통속어로 서민 생활에 근저하고 있는 비속한 내용을 읊은 시가이다. 와카和歌가 '미야비みやび'의 정신의 전통을 담고있는 것에 비해 교카狂歌는 당시 서민들의 현실 생활을 배경으로, 우아한 고전을 비속하게 비하시키거나, 역사적인 인물을 조롱하고 비웃는 패러디의 형태를 띠고 있다. 근세 전기의 가미가타 교카上方狂歌는 마쓰나가 데이도쿠松永貞徳를 중심으로 교토의 귀족들 사이에서 유행했으며, 성전聖典이라고 할 수 있는 『고킨와카슈古今和歌集』를 패러디한 이시다 미토쿠石田未得의 『고긴가슈吾吟我集』는 해학적인 어투로서 『古今和歌集』를 흉내내고 있는 것이다. 이러한 교카의 비속화·조롱화·패러디화 한 언어 유희의 표현에 언어의 그로테스크성을 엿볼 수 있다.

한편 근세 시대 후기의 교카는 에도江戸의 하급 무사를 중심으로 한 젊은 지식인들이 그 주체가 되고 있으며, 『교겐와카바슈狂言若葉集』, 『만자이교카슈万載狂歌集』등이 출판되기에 이르고, 천명기天明期(1781-1790)의 교카의 전성 시대를 거쳐 문화·문정기文化·文政期(1804-1829)에는 교카의 대중화 시대를 맞이할 정도로 대표적인 에도 문화의 한 장르로 자리잡게 된다. 이러한 교카의 언어의 유희적인 특징은 근세 사람들의 의식 세계를 반영하고 있다고 할 수 있다.

그 밖에 근세 해학 문학의 그로테스크적 측면은 소화笑話의 집대성인 『세이스이쇼醒睡笑』와 가루구치바나시軽口話, 라쿠고落語, 곳케본滑稽本, 기뵤우시黄表紙 등에서 접할 수 있다. 특히 중세의 서민극인 교겐에 이어 근세 시대에 들어와서 일본 문화에서 보이는 언어의 그로테스크 양상은 '라쿠고落語'에서 찾아볼 수 있다. 라쿠고落語는 한 사람이 다역을 해 가며 만담, 골계적인 소재나 인정담을 재미있게 청중에게 들려주는 언어 유희의 기능을 지니고 있다. 즉 라쿠고는 해학적인 독백 형식을 지닌 대화 형식의 서민 예술로서 라쿠고落語를 전문으로 하는 사람은 골계적인 에피소드의 이야기를 다양한 목소리와 다양한 표정으로 청중들에게 전달한다. 따라서 라쿠고의 내용은 골계적滑稽的인 풍자가 주류를 이룬다고 할 수 있으며, 이러한 전통 예능 속에서 일본인들의 언어 유희인 '고토바아소비言葉遊び'의 미학을 엿볼 수 있다.

　에도에서는 처음 오토시바나시落話라고 했던 라쿠고는 한 사람의 출연자가 골계적인 이야기를 등장 인물들의 회화 형식으로 주고받으며 진행하는 것으로, 말끝에 오치落라고 하여 말실수로 인한 해학를 붙여 청중들의 웃음을 자아내는 이야기 예술話芸이다. 에도 초기에 안락쿠안사쿠덴安楽庵策伝이 다이묘大名들에게 골계담을 들려준 것이 시초라고 할 수 있다. 특히 예상치도 못한 결정적인 대사인 오치落로 청중들의 웃음을 자아내는 이야기 형식은 라쿠고의 특징을 잘 부각시킨 언어의 유희라고 할 수 있으며, 그러한 기능은 화자와 관객 사이의 상호 관계를 연결시키는 중요한 요소이다. 라쿠고는 인간의 온갖 결점을 조롱하는 언어의 유희이기 때문에 이야기의 줄거리보다도 등장 인물의 묘사에 중점을 두고 있다고 할 수 있다. 또한 몸동작을 넣은 시카타바나시仕形咄에서 발달한 라쿠고의 예능적 양상은 에도와 오사카를 중심으로 성행했으며, 근세 초기에는 가루구치軽口, 가루구치바나시軽口ばなし로 불렸으며, 근세 중기에 와서는 오토시 바나시落し咄로 불렸다. 이러한 라쿠고에 관련된 호칭에서도 라쿠고의 언어의 유희 및 해학성을 읽을 수가 있다.

　라쿠고의 한 흐름이라고 할 수 있는 만자이漫才는 두 명의 희극인이 골계적인 문답을 주고받으며 진행하는 해학적인 회화 무대 예술로서 한국의 민담에 가깝다고 할 수 있다. 에도 시대 말기 가설 무대에서 하게 된 만자이漫才는 20세기 초에는 특히 오사카에서 인기가 높았으며, 제2차 세계대전 후 라디오에서 텔레비전 시대로 변모하는 과정을 거치면서 만자이는 현재까지도 인기를 끌고 있는 언어 유희이다. 상대방에게 재치 넘치는 말로 응수하는 쪽을 '쯧코미突っ込み', 촌스럽고 진지한 분위기로 말하는 쪽을 '보케ぼけ'라고 하는데, 이들 만자이 콤비의 대화는 대개 빠른 템포로 당시의 시사 문제를 다루거나 가끔 엉뚱한 연상으로 청중들에게 웃음을 자아내게 한다.

　이와 같이 일본의 상대문학에는 언령 신앙言靈信仰에서 모노노케物の怪, 근세의 해학 문학과 예능에 이르기까지 일본문학에 나타난 언어의 그로테스크 형상은 중단 없이 전승되어 왔다. 특히 근세는 전성한 봉건제 사회로서 엄격한 신분제와 막부의 통제 정책이 위력을 발휘한 시대였지만, 이러

한 시대의 반작용으로서 서민들은 노골적인 성 묘사에 천착하고 상류층의
위선을 풍자하는 등 문학과 문예에서 세련된 언어 유희를 통해 위정자의
권위를 폄하하고 막부의 정책 이념인 유교 윤리의 부당함을 고발하였다고
할 수 있다.[8]

3. 질병의 모노노케

『겐지 이야기』를 중심으로 헤이안 시대의 원령과 모노노케에 관해서는
藤本勝義[9]의 광범위한 연구가 있다. 그리고 高橋亨는 '御霊이 疫神인데 비
해 원령은 귀족사회에서 정치적인 대립관계에 있어서 발동한다.'[10]고 하
고, 후지와라藤原씨가 타씨족의 배척이 끝나자 藤原씨 내부의 권력투쟁이
격화됨에 따라 공포의 대상은 원령에서 모노노케로 이행되었다고 지적하
고 있다. 이와 같이 헤이안 시대 후지와라씨의 섭관정치摂関政治 체제에서
는 정치적 원한 관계, 사적인 이유에서 등장하는 많은 모노노케가 나타나
는데, 이에는 그로테스크한 형상과 언어표현이 동반된다. 본고에서는 이
러한 괴기한 모노노케의 실체를 밝히면서 주변의 인간관계에 나타나는 그
로테스크한 표현의 세계에 주목하고자 한다.

모노노케物の怪 사상은 헤이안 시대에 들어서 팽배해지는데 그 원천은
상대의 문헌에서 찾아 볼 수 있다. 헤이안平安 시대의 모노노케란 정체불명
의 정령이나 귀신, 혹은 죽은 사람의 어령御靈이나 원령이 특정한 사람에게
옮아붙어 괴롭히거나 병을 앓게 하여 죽음에 이르게 하는 일도 있다고 생
각했다. 이를 퇴치하기 위해서는 수험자나 승려, 음양사 등이 가지기도加持
祈祷를 하여 조복調伏시키고 병자의 몸에서 떨어지게 하여 요리마시憑人에
옮겨 붙게 만들어 퇴출시키는 것이 당시의 치료법이었다.

---

8 제2절은 2004년 한국연구재단의 공동연구과제 「일본문화의 그로테스크 형상학」
　을 수정 가필했음.(『그로테스크로 읽는 일본문화』 책세상, 2008)
9 藤本勝義, 『源氏物語の物の怪』青山学院女子短期大学, 1991.
10 高橋亨 「源氏物語のもののけと心的遠近法」(『日本における宗教と文学』 国際日本文
　化研究センター, 1999) p.152

실제로 헤이안 시대 초기에는 정치적인 패배자나 억울하게 죽은 자의 御霊이나 원령이 갖가지 역병疫病이나 天変地異를 일으킨다고 생각하여 이를 진혼하기 위해서 기온마쓰리祇園祭 등이 성대하게 거행되었다. 그런데 헤이안 중기 이후에는 개인적인 모노노케 사상이 팽배해 지고 死霊, 生霊, 悪霊, 妖怪, 化身, 変化 등의 원령이 질병을 일으키거나 원한을 가진 상대나 일족一族에게 가해를 가한다고 생각했다. 예를 들면 후지와라藤原씨에 의해 정치의 중심에서 축출된 스가와라 미치자네菅原道真나 후지와라 미치나가藤原道長와 요리미치頼通 부자가 축출한 나카노간파쿠中関白 집안의 원령은 널리 알려져 있었다.

상대의 모노노케에 관한 기록은 『古事記』 스진崇神 천황의 미와三輪의 오모노누시大物主 신과 관련한 이야기에 다음과 같은 기록이 있다.

> 이것은 내 마음이야. 이에 오오타타네코로 하여금 나(오모노누시)를 제사지내게 하면 가미노케가 일어나지 않고 나라 또한 평안할 것이다.
> 是は、我が御心ぞ。故、意富多々泥古を以て、我が前を祭らしめば、神の気、起らず、国も、亦、安らけく平らけくあらむ。[11]

스진崇神 천황대에 악성 역병이 돌아 백성들이 죽어가자, 천황이 신탁을 받기 위해 자고 있었는데, 꿈에 오모노누시신이 나타나 위와 같이 신탁을 내렸다는 것이다. 이에 천황이 오오타타네코를 신관으로 삼아 오모노누시의 제사를 지내게 하자 나라 안의 역병이 멈추고 평안해 졌다는 것이다. 위의 '가미노케神の怪'는 모노노케物の怪와 거의 같은 의미로 여기서는 역병을 지칭하고 있다. 괴기한 역병이 창궐하면 조정의 정치가 정지되고 이를 해결하는 방법은 문제를 야기한 신을 진혼시키는 방법밖에 없었던 것이다. 여기서 한가지 주의하고 싶은 것은 그로테스크한 가미노케가 등장한다는 말은 '일어난다起る'라고 표현된다는 점이다.

한편 『만요슈』 巻十五 3688에는 雪連宅満의 질병을 '鬼病'으로 표현하

---

11 山口佳紀 他校注, 『古事記』(「新編日本古典文学全集」1, 小学館, 1997) p.183. 이하 『古事記』의 인용은 「新編全集」의 페이지 수를 표기.

고 있다.

> 이키 섬에 이르러 유키노무라지 야카마로가 갑자기 귀병에 걸려 죽었을 때
> 지은 노래 한 수, 아울러 단가.
> 壱岐島に至りて、雪連宅満の忽ちに鬼病に遇ひて死去せし時に作る歌一首并せ
> て短歌[12]

유키노무라지 야카마로가 사신으로 가라쿠니韓国로 가는 도중 이키 섬
에서 귀병에 걸려 목숨을 잃게 된다는 장가長歌와 단가이다. 小学館「全集」
의 두주에는 귀병을 『続日本記』의 기록에 따라 당시에 역병이 크게 창궐
했고 유키노무라지 야카마로의 죽음도 '疫病天然痘'일 것으로 해설하고
있다. 그런데 岩波書店의「大系」의 頭註에는 '鬼'를 'もののけ' 등의 'もの'와
같은 것으로 해석하고 있다. 즉 예방주사가 없었던 당시의 역병은 귀신의
병이라고 표기할 정도로 무섭고 그로테스크한 병이었을 것으로 생각된다.

세이쇼나곤清少納言이 쓴 수필 『마쿠라노소시枕草子』에는 모노노케를 질
병의 종류로서 다음과 같이 나열하고, 가지 기도하는 모습을 그리고 있다.

> 질병에는 속병, 모노노케, 각기병 그리고 단지 어쩐지 음식을 먹고싶지 않은
> 기분.
> 病は胸。物の怪。あしの気。はては、ただそこはかとなくて物食はれぬ心地。
>
> (181段)

모노노케로 인하여 심하게 괴로워하는 환자가 있었는데, 이 모노노케를 옮
겨야 할 사람은 키가 큰 소녀로 산뜻한 비단 홑옷과 치마를 길게 입고 무릎
걸음으로 나와 옆으로 세운 휘장 옆에 앉아 있는데, 승려는 몸을 밖으로 틀
어 앉아 아주 새 독고를 들게 하여 기도하며 읊는 타라니경도 경선하나. (중
략) "대단히 집념이 강한 모노노케인 것 같습니다.·····"

---

12 小島憲之 他校注, 『万葉集』4 (「新編日本古典文学全集」 小学館, 1998). p.54. 이하
『万葉集』의 본문 인용은 「新編全集」의 巻, 페이지 수, 歌番을 표기함.

物の怪にいたうなやめば、うつすべき人とて、大きやかなる童の、生絹の単衣、
あざやかなる袴、長う着なしてあざりいでて、横ざまに立てたる几帳のつらにゐた
れば、とざまにひねり向きて、いとあざやかなる独鈷を取らせて、うち拝みて読む
陀羅尼も、たふたし。(中略)「いと執念き御物の怪に侍るめり。‥‥」

(一本 23段)¹³

181단에서는 당시의 대표적인 질병의 예로 모노노케를 들고, 이어서 치
통을 앓고 있으면서도 우아한 궁녀女房의 모습과 속병을 심하게 앓아 천황
이 독경読経을 하게 해 주었다는 이야기를 하고 있다. 그리고 一本 23段에
서는 모노노케로 인하여 고통을 받고 있는 사람의 모노노케를 옮기게 할
소녀의 우아한 모습과 모노노케가 집념이 강해서 승려가 기도를 해도 좀
처럼 굴복되지 않는다는 이야기이다. 즉 헤이안 시대에는 분명치 않는 질
병의 원인을 생령, 사령, 원혼 등의 모노노케가 환자의 몸 안에 들어와 있
기 때문이라 생각했다. 모노노케를 퇴치하기 위해서는 수험자나 음양사,
승려들의 기도로 우선 환자의 몸에서 모노노케를 허수아비와 같은 요리마
시에게 옮기게 한 다음 이를 굴복시켜 퇴치한다고 생각했다.

역사 모노가타리인『에이가 이야기栄花物語』에는 질병의 원인이 되는 모
노노케를 '무섭다恐ろしい'라는 표현으로 묘사하는 용례가 자주 등장한다.
우선 권제1에서는 '전황의 모노노케가 부서워서, 이 쇼시 중궁도 자주 친
정으로 나가는 것이었다.上の御物の怪の恐ろしければ、この宮も里がちにぞおはしましけ
る'(① p.63)¹⁴, 巻第3에는 레이제이인冷泉院의 '모노노케가 너무나 무서기
때문에御物のけのいと恐しければ'(① p.156)라든가, '이 이조원의 모노노케가 원
래 무서워서この二条院物の怪もとよりいと恐しうて'(① p.171)와 같이 그로테스크
한 모노노케를 무서워한다는 것이다. 이 이외도 巻第7에는 '단지 갖가지
모노노케들이 수없이 나타나ただ 御物の怪どものいといとおどろおどろしきに'(①
p.347)는 것을 병보다도 더 무서워하고 있으며, 같은 巻第7에서 레이제인

---

13 松尾聰 他校注,『枕草子』(「新編日本古典文学全集」小学館, 2007) p.318. pp.460-
461. 이하『枕草子』의 인용은「新編全集」의 단, 페이지를 표기함.
14 山中裕 他校注『栄花物語』1 (「新編日本古典文学全集」小学館, 1998) p.63. 이하
『栄花物語』의 인용은「新編全集」의 권, 페이지를 표시함.

冷泉院의 광기를 모노노케로 생각하여 '모노노케가 너무나 무서워御物の怪いといと恐ろし'(① p.497)라고 기술하고 있다.

『栄花物語』권제25에는 중장 미나모토 모로후사源師房의 부인 손시尊子가 모노노케로 인해 괴로워하자 손시의 아버지인 미치나가道長가 모노노케를 두렵게 생각하는 장면이 나온다.

> 때마침 중장의 부인(손시)이 모노노케로 인하여 괴로워하자 대신은 이를 대단히 무서운 일로 생각하신다. 이것도 꼭 같은 모노노케의 원한이 깊었기 때문이겠지. 손시의 병을 대단히 두렵게 생각하신다.
> をりしも中将殿の上も御物の怪にいみじく悩ませたまへば、これをいと恐ろしきことに殿の御前思さる。それもこの同じ御物の怪の思ひのあまりなるべし。それもいと恐ろしく思さるるなり。
>
> (② p.483)

후지와라 미치나가藤原道長는 손시尊子의 바로 위 언니인 간시寛子, 고이치조인小一条院 뇨고女御가 모노노케로 인해 죽은 다음이기에 더욱 무섭게 느껴졌으리라 생각된다. 실제로 간시를 죽게 한 것은 홍역이었는데 사람들은 모노노케를 그 원인으로 생각하였기에 모노노케는 공포의 대상이었던 것이다. 『에이가 이야기栄花物語』에서는 이 모노노케의 실체를 미치나가道長에 의해 정권에서 밀려난 호리카와의 대신堀河の大臣인 후지와라 아키미쓰藤原顕光와 그 딸인 엔시延子, 小一条院 女御라고 생각하고 있다.

다음은 『에이가 이야기』卷第25에서 미치나가의 딸 기시嬉子가 출산을 앞두고 홍역에 걸려, 두려움에 떨고 있는 대목이다.

> 때때로 모노노케에 의한 탈이 나타나는 것을 정말로 무서운 일이라고 생각하신다.
> ときどき御物の怪のけしきぞおはしますを、いといと恐ろしき事におぼしめさる'
>
> (② p.491)

그리고 출산 직전 홍역은 거의 나았지만 '모노노케가 정말로 무서워서御物の怪けしきのいと恐ろしくて'(② p.492)라고 생각하고 있다. 한편 卷第29에는 겐시妍子가 병환이었는데 유모가 후지와라 노리미치藤原教道에게 '흩어진 모노노케가 도련님에게 붙을까 무서워요御物の怪の散りたるも恐ろし'③ p.121)라고 한다. 그리고 겐시의 양자인 후지와라 노부나가藤原信長는 모노노케를 무서워해서 다른 곳으로 거처를 옮긴다는 것이다.

한편『栄花物語』巻第8에는 쇼시彰子 중궁의 출산이 다가오자 갖가지 모노노케가 나타나는 장면을 다음과 같이 그리고 있다.

> 중궁은 하루 온종일 괴로워하며 지내신다. 모노노케 등을 여러 요리마시에게 옮기게 하여 승려들이 큰소리로 가지를 한다. (중략) 요리마시에게 옮은 모노노케를 각각 병풍으로 둘러치고 수험자들이 분담하여 한결같이 목청을 돋구어 가지를 한다.
> 日一日苦しげにて暮らさせたまふ。御物の怪どもさまざまかり移し、預りに加持しののしる。 (中略) 御物の怪、おのおの屛風をつぼねつつ、験者ども預りに加持しののしり叫びあひたり。
> (① pp.400–401)

다음은『栄花物語』巻第12에서 후지와라 요리미치藤原頼通가 모노노케로 인하여 앓아 누웠을 때, 아버지 미치나가道長가 승려들에게 가지 기도를 시켰으나 효험이 없자 스스로 法華経 如来寿量品을 독송하는 장면이다.

> 가모노 미쓰요시·아베노 요시히라 등을 불러 점을 치게 했다. 모노노케나 또는 무서운 가미노케, 누군가의 저주라는 등 갖가지로 판정하자, '가미노케라면 수법을 할 필요도 없다. 또한 모노노케의 탓인데 그대로 내버려두는 것은 무서운 일이야.'라고 하며 여러 가지로 걱정하며 기원과 발제 등을 계속했다.
> 光栄・吉平など召して、もの間はせたまふ。御物の怪や、また畏き神の気や、人の呪詛などさまざまに申せば、神の気とあらば、御修法などあるべきにあらず。また御物ヽけなどあるに、まかせたらんもいと恐ろしなど、さまざま思し乱るるほどに、ただ御祭・祓などぞしきりなる。
> (② p.58)

이와 같이『栄花物語』에서는 '모노노케'와 '가미노케'를 분명히 구별하여 사용하고 있다.『古事記』스진崇神 천황조에서 오모노누시大物主신의 후

손으로 하여금 제사를 지내게 하자, '가미노케'가 사라지고 더 이상 역병
이 일어나지 않았다고 기술한 것처럼, 모노노케가 일반적인 원령인 반면
에 가미노케는 신의 재앙 같은 것으로 추정된다. 따라서 요리미치頼通의 병
이 가미노케가 원인이라면 가지加持 기도의 수법을 할 필요도 없었는데, 모
노노케도 끼어 있기 때문에 수법을 하지 않을 수 없다는 것이다. 그래서 신
요 승도心誉僧都・에이코 율사叡效律師 등 많은 고승들이 열심히 기도를 하자
기부네貴船 明神이 나타나고 頼通는 한 때 위독해진다. 마지막으로 다급해
진 미치나가道長는 스스로 法華経 如来寿量品을 독송하자 비로소 모노노케
가 분리된다. 그 실체가 요리미치頼通를 사위로 맞이하고 싶어했던 도모히
라具平親王의 원령이라는 것을 알게 된다는 것이다. 즉 『栄花物語』에서는
'모노노케'와 '가미노케'를 구분하고 있지만, 두 가지 다 비일상적이고 그
로테스크한 분위기를 자아내고 있다는 점에서는 다르지 않다고 생각된다.

　헤이안 시대 말기의 『곤자쿠 이야기집』 권제20 제7화는 절세 미인인 소
메도노 황후染殿后가 모노노케物ノ気로 인하여 질병을 앓고 있었는데, 金剛
山大和国 聖人의 기도로 낫게 되었다는 것이다. 그런데 성인이 소메도노
황후의 미모에 반하여 현세에서 이룰 수 없는 사랑을 귀신이 되어 성취한
다는 그로테스크한 이야기이다. 한편 권제27 제6화는 남산 부근에 3척 정
도의 작은 남자가 걸어 다니는 것을 보고 영험이 있는 음양사에게 물어보
니 동기銅器가 변신한 모노노케物ノ気이지만 사람에게 해를 끼치지는 않는
다는 이야기이다. 그리고 권제27 제40화는 젊은 무사가 모노노케로 병이
든 사람의 집에 먹을 것을 찾아온 여우의 구슬을 빼앗으나, 모노노케의 실
체인 여우에게 구슬을 되돌려준다는 이야기이다. 이후 이 여우는 무사를
돕고 길 안내를 하여 도적을 피하게 해 주어 보은을 한다는 이야기로 인간
에게 나쁜 짓을 하는 여우와는 다른 보은담이라 할 수 있다.

　『곤자쿠 이야기집今昔物語集』 권제30의 제3화는 오미近江 수령의 아름다
운 딸이 모노노케로 인하여 병에 걸렸는데, 이를 치유해 준 조조浄蔵 스님
과 사랑에 빠지게 된다는 이야기이다.

　　이 딸은 모노노케를 앓아 며칠이나 병상에 누워있게 되었다. 부모가 대단히
　　걱정하여 팔방으로 손을 써서 여러 가지로 기도를 시켰지만 전혀 그 효과가

없어 고민을 하고 있었다. 그 무렵 조조 대덕이라고 하는 유명한 스님이 있어 정말로 영험과 덕행이 뛰어난 부처와 같아 온 세상 사람들이 더할 나위 없이 이 사람을 존경했다. 그래서 오미 수령은 이 조조에게 딸의 병이 낫도록 기도하게 하려고 예를 다하여 맞이했기에 조조가 갔다.

此ノ娘、物ノ気ニ煩テ日來ニ成ニケレバ、父母此ヲ嘆キ繚テ、旁ニ付テ祈祷共ヲ為セケレドモ、其ノ驗モ无カリケレバ、思ヒ繚ケルニ、其時ニ浄蔵大徳ト云止事無キ驗シ有ル僧有ケリト、実ニ驗徳新タナル事仏ノ如ク也ケレバ、世挙テ此レヲ貴ブ事無限シ。然レバ近江守、「此ノ浄蔵ヲ以テ、娘ノ病ヲ加持セサセム」ト思テ、構テ呼ケレバ、浄蔵行ニケリ。　　　　　　　　　　　　(권제30 제3화)[15]

이후 조조는 가지 기도를 하여 수령의 딸에게 붙은 모노노케를 치유하고 병을 낫게 하였으나, 스님은 미모의 딸과 사랑에 빠진다는 이야기로, 이는 권제20 제7화에서 성인이 소메도노 황후의 모노노케를 퇴치하고 사랑에 빠진다는 이야기와 같은 유형이다. 이 이야기는『야마토 이야기』105단의 이야기와도 유사한데, 조조浄蔵 스님은 소문이 나자 구라마鞍馬산에 칩거하여 수행에 골몰하지만 사모의 정을 어쩔 수가 없어 편지를 증답하고 만나기도 했다. 그런데 오미近江 수령은 이 딸을 황자나 귀족의 청혼도 거절하고 천황의 후궁으로 입궐시키려 했는데 다 틀렸다는 생각으로 돌보지도 않게 되었다는 것이다.

4. 怨靈의 모노노케

『겐지 이야기』夕顔巻에는 히카루겐지가 유가오夕顔를 데리고 간 자신의 별장은 모노노케가 출몰하는 음산한 곳이다. 낮에는 우아하게 보이던 광대한 별장도 밤이 되자 음침한 분위기로 바뀌고, 밤중에 히카루겐지는 머리맡에 아름다운 여인의 모습으로 나타난 모노노케가 자신을 원망하며 유가오를 잡아 일으키려는 꿈을 꾼다. 겐지가 칼을 뽑아 옆에 두고 시녀인

---

15 馬淵和夫 他校注,『今昔物語集』4, (「新編日本古典文学全集」, 小学館, 1999) p.430

우콘右近을 깨우자, '무섭다恐ろし'(①164)[16]다는 표정으로 다가온다. 그리고 겐지가 어린애 같다며 웃고 사람을 부르기 위해 손뼉을 치자, 한산한 집안에 메아리가 울려 퍼지는 것이 '대단히 기분 나빴다いと疎まし'(①164)라는 표현도 그로테스크한 분위기의 묘사라 할 수 있을 것이다.

결국 유가오는 모노노케에 의해 급사하게 되고, 이조원二条院으로 돌아온 겐지는 심하게 앓아 눕는다. 9월 20일경에는 완쾌되었으나 얼굴이 야위고 아직도 수심에 잠겨있는 것을 보고 '모노노케 때문일 것이다.御物の怪なめり'(夕顔①183)라고 하는 사람들도 있었다. 우콘으로부터 유가오의 내력을 듣고 49제를 지낸 후, 겐지는 다시금 머리맡에 나타난 아름다운 여인의 꿈을 꾸게 된다. 그래서 겐지는 유가오가 급사하게 된 것을 '황폐한 곳에 살고 있었던 사는 마물이 자신에게 홀려서荒れたりし所に棲みけん物の我に見入れけんたよりに'(夕顔①194), 자신은 죽이지 못하고 유가오가 대신 죽은 것이라고 여기면서 '꺼림칙하게ゆゆしく'(①194) 생각한다.

若紫卷에는 후지쓰보藤壷의 출산이 예정보다 늦어지자, 사람들은 '모노노케 때문일거야.御物の怪にや'(若紫①325)라고 생각한다. 葵卷에는 소위 우차 소동車争い 이후 로쿠조미야스도코로六条御息所의 모노노케로 인해 아오이노우에葵上의 입덧이 심해지자 겐지가 여러 가지 기원을 하는 대목이 나온다. 그러나 '모노노케나 생령 등이 많이 나타나 여러 가지로 이름을 말하는 가운데物の怪、生霊などいふもの多く出で來てさまざまの名のりする中に'(葵②32), 요리마시에게 전혀 옮겨 붙을 생각도 하지 않고, 아오이노우에의 몸에만 찰싹 붙어 끝까지 괴롭히는 모노노케가 하나 있다고 한다. 다음은 로쿠조미야스도코로가 자신의 생령과 아버지의 원령이 이렇게 겐지의 정처 아오이노우에를 괴롭힌다는 이야기를 듣고 고민하는 모습이다.

좌대신 집에서는 모노노케가 대단히 많이 나타나 심히 괴로워했다. 로쿠조미야스도코로는 모노노케가 자신의 생령이라든가 죽은 아버지 대신의 원령이다 라는 사람이 있다는 말을 듣고 생각해 보니, 자신의 운명이 기구함을

---

16 阿部秋生 他校注, 『源氏物語』1 (『新編日本古典文学全集』 小学館, 1999) p.164. 이하 『源氏物語』의 인용은 『新編全集』의 권, 페이지를 표기함.

한탄하는 것 외에 다른 사람이 불행하게 되도록 하려는 마음은 없지만, 혼백은 근심걱정으로 인해 몸을 빠져나간다고 하는데, 그럴 수도 있는가 하고 집히는 일도 있다.

大殿には、御物の怪いたう起こりていみじうわづらひたまふ。この御生霊、故父大臣の御霊など言ふものありと聞きたまふにつけて、思しつづくれば、身ひとつのうき嘆きよりほかに人をあしかれなど思ふ心もなけれど、もの思ひにあくがるなる魂は、さもやあらむと思し知らるることもあり。　　　　　　　　　　（葵②35-36）

로쿠조미야스도코로는 자신의 생령이나 아버지의 원령이 아오이노우에를 괴롭히고 있다는 것을 어렴풋이 짐작을 하지만 스스로 어찌할 수 없는 일이라고 생각한다. 그리고 아오이노우에의 출산이 가까워지자 모노노케가 더욱 기승을 부리는 가운데, 꼼짝하지 않는 로쿠조미야스도코로의 모노노케가 이윽고 정체를 드러낸다. 우선 모노노케는 겐지에게 승려들의 가지를 멈추어 달라고 애원하며 근심걱정으로 인해 혼이 유리되는 것 같다며 다음과 같이 이야기한다.

한탄스러워 자신을 빠져나가는 제의 혼백을 옷자락으로 묶어 붙잡아 주세요. 라고 말씀하시는 목소리, 느낌, 아오이노우에와는 본인과는 전혀 다른 사람으로 변해버렸다. 이건 아무래도 이상하다고 생각해보니, 바로 그 미야스도코로였다.

なげきわび空に乱るるわが魂を結びとどめよしたがひのつま

とのたまふ声、けはひ、その人にもあらず変りたまへり。いとあやしと思しめぐらすに、ただかの御息所なりけり。　　　　　　　　　　（葵②40）

겐지는 출산을 앞둔 아오이노우에를 처음으로 사랑스럽고 아름답다고 생각함과 동시에 아오이노우에의 몸에 붙은 로쿠조미야스도코로의 모노노케와 대면하고 경악을 금치 못한다. 처음에는 세상 사람들의 소문을 믿지 않았던 겐지도 모노노케를 확인한 순간 놀라는 한편 무서운 기분이 드는 것이었다. 그리고 출산을 마친 아오이노우에는 곧 모노노케로 인해 목숨을 잃게 된다. 葵巻에서 겐지가 로쿠조미야스도코로의 모노노케와 대면

하는 상기의 장면은 괴기하고 섬뜩한 그로테스크의 극치라 할 수 있을 것
이다. 真木柱巻에서도 히게쿠로鬚黒의 부인이 끈질긴 모노노케로 인하여
발광하여, 급기야 외출 준비를 하는 남편 히게쿠로의 등에 재를 덮어씌우
고 친정으로 돌아간다.

若菜下巻에도 무라사키노우에가 회임한 몸으로 문병을 온 아카시 뇨고
에게 모노노케가 옮을까봐 걱정하는 대목이 나온다. 무라사키노우에의 모
노노케는 다른 사람들은 모두 나가게 하고 겐지에게 할 말이 있다고 하는
데, 겐지는 이전에 보았던 바로 그 로쿠조미야스도코로의 모노노케가 아
닐까하고 생각하며 실체를 확인하고자 한다.

> '정말로 그 사람인지, 나쁜 여우 등이 실성하여 돌아가신 분을 불명예스럽게
> 이야기하고 다닌다고 한다. 분명한 이름을 말하세요. 달리 아무도 모르는 일
> 로 내가 확실히 기억할 수 있는 것을 이야기하세요. 그렇게 하면 조금은 믿
> 지요.'라고 말씀하시자, 눈물을 뚝뚝 흘리시며,
> '내 육신은 완전히 변해버렸지만, 옛 모습 그대로 시치미를 떼는 당신은 변
> 함이 없군요.
> 정말로 원망스럽군요, 원망스러워.'하며 소리 내어 울지만, 그래도 어딘지
> 모르게 부끄러워하는 모습은 옛날과 다름없이 오히려 정말 기분 나쁘고 싫
> 어서 더 이상 아무 말도 하지 못하게 해야지 하고 생각하셨다.
> 〈源氏〉「まことにその人か。よからぬ狐などいふなるもののたぶれたるが、亡き人
> の面伏せなること言ひ出づるもあなるを、たしかなる名のりせよ。また、人の知ら
> ざらむことの、心にしるく思ひ出でられぬべからむを言へ。さてなむ、いささかに
> ても信ずべき」とのたまへば、ほろほろといたく泣きて、
> 〈物の怪〉「わが身こそあらぬさまなれそれながらそらおぼれする君はきみなり
> いとつらし、つらし」と泣き叫ぶものから、さすがにもの恥ぢたるけはひ変らず、
> なかなかいと疎ましく心うければ、もの言はせじと思す。　　(若菜下④235-236)

겐지는 무라사키노우에에게 붙어있는 모노노케가 로쿠조미야스도코로
의 사령死靈인지 아닌지를 확인한다. 로쿠조미야스도코로인 것을 확인하
자 다시금 한심하고 섬뜩한 마음이 든다. 인간의 강한 집념은 죽어서까지

사령으로 나타난다는 것을 본 겐지는 처참한 심경이었을 것으로 생각된
다. 로쿠조미야스도코로의 모노노케는 '신불의 가호가 강한まもり強く'(④
237) 겐지에게는 붙을 수가 없어, 겐지가 사랑하는 아오이노우에葵上, 무라
사키노우에紫上, 온나산노미야女三宮 등에게 위해를 가했다고 고백한다.

柏木卷에서 가시와기柏木의 질병에 대해 '음양사들도 대부분은 여자의
원령이 하는 짓일 거라고 점을 쳤기 때문에陰陽師なども、多くは、女の靈とのみ占ひ
申しければ'(柏木④293), 가시와기는 자신의 죄를 깊이 반성하고 승려가 독
송하는 타라니경陀羅尼経이 무섭게 느껴지고 죽을 것 같은 느낌이 드는 것
이었다. 다음은 柏木卷에서 온나산노미야가 출가하자, 로쿠조미야스도코
로의 사령死靈이 떠나는 것이 밝혀지는 대목이다.

> 후반야의 가지에 모노노케가 나타나서 모노노케 '그것 봐요. 한사람에 대해
> 서는 정말 잘 회복했다고 생각하시겠지요. 대단히 얄미웠기 때문에 이 근처
> 에 살짝 와서 며칠 동안 붙어있었던 것입니다. 이제 돌아가겠습니다.'라고
> 하며 웃는다.
> 後夜の御加持に、御物の怪出で來て、「かうぞあるよ。いとかしこう取り返しつ
> と、一人をば思したりしが、いとねたかりしかば、このわたりにさりげなくてなん日
> ごろさぶらひつる。今は帰りなん」とてうち笑ふ。　　　　　　　　(柏木④310)

겐지는 온나산노미야女三宮에게도 로쿠조미야스도코로의 모노노케가 붙
어있었다는 사실에 아연실색하면서 온나산노미야가 애초롭기도 하고 잘 해
주지 못한 것이 후회도 되었다. 로쿠조미야스도코로의 사령死靈이 떠난다고
하면서, 마지막으로 웃는 장면은 그로테스크의 극치라 할 수 있을 것이다.

다음은 手習卷에서 요카와橫川의 소즈僧都가 투신 자살을 기도한 우키후
네浮舟를 구출하여 밤새 기도하여 모노노케를 조복調伏시켜 그 정체를 알아
내는 장면이다.

> 이 몇 달 동안 조금도 정체를 나타내지 않았던 모노노케가 조복되어 모노노
> 케 '나는 여기까지 와서 이렇게 조복될 신분이 아니오. 옛날에는 수행을 쌓
> 은 법사로 사사로운 원한을 이 세상에 남기고 성불도 하지 못하고 이리저리

헤매고 있는데, 아름다운 여인이 많이 살고 있는 집에 붙어 있다가 그 중의 한사람은 죽여 버렸는데, (중략) 그런데 관음보살이 어쩌고저쩌고하며 보호를 하기에, 이 승도의 법력에 져버렸어. 이제는 물러나야지.'하고 큰소리로 울부짖는다.

月ごろ、いささかも現れざりつる物の怪調ぜられて、「おのれは、ここまで參で來て、かく調ぜられたてまつるべき身にもあらず。昔は、行ひせし法師の、いささかなる世に恨みをとどめて漂ひ歩きしほどに、よき女のあまた住みたまひし所に住みつきて、かたへは失ひてしに、　(中略)　されど、観音とざまかうざまにはぐくみたまひければ、この僧都に負けたてまつりぬ。今はまかりなん」とののしる。

(手習⑥294-295)

僧都가 조복시킨 모노노케의 정체는 생전에 수행을 쌓은 법사의 원혼이었다. 법사는 '아름다운 여인이 많이 살고 있는 집' 즉 하치노미야八の宮의 저택에서 오이기미大君를 죽게 하고, 세상을 원망하며 스스로 죽으려 하는 우키후네를 투신하게 만들었다. 그러나 모노노케는 결국 승도의 법력에 의해 물러나게 된다는 것을 밝히고 있다. 모노노케가 심약한 인간에게 접근하여 극한 상황으로 몰고 가다가 강한 법력을 구사하는 승려를 만나면 물러난다고 이야기하는 장면은 모노노케에 대한 인간의 심리를 잘 묘사하고 있다. 또 모노노케가 물러나면서도 큰소리로 울부짖는 그로테스크한 일면을 엿볼 수 있다. 그리고 僧都는 온나이치노미야女一の宮에게 '모노노케가 얼마나 집념이 강한지, 여러 가지로 그 정체를 말하는 것이 무서운 일御物の怪の執念きこと、さまざまに名のるが恐ろしきこと'(手習⑥345)이라는 점을 이야기하다가, 하세데라에 참배하고 돌아오는 길에 우지宇治에서 구출한 우키후네의 이야기를 들려준다.

『大鏡』는 850년부터 1025년까지 176년 간에 걸친 후지와라藤原씨의 전성시대를 이야기物語 형식으로 쓴 기전체의 역사서이지만, 가나 문자로 기술되고 원령의 모노노케가 등장한다는 기사가 있다. 예를 들면 '상권 三条院'에서 삼조원이 눈병을 앓고 있었는데, 소한小寒과 대한大寒 사이의 찬물을 머리에 붓는 등 여러 가지로 치료를 했지만 아무 효과가 없었다. 그런데 간잔桓算이라고 하는 승려의 원령이 '모노노케로 나타나御物のけにあら

はれて'[17](p.52), 자신이 삼조원의 목에 올라타 날개로 눈을 덮고 있는데 날 갯짓을 하면 조금 보이게 될 것이라고 한다. 그리고 '고레타다伊尹'에서는 후지와라 아사나리藤原朝成와 후지와라 고레타다藤原伊尹가 장인두蔵人頭의 자리를 놓고 경쟁하다가 고레타다가 선발되자, 원령이 된 아사나리朝成가 고레타다의 후손을 괴롭힌다는 것이다. 그래서 일조전一条殿 고레타다의 후손은 모노노케가 된 아사나리의 저택이 있었던 산조三条에서 북쪽의 니시노토인西洞院 서쪽 근처에는 발을 들여놓지 않는다는 것이다.

한편 중세 이후의 모노노케는 특정한 사람이나 지역에 나타나는 일은 없으나 그로테스크한 분위기를 자아내는 것은 변함이 없었다. 『우지슈이 이야기宇治拾遺物語』 권제4-1에는 환자의 모노노케를 조복調伏시켜보니 여우가 나타나 '자신은 원령의 모노노케가 아니다.おのれは祟りの物の怪にも侍らず[18]라고 하며 사실은 새끼들에게 갖다 줄 떡을 얻고자 왔다고 한다. 그리고 근세의 『우게쓰 이야기雨月物語』 권2 「폐가浅茅が宿」은 지금의 지바현千葉県 시모우사下総의 부농인 가쓰시로勝四郎가 아내 미야기宮木를 남겨두고 교토京都로 장사하러 갔다가, 전쟁을 만나 7년 만에 돌아와 아내를 만나 하루 밤을 지내지만 다음 날 아침에 깨어보니 여우와 너구리가 사는 황폐한 집이었다는 이야기이다. 「폐가」에서 원한을 품은 아내의 모노노케는 해악을 입히는 것이 아니라, 남편을 만나고자 하는 마음에서 나타난 착한 모노노케라는 이야기이다. 즉 시대가 내려가면서 모노노케는 무서운 원령으로 나타나기보다는 현실적인 목적을 추구하는 인간의 행위와도 흡사한 것으로 변질된다는 것을 확인할 수 있다.

『겐지 이야기』의 작자 무라사키시키부紫式部는 『紫式部集』에서 모노노케를 '마음의 귀신心の鬼'이라고 표현하고 있다.

> 모노노케가 달라붙은 볼썽사나운 여자의 그림이 그려져 있는 뒤편에, 젊은 중이 귀신이 된 전처를 묶은 그림을 그리고 남자는 경을 읽으며 그 모노노케를 퇴출시키려는 것을 보고,

---

17 橘健二 他校注, 『大鏡』(「新編日本古典文学全集」小学館, 1996), p.52. 이하 『大鏡』의 본문 인용은 같은 책의 페이지를 표기함.

18 小林保治 他校注, 『宇治拾遺物語』(「新編日本古典文学全集」小学館, 1998, p.146. 이하 『宇治拾遺物語』의 본문 인용은 같은 책의 페이지를 표기함.

44 죽은 전처를 핑계로 몸져누워 있는 것도 자신의 마음에 자리한 의심암귀

탓인가

   답가

45 그렇군요. 여자 마음은 암흑에 쌓여있으니 귀신의 모습이 분명히 보이겠

지요.

絵に、物の怪のつきたる女のみにくきかたかきたる後に、鬼になりたるもとの妻

を、小法師のしばりたるかたかきて, 男は経読みて物の怪せめたるところを見て

44 亡き人にかごとをかけてわづらふもおのが心の鬼にやはあらぬ

      返し

45 ことわりや君が心の闇なれば鬼の影とはしるく見ゆらむ[19]

후처의 병이 전처의 모노노케 때문이라고 하는 것이 사실은 후처의 疑
心暗鬼 때문이라는 것이다. 작가의 시녀인 듯한 사람이 읊은 답가에서도
공감을 나타내며 모노노케는 마음의 그림자라고 했다. 또한 55, 56번 노래
에서도 자신이 생각한대로 되지 않았다고 한탄하는 것이 점차 일상사가
되어 더더욱 골똘히 생각하게 된 것은 마음이란 자신의 운명에 따라 변한
다는 것이었다. 그리고 어떠한 신세가 되어도 만족하지 못하는 자신에 대
해 끝까지 체념할 수가 없다는 것을 강조하고 있다. 이와 같은 『紫式部集』
의 논리에 적용한다면 로쿠조미야스도코로의 모노노케도 히카루겐지 자
신의 마음에서 유발된 산물이고, 나아가 御霊이나 원령도 당하는 사람의
마음에서 나오는 것이라 할 수 있을 것이다.

5. 결론

그로테스크의 기본 요소는 괴기성과 우스꽝스러움인데, 이는 기존 질서
의 상대화, 희화화戲画化가 수반되는 개념이었다. 특히 일본의 고전문학에
는 그로테스크한 측면에서 가장 전형적인 어령御霊이나 원령, 모노노케物の

---

19 山本利達 校注『紫式部日記 紫式部集』(「新潮日本古典集成」新潮社, 1987) pp.131
   -132.

怪 등과 비웃음과 풍자 등이 수많이 등장하여 등장인물들의 인간관계를 갈등과 고뇌, 질투, 상극, 조화의 양상을 연출하고 있다. 본고에서는 일본문화에 나타난 언어의 그로테스크 양상을 통시적으로 개관하고 특히 괴이한 모노노케物の怪를 중심으로 언어의 그로테스크는 어떻게 형상되어 있는가를 고찰해 보았다.

일본의 고전문학에 나타나는 모노노케는 그 실체가 무엇이든 모두가 비일상적이고 괴기하며 그로테스크한 이미지를 연출하고 있다. 또한 등장인물들은 모두가 모노노케의 괴기함을 무서워하고 있는데, 특히 모노노케가 인간을 비웃는 장면은 그로테스크한 표현의 전형적인 언설이라 할 수 있다. 이러한 모노노케에는 여러 가지 유형이 있으나 헤이안 시대에 집중적으로 나타나는 모노노케는 질병과 질투, 정치적인 원한 등이 있으나, 초기의 모노노케는 질병을 일어키는 원인으로 작용하는 경우가 많았고, 『栄花物語』 등에는 疫病을 일으키는 御霊과 藤原씨의 정치적인 원한관계에서 발발한 원령인 경우가 많았다. 그리고 『겐지 이야기』 등에는 질병으로 인한 모노노케 이외에 전편의 주제를 이끄는 복선으로 작용하는 질투에 의한 로쿠조미야스도코로의 生霊과 死霊이 있었다. 그런데 헤이안 시대의 모노노케는 목표로 하는 사람이나 집안에 위해를 가하는 경우가 대부분이지만, 오히려 도움을 주는 경우도 있고 해악을 주기보다는 희화화되거나 異界에서 등장인물을 돕기 위해 나타나는 경우도 있다.

그러나 모노노케의 설정과 괴기함에 대한 인간의 공포, 두려움은 결국 인간 스스로가 창조한 가공의 상상물이라 할 수 있을 것이다. 그래서 사람들은 모노노케를 퇴치하는 것 또한 승려나 음양사 등이 가지加持와 기도 등의 정신적인 방법을 동원해서만 퇴치할 수 있다고 생각했다. 『겐지 이야기』의 작자 무라사키시키부가 모노노케를 '마음의 귀신心の鬼'이라고 표현한 것도 인간의 疑心暗鬼로 인해 모노노케가 나타난다고 파악한 것은 현대의 합리적인 사고라 할 수 있을 것이다. 어떤 연유이든 일본의 고전문학에 나타나 그로테스크한 異界의 御霊이나 원령, 모노노케와 교류하는 인간의 모습에서 상생의 조화를 추구하는 일본인의 의식구조를 엿볼 수 있다고 생각된다.

┃Key Words┃ grotesque, 怨霊, もののけ, 狂言, 疑心暗鬼

제4장

『겐지 이야기』에 나타난 끌계담의 계보

1. 서론

고전 문학에 나타난 등장인물이 실수를 하거나 우스꽝스럽게 희화화戱画化되어 웃음을 유발하는 경우에 독자는 카타르시스와 함께 미적 감각도 함께 느끼게 된다. 이러한 희화화된 인물의 이야기인 골계담滑稽譚은 마치 술이 그릇에서 흘러나오듯이 말하는 익살스러운 이야기를 의미한다. 즉 골계는 웃음과 연결되는 경우가 많고, 심리학적, 생리학적인 개념이고, 숭고함이나 비장함과 대립되는 미적개념으로 어딘가 결여되거나 모순된 행동을 하여 웃음을 자아낸다. 따라서 골계담은 내용상 선의적인 것과 적대적인 것, 중간적인 것으로 나누기도 하고, 대상에 따라 객관적인 것과 주체의 심적인 양태에 따라 주관적으로 구별하는 입장이 있다.[1]

헤이안平安 시대(794-1192)의 골계담에 등장하는 인물은 이상적인 신분이면서 자신이 실패하거나 실수를 하고 있다는 사실을 모르고 있는 경우가 많으며, 사회적 통념을 뛰어넘는 행동을 함으로써 사람들로 하여금 웃음을 자아내게 한다. 이러한 희화화된 등장인물은 다른 사람의 웃음을 자아내는 우스꽝스러운烏滸 말투나 외관, 신체적 특징에서 보통 사람과 차이가 나는 경우가 많다. 즉 독자들은 골계담에 등장하는 주인공의 우스꽝스

---

1 武田庄三郎, 「滑稽」(『文芸用語の基礎知識』至文堂, 1985. 4月) p.239-240

러운 모습이나 행동, 소동을 통해 형식과 긴장상태가 풀어지고 카타르시
스katharsis를 느끼게 된다.

고전문학의 골계담과 희화화된 인물에 관한 연구로는 다음과 같은 것이
있다. 일찍이 柳田国男는 인생의 윤활유로서 역할을 담당했던 골계담이
쇠퇴하는 것을 한탄하며, 백치를 신으로부터 선택받은 모습으로 정의했
고[2], 折口信夫는 희화화된 인물에게서 신들의 모습을 볼 수 있다고 서술했
다[3]. 헤이안 시대와 『겐지 이야기』에 등장하는 희화화된 인물과 우스꽝스
러운 행위가 자아내는 웃음의 표현을 분석한 연구로 高橋文二[4], 大森順
子[5], 原岡文子[6], 山本利達[7], 鈴木日出男[8], 土井清民[9], 北川久美子[10], 이미숙[11]
등이 있다.

본고는 상대에서 헤이안 시대까지의 문학에 나타난 골계담을 살펴보고,
『겐지 이야기源氏物語』의 주인공들이 어떻게 희화화되어 있는가를 고찰한
다. 특히 『겐지 이야기』에 등장하는 세 여성, 스에쓰무하나末摘花, 겐노나이
시源典侍, 오미노키미近江君의 용모나 호색적인 성정, 우스꽝스러운 행위 등
을 구체적인 원문 분석을 통해 규명할 것이다. 그리고 이러한 골계담이 어
떻게 모노가타리物語의 주제를 형성하고 있는가에 대해서도 고찰하고자
한다.

---

2 柳田国男,「笑の本願」,「不幸なる芸術」(『柳田国男全集』9, 筑摩書房, 1990)
3 折口信夫,「誹諧歌の研究」(『折口信夫全集』第十卷, 中央公論社, 1987)
4 高橋文二,「光源氏とをこ」(『物語鎮魂論』, 桜楓社, 1990)
5 大森順子,「源氏物語'人笑へ'考」(『名古屋大学国語国文学』, 名古屋大学国語国文学
   會, 1991, 12)
6 原岡文子,「浮舟物語と'人笑へ'」(『国文学』, 学燈社, 1993, 10)
         「笑う - 源氏物語の'人笑へ'をめぐって」(『新物語研究』1, 有精堂, 1993, 10)
7 山本利達,「'人笑へ'と'人笑はれ'」(『むらさき』, 紫式部学会, 1995, 12)
8 鈴木日出男,「'人''世''人笑へ'」(『源氏物語の文章表現』, 至文堂, 1997)
9 土井清民,「古代の笑い」(『古代文学の思想と表現』, 新典社, 2000)
10 北川久美子,「『源氏物語』'明石'巻の'人笑へ'-光源氏に関して-(『清心語文』, ノートル
   ダム清心女子大学日本語日本文学会, 2003. 8)
11 이미숙,「일본문화에 나타난 인물 도형의 그로테스크 양상」(『日本研究』제24호, 한
   국외대일본연구소, 2005. 9)

2. 골계담의 계보

일본의 상대 문학에서 희화화된 인물의 원천은 『고지키古事記』 상권의 아메노우즈메天宇受売命라 할 수 있을 것이다. 아메노우즈메는 다카마가하라高天原의 아메노이와야도天の石屋戸에 숨은 아마테라스오미카미天照大御神를 위로하여 동굴 밖으로 나오게 한다.

> 힘센 신이 문 옆에 숨어 서고, 아메노우즈메는 아메노가구야마의 넝쿨을 어깨띠로 매고, 마사키 넝쿨로 머리 장식을 하고, 아메노가구야마의 조릿대 잎을 뭉쳐 손에 쥐고, 아메노이와야도 앞에 나무통을 엎어놓고 밟아 소리 내면서 신이 내려, 젖가슴을 드러내고 옷끈을 음부 있는 곳까지 내렸다. 이에 다카마가하라가 술렁댈 정도로 많은 신들이 와하하 하고 웃었다.
>
> 天手力男神、戸の掖に隠り立ちて、天宇受売命、手次に天の香山の天の日影を繋けて、天の真拆をかづらと爲て、手草に天の香山の小竹の葉を結ひて、小竹を訓みて、天の石屋戸にうけを伏せて蹈みとどろこし、神懸り爲て、胸乳を掛き出だし、裳の緒をほとに忍し垂れき。爾くして、高天原動みて、八百万の神共に咲ひき。[12]

스사노오노미코토須佐之男命가 누나인 아마테라스가 지배하는 다카마가하라의 농경의례를 방해하고 난폭한 행동을 하자 아마테라스는 동굴 속에 숨어버린다. 이에 아메노우즈메가 아마테라스를 불러내기 위해 진혼제를 올리는 대목이다. 이와 같이 아메노우즈메가 우스꽝스러운 모습으로 춤을 추자 모든 신들이 함께 폭소를 터트린다. 이에 태양신인 아마테라스는 자신이 없는 암흑세상인데도 밖이 소란한 것을 신기하게 생각하여, 그 이유를 묻고자 동굴 밖으로 내다보았을 때, 힘센 신天手力男神이 밖으로 끌어낸다는 것이다. 이 이야기에는 우스꽝스러운 아메노우즈메의 춤

---

12   山口佳紀, 神野志隆光 校注, 『古事記』(「新編日本古典文学全集」, 小学館, 1997) p.65. 이하『古事記』의 인용은 「新編全集」의 페이지 수를 표기.

으로 인해 태양신을 정상으로 돌려놓는다는 일식신화가 배경에 깔려있다
고 볼 수 있다.

『古事記』상권에는 니니기노미코토邇邇芸能命가 천상에서 규슈九州의 히
무카日向로 강림하여 오야마쓰미노카미大山津見神의 딸 이와나가히메石長比売
와 고노하나노사쿠야비메木花之佐久夜毘売의 결혼담이 전해진다. 여기서 니
니기노미코토는 아름다운 동생과만 결혼하고 박색인 이와나가히메는 돌
려보내 버린다. 이에 지역신인 오야마쓰미노카미는 용모가 아름답지 않은
이와나가히메를 보낸 것은 천황의 생명이 바위와 같이 영구불변하라는 의
미이고, 고노하나노사쿠야비메를 보낸 것은 꽃처럼 번영하라는 의미였는
데, 고노하나노사쿠야비메만 취하셨기 때문에 아름다운 꽃이 언젠가 지는
것처럼 천황의 생명이 유한하게 될 것이라고 한다. 이와나가히메의 용모
에 영원한 생명력이 깃들어 있다는 것을 주장하고, 천황의 생명이 유한하
게 된 것을 합리적으로 설명한 대목이다.

또한 『古事記』중권에는 오진応神 천황이 히무카日向의 아름다운 처녀 가
미나가히메髪長比売를 태자인 오사자키노미코토大雀命에게 빼앗기자, '내 심
정이 정말 우스꽝스럽고 이제 생각하니 유감이로다.我が心しぞいや愚にして今ぞ
悔しき'(p.265)라고 읊었다. 여기서 '愚'는 '오코烏許'라고 읽히는데, 이는 '우
스꽝스럽다'는 의미로, 『古事記』에서는 신들과 천황까지도 희화화되어 있
다는 점에 주목할 필요가 있다.

『만요슈』권16에는 신체적 약점이나 직업 등을 비웃고 조롱하는 노래
가 많이 나오는데, 다음은 3821번 '고베 공주의 비웃는 노래 1수児部女王の嗤
ふ歌一首'이다.

맛있는 것은 누구나 좋아하는 법인데 사카도의 처녀는 왜 뿔이 난 남자를 따
라간 걸까요.

이전에 한 처녀가 있었는데 그 성은 사카도씨이다. 이 처녀는 명문가 미남의
구혼에도 응하지 않고, 미천한 성씨에 추남의 구혼에 응했다. 그래서 고베 공
주는 이 노래를 지어 그 어리석음을 비웃었던 것이다.

うましものいづくも飽かじを坂門らが角のふくれにしぐひあひにけむ

右、時に娘子あり、姓は尺度氏なり。この娘子は高姓の美人の誂ふ所を聴か

ず、下姓のしこをの誂ふ所を応許す。ここに児部女王、この歌を裁作り、その愚
なるを笑ふ。 ¹³

　　左注에서 고베 공주는 명문가의 미남을 마다하고 신분이 낮은 추남과
결혼했다는 사카도씨의 처녀를 희화화하여 비웃고 있다. 고금동서를 막론
하고 여성의 결혼상대로는 명문가의 미남이 우선일 터이지만, 사카도의
처녀는 그 통념을 깨고 신분이 미천하고 못생긴 남자와 결혼했다는 것이
다. 이 이외에도 3842번은 사람들에게 풀 대신에 호쓰미아손穂積朝臣의 겨
드랑이 털을 베라며, 털이 많은 호쓰미아손을 희화화하고, 3844번은 고제
아손巨勢朝臣의 피부가 검은 것을 비웃는다. 또 3853번과 3854번에서는 영
양을 보충하기 위해 여름에 보양식인 장어를 먹어야 한지만, 야윈 사람이
물에 빠지지는 말라며 조롱하고 있다. 이와 같이 『만요슈』에는 신체적인
특징이나 약점 등을 조소와 희화화의 대상으로 삼고 있는 것을 볼 수 있다.
그리고 『日本靈異記』상권19에는 법화경을 외며 구걸하는 거지를 조롱한
데 대한 현보담으로 입이 삐뚤어졌다는 이야기, 하권29는 어떤 스님이 아
이가 장난삼아 조각한 불상을 비웃으며 함부로 했다가 벌을 받는다는 이
야기이다. 이는 신앙의 대상이 되는 불법승佛法僧을 희화화하면 벌을 받는
다는 것을 강조한 불교설화이다.

　　헤이안 시대는 전기에서 후기로 갈수록 모노가타리物語의 이상적인 주
인공이 희화화되고 그 양상도 다양해진다. 우선 『다케토리 이야기』의 구
혼담은, 가구야히메かぐや姫에게 구혼하는 황족과 귀족 신분의 5명이 각각
가구야히메가 제시한 난제를 거짓이나 속임수로 해결하려 하다가 탄로가
나면서 실패하게 된다는 이야기이다. 이시즈쿠리石作 황자는 가짜 주발을
가져온 것이 발각되고, 구라모치くらもち 황자는 봉래산의 금은과 옥으로
된 나무를 장인匠人에게 가짜로 만들게 한 것이 탄로나고, 아베阿部 우대신
은 당나라에 있는 불에 타지 않는다는 불 쥐의 털옷이 아니라 가짜 털옷을
가져온 것이 확인된다. 한편 오토모大伴 대납언은 용의 여의주를 구하러 갔

13　小島憲之 他校注, 『万葉集』4 (『新編日本古典文学全集』小学館, 1998). p.111 이하
　　『万葉集』의 본문 인용은 「新編全集」의 巻, 페이지 수, 歌番을 표기함.

다가 풍랑을 만나 목숨만 겨우 살아오고, 이소노카미石上 중납언은 제비가
순산한다는 조개를 구하러 사다리를 타고 높은 지붕에 올라갔다가 떨어져
허리가 부러진다. 이처럼 『다케토리 이야기』에서 다섯 사람의 구혼자들은
모두 난제를 해결하지 못하고 실패하는데, 이들의 행동은 각각 희화화되고
해학적으로 그려져 있다.

특히 용의 여의주를 구하러 바다로 나간 오토모大伴 대납언은 돌풍과 풍
랑을 만나 겨우 목숨만 살아왔다. 이 이야기를 들은 대납언의 부인은 '배가
찢어질 정도로 웃었다腹を切りて笑ひ給ふ'[14]고 한다. 또한 세상 사람들이 대납
언은 '눈 두개에 자두만한 혹을 달고 있었다御目二つに、李のやうなる玉をぞ添へて
いましたる'(p.49)고 하자, 다른 사람이 '아, 그 자두는 못 먹겠네.あな、たべが
た'(p.50)라고 하며 조롱했다고 되어있다. 한편 이소노카미石上 중납언은
조개를 구하러 직접 사다리를 타고 올라가, '제비가 눈 오래된 분燕のまり
置ける古糞'(p.54)을 움켜지었고, 그 순간 허둥대다가 떨어져 허리가 부러져
들어 눕게 된다는 것이다. 이처럼 귀족의 신분인 오토모大伴 대납언이나 이
소노카미石上 중납언 등은 철저하게 희화화되어 이상적인 풍류인色好み과는
거리가 멀다고 할 수 있다.

『오치쿠보 이야기』는 주인공 미치요리道頼 소장을 비롯해서 여러 인물
들이 희화화된 해학적인 주제를 담고 있다. 권1에서는 미치요리道頼 소장
에게 부히인 디치하기帯刀가 밀장난을 하며 함께 웃는 대복이 나온다. 즉
미치요리가 오치쿠보노키미落窪の君를 엿보려하자, 다치하키는『금기의 아
가씨物忌の姫君』라는 지금은 없어진 이야기의 주인공처럼 만약 못생긴 여자
면 어떻게 하겠느냐고 묻는다. 이에 미치요리는 이야기의 내용에 있는 것
처럼 '우산도 쓰지 않고 소매로 가리고 곧장 돌아가면 되지.笠もとりあへで、袖
をかづきてかへるばかり'[15]라고 하며 파안대소 한다는 것이다. 또 결혼 3일째 호
우가 내리는 날 밤에, 미치요리가 다치하키와 함께 우산을 쓰고 오치쿠보

14 片桐洋一 他3人 校注, 『竹取物語 伊勢物語 大和物語 平中物語』(「新編日本古典文
     学全集」12, 小学館, 1999) p.49. 이하 본문 인용은 「新編全集」의 페이지 수를 표기.
15 三谷栄一 三谷邦明 稲賀敬二 校注, 『落窪物語 堤中納言物語』(「新編日本古典文学
     全集」, 小学館, 2000) p.36. 이하 『落窪物語』의 인용은 「新編全集」의 페이지 수를
     표기.

노키미를 찾아가다가, 밤길에 도둑으로 오인 받아 우산과 함께 질펀한 똥 위에 넘어진다. 미치요리는 온 몸에 오물 냄새를 풍기면서도 오치쿠보노키미를 찾아갈 정도로 애정이 깊었다는 이야기이지만 우스꽝스럽고 희화화된 인물조형이라 할 수 있다.

『落窪物語』 권2에는 계모가 오치쿠보노키미를 60이 넘은 우스꽝스러운 덴노야쿠노스케典藥助와 결혼시키려 하자, 시녀인 아코기阿漕가 기지를 발휘하여 덴노야쿠노스케를 추운 겨울에 문밖에 서있게 만들어 배탈이 나 실패하게 이야기가 나온다. 다음은 계모가 덴노야쿠노스케를 꾸짖자, 덴노야쿠노스케가 실패한 사정을 변명하는 것이 오히려 주위 사람들에게 웃음거리가 되는 장면이다.

> 덴노야쿠노스케가 대답하기를, "대단히 무리한 말씀입니다. (중략) 감기가 들어 배에서 천둥이 쳤는데, 한두 번은 참고 문을 열려고 했지만, 옷에 싸버렸기 때문에 정신없이 물러나와, 옷에 싸인 오물을 씻고 있는 동안에 날이 샌 것입니다. 이 늙은이의 태만이 아닙니다."라고 변명을 늘어놓으며 앉아있자, 계모는 화를 내며 꾸짖으면서도 웃음이 나왔다. 하물며 옆에서 살짝 엿듣고 있던 젊은 시녀들은 죽겠다는 듯이 배를 잡고 웃었다.
>
> 典藥助がいらへ、「いとわりなきおほせなり。(中略) 風邪ひきて、腹こぼこぼと申ししを、一、二度は聞き過ぐして、なほしふねく〈あけむ〉としはべりしほどに、みだれがはしきことの出でまうで來にしかば、物もおぼえで、まづ、まかり出でて、しつつみたりし物を洗ひしほどに、夜は明けにけり。翁の怠りならず」と述べ申してゐたるに、<u>腹立ち叱りながら笑はれぬ</u>。ましてほの聞く若き人は、<u>死にかへり笑ふ</u>。
>
> (pp.140-141)

덴노야쿠노스케는 오치쿠보노키미를 범하려 하다가 설사가 나는 바람에 실패하게 된 사정을 계모에게 보고한다. 덴노야쿠노스케는 계모의 꾸중을 듣고, 자신도 마음속으로는 어떻게 해 보려고 했지만 저절로 설사가 난 것은 자신이 나이가 많은 탓이라 어쩔 수가 없는 일이라며 오히려 화를 내고 방을 나간다. 이에 주변의 시녀들은 다시 '괴로울 정도로 웃었다.いとど人笑ひ死ぬべし'(p.141)는 것이다. 이 대목은 『오치쿠보 이야기』에서도 가장

우스꽝스러운 장면의 극치로, 덴노야쿠노스케는 『스미요시 이야기住吉物語』
에 나오는 가조에노카미主計頭와 같은 인물로 계모학대담에 등장하는 전형
적인 인물상이다. 그리고 미치요리는 계모의 넷째 딸과 혼담이 오가자, 자
신의 친척으로 얼굴이 눈처럼 희고 말상이며 좀 모자라는 병부소보와 결
혼시킨다. 이는 계모에 대한 보복의 일환이지만, 계모의 셋째 딸 남편인 구
로우도蔵人 소장은 병부소보를 오모시로노코마라고 부르며 호들갑스럽게
비웃는다. 즉 덴노야쿠노스케, 오모시로노코마 등은 모두 귀족이었지만
이상적인 결혼을 하는 것이 아니라 우스꽝스러운 행동을 하며 결혼에 실
패를 함으로써 웃음거리가 된다는 것이다.

　헤이안 시대는 전기보다 말기에 가까워질수록 그로테스크한 해학담이
늘어간다. 예를 들어 말기의 대표적 단편집인 『쓰쓰미추나곤 이야기堤中納
言物語』에는 풍류인이라 할지라도 연애에 실패하거나, 벌레나 파충류를 좋
아하는 비정상적인 여성 등을 해학적으로 그리고 있다. 「벚꽃을 꺾는 소장
花桜折る少将」은 풍류인 남자가 밤중에 아가씨를 보쌈해 와서 보니 출가한 노
파였다는 이야기이다. 또한 「벌레를 좋아하는 아가씨虫めづる姫君」는 뱀의
모양을 보고도 태연한 척하는 아가씨의 이야기이고, 「먹가루はいずみ」는 남
자가 갑자기 찾아오자, 여자가 분가루가 아닌 먹을 얼굴에 발라 결국 남자
와 헤어지게 된다는 연애 실패담이다.

　한편 『곤자쿠 이야기집今昔物語集』의 등장인물은 더욱 야성적이고 희화
화된 인물로 묘사되어 있다. 특히 권제30-1화는 천하의 풍류인 헤이주平貞
文(?-923)가 혼인지주本院侍従라는 여성에게 구애하지만, 매번 지주의 술책
에 당해 추태만 부리다가 결국 죽게 된다는 이야기이다. 특히 헤이주가 지
주의 대변을 보면 정나미가 떨어지려니 하고 생각하여, 시녀로부터 지주
의 변기를 탈취하여 향기를 맡고 맛을 보는 대목은 헤이안 시대의 풍류인
이 희화화되고 엽기적으로 묘사된 대목이다.

　지금까지 『고지키』의 아메노우즈메에서 『곤자쿠 이야기집』의 헤이주
에 이르기까지 다양한 남녀 등장인물이 희화화되어 있는 대목을 확인해
보았다. 이러한 인물들은 단순히 웃음을 자아내는 경우도 있지만, 신화에
서는 한 나라의 운명과 영원한 생명을 부여하는 인물인 경우도 있었다. 특
히 모노가타리에서는 우아한 풍류인 귀족들이 희화화되고 우스꽝스러운

웃음거리가 됨으로써 가치관이 전도되고 귀족사회가 상대화되어 더욱 독
자의 흥미를 유발하게 되었다고 생각된다.

3. 희화화된 末摘花

헤이안 시대의 문학에 나타난 골계담은 우스꽝스러운 신체조건이나 행
동으로 인물조형이 이루어지는데, 전체의 주제에서 차지하는 비중이 크지
는 않지만 일관되게 이어지고 있다. 예를 들면 『겐지 이야기』에는 주인공
히카루겐지光源氏조차도 희화화된 인물로 묘사되는 경우가 있다. 겐지는
이요伊予 수령의 후처인 우쓰세미空蟬를 만나려고 갔다가, 예상치 않게 그
녀의 의붓딸 노키바노오기軒端荻와 관계를 맺는 대목이다. 우쓰세미는 이
전의 관계로 인해 잠을 이루지 못하고 있다가, 겐지가 숨어 들어오는 것을
눈치 채고 겉옷을 벗어둔 채 자리를 피해버린 것이다. 그리고 겐지는 우쓰
세미의 향이 베인 겉옷을 갖고 돌아가 이불 속에 넣어 덮고 자는데, 이러한
겐지의 행위는 이상적인 풍류인이라기보다 희화화된 인물상으로 그린 장
면이라 할 수 있을 것이다.

『겐지 이야기』에는 남성들보다 여성들의 용모나 행위가 우스꽝스러운
웃음거리가 되어 귀족으로서의 체면이 손상되고 희화화되어 있는 경우가
더 많다. 특히 스에쓰무하나末摘花권에는 우아한 귀족 여성과는 다른 특이
한 용모와 가치관을 지닌 여성 스에쓰무하나가 등장한다. 스에쓰무하나는
당시의 기준으로 긴 얼굴에, 넓고 푸른빛을 띤 이마, 끝이 길고 붉은 코를
지닌 못생긴 얼굴이지만, 고 히타치노미야常陸の宮의 딸로서 칠현금을 유일
한 낙으로 살아간다. 우연히 스에쓰무하나가 칠현금에 조예가 깊다는 소
문을 들은 겐지가 관심을 가지게 되고, 라이벌 관계에 있던 두중장頭中将 또
한 연애편지를 보낸다.

다음은 겐지가 두중장과의 경쟁심에서 장난삼아 스에쓰무하나와 관계
를 맺고, 눈이 내린 날 아침에 어려운 집안 살림과 스에쓰무하나의 용모를
보게 되는 대목이다.

우선 앉은키가 크고, 등이 굽어보이기 때문에, 역시나 하고 가슴이 꽉 막히는 심정이다. 이어서 어찌 저렇게 못생겼나 싶은 것은 코였다. 무심코 그곳에 눈이 멈춘다. 보현보살이 타는 짐승의 코인가 하는 생각이 든다. 엄청나게 크고 길게 뻗어있고 끝 부분이 조금 늘어져 붉게 물들어 있는 것이 특히 참기 어려운 느낌이다. 얼굴색은 눈보다도 더 희어 푸른빛을 띠고, 이마가 대단히 넓은데다가 아래쪽 얼굴도 정말로 길다. 야윈 정도는 마음이 아플 정도로 뼈가 앙상하여, 어깨 부근은 옷 위로도 애처롭게 뾰족해 보인다. 왜 모든 것을 다 보게 되어버렸을까 생각했지만 좀처럼 보기 드문 모습이라 저절로 그쪽으로 눈이 가게 된다. 머리 모양과 머리카락의 모습만큼은 보기에도 아름답고, 이는 말할 나위가 없어 사랑하는 분들에 비교해 보아도 전혀 떨어지지 않을 정도인데, 겉옷의 끝자락에 늘어져 있는 부분이 30cm나 남아있는 듯이 보인다.

まづ、居丈の高く、を背長に見えたまふに、さればよと、胸つぶれぬ。うちつぎて、あなかたはと見ゆるものは鼻なりけり。ふと目ぞとまる。普賢菩薩の乗物とおぼゆ。あさましう高うのびらかに、先の方すこし垂りて色づきたること、ことのほかにうたてあり。色は雪はづかしく白うて、さ青に、額つきこよなうはれたるに、なほ下がちなる面やうは、おほかたおどろおどろしう長きなるべし。痩せたまへること、いとほしげにさらぼひて、肩のほどなどは、痛げなるまで衣の上まで見ゆ。何に残りなう見あらはしつらむと思ふものから、めづらしきさまのしたれば、さすがにうち見やられたまふ。頭つき、髪のかかりはしも、うつくしげにめでたしと思ひきこゆる人々にも、をさをさ劣るまじう、桂の裾にたまりて引かれたるほど、一尺ばかり余りたらむと見ゆ。 (末摘花①292-293)[16]

스에쓰무하나의 용모는 겐지의 눈부신 미모에 비하면 너무나 차이가 나는 여성이었다. 전체적으로 야윈 모습에 앉은키가 크고 둥이 굽고, 얼굴은 푸른빛이 날 정도로 흰데, 코는 보현보살이 타는 코끼리 코처럼 길고, 끝이 붉은 용모는 당시의 기준으로도 귀여운 얼굴은 아니었을 것이다. 겐지는 머리카락만큼은 길고 아름답게 드리워져 다른 사람과 비교해 보아도 손색

---

16 阿部秋生 他校注, 『源氏物語』1, (『新編日本古典文学全集』, 小学館, 1994) pp.292-293, 이하 『源氏物語』의 인용은 「新編全集」의 권명, 권수, 페이지 수를 표기.

이 없다고 생각한다. 스에쓰무하나라는 이름은 잇꽃의 다른 이름인데, 스에쓰무하나로부터 온 생퉁맞은 편지에 겐지가 심심풀이로 적은 와카에 연유한다. 겐지는 '그다지 끌리는 색깔도 아닌데도 어찌하여 이 붉은 잇꽃에다 손을 댔을까.なつかしき色ともなしに何にこのすゑつむ花を袖にふれけむ'(末摘花① 300)라고 읊어, 코끝이 빨간 스에쓰무하나와 인연을 맺은 것을 후회하고 있다. 즉 겐지는 스에쓰무하나의 용모를 희화화해서 생각하고, 자신의 스타일이 아니라는 점을 분명히 하고 있는 것이다.

다음은 겐지가 이조원二条院에서 무라사키노우에紫上와 함께 여러 가지 그림을 그리는 가운데 스에쓰무하나와 같이 코가 붉은 아가씨를 그리고, 자신의 코에도 붉은 칠을 하며 장난하며 놀고 있는 대목이다.

> 무라사키노우에는 그림을 그리고 색칠을 한다. 뭔가 재미있게 마음이 내키는 대로 마구 그렸다. 겐지도 함께 그리셨다. 머리카락이 대단히 긴 여자를 그리시고, 코에 붉은 칠을 하여 보시자, 그림이기는 해도 보기에도 흉한 모습이다. 겐지는 거울에 비친 자신의 얼굴이 대단히 품위 있고 아름답게 보시고, 스스로 붉은 물감으로 발갛게 그리고 보니, 이렇게 아름다운 얼굴이라도 코가 붉으니 자연히 보기가 흉했다. 아가씨가 보시고 크게 웃으신다. 〈겐지〉 "내가 이렇게 보기 흉한 얼굴이 되어버리면 어떻게 될까."라고 말씀하시자, 〈무라사키노우에〉 "싫습니다."라고 하며, 정말로 그대로 물들어 버리지는 않을까 하고 걱정하신다. 겐지는 닦아내는 시늉을 하며, 〈겐지〉 "아무래도 희어지지 않는군. 쓸데없는 장난을 했어. 주상이 알면 뭐라 하실까."라고 하며, 아주 심각하게 말씀하시자, 아가씨는 정말로 불쌍한 생각이 들어 옆으로 다가와 닦아내자, 〈겐지〉 "헤이주처럼 먹칠을 칠해서는 안돼요. 붉은 색이라면 그래도 참을 수 있지만."이라고 농담을 하시는 모습은 정말로 정다운 남매처럼 보인다.
>
> 絵など描きて、色どりたまふ。よろづにをかしうすさび散らしたまひけり。我も描き添へたまふ。髪いと長き女を描きたまひて、鼻に紅をつけて見たまふに、絵に描きても見まうきさましたり。わが御影の鏡台にうつるが、いときよらなるを見たまひて、手づからこの赤花を描きつけにほはしてみたまふに、かくよき顔だに、さてまじれらむは見苦しかるべかりけり。姫君見て、いみじく笑ひたまふ。〈源氏〉「ま

ろが、かくかたはになりなむ時、いかならむ」とのたまへば、〈紫上〉「うたてこそあ
らめ」とて、さもや染みつかむとあやふく思ひたまへり。そら拭ひをして、〈源氏〉
「さらにこそ白まね。用なきすさびわざなりや。内裏にいかにのたまはむとすらむ」
といとまめやかにのたまふを、いといとほしと思して、寄りて拭ひたまへば、〈源
氏〉「平中がやうに色どり添へたまふな。赤からむはあへなむ」と戯れたまふさま、
いとをかしき妹背と見えたまへり。   (末摘花①305-306)

　겐지는 무라사키노우에가 그린 그림에다 스에쓰무하나를 연상하며 붉
은 코와 긴 머리카락의 여자를 그려 희화화시키고 있다. 겐지는 자신의 코
에도 붉은 물감을 칠해 보기 흉하게 만들어 놓고, 무라사키노우에에게 보
이며 지워지지 않는 척 하여 걱정하게 만든다. 무라사키노우에가 걱정이
되어 다가와서 닦아내자, 겐지는 헤이주처럼 먹칠만 하지 않으면 붉은 색
은 그래도 괜찮다는 등의 농담을 한다.

　이와 유사한 유형의 이야기가 『古本説話集』19[17]에 헤이주의 연애실패
담으로 나온다. 즉 헤이주는 여자를 만날 때, 연적에 물을 넣어두었다가 눈
에 발라 눈물을 흘리는 척하며 진심을 호소하고, 휴지에는 미약媚藥을 싸가
지고 다녔다. 이를 눈치 챈 부인이 물 대신에 먹물을 넣어두고 휴지에는 쥐
똥을 넣어 두었다. 아침에 돌아온 헤이주는 기분이 나빠져 침을 뱉고, 얼굴
과 소매는 온통 검은 색으로 눈만 반짝이고 있었다는 것이다. 즉 겐지는 자
신의 코에 붉은 물감을 칠하고, 헤이주의 먹물 이야기를 하여 자신을 희화
화시킴으로써 무라사키노우에와의 관계가 마치 남매처럼 화목해진다는
것이다.

　이어서 겐지는 지붕 아래에 핀 홍매화를 보고, '아무래도 붉은 꽃에는
마음 안 가는구나, 쭉 뻗은 홍매화 가지는 좋은데紅の花ぞあやなくうとまるる梅の
立ち枝はなつかしけれど'(末摘花①307)라고 읊는다. 이는 못생긴 스에쓰무하나
를 잇꽃으로, 청순가련한 무라사키노우에를 홍매화로 비유하여 읊은 와카
인데, 같이 붉은 잇꽃과 홍매를 상반되게 대비시킴으로써 희화화를 극대

17　三木紀人 校注, 『宇治拾遺物語・古本説話集』, (「新日本古典文学大系」, 岩波書店,
　　1990)

화시키고 있다. 스에쓰무하나가 희화화되는 것은 비단 용모뿐만이 아니라
몰락한 황족의 허물어져 가는 저택과 그녀의 옷차림, 시대에 뒤떨어진 와
카 등에도 잘 나타나 있다. 특히 겉옷으로 검은 담비黑貂 가죽에 향을 풍기
게 하여 입고 있는 것이, '고풍의 유서 있는 옷이기는 하지만, 역시 젊은 여
인네의 옷으로서는 아울리지 않고古代のゆゑづきたる御装束なれど、なほ若やかなる女
の御よそひには似げなうおどろおどろしきこと'(①293)라는 식으로, 시대에 뒤떨어진
스에쓰무하나의 취향을 '古代'로 표현하고 있다. 여기서 '고풍'이라는 뜻
으로 쓰이는 '古代'의 용례는『겐지 이야기』전체의 18례 중에서 5례가 스
에쓰무하나와 관련하여 쓰이고 있는 것만 보더라도, 스에쓰무하나의 고풍
스러움이 칭찬이 아니라 희화화된 것임을 알 수 있다.

그러나 겐지는 스에쓰무하나를 버리지 않고 거두어준다는 것이『겐지
이야기』의 논리이다. 이미 스에쓰무하나의 실체를 파악한 겐지였지만, 남
녀관계를 떠나서 경제적인 지원을 아끼지 않는다는 것이다.

평범하게 보통 사람과 특별히 다르지 않은 용모라면, 이대로 잊어버려도 되
겠지만, 분명히 모든 것을 다 보고나서는 오히려 애처로워서, 인간적인 관계
로서 항상 사자를 보내셨다.
世の常なるほどの、ことなることなさならば、思ひ棄ててもやみぬべきを、さだか
に見たまひて後はなかなかあはれにいみじくて、まめやかなるさまに常におとづ
れたまふ。
(末摘花①297)

겐지는 스에쓰무하나의 용모가 떨어지기 때문에 오히려 인간적으로 원
조를 아끼지 않을 결심을 한다. 즉 겐지는 후지쓰보나 무라사키노우에와
같은 이상적인 여성만이 아니라, 스에쓰무하나와 같이 못생긴 여성도 거
두어 준다는 것이다. 이는 마치『古事記』에서 니니기노미코토가 고노하나
노사쿠야비메 하고만 결혼한 것에 비해, 겐지는 이와나가히메로 비유될
수 있는 스에쓰무하나까지도 받아들이는 이상적인 이로고노미色好み, 즉
풍류인의 모습을 보이고 있다. 이와 같이『겐지 이야기』의 작자가 고대 신
화전설까지도 수용하여 추녀 스에쓰무하나를 후원하는 히카루겐지를 이
상적인 인물상으로 창출하려 한 점에 주목하고 싶다.

4. 호색적인 源典侍

紅葉賀巻에서 19살의 겐지는 궁중에서 겐노나이시源典侍라고 하는 57, 8세의 호색적인 노파와 연애를 하는 대목이 나온다. 후지쓰보藤壺가 겐지와의 아이를 출산함으로써 밀통에 대한 죄책감과 긴장감이 고조되는 가운데 희화화된 겐노나이시와의 골계담이 그려진다. 원래 나이시노스케典侍는 내시사內侍司의 차관으로 나이시노카미尚侍 바로 아래의 직책인데, 겐노나이시는 집안도 훌륭하고 와카와 음악에도 조예가 깊은 세련된 여성이었다. 겐지는 겐노나이시의 다정한 성격에 이끌려 관심을 가지고 있다가 궁중에서 만날 때마다 말을 걸곤 했다.

이러한 겐노나이시와 유사한 인물상으로는 『이세 이야기』 63단에 '쓰쿠모가미つくも髮' 여자의 이야기가 있다. 옛날에 나이 많은 여자가 세 아들에게 다정한 남자를 만났다는 꿈 이야기를 하자, 다른 아들들은 가볍게 무시하는데 셋째 아들은 지극한 효심을 가지고 풍류인 아리와라 나리히라在原業平를 만나게 해 주었다. 이후 나리히라가 찾아오지 않자, 여자는 그의 집으로 찾아가 엿보고 있었다. 이를 눈치 챈 나리히라는, '백년에서 일년 모자라는 대단히 나이 많은 여자가 나를 사랑하는 것 같다. 그 모습이 환상이 되어 보이구나.百年に一年たらぬつくも髮われを恋ふらしおもかげに見ゆ'(p.165)라고 읊고 여자의 집으로 가려고 했다. 이에 노파는 가시와 탱자나무에 걸리는 것도 아랑곳 하지 않고 집으로 돌아가 기다린다는 것이다. 원래 '쓰쿠모가미'란 백발을 의미하는데, 여기서는 99살이나 되는 나이 많은 여자가 풍류인 나리히라를 연모하자 남자가 연민의 정으로 함께 자 주었다는 것이다. 이야기의 마지막에는 이상적인 이로고노미色好み는 자신이 좋아하는 여자이건 아니건 차별 없이 대한다고 기술하고 있다. 이 논리는 겐지와 스에쓰무하나에게도 적용되는데, 나이 많은 여자가 다감한 이성에 대해 절망적으로 집착하는 것을 희화화하여 설정한 이야기이다.

『겐지 이야기』의 紅葉賀巻에서, 어느 날 궁중에서 우연히 만난 겐지와 겐노나이시는 와카를 증답한다.

이러쿵저러쿵 말씀하시는 것도 어울리지 않는 상대이기에, 다른 사람이 볼 세라 입을 다물고 있었는데, 여자는 전혀 개의치 않고,

당신이 오신다면 길들인 말에게 풀을 베어 대접하지요. 저는 한창 때가 지난 사람이지만요.

라고 말하는 모습이 더할 나위 없이 요염했다.

"조릿대를 헤치고 당신을 만나면 비난받지는 않을까요. 당신에겐 언제나 남 자들이 따르겠지요.

귀찮아질 듯하여."라고 하며, 일어서는 겐지의 소매를 잡고, 〈겐노나이시〉

"아직 이렇게 애절한 기분을 느낀 적이 없어요. 이 나이가 되어 창피한 일입 니다."라고 하며 우는 모습은 좀 과장되게 보였다.

何くれとのたまふも、似げなく、人や見つけんと苦しきを、女はさも思ひたらず。

〈典侍〉君し來ば手なれの駒に刈り飼はむさかり過ぎたる下葉なりとも

と言ふさま、こよなく色めきたり。

〈源氏〉「笹分けば人や咎めむいつとなく駒なつくめる森の木がくれ

わづらはしさに」とて、立ちたまふをひかへて、〈典侍〉まだかかるものをこそ思ひ はべらね。今さらなる身の恥になむ」とて、泣くさまいといみじ。

(紅葉賀①337-338)

겐노나이시는 이미 풍류인 겐지에 관한 모든 정보를 알고 대응하는 것 으로 볼 수 있다. 자신의 나이를 잊고 오로지 이상적인 풍류인이라고 하는 겐지와 사랑을 한번 해보겠다는 일념이다. 이에 겐지가 나중에 편지를 보 내겠다고 하지만, 다시 쫓아가 옷자락에 매달리는 형국이다. 한편 겐지는 복잡한 문제가 발생할까 우려하면서도 한편으로는 연민의 정을 느낀다. 그러나 겐노나이시는 오로지 겐지만을 생각하고 자신을 만나주지 않음을 원망하자, 겐지는 연민의 정으로 조금씩 마음을 열게 된다. 이런 사실을 알 게 된 겐지의 친구인 두중장頭中将은 자신도 겐노나이시와 같은 여성과 한 번 사겨 보자는 경쟁심에서 서로 가까운 사이가 된다.

다음은 두중장이 겐지가 겐노나이시를 만난다는 정보를 포착하여 두 사 람이 자고 있는 방으로 침입하여 칼을 뽑아 골려주는 대목이다.

겐지는 자신이 누구인지 모르게 빠져나갈 생각을 하고 있지만, 이 단정치 못한 차림으로 모자도 찌부러진 채 달려가는 뒷모습을 상상하면 정말 우스꽝스러울 것이라 생각하니 망설여졌다. 두중장은 어떻게 해서든지 겐지에게 들키지 않으려고 생각해서, 아무 말도 하지 않고 무섭게 화난 표정으로 칼을 뽑아들었다. 겐노나이시는 '우리 도련님, 우리 도련님'하며 앞에 앉아 손을 싹싹 비비자, 두중장은 하마터면 웃음을 터트릴 뻔 했다. 애교가 넘치고 젊게 꾸미고 있는 외관은 그렇다 치더라도 57, 8세의 노녀가 맨살을 드러내고 당황해 하며 큰 소리로 비는 모습, 그것도 20살 전후의 말할 나위없는 젊은 귀공자들 사이에서 부들부들 떨고 있는 것은 꼴이 말이 아니다. 두중장은 이렇게 전혀 다른 사람처럼 행동하여 정말 무서운 형색을 취하고 있지만, 겐지는 재빨리 알아채고 자신임을 알고 일부러 이런 몹쓸 장난을 한다고 생각하니 우스꽝스러워졌다. 겐지는 두중장이라는 것을 알게 되자 너무나 황당하여 칼을 잡은 팔을 세게 꼬집었다. 이에 두중장은 탄로가 난 것이 억울했지만 참을 더 이상 수 없어 웃음을 터트렸다.

誰と知られで出でなばやと思せど、しどけなき姿にて、冠などうちゆがめて走らむ後手思ふに、いとをこなるべしと思しやすらふ。中将、いかで我と知られきこえじと思ひて、ものも言はず、ただいみじう怒れる気色にもてなして、太刀を引き抜けば、女、「あが君、あが君」と向ひて手をするに、ほとほど笑ひぬべし。好ましう若やぎてもてなしたるうはべこそさてもありけれ、五十七八の人の、うちとけてもの思ひ騒げるけはひ、えならぬ二十の若人たちの御中にて物怖ぢたるいとつきなし。かうあらぬさまにもてひがめて、恐ろしげなる気色を見すれど、なかなかしるく見つけたまひて、我と知りてことさらにするなりけりとをこになりぬ。その人なめりと見たまふに、いとをかしければ、太刀抜きたる腕をとらへていといたう抓みたまへれば、ねたきものから、えたへで笑ひぬ。　　　　　　(紅葉賀①342-343)

두중장은 겐지가 겐노나이시와 함께 있다는 것을 알고 골려줄 목적으로 방에 침입했다. 겐지는 겐노나이시의 애인이라는 소문이 있었던 수리대부 修理大夫가 온 줄 알고 입장이 난처해 졌다고 하며 원망하지만 이미 때는 늦었다. 겐지는 도망치려고 하다가 이런 몰골로 달리게 될 자신의 모습이 '대단히 우스꽝스러울 것'이라고 생각하고 단념한 후에, 칼을 든 두중장 앞에

서 무안해 하고 있었던 것이다. 『겐지 이야기』 전체에서 칼太刀의 용례는
단 5예인데, 실제로 칼을 뽑는 장면은 이 대목과 유가오夕顔권에서 귀신을
쫓기 위해 뽑는 경우이다. 이러한 시대배경 하에서 칼을 뽑은 상대가 두중
장이라는 것을 알아채기까지 얼마나 시간이 길게 느껴졌을까 짐작하고 남
음이 있다.

　한편 겐노나이시는 나이는 들었지만 이런 문제를 잘 해결하지 못하고
오히려 겐지에게만 매달려 있다. 겐노나이시는 평소에 우아한 연애를 좋
아한다는 소문이 나있는 여성이었는데, 두중장의 위협 앞에서 손을 싹싹
비비는 우스꽝스러운 모습을 연출하고 있는 것이다. 즉 겐지와 겐노나이
시 두 사람 다 평소에는 각각 이상적인 풍류인이었지만, 이 대목에서는 희
화화되어 해학적인 인물로 조형되어 있다고 할 수 있다. 이로 인해 독자들
은 겐지와 같은 이상적인 인물의 실수와 실패담에 웃음과 함께 카타르시
스를 느끼게 된다.

5. 우스꽝스러운 近江君

『겐지 이야기』玉鬘十帖 중의 한 권인 常夏卷에서 내대신(이전의 두중
장)은 오랜 동안 모르고 있었던 오미노키미近江君라고 하는 딸을 저택으로
맞이한다. 그런데 오미노키미는 천박하고 우스꽝스러운烏滸 행동으로 내
대신의 입장을 난처하게 한다. 이에 내대신은 오미노키미를 딸 고키덴 뇨
고弘徽殿女御에게 맡겨 교육을 시키려 한다. 오미노키미의 용모는 내대신을
닮아 귀여운 면도 있었으나, 쌍륙双六 놀이를 좋아하고, 말이 빠르고, 사투
리를 쓰고, 조심성이 없는 가벼운 행동을 하고, 와카에 대한 소양이 없는
점 등으로 귀족사회의 주변 사람들에게 웃음을 사는 인물로 희화화되어
있다.

　다음은 常夏卷에서 내대신이 고키덴 뇨고에게 맡긴 오미노키미의 방을
찾아갔을 때 목격하게 되는 장면이다.

　　내대신은 고키덴 뇨고에게 들린 김에 그대로 오미노키미의 방으로 가서 안

을 엿보자, 발을 밀어내듯이 높이 올리고 고세치노키미라고 하는 세련된 젊은 시녀와 함께 쌍륙 놀이를 하고 있었다. 계속해서 손을 모아 '작은 눈, 작은 눈'이라고 하며 기원하는 말투는 너무나 빨랐다. 내대신은 "아 한심하구나." 라고 생각하며, 수행하는 부하가 벽제를 하려는 것도 손을 흔들어 중지시키고, 계속해서 여닫이문의 좁은 틈으로 안쪽의 열려있는 장지문을 통해 방안을 들여다보고 계셨다.

やがて、この御方のたよりに、たたずみおはしてのぞきたまへば、簾高くおし張りて、五節の君とて、されたる若人のあると、双六をぞ打ちたまふ。手をいと切におしもみて、〈近江の君〉「小賽、小賽」と祈ふ声ぞ、いと舌疾きや。あな、うたてと思して、御供の人の前駆追ふをも、手かき制したまうて、なほ妻戸の細目なるより、障子の開きあひたるを見入れたまふ。　　　　　　　　　(常夏③242-243)

오미노키미는 시녀와 쌍륙 놀이를 하면서 상대에게 '작은 눈'이 나오도록 빠른 말투로 기원하고, 상대의 시녀 또한 '돌려 줘요, 돌려 줘요.'하고 응수한다는 것이다. 이를 엿보고 있던 내대신은 오미노키미가 특별히 예쁜 얼굴은 아니었지만 귀여운 면도 있어, 역시 피는 속일 수 없는 것인지 자신과 닮은 것을 숙명이라 생각한다. 그리고 대화를 나누는 중에도, 오미노키미는 오랜 세월이 지나 어렵게 아버지를 찾았는데 자주 뵙지 못하는 깃은 쌍륙에서 좋은 눈이 안나오는 것과 같다는 저속한 비유를 한다. 이에 내대신은 오미노키미가 보통의 시녀들과는 달리 자신의 딸이기 때문에 세상의 체면이라는 것이 있다는 것을 완곡하게 이야기한다.

다음은 이어지는 내대신과 오미노키미의 대화인데, 두 사람에 대한 우스꽝스러움과 희화화가 잘 나타나 있다.

"뭐 그런 것은, 대단하게 생각해서 근무를 한다면 정말 힘들겠지만. 화장실 청소하는 일이라도 하겠습니다."하고 말씀드리자, 대신은 참을 수가 없어 웃음을 터트리며, 〈내대신〉 "그것은 어울리지 않는 역할이로구나. 이렇게 어렵게 만난 부모에게 효도를 하려는 마음이 있다면 너의 그 말하는 말투를 좀 천천히 해줘. 그러면 내 수명도 길어질 것이야."라고 했다. 좀 우스꽝스러운 대신인지라 쓴웃음을 지으시며 말씀하신다.

〈近江の君〉「何か、そは。ことごとしく思ひたまへてまじらひはべらばこそ、ところ
せからめ。大御大壺とりにも仕うまつりなむ」と聞こえたまへば、え念じたまはで、
うち笑ひたまひて、〈内大臣〉「似つかはしからぬ役ななり。かくたまさかに逢へる
親の孝せむの心あらば、このもののたまふ声を、すこしのどめて聞かせたまへ。
さらば命も延びなむかし」と、をこめいたまへる大臣にて、ほほ笑みてのたまふ。

（常夏③244）

오미노키미가 시녀로서 변소 청소라도 하겠다고 하자, 내대신은 자신의
딸에게 어울리지 않는 역할이라고 하면서, 그보다도 말투를 좀 천천히 해
주는 것이 효도하는 길이라고 한다. 오미노키미는 말투란 태어날 때부터
의 습관이지만 차츰 고치겠다고 대답한다. 내대신은 이렇게 노골적으로
말하는 오미노키미를 우스꽝스럽게 놀리고 있는 것이다. 또한 음수율이
맞지 않은 와카를 읊고, 고키덴 뇨고에게 보낸 편지에서도 '어떻게든 만나
고 싶다.'라는 와카를 가의歌意와 관계없는 지명만 많이 늘어놓기도 한다.
뇨고의 시녀들은 오미노키미의 황당한 와카를 보고 비웃고 그 수준에 맞
는 답가를 보낸다.

이러한 오미노키미의 행동과 교양은 헤이안 시대 귀족들의 미의식과는
전혀 상반되는 것이었다. 오미노키미의 빠른 말투에 대해 아버지인 내대
신조차도 한심하다고 느낄 정도였으니 궁중을 비롯한 좁은 귀족사회에서
는 모르는 사람이 없을 정도로 조소의 대상이 된다. 그러나 오미노키미 자
신은 내대신이 '농담으로 대화를ニ言に'(③246)한다는 사실조차도 알아채지
못할 정도로 귀족사회의 웃음거리가 된다.

그리고 若菜下卷에서도 오미노키미는 아카시明石 집안의 손자가 동궁이
되었다는 행운을 전해 듣고, 주사위를 던질 때의 기원으로 '아카시 비구니,
아카시 비구니明石の尼君、明石の尼君'(④176)라고 했다는 등, 언제까지나 우스
꽝스러운 인물로 조형되어 있다. 또한 오미노키미의 인물조형은 같은 내
대신의 딸로 히카루겐지가 양육하고 있는 다마카즈라玉鬘의 우아한 교양
과 대비되어 더욱 극명하게 드러난다. 즉 오미노키미의 교양 없는 행동이
나 말투나, 내대신이 의도적으로 자신의 딸을 놀리는 것 또한 희화화의 대
상이 되고 있다는 것을 확인할 수 있었다.

6. 결론

상대에서 헤이안 시대 문학에 나타난 골계담의 계보를 살펴보고, 『겐지 이야기』의 세 인물 스에쓰무하나, 겐노나이시, 오미노키미의 용모나 호색적인 마음, 우스꽝스러운 행위 등이 어떻게 희화화되어 있는가를 고찰해 보았다. 신화전설에서는 희화화된 인물이 왕권을 보호하고 인간의 운명과 생명이 유한하다는 논리를 설명하는 경우도 있지만, 헤이안 시대 문학에서는 단순히 웃음을 자아내는 경우가 많았다.

골계담의 범주에 들어가는 인물로는 『古事記』의 아메노우즈메에서 『곤자쿠 이야기집』의 헤이주에 이르기까지 실로 다양한 남녀 주인공들이 희화화되어 있다. 『古事記』의 이와나가히메에 비유될 수 있는 스에쓰무하나, 『이세 이야기』의 쓰쿠모가미와 같은 노녀인 겐노나이시는 각각 희화화된 인물이지만, 이러한 여성에 대해서도 책임을 지는 히카루겐지를 이상적인 풍류인으로 조형하고자 하는 논리를 읽을 수 있다. 내대신의 딸 오미노키미는 철저히 희화화된 인물로 조형되어, 히카루겐지가 양육하고 있는 다마카즈라의 교양과 미의식과 대비되어 귀족사회 전체를 상대화시키고 있다. 즉 모노가타리에서는 우아한 풍류인 귀족들이 희화화되고 우스꽝스러운 용모나 행동을 함으로써 가치관이 전도되고 귀족사회가 상대화됨으로써 독자의 카타르시스를 유발하게 되었다고 생각된다.

헤이안 시대까지의 해학담은 우아한 귀족사회의 문학을 희화화시키고 반질서적인 행위로 그리고 있다. 또한 『쓰쓰미추나곤 이야기』에서 노파를 보쌈해오는 남자나, 『古本說話集』에서 헤이주가 먹물을 얼굴에 칠하는 이야기 등, 귀족들이 생성하는 웃음거리는 독자들의 흥미와 카타르시스를 유발했을 것으로 생각된다. 즉 귀족사회의 등장인물이 세상의 웃음거리가 되어서는 안 된다고 의식할수록 신분의 상대화는 가속화되었을 것으로 생각된다. 그리고 중세로 내려가면서 해학담은 더욱 늘어나고 점차 하나의 문학 장르로 자리 잡게 된다.

▌ Key Words   紫式部, 滑稽譚, 烏滸, 戲畫化, 好色, 笑い

제6부
유리와 재회의 논리

다마카즈라(『豪華源氏絵の世界 源氏物語』, 学習研究社, 1988)

겐지 이야기의 전승과 작의

379

제1장

『겐지 이야기』에 나타난 계모자담의 전승

1. 서론

『겐지 이야기』에는 수많은 선행 이야기의 話型이 용해되어 작자인 무라사키시키부의 허구세계가 창조되어 있다고 할 수 있다. 그러나 고대 전승되어 온 화형이 유형적으로 기본형을 지키면서 변형되고 초극超克된 형태로 내재함으로서, 『겐지 이야기』의 독창성이 재창조되었다고 생각된다. 그러한 화형 중에서도 계모자담継母子譚은 귀종유리담의 바리에이션으로서 등장인물의 인간관계를 보다 극적으로 묘사하게되어, 인간의 운명과 숙세, 流離 등을 그리고 있다.

계모자담은 서양의 신데렐라담 외에도 전세계적으로 유포되어 있는 화형으로, 엘렉트라 콤플렉스나 에디푸스 콤플렉스가 그 심층에 깔려 있다고 생각된다. 『時代別国語大辞典』상대편에 의하면 〈継〉라는 의미를 '접두어, 실제의 친자, 혹은 형제관계가 아님. 친부모 자식 관계가 아닌 사이나 배다른 경우를 말한다.'라고 정의하고 있다. 즉 계모자담이란, 『和名類聚抄』(源順 編, 931-938)에서 계부를 万万知知로, 계모를 万万波波로 만요가나万葉仮名 표기를 하고 있는 것처럼, 계부모의 계자에 대한 학대와 갈등을 주제로 하고 있는 이야기이다. 물론 이 화형은 여성의 질투심이 근본동

---

1   上代語辞典編修委員会, 『時代別国語辞典』上代編, 三省堂, 1983, p.690.

기가 되고 있지만, 그 시대의 사회적인 배경과 향수자의 독서체험에 의해서 死=再生이라고 하는 통과의례적인 문학으로서의 역할이 그 주제라고 할 수 있다.

계모자담에 대한 선행연구는 다방면의 접근방법이 있으나, 대표적인 민속학적인 연구로 関敬吾[2], 高崎正秀[3], 헤이안 시대 및 중세의 모노가타리, 옛날 이야기昔話 등에 대한 연구로는 藤村潔[4], 三谷栄一[5], 神作光一[6], 堀内秀晃[7], 森田実歳[8], 松本隆信[9], 石川徹[10], 市古貞次[11], 三谷邦明[12], 神野藤明夫[13], 日向一雅[14] 등이 있다. 이 중에서 특히 헤이안 시대의 연구는 각각의 모노가타리에 대한 작품론, 선행작품의 전승관계, 그리고 화형의 변형 및 초극, 그 유형에 대한 연구로 대별할 수 있다.

본고에서는 계모자담의 유형을 통시적, 공시적으로 비교 고찰하고[15], 『겐지 이야기』의 인간관계 속에서 어떻게 변형되어 있고, 超克되어 있는가를 분석하고자 한다. 이러한 『겐지 이야기』의 화형의 전승과정을 확인하므로써 당시의 향수자들이 계모자담에 대해서 어떠한 의식을 가지고 있었는지를 규명하고, 무라사키시키부의 창의성과 모노가타리의 논리를 재조명하고자 한다.

2 関敬吾, 「婚姻譚としての住吉物語」(『関敬吾著作集』 4, 同朋舎出版, 1980)
3 高崎正秀, 「民俗学より見たる落窪物語」(『平安朝物語』III, 有精堂, 1979)
4 藤村潔, 『古代物語研究序説』笠間書房, 1977..
5 三谷栄一, 『物語史の研究』有精堂, 1967.
6 神作光一, 「源氏物語が落窪物語から受けたもの」(『国文学』至文堂, 1968. 5月)
7 堀内秀晃, 「落窪物語の方法」(『国語と国文学』東大国語国文学会 1959. 4月)
8 森田実歳 「落窪物語論考」(『平安朝物語』III, 有精堂, 1979)
9 松本隆信, 「住吉物語以後」(『平安朝物語』III 有精堂, 1979)
10 石川徹, 「継子ものとその周邊」(『国文学』学灯社, 1967. 12月)
11 市古貞次, 『中世小説の研究』東大出版会, 1955. 12月.
12 三谷邦明, 「継子もの〈世界と日本〉」(『国文学』至文堂, 1974. 1月)
          「平安朝における継母子物語の系譜」(『平安朝物語』III, 有精堂, 1979)
          「落窪物語の方法」(『平安朝物語』III, 有精堂, 1979)
13 神野藤明夫, 「継子物語の系譜」(『講座源氏物語の世界』第二集, 有精堂, 1980)
14 日向一雅, 『源氏物語の主題』桜風社, 1983.
          『源氏物語の王権と流離』新典社, 1989.
15 継母子譚의 유형은 拙稿 「継子苛め譚の伝承と『源氏物語』」(『新韓学報』〈第22号〉新韓学術研究会, 東京 1986) 참고.

2. 계모자담의 類型

계모자담에 대해서 민속학적인 연구를 하고 있는 関敬吾에 의하면, 전 세계에 퍼져있는 화형은 '대충 계산해도 1,000가지 정도는 있을 것이다. 농담의 차는 있겠지만, 이 이야기가 없는 나라는 없을 것이다. 일본에서도 10년 정도 전에 조사했을 때 64화였으나, 그로부터 채집도 발달하고, 최근 정리 안된 채로 방치되어 있는 자료가 상당수에 달하고 있다.'[16]고 지적했다. 그리고 영국인 Marian Rolfe Cox 의 고증에 의하면 '이 설화는 유럽과 근동에서, 합계 345종의 대동소이한 전설이 있다.'[17]고 기술할 정도이다. 또한 일본의 모노가타리에 한정하더라도, 神野藤昭夫가 무로마치 시대에 이르는 모노가타리物語 중에서 계자 이야기 종류를 헤아리자 40가지 정도에 달했다[18]고 분석했다.

현존하는 최고의 계모자담은 9세기 중엽 무렵, 당나라의 段成式이 지은 『유양잡조酉陽雜組』의 속집권1의 875화 葉限의 전설이다. 이 이야기의 유형은 전처의 딸에 대한 부친의 지극한 사랑, 계모에 의한 학대, 비호자의 출현, 귀공자와의 행복한 결혼, 계모에의 복수라고 하는 전형적인 계모자담이라고 할 수 있다. 특히 신데렐라담과 공통인 기본구조의 하나는, 구두를 잊어버리는 사건에 의해서 陀汗国王과 혼인이 이루어져 행복하게 살게 되는 일이다. 今村与志雄는 『酉陽雜組』의 역주에서[19], 이 전설은 서양의 신데렐라담이 중국에 전해졌을 것이라는 楊憲益의 학설을 인용하고 있다. 그러나 계모가 계자를 학대하는 가정비극의 이야기 자체는 당나라에도 있었던 소재일 것이고, 계모자담의 세계적인 분포도를 생각하면 전승관계를 단언하는 것은 무리가 있을 것으로 생각된다.

한국의 계모자담에는 『콩쥐 팥쥐』, 『薔花紅蓮伝』, 『金月香伝』, 『魚竜伝』, 『鄭之善伝』, 『張風雲伝』, 『陳大方伝』 등이 있다. 이들 이야기는 화형의 기

---

16 関敬吾, 「落窪とシンデレラ」(『日本古典文学全集』 月報19, 小学館, 1972)
17 段成式著, 今村与志雄 訳註 『酉陽雜組』4卷, 平凡社, 1981. p.110.
18 神野藤昭夫, 上掲書, p.70.
19 段成式, 今村余志雄 訳註, 上掲書, pp.40-41.

본구조가 조금씩 변형되어 있는데 가장 전형적인 계모자담으로는 『콩쥐 팥쥐』를 들 수 있다. 전처의 딸인 콩쥐가 계모에게 학대를 받지만 초자연적인 비호자들이 도움을 준다. 콩쥐는 선녀가 준 신발을 신고 외가집에 가다가 한쪽 신을 잃어버리게 되는데, 이 실화사건失靴事件으로 인하여 행복한 결혼을 하게 된다. 그리고 콩쥐의 행복과 결혼을 질투하는 팥쥐와 계모에게는 복수가 이루어진다. 한국의 계모자담 중에서 『콩쥐 팥쥐』 이야기는 신데렐라담에 가까운 유형이라 할 수 있다.

일본에는 헤이안 시대의 모노가타리 문학, 중세의 소설, 동화 오토기조시お伽草子, 그리고 구비문학인 옛날 이야기昔話 등에 전형적인 계모자담이 많이 있다. 그 중에서 가장 신데렐라담에 가까운 것은 『米福粟福』이다. 이 이야기는 전처의 딸인 고메후쿠米福가 계모에게 학대를 받게 되지만, 초자연적인 비호자들에게 도움을 받아 구혼자를 만나 행복한 결혼을 하게 된다. 그러나 이 이야기에 신발을 잃어버리는 失靴事件은 나오지 않는다. 그런데 関敬吾에 의하면, 일본의 옛날 이야기에도 단 한 용례이지만 떨어뜨린 구두로 인해서 혼인의 매개가 되는 이야기가 존재한다[20]고 한다. 그러나 이야기의 전환점이 되는 실화사건이 신데렐라담이나, 葉限의 전설, 『콩쥐 팥쥐』에는 분명히 나타나 있으나, 일본의 모노가타리나 동화 등에는 거의 나타나지 않는다. 특히 헤이안 시대의 모노가타리에 실화사건이 전혀 나타나지 않는다는 것은, 이 하형이 일본 국내의 자생적 동기에 의해 전승되었을 것이라고 생각된다.

『酉陽雜俎』의 전설이 서양의 신데렐라담으로부터의 영향이라면 두 계모자담의 핵심적인 사건은 실화사건이고 이를 통해 전승관계를 규명할 수 있을 것으로 생각된다. 그런데 한국의 계모자담에도 『콩쥐 팥쥐』와 같이 실화사건이 있는 이야기와, 『薔花紅蓮伝』처럼 실화사건이 없는 이야기도 있어 일률적으로 영향관계를 추정하기는 어렵다.

왜 실화사건이라고 하는 모티브를 중요하게 생각하는가 하면, 계모에게 학대를 받는 주인공이 구두를 잃어버리는 사건이 인연이 되어 행복한 결혼을 하게 되는 것이 계모자담의 구성요소 가운데에서 가장 특징적인 복

---

20 関敬吾, 「糠福米福の昔話」(『関敬吾著作集』4, 同朋舎出版, 1980) p.110

선이 되고 하나의 전환점이 되기 때문이다. 즉 세계의 계모자담의 영향관계에 대한 연구를 하는 경우에 실화사건의 유무에 따라 그 영향관계를 파악할 수 있지 않을까 생각된다.

市古貞次는 계모자담의 기본구조를 15개의 작품을 대상으로, ⑴친모의 죽음, 계모가 들어옴 ⑵애인, 약혼자가 생김 ⑶계모의 박해 ⑷의붓딸의 고난, 구조 ⑸친모 혼령의 가호 ⑹의붓딸의 동정 ⑺약혼자의 고심 ⑻신불의 가호 ⑼재회, 결혼 ⑽상벌, 응보[21]의 10개 항목을 들어 분석했다.

이에 대해 関敬吾는『糠福米福』의 기본형식을『스미요시 이야기』의 유형과 비교하기 위해, A.학대 B.비호 C.과제 D.원조자 E.제장祭場 F.구혼 G.결혼 H.징벌[22] 등 8개 항목으로 분류하고 있다.

이와 같은 옛날 이야기 계통의 계모자담과는 달리 日向一雅는 헤이안 시대의 모노가타리를 중심으로, A.계모의 박해 B.계자의 유리 C.영험과 구출 D.결혼과 번영[23]의 네 가지 점을 들고 있다.

이상에서 볼 수 있듯이 계모자담의 기본형식은 통과의례의 성녀식과 관련된 작품인 만큼 계자의 고난과 시련이 끝나면 해피 엔드로 결말을 맺게 된다는 공통의 특징이 있다. 그러나 계모자담은 작품의 생성과정과 작가의 성장환경 등에 따라서 적용되는 구성요소나 범위도 달라진다고 할 수 있다. 예를 들면 헤이안 시대의『오치쿠보 이야기』나『스미요시 이야기』의 경우는 구혼자가 나타난 이후의 이야기에 중점이 있는데 비해서, 중세 이후의 계자 이야기나 동화, 옛날이야기 등에서는 계모의 박해와 계자의 유리 과정 등 전반부가 주된 테마로 되어있다. 市古貞次는 그 이유에 대해서 '헤이안 시대의 상류귀족사회에서는 일부다처가 인정되고 있었기 때문에, 일부일처제에서의 전처 후처의 경우처럼 심각한 계자학대는 적고, 게다가 우아한 조화로운 미를 사랑한 상류귀족은 추악한 것이나 일상의 실생활을 그대로 그리는 것을 좋아하지 않았던 것이다.'[24]라고 지적했다.

즉 신데렐라담에 더 가까운 화형은 헤이안 시대의 모노가타리 보다도

21 市古貞次, 上揭書, p.100.
22 関敬吾,「婚姻譚としての住吉物語」上揭書, pp.133-134.
23 日向一雅『源氏物語の主題』桜風社 p.221.
24 市古貞次, 上揭書, pp.90-91.

중세의 옛날이야기 계통이라고 할 수 있다. 중세의 무가사회에서는 일부
일처를 단위로 한 가족제도 하에서 전처가 남긴 자녀에 대한 아버지의 특
별한 애정은 후처의 질투심을 자극하게 되고, 계자를 학대하는 것이 계모
자담의 소재가 되었을 것으로 생각된다. 그런데 헤이안 시대의 모노가타
리에서는 계모자담이 대체로 연애담, 결혼담 속에 기본형식이 내재된 형
식으로 전승되고 있다. 이하『겐지 이야기』전후의 헤이안 시대 모노가타
리를 중심으로 계모자담의 기본형식과 특징, 그리고 전승관계를 고찰해
보기로 한다.

3.『源氏物語』전후의 계모자담

『겐지 이야기』의 蛍巻에는 '계모의 심보 나쁜 옛날이야기도 많지만, 그
것은 계모의 마음이란 이러한 것이란 점을 나타내게 되어 좋지 않다고 생
각하시어, 엄중히 선별하여 정서시키고 그림으로도 그리게 하시는 것이었
다.継母の腹きたなき昔物語も多かるを、心見えに心づきなしと思せば、いみじく選りつつなむ、書
きととのへさせ、絵などにも描かせたまひける'(蛍巻③216)라는 기사가 있다. 이는 즉
헤이안 시대를 전후하여 다수의 계모자담이 유포되어 있었고 계모는 좋지
않다라는 고정관념이 있었다는 것을 알 수 있다. 또한 히카루겐지는 딸 아
카시노히메기미明石姫君의 계모가 되는 무라사키노우에의 입장을 고려하
여, 연애 이야기와 계모자 관계의 이야기는 제외시키고 모노가타리를 엄
선해서 정서하고 그림으로도 그려서 읽게 했다는 것이다. 그러면 왜 히카
루겐지는 그렇게까지 하여 아카시노히메기미에게 모노가타리를 읽히려
고 하였을까. 그 이유는 아카시노히메기미 스스로가 계모인 무라사키노우
에에게 요구하고 있고, 겐지도 다마카즈라와의 모노가타리物語 논쟁에서
허구의 모노가타리 속에 오히려 진실이 담겨있다고 생각하고 있었고, 모
노가타리가 결혼 적령기의 여성에게 통과의례였기 때문이다.

현존하는 계모자담의 모노가타리 가운데서 가장 오래된 작품은『오치
쿠보 이야기』이다. 三谷邦明는『오치쿠보 이야기』에 대해서 '하급 궁녀를
주된 독자층으로 쓴 말하자면 대중 모노가타리라고 할 만한 작품'[25]이라고

지적했다. 즉 계모자담은 당시의 성인 성녀식 전후의 여성들이 통과의례로서 필히 읽어야 하는 필독서였던 것이다.

　清少納言은 『마쿠라노소시枕草子』 274단에서 헤이안 시대의 『오치쿠보 이야기』 독자로서 기록을 남기고 있다.

> 가타노 소장을 비난한 오치쿠보 소장 등은 풍류인이다. 어제 밤, 그저께 밤 연이어 찾아갔기에 정취있다. 비오는 날 밤에 여자를 찾아가서 발을 씻은 것은 운치없다. 아마도 지저분했을 것이다.
> 交野の少将もどきたる落窪の少将などはをかし。昨夜、一昨日の夜もありしかばこそ、それもをかしけれ。足洗ひたるぞ、にくき。きたなかりけむ.'[26]

(pp.427-428)

　이 기술은 계모자담과 관련지어 이야기한 것은 아니지만, 헤이안 시대에 『오치쿠보 이야기』를 읽은 독자로 확인할 수 있다. 『오치쿠보 이야기』는 의붓자식인 오치쿠보노키미는 아버지인 중납언 미나모토 다다요리源忠頼의 전처 딸인데, 계모는 오치쿠보노키미를 침전寝殿의 움푹 패인落窪 방에 생활하게 하며 학대하고 소장의 구혼을 질투한다. 그래서 계모는 오치쿠보노키미를 덴노야쿠노스케典薬助라고 하는 노인과 결혼시키려 한다. 이에 소장인 미치요리道頼는 고난과 시련을 겪고 있는 오치쿠보노키미를 구출하여 행복한 결혼을 하고 계모에 대한 복수도 이루어진다. 그러나 오치쿠보노키미는 계모에 대해서 철저한 복수를 원하지 않는다.

　계모의 박해, 오치쿠보노키미의 고난, 구출과 행복한 결혼으로 이어지는 전형적인 계모자담이지만, 화형의 중심은 소장과 오치쿠보노키미가 만난 이후의 연애 이야기가 주된 테마이다. 여기서 오치쿠보노키미가 움푹 패인 방에서 고난을 겪는 과정은 일종의 유리로서, 귀종유리담의 변형이라 할 수 있으며, 『겐지 이야기』의 히카루겐지가 스마에 유리한 것과 같은 화형이라 생각된다. 즉 『오치쿠보 이야기』의 계모자담은 화형의 전반이

25　三谷邦明, 「落窪物語の方法」 上掲書, p.74.
26　松尾聰 他校注, 『枕草子』(『新編日本古典文学全集』 小学館, 2007) p.427. 이하 『枕草子』의 인용은 「新編全集」의 페이지를 표기함.

강조되는 기본유형과는 달리 화형의 후반이 중심이 되어 연애담 속에 포함되어 전승되고 있는 것이다.

현존하는『스미요시 이야기』는 가마쿠라鎌倉 시대에 擬古物語로서 개작된 것이나, 헤이안 시대의 고본은『겐지 이야기』이전의 10세기경에 성립되었다는 것이 통설이다. 고본『스미요시 이야기』는 현재 전하지 않지만, 고본은 아마도『오치쿠보 이야기』보다도 선행하여 계모자담의 화형이 이후의 모노가타리에 많은 영향을 미치고 있어,『다케토리 이야기』와 같은 전기 모노가타리라 할 수 있을 것이다. 대충의 줄거리는 중납언 겸 좌위문독과 황녀의 소생인 스미요시노히메기미는 여덟 살에 친모와 사별한다. 이에 계모는 히메기미와 소장과의 혼담을 방해하는 등 갖가지 박해를 가한다. 특히 70여세가 되는 주계두主計頭로 하여금 스미요시노히메기미를 범하게 하려고 하자, 친모의 유모가 비구니로 있는 스미요시住吉로 피신을 하게 된다. 소장은 하세 관음長谷觀音의 영험으로 스미요시노히메기미가 있는 곳을 알게 되어 행복한 결혼을 하게 되고, 계모는 대납언과 헤어지고 사람들에게 소원해져 있다가 죽게 된다는 것이다.

『겐지 이야기』螢巻에서 다마카즈라는 모노가타리에 열중하여『스미요시 이야기』를 읽다가, 스미요시노히메기미가 계모의 계략에서 벗어나 스미요시住吉에 유리하게 되는 것을 자신이 히젠肥前에서 대부감에게 무리한 구혼을 당했으나 지금은 육주원에 들어와 히카루겐지의 보호를 받고 있는 처지와 대비하여 생각하고 있다. 즉『겐지 이야기』에서 다마카즈라 이야기는『스미요시 이야기』를 염두에 두고 구상이 되었다는 것을 명백히 하고 있는 것이다.

또한『마쿠라노소시』의 199단에서 '모노가타리는 스미요시, 우쓰호····物語は住吉。宇津保····'(p.336)에서도 알 수 있듯이, 당시의 가장 대표적인 모노가타리가『住吉物語』였던 것이다. 현존하는 이본의 최대공약수가 古本에 있다고 한다면, 고본『스미요시 이야기』는 계모자담의 원조라 할 수 있을 것이다. 가마쿠라鎌倉 시대의 모노가타리 평론서인『無名草子』에서도『겐지 이야기』의 작자인 무라사키시키부에 대해서 '겨우『우쓰호』, 『다케토리』,『스미요시』등을 모노가타리로서 읽은 정도로 그만한 걸작을 만든 것은 범부의 행위로 생각할 수 없는 일이다.わづかに『宇津保』『竹取』『住吉』な

どばかりを、物語とて見けむ心地に、さばかりに作り出てけむ、凡夫のしわざともおぼえぬことな
り'[27]라고 했다. 『스미요시 이야기』의 계모자담이 『겐지 이야기』에 미친 영향을 시사하며 무라사키시키부의 비범함을 평가한 대목이다. 즉 무라사키시키부는 『스미요시 이야기』 등의 선행 모노가타리를 탐독했다는 것이며, 등장인물인 다마카즈라 스스로를 스미요시노히메기미에 비유할 정도로 『스미요시 이야기』의 화형이 변형, 超克, 확대 재생산되어 있다고 생각된다. 또한 스미요시노히메기미가 바닷가인 스미요시住吉에 은거하게 되는 것은 귀종유리담의 바리에이션이라 할 수 있는데, 이 화형은 『겐지 이야기』의 히카루겐지가 스마須磨, 아카시明石의 바닷가에 퇴거하게 되는 것과 같은 유형의 구상이라 할 수 있다.

『우쓰호 이야기』의 忠社卷에서, 우대신 다치바나 치카게橘千蔭의 후처가 의붓아들인 다다코소忠社에게 연정을 품었다가 거절당하자, 계모는 모략을 꾸며 다다코소가 집을 나가게 한다. 원래 고 좌대신 다다쓰네忠経의 부인이었던 계모는 『겐지 이야기』의 겐노나이시源典侍와 같은 호색한 여자인데, 계모의 박해 행위가 사악한 연정을 품는 것으로 변형되어 있다. 즉 계모자담의 기본형식과는 달리 딸이 아들로, 박해가 연정으로 변형된 계모자담의 유형으로 볼 수 있다.

『야마토 이야기』142단은, 죽은 황태자비 언니의 이야기로서, 어린 시절 어머니가 죽고 계모에게서 자라며 마음대로 되지 않는 일이 많았다는 와카를 읊고 있다.

> 이 세상 끝까지 살 수 있는 생명도 아닌데, 괴로운 일이 많아 한탄하는 일이 없으면 좋을 텐데.
라고 읊었다. 또 매화 가지를 꺾어,
> 이 아름다운 향기가 가을에도 변하지 않고 난다면, 봄이 그리워서 생각에 잠길 일도 없을 터인데.
라고 읊었다. 이 분은 대단히 우아하고 아름다웠기 때문에 구혼하는 사람도 많았지만 답장도 하지 않았다.

---

27 桑原博史 校注, 『無名草子』(『新潮日本文学集成』 新潮社, 1982) p.23.

ありはてぬ命待つまのほどばかり憂きことしげく嘆かずもがな

となむよみたまひける。梅の花を折りてまた、

かかる香の秋もかはらずにほひせば春恋してふながめせましや

とよみたまひける、いとよしづきておかしくいますかりければ、よばふ人もいと多か

りけれど、返りごともせざりけり。[28]

계모 밑에서 의붓딸이 마음대로 연애도 하지 못하는 상황을 이야기하고 있다. 두 번째 구에서 봄은 친모를, 가을은 계모를 가리키며, 친모의 사랑을 향기로 비유하고 있다. 의붓딸은 결국 결혼도 하지 못하고 죽게 된다는 이야기인데, 전형적인 계모자담이 아니고 표현은 부드럽지만 계모의 박해와 의붓딸의 시련에서 계모자담의 변형을 엿볼 수 있다.

『쓰쓰미추나곤 이야기堤中納言物語』의 「貝合」 이야기에서는, 의붓딸이 계모의 친딸과 조가비 겨루기貝合(진귀한 조가비를 좌우편에서 형상, 색채 등의 우열을 가리는 놀이)를 하게 되었다. 계모의 친딸과는 달리 후견인이 없어 곤난해 하는 의붓딸을 훔쳐본 장인소장은 동정심으로 적극적인 원조를 해준다. 이 「貝合」 이야기는 계모의 학대나 의붓딸이 유리하는 과정이 생략되고, 의붓딸에게 관심을 가진 장인소장의 원조가 의붓딸에게 희망을 준다. 즉 계모로부터의 직접적인 고난을 표현하는 대신에, 이복자매와의 조가비 겨루기를 통해 의붓딸이 시련을 겪고 있다는 것을 암시하고 있다. 이 이야기도 계모자담의 기본화형에서 벗어나, 연애담이 하나의 단편소설적인 경지에 이르게 된다. 三谷邦明는 「貝合」이야기에 대해 '모노가타리라고 하는 스토리의 문학을 부정, 초극하고, 말하자면 플롯의 문학인 소설적인 작품으로서 자립한 문예'[29]라고 지적했다. 즉 계모자담의 화형이 현대소설의 단편소설과 같은 구상으로 자립한 작품이라는 것이다.

『곤자쿠 이야기집今昔物語集』의 권4 제4화 「拘挐羅太子의 이야기」는 天竺의 불교설화이다. 계모인 帝尸羅叉가 태자를 동경하여 안으려고 했으나,

---

28 片桐洋一 他3人 校注, 『竹取物語 伊勢物語 大和物語 平中物語』(「新編日本古典文学全集」12, 小学館, 1999) pp.361-362. 이하 본문 인용은 「新編全集」의 페이지 수를 표기.

29 三谷邦明, 「継子もの〈世界と日本〉」上掲書, p.50.

태자가 응하지 않기 때문에 대왕에게 참언을 하여 태자를 먼 나라에 보내고, 다시 왕명으로 태자의 두 눈을 도려내게 하고, 그 나라로부터도 다시 추방해 버린다. 나중에 도읍에 다시 들어온 태자가 켜는 거문고의 소리를 들은 대왕이 태자를 만나 비로소 그 사실을 알고 계모를 벌하려 했으나 태자는 만류한다. 그리고 나한이 십이인연의 법을 강론하여 태자의 눈을 낫게 한다. 이러한 화형은 중세의 계모자담에 불교적 영향을 미쳤을 것으로 생각된다.

또한 本朝部의 권19 제29화, 「亀報山陰中納言恩語」는 불교의 보은담과 관련된 계모자담이다. 중납언 후지와라 야마카게藤原山陰가 다자이소치太宰帥에 임명되어 뱃길로 임지로 가던 중에, 계모가 의붓아들을 오줌을 누이듯이 해서 바다에 빠뜨려 버렸다. 하지만 이전에 야마카게가 스미요시住吉 신사에 참배하는 도중에 가마우지로 물고기를 잡는 사람에게 자신의 옷을 벗어주고 바다에 방생했던 거북에게 도움을 받아 아들이 무사했다는 이야기이다. 화말話末의 평어에 다자이소치의 임기가 끝나고 귀경한 뒤에 이 아들을 승려가 되게 하는데, 죽었던 것과 마찬가지라고 해서 '여무如無'라는 이름을 붙였다고 한다.

『곤자쿠 이야기집今昔物語集』에는 이상과 같은 불교적인 보은 계모자담 외에 권선징악의 사상을 권장하는 전형적인 계모자담도 있다. 권26 제5화 「陸奥国 府官大夫介子語」에는 무쓰 지방陸奥国 대부개의 후처가 심참의 부하를 심복으로 삼아 의붓아들을 살해하려고 했으나, 부하의 실수와 대부개의 동생이 아들을 구출함으로 인하여 실패하고, 사실이 발각이 되어 데려온 딸과 함께 쫓겨나고 만다. 평어에는 '이를 생각하면 계모가 지극히 어리석다. 자기 아이와 같이 양육했더라면 헤매지 않고 봉양도 받았을 텐데.'라고 하여 세인의 비난을 받게 된다. 이 이야기에서는 박해의 과정이나, 구혼과 결혼 등의 유형은 없으나 살해당할 뻔했던 의붓아들의 고난과 구출, 그리고 계모에 대한 징벌을 묘사하고 있어 권선징악사상이 계모자담을 모티브로 하여 나타나 있다.

이상에서 고찰한 작품 외에도, 『堤中納言物語』의 성립이후 『浜松中納言物語』나 『秋月物語』, 『米福粟福』, 『皿皿山』, 『小落窪』, 『岩屋草紙』, 『一本菊』, 『鉢かつぎ』 등의 계모자담은 헤이안 시대말의 단편소설적인 세계

에서 오히려 전형적인 화형으로 복귀한 것으로 보인다. 그 이유는 중세불
교의 영향이나, 권선징악사상의 성행을 들 수 있다. 즉 중세에 개작된『스
미요시 이야기』의 경우는 주인공인 의붓딸이 스미요시에 유리해 있는 것
을 남자 주인공인 소장은 하세 관음에 기원해서 알게 된다. 그리고 권선징
악사상도 중세의 옛날이야기에서는 더욱 더 노골적으로 표현되고, 따라서
계모에 대한 복수의 형태도 헤이안 시대의『오치쿠보 이야기』등과 비교
하면 출가나 죽음 등 훨씬 철저하고 극단적인 종말을 그리고 있다.

4. 貴種流離譚과 계모자담

折口信夫는 일본의 계모자담을 귀종유리담의 분기로[30], 関敬吾는 성년,
성녀식의 통과의례에 대한 반영[31]으로 성립되었다고 지적하고 있다. 즉 계
모자담이란 귀종고대의 영웅이 유리하게 되는 것처럼 계모의 학대에 의해
서 고난과 시련을 겪는 화형이라 할 수 있다. 이러한 사례는 고대의 신화
전설에서 그 근원을 찾을 수 있다. 즉 계모자담이 시대상의 반영이라는 것
은 표면적인 것이고, 시련을 겪음으로서 성인이 되어 가는 하나의 통과의
례이며, 심층심리에 있는 잠재의식의 욕구를 나타낸 화형이라 할 수 있다.

이러한 심층심리익 잠재의식이 가장 현저하게 나타나는 것이 인간의 질
투심이라 할 수 있을 것이다. 특히 후처인 계모가 의붓자식에 대해 갖는 질
투심이 모티브라고 할 수 있는 계모자담은 모노가타리의 향수자가 갖는
심층심리를 그리고 있다. 日向一雅가 헤이안 시대 모노가타리에서 '嫡妻
의 입장에 있는 본처가 후처에 대한 질투의 연장선상에서 의붓자식에 대
한 학대가 시발하였다.'[32]고 지적했듯이 계모가 본처인 경우가 많다. 또한
『겐지 이야기』의 히카루겐지와 다마카즈라의 경우처럼 계부인 경우도 있

---

30 折口信夫, 「小説戯曲文学における物語要素」,(『折口信夫全集』第七集 中央公論社,
1966) p.265.

31 関敬吾, 「通過儀礼としての昔話」(『関敬吾著作集』1, 同朋舎出版 1980)
「民話」(『日本民俗学大系』第10巻, 口承文芸, 1985)

32 日向一雅, 『源氏物語の主題』桜風社 1983. p.225.

지만, 중세소설의 전형적인 계모자담에서는 계모인 경우가 보통이다.

헤이안 시대의 모노가타리 문학에서 후처에 대한 질투의 원천은『고지키古事記』에서 찾아 볼 수 있다.『고지키』상권에는 오쿠니누시노카미大国主神의 정처인 스세리비메須勢理毘売가 질투가 심하여, 후처인 야카미히메八上比売는 낳은 아이를 데리고 이즈모出雲에서 고향인 이나바因幡로 되돌아갔다는 기사가 나온다. 또한 닌토쿠仁徳 천황의 황후인 이와노히메石之日売는 너무 심하게 질투를 하여 시녀들은 천황이 있는 궁전에는 들어가지도 못하고, 평소와 조금이라도 다른 눈치가 보이면 발을 동동 구를 정도였다고 한다. 또한 닌토쿠仁徳 천황이 총애하는 구로히메黒日売가 이와노히메石之日売의 질투를 두려워하여 고향인 기비 지방吉備国으로 돌아가지 않을 수 없게 만들 정도였다. 그리고 황후가 기이 지방紀伊国에 갔을 때 천황이 야타노와카이라쓰메八田若郎女와 결혼하자 궁중으로 돌아오지도 않고 천황을 원망했다고 한다.『古事記』에서는 적처의 후처에 대한 질투가 곧 의붓아들에 대한 학대로까지 진행되지는 않았지만, 여성의 질투라고 하는 심층심리가 계모자담의 모티브가 되었을 것으로 생각된다.

계모자담에서 계자의 유리는 귀종유리담에서 주인공의 유리가 변형된 것이라 할 수 있겠지만, 그 심층에는 질투심이라고 하는 심리가 작용하고 있다고 볼 수 있다. 그러나 귀종유리담의 화형에서 유리나 시련의 계기가 계모의 의붓자식에 대한 박해 때문만은 아니다. 즉『다케토리 이야기』의 가구야히메나『이세 이야기』의 아리와라 나리히라在原業平,『겐지 이야기』의 히카루겐지, 무라사키노우에, 다마카즈라, 우키후네와 같은 모노가타리物語 주인공들은 시대적 배경과 모노가타리의 허구에 의해 변형, 초극된 형태로 유리하게 된다고 할 수 있다.

귀종유리담의 원천으로서는『古事記』의 스사노오노미코토須左之男命나 오쿠니누시노카미大国主神, 야마토타케루倭建 등의 유리를 들 수 있다. 스사노오노미코토는 죽은 어머니가 있는 네노카타스쿠니根之堅州国에 가려고 울다가, 누나인 아마테라스오미카미가 있는 다카마가하라高天原에 올라가 사정을 이야기한다. 하야스사노오는 그곳에서 농경의례에 방해가 되며, 농경사회에서 중죄에 해당하는 논을 황폐하게 하는 등 난폭한 행동을 한다. 이에 아마테라스오미카미가 아메노이와야도天石屋戸에 숨자 암흑의 세상이 된다. 이에 아메노우즈메 등 여러 신들이 협력하여 아마테라스오미카미를 동굴에서 나오게 한 뒤에 하야스사노오를 다카마가하라로부터 추방해 버린다. 다카마가하라에서 추방당한 하야스사노오는 이즈모出雲에 내려가 그곳의 농경의례를 해치는 큰뱀大蛇를 퇴치하고 이즈모를 다스리게 된다. 이 하야스사노오의 유리와 시련은 귀종유리담의 한 유형이지만,『古事記』에서 시련의 극복과정이나 지방의 정복과정은 피비린내 나는 전쟁에 의해서가 아니라, 대개 유리의 주인공과 그 지방 처녀와의 결혼에 의해서 평정되어 버리는 형태로 전개된다. 즉 고대의 귀종유리담에서 유리의 주인공은 호색의 체현자이라고 할 수 있다.

오쿠니누시노카미大国主神는 형제의 신들에게 고통을 당하거나, 根之堅州国에 가서 하야스사노오의 딸인 스세리비메須勢理毘売와 결혼한 뒤에 하야스사노오로부터 많은 시련을 겪으면서 죽음과 재생의 체험을 하게 된다. 그런 후에 다시 하야스사노오로부터 결혼의 축복을 받게 되는데, 이는 바로 통과의례를 체험하는 것으로 귀종유리담의 유형으로 볼 수 있다.

『고지키』中巻에서 야마토타케루倭建가 난폭한 행동을 하자, 아버지인 게이코景行 천황에 의해 조정에서 추방당하여 지방을 유리하다가 죽게 된다. 이는 하야스사노오가 다카마가하라에서 난폭한 행동을 하여 이즈모로 추방당하는 것과 같은 논리이다. 즉 게이코景行 천황은 야마토타케루倭建가 규슈九州의 구마소熊会를 정벌하고 돌아와서 얼마되지 않아 다시 아즈마東国의 12국을 군사도 주지 않고 평정할 것을 명한다. 이에 야마토타케루은 숙모가 되는 이세伊勢 재궁인 야마토히메倭比売에게 가서 '천황은 역시 나 같은 것은 죽으면 좋겠다고 생각하는 것 같습니다.天皇の既に吾を死ねと思ふ所以や'(p.223)하고 불평을 토로한다. 그러자 倭比売가 구사나기노쓰루기草那芸劍와 부싯돌이 들어 있는 보자기를 주며 야마토타케루을 위로하는 것은 친모의 대리역할을 하고 있는 것으로 볼 수 있다. 이후 야마토티케루는 오와리尾張, 사가미相模, 가즈사上総, 시나노信濃 등의 에조蝦夷를 정복한다. 그리고 미야즈히메美夜受比売에게 구사나기노쓰루기를 맡기고 맨손으로 이부키야마伊吹山의 신을 정벌하러 갔다가 병을 얻어 죽게 된다. 즉 검의 가호를 받지 못하자 주력을 잃게 된 것이다. 이 야마토타케루의 이야기는 귀종유리담의 화형이지만 시련과 유리의 원인이 아버지에 의한 추방이라는 점과

숙모가 비호자라는 것은 원시적인 형태의 계모자담적인 요소를 담고 있다
고 할 수 있다.

이상에서 고찰한 것처럼『古事記』의 스사노오노미코토나 오쿠니누시
노카미大国主神, 야마토타케루 등의 영웅이 유리를 하게 되는 것이나, 스세
리비메와 이와노히메의 질투심은 각각 귀종유리담이나 계모자담의 화형
으로 이후의 모노가타리에 지대한 영향을 미치게 된다. 이러한 귀종유리
담의 화형에서는 주인공의 시련과 유리가 반드시 계모의 질투에 연유하는
것은 아니다. 그런데 계모자담의 계자는 계모의 질투와 박해로 인한 유리를
하게 된다. 이는 곧 성녀식의 통과의례를 반영한 것으로 볼 수 있고, 귀종유
리담에서 유리 또한 통과의례의 일종이라고 할 수 있다. 즉 계모자담에서
의 유리는 계모의 박해가 동기가 되지만 귀종유리의 한 형태인 것이다.

헤이안 시대 모노가타리에 있어서 귀종유리담이나 계모자담의 화형이
포함되지 않은 모노가타리는 없을 정도이다. 그러면 왜 이렇게 헤이안 시
대 모노가타리에 많은 계모자담이 삽입되었을까. 그 이유로는 신화, 전설,
선행 이야기 등의 전승관계나, 일부다처제였던 가족제도의 영향도 들 수
있겠지만, 헤이안 시대 모노가타리 문학의 작자와 독자가 대부분 여성이
었다는 점과, 계모자담이 성인식 전후의 통과의례의 문학이었다는 점을
들 수 있다. 그러나 모노가타리에 있어서 이러한 화형은 원형 그대로가 아
니고 변형된 형태로 산재해 있는데, 이하『겐지 이야기』를 중심으로 계모
자담의 변형과 超克을 규명해 보고자 한다.

5. 『源氏物語』의 계모자담

『겐지 이야기』속의 계모자담은 기본형식이 변형되거나, 귀종유리담 등
의 화형과 결합된 형태로 나타나 있다. 우선 전형적인 계모자담의 유형으
로 의붓자식에 해당하는 등장인물로는, 히카루겐지, 무라사키노우에, 다
마카즈라, 우키후네가 있다. 이들 등장인물들은 계모자의 관계에 있는 주
인공들과 함께 미묘한 인간관계를 형성하고 있다. 히카루겐지와 계모인
고키덴 뇨고는 정치적인 대립관계로 발전하지만, 같은 계모인 후지쓰보와

는 어머니인 기리쓰보 고이桐壷更衣와 닮았다는 점에서 이상적인 여성으로 동경의 대상이 되어 결국에는 불의의 아들까지 낳게 된다. 그런데 이들 의 붓자식인 히카루겐지, 무라사키노우에, 다마카즈라, 우키후네의 공통점은 계모의 질투심이 원인이 되어 유리를 하게 된다는 점이다.『겐지 이야기』 속에는 이들 외에도 많은 계모자의 관계가 성립되어 있으나, 이하 이들 주요 등장인물의 계모자 관계를 고찰하면서 화형의 변형을 검토하고자 한다.

『겐지 이야기』속에서 계모, 계자의 관계에 있는 어휘 수는 모두 13례에 달하고 있는데, 이 중에서 계모가 11례, 계자가 2례 보인다. 물론 어휘의 유무가 반드시 계모자담의 존재여부로 직결되는 것은 아니지만, 용례를 중심으로 등장인물의 인간관계를 분석하고 모노가타리의 구조를 규명해 보고자 한다.

(1) 계모와 의붓자식의 관계

헤이안 시대에는 계모와 의붓자식의 관계가 원만하지 못하다는 통념이 있었다. 구체적인 학대나 유리의 과정은 없고, 단순히 계모자의 관계를 나타내는 어휘가 나타나 있는 경우이다. 예를 들면 宿木巻에서 니오미야匂宮 가 나카노키미의 처소에서 로쿠노키미六の君의 계모 오치바노미야가 대필 한 답가를 읽는다. 末摘花巻에는 히카루겐지가 소중하게 생각하는 유모의 딸로서 다유노묘부大輔命婦로 불리는 사람이 고 히타치 황자常陸親王의 딸 스에쓰무하나에 대한 이야기를 하는데, 묘부命婦는 자신의 계모에게 친숙해 지지 못한다는 이야기를 하며, 스에쓰무하나를 친근하게 생각하여 자주 저택에 들리게 된다고 한다.

『겐지 이야기』가 선행 이야기物語의 통념을 그대로 인용한 전형적인 계모자담이 있다. 蜻蛉巻에서 히카루겐지의 이복 동생인 고 식부경궁의 딸을 계모가 각별히 싫어하여 구박하고, 어울리지 않는 계모의 오빠(馬頭)와 결혼시키려 한다는 이야기를 듣고, 아카시明石 중궁이 궁중에 뇨보로 출사 시킨다는 것이다. 여기서 계모의 오빠인 사람은『스미요시 이야기』에서의 가조에노카미主計介,『오치쿠보 이야기』에서의 덴노야쿠노스케典薬助와 같은 인물로서 계자 학대의 절정을 이야기하는 부분에 등장한다.『겐지 이야

기』의 이러한 대목은 전기 계모자담의 화형을 변형하여 계승하고 있다고
볼 수 있다.

제3부의 手習卷에서 우키후네浮舟는 우지 강宇治川에서 투신자살을 기도
했다가 구출되지만, 의식불명인 상태의 우키후네를 간호하던 비구니들이
다음과 같이 이야기한다.

> 어떻게 그런 시골 사람이 사는 곳에 이러한 신분의 사람이 방황하고 있었던
> 것일까. 신사나 절에 참배를 하러 간 사람이 병이 나서 정신을 잃게 되자, 계
> 모와 같은 사람이 흉계를 꾸며 버리게 한 것일까 하고 생각한다.
> いかで、さる田舎人の住むあたりに、かかる人落ちあぶれけん、物詣などしたり
> ける人の、心地などわづらひけんを、継母などやうの人のたばかりて置かせたる
> にやなどぞ思ひ寄りける。　　　　　　　　　　　　　　　　　　　　(手習⑥291)

이러한 계모자의 관계는 계모의 일반적인 통념을 말하는 것이다. 전형
적인 계모자담의 유형처럼 학대, 유리, 행복한 결말 등의 내용은 잘 나타나
있지 않은 단순한 용례이지만, 이러한 묘사에서 당시의 계모에 대한 공통
적인 인식을 읽을 수 있다. 앞에서 인용한 螢卷에서 히카루겐지도 '계모의
심보 나쁜 옛날이야기도 많지만, 그것은 계모의 마음이란 이러한 것이란
점을 나타내게 되어 좋지 않다.継母の腹きたなき昔物語も多かるを、心見えに心づきな
し'(螢卷③216)고 생각한다. 즉 겐지는 딸 아카시노히메기미明石姫君를 위해
모노가타리를 엄중히 선별하여 정서시키고 그림으로도 그리게 하는데, 이
것은 오히려 계모자담이란 이런 것이라는 당시의 통념을 나타내는 대목이
라 할 수 있다.

真木柱卷에는 마키바시라의 아버지인 히게쿠로鬚黒가 히카루겐지의 양
녀인 다마카즈라를 후처로 맞이하자, 본처인 식부경궁의 딸은 자신이 친
정으로 가고나면, 뒤에 남는 자식들이 걱정이 된다며 울며 탄식하는 장면
이 나온다.

> 옛날이야기 등을 보아도, 세상의 평범하고 깊은 애정을 가진 부모조차도 세
> 상에 따라 기분이 변하고, 세력에 이끌려 박정하게 되어버리는 것입니다. 더

욱이 부모 자식이라는 형식만으로, 하물며 형식적으로 옛날의 미련도 없이
완전히 박정하게 대하는 히게쿠로는 앞으로 애들을 위해서 아무런 힘도 되
어주지 않을 것입니다.
　昔物語などを見るにも、世の常の心ざし深き親だに、時に移ろひ人に従へば、
おろかにのみこそなりけれ。まして、型のやうにて、見る前にだになごりなき心
は、懸り所ありてももてないたまはじ。
（真木柱③371）

　히게쿠로의 본처인 식부경궁의 딸은, 계부와 계모에 대한 당시의 통념
과 남편 히게쿠로는 그러한 보통의 아버지보다 더욱 박정할 것이라는 원
망을 하고 있다. 즉『겐지 이야기』는 계모자담의 기본요소로서 본처의 딸
에 대한 부친의 애정도 후처와의 생활이 길어지면 옅어지게 된다는 선행
작품들의 논리나 사회의 통념을 섭취하고 있는 것이다.

(2) 계모자 관계가 애정관계로 변형

　후지쓰보와 히카루겐지처럼 계모자간에 적대관계가 되는 것이 아니라,
애정관계로 변해 버리는 경우이다. 그리고 애정관계로까지 발전하지는 않
았지만 기이 수령紀伊守이나 유기리처럼 계모를 연모하게 되는 경우도 있다.
『겐지 이야기』에서 히카루겐지는 두사람의 계모, 즉 후지쓰보와 고키
덴 뇨고를 통하여 각각 다른 계모자담의 유형으로 변형된 화형을 형성하
게 된다. 히카루겐지는 세살 때 친모인 기리쓰보 고이桐壺更衣가 죽고 계모
인 후지쓰보가 죽은 고이와 닮았다고 하자, 자연히 관심을 갖게 되고, 이것
은 점차 연정으로 변해간다. 기리쓰보桐壺 천황은 히카루겐지와 후지쓰보
를 꼭 같은 정도로 총애하며 히카루겐지가 7세가 되기까지는 오히려 후지
쓰보에게 친하게 대해 주라는 부탁을 한다. 그 결과 若紫巻에서 후지쓰보
사건으로 불리는 밀통에 의해 태어난 아이는 표면적으로는 기리쓰보 천황
의 황자이며 히카루겐지의 동생이나, 실제로는 히카루겐지의 친자인 셈이
다. 후지쓰보 사건은『겐지 이야기』제1부와 제2부의 영화와 운명이야기
를 이어주는 가장 큰 주제라 할 수 있다. 즉 고려인의 예언에 의해 기리쓰
보 천황이 히카루겐지의 신적강하를 결심하고 히카루겐지라는 성명이 주
어졌을 시점에, 이미 후지쓰보 사건을 바탕으로 한 히카루겐지의 영화가

구상되었을 것이다. 계모자담의 기본유형에서는 주인공인 의붓자식이 계모에게 구박을 받는 것이 일반적인데, 겐지와 후지쓰보의 경우는 연모의 정을 느끼게 되는 것이다. 즉 계모와 계자의 관계가 밀통으로 이어졌다는 것은 계모자담의 변형이며, 예언에 나와 있는 것처럼 초인적인 주인공들끼리의 이야기에서나 가능한 것이었다.

桐壺卷에는 히카루겐지가 관례를 행하고, 좌대신의 사위가 된 뒤에도 후지쓰보를 이상적인 여성으로 생각하는 대목이 나온다.

> 겐지는 마음속으로 단지 후지쓰보의 모습을 세상에 비할 바 없는 분으로 생각하셔서, 이렇게 아름다운 분이 계시다면 아내로 맞이하고 싶은 것이다. 후지쓰보와 닮은 사람이라고는 없을 정도로 아름다운 분이야. (중략) 어린 마음에 오로지 후지쓰보만 생각하면 가슴이 아플 정도로 괴로워하고 있다.
>
> 源氏の君は、上の常に召しまつはせば、心やすく里住みもえしたまはず。心のうちには、ただ藤壺の御ありさまを、たぐひなしと思ひきこえて、さやうならむ人をこそ見め、似る人なくもおはしけるかな、(中略) 幼きほどの心ひとつにかかりて、いと苦しきまでぞおはしける。
>
> (桐壺①49)

히카루겐지는 아오이노우에葵上와 혼례를 올렸지만 그쪽으로는 도무지 정이 가지 않는다는 것이다. 겐지는 고대 모노가타리의 이상적인 주인공이며 호색을 체현한 사람으로서 계모인 후지쓰보에 대해 계모자담의 화형을 초월한 애정을 느끼게 되는 것이다. 즉 모노가타리의 논리는 겐지가 어머니와 닮은 여성을 이상적인 여성으로 생각하여, 후지쓰보, 무라사키노우에, 온나산노미야女三宮를 이상적인 여성으로 생각하게 되는 것이다. 그리고 후지쓰보와 히카루겐지가 밀통을 하여 레이제이 천황을 출산하게 된다는 것은 초인적인 인간관계가 모노가타리를 이끌어가는 원리로 작용한다.

한편 고키덴 뇨고와 히카루겐지의 관계는 전형적인 계모자담의 話型으로 전개된다. 천황의 지극한 총애를 받는 기리쓰보 고이桐壺更衣에 대한 고키덴 뇨고의 嫉妬는 기리쓰보 고이가 죽자, 의붓아들이 되는 히카루겐지에게로 옮겨져 항상 눈의 가시로 생각하게 된다. 또한 기리쓰보 천황이 히카루겐지를 신적강하시키게 되는 동기도 고키덴 뇨고의 아들인 첫 번째 황자(스자쿠 천황)가 있었기 때문이다. 히카루겐지의 신적강하 과정은 천황 자신의 정치적인 판단과 일본식의 관상, 숙요의 예언, 그리고 신적강하의 결정적인 계기가 된 고려인의 예언에 의해서였다. 기리쓰보 천황이 이렇게 제2황자인 히카루겐지의 신적강하에 신중을 기하게 된 것은 총애했던 기리쓰보 고이의 아들이기 때문이다. 그리고 고키덴 뇨고가 고이와 제2황자에 대해 질투심을 나타내고 있었기 때문에, 고려인의 예언에도 나타나 있듯이 황자의 신분으로 머물러 있을 경우 두 황자의 황위계승 다툼으로 국란이 일어날지도 모른다는 우려가 있었다.

고키덴 뇨고의 히카루겐지에 대한 질투와 박해는 신적강하 이후에도 그치지 않았다. 히카루겐지의 신적강하 이후 두 사람의 관계는 계모자의 관계에서 정적관계로 변하게 된다. 葵卷에서 조정은 이미 제1황자 스자쿠 천황이 즉위하고, 賢木卷에서는 히카루겐지의 유일한 후원자인 기리쓰보인이 붕어한 후에, 후지쓰보 중궁도 불의의 아들을 출산한 뒤에는 히카루겐지의 계속되는 연정을 피해서 출가를 해버리자, 히카루겐지는 궁중에서 정치적 기반을 잃어버린다. 그러한 때에 히카루겐지는 고키덴 대후의 동생인 오보로즈키요와 밀회를 거듭하다가 오보로즈키요의 부친인 우대신에게 발각되는 사건이 발생한다. 우대신이 곧 이 사건을 고키덴 대후에게 보고하자, 고키덴 대후는 히카루겐지가 자신들을 조롱하고 경멸했다고 하여 히카루겐지를 추방할 움직임을 보인다. 이래서 히카루겐지는 유배되기 전에 스스로 스마에 퇴거를 하게 되는데, 표면적인 이유는 오보로즈키요朧月夜 사건이지만 내면적인 이유는 후지쓰보 사건이 심층에 깔려 있다고 할 수 있다. 계모인 고키덴 대후가 히카루겐지에 대한 박해와 추방을 획책함으로써, 히카루겐지 스스로가 퇴거를 하게 되므로『스미요시 이야기』의 스미요시노히메기미의 유리와 같은 화형으로 볼 수 있다. 즉 히카루겐지가 스마에 퇴거하게 되는 것은 귀종유리담의 화형이면서 계모자담의 기본 유형이 밑바탕에 깔려있는 이야기로 볼 수 있다.

野分卷에서 가을의 태풍이 격심하자 유기리는 육조원에 문안하러 갔다가 계모인 무라사키노우에를 우연히 문틈으로 엿보게 된다. 무라사키노우에에 대한 유기리의 감동은 다음과 같이 묘사되고 있다.

병풍도 거센 바람에 날려 한쪽 옆으로 접혀있어, 집안이 가려진 곳 없이 다 들여다보이는데, 마루에 마련한 자리에 앉아계시는 분은 다른 사람과는 전혀 다르게 품위가 있고 아름다워 갑자기 눈이 부신 듯한 느낌이 들고, 봄날 새벽녘의 안개 속에서 만개한 멋진 산 벚꽃을 보는 듯한 느낌이 들었다.

御屏風も、風のいたく吹きければ、押したたみ寄せたるに、見通しあらはなる廂の御座にゐたまへる人、ものに紛るべくもあらず、気高くきよらに、さとにほふ心地して、春の曙の霞の間より、おもしろき樺桜の咲き乱れたるを見る心地す。

(野分③264-265)

유기리는 계모인 무라사키노우에를 봄날 새벽녘의 벚꽃에 비유하며 연모하게 된다. 또한 若菜下卷에서 무라사키노우에가 발병하여 죽었다는 소문을 듣고 방문한 가시와기는 지나치게 슬퍼하고 있는 유기리가 계모인 무라사키노우에를 연모하고 있는 것이 아닌가 하고 의심하게 된다. 즉 가시와기는 '자신의 발칙한 생각에 다른 사람의 마음을 추측한 탓인지, 유기리가 실제로 그다지 친하지도 않은 계모의 일에 대해 열중해 있구나.わがあやしき心ならひにや、この君の、いとさしも親しからぬ継母の御事にいたく心しめたまへるかな'(若菜下④239-240)하고 눈여겨보며 유기리를 의심한다. 이러한 유기리의 연심은 15년전의 野分卷부터 계속되었으나, 御法卷에서 무라사키노우에의 죽은 얼굴이 희게 빛나는 것을 들여다보며 감회에 잠긴다. 가시와기의 직감이나 유기리 자신의 행동에 나타나 있듯이, 이것은 계모자의 관계가 애정관계로 변형된 것이다.

帚木卷에도 기이 수령이 계모인 우쓰세미에게 연정을 품고, 계모의 호감을 사기 위해 우쓰세미의 동생인 소군을 데리고 다닌다. 이러한 계모자의 관계는 의붓자식이 계모에 의해서 학대를 받는 계모자담이라는 화형을 벗어나 애정이나 동경의 관계로 변형되어 연애 이야기가 된 경우이다. 즉 앞에서 고찰한『우쓰호 이야기』의 다다코소忠社 이야기나,『곤자쿠 이야기집』의 拘拏羅太子의 이야기와 같이 계모자담이 邪恋으로 변형된 것처럼,『겐지 이야기』의 히카루겐지나 유기리, 기이紀伊의 수령과 같은 이야기도 전형적인 계모자담의 화형에서 연애 이야기로 변형된 유형이라 할 수 있다.

(3) 전형적인 계모자담

소위 약탈혼의 유형이라고도 할 수 있는 무라사키노우에의 이야기는 히카루겐지에 의해 무라사키노우에가 탈취되고 행복한 결혼이 이루어진다. 탈취의 동기는 무엇이며 무라사키노우에와 계모자담의 구상은 어떻게 구체화되었으며, 또한 장편 이야기의 주제는 어떻게 전개되는가.

무라사키노우에 이야기는『겐지 이야기』속에서 전형적인 계모자담의 유형이라 할 수 있다. 若紫巻에서 18세의 히카루겐지는 학질에 걸려 가지의 효험이 있다는 기타야마北山의 어떤 절에 치료를 하기 위해 들어갔다. 그곳에서 히카루겐지는 울타리 사이로 어린 소녀를 발견하게 되는데, 연모하던 후지쓰보의 조카인 무라사키노우에라는 것을 알게 된다. 겐지는 결혼을 전제로 후견을 자원하지만 조모인 비구니는 아직 너무 어리다는 이유로 거절한다. 그러나 같은 해 가을, 조모가 죽고 부친인 兵部卿宮이 무라사키노우에를 계모가 있는 자택으로 데려가려고 하자, 히카루겐지는 무라사키노우에의 유모인 소납언이 주저하고 있는 사이에 무라사키노우에를 자신의 저택인 이조원으로 데려간다. 즉 기타야마의 승방에 거주하는 무라사키노우에는 계모의 학대로 인해 이미 유리를 하고 있는 셈이었지만 겐지를 만나 행복한 결혼을 하게 된 것이다.

히카루겐지가 무라사키노우에를 약탈한 것은 영원한 이상적인 여성상으로 생각하고 있는 후지쓰보와 무라사키노우에가 서로 닮았다는 점이 히카루겐지의 호기심을 끌었던 것이다. 그리고 무라사키노우에는 결국 계모의 집으로 들어가지 않고, 히카루겐지가 어린 무라사키노우에를 양육하여 행복한 결혼을 하게 되는 것은 계모자담의 전형적인 유형이 얽혀 있는 것이라고 할 수 있다. 이후 계모가 있는 병부경궁과 구혼자인 겐지가 서로 대립하는 관계가 되지만 항상 겐지가 우위의 입장에 서게 된다. 또한 병부경궁의 정처는 이후 의붓딸인 무라사키노우에에 대해 끝까지 계모로서 질투하는 태도를 버리지 못한다.

賢木巻에서 기리쓰보인이 붕어하고 조정이 우대신의 천하가 된 후, 무라사키노우에의 계모는 자신의 친딸보다 겐지와 결혼한 무라사키노우에가 더욱 행운을 누리게 되자 질투한다는 대목이 나온다.

무라사키노우에의 행운을 세상 사람들은 칭송한다. 쇼나곤 등도 속으로 죽은 아마기미의 기원 덕분이라 생각한다. 아버지와도 마음대로 편지를 주고받는다. 정처에게서 태어나 그 모친이 행복하게 하려고 염원하고 있는 딸은 아무래도 잘 풀리지 않는데, 무라사키노우에 쪽은 질투 나는 일뿐이라 계모인 정처는 심정이 평온하지 않을 것이다. 계모학대담을 특별하게 만든 것 같은 모양이다.

西の対の姫君の御幸ひを、世人もめできこゆ。少納言なども、人知れず、故尼上の御祈りのしるしと見たてまつる。父親王も思ふさまに聞こえかはしたまふ。嫡腹の、限りなくと思すは、はかばかしうもえあらぬに、ねたげなること多くて、<u>継母の北の方</u>は、安からず思すべし。物語に、ことさらに作り出でたるやうなる御ありさまなり。

(賢木②103)

겐지와 결혼한 무라사키노우에를 세상 사람들이 부러워하게 되었다. 병부경궁과 계모는 자신의 딸보다 의붓딸인 무라사키노우에가 더 행운을 차지한 것 같아 시기하고 있다. 무라사키노우에의 행운이 마치 계모학대담을 일부러 만든 것 같다는 것이다. 그러나 須磨卷에서 히카루겐지가 우대신의 딸 오보로즈키요와의 밀회가 발각되어 관직을 박탈당하고 스스로 스마에 퇴거하려 하자, 무라사키노우에는 부친인 병부경궁이 자신에게 점점 소원해지고 계모가 자신의 짧은 행운을 비난한다는 소문을 듣게 된다.

　　계모인 정처 등이 "갑작스런 행운이 황망히 사라져가는 것이 정말 재수가 없구나. 귀여워 해주는 분들과 차차로 헤어지게 되는 사람이로구나." 라고 말씀하신 것을 어떤 인편으로 전해 들으셔도, 대단히 참담한 기분이 되어, 이쪽에서도 연락을 끊게 되었다.

<u>継母の北の方</u>などの、「にはかなりし幸ひのあわたたしさ。あなゆゆしや。思ふ人、かたがたにつけて別れたまふ人かな」とのたまひけるを、さるたよりありて漏り聞きたまふにも、いみじう心憂ければ、これよりも絶えておとづれきこえたまはず。

(須磨②172)

여기서 귀여워 해주는 분들과 헤어지는 불운이라 함은, 무라사키노우에의 어머니와 조모와의 사별, 그리고 히카루겐지와의 생이별을 말한다. 무라사키노우에도 부친인 병부경궁에게 소식을 전하지 않게 되었다고 한다. 계모는 이렇게 무라사키노우에의 불운을 비방할 뿐만 아니라, 나중에 자신의 사위인 히게쿠로가 히카루겐지의 양녀인 다마카즈라를 후처로 맞이하자 히카루겐지와도 사이가 나빠진다. 즉 계모자담에서 계모의 질투가 의붓자식과 관계있는 사람에게로 확산되는 것이다. 그러나 무라사키노우에 스스로는 자신의 양녀가 되는 아카시노히메기미明石姫君에게 모노가타리 등을 읽어주게 되었을 때, 히카루겐지가 모노가타리를 엄선해서 연애 이야기와 계모자담은 제외하여 정서를 시키고 그림첩으로도 만들었다.

무라사키노우에 이야기는 전형적인 계모자담으로서 계모가 무라사키노우에와 히카루겐지를 학대하는 이야기이지만, 입장이 바뀌어 무라사키노우에가 아카시노히메기미의 계모가 되었을 때에는 철저하게 애정으로 대한다.

(4) 계모자담의 변형

다마카즈라 이야기에 대해서 神野藤昭夫는 계모자담과의 차이에 대해서 유리담을 중심으로 고찰하고 있고[33], 日向一雅도 주인공의 유리담[34]으로 주제 파악을 하고 있다. 그런데 『源氏物語』 蛍巻에서 다마카즈라 이야기가 『스미요시 이야기』의 영향을 받았다는 것은 다음과 같은 표현에서 알 수 있다.

> 갖가지 희귀한 운명을 참말인지 거짓말인지 알 수 없지만, 많이 이야기하고 있는 가운데 자신과 같은 신세의 사람은 없어 보인다. 스미요시노히메기미가 갖가지 경우를 당한 당시는 물론이고, 현세의 세평도 각별히 훌륭한 것 같지만, 가조에노카미가 하마터면 스미요시노히메기미를 뺏으려고 했다는 이야기를, 그 다유노겐의 혐오스러움과 마음속으로 비교해 보신다.
>
> さまざまにめづらかなる人の上などを、まことにやいつはりにや、言ひ集めたる中

---

33 神野藤昭夫, 「玉鬘が流離の運命を生きたのはなぜか」(『国文学』 学灯社 1980. 5월) pp.125-128.

34 日向一雅, 『源氏物語の王権と流離』 玉鬘物語の流離の構造, 新典社, 1989. pp.103-121.

にも、わがありさまのやうなるはなかりけりと見たまふ。住吉の姫君の、さし當りけ
むをりは、さるものにて、今の世のおぼえもなほ心ことなめるに、主計頭が、ほと
ほとしかりけむなどぞ、かの監がゆゆしさを思しなずらへたまふ。　　　　(蛍③210)

다마카즈라는 자신이 규슈九州의 히젠肥前에서 대부감大夫監에게 무리한
구혼을 강요당했던 때를, 『스미요시 이야기』 속의 스미요시노히메기미가
주계두에게 당할 뻔했던 일과 비교하고 있다. 『스미요시 이야기』에서는
히메기미는 계모의 책략에 의한 주계두 사건이 원인이 되어 스미요시住吉
에 유리를 한다. 한편 『源氏物語』의 다마카즈라 이야기에서는 두중장의
본처가 유가오夕顔에 대한 학대로, 다마카즈라가 규슈로 유리를 하게 되었
을 때에 대부감 사건이 일어나게 된다. 따라서 『스미요시 이야기』에서는
무리한 구혼의 결과 유리를 하게 되고, 『源氏物語』에서는 계모의 학대로
인한 유리의 과정에서 무리한 구혼을 받게 된다는 차이가 있다.

일반적으로 다마카즈라 이야기는 귀종유리담의 변형으로 보고 있다. 다
마카즈라는 친모인 유가오의 갑작스러운 죽음으로, 네 살의 어린 나이에
유모를 따라 쓰쿠시筑紫로 유리를 하게 된다. 규슈에서 다마카즈라는 대부
감으로부터 무리한 구혼을 받게 되자, 탈출하여 상경하지만 의지할 곳이
없다. 『스미요시 이야기』에서의 스미요시노히메기미와 마찬가지로 하세
관음의 도움으로 친모 유가오의 시녀인 우근을 만나게 되어, 히카루겐지의
저택 육조원으로 들어가 양녀가 된다. 그러나 양부인 히카루겐지는 유가오
와의 사랑이 미완성인 채로 유가오가 죽었기에 소식을 알 수 없었던 다마
카즈라가 돌아오자, 양녀로 맞이하긴 했지만 유가오 대신에 다마카즈라에
게 연정을 품게 된다. 한편 다마카즈라는 히카루겐지의 태도에 곤혹스러워
하고 고뇌하지만, 한편으로는 히카루겐지에 대한 모정을 품게 된다.

다마카즈라 이야기는 구혼담의 화형이라고도 할 수 있다. 육조원에 히
카루겐지의 양녀로 미모의 여성이 있다는 소문이 퍼지자 많은 구혼자들이
모여드는데, 결국 식부경궁의 사위인 히게쿠로鬚黑의 차지가 되고 만다. 이
로 인하여 히게쿠로의 본처인 식부경궁의 장녀는 부삽으로 화로의 재를
남편인 히게쿠로에게 끼얹고 친정으로 돌아가 버린다. 이 히게쿠로와 다
마카즈라의 결혼문제로 인하여 식부경궁의 정처는 더욱 더 히카루겐지와

무라사키노우에를 적대시하고 원망하게 된다. 真木柱卷에서 식부경궁의
정처는 남편에게 다음과 같이 이야기한다.

> 하물며 요즈음에는 히카루겐지가 사정을 알 수 없는 의붓자식을 맞이하여,
> 자신이 위안거리로 하다가 가엾게 여겨, 성실하고 바람 따위는 피울 것 같지
> 않은 사람을 교묘하게 사로잡아 추어올리는 것은 얼마나 얄미운 짓입니까.
> ましてかく末に、すずろなる継子かしづきをして、おのれ古したま〜るいとほしみ
> に、実法なる人のゆるぎ所あるまじきをとて取り寄せもてかしづきたまふは、いか
> がつらからぬ。
> (真木柱③375)

식부경궁의 정처는 히카루겐지를 원망, 비난하는 말로 증오를 분출시키
고 있다. 여기서 식부경궁의 본처는 식부경궁보다도 한층 히카루겐지와
무라사키노우에, 그리고 다마카즈라에 대한 원망을 표출하고 있는 점에
계모자담의 투영이 엿보인다. 즉 식부경궁의 본처는 질투의 대상을 무라
사키노우에의 친모에서 무라사키노우에, 히카루겐지, 다마카즈라의 순으
로 확대시키고 있다.

다마카즈라 이야기에는 귀종유리담, 구혼담, 계모자담 등의 화형이 변
형된 형태로 내재하고 있지만, 다마카즈라 스스로가 계모의 입장이 되었
을 때는 변형된 계모자담이 된다. 즉 식부경궁의 본처의 자식들이 친모보
다도 다마카즈라의 인품이나 정취 있는 생활태도를 열심히 따르게 된다.
특히 딸인 마키바시라真木柱는 식부경궁의 집에 잡혀있게 되자, 히게쿠로鬚
黒와 다마카즈라의 집을 마음대로 오가는 남동생들을 부러워하며 친 어머
니보다도 계모인 다마카즈라를 더 그리워하고 있다.

> 마키바시라는 친모가 아직도 이상하게 편벽한 사람으로, 정상이 아니고 세
> 상과 전혀 교섭이 없으신 것을 마음 아프게 생각하시고, 계모의 곁을 마음속
> 으로 그립게 생각하는 현대풍의 성품이셨다.
> 母君の、あやしくなほひがめる人にて、世の常のありさまにもあらずもて消ちたま
> 〜るを口惜しきものに思して、継母の御あたりをば、心つけてゆかしく思ひて、い
> まめきたる御心ざまにぞものしたまひける。
> (若菜下④160)

마키바시라의 태도는 이미 다마카즈라를 전형적인 계모로서 생각하지 않고, 친모보다도 오히려 계모를 더욱 따르게 된다는 것이다. 이는 앞에서 고찰한 아카시노키미의 딸과 계모인 무라사키노우에와의 관계와 마찬가지로 계모자담의 변형이라 할 수 있다. 즉 다마카즈라 이야기는 두중장의 정처에 의해 박해를 받던 중에 쓰쿠시로 유리를 하게 되는 전형적인 계모자담이라 할 수 있다. 또한 귀종유리담과 구혼담 등의 화형이 내포되어 있으나, 히카루겐지와 다마카즈라와의 관계나 다마카즈라 스스로 계모의 입장이 되는 경우에는 계모자담이 변형되는 등 원형의 초극을 이루면서 환골탈태한 독자적인 장편 모노가타리를 형성하게 된다.

(5) 귀종유리담의 주인공

우키후네 이야기를 유리담과 계모자담으로 보았을 때, 다른 계모자담과 다른 점은 우키후네를 학대하는 사람이 계모가 아니고 계부라는 점이다. 계부라는 점은 다마카즈라에 대한 히카루겐지도 마찬가지이다. 그러나 히카루겐지는 다마카즈라를 학대하는 대신에 연정을 품거나 오히려 후원자가 되는데 비해, 우키후네의 경우는 계부인 상륙개로부터 구박을 받게 되는 것이 다른 점이다.

계모자담으로서 우키후네浮舟 이야기의 출발은 우지의 하치노미야八宮와 시녀인 주조노키미中將君와의 만남에서 비롯된다. 이에 우키후네는 하치노미야의 딸로 태어나지만, 어머니 주조의 신분이 낮다는 이유로 딸로서 인정받지 못하고 쫓겨난다. 이후 우키후네의 어머니는 히타치노스케常陸介와 재혼하게 되고, 우키후네는 계부 히타치노스케로부터 구박을 받게 된다. 주조는 히타치노스케가 우키후네를 자신의 친자식이 아니라는 이유로 남을 대하듯 차별을 하자 남편을 원망한다.

한편 히타치노스케의 재산이 목적인 우키후네의 약혼자 좌근소장도 우키후네가 히타치노스케의 친딸이 아니라는 이유로 새로이 친딸에게 구혼을 한다. 히타치노스케는 우키후네의 혼수품을 모두 빼앗고 친딸의 혼례 준비를 서두른다. 전형적인 계모자담의 유형에서는 계모인 주조가 전처소생의 자식을 학대하게 되어 있으나, 우키후네는 오히려 계부에 의해서 박해를 받는다. 히타치노스케를 원망하던 주조는 우키후네의 불운을 한탄하며,

우키후네를 도읍의 이조원에 사는 이복 언니 나카노키미에게 맡긴다.

東屋卷의 이조원에서 우키후네는 이복 언니인 나카노키미의 남편인 니오미야匂宮의 침입에 놀라 자신의 운명을 비관하자, 유모가 말하기를 부친이 살아 있고 계모에 의해서 박해를 받는 것보다 모친이 살아 있는 것이 그래도 좋다는 이야기를 해준다.

> 왜 그렇게 고민하십니까. 모친이 계시지 않은 사람이야말로 의지할 곳 없이 슬퍼겠지요. 세상 사람들은 부친이 없는 사람은 정말 한심할 것이라고 생각하겠지만, 마음씨 나쁜 계모에게 미움을 받는 것보다 이것이 훨씬 마음이 편합니다. 모친인 주조가 어떻게 해 주시겠지요. 고민하지 마세요.
> 何かかく思す。母おはせぬ人こそ、たづきなう悲しかるべけれ。よそのおぼえは、父なき人はいと口惜しけれど、さがなき継母に憎まれんよりはこれはいとやすし。ともかくもしたてまつりたまひてん。な思し屈ぜそ。(東屋⑥67)

현재의 우키후네에게 계모가 있는 것은 아니지만, 유모는 계모에 대한 일반적인 통념을 이야기하며 우키후네를 위로하고 있다. 그러나 우키후네의 유리는『겐지 이야기』가 대단원을 맺을 때까지 계속되어 귀종유리담의 화형이 짙게 투영되어 있다고 할 수 있다. 한편 주조는 우키후네를 데리고 간 이조원에서, 기품이 있고 마치 벚꽃을 꺾어놓은 듯한 니오미야匂宮 앞에 히타치노스케보다 더 훌륭한 귀족들이 무릎을 꿇고 앉아 있는 것을 본다. 그리고 니오미야匂宮 가까이는 가지도 못하는 식부승이면서 장인蔵人인 자신의 의붓아들을 틈새로 엿본다. 즉 자신의 계자는 니오미야과 같은 황자와 비교도 되지 않지만, 친 딸 우키후네는 니오미야와도 잘 어울릴 것이라는 생각을 하게 된다. 이러한 주조노키미中将の君의 상향의식으로 인해 앞으로 우키후네가 겪게 될 가혹한 운명이 기다리고 있다.

주조中将는 계자의 모습을 본 다음날, 한 때는 우키후네의 약혼자였던 좌근소장이 니오미야 앞에 서 있는데, 시녀들이 우키후네와의 관계를 이야기하는 것을 듣게 된다. 그리고 자신이 이전에 좌근소장을 우키후네의 가장 무난한 결혼상대라고 생각한 것을 후회하고, 니오미야와는 비교할 수도 없는 좌근소장을 모멸하고 싶은 기분이 된다. 니오미야을 본 주조의 심리는 히타치노스케常陸介를 포함하여 그 아들인 식부승, 좌근소장 등과는 더 이상 대등한 관계에서 생각하지 않으려고 한다.

우키후네 이야기에서는 학대를 가하는 쪽이 계부라는 점이 특징이라 할 수 있다. 우키후네는 약혼자를 계부 히타치노스케의 친딸인 동생에게 빼앗긴다. 히타치노스케의 학대를 받고 우키후네와 함께 집을 나온 주조는 이조원에서 니오미야를 본 이후에 갖게 된 상향의식에 의해서 우키후네의 유리가 계속된다. 즉 우키후네는 가오루薫에 의해서 우지로 옮기게 되는데, 그 해 겨울 가오루인 체하고 방문한 니오미야와도 관계를 맺고 만다. 이에 우키후네는 두 남성 사이에서 번민하다가 결국 투신자살을 기도하게 된다. 즉 우키후네 이야기의 서두 부분에서는 계모자담의 투영이 있으나, 뒷부분에서는 계모자담의 변형으로 주인공의 유리와 사랑의 인간관계를 중심으로 전개되고 있다.

6. 결론

동북아의 계모자담과 일본의 계모자담을 화형의 전승과정을 중심으로 비교하면서, 『겐지 이야기』의 계모자담을 고찰해 보았다. 『겐지 이야기』의 계모자담은 전기 모노가타리에 나타난 전형적인 유형 그대로가 아니고, 내용의 일부가 변형, 超克된 형태로 전승되어 있다는 것을 확인할 수 있었다.

『겐지 이야기』를 비롯한 헤이안 시대 모노가타리의 대부분이 계모자담을 포함하지 않은 것이 없을 정도인데, 왜 계모자담이라는 하나의 화형이 이렇게 많은 독자들에 의해서 향수되어 왔을까. 이는 당시의 독자들이 모노가타리 감상은 통과의례적인 간접 체험으로 생각했으며, 독자층의 대부분이 여성이었다는 점이 계모자담을 반영하게 한 근본적인 배경이 되었다고 생각된다. 이미 関敬吾는 계모자담을 성년, 성녀식의 통과의례에 대한 반영으로 지적했으며, 折口信夫는 귀종유리담의 한 갈래로서 파악한 바 있다.

본처의 후처에 대한 질투는 인간본연의 문제이겠으나, 일본문학에 있어서 그 기원은 고대의 신화 전설에서 찾을 수 있다. 『고지키』 상권에서 오쿠니누시노카미의 정처인 스세리비메의 극심한 질투나 닌토쿠 천황의 황후인 이와노히메의 후처에 대한 질투는 계자에 대한 질투로 이어지는 여성의 심층심리를 그린 것이라 할 수 있다. 즉 정처의 후처에 대한 질투가 무의식적으로 후처의 자식인 의붓아들에게로 옮아간 이야기가 계모자담이라 할 수 있을 것이다.

이러한 계모자담의 전승은 특히 『겐지 이야기』에 있어서 등장인물의 미묘한 관계 속에서 갖가지 유형으로 발전되었다. 즉 화형의 변형, 초극이 이루어지게 되는데, 우선 화형의 통념은 계모의 심보 나쁜 옛날이야기가 많았다는 표현으로 추측할 수 있다. 그리고 후지쓰보와 히카루겐지, 무라사키노우에와 유기리, 우쓰세미와 기이 수령처럼 적대관계가 아니라 애정관계로 변하는 경우, 식부경궁의 정처와 무라사키노우에처럼 전형적인 계모자의 유형, 다마카즈라처럼 스스로는 전형적인 계자로서 유리와 고난을 겪게 되나, 의붓자식인 마키바시라 등이 오히려 다마카즈라를 따르게 되는 계모자담의 변형, 우키후네처럼 계모가 아니라 계부에 의해서 구박을 받으며 운명적인 애정의 유리를 하게 되는 유형 등이 있다. 이와 같이 헤이안 시대 모노가타리에서 계자로서 등장하는 주인공들은 모두가 성인으로 결혼하기 전에 고난과 유리를 겪고 있으며, 그 동기는 계모의 질투에 의한 경우가 많았다.

헤이안 시대의 모노가타리는 여성에 의해 쓰여지고, 여성에 의해서 향수되었다고 할 수 있는데, 당시의 여성 독자늘은 대개 모노가타리의 등장인물이 고난과 유리를 하는 과정을 간접 체험함으로써 통과의례를 느꼈다. 계모자담은 귀종유리담에서 파생되어 『겐지 이야기』에 이르러 변형, 초극된 형태로 여류문학 살롱에서 통과의례의 역할을 담당하며 독자들에게 향수되었다. 이는 당시의 가족제도와 혼인제도를 고려한 작가의 면밀한 모노가타리 구성에 기인한다고 할 수 있다. 이러한 하나의 화형이 갖가지 형태로 변형되면서 전승되고 있다는 것은, 그 화형이 인간의 잠재의식 가운데 보편성을 지니고 있기 때문이라 생각된다.

▮ Key Words ▮ 繼母子, 嫉妬, 婚姻制度, 貴種流離, 變形, 話型

제2장

귀종유리담의 전승과 『겐지 이야기』

1. 서론

존귀한 신분의 귀족이나 왕자가 유리流離를 체험하는 이야기는 전세계적으로 유포·전승되어 있는 화형이다. 일본의 신화, 전설, 이야기에서 귀종유리담貴種流離譚의 화형을 처음으로 지적한 것은 오리구치 시노부折口信夫였다. 오리구치는 記紀(『古事記』와 『日本書紀』) 신화로부터 『풍토기風土記』, 『만요슈萬葉集』, 『이세 이야기伊勢物語』, 『우쓰호 이야기うつほ物語』, 『겐지 이야기源氏物語』, 說敎節 등에 이르기까지 유리하는 주인공의 비극을 서사문학의 핵심으로 파악한 바 있다. 그리고 『겐지 이야기』의 스마須磨·아카시明石巻에 대해 다음과 같이 분석하고 있다.

옛날 이야기에서 귀인의 방랑이, 전승하는 시가나 문장으로부터 문학에서 다루게 된 하나의 절정이 『겐지 이야기』의 스마·아카시 권이다. 이들 권에는 '이야기의 요소'로서 귀종유리담이 갖고 있는 모든 것이 나타나 있고, 게다가 이야기의 내용이 되거나 그것을 포용해 온 민족의 감동이라는 것도, '빛나는 수심'이라고도 할 만한 요염함에 젖어 나타나는 것이다.[1]

1 折口信夫, 「小説戯曲文学における物語要素」(『折口信夫全集』第七巻, 中央公論社, 1966) p.262-263

『겐지 이야기』에서 히카루겐지光源氏가 스마·아카시로 유리한 이야기
는 '귀종유리담'의 화형話型으로서 문학적으로 가장 완성도가 뛰어난 작품
이라는 지적이다. 귀한 혈통을 이어받은 왕자나 영웅이 피할 수 없는 죄를
범하게 되어, 도읍을 떠나 변방이나 異鄕을 방황하는 이야기는 여러 형태
로 변형되어 모노가타리의 주제를 형성한다. 이 화형은 고대 이야기의 전
승자와 작자, 그리고 향수자가 일체가 되어 유리의 주인공을 동정하고 함
께 통과의례를 체험한 것이 아닐까 생각된다.

귀종유리담에는 유리·방랑한 이후의 주제 전개에 따라 크게 두 가지
유형이 있다. 하나는 유리의 끝에 나라를 경영하거나, 영토를 확장하다가
불우한 죽음을 맞이하는 경우이고, 다른 하나는 해변에서 죽음과 재생의
역경을 체험하고 도읍으로 되돌아가서 출세와 영화를 누리는 경우이다.
우리나라의 귀종유리담이나『고사기古事記』에 등장하는 영웅들 중에는 전
자의 유형이 많다.『겐지 이야기』를 비롯한 헤이안平安 시대 이야기에 후자
의 유형이 많은 것은, 주인공의 행운을 기대하는 향수자의 의식이 강하게
반영되어 있는 것으로 볼 수 있다.

折口가 지적한 이래로 귀종유리담은 신화나 고대 이야기에 내재하는 화
형을 분석하는 경우에 반드시 짚고 넘어가야 하는 하나의 화형이 되었다.
『겐지 이야기』의 주제에서는 히카루겐지의 스마 퇴거 뿐만 아니라, 다마
카즈라玉鬘 이야기, 우키후네浮舟 이야기 등도 유리담의 변형이라고 할 수
있을 것이다. 그리고 귀종유리담이라는 용어는 오리구치가 일본 고대문학
의 화형을 분석하기 위해 도입한 것이나, 이는 것은 비단 일본문학뿐만 아
니라 인간이 창출한 문학의 보편적인 현상을 측정할 수 있는 하나의 기준
이 될 수 있다고 생각된다.

귀종유리담에 대한 연구는 히카루겐지의 스마 퇴거에 대한 고주석 이래
로 방대한 연구사가 있으나, 화형과의 관계를 본격적으로 분석한 연구로
는 다음과 같은 논문을 들 수 있다. 三谷榮一은 成年式·成女式, 혹은 미개
사회에 있어서 비밀결사에의 입사식과 같은 통과의례의 문예적인 표현이
귀종유리담의 원천이 되었다[2]고 지적했다. 阿部秋生는 物語的인 서스펜스

2　三谷榮一,『物語史の研究』有精堂, 1970.

를 고조시키는 방법으로서 세계의 어떤 민족에도 있을 수 있는 화형이라고 전제하고, 『도와즈가타리とはずかたり』의 용례분석을 통하여 고대전승 이야기에 담겨 있는 귀종유리담이라는 화형이 헤이안 도읍의 사실적인 이야기에 개입이 되었다고 하더라도 별로 이상하지 않다[3]고 논했다. 石原昭平는 히카루겐지의 스마 퇴거를 귀한 신분으로 유리한 왕자가 왕권으로 재생하지 않는 특이한 왕자 이야기로 변형된 이야기[4]라고 정의하였다. 日向一雅는 정편에서 히카루겐지가 신적강하한 것 자체를 귀종유리담으로 파악하고, 제도화된 왕권과는 다른 비일상적인 성격을 불가피하게 소유하게 되었다[5]고 지적했다.

본고에서는 이상과 같은 선행연구를 바탕으로 하여 한반도와 일본의 신화·전설을 대비하면서 귀종유리담이라는 보편적인 화형의 전승과 모노가타리物語 문학에서의 변형을 고찰하고자 한다. 특히 『겐지 이야기』에서는 히카루겐지의 스마 퇴거에 관계된 인간관계를 분석함으로써, 귀종유리담이 허구의 이야기 속에서 어떻게 주제를 형성하고 있는가를 규명하고자 한다.

2. 한반도의 고대왕권과 유리담

『三國遺事』와 『三國史記』에 나타난 신라, 고구려, 백제, 가야 등의 시조신화에는 한 나라의 시조가 유리의 과정을 거친 후에 왕권을 확립하고 국가를 창건하는 화형이 잘 그려져 있다. 한반도에 나타난 고대 국가의 시조신화는 대개 천손강림의 유형이 많다. 고조선의 壇君, 북부여의 解慕漱, 신라의 赫居世王, 5가야의 首露王 등 대다수의 시조가 하늘에서 내려와 왕이 되는 신화로 시작된다.

3   阿部秋生, 『源氏物語研究序説』 東大出版会, 1975.
4   石原昭平, 「貴種流離譚の展開」(『文学·語学』105号, 全国大学国語国文学会, 1985. 5月)
         「流離の皇子」(『源氏物語講座』第三巻, 勉誠社, 1992)
5   日向一雅, 『源氏物語の主題』 桜楓社, 1983.
         『源氏物語王権と類型』 新典社, 1989.

고구려는 朱蒙이 부여 왕족을 떠나 유리流離한 후에 마침내 새로운 나라를 세운다. 『三國遺事』 권제1 고구려조와 『三國史記』의 고구려 본기에 기록되어 있는 시조 동명성왕·주몽의 이야기는 전형적인 유리의 화형을 보여 준다. 동부여의 임금, 금와는 태백산 남쪽 우발수에서 한 여인을 만났다. 柳花라는 이 여인은 하백의 딸이었다. 유화가 여러 남동생들과 놀고 있을 때, 한 남자가 자칭 천제의 아들 해모수라며, 웅진산록에 있는 압록강가의 집으로 유혹하여 몰래 정을 통한 뒤 가버리고 말았다. 부모는 딸이 중매도 없이 남자와 결혼한 것을 책망하여 이곳 우발수에 유배를 시켰다고 했다. 이에 금와왕이 이상히 여겨 그녀를 방안에 가두었더니, 다음과 같은 현상이 일어났다.

> 햇빛이 방 속으로 비쳐왔다. 그녀가 몸을 피하자 햇빛은 다시 쫓아와서 비쳤다. 이로 해서 태기가 있어 알 하나를 낳으니, 크기가 닷 되들이 만했다.
> 爲日光所照, 引身避之, 日影又遂而照之, 因而有孕, 生一卵, 大五升許[6]

왕이 알을 내다 버리도록 했지만 알의 크기가 닷되나 되니 개, 돼지도 먹으려 들지 않아 다시 길바닥에 내다 버렸지만 소와 말도 피해 지나갔다. 하는 수 없이 들판에 내다 버렸더니 새와 짐승들이 알을 품어 주었다. 왕이 알을 깨려 해도 도저히 깨뜨릴 수가 없어서 하는 수 없이 어미에게 돌려 주었다. 어미가 알을 싸서 따뜻한 곳에 두었더니 그 안에서 한 아이가 알을 깨고 나왔다. 생김새와 골격이 장대하여 불과 일곱 살에 혼자서 활을 만들어 쏘는데 번번이 명중시킬 정도의 솜씨였다. 이 나라에서는 활을 잘 쏘는 사람을 주몽이라고 부르는 풍속이 있어서 이름을 주몽이라 하였다.

金蛙王에게는 자식이 일곱 있었는데 그들의 재능은 도저히 주몽에 미치지 못 하였다. 장남인 대소는 왕에게 빨리 주몽을 없애도록 주청하였으나, 금와왕은 주몽으로 하여금 말을 사육하도록 시켰다. 주몽의 어머니는 많은 왕자와 신하들이 주몽을 죽이려는 것을 알고 주몽을 달아나게 했다. 주

---

6 一然 著, 李民樹 역, 『三國遺事』乙酉文化史, 1987. pp.59-61. 이하 『三國遺事』의 인용은 같은 책의 페이지 수를 표시함.

몽은 세 친구와 함께 엄수에 이르러 뒤를 쫓는 자가 있음을 알고, '나는 천
제의 아들이며, 하백의 외손으로, 오늘 도망하는 중에 쫓는 자가 있으니 어
찌하랴.'(p.253)하고 말했더니, 물고기와 거북이가 나타나서 다리를 만들
어 건너게 해 주었다. 주몽은 졸본주에 이르러 비류수 근처에 도읍을 정하
고 국호를 고구려라 칭하였기에 성을 고씨라 하였다. 이 때 주몽의 나이가
22세였는데, 한나라 효원孝元제의 建昭 2년 갑신년(BC 37년)에 즉위하여
왕이라 칭하였다.

　이상은 고구려의 시조 전설인데, 여기에는 몇 가지 화형이 포함되어 있
다. 유화를 중심으로 한 天人女房譚, 日光感精說話, 주몽을 중심으로 계자
학대담, 귀종유리담 등이다. 여기서는 귀종유리담에 대한 이야기를 중심
으로 고찰하기로 한다. 주몽은 엄수에 이르러 스스로 '천제의 아들'이라
칭하였으며, 골격과 외모가 빼어난 데다 활솜씨 또한 신기에 가까웠다. 즉
골격과 외모가 빼어나다는 것은 관상학적으로 범인과 다르다는 것을 암시
한다. 주몽은 알에서 태어난 천손임에도 불구하고 말을 돌보는 일을 맡기
도 하고 죽임을 당할 위기도 넘겼다. 그러나 물고기와 거북이라고 하는 초
인적인 도움을 받아 유리를 계속한 끝에 나라를 세우게 된 것이다. 즉 천손
으로 태어난 주몽이 학대와 유리를 거친 후에 왕권을 획득하게 되는 것은
귀종유리담의 화형 그대로라고 할 수 있다.

　『三國史記』제13권, 高句麗本紀 琉璃明王[7]의 기사는 유리담의 유형으로
다음과 같은 내용이다. 유리왕은 주몽의 원자로서 어머니는 禮氏이다. 주
몽이 부여에 있을 때, 禮氏의 딸을 아내로 맞이했는데 주몽이 망명한 후에
아들이 태어났다. 琉璃가 어릴 때 밭두렁에서 참새를 잡으며 놀다가 실수
하여 그만 물동이를 이고 가던 여자의 항아리를 깨뜨리고 말았다. 그 여자
가 꾸짖어 가로되, '이 아이는 아비가 없어서 이렇게 제멋대로다.' 라고 말
했다. 유리는 부끄러워하며 집으로 돌아와, 어머니에게 '우리 아버지는 누
구이며, 지금 어디에 계십니까?'하고 물었다. 어머니는 '네 아버지는 보통
사람이 아니니라. 이 나라에서 살 수 없게 되어 남쪽으로 피신하여 그 곳에

7　金富軾 著, 李丙燾 역주, 『三國史記』上, 乙酉文化史, 1993, pp.254-264. 이하 『三國
　史記』의 인용은 같은 책의 페이지 수를 표시함.

서 나라를 세우고 왕이 되신 분이다. 그 분이 망명하실 때 어미에게 그대가
사내아이를 낳는다면, 내가 어떤 유물을 七稜石 위에 있는 소나무 밑에 숨
겨 두었으니 그것을 잘 찾아오는 자를 내 아들이라 여기겠소.'라는 말을 남
겼다고 대답했다. 그 이야기를 들은 유리는 당장 산으로 올라가 그것을 찾
았으나 허탕만 치고 지쳐 돌아왔다. 어느 날 그가 마루 위에 있을 때, 무슨
소리가 기둥을 받치고 있는 주춧돌 사이에서 들려오는 것 같았다. 그 곳으
로 내려가 살펴보니, 초석이 七角을 이루고 있었다. 당장 그 기둥 밑을 파
보니 부러진 칼 반쪽이 있었다. 유리는 그 칼 반쪽을 가지고 졸본으로 가서
아버지인 임금을 만나 부러진 검을 내보였다. 왕이 자신이 지니고 있던
단검을 꺼내 맞춰 보니 꼭 맞았다. 왕은 기뻐하여 유리를 태자로 삼았다
고 한다.

琉璃가 부러진 칼 반쪽을 찾아 아버지인 고구려 왕에게 가지고 감으로
써 부자 상봉을 하게 된다는 화형이다. 이 경우 아버지가 남긴 유물은 반드
시 그 아들에게 전해지고, 그 유물이야말로 부자 상봉할 때 서로의 관계를
증명하는 확실한 증거가 된다. 유리왕의 이야기는 이십 년 가까이 아비 없
는 자식으로 부여 지방을 유리하였으나, 부러진 보검을 찾아냄으로써 왕
권을 획득하게 되는 귀종유리담의 화형이다. 이러한 유형의 설화를 일본
문학에서는 다카후지高藤型 설화라고 하는데,『곤자쿠 이야기집今昔物語集』
권제22, 제7화에는 후지와라 다카후지藤原高藤기 15, 6세 무렵 사냥을 갔다
가 한 소녀와 하룻밤을 지낸 후, 칼을 풀어주고 6년이 지나도록 잊지 못하
고 있다가 다시 찾아가 정실로 맞이하여 잘 살게 되었다는 이야기가 있다.
『겐지 이야기』제2부에도 가시와기가 아들 가오루에게 橫笛를 전하게 하
는 이야기가 있다. 이에 대해 島內景二는 이러한 피리가 일종의 여의보주
인 가보로서 전해지는 것이라 하며 이를 高藤型의 類話[8]라고 지적했다.

한반도의 고대 삼국 중, 고구려와 백제는 부여에서 갈라져 나와 시조가
남쪽으로 유리하는 과정에서 건국이 진행되었다. 고대 한국의 시조신화에
대해 金兩基가 '현재 중국의 동북부옛 만주 중앙에서 출발한 부여족은 태
양이 뜨는 방향으로 남하하면서 나라를 세웠으며, 신화적으로는 동부여 ‧

---

8 島內景二,「柏木物語の成立」(『源氏物語の話型学』ぺりかん社, 1989) pp.84-110

북부여・고구려・백제로 이어진다.'[9]고 한 것은 왕권과 유리의 관계에 대해 시사하는 바가 크다. 즉 북부여에서 동부여, 동부여에서 고구려, 고구려에서 백제로 이어지는 남하의 도정을 볼 때, 같은 민족의 일부분이 일본으로까지 도래하였음은 자연스러운 일이 아닐까 생각된다.

백제의 시조 온조왕의 건국 과정은 『三國遺事』 권제2의 '남부여 전백제 북부여'와 『三國史記』 제23권의 백제본기에는 다음과 같이 기록되어 있다. 백제의 시조 온조왕의 아버지는 추모왕 주몽으로, 동부여에서 졸본부여로 남하하여 고구려를 세웠다. 당시 졸본부여의 왕은 슬하에 아들이 없이 딸만 셋을 두었다. 왕은 주몽을 보고는 범상한 인물이 아님을 알고 둘째 딸을 주몽의 아내로 주었다. 오래지 않아 졸본 부여왕이 승하함으로써 주몽이 그 뒤를 잇게 되었다. 그리고 두 아들이 태어나 장남을 비류沸流, 차남을 온조溫祚라 하였다. 한편 앞에서 서술한대로 주몽이 북부여에 있을 때 예씨와의 사이에서 태어난 유리가 와서 태자가 되었으므로, 비류와 온조는 태자인 유리에게 받아들여지지 않을 것을 두려워하여 신하와 함께 남쪽으로 떠났다. 북한산에 이르러 삼각산에 올라 내려다보며 거처할 곳을 찾았다. 沸流는 미추홀 인천에 정착하였으나 땅이 습하고 물이 짜서 건국에 실패한다. 한편 溫祚는 河南 慰禮城에 도읍을 정하고 국호를 十濟라 하였으나, 인천에서 돌아온 비류의 백성도 받아들여 국호를 새로이 百濟라 칭하였다.

온조는 부왕인 주몽이 부여에서 남하하여 高句麗를 건국했듯이, 왕권에서 배제되어 형 비류와 함께 남쪽으로 유리하여 새로운 나라를 세웠던 것이다. 이는 귀종유리에 의해 고대 왕권국가가 성립되는 전형적인 예라 할 수 있다. 백제는 성왕 16년(538) 봄에 도읍을 사비로 천도하여 국호를 남부여라 했으나, 부여군은 전백제의 왕도로서 소부리군이라고도 했다. 부여군이라는 지명에는 상고의 부여에서 한반도 남쪽으로 유리하면서 새 나라를 세워 나가는 부씨일족의 왕권의 역사가 함축되어 있다고 볼 수 있다. 즉 유리와 왕권은 긴밀한 연관이 있으며, 유리에 의해 새로운 왕권을 확립하게 되는 것이 고대 왕권의 특징이라 할 수 있을 것이다.

---

9 金両基, 『韓国神話』 青土社, 1995. p.130

부여왕족의 경우, 유화가 금와를 만난 곳은 우발수이며, 주몽이 고구려의 도읍을 정한 곳은 비류수, 온조가 백제의 도읍을 정한 곳도 한수 연안이었다. 고대문명의 발상지는 모두 강 유역이며, 자연의 지배자가 군주가 된 것과 관련이 있다고 생각된다. 그런데 일본 記紀神話의 유리담에서는 다카마가하라에서 지상으로, 동에서 서로 진행되는 방향성을 보이는데, 역성혁명이라든가 새로운 나라를 세우는 일은 일어나지 않는다. 그리고 유리의 지리적 배경으로는 이미 折口信夫가 지적한 바와 같이 강가나 해변이 많았다.

부여족은 북부여에서 고구려와 백제로, 대륙 북쪽에서 남쪽으로 유리와 국가건설을 되풀이해 왔으나, 일본의 記紀神話에서는 하늘에서 땅으로 내려온다. 그런데 고대국가의 율령체제가 정비된 후에는 국내에서 유리의 결과로 새로운 나라를 세우는 일은 없게 된다. 단지 『겐지 이야기』의 히카루겐지와 같이 유리를 체험하고 다시 도읍으로 돌아와 율령체제와 문화를 지배하지만 즉위하지 않고 왕권을 획득하는 경우가 있다.

3. 일본의 貴種流離譚

『古事記』 상권, 많은 신들이 회합하여 히야스사노오노미코토速須佐之男命가 범한 악행을 속죄시키기 위해 다카마가하라高天原에서 추방한다. 여기서 주목하고자 하는 것은 須佐之男가 추방된 장소인데, 본문에는 다음과 같이 기술하고 있다.

> 이에 스사노오노미코토는 다카마가하라에서 쫓겨나서, 이즈모 지방의 히강 강류, 이름이 도리가미라는 곳으로 내려오셨다. 이 때 젓가락이 그 강으로 떠내려 왔다. 이에 스사노오노미코토는 사람이 그 강 상류에 살고 있다고 생각하시어 물어 찾아가시자, 할아버지와 할머니 두 사람이 있는데 처녀를 사이에 두고 울고 있었다.
> 故、避追はえて、出雲國の肥の河上、名は鳥髪といふ地に降りましき。此の時に、箸、其の河より流れ下りき。是に、須佐之男命、人其の河上に有りと以爲ひて、尋

ね覚め上り往けば、老夫と老女と、二人有りて、童女を中に置きて泣けり。[10]

肥河 상류로 추방된 스사노오는 젓가락이 떠내려 오는 것을 보고 위쪽에 사람이 살고 있다는 것을 알게 된다. 지역 신이 사는 마을을 찾아가서 '발이 여덟 개인 큰 뱀八俣の大蛇'으로 상징되는 산하를 다스리고 난 후에 老夫의 딸 구시나다히메櫛名田比売와 결혼한다. 『古事記』에서 스사노오가 강 상류에 유리하여, 치산치수를 하고 지역 신의 딸과 결혼하는 이야기는 일본 귀종유리담의 원천이라 할 수 있다.

고구려의 시조전설에서 주몽의 유리담은 스사노오의 유리와 같은 화형으로 볼 수 있다. 『三國史記』 제13권 고구려 본기 제1에, 주몽이 비류수 연안으로 피신해 오자, 졸본부여의 왕은 자신의 딸을 주몽과 결혼시킨다. 그리고 졸본부여의 왕이 죽자 주몽은 왕위를 계승하여 이웃 비류국을 정복하는 과정에 다음과 같은 이야기가 나온다.

> 왕 주몽은 비류수 가운데 나뭇잎이 흘러 내려오는 것을 보고 상류에 사람이 살고 있음을 알았다. 그래서 사냥을 하면서 비류국을 찾아가니, 그 국왕 송양이 나와 보고 '과인이 바다 구석에 치우쳐 살고 있어 일찍이 군자를 얻어 보지 못하다가 오늘 의외에 서로 만나니, 또한 다행한 일이 아니냐. 그런데 그대는 어디서 왔는지 모르겠다.'고 했다. 주몽이 대답하기를 '나는 천제의 아들로 모처에 와서 도읍을 정하였다.'고 했다.
> 王見沸流水中, 有菜葉逐流下, 知有人在上流者, 因以獵往尋, 至沸流國, 其國王松讓出見曰, 寡人僻在海隅, 未嘗得見君子, 今日邂逅相遇, 不亦幸乎, 然不識吾子自何而來, 答曰, 吾是天帝子, 來都於某所, (上卷, p.261)

朱蒙은 나뭇잎菜葉이 떠내려 오는 것을 보고, 스사노오는 젓가락이 떠내려 오는 것을 보고 각각 상류에 사람이 살고 있을 것으로 추정한다. 송양왕이 주몽에게 '그런데 그대는 어디서 왔는지 모르겠다.'라고 말한 것은 오

---

10 山口佳紀, 神野志隆光 校注, 『古事記』(「新編日本古典文学全集」, 小学館, 1997) p.69. 이하 『古事記』의 인용은 「新編全集」의 페이지 수를 표기.

야마쓰미大山津見 신이 스사노오에게 '황송하지만 아직 당신의 이름을 모릅니다.'라고 말한 것과 같은 발상이다. 즉 비류국왕은 지역신인 大山津見神에 해당하며, 주몽은 천제의 아들로서 유리를 해 온 사람이고, 스사노오는 아마테라스오미카미天照大御神의 동생으로 다카마가하라에서 내려왔다. 주몽은 비류국의 송양왕과 언쟁을 한 후 활솜씨를 겨루어 보기 좋게 이긴다. 송양왕은 대항할 수 없음을 알고 이듬해 나라를 바쳐 투항한다. 주몽과 스사노오처럼 하늘에서 내린 귀한 신분이 지역의 왕이나 신의 딸과 결혼함으로써 새로운 나라를 건설하는 것은 전형적인 귀종유리담의 유형이라 생각된다.

『古事記』上卷에서 오쿠니누시노카미大國主神이 형제 신들로부터 괴롭힘을 당하는 것은 流離의 과정으로 볼 수 있다. 오쿠니누시노카미는 스사노오미코토의 혹독한 시련을 견디어 낸 후에, 스세리비메須勢理毘売, 야가미히메八上比売와 결혼한다. 상권 마지막에 나오는 호오리노미코토火遠理命는 형인 호데리노미코토火照命으로부터 빌린 낚시 바늘로 고기를 낚다가 바다에서 잃게 된다. 호오리노미코토는 바늘을 찾기 위해 용궁으로 유리했다가, 바다신의 딸 도요타마비메豊玉毘売와 결혼하고 바늘도 찾아 온다는 이야기이다.

『古事記』 중권에서 야마토타케루倭建는 구마소熊曽와 이즈모出雲를 정벌하였으나, 아버지 게이코景行 천황은 다시 아즈마東國의 정벌을 명한다. 야마토타케루는 이세伊勢 신궁의 숙모 야마토히메倭比売로부터 얻은 구사나기노쓰루기草薙劍의 영험으로 아즈마東國의 여러 신들을 평정한다. 그리고 야마토타케루는 아즈마로 갈 때 약속한 대로 오와리尾張國의 미야즈히메美夜受比売과 결혼한다. 그런데 구사나기노쓰루기을 두고 이부키伊吹山의 신을 정벌하러 가간 것이 원인이 되어 발병하여 죽고 만다. 야마토타케루는 죽은 뒤에도 하늘을 나는 백조가 되어 해변과 둔치를 떠돌게 되는데, 이처럼 신들이 유리하는 장소는 대개 물과 깊은 관련이 있으며 죽은 후에도 물가를 날아다닌다는 이야기가 많다.

한국과 일본의 시조 신화에서 천손이 강림하는 장소는 산의 정상인 경우가 많다. 그리고 귀한 신분의 왕자 등이 유리하는 곳은 바다나 강가가 많으며, 천손이나 귀한 신분이 모두 지역신의 딸과 결혼하는 것이 기본 화형인 것 같다. 고구려나 백제의 시조전설에서는 귀한 신분이 유리하여 왕권

을 확립하지만,『古事記』신화에서는 황권으로부터 배제된 영웅이 지방의
산하를 유리하는 경우가 많다. 귀종유리담의 화형은 유리의 과정을 겪는
주인공이 지역을 대표하는 딸과 결혼하는 과정이 확대 재생산됨으로써 서
사문학으로 발전했다. 또한 허구의 모노가타리 문학에서는 유리하는 영웅
이 표박 도중에 보물을 구해 돌아오는 주제가 많다.

『겐지 이야기』에 선행하는 유리의 주인공으로는『다케토리 이야기』의
가구야히메,『이세 이야기』의 아리와라 나리히라在原業平,『우쓰호 이야기』
의 도시카게俊蔭와 도시카게의 딸,『오치쿠보 이야기』의 오치쿠보노키미
등이 있는데 모두 다양한 유형으로 변형되어 있다.『다케토리 이야기』에
서는 가구야히메가 달세계에서 지상으로 유리를 하다가 마지막에는 다시
하늘로 승천하고,『이세 이야기』에서 아리와라 나리히라로 비유되는 옛날
남자는 아즈마東國로 유리한다. 또한『우쓰호 이야기』의 도시카게와 도시
카게의 딸은 견당사로 가던 도중 폭풍우를 만나 하시國波斯國으로 표류하
다가 선인으로부터 칠현금의 비곡을 전수받아 귀국한다.『오치쿠보 이야
기』의 오치쿠보노키미는 의붓자식으로 계모의 학대를 받다가 유리를 하
지만 마지막에는 행복한 결혼을 하게 된다는 이야기이다.

즉 모노가타리物語 문학의 유리는 고대전승의 화형을 도입히면서 허구
의 작의가 작용하여 왕권을 배경으로 하면서도 표면적으로는 사랑의 인간
관계가 그려지는 경우가 많다. 모노가타리의 독자층이 주로 여성이었던
까닭인지 유리의 주인공이 여성인 경우도 많다. 통과의례의 반영으로서
신화전설로부터 모노가타리로의 변형을 확인해야 하지만, 여기서는 히카
루겐지의 유리담을 규명하기로 한다.

4. 光源氏의 須磨流離

賢木卷에서 히카루겐지는 기리쓰보인桐壺院의 유언대로 周公旦의 입장
에서 조정의 후견을 생각하고 있었는데, 우대신의 세력에 의해 정치적으
로 실각하게 되자, 자신의 심정을 한시로 읊어 삼위중장 두중장에게 하소
연한다. 히카루겐지는 자기 자신을 周公旦에 비유하여, '文王의 아들 武王

의 동생.'[11]라고 중얼거린다.

이는 『史記』의 魯周公世家 제3에, 周公旦이 열 살 가량 된 成王의 섭정을 하고 있을 무렵 자신의 아들 伯禽를 魯에 심부름시키면서 '我文王子, 武王之弟, 成王之叔父'[12]라고 말한 데서 비롯된다. 『細流抄』의 지적 이래, 文王을 기리쓰보인, 武王을 스자쿠 천황, 成王은 동궁, 겐지는 周公旦에 비유하는 것으로 되어있다. 즉 히카루겐지는 세상에 드러나지 않은 곳에서 아무도 모르는 자신의 아들 동궁을 成王으로 생각하고 있었던 것이다. 그러나 賢木卷의 이어지는 소시지草子地[13] 표현에는 '그런데 성왕의 무엇이라 하시려는지. 그것만큼은 역시 걱정거리이겠지.成王の何とかのたまはむとすらむ。そらばかりやまた心とがむらむ'(②143)라고 하여, 그러한 겐지의 심정을 비꼬듯이 기술하고 있다.

히카루겐지가 '文王의 아들, 武王의 동생'이라고 중얼거린 것은 동궁의 후견으로서 정치적 입장이 위태로워진 히카루겐지가 周公旦을 이상적인 섭정으로서 생각하고 있는 대목이라고 할 수 있다. 그러나 이미 정치의 실권은 스자쿠朱雀 천황의 외척 우대신 일파로 넘어갔고 후지쓰보 중궁은 출가를 하면서까지 동궁을 지키려했다. 이에 겐지도 동궁에게 누가 되지 않도록 스스로 스마須磨 퇴거를 하지 않을 수 없었던 것이다.

『源氏物語』에는 화형의 전승뿐 아니라 역사상 실존 인물이나 사건 등 다양한 사실을 준거準據로 하고 있다. 즉 히카루겐지의 귀종유리담을 논할 때, 반드시 인용되는 것이 히카루겐지의 모델과 준거의 문제이다. 중세의 고주석 이래, 준거란 허구 이야기의 근거로서 역사적인 사실 등이 지적되었다. 『河海抄』제1권 料簡의 서두에는 다음과 같은 준거를 기술하고 있다.

---

11 阿部秋生 他校注, 『源氏物語』1 (『新編日本古典文学全集』, 小学館, 1999) p.135. 이하 『源氏物語』의 인용은 『新編全集』의 권, 페이지를 표기함.
12 吉田賢抗, 『史記』五 (『新釈漢文大系』85, 明治書院, 1992) p.118
13 草子地는 物語의 지문 중에서 원작자로 생각되는 이야기꾼이 등장하여 보충설명이나 추정, 비평, 전달, 생략을 독자들에게 직접 발언한 부분.

이 이야기의 근원에 대해 갖가지 설이 있지만, 서궁 좌대신(미나모토 다카아키라)이 안나 2년(969)에 다자이 수령으로 좌천되었기 때문에 도시키부가 어린 시절부터 친숙하게 생각하고 있었기에 안타까워했다. 그 무렵 다이사이인(964-1035) 센시 황녀(무라카미 천황 10번째 딸)가 조토몬인 쇼시 중궁(988-1074)에게 진귀한 이야기책이 있느냐고 물었는데, (중략) 히카루겐지를 좌대신으로 무라사키노우에를 무라사키시키부로 비유하고, 주공단과 백거이의 고사를 생각하게 하고, 재납언 (아리와라 나리히라), 관승상 (스가와라 미치자네)의 이야기를 기술한 것이다.

此物語のおこりに說々ありといへOOも西宮左大臣安和二年太宰權帥に左遷せられ給しかは藤式部おさなくよりなれたてまつりて思なけきける比大齋院選子內親王 (村上女十宮)より上東門院へめつらかなる草子や侍ると尋申させ給ひけるに (中略) 光源氏を左大臣になそらへ紫上を式部か身によそへて周公旦白居易のいにしへをかんかへ在納言菅承相のためしをひきてかきいたしけるなるへし。[14]

히카루겐지의 모델로서 다자이후太宰府에 좌천되었던 서궁 좌대신 미나모토 다카아키라源高明를 비롯하여 주공단周公旦, 백거이白居易, 아리와라 나리히라在原業平, 스가와라 미치자네菅原道眞 등의 예를 들고 있다. 무라사키시키부는 上東門院 쇼시彰子 中宮로부터 새로운 이야기를 지어 바치라는 명을 받고, 이시야마데라石山寺에서 밤을 세워가며 이 일을 기도했다. 마침 8월 보름날 밤 달이 호수에 비칠 때 모노가타리의 정취가 떠올라 급히 서둘러 불전에 놓여 있던 대반야경 종이에 이 이야기를 써 내려가기 시작했다고 한다. 그래서 須磨卷에서 히카루겐지가 '달이 아주 아름답게 비치었기에, 오늘 밤은 보름달이었구나.月のいとはなやかにさし出でたるに、今宵は十五夜なりけり.'(②202)라고 생각하는 장면 설정을 작자의 실제 체험인 것처럼 지적하고 있다.

여기서 한국과 일본의 신화전설에 나오는 유리담이 허구의 화형에 어떤 형태로 전승되고 있는지, 전승과 작의의 과정을 살펴보기로 한다. 이야기

---

14 玉上琢弥 編, 『紫明抄・河海抄』角川書店, 1978. p.186. 以下『紫明抄・河海抄』의 인용은 같은 책의 페이지를 표시함.

꾼語り手에 의해 전승된 화형은 모노가타리 작자의 작의가 작용함으로써 변형된다. 즉『겐지 이야기』처럼 현존하는 모노가타리에는 무수한 화형이 내재하고 있는데, 이를 어떻게 분석하느냐에 따라 문학의 시원, 또는 인간의 의식구조의 원형까지도 규명할 수 있지 않을까 생각한다.

『겐지 이야기』에 선행하는 귀종유리담의 원천을 규명함으로써, 히카루겐지의 스마 퇴거의 의미가 보다 더 확실해질 것이다. 예를 들면, 히카루겐지는 스마 퇴거에 즈음하여, 周公旦의 정치적인 입장이나 아리와라 유키히라在原行平 中納言의 스마 칩거 사건을 떠올린다. 모노가타리의 주인공은 이밖에도 菅原道真의 좌천이나, 서궁 좌대신 등의 사건을 떠올림으로써 각각의 사건과 전승 속에서 허구 이야기의 소재를 추출하고 있는 것이다. 또한 신화전설로서 기록되어 있는 이야기는 오랜 세월의 전승과정을 거쳤으므로 서로 영향관계가 없어도 같은 유형의 이야기에는 인간의 삶이나 미의식의 공통점을 파악할 수 있다고 생각된다.

『河海抄』에는 위의 인용문에 이어 모노가타리의 시대 설정을 기리쓰보桐壺, 스자쿠朱雀, 레이제이冷泉가 역사상의 다이고醍醐, 스자쿠朱雀, 무라카미村上의 삼대에, 히카루겐지는 서궁 좌대신 미나모토 다카아키라源高明에 해당하는 것으로 모델론을 상정하고 있다.

> 이 이야기는 히카루겐지를 줄거리로 하고 있는가. 그래서 시궁 좌대신에 준하는 것, 일세의 겐지가 좌천하는 일은 서로 닮았지만, 그가 호색의 선구라는 이야기 그렇게 들어보지 못했다. 지금의 이야기는 특히 이 방면의 책으로 만든 것인가. 어떻게 대답할 것인가. 허구 이야기의 주제는 그 사람의 모습이 있지만, 행적에 있어서 반드시 모두 다 모방하는 일은 없다.
> 此物語は光源氏をむねとする歟されは西宮左大臣に准スル事一世の源氏左遷の跡は相似たれとも彼公好色の先達とはさしてきこえさるにやいまの物語は殊に此道を本としたる歟如何答云作物かたりのならひ大綱は其人のおもかけあれとも行迹にをきてはあなかちに事ことにかれを摸する事なし。　　　　　　　　(p.187)

히카루겐지와 미나모토 다카아키라가 一世의 겐지로서 유리를 했다는 점은 서로 비슷하지만, 미나모토 다카아키라源高明가 '好色'의 선구라고 말하기는 어렵다는 것이다. 이어지는 문맥에 이야기의 주인공이 '好色'인 점은 아리와라 나리히라在原業平야말로 선구라고 적고 있다. 그리고 모델이란 어느 인물의 어떤 모습이 비슷할 뿐, 그 행적을 완전히 모방하는 것은 아니라는 것을 강조하고 있다. 『河海抄』의 지적대로 허구의 이야기인 『겐지 이야기』의 주인공 히카루겐지의 준거는 역사 속의 어떤 한사람을 묘사하고 있는 것이 아니라, 여러 사람의 부분적인 면모가 투영되어 있다고 할 수 있다.

須磨卷의 서두에서 히카루겐지는 퇴거하는 장소로서 사람의 출입이 많은 곳은 원래의 뜻과 다르고, 도읍에서 너무 먼 거리라면 고향이 그리워질 것을 고려하여 도읍의 주변으로서 물가에 위치한 스마須磨로 정한다. 히카루겐지가 스마 퇴거를 하게되는 동기를 살펴보면 표면적인 이유와 심층적인 이유가 있었다. 첫째, 표면적인 이유는 賢木卷에서 우대신의 딸인 오보로즈키요朧月夜와의 밀회가 우대신에게 발각되자, 고키덴 뇨고弘徽殿女御 측은 히카루겐지의 관직을 삭탈하고 유배를 시키려고 했기 때문에 스스로 스마에 퇴거했던 것이다. 둘째, 심층적인 이유는 若紫卷에서 자신의 꿈을 해몽한 내용이 레이제이冷泉가 천황이 된다는 이야기를 듣고, 정치적으로 불리한 자신의 입장이 아들의 즉위에 영향이 있을 것을 우려한 일시적인 은퇴였다.

앞에서 살펴본 한일 貴種流離譚에서 유리의 동기와 결과를 살펴보면 일반적으로 국왕이나 정권으로부터 소외된 왕자 등이 방랑을 거친 후에 새로운 국가를 창건하는 경우가 많았다. 그러나 히카루겐지의 경우는, 오보로즈키요와의 밀회 사건도 있지만, 근본적으로는 후지쓰보 사건이 스마 퇴거의 원천에 있다고 볼 수 있다. 즉 겐지는 자신의 정치적인 실각으로 인해 자신의 아들이 차기 천황으로 즉위하는데 걸림돌이 되지 않기 위해 퇴거를 결심한 것이었다. 그러나 히카루겐지가 스마須磨의 해변가로 유리하고, 다시 옮긴 아카시明石에서 아카시노키미와 결혼하여 얻은 딸은 섭정관백으로서 히카루겐지의 영화를 달성해줄 보물과 같은 존재였다.

모노가타리의 작자는 여러가지 역사적인 사건들을 도입하면서 히카루겐지의 스마 퇴거의 동기를 기술하고 있다. 특히 오보로즈키요朧月夜와 후지쓰보라는 여성들과 사랑의 인간관계를 통해 표면적·심층적으로 유리를 필연화하고 있다. 즉 오보로즈키요와 후지쓰보를 표리일체화 시켜, 히카루겐지의 스마 퇴거의 동기를 제공하고 있는 것이다. 또한 스마 퇴거를 貴種流離譚의 한 화형으로 생각하면 그 결과는 히카루겐지의 영화와 왕권 획득이었다고 할 수 있을 것이다.

5. 결론

貴種流離는 일본 고대문학의 주제를 형성하는 한 현상일 뿐 아니라, 세계문학 일반의 특징이라고 생각된다. 그러한 관점에서 한국의 신화전설을 매개로 하여 일본의 신화전설과 모노가타리에 나타난 유리담을 살펴보았다. 이러한 분석방법을 통하여 문학 공통의 어떤 유형과 특징을 도출할 수 있었다.

고구려의 시조 주몽과 『고지키』의 스사노오는 강 연안에 유리한다. 그리고 유채와 젓가락이 떠내려오는 것을 보고 각각 상류에 사람이 살고 있을 것으로 추정하고 상류를 찾아간다. 그 지역의 왕이나 신이 그 태생을 묻자, 주몽은 천제의 아들, 스사노오는 아마테라스오미카미의 동생이라고 대답하는 것도 귀종유리라고 하는 공통점을 점을 밝히고 있는 부분이다.

記紀 이후 유리의 주인공은, 가구야히메나 아리와라 나리히라在原業平, 도시카게俊蔭, 오치쿠보노키미 등 각 작품에 따라 다양한 변형이 이루어지고 있다. 이는 모노가타리 문학의 유리가 고대전승의 화형을 도입하면서 허구의 작의가 작용하고 있기 때문이다. 또 사실史實에서 좌천에 의해 유배된 인물을 준거로 인용하고 있는 경우도 있는데, 히카루겐지의 모델로서는 미나모토 다카아키라, 아리와라 나리히라 등 여러 인물에 전해지는 전설의 일부가 도입되어 전체로서 히카루겐지의 유리담을 형성하고 있다고 생각된다.

히카루겐지의 스마 퇴거에 대해서는 다양한 분석이 이루어지고 있으나, 折口信夫의 용어를 바탕으로 고대전승의 유리담과 화형을 비교함으로써 유리의 동기와 다양한 인간관계의 모습을 구명해 보았다. 히카루겐지의 유리담은 스마 퇴거와 아카시明石의 영험 이야기로 구성되어 있는데, 그것은 곧 왕권달성의 이야기였다. 히카루겐지는 정치적으로 불리함에도 불구하고 정적인 우대신의 딸 오보로즈키요와 밀회를 거듭한다. 히카루겐지가 스마에 퇴거한 표면상의 이유도 이 오보로즈키요와의 밀통이 우대신에게 발각되었기 때문이었다. 그러나 모노가타리의 심층에는 기리쓰보인의 일 주기에 후지쓰보가 출가하고, 이제 아들 동궁의 후견은 자신밖에 없다는 히카루겐지 스스로의 자각이 퇴거의 이면에 있었을 것으로 생각한다.

스마에서 보낸 시간이 꼭 일 년이 지난 시점에, 히카루겐지는 사람을 보내 불제祓除를 하고, 자신이 무죄임을 주장하는 노래를 읊는다. 이 무죄 주장에 대해 자연이 경계하는 것처럼 폭풍우가 일어난다. 그런데 히카루겐지 자신도 정치적으로는 거리낄 것이 없었으나, 후지쓰보에게는 밀통의 죄를 인정하고 있었다. 폭풍우가 그친 다음, 아카시뉴도明石入道가 인도하는 대로 아카시明石로 옮긴 히카루겐지는 아카시노키미를 여성을 만난다. 이로서 히카루겐지는 후지쓰보와의 밀통에 의해 태어난 동궁의 즉위를 위해 퇴거했지만, 새로운 왕권 획득의 초석이 되는 딸을 얻게 된다.

히카루겐지의 스마 퇴거는 귀종유리담의 화형을 유지하면서 등장인물의 인간관계를 중심으로 새로운 작의가 작용하여 변형되고 확대 재생산되었다고 할 수 있다. 또한 히카루겐지의 상징은 달빛月影과 스미요시住吉의 신, 유언 등에 의해 지켜진다. 즉 겐지의 스마 퇴거는 貴種流離譚이라고 하는 화형과 주인공들의 인간관계가 어우러져 왕권달성을 위한 주제를 형성하고 있는 것이다.

Key Words 貴種流離, 住吉, 須磨, 明石, 夢, 栄華

겐지 이야기의 전승과 작의

제3장

『겐지 이야기』에 나타난 재회담의 전승

1. 서론

　헤이안平安 시대 모노가타리物語 문학에서 등장인물들의 만남과 이별, 그리고 재회는 인간관계의 극적인 효과를 거두기 위한 가장 보편적인 소재라 할 수 있을 것이다. 이러한 모노가타리에서 남녀나 부자 등이 어떤 연유로 인해 헤어졌다가 다시 만나게 되는 이야기를 재회담再會譚이라고 한다. 따라서『겐지 이야기』의 등장인물들이 사랑의 인간관계를 영위하는 이별과 재회를 규명하는 연구는 모노가타리의 주제와 문학성을 규명하는 중요한 과제라 생각된다.

　『고지키古事記』의 신화전설에서 이자나기伊耶那岐와 이자나미伊耶那美가 황천에서 재회한다는 설화 이래로 모노가타리 문학에는 등장인물들의 재회담이 빈번하게 등장한다. 『우쓰호 이야기』俊蔭巻에는 나카타다仲忠가 아버지 가네마사와 재회한 후 조정에 출사하여 칠현금을 연주함으로써 출세한다는 이야기가 나온다. 또한 계모학대담인『오치쿠보 이야기』에서는 오치쿠보노키미가 침전의 움푹 꺼진 방에서 생활하게 하며 학대를 당하다가 소장 미치요리道頼와 재회하여 행복한 결혼을 한다. 『스미요시 이야기』에도 중납언과 황녀 소생인 스미요시노히메기미가 계모에게 갖은 박해를 받다가 하세長谷 관음의 영험으로 소장과 재회하여 행복한 결혼을 하게 된다는 이야기가 큰 줄거리를 이루고 있다. 『겐지 이야기』蛍巻에서는 다마카즈라가 모노가타리에 열중하여 『스미요시 이야기』를 읽다가, 스미요시노 히메기미가 계모의 계략에서 벗어나 스미요시住吉에 유리하게 되는 것을, 자신이 히젠肥前에서 다유노겐大夫監에게 무리한 구혼을 받았으나, 지금은 육조원에 들어와 겐지의 보호를 받고 있는 처지에 비유하고 있다. 즉 『겐지 이야기』의 다마카즈라 이야기는 스스로 『스미요시 이야기』의 재회담을 염두에 두고 구상되었다는 것을 밝히고 있는 셈이다.

헤이안 시대의 문학을 이해하기 위해서는 신화 전설에서 모노가타리에 이르기까지 등장인물들의 삶에서 재회가 갖는 의미를 분석할 필요가 있다. 본고에서는 우선 『겐지 이야기』에 나오는 등장인물의 재회담이 어떻게 전승되어 왔는가를 고찰함으로써 당시의 일본 사람들이 어떻게 생활을 영위해 왔는가를 살펴보고자 한다. 『겐지 이야기』에는 많은 이별과 재회가 그려져 있는데, 예를 들면 우쓰세미와 겐지, 무라사키노우에와 겐지, 明石中宮와 겐지, 다마카즈라와 右近, 오보로즈키요와 겐지, 오미노키미近江君와 두중장, 우키후네와 나카노키미中の君 등의 등장인물들이 이별과 재회를 반복한다. 즉 장편의 모노가타리에는 영영 이별하는 것보다 헤어진 후에 다시 재회하는 이야기가 더 많이 그려지고 있는 셈이다.

헤이안 시대의 재회담을 분석한 선행연구로는 주로 당사자의 인물론을 중심으로 다루어지는 경우가 많았다. 우선 재회담에 관한 일반론으로 相原宏美[1]의 분석이 있고, 우쓰세미空蟬와 겐지의 재회담을 다룬 연구로는 池田利夫[2], 永井和子[3], 藤田加代[4], 아카시노키미明石の君와 겐지의 재회에 관하여는 森藤侃子[5], 木船重昭[6], 東原伸昭[7], 鈴木日出男[8] 등이 있고, 다마카즈라와 우콘右近과 관련해서는 藤井貞和[9], 森本茂[10], 平井仁子[11] 등의 연구가

---

1 相原宏美, 「さいかいたん(再会譚)」, 『源氏物語事典』, 大和書房, 2002.
2 池田利夫, 「蓬生・関屋」(『源氏物語講座』第三卷, 有精堂, 1982)
3 永井和子, 「空蟬再会」(『講座源氏物語の世界』, 有斐閣, 1980)
4 藤田加代, 「空蟬」(『源氏物語講座』第二卷, 勉誠社, 1991)
5 森藤侃子, 「松風・薄雲・槿」(『源氏物語講座』第三卷, 有精堂, 1982)
6 木船重昭, 「母子離別」(『講座源氏物語の世界』, 有斐閣 1980)
7 東原伸昭, 「明石の君」(『源氏物語講座』第二卷, 勉誠社, 1991)
8 鈴木日出男, 『源氏物語虚構論』, 東京大学出版会, 2003.
9 藤井貞和, 「玉鬘」(『源氏物語講座』第三卷, 有精堂, 1982)
10 森本茂, 「初瀬詣」(『講座源氏物語の世界』, 有斐閣 1981)

있다. 대부분이 각각의 논문에서 주제나 등장인물과 관련한 인간관계를
규명하거나 주제와 표현을 결부한 인물론이라 할 수 있다.

이상의 선행연구를 바탕으로 본고에서는 『겐지 이야기』의 재회담 중에
서 가장 대표적인 우쓰세미와 겐지, 다마카즈라와 우콘右近, 오미노키미近江
君와 두중장의 이별과 재회를 고찰하고자 한다. 재회를 하게 되는 과정과
시간, 장소, 그 의의를 분석함으로써 재회가 주인공들의 운명에 어떠한 결
과를 가져오게 되는가를 규명할 것이다. 또한 그들이 만나고자 하는 사람
과 재회를 한다는 것이 모노가타리의 주제에는 어떤 영향을 주게 되는가
를 살펴보고자 한다.

2. 空蟬와 源氏

헤이안 시대 문학에 나타난 재회담을 분류해 보면, 재회의 당사자가 남
녀인 경우, 유모를 통한 만남, 부자지간인 경우가 있고, 우연한 재회와 의
도적인 재회, 또한 남녀가 재회를 통해 결혼을 하느냐 하지 않느냐 등 여러
가지 바리에이션이 있다. 전기의 『오치쿠보 이야기』나 『스미요시 이야기』
에서는 계모에게 학대를 당하는 의붓딸이 귀공자와 재회하면서 행복한 결
혼을 하는 경우가 많았으나, 『겐지 이야기』에는 재회와 함께 결혼하게 되
는 설정은 나오지 않는다.

帚木卷의 비 오는 날 밤의 여성 품평회에서, 중류계층의 여성에게 관심
을 갖게 된 17세의 겐지는 불길한 방위를 피해 기이 수령紀伊守의 저택에 묵
게 되면서 처음으로 우쓰세미를 만나게 된다. 이 때 우쓰세미는 이미 나이
가 많은 이요노스케伊予介의 후처가 되어있었다. 겐지와 하루 밤을 함께 한
우쓰세미는 서로의 신분차가 크다는 점과 자신은 이미 미혼이 아니라는 점
에서 어울리지 않는다고 생각한다. 겐지가 재삼 찾아왔을 때 우쓰세미는
의붓딸인 노키바노오기軒端荻와 바둑을 두고 있었는데, 밤에 겐지가 방으로
들어오는 기색을 알아차리고 웃옷小袿을 벗어두고 자리를 피해 버린다.

---

11 平井仁子, 「玉鬘」(『源氏物語講座』第二卷, 勉誠社, 1991)

젊은 노키바노오기는 정말 깊이 잠이 든 것 같다. 우쓰세미는 이같이 옷이 스치는 기척이 나고 정말 좋은 향내가 풍겨와 얼굴을 들어보니, 홑겹으로 된 휘장을 걸쳐놓은 칸막이 사이에 어둡지만 누군가 무릎걸음으로 다가오는 기척이 분명히 느껴졌다. 이게 어찌된 일인가 하고 깜짝 놀라서, 순간적으로 아무런 판단도 되지 않아 살짝 일어나서 명주 홑겹 하나만 걸치고 미끄러지듯 빠져나왔다.

若き人は何心なういとようまどろみたるべし。かかるけはひのいとかうばしくうち匂ふに、顔をもたげたるに、ひとへうちかけたる几帳の隙間に、暗けれど、うちみじろき寄るけはひいとしるし。あさましくおぼえて、ともかくも思ひ分かれず、やをら起き出でて、生絹なる単衣をひとつ着て、すべり出でにけり。[12]

겐지는 우쓰세미가 빠져나간 사실은 꿈에도 생각하지 않고 우쓰세미의 의붓딸인 노키바노오기와 관계를 맺게 된다. 겐지는 나중에 사람이 바뀌었다는 것을 알았지만, 그렇다고 노키바노오기에게 사람을 잘못 찾아왔다고 이야기할 수도 없었다. 겐지는 황당하기도 하고 이렇게까지 자신을 거부하는 우쓰세미에게 화가 나기도 했다. 겐지는 하는 수 없이 매미의 허물과 같은 우쓰세미의 웃옷을 갖고 돌아가 향내를 맡으며 그녀의 무정함을 원망하며 와카를 지어 보낸다. 한편 우쓰세미는 자신이 겐지의 상대로서 미혼이라면 얼마나 좋을까하고 생각하며 상념에 잠긴다. 우쓰세미의 이러한 미련이 훗날 겐지와 재회하게 되는 먼 동인이 되었을 것으로 볼 수 있다.

이후 우쓰세미는 남편 이요노스케伊予介와 함께 임지인 이요伊予 지방으로 내려가게 되지만, 겐지는 기회가 있을 때마다 와카를 증답하고, 가져갔던 웃옷을 돌려보내는 등 우쓰세미를 환대한다.

또 은밀히 특별한 선물을 주셨는데, 장식이 아름다운 빗이나 부채 등을 많이 준비하고, 폐백 등도 특별히 만들어서 예의 그 웃옷도 보내셨다.
다시 만날 때까지의 유품으로 생각하고 있었는데 이 웃옷의 소매는 눈물에

---

12 阿部秋生 他校注, 『源氏物語』1 (『新編日本古典文学全集』 小学館, 1994) p.124. 이하 『源氏物語』의 본문 인용은 『新編全集』의 巻冊, 페이지를 표기함.

젖었구려.

이 밖에도 자질구레한 일이 많았지만 번거로운 일이라 여기에는 쓰지 않는다. 겐지의 심부름꾼은 돌아갔지만, 우쓰세미는 동생 고기미를 시켜 웃옷을 주신 것에 대한 답장을 드렸다.

매미의 날개와 같은 여름옷을 갈아입은 지금 보아도 저절로 눈물이 납니다. 겐지는 아무리 생각해도 신기할 정도로 보통 여자와는 달리 거세게 뿌리치고 가버렸구나 하고 생각하셨다.

また内々にもわざとしたまひて、こまやかにをかしきさまなる櫛、扇多くして、幣などわざとがましくて、かの小桂も遣はす。

〈源氏〉逢ふまでの形見ばかりと見しほどにひたすら袖の朽ちにけるかな

こまかなることどもあれど、うるさければ書かず。御使帰りにけれど、小君して小桂の御返りばかりは聞こえさせたり。

〈空蝉〉蝉の羽もたちかへてける夏衣かへすを見ても音はなかれけり

思へど、あやしう人に似ぬ心強さにてもふり離れぬるかなと思ひつづけたまふ。

(夕顔①194-195)

　겐지는 우쓰세미空蝉의 웃옷을 돌려주는 것을 계기로 와카를 중단하는데, 이 대목에는 『다케토리 이야기』의 날개옷 전설羽衣伝説의 날개옷을 연상케 한다. 이 때 겐지는 유가오夕顔가 죽은 다음이기도 하고 쓸쓸한 초겨울의 날씨인지라 떠나는 우쓰세미를 생각하면서 더더욱 심란한 기분에 잠긴다. 이로서 겐지는 중류 계층 여성과의 연애는 일단락이 되고, 이 다음에 空蝉와 재회하는 것은 12년 이후가 된다.

　澪標卷에서 겐지는 스마須磨・아카시明石에서 귀경한 후, 29세에 내대신으로 조정의 정치 중심에 서게 된다. 関屋卷에서 이시야마데라石山寺에 참배하러 가는 겐지의 행렬이 오사카逢坂의 관문에 이르렀을 때, 그 동안 상륙개常陸介가 된 남편과 함께 관동지방에 내려가 있다가 귀경하는 우쓰세미空蝉 일행과 좁은 관문 근처에서 조우하게 된다.

　9월 말이라 단풍이 갖가지 색으로 물들고 서리가 내려 마른 풀잎이 여러 가지 색으로 보이는데, 관문에서 갑자기 나타난 겐지 대신의 일행이 입고 있는 여행 차림의 의상들이 갖가지 색깔의 사냥복과 잘 어울리는 자수와 홀치기 염색도 장소에 어울리게 우아하게 보였다. 겐지는 수레의 발을 내리게 하고, 옛날에는 고키미였지만 지금은 우에몬노스케가 된 부하를 불러, '오늘 내가 관문까지 마중 나온 것을 보통으로 생각하지는 않겠지요.'라는 말을 전했다. 마음속으로는 절실하게 생각되는 일이 많았지만 틀에 박은 전언으로는 아무래도 효험이 없다. 여자도 남몰래 옛날 일을 잊지 않고 있어 그 때 일을 생각하면 한없이 슬퍼진다.

오가는 길도 막을 수 없는 내 눈물을 당신은 넘쳐흐르는 관문의 샘물이라 생각하시겠지요.

이 기분을 당신은 모르리라 생각하니 정말로 안타까워하는 것도 소용없는 일이다.

九月晦日なれば、紅葉の色々こきまぜ、霜枯の草むらむらをかしう見えわたるに、関屋よりさとはづれ出でたる旅姿どもの、いろいろの襖のつきづきしき縫ひ物、括り染のさまも、さる方にをかしう見ゆ。御車は簾おろしたまひて、かの昔の小君、今は衛門佐なるを召し寄せて、「今日の御関迎へは、え思ひ棄てたまはじ」などのたまふ。御心の中いとあはれに思し出づる事多かれど、おほぞうにてかひなし。女も、人知れず昔の事忘れねば、とり返してものあはれなり。

〈空蟬〉行くと來とせきとめがたき涙をや絶えぬ清水と人は見るらむ

え知りたまはじかし、と思ふに、いとかひなし。　　　　　　　(関屋②360-361)

겐지는 石山寺에 참배를 가는 길이었지만, 마치 우쓰세미를 마중 나온 것처럼 말을 전한다. 우쓰세미도 겐지를 생각하는 마음으로 눈물이 넘쳐흐른다는 답가를 보내지만 모두 소용없는 일이라는 표현이 반복된다. 겐지와 우쓰세미가 재회를 한 오사카逢坂의 관문은 당시의 사람들이 만나고 헤어진다는 장소로, 와카를 지을 때 자주 등장하는 명승지歌枕의 하나였다. 이 대목에는『後選集』雜一(1090)의 세미마루蟬丸의 와카 '이곳이 동쪽으로 가는 사람도 오는 사람도 여기서 헤어지고, 아는 사람 모르는 사람도 여기서 만난다는 오사카의 관문이로구나.これやこの行くも帰るも別れつつ知るも知らぬもあふさかの関'[13]가 투영되어 있다는 것은 주지의 사실이다. 즉 겐지와 우쓰세미의 재회가 도읍에서 관동지방으로 가는 경계이고 사람이 만나거나 헤어

지는 오사카의 관문에서 이루어진다는 것은 만남의 상징적인 의미를 부여한 것으로 생각된다.

이시야마데라石山寺의 참배를 마치고 도읍으로 돌아온 겐지는 다시 우에몬노스케를 불러 우쓰세미에게 편지를 보낸다. 겐지는 우쓰세미와 오사카逢坂에서의 재회를 꿈과 같다고 하며, 이것을 전생으로부터의 '숙연契り'(② 362)이라 생각한다. 그리고 와카와 함께 다음과 같은 말을 추가로 전한다.

> '여러 해 동안 소식이 끊긴 채로 있었지만 새로운 기분이 들고 마음속으로는 항상 잊지 않고 있었기에 얼마 전의 일처럼 생각하는 것이 버릇이 되었어요. 사랑한다고 하면 더더욱 미워하실까요.'라고 전언을 추가하셨기에, 우에몬노스케는 황송하게 생각하며 가지고 가서,
> 「年ごろのと絶えもうひうひしくなりにけれど、心にはいつとなく、ただ今の心地するならひになむ。すきずきしう、いとど憎まれむや」とてたまへれば、かたじけなくて持て行きて、
>
> (関屋②362)

겐지가 마음속으로부터 우쓰세미를 항상 잊지 않고 있었다고 하자, 우쓰세미는 逢坂에서의 재회를 꿈과 같다고 하면서도, 이미 결혼하여 남편이 있는 것을 고통스럽게 생각한다. 그러나 두 사람이 서로에 대한 이러한 신뢰와 호감이 있었기에 재회도 가능했을 것이다. 우에몬노스케는 이러한 겐지의 말을 전하는 되는 것을 황송하게 생각하는데, 이는 권세가에게 추종하는 부하의 심리로 해석할 수 있다. 얼마 후 우쓰세미空蝉는 남편과 사별하고, 의붓아들인 가우치 수령河内守의 구애가 집요하게 계속되자 한심한 생각이 들어 출가해 버린다.

初音巻에서 우쓰세미는 겐지의 이조원 저택으로 들어가 불도 수행에 전념하게 된다. 겐지는 중류계층의 여성인 우쓰세미와 한번 만나고 헤어지지만 오사카逢坂에서 재회하고 다시 자신의 저택으로 불러 돌보아 준다는 것이다. 이는 즉 한번이라도 관계한 여성을 잊지 않고 끝까지 후견을 해 준다는 겐지의 이로고노미를 상징하는 재회담으로 볼 수 있다.

---

13 杉谷寿郎 他編,『鑑賞日本古典文学』第7巻, 角川書店, 1975. p.275.

3. 明石君와 源氏

若紫巻에서 18세인 겐지는 기타야마北山에 올라 부하인 요시키요良淸로
부터 아카시노키미에 관한 이야기를 처음으로 듣게 된다. 요시키요는 겐
지에게 하리마播磨의 아카시明石에는 아카시 뉴도明石入道라는 전임 국사가
외동딸 아카시노키미를 귀하게 양육하여 집안의 운명을 걸고 귀공자와 결
혼시키려 한다는 이야기를 전한다. 아카시 뉴도는 딸에게 평범한 결혼을
하려면 차라리 바다에 투신하라고 평상시에 유언을 해놓고 있을 정도라는
이야기를 하자, 겐지는 용왕의 왕후라도 만들려는 것이냐고 웃으면서 약
간의 관심을 가진다.

겐지가 아카시노키미를 만나게 되는 것은 스마로 퇴거한 겐지가 아카시
明石로 피신한 9년 후의 일이다. 스마에 있던 겐지가 아카시 뉴도의 저택으
로 거처를 옮기게 되는 것은, 폭풍우를 만나 꿈에 고 기리쓰보인이 나타나
須磨의 해변을 떠나라는 예시가 있은 후, 아카시 뉴도가 스미요시묘진住吉
明神의 계시가 있었다며 맞이하러 왔기 때문이다. 아카시 뉴도는 하리마播磨
의 국사를 끝으로 출가한 후, 집안의 가격을 높이기 위해 오로지 딸 하나에
모든 운명을 걸고 기다리고 있었는데, 겐지가 바로 딸의 결혼상대라고 생
각한 것이다.

이 때 겐지의 나이는 27세, 아카시노키미는 18세였다. 겐지와 아카시노
키미의 만남은 모노가타리의 사정거리를 작품 전체의 주제로 바꾸는 중대
한 구상이라 생각된다. 즉 두 사람의 만남으로 모노가타리의 주제가 후지
쓰보 이야기에서 아카시明石 이야기로 전환되는 분기점이 된다. 明石巻에
서 8월 12, 3일 무렵, 아카시 뉴도는 겐지와의 결혼에 반대하는 부인에게
도 알리지 않고 조용히 겐지를 아카시노키미의 처소로 안내한다.

> 겐지는 '항상 소문을 듣고 있었지만, 목소리만이 아니라 쟁의 연주도 좀 들
> 려주시지 않겠습니까.'라고 정성을 다해 말씀하셨다.
> 가까이 서로 이야기할 사람이 있었으면 합니다. 덧없는 세상의 꿈도 절반쯤
> 은 깨어 있으려고요.

새지 않는 긴 밤의 어둠 속에서 헤매고 있는 저는 어느 것을 꿈이라 구별해 말씀드리오리까.

희미하게 느껴지는 분위기는 이세의 미야스도코로와 아주 닮았다. 아무런 준비 없이 마음을 놓고 있는데, 겐지가 이렇게 생각지도 않은 행동을 하니, 아카시노키미는 정신없이 가까운 방안으로 들어가 어떻게 문을 잠갔는지 아주 꼭 걸고 있어, 겐지도 무리하게 밀고 들어가지는 않는 모습이다. 그렇지만 어떻게 언제까지나 그대로만 있을 수가 있겠는가.

「この聞きならしたる琴をさへや」など、よろづにのたまふ。

〈源氏〉 むつごとを語りあはせむ人もがなうき世の夢もなかばさむやと

〈明石〉 明けぬ夜にやがてまどへる心にはいづれを夢とわきて語らむ

ほのかなるけはひ、伊勢の御息所にいとようおぼえたり。何心もなくうちとけてゐ たりけるを、かうものおぼえぬに、いとわりなくて、近かりける曹司の内に入りて、 いかで固めけるにかいと強きを、しひてもおし立ちたまはぬさまなり。されど、さ のみもいかでかあらむ。

(明石②257)

겐지가 아카시노키미와 약간 '무리한 관계あながちなりける契り'(明石② 258)를 처음으로 맺게 되는 대목이다. 두 사람의 관계는 아카시 뉴도가 꿈에서 보았다고 하는 계시와 같이 필연적인 이야기이지만, 아카시明石의 자연과 함께 인간의 본능적인 심리를 간략히 묘사하고 있다. 아카시노키미가 로쿠조미야스도코로六条御息所와 닮았다고 하는 것은 일단 외면적인 용모를 말하는 것이겠지만 아직 시골 처녀의 순진무구한 측면이 남아있었다. 이후 두 사람의 관계는 은밀하게 만나면서 더욱 정이 들었지만, 겐지가 무라사키노우에紫上를 의식하여 발걸음이 뜸해지자 아카시노키미의 시름이 깊어진다.

다음해 스자쿠朱雀 천황은 병환으로 양위를 결심하고 겐지를 소환하는 선지宣旨를 내린다.

당연히 동궁에게 양위를 해야 하지만, 조정의 후견이 되어 세상의 정치를 할 만한 사람을 이리저리 생각해보니, 히카루겐지가 이렇게 역경에 처해 있는 것은 정말 좋지 않고 불편한 일이라, 스자쿠 천황은 이윽고 어머니인 대후가

경계하는 말도 듣지 않고 사면하는 결정을 내렸다. (중략) 7월 20여일 무렵
에 다시 반복하여 겐지에게 귀경하라는 선지를 내리셨다.

春宮にこそは讓りきこえたまはめ、朝廷の御後見をし、世をまつりごつべき人を思
しめぐらすに、この源氏のかく沈みたまふこといとあたらしうあるまじきことなれば、
つひに后の御諫を背きて、赦されたまふべき定め出で來ぬ。 (中略) 七月二十
余日のほどに、また重ねて京へ帰りたまふべき宣旨くだる。   (明石②262)

　　고 기리쓰보인의 유언과 스자쿠 천황이 당시의 동궁 레이제이 천황에게
양위하겠다는 결심으로, 겐지는 3년 만에 다시 조정으로 복귀하게 되었다.
이 때 아카시노키미는 6월경부터 '회임의 징후心苦しき氣色'(②263)인 입덧
이 시작되어 괴로워하고 있었다. 귀경일이 2, 3일 후로 다가오자, 겐지는
아카시노키미를 보고, '어떻게든 상황을 만들어 도읍으로 데려와야지.さる
べきさまにして迎へむ'(②264) 하는 결심을 굳히고 있었다. 明石卷에서 겐지와
아카시노키미는 헤어지질 때 다음과 같은 와카를 증답한다.

　　이번에는 비록 헤어지게 되지만 해초 소금을 굽는 연기가 같은 방향으로 날
　　아가듯이 언젠가 다시 만납시다.
　　라고 말씀하시자,
　　해녀가 모아서 태우는 해초 소금의 연기처럼 걱정이 많습니다만, 지금은 아
　　무 효험도 없는 원망은 하지 않겠어요.
　　설움이 북받쳐 울어서 말이 적어졌지만, 꼭 해야 할 대답은 진심을 담아 말
　　씀드린다. 겐지는 항상 듣고 싶다고 생각했던 쟁의 소리를 한 번도 들려주지
　　않은 것을 심히 원망하신다.
　　〈源氏〉このたびは立ちわかるとも藻塩やく煙は同じかたになびかむ
　　とのたまへば、
　　〈明石〉かきつめて海女のたく藻の思ひにもいまはかひなきうらみだにせじ
　　あはれにうち泣きて、言少ななるものから、さるべきふしの御答へなど浅からず聞
　　こゆ。この常にゆかしがりたまふ物の音などさらに聞かせたてまつらざりつるを、
　　いみじう恨みたまふ。   (明石②265)

겐지와 아카시노키미는 각각 별리의 와카를 읊고, 칠현금과 쟁을 우아하고 정취 있게 연주한다. 그리고 겐지는 아카시노키미에게 칠현금을 별리의 정표로 맡긴다. 두 사람의 관계가 여행지에서 벌어진 일시적인 사랑이 아니라, 겐지와 아카시明石 집안의 번영을 약속하게 된 것은 나중에 중궁이 될 딸이 태어났기 때문이다. 아카시노키미는 겐지의 딸을 낳았지만 두 사람은 신분과 지역성이라는 문제로 한동안 헤어져 있게 된다. 그러나 겐지는 딸 아카시노히메기미의 신분을 격상시킬 필요로 인해 아카시노키미와 재회하여 도읍으로 불러올릴 준비를 한다. 즉 어머니와 딸을 변방인 아카시明石에서 지내게 해서는 동궁비로 입궐시킬 수가 없었기 때문이다.

松風卷에서 아카시노키미는 겐지의 처첩들이 자신보다 신분이 우월한 것을 알고 있었기에 상경을 망설이나, 결국 딸의 장래를 생각하여 자신을 희생시키지 않을 수 없다고 판단한다. 아카시 뉴도는 오이가와大堰川 근처에 있던 저택을 수리하여 딸과 손녀를 도읍 가까이 올려 보낸다. 겐지와 아카시노키미의 재회는 3년 만에 오이가와大堰川의 저택에서 이루어진다.

> 은밀하게 앞서 가는 자들도 사정을 아는 부하들만 데리고 조심조심 오이로 납시었다. 저녁 무렵에 도착하셨다. 겐지가 아카시에서 사냥 복 차림으로 옷차림을 바꾸고 계실 때에도 세상에 둘도 없이 아름답다고 느꼈는데, 하물며 때와 장소에 맞게 치장한 평상복 차림은 이루 말할 나위도 없이 아름답고 너무나 눈부실 정도의 모습이라, 슬픔에 잠겨있던 아카시노키미도 아이를 생각하는 어두운 마음도 밝아지는 듯하다. 겐지는 어린 딸을 오랜만에 대면하게 되어 감개무량하고 딸아이를 보아도 보통 마음이 아니었다. 지금까지 떨어져 지낸 세월을 생각하면 대단히 안타까운 기분이 들었다.
>
> 忍びやかに、御前疎きはまぜで、御心づかひして渡りたまひぬ。黄昏時におはし着きたり。狩の御衣にやつれたまへりしだに、世に知らぬ心地せしを、まして、さる御心してひきつくろひたまへる御直衣姿、世になくなまめかしう、まばゆき心地すれば、思ひむせべる心の闇も晴るるやうなり。めづらしうあはれにて、若君を見たまふもいかが浅く思されん。今まで隔てける年月だに、あさましく悔しきまで思ほす。　　　　　　　　　　　　　　（松風②409-410）

　인용문은 먼저 아카시에 있을 때보다 몰라볼 정도로 훌륭하게 변모한
겐지와 재회하는 아카시노키미의 감동을 이야기하고, 다음으로 겐지가 딸
과 떨어져 지낸 세월을 안타까워하는 심정을 그리고 있다. 겐지는 아카시
노키미에게 황량한 이곳 오이가와까지 찾아오기도 힘드니 제발 이조원으
로 들어오라고 사정한다. 그리고 하루 밤낮 동안 여러 가지 이야기와 함께
다정한 부부의 정을 나눈다. 아카시노키미는 3년 전 아카시明石에서 겐지
와 함께 했던 음악의 연주를 회상하며, 그 때 받아두었던 겐지의 칠현금을
꺼내었다. 겐지는 가을의 오이가와 근처의 경치에 취해 칠현금을 연주하
고 아카시노키미와 와카를 증답한다.

　　현의 상태는 아직 그때 그대로인데, 옛날로 되돌아가 그 날 밤의 일이 바로
　　오늘 같은 느낌이 든다.
　　약속한 대로 오늘도 변함없는 칠현금 가락 당신을 사랑해 온 내 마음을 알고
　　나 계신가요.
　　여자는,
　　마음은 변치 않을 거라고 약속하신 말씀을 의지해 솔바람 소리와 함께 기다
　　렸어요.
　　라고 서로 읊는 것도, 겐지의 상대로서 어울리는 것은 신분을 넘는 행운이라
　　는 것이다. 아카시노키미가 이전보다 각별히 아름다워진 얼굴 모습이나 태도
　　는 절대 무시할 수 없고, 또한 딸아이의 귀여움도 언제까지나 보고 싶어진다.
　　まだ調べも変らず、ひき返し、そのをり今の心地したまふ。
　　〈源氏〉契りしにかはらぬことのしらべにて絶えぬこころのほどは知りきや
　　女、
　　〈明石の君〉変らじと契りしことをたのみにて松のひびきに音をそへしかな
　　と聞こえかはしたるも似げなからぬこそは、身に余りたるありさまなめれ。こよなう
　　ねびまさりにける容貌けはひえ思ほし棄つまじう、若君はた、尽きもせずまぼられ
　　たまふ。
　　　　　　　　　　　　　　　　　　　　　　　　　　　　　　　　　　　　　（松風②414）

　두 사람은 각기 다른 심정으로 재회의 정을 나누고 있었다. 아카시노키
미는 겐지와의 신분차로 인한 자격지심으로 인해 이조원에 들어가는 것을

탐탁하지 않게 생각하고 있다. 한편 겐지는 딸의 장래를 위해 어떻게 하든 이조원으로 데려다가 소중하게 양육할 생각을 갖고 있다. 겐지는 澪標卷의 宿曜의 예언에서 자신의 '아이가 셋이 있는데御子三人'(②285)라고 하고, 그 중에 딸은 황후가 될 운명이라고 했던 것을 상기했을 것이다. 겐지는 나머지 두 아이가 각각 레이제이 천황과 유기리이니, 摂関的으로 정치적 기반을 굳힐 수 있는 이 딸을 소중하게 생각하지 않을 수 없었던 것이다.

藤裏葉卷에서 아카시노키미가 낳은 겐지의 딸 아카시노히메기미는 동궁비로 입궐하고, 若菜上卷에서 황자를 출산한다. 아카시노히메기미가 황자를 출산했다는 소식을 듣고, 아카시 뉴도는 비로소 아카시노키미에게 자신의 瑞夢에서 알게 된 숙원을 편지로 알리고 새소리도 들리지 않는 산으로 은둔한다. 겐지는 아카시 뉴도를 이상한 사람이라고 생각했지만, 자신이 아카시노키미과 결혼하고 딸이 태어난 것이 모두 이러한 인연에서 비롯된 것이라는 것을 자각하지 않을 수 없었다.

즉 아카시明石 이야기의 시작은 阿部秋生[14]가 지적한 것처럼 겐지의 밀통과 관련한 후지쓰보 이야기에서 겐지에 의한 섭관정치를 하게 되는 주제의 변환을 의미한다. 그리고『겐지 이야기』에서 아카시 뉴도의 유언은 겐지와 아카시노키미가 만나기까지의 인연을 맺어주는 역할을 하지만, 이후 모노가타리의 주제는 사랑의 인간관계가 우선하여 진행된다. 이러한 모노가타리의 중요한 주제의 변환이 겐지와 아카시노키미의 재회를 통해 이루어진다는 것을 확인할 수 있다.

4. 玉鬘와 右近

玉鬘十帖의 주인공이 되는 다마카즈라玉鬘가 모노가타리에 처음 등장하는 것은 帚木卷의 비 오는 날 밤의 여성 품평회에서 두중장頭中将과 유가오夕顔의 딸로서 소개된다. 두중장은 자신의 경험담 중에서 유가오를 '수줍어 하는 여자痴者'(帚木①81)로 소개하고 있는데, 부모도 없고 의지할 곳이 없

---

14 阿部秋生,『源氏物語研究序説』, 東京大学出版部, 1975.

는 유가오가 자신의 본처로부터 질투와 학대를 받고 어디론가 사라져버렸다는 이야기를 한다.

帚木卷에서 19살의 유가오는 두중장에게 보낸 편지에서 다마카즈라를 패랭이꽃撫子으로 비유하여 와카를 읊었다고 한다.

'그런 일이 있는 줄도 모르고 마음속으로는 잊지 못했지만 소식도 보내지 않고 한동안 내버려두었는데, 여자는 대단히 비관하여 어린아이도 있었는데 생각다 못해 패랭이꽃을 꺾어 편지를 보내왔어요.'라고 말하며 두중장은 눈물을 흘렸다. 〈겐지가〉 '그런데, 그 편지의 문구는?' 하고 묻자, 두중장은 '아니 뭐 특별한 것도 아니었어요.

미천한 사람의 집 울타리는 허물어졌지만 기회가 있으면 울타리에 핀 패랭이꽃에도 이슬과 같은 인정을 베풀어주세요.

이 와카를 읽고 생각이 나서 찾아가니, 보통 때처럼 아무런 불만도 없는 태도이지만 대단히 수심에 찬 얼굴로 황폐한 정원에 내린 이슬을 보며 벌레 소리와 경쟁하듯 우는 모습은 옛날이야기에라도 나올듯한 느낌이었어요.

さるうき事やあらむとも知らず、心には忘れずながら、消息などもせで久しくはべりしに、むげに思ひわづらひて、心細かりければ、幼き者などもありしに、思ひわづらひて撫子の花を折りておこせたりし」とて、涙ぐみたり。「さて、その文の言葉は」と、問ひたまへば、「いさや、ことなることもなかりきや、

〈女〉 山がつの垣ほ荒るともをりをりにあはれはかけよ撫子の露

思ひ出でしままにまかりたりしかば、例の、うらもなきものから、いともの思ひ顔にて、荒れたる家の露しげきをながめて、虫の音に競へる気色、昔物語めきておぼえはべりし。

(帚木①82)

두중장은 유가오를 찾아가 여러 가지로 위로하지만, 유가오는 3살 난 다마카즈라를 데리고 '어딘가로 행방도 알 수 없게 사라져버렸다. 跡かたもなくこそかき消ちて失せにしか'(①83)라고 한다. 유가오 모녀는 벌레소리와 이슬로 가득한 저택에 살다가 도읍의 서경에 있는 유모의 집으로 숨어버린 것이다. 이 이야기를 들은 겐지는 후지쓰보의 이상성을 생각하면서도 개성 있는 중류계층의 여성에게 흥미를 갖게 되고, 이후 우쓰세미空蟬와 유가오

등을 만나게 된다.

夕顔卷에서 겐지는 우연한 기회에 유가오와 서로의 신분을 노출하지 않은 채 깊은 사랑에 빠진다. 그런데 겐지는 유가오가 자신의 별장에서 모노노케物の怪에 의해 죽은 후에야 비로소 그 정체를 알게 된다. 두중장이 비 오는 날 밤의 여성 품평회에서 한 이야기를 기억하고, 겐지는 유가오의 시녀인 우콘右近에게 행방불명된 어린아이에 관한 소식을 묻고 당장 데려오라고 한다. 우콘도 납득을 하고 그렇게 하는 것이 다마카즈라에게도 좋겠다고 생각하지만, 이 대목에서 다마카즈라의 이야기는 모노가타리에서 일단 중지된다.

이후 다마카즈라의 존재가 다시 모노가타리 전면에 나타나는 것은 18년 후인 玉鬘卷이다. 玉鬘卷에는 우선 겐지 대신이 유가오가 죽은 후 한시도 잊지 않고 있고, 우콘右近도 유가오가 살아있었다면 육조원六条院의 다른 여성들과 같이 겐지의 총애를 받았을 것이라고 생각한다. 그런데 유가오가 죽은 후, 유모 쪽에서는 유가오의 생사를 알 수 없어 신불에 기원도 하고 수소문을 해 보지만 모두 헛수고였다. 이에 하는 수 없이 딸인 다마카즈라도 잘 돌보자는 생각으로, 다음 해 유모의 남편이 다자이 소이太宰少弐가 되어 부임하게 되자, 4살의 다마카즈라를 데리고 쓰쿠시筑紫로 내려간다.

이후 太宰少弐는 임기가 끝나고 다마카즈라가 10살이 되었을 무렵, 자신도 병이 들어 임종이 다가오자 다마카즈라를 반드시 도읍으로 데려가 부친 두중장을 만나게 해주라는 유언을 남기고 죽는다. 그러나 유모 일족이 바로 귀경하지 못하고 있는 동안에 다마카즈라는 어머니보다 더 아름답게 성장하고 많은 남자들이 구혼을 해 왔다. 이에 유모는 다마카즈라의 얼굴은 보통이지만 불구의 몸이라 비구니로 만들 것이라고 거짓을 말하여 겨우 위기를 모면한다. 이후 아들딸들이 그 지방 사람들과 결혼하여 관계를 맺고 지내는 동안에 다마카즈라의 나이가 20살이 되었다. 특히 히고국肥後国의 토호로 호색한 대부감大夫監이 무리한 구혼을 해오자, 유모는 둘째 아들 분고노스케豊後介를 재촉하여 겨우 쓰쿠시筑紫로부터 탈출에 성공한다. 분고노스케는 다마카즈라를 모시고 도읍으로 돌아왔지만 유가오의 소식은 알 수 없고, 아버지 두중장과 연락할 연줄도 없어, 먼저 九条에 사는 지인의 집에 자리를 잡는다. 그리고 한탄하는 어머니를 위로하며 이와시미즈 하치만구石淸水八幡宮의 신에게 참배하여 기원을 올린다.

　〈분고노스케〉 "신과 부처님은 아가씨를 올바른 운명으로 인도하시고, 가야 할 길을 가르쳐주시겠지요. 이 부근의 하치만구라고 하는 곳은 저쪽에서도 참배하여 기원을 올렸던 마쓰라 신사나 하코자키 신사와 같은 곳입니다. 그 곳을 떠날 때에도 많은 기원을 올렸어요. 지금 도읍으로 돌아와 이렇게 영험을 받아 상경했는데, 빨리 답례를 올려야 합니다."라고 말하며 하치만구에 참배를 드린다.

　〈豊後介〉「神仏こそは、さるべき方にも導き知らせたてまつりたまはめ。近きほどに、八幡の宮と申すは、かしこにても参り祈り申したまひし松浦、筥崎同じ社なり。かの国を離れたまふとても、多くの願立て申したまひき。今都に帰りて、かくなむ御験を得てまかり上りたると、早く申したまへ」とて、八幡に詣でさせたてまつる。

　　　　　　　　　　　　　　　　　　　　　　　　　　　　　(玉鬘③103)

　분고노스케는 진심으로 하치만구의 신이 다마카즈라의 부모와 신분을 찾아줄 것이라 믿고 기원을 올렸다. 그러나 분고노스케를 믿고 도읍으로 올라온 일가와 부하들은 생계가 막막해지자, 원래의 나라로 되돌아가거나 뿔뿔이 흩어졌다. 분고노스케는 다마카즈라를 돌보아야겠다는 자신의 신념은 변함이 없었으나, 다마카즈라의 연고를 찾기 위해서 신불에 기원을 하는 것 외에는 방법이 없었던 것이다.

　분고노스케는 다시 기원을 올릴만한 곳으로 하세데라長谷寺가 영험이 있다는 것을 다음과 같이 이야기한다.

　〈분고노스케〉 "하치만구의 다음으로 부처님 중에는 하쓰세의 관음이 분명한 영험이 있다는 것이 일본에서는 물론 당나라에서도 평판이 나 있다고 합니다. 하물며 먼 시골이라 해도 같은 국내에 오랫동안 살았는데 왜 아가씨를 도와주지 않겠습니까."라고 하며 출발하시게 한다. 일부러 도보로 가기로 했다.

　〈豊後介〉「うち次ぎては、仏の御中には、初瀬なむ、日本の中には、あらたなる験あらはしたまふと、唐土にだに聞こえあむなり。ましてわが国の中にこそ、遠き国の境とても、年経たまへれば、若君をばまして恵みたまひてん」とて、出だし立

てたてまつる。ことさらに徒歩よりと定めたり。　　　　　(玉鬘③104)

長谷寺(初瀬寺)의 관음은 일본 국내만이 아니라 당나라에까지 이름이 나 있을 정도로 영험이 있다는 점을 강조하고 있다. 그리고 분고노스케는 다마카즈라를 걸어서 참배하게 함으로써 고행을 통해서라도 영험을 얻으려고 하는 결의를 보여주고 있다. 다마카즈라로서는 이러한 고행의 참배를 하는 것이 처음인지라 발을 움직일 수도 없을 정도로 힘들고 정신없이 걸어서, 4일째 되는 오전에 長谷寺 입구의 쓰바이치椿市라는 곳에 겨우 도착했다. 분고노스케 일행이 숙소에서 짐을 풀고 있을 때, 주인이 오늘은 귀한 손님이 숙박을 하게 된다는 이야기를 하며 하인들을 단속한다. 그런데 주인이 이야기한 귀한 손님이란 옛날 유가오의 시녀였다가 지금은 겐지의 시녀가 되어있는 우콘右近이었다. 우콘도 하세데라 참배를 위해 많은 하인들과 함께 걸어와 벽에 기대어 쉬고 있는데, 다마카즈라에게 식사 준비를 해 드리는 분고노스케를 엿보니 안면이 있었다. 그리고 산조三条 등 다른 시녀들도 옛날 은신해 있던 집에도 와 있었던 사람들이라는 것을 확신하자 우콘은 꿈을 꾸고 있는 듯 했다. 이윽고 우콘과 유모, 산조 등이 서로를 확인하고는 함께 울다가 놀라고 벅찬 가슴을 억누르고 서로의 안부를 묻고 또 물었다.

長谷寺의 관음에 참배를 위해 각자 올라갔으나, 우콘은 멀리 떨어진 곳에 자리 잡은 다마카즈라를 본존에서 가까이 오게 해서 함께 기원을 올린다.

우콘은 마음속으로, "이 사람을 어떻게든 찾으려고 지금까지 기원을 해 왔는데, 어쨌든 이렇게 뵙게 되었으니 소망이 이루어진 것입니다. 겐지 대신께서 꼭 찾으려고 하시니 알려드려서 지금부터는 행복하게 해 주세요."라고 기원했다. 右近は心の中に、「この人をいかで尋ねきこえむと申しわたりつるに、かつがつかくて見たてまつれば、今は思ひのごと。大臣の君の、尋ねたてまつらむの御心ざし深かめるに、知らせたてまつりて、幸ひあらせたてまつりたまへ」など申しけり。

(玉鬘③111)

이러한 우콘의 기원과는 달리, 시녀인 산조는 '대자대비한 부처님, 제발

다마카즈라를 다이니大貳나 야마토大和의 수령 부인이라도 되게 해 달라.'
고 기원을 올린다. 이를 들은 우콘은 다마카즈라의 아버지인 두중장이 지
금은 내대신으로 천하의 권세가인데 수령의 부인이라니 무슨 소리냐고 하
며, 소원 성취를 겸해 3일간 함께 참배를 올린다. 우콘右近은 쓰쿠시筑紫 일
행과 함께 잘 아는 승려의 승방으로 내려가, 다마카즈라의 용모가 겐지의
부인 무라사키노우에나 딸 아카시노히메기미明石の姬君와 비교해도 전혀 떨
어지지 않을 것이라고 말한다. 유모는 내대신과의 부녀상봉을 바라지만,
우콘은 겐지가 꼭 다마카즈라를 찾고 싶어 한다는 말을 전하며 하루 종일
옛날이야기를 나누었다.

  그리고 우콘右近과 다마카즈라는 재회를 하게 해준 하세데라長谷寺의 관
음에 감사하는 뜻의 와카를 증답한다.

> 이곳은 참배하러 모이는 사람들을 내려다보는 장소이다. 앞을 흐르는 강은
> 하쓰세가와라고 한다. 우콘이,
> '두 그루의 삼나무가 서있는 이 하쓰세에 참배하지 않았다면, 후루가와에서
> 아가씨를 만날 수 있었겠습니까.
> 좋은 때에'라고 말씀을 올린다.
> 물살이 빠른 하쓰세가와의 옛날 일은 모릅니다만, 오늘 당신을 만난 기쁨의
> 눈물에 몸도 떠내려갈 듯합니다.
> 라고하며 울고 있는 아가씨의 모습은 보기에 흉하지 않았다.
> 参り集ふ人のありさまども、見下さるる方なり。前より行く水をば、初瀬川といふな
> りけり。右近、
> 〈右近〉「ふたもとの杉のたちどをたづねずはふる川のべに君をみましや
> うれしき瀬にも」と聞こゆ。
> 〈玉鬘〉初瀬川はやくのことは知らねども今日の逢ふ瀬に身さへながれぬ
> とうち泣きておはするさま、いとめやすし。   (玉鬘③116)

  와카에서 우콘은 長谷觀音의 영험으로 다마카즈라를 만날 수 있었다고
하고, 다마카즈라는 이렇게 해후하게 되어 기쁨의 눈물이 끝없이 흐른다
는 것을 읊었다. 두 사람의 재회로 인해 모든 식구들이 희망에 차서 이제

다시금 헤어지는 일이 없도록 서로의 주소를 재확인하고 도읍으로 돌아갔다. 우콘이 겐지에게 재회의 사실을 보고하자, 겐지는 내대신의 집에는 많은 아이들이 있어 복잡하니 알릴 필요가 없다고 한다. 그리고 겐지는 다마카즈라를 육조원으로 데려와 양녀로 삼아 구혼자들을 모아볼 생각을 한다. 이후 겐지로부터 와카와 함께 많은 의류나 생활 용품 등 파격적인 경제적 지원이 있었지만, 다마카즈라는 친부로부터 소식이 있었으면 얼마나 좋았을까 하고 생각한다.

겐지는 여러 가지를 고려한 끝에 다마카즈라를 육조원 동북의 하나치루사토花散里의 별채로 데려오기로 결정한다. 이로부터 다마카즈라는 2년 동안 소위 玉鬘十帖의 주인공으로서, 겐지의 저택 육조원에서 양녀와 애인의 경계를 오가는 생활을 한다. 한편 常夏巻에서 내대신은 오랫 동안 모르고 있었던 오미노키미近江君라고 하는 딸을 저택으로 맞이한다. 그런데 오미노키미는 천박하고 우스꽝스러운烏滸 행동으로 내대신의 입장을 난처하게 만든다. 이에 내대신은 오미노키미를 고키덴 뇨고弘徽殿女御에게 맡겨 교육을 시키려 하지만 마음대로 되지 않는다. 오미노키미의 용모는 내대신을 닮아 귀여운 면도 있었으나, 쌍륙双六 놀이를 좋아하고, 말이 빠르고, 사투리를 쓰고, 조심성이 없는 행동을 하고, 와카에 대한 소양이 없는 점 등으로 귀족사회와 주변 사람들로부터 천박하고 희화화된 인물로 비웃음을 받는다.

行幸巻에서 다마카즈라는 친부인 내대신과 성인식裳着을 계기로 재회하게 되는데, 내대신은 겐지에게 감사하며 다마카즈라에 대한 모든 처우를 맡긴다. 다마카즈라는 내대신 저택의 오미노키미 이야기를 듣고 친부인 내대신의 집으로 가지 않고 오히려 겐지의 저택 육조원으로 들어가 많은 것을 배우게 된 것을 고마워한다. 겐지가 양육한 다마카즈라는 내대신이 양육하는 오미노키미와 대비되어 더욱 극명하게 드러난다. 즉 오미노키미의 교양 없는 행동이나 말투도 문제이지만, 내대신이 의도적으로 오미노키미를 놀리는 것이 조롱의 대상이 된다. 이에 다마카즈라는 겐지의 저택에서 생활하게 된 것을 천만다행으로 생각한다.

즉 다마카즈라 이야기는 계모의 학대로 인해 어머니 유가오와 함께 피해 살다가, 쓰쿠시筑紫로 유리를 한다는 점에서 계모학대담과 귀종유리담이 투영된 이야기로 볼 수 있다. 특히 우콘과 다마카즈라의 재회는 유리와 곤란을 겪은 주인공이 행운을 획득하는 계기가 된다. 그런데 真木柱卷에서 다마카즈라는 히게쿠로髭黒와 결혼하면서 계모는 심보가 나쁘다는 기존의 틀을 깨고 전처의 자식들과 잘 지냄으로써 현모양처가 된다.

5. 결론

본고에서는 『겐지 이야기』에 나오는 등장인물의 재회담을 고찰함으로써 재회가 주제에 미치는 영향관계와 어떠한 인간관계를 형성하게 되는가를 살펴보고자 했다. 모노가타리에 등장하는 많은 사람들의 재회담 가운데, 특히 우쓰세미와 겐지, 아카시노키미와 겐지, 다마카즈라와 우콘의 재회가 등장인물들의 인생에서 어떤 의미를 가지는가를 분석해 보았다.

『고지키』의 신화와 귀종유리담, 계모학대담 등에 반드시 주인공의 재회가 그려지듯이 모노가타리에는 많은 이별과 재회가 묘사되어 있다. 특히 『겐지 이야기』의 등장인물들은 만남과 이별, 재회를 순환하면서 애정이 깊어지거나 새로운 주제를 형성하게 된다. 우쓰세미空蟬와 겐지는 한번 만난 후 관계가 이어지지 않고 곧 헤어지지만 오사카逢坂에서 재회한 후 이조원의 저택으로 맞이하게 된다. 이 경우는 한번이라도 관계한 여성을 잊지 않고 끝까지 후견을 해 준다는 겐지의 이로고노미를 상징하는 재회담으로 해석할 수 있다.

아카시노키미와 겐지의 재회는 후지쓰보와의 밀통으로 인한 잠재적 왕권 이야기에서 아카시노키미에게서 태어난 딸이 입궐하여 겐지에 의한 섭관정치가 시작되는 전환점이 된다. 그리고 아카시뉴도의 유언은 겐지와 아카시노키미가 만나기까지의 인연을 맺어주는 역할을 하지만, 이후 모노가타리의 주제는 사랑의 인간관계가 우선하여 진행된다. 즉 겐지의 왕권 획득과 주제의 변환이 겐지와 아카시노키미의 재회를 통해 이루어진다는 것을 확인할 수 있다.

다마카즈라 이야기는 계모의 학대로 인해 어머니 유가오와 함께 피신해 살다가, 유가오가 죽은 후 쓰쿠시筑紫로 유리를 한다는 점에서 계모학대담과 귀종유리담의 이야기이다. 특히 다마카즈라와 우콘의 재회는 유리와 방랑을 겪은 주인공이 하세 관음의 영험으로 행운을 획득하는 계기가 된다.

　본고에서는『겐지 이야기』의 재회담 중에서도 우쓰세미, 아카시노키미, 다마카즈라의 재회를 고찰해 보았다. 특히 재회를 하게 되는 과정과 장소, 그 의의를 분석함으로써, 재회가 모노가타리의 주제에 미치는 영향, 주인공들의 운명에는 어떠한 결과를 가져오게 되는가를 규명해 보았다. 이들 세 사람은 모두 재회를 통해 행복을 되찾거나, 일가의 영화를 이루거나, 방랑을 끝내고 행운을 획득하게 된다는 것을 확인할 수 있었다.

▮ Key Words 平安時代, 源氏物語, 再會, 女房, 和歌

겐지 이야기의 전승과 작의

제1부

일상생활의 공간과 오락

竹河巻의 大君와 中君(『源氏物語絵巻』, 德川美術館, 1987)

겐지 이야기의 전승과 작의

제1장

『겐지 이야기』에 나타난 공간과 작의

1. 서론

헤이안平安 시대의 귀족들은 주로 교토京都 주변에 몰려 살았고 특별한 경우가 아니면 멀리 지방으로 이동하는 일은 드물었다. 그러나 모노가타리物語나 일기와 같은 문학작품에는 도읍에서 멀리 떨어진 곳으로 유배를 가기도 하고 어쩔 수 없는 운명으로 지방을 방랑을 하는 주인공을 볼 수 있다. 예를 들어 『이세 이야기』에서는 나리히라業平가 도읍에서 니조 황후二条后와 밀통하여 여의치 못하자 아즈마東國로 방랑하고, 『도사 일기土佐日記』에는 기노 쓰라유키紀貫之가 도사의 수령을 마치고 귀경하면서 격은 일을 기술하고 있다. 또한 『사라시나 일기更級日記』에는 스가와라 다카스에의 딸菅原孝標女이 지방관인 아버지를 따라 관동關東 지방을 여행한 체험을 기술하고 있다.

『겐지 이야기』의 등장인물들은 교토의 저택과 사찰, 신사, 그리고 멀리 스마須磨, 아카시明石와 규슈까지 이동하여 작품의 공간을 확장하고 있다. 주인공 히카루겐지光源氏는 질병 치료를 목적으로 기타야마北山에 가거나 도읍을 떠나 스마로 퇴거하고, 로쿠조미야스도코로六条御息所는 이세伊勢 사이구斎宮가 된 딸과 함께 이세로 내려갔다가 다시 귀경한다. 다마카즈라玉鬘는 어머니 유가오夕顔와 헤어진 채 사별한 것도 모르고 유모 일행을 따라 쓰쿠시筑紫로 방랑한다. 제3부에서 가오루薫는 불도수행을 위해 하치노미야八の宮를 찾아 우지宇治로 간다. 이 이외에도 비교적 외부 출입이 자유롭지 못했던 여성들도 하세데라初瀬寺나 이시야마데라石山寺 등에 참배를 위해 험난한 길을 걸어서 이동하는 경우도 있었다. 이러한 등장인물의 공간이동은 단순한 여행이 아니라 반드시 어떤 주제를 형성하는 복선으로 작의作意되는 경우가 많았다.

문예의 공간이동에 대해 일찍이 折口信夫는 모노가타리를 중심으로 귀종유리담貴種流離譚, 계모학대담繼母虐待譚, 이향방문담異郷訪問譚, 도행문道行文[1] 등으로 분석한 바 있다. 이후 귀종유리담과 계모학대담과의 관계를 파악한 연구로 阿部秋生[2]와 島内景二[3], 日向一雅[4], 金鍾德[5]이 있고, 三田村雅子[6]는 이향방문담과의 관련, 藤村潔[7], 韓正美[8]는 유언담과의 관련을 규명하고 있다. 한편 高橋文二[9]는 軍記物語나 浄瑠璃 등을 중심으로 여행지의 경관과 여정을 도행문으로 분석했고, 長谷章久[10], 高橋和夫[11], 関根賢司[12], 瀬戸内寂聴[13], 『源氏物語を歩く』[14] 등은 단순히 지명과 마쿠라코도바枕詞의 측면에서 분석했다.

본고에서는 상기의 연구를 참고하면서 등장인물의 공간이동이 화형과 주제에 어떤 기능과 역할을 하고 어떤 구상이 이루어져 있는가를 규명하

1 折口信夫, 「叙景歌の発生」(『折口信夫全集』第1巻, 中央公論社, 1985)
        「妣が国へ・常世へ」(『折口信夫全集』第2巻, 中央公論社, 1987)
        「日本文学の発生序説」(『折口信夫全集』第7巻, 中央公論社, 1987)
2 阿部秋生, 「須磨明石の源氏」(『源氏物語研究序説』, 東京大学出版会, 1975)
3 島内景二, 「旅とその話型」(『王朝物語必携』, 学燈社, 1987)
4 日向一雅, 「玉鬘物語の流離の構造」(『源氏物語の王権と流離』, 親典社, 1989)
5 金鍾德, 「光源氏의 須磨流離와 王権」(『日語日文学研究』제40집, 한국일어일문학회, 2002)
6 三田村雅子, 「若紫巻なにがし寺比定の意味」(『源氏物語 – 感覚の論理』, 有精堂, 1996)
7 藤村潔, 「六条御息所の遺言」(『講座源氏物語の世界』4, 有斐閣, 1980)
8 韓正美, 「澪標・若菜下巻における住吉詣」(『日本言語文化』10輯, 韓国日本言語文化学会, 2007)
9 高橋文二, 「道行としての物語」(『源氏物語の探求』14, 風間書房, 1989)
        「みちゆきたん道行譚」(『源氏物語事典』, 大和書房, 2002)
10 長谷章久, 「源氏物語の風土」(『源氏物語講座』第5巻, 有精堂, 1979)
11 高橋和夫, 「源氏物語の舞台と平安京」(『源氏物語講座』第5巻, 勉誠社, 1991)
12 関根賢司, 「都と鄙」(『源氏物語講座』第5巻, 勉誠社, 1991)
13 瀬戸内寂聴, 『歩く源氏物語』, 講談社, 1994.
14 京都新聞社編, 『源氏物語を歩く』, 光風社, 1973.

고자 한다. 특히 『源氏物語』의 장편적 주제를 구상하고 있는 겐지의 기타야마北山 방문과 스마 퇴거, 로쿠조미야스도코로六条御息所의 이세伊勢 동행, 다마카즈라의 쓰쿠시筑紫 방랑, 가오루의 우지宇治 방문 등을 분석하고자 한다. 그리고 이들 인물의 공간이동이 어떠한 화형과 주제를 형성하게 되는가를 분석할 것이다.

2. 겐지의 北山行과 須磨退去

다음은 若紫卷에서 18세의 겐지가 학질의 치료를 위해 도읍의 북쪽에 있는 기타야마의 사찰로 가는 대목이다.

> 절은 산 속으로 좀 들어간 곳에 있었다. 3월 말이라 도읍의 벚꽃은 모두 한창 때가 지났다. 산 벚꽃은 아직 한창인지라 점점 들어갈수록 안개가 자욱한 경치도 정취 있게 보여, 이러한 외출은 거의 없었던 일이고 게다가 함부로 출입할 수 없는 신분이라 더욱 신기하게 생각되었다. 절의 분위기도 정말 차분하고 정취 있는 풍경이었다. 봉우리가 높고 바위에 둘러싸인 곳에 고승이 수행하고 있었다.
> やや深う入る所なりけり。三月のつごもりなれば、京の花、盛りはみな過ぎにけり。山の桜はまださかりにて、入りてもおはするままに、霞のたたずまひもをかしう見ゆれば、かかるありさまもならひたまはず、ところせき御身にて、めづらしう思されけり。寺のさまもいとあはれなり。峰高く、深き岩の中にぞ、聖入りゐたりける。
> (若紫①199-200)[15]

겐지는 학질瘧病에 걸려 갖가지 치료를 받았으나 효험이 없자, 어떤 사람이 '기타야마의 모 절에 훌륭한 수행자가 있습니다.北山になむ、なにがし寺といふ所にかしこき行ひ人はべる'(若紫①199)라고 하며, 작년에도 고승에게 치료를 받

---

15 阿部秋生 他3人 校注訳, 『源氏物語』1-6, (『新編日本古典文学全集』, 小学館, 1994). 이하 『源氏物語』의 인용은 『新編全集』의 권명, 권수, 페이지 수를 표기.

아 나은 사람이 많다는 소문을 전한다. 겐지는 바로 사람을 보내 모셔오려고 했으나 고승이 나이가 많아 암자 밖으로 나올 수 없다고 하자, 이른 새벽에 4, 5명의 부하만 데리고 기타야마의 절을 찾아간다. 기타야마는 교토의 북쪽에 있는 여러 산들을 지칭하는 표현인데, '어떤 절'이란 구라마데라鞍馬寺라는 것이 통설로 되어 있다. 겐지는 3월 말이라 도읍의 벚꽃은 이미 다 졌지만, 기타야마의 산 벚꽃이 아직 한창이라 더욱 정취를 느낀다. 또한 황자라는 신분으로 인해 이러한 외출은 거의 없었기에 더욱 자연의 벚꽃에 감동을 느낀다는 것이다. 겐지는 이향이라 할 수 있는 자욱한 높은 산 바위 속에 기거하는 고승을 만나 학질의 치유를 위해 가지加持 기도를 비롯한 갖가지 치료를 받는다.

겐지는 치료가 끝나자 밖으로 나와 높은 곳에 서서 모 승도僧都가 산다고 하는 세련된 울타리를 친 승방을 내려다본다.

잠시 밖으로 나와 주변을 돌아보는데, 좀 높은 곳이어서 이쪽저쪽의 승방들이 그대로 내려다보인다. 바로 아래의 꼬불꼬불한 길가에 같은 섶 울타리이지만 단정하게 둘러치고, 아담한 집과 회랑 등이 이어지고 나무들도 정말 정취가 있어, 〈겐지〉 "누가 살고 있을까."라고 묻지, 수행하는 사람이, "그 집은 모 승도가 2년 동안 은둔해 있는 곳이라고 합니다.", 〈겐지〉 "훌륭한 사람이 살고 있는 곳이구나. 너무 초라한 차림으로 왔구나. 내가 와 있는 것을 듣고 찾아오기라도 하면 큰일인데."라고 말씀하신다.

すこし立ち出でつつ見わたしたまへば、高き所にて、ここかしこ、僧坊どもあらはに見おろさるる、ただこのつづら折の下に、同じ小柴なれど、うるはしくしわたして、きよげなる屋、廊などつづけて、木立いとよしあるは、〈源氏〉「何人の住むにか」と問ひたまへば、御供なる人、「これなん、なにがし僧都の、この二年籠りはべる方にはべるなる」、〈源氏〉「心恥づかしき人住むなる所にこそあなれ。あやしうも、あまりやつしけるかな。聞きもこそすれ」などのたまふ。　　(若紫①200-201)

겐지가 기타야마의 절 높은 곳高き所에 서서 승방을 내려다보다가 특히 승도가 살고 있다고 하는 세련된 승방을 눈여겨본다. 이 승도의 승방과 고승이 수행하는 높은 산 바위 속의 암자는 세속과 이향의 공간이라는 점에서 대비된다. 이어지는 대목에서 겐지가 '도읍 쪽을 바라보신다.京の方を見た まふ'(若紫①201)라는 표현이 나오는데, 이는 상대의 천황이 나라를 시찰하 는 구니미国見의 행위로 볼 수 있다.

이어서 겐지는 부하인 요시키요良清로부터 아카시明石에 살고 있다는 아 카시뉴도明石入道와 그의 딸 아카시노키미明石君의 이야기를 듣고 관심을 가 진다. 이로부터 10년 후인 明石卷에서 겐지가 만나게 될 아카시노키미의 이야기를 미리 소개한 셈이다. 요시키요는 후지산富士山과 함께 아카시明石 포구를 서쪽의 명소로 소개하고 있다. 그곳에는 아카시뉴도明石入道가 중앙 의 관직을 버리고 하리마播磨의 아카시 해변에 정착하여, 수많은 재산과 어 리어리한 저택을 짓고 외동딸을 키우고 있다는 것이다. 소위 아카시 이야 기明石物語의 출발을 이야기하는 대목으로, 기타야마의 공간을 통해 와카무 라사키와 대비하여 아카시노키미가 소개된다는 점에 모노가타리의 큰 주 제를 미리 밝히고 있는 셈이다

다음 날 저녁 무렵 겐지는 다시 '섶 울타리 근처小柴垣のほど'(若紫①205) 에 서서 승도가 살고 있다고 하는 승방을 내려다본다. 겐지는 와카무라사 키若紫와 외조모인 아마기미尼君, 그리고 뇨보女房 등을 보게 되는데, 특히 와 카무라사키가 참새 새끼를 놓친 것을 안타까워하는 모습을 보고 후지쓰보 와 닮았다는 생각을 하게 된다. 그리고 승도로부터 와카무라사키가 후지쓰 보의 조카가 된다는 이야기를 듣고 후견을 자청하지만 아직 10살밖에 안된 어린 나이라 당장은 어떻게 할 수가 없다. 이러한 겐지의 기타야마 방문은 『이세 이야기』1단 성인식初冠의 단이 투영된 이향방문담의 화형으로 볼 수 있다. 즉 겐지의 기타야마 방문은 본인의 질병 치료가 첫 번째 목적이었으 나, 이향으로의 공간 이동은 평생의 반려자인 와카무라사키와의 만남과 앞 에서 살펴본 아카시 이야기가 함께 조형되어 있다는 점에 주목할 필요가 있다.

須磨卷에서 겐지는 배다른 형 스자쿠 천황이 즉위하고 정치의 실권이 우대신右大臣 일파로 넘어가자, 여러 가지 사정을 감안하여 스마須磨로 퇴거 한다. 겐지는 조정과 동궁의 후견을 부탁한다는 기리쓰보인의 유언이 있 었음에도 불구하고, 우대신의 딸 오보로즈키요와 밀회를 거듭하다 발각되 는 수모를 겪는다. 이후 후지쓰보 중궁마저 출가하자 비로소 자신의 연애

사건과 정치적인 실각이 동궁이 차기 천황으로 즉위하는데 걸림돌이 될 것을 우려하기 시작한다. 즉 퇴거의 표면적인 이유는 오보로즈키요와의 밀통이 발각되었기 때문이지만, 심층의 이유는 후지쓰보와의 밀통에 대한 고뇌와 아들 레이제이冷泉의 무사한 즉위를 염려해서였다. 겐지는 정치적으로 불리한 자신의 입장이 동궁에게 영향이 있을 것을 우려하여 일시적인 퇴거를 결심한 것이다.

겐지는 자신이 퇴거하려는 스마에 대해 다음과 같이 생각하고 있다.

> 세간의 분위기가 겐지에게 아주 불리하게 돌아가 불편한 일만 늘어나자 일부러 모른 척하고 있어도, 어쩌면 이보다 더 안 좋은 일이 일어날지도 모른다는 생각이 들었다. 스마에는 옛날에야 사람이 사는 집도 있었지만 지금은 마을에서 떨어져 쓸쓸하고 어부의 집조차 드물다는 이야기를 들었지만, 사람의 출입이 많고 화려한 곳에 사는 것도 전혀 바라던 바가 아니다. 그렇다고 해서 도읍에서 멀리 떨어지는 것도 고향을 그리워하게 될 것 같고 이것저것 안타까울 정도로 고민에 빠져있다.
>
> 世の中いとわづらはしくはしたなきことのみまされば、せめて知らず顔にあり経ても、これよりまさることもやと思しなりぬ。かの須磨は、昔こそ人の住み処などもありけれ、今はいと里ばなれ心すごくて、海人の家だにまれに、など聞きたまへど、人しげくひたたけたらむ住まひはいと本意なかるべし、さりとて、都を遠ざからんも、古里おぼつかなかるべきを、人わるくぞ思し乱るる。　　　(須磨②161)

스마로 퇴거할 결심을 한 것은 사람의 출입이 그렇게 많지 않고 또 도읍에서도 너무 멀지 않은 물가를 원했기 때문이다. 겐지가 생활하게 되는 곳은 '유키히라 추나곤이 해초의 소금물에 젖으며 살았다고 하는 집 근처였다.行平の中納言の藻塩たれつつわびける家居近きわたりなりけり'(須磨②187)라고 기술하고 있다. 즉 겐지의 스마 퇴거에는 아리와라 유키히라在原行平(818-893)와 후지와라 고레치카藤原伊周(974-1010) 등의 유배를 준거로 하고 있어, 정치적인 퇴각의 의미를 담고 있다. 스마에 퇴거한 겐지는 다음해 3월, 해변 가에서 불제祓除를 하며 자신의 죄가 없음을 주장한다. 이후 갑자기 일어난 폭풍우에 큰 피해를 입게 되고, 그날 밤 겐지의 꿈에 나타난 아버지 기리쓰

보인은 스미요시住吉신의 인도에 따라 스마 해변을 떠나라고 한다. 다음 날 須磨의 포구에는 아카시뉴도明石入道가 조그만 배를 타고 나타나 겐지에게 아카시明石의 저택으로 옮길 것을 요청한다. 겐지는 꿈에 나타난 기리쓰보인의 명령을 상기하며 의심할 여지없이 아카시뉴도가 타고 온 배에 몸을 싣는다.

아카시明石 해안에 있는 아카시뉴도의 저택은 다음과 같이 묘사된다.

> 해변의 모습은 정말 운치 있는 분위기이다. 단지 사람의 왕래가 많을 것 같은 것만이 겐지의 소망과 다른 점이었다. 뉴도가 영유하고 있는 토지는 해변에도 산속에도 있어, 물가에는 사계절마다의 운치를 느끼게 하기위해 뜸집을 짓거나, 근행으로 내세를 기원하는 훌륭한 불당을 지어 염불삼매에 빠지거나 했다. 또 세상을 살아가기 위한 준비로 가을에 추수를 하여 여생을 살아가기 위한 창고를 짓거나, 때와 장소에 따라 볼 것이 많도록 모든 것을 정비해 놓았다. 최근에는 해일을 두려워해 딸들은 언덕위에 집을 옮겨 생활하게 해 놓았기에, 겐지는 이 해안가 집에 사는 것이 안정된 기분이 들었다.
> 浜のさま、げにいと心ことなり。人しげう見ゆるのみなむ、御願ひに背きける。入道の領じ占めたる所どころ、海のつらにも山隠れにも、時々につけて、興をさかすべき渚の苫屋、行ひをして後の世のことを思ひすましつべき山水のつらに、いかめしき堂を立てて三昧を行ひ、この世の設けに、秋の田の実を刈り収め残りの齢積むべき稲の倉町どもなど、をりをり所につけたる見どころありてし集めたり。高潮に怖ぢて、このごろ、むすめなどは岡辺の宿に移して住ませければ、この浜の館に心やすくおはします。　　　　　　　　　　　(明石②233-234)

　아카시의 해변과 아카시뉴도, 그의 딸 아카시노키미에 대해서는 이미 10년 전 若紫卷의 기타야마에서 소개된 바가 있다. 여기서 아카시뉴도의 저택은 도읍이 아닌 시골임에도 불구하고 전임 수령이었던 아카시뉴도의 재력으로 사계절의 정취를 느낄 수 있게 꾸며져 있다는 점이 강조되어 있다. 그리고 겐지가 스마須磨의 해변에서 아카시明石로 이동하여 아카시노키미와 결혼하여 얻은 딸은 겐지의 왕권을 달성해줄 보물이 된다. 즉 겐지가 스마에서 아카시로 이동하는 배경에는 폭풍우라는 자연현상을 이용하여 아카시노키미와의 결혼이라는 장편적 주제가 설정되어 있다.

겐지의 스마 퇴거와 明石로의 이동은 기타야마 방문北山行의 단계에서 이미 장편 아카시 이야기明石物語의 주제가 구상되었다는 점에 주목할 필요가 있다. 이러한 겐지의 스마 퇴거는 정권에서 소외된 왕자 등이 방랑을 거친 후에 왕권을 취득하는 귀종유리담의 한 화형으로 볼 수 있다. 즉 겐지가 스마須磨·아카시明石로 퇴거한 것은 단순한 공간의 이동이 아니라 모노가타리의 주제를 선점하는 화형을 형성하는 모티프인 것이다.

3. 六条御息所의 伊勢下向

賢木卷의 서두에는 로쿠조미야스도코로六条御息所가 이세 재궁伊勢斎宮이 된 딸을 따라 伊勢로 내려갈 결심을 하는 대목이 기술된다. 이미 葵卷에서 스자쿠 천황이 즉위하면서 로쿠조미야스도코로의 딸이 伊勢神宮의 재궁으로 정해졌다. 그런데 모친이 재궁이 된 딸을 따라 동행하는 선례가 그리 많지는 않았지만, 로쿠조미야스도코로는 겐지에 대한 불신과 어린 재궁에 대한 걱정으로 동행을 고려한 것이다.

원래 로쿠조미야스도코로는 대신大臣의 딸로 남편 전 동궁과 사별한 자존심이 강한 여성으로, 夕顔卷 등에서 '육조 근처六条わたり'(夕顔①135, 147), '육조 교교쿠 근처六条京極わたり(若紫①235)에 사는 겐지의 애인으로 등장한다. 葵卷에서는 겐지의 박정함을 원망하는 愛執을 표출하며, 그녀의 생령인 모노노케物の怪가 겐지의 정처 葵上를 죽인다.

葵上가 죽은 후, 세상에서는 로쿠조미야스도코로가 '겐지의 정처가 될지도 모른다さりともと'(賢木②83)는 소문이 돌았으나, 겐지는 모노노케 사건 이후 로쿠조미야스도코로에 대한 정나미가 떨어져 관계를 끊고 지낸다. 이에 로쿠조미야스도코로는 겐지에 대한 미련을 버리기 위해 딸과 함께 이세伊勢로 내려갈 결심으로 불제祓除를 위해 교토의 북서쪽에 위치한 노노미야野宮로 들어간다. 그러나 겐지는 이러한 로쿠조미야스도코로에게 아직도 미련을 떨치지 못하고 노노미야로 찾아간다.

겐지는 로쿠조미야스도코로가 자신을 박정한 사람이라 단념해버리는 것도 괴로운 일이고, 이대로 세상 사람들이 인정 없는 사람이라 생각하지는 않을까 하여 노노미야로 찾아가신다. 9월 7일경이라 이제 출발도 오늘 내일이라 생각하니, 여자도 경황이 없는 때였지만 잠시만 대면하고 싶다는 겐지의 연락을 받고, 무슨 일일까 생각하면서 만나지 않는 것도 지나치다는 생각이 들어, 발 너머로 대면하는 정도라면 하고 마음속으로 기다리고 있었다.

つらきものに思ひはてたまひなむもいとほしく、人聞き情なくやと思しおこして、野宮に参でたまふ。九月七日ばかりなれば、むげに今日明日と思すに、女方も心あわたたしけれど、立ちながらと、たびたび御消息ありければ、いでやとは思しわづらひながら、いとあまり埋れいたきを、物越しばかりの対面はと、人知れず待ちきこえたまひけり。　　　　　　　　　　　　　　　　　(賢木②84-85)

로쿠조미야스도코로는 아오이노우에에 대한 모노노케 사건으로 인하여 겐지에 대한 집착과 이세로 떠나야 한다는 현실이 혼재된 복잡한 심정이다. 두 사람은 각각 스산한 가을의 계절감에 자신의 심정을 담은 별리의 와카를 증답하고 헤어진다. 재궁이 가쓰라가와桂川에서 불제를 하고 이세伊勢로 출발하기 전, 겐지와 로쿠조미야스도코로는 다시 와카를 증답한다. 또 궁중에서 '이별의 빗別れの櫛'(賢木②93)을 꽂는 의식을 마치고, 재궁과 로쿠조미야스도코로가 이조원의 앞을 지날 때, 겐지는 다시 와카를 읊어 보낸다.

재궁이 궁중에서 나오시는 것을 기다려, 팔성원 근처에 세워둔 이세로 수행하는 수많은 여자 우차의 소매나 의복의 색깔도 색다른 취향이고 우아한 정취라, 당상관들도 제각기 아는 여자와의 이별을 아쉬워하는 사람이 많았다. 어두워졌을 무렵 출발하여 이조 대로에서 도인 대로로 돌아갈 때는, 마침 이조원 앞이라 겐지 대장은 정말 가슴이 북받쳐 올라, 와카를 비쭈기나무에 꽂아,

出でたまふを待ちたてまつるとて、八省に立てつづけたる、出車どもの袖口色あひも、目馴れぬさまに心にくきけしきなれば、殿上人どもも、私の別れ惜しむ多かり。暗う出でたまひて、二条より洞院の大路を折れたまふほど、二条院の前なれば、大将の君いとあはれに思されて、榊にさして、　　　　　　　　　(賢木②94)

겐지는 자신의 저택 바로 앞을 지나는 재궁의 행렬을 보며 와카를 읊지만, 로쿠조미야스도코로는 오사카逢坂의 관문까지 가서 비로소 답가를 보내왔다. 이후 로쿠조미야스도코로와 재궁이 이세伊勢에서 6년간 어떤 생활을 했는가에 대한 구체적인 기록은 없다. 澪標卷에서 스자쿠인이 양위하고 레이제이 천황이 즉위하자 로쿠조미야스도코로는 딸 이세 재궁과 함께 상경한다. 겐지는 귀경 후의 로쿠조미야스도코로에게 이미 아무런 감동을 느끼지 못하고 오히려 그녀의 딸 전재궁이 어떻게 변했는가에 관심이 있다. 로쿠조미야스도코로는 원래 살던 육조의 저택을 수리하여 정취 있는 생활을 시작했지만, 갑자기 중병이 들어 출가해 버린다. 겐지가 이 소문을 듣고 문병을 갔을 때, 로쿠조미야스도코로는 자신의 딸에 대해 '결코 그와 같은 호색의 대상으로 생각하지 마세요.かけてさやうの世づいたる筋に思しよるな' (澪標②311)라는 유언을 남기고 죽는다.

로쿠조미야스도코로의 이세 동행은 겐지의 정치적인 몰락과 함께 시작되지만, 澪標卷 이후 정치적인 인물로 변한 겐지에게 전재궁은 준섭관準攝關이 되기 위한 필수불가결한 사람이었다. 즉 겐지는 로쿠조미야스도코로의 유언에 따라 전재궁를 자신의 양녀로 삼아 레이제이 천황의 뇨고女御로 입궐시키고, 繪合卷에서 그림 겨루기를 할 때는 그녀를 도와 숭궁이 되게 한다. 겐지는 자신의 영화를 위한 첫 단계로 전재궁를 입궐시킴으로써 준섭관이 된 것이다.

4. 玉鬘의 筑紫流離

帚木卷의 비 오는 날 밤의 여성 품평회에서, 두중장頭中将은 애인 유가오를 '수줍어하는 여자痴者'(帚木①81)라 하고, 그 딸인 다마카즈라玉鬘는 패랭이꽃撫子으로 불렀다. 頭中将는 유가오가 부모도 없고 의지할 곳이 없는 여자라 자신의 본처로부터 질투와 학대를 받아 다마카즈라와 함께 어디론가 사라져버렸다고 소개한다.

夕顔卷에서 겐지는 서민들이 많이 사는 오조五条의 서민 주택가에 임시로 기거하고 있던 유가오를 만난다. 겐지는 8월 15일 밤, 유가오의 집에서

하루 밤을 지낸 다음날, 유가오와 시녀 우콘右近만을 데리고 '모 원なにがしの 院'(夕顔①159)으로 간다. 그런데 그날 밤 갑자기 나타난 모노노케物の怪에 의해 유가오가 급사하자, 겐지는 부하인 고레미쓰惟光를 시켜 아무도 모르 게 장례를 치른다. 한편 도읍의 서경西京에서 생활하던 다마카즈라의 유모 일행은 백방으로 수소문을 하지만 유가오의 행방을 찾지 못한다.

이듬 해 유모는 남편이 다자이 소이太宰少弌가 되어 부임하게 되자, 4살이 된 다마카즈라를 데리고 쓰쿠시筑紫로 내려간다.

> 우콘은 그 서경에 머물렀던 아기씨의 행방도 알 수 없고, 그 일은 오로지 내 가슴에 묻어두려고 생각했다. 또 〈겐지가〉 "지금 다시 돌이킬 수도 없는 일로 인해 내 이름을 세상에 알리지 말라."고 입단속을 했기 때문에 조심스러워, 찾아서 연락도 드리지 못하고 있었는데, 그 동안에 아기씨의 유모 남편이 다 자이 다이니가 되어 부임하자 유모도 함께 내려가게 되었다. 아기씨가 4살 되는 해에 쓰쿠시로 간 것이다. 유모는 유가오의 행방을 알아내려고 온갖 신 불에 기원을 올리고, 주야로 울고 그리워하며 갈만한 곳을 찾아보았지만 결 국 알아낼 수가 없었다. 이렇게 된 바에야 어쩔 수 없다. 아기씨만이라도 아 가씨 대신 모시기로 하자. 시골로 가는 길에 이렇게 멀리까지 모시게 되는 것은 정말 안타까운 일이다. 역시 아버지에게 넌지시 알리려고 생각했지만, 적당한 연줄을 찾지도 못하는 동안에,
>
> かの西の京にとまりし若君をだに、行く方も知らず、ひとへにものを思ひつつ み、また、〈源氏〉「いまさらにかひなきことによりて、わが名もらすな」と口がため たまひしを憚りきこえて、尋ねても訪れきこえざりしほどに、その御乳母の夫少弌 になりて行きければ、下りにけり。かの若君の四つになる年ぞ筑紫へは行きけ る。母君の御行く方を知らむとよろづの神仏に申して、夜昼泣き恋ひて、さるべ き所どころを尋ねきこえけれど、つひにえ聞き出でず。さらばいかがはせむ。若 君をだにこそは、御形見に見たてまつらめ。あやしき道に添へたてまつりて、遥 かなるほどにおはせむことの悲しきこと。なほ、父君にほのめかさむ、と思ひけれ ど、さるべきたよりもなきうちに、　　　　　　　　　　　　　　　(玉鬘③88)

유가오가 죽은 후, 시녀인 우콘은 겐지가 신분을 밝히지 못하도록 했기

때문에 연락도 못하고, 유모가 두중장에게 다마카즈라를 보내지 못한 것은 의붓자식으로서 학대를 받을까 우려했기 때문일 것이다. 이에 유모는 남편의 부임에 따라 하는 수 없이 다마카즈라를 데리고 쓰쿠시로 가게 된 것이다. 이후 다마카즈라가 다시 모노가타리의 전면에 나타나는 것은 18년 후인 玉鬘卷이다. 유가오의 시녀 우콘右近과 겐지는 아직도 유가오를 잊지 못하고 그녀의 딸인 다마카즈라라도 찾아보려고 한다. 한편 다자이 소이太宰少弐는 임기가 끝나고 다마카즈라가 10살이 되었을 무렵, 병이 들어 임종이 다가오자 다마카즈라를 반드시 도읍으로 데려가 아버지인 두중장를 만나게 해주라는 유언을 남기고 죽는다. 이 때 다마카즈라는 아름답게 성장하여 히고肥後의 호족 대부감太夫監 등 많은 남자들이 구혼을 해 왔지만, 유모는 이를 모두 거절하고 둘째 아들 분고노스케豊後介를 재촉하여 쓰쿠시를 탈출한다.

유모 일행은 긴장과 공포 속에 무사히 쓰쿠시筑紫를 떠나 도읍으로 돌아왔지만 마땅히 의지할 곳도 없고, 지금은 내대신內大臣이 된 다마카즈라의 아버지를 찾아가더라도 인지를 받을 수 있을지 의문이었다. 분고노스케는 우선 옛날의 지인을 찾아 교토의 9조 근처에 정착했지만, 새로운 관직도 없고 생계도 어려워지자 탈출한 것을 후회하기도 하나. 이에 분고노스케는 다마카즈라의 연고를 찾기 위해 신불에 기원할 생각을 한다. 분고노스케는 먼저 이와시미즈 하치만구石清水八幡宮에 아버지 소이의 지인인 승려에게 부탁하여 참배하게 했다.

이어서 분고노스케는 특별히 영험이 있다고 하는 하쓰세初瀬의 관음에 참배하기 위해 도보로 이동한다.

> 〈분고노스케〉 "다음으로 부처님 중에서는 하쓰세의 관음이 일본에서 가장 영험이 있다고, 당나라에서도 평판이 나 있다고 합니다. 더구나 먼 시골이기는 하지만 일본 국내에서 오랫동안 살았으니까, 특별히 아기씨를 도와주실 것입니다."라고 하며 하쓰세로 출발하게 하신다. 일부러 도보로 가는 것으로 정했다. 아기씨는 익숙하지 않아 대단히 고통스러웠지만 사람들이 시키는 대로 정신없이 걸었다.
> 〈豊後介〉「うち次ぎては、仏の御中には、初瀬なむ、日本の中には、あらたなる

驗あらはしたまふと、唐土にだに聞こえあむなり。ましてわが国の中にこそ、遠き
国の境とても、年経たまへれば、若君をばまして恵みたまひてん」とて、出だし立
てたてまつる。ことさらに徒歩よりと定めたり。ならはぬ心地にいとわびしく苦しけ
れど、人の言ふままにものもおぼえで歩みたまふ。　　　　　　　　　　(玉鬘③104)

　분고노스케는 長谷寺의 관음이 일본 국내만이 아니라 당나라에까지 이
름이 나 있을 정도로 영험이 있다는 점을 강조하고 있다. 더구나 다마카즈
라는 부모를 만나야겠다는 일념으로 교토에서 하쓰세初瀬까지 약 70㎞의
길을 걸어, 4일째 되는 오전에 하세데라長谷寺 입구의 쓰바이치椿市에 도착
한다. 분고노스케 일행이 숙소에 여장을 풀었을 때, 옛날 유가오의 시녀였
다가 현재 겐지의 시녀가 되어있는 우콘도 마침 도보로 쓰바이치의 숙소
에 도착한다. 우콘은 분고노스케와 산조三条가 다마카즈라의 식사준비를
하는 모습을 보고 안면이 있어, 서로를 확인하고 '꿈과 같은夢の心地'(玉鬘③
108) 재회가 이루어진다. 다음 날 우콘과 다마카즈라는 재회를 하게 해준
하세데라의 관음에 참배를 하고 감사하는 뜻으로 와카를 증답한다.
　우콘으로부터 재회의 소식을 들은 겐지는 다마카즈라를 육조원의 여름
저택夏の町으로 맞이하여 하나치루사토花散里에게 후견을 부탁하고 양녀로
삼는다. 이후 다마카즈라는 소위 玉鬘十帖의 주인공으로서 겐지와는 양녀
와 애인의 경계를 오가는 생활을 하지만 소문을 듣고 많은 구혼자들이 모
여든다. 다마카즈라는 성인식裳着을 계기로 친부인 내대신과 재회하지만,
내대신과 우스꽝스러운 딸 오미노키미의 이야기를 듣고 친부의 집으로 가
지 않고 육조원에서 겐지에게 많은 것을 배우게 된 점을 고마워한다.
　다마카즈라는 쓰쿠시와 육조원으로 공간 이동을 하면서 지방과 도읍의
여러 귀족들로부터 구혼을 받다가 결국 히게쿠로髭黒와 결혼함으로써 대
단원을 맺는다. 다마카즈라는 등장인물 중에서 가장 먼 거리를 이동하는
데, 계모의 학대로 어머니 유가오와 함께 숨어 살다가 멀리 규슈의 쓰쿠시
로 방랑하게 된다는 점에서 계모학대담과 귀종유리담이 투영된 이야기이
다. 또한 우콘과 다마카즈라의 재회는 유리와 곤란을 겪은 주인공이 신불
의 영험으로 행운을 획득하는 재회담과 영험담의 화형을 구성한다는 것을
확인할 수 있었다.

5. 薫의 宇治訪問

『겐지 이야기』의 제3부에는 가오루薫와 니오미야匂宮, 우지에 은둔해 있
던 하치노미야八の宮의 딸들이 펼치는 사랑의 인간관계를 그리고 있다. 특
히 우지와 오노小野를 배경으로 남녀의 사랑과 삼각관계로 인한 갈등, 불도
수행의 고뇌를 사실적인 문체로 표현하고 있다. 우지는 교토의 남쪽 우지
가와宇治川 일대로 도읍에서 나라奈良 방면으로 가는 교통의 요충지로, 우지
가와는 하세데라長谷寺에 참배를 가는 수로로도 이용되었다.

헤이안 시대에 우지宇治 일대는 귀족들의 별장이 많이 조성되었던 곳이
다. 원래 미나모토 도루源融(822-895)가 宇治院을 조영했는데, 이후 후지와
라 미치나가藤原道長(966-1027)의 별장이 되고, 그의 아들 요리미치賴通는
1052년 천태·정토종 계통의 사찰인 뵤도인平等院으로 개축한다. 『가게로
일기』와 『사라시나 일기』 등에도 '宇治殿', '宇治の院' 등의 용례가 등장한
다. 『겐지 이야기』에 등장하는 '宇治'의 용례는 宇治, 宇治川, 宇治院, 宇治
の寺, 宇治の姫君, 宇治の宮, 宇治の御堂, 宇治橋, 宇治山, 宇治のわたり 등
42례나 등장한다.

『고킨슈』에서 육가선 중의 한 사람인 기센喜撰 법사는 우지산宇治山에 은
둔하여, '내가 사는 암자는 도읍의 동남인데, 이렇게 사는 우지산을 사람들
은 세상이 싫어 들어가는 산이라 하는구나.わが庵は都の辰巳しかぞ住む世をうぢ山と
人はいふなり'(18권983)라고 읊었다. 즉 우지宇治를 와카의 명승지歌枕로서,
'괴롭다憂し'의 동음이의어로 읊어, 우지산은 세상이 싫어져 은둔하는 산이
라는 이미지를 전하게 되었다.

『겐지 이야기』橋姫巻에는 하치노미야八の宮가 우대신 일파의 정쟁에 이
용당하고, 부인과의 사별, 저택의 화재 등을 겪은 후 실의에 빠져 우지의
별장으로 은둔한다고 기술하고 있다.

> 이렇게 지내는 동안에 살고 있던 저택이 불타버렸다. 괴로운 일이 많은 세상
> 이지만 점점 불운이 겹치자 낙심한 하치노미야는 도읍 안에 옮길만한 곳도
> 없고, 우지라는 곳에 소유하고 있던 운치 있는 별장으로 옮기셨다. 이미 체념

한 이 세상이지만, 막상 익숙한 도읍을 떠나는 것이 안타깝게 생각되었다.

　かかるほどに、住みたまふ宮焼けにけり。いとどしき世に、あさましうあへなくて、移ろひ住みたまふべき所の、よろしきもなかりければ、宇治といふ所によしある山里持たまへりけるに渡りたまふ。思ひ棄てたまへる世なれども、今はと住み離れなんをあはれに思さる。　　　　　　　　　　　　　　　　　　(橋姫⑤125-126)

　하치노미야는 겐지의 동생이지만 어린 나이에 부모와 사별하고, 황위계승 경쟁에서 실패하고, 두 딸의 부인과도 사별하는 등 비운이 겹친다. 이러한 상황에서 다시 도읍의 저택이 불타자, 소유하고 있던 우지의 별장으로 이주한 것이다. 하치노미야는 우지에서 두 딸 오이기미大君와 나카노키미中の君를 양육하면서, 아사리阿闍梨에게 사사하여 불도수행에 정진하자 속성俗聖이라는 소문이 나게 되었다.

　가시와기와 온나산노미야의 밀통으로 태어난 가오루薫는 자신의 출생에 대해 의문을 품고 불도수행에 관심을 갖고 있던 중 하치노미야의 이야기를 듣고 우지로 찾아간다.

　정말 우지의 별장은 들은 것보다 훨씬 던 정취가 있고, 하치노미야가 살고 있는 집을 비롯하여 임시 거처로 생각한 탓인지 아주 간소한 생활이었다. 같은 산골이지만 나름대로 마음이 끌릴만한 한적한 곳도 있을 텐데, 이곳은 정말 황량한 물소리, 바람소리에 낮에는 수심을 잊을 수도 없고, 밤에는 편안히 꿈도 꿀 수 없을 것 같이 무시무시한 바람이 분다. '고승과 같은 하치노미야 자신을 위해서는 이러한 거처가 오히려 이 세상의 집착을 버릴 수 있는 곳이지만 딸들은 대체 어떤 기분으로 지낼까. 보통 세상의 여자다운 상냥함과는 거리가 있지 않을까.'하고 생각하지 않을 수 없었다.

　げに、聞きしよりもあはれに、住まひたまへるさまよりはじめて、いと仮なる草の庵に、思ひなしことそぎたり。同じき山里といへど、さる方にて心とまりぬべくのどやかなるもあるを、いと荒ましき水の音、波の響きに、もの忘れうちし、夜など心とけて夢をだに見るべきほどもなげに、すごく吹きはらひたり。聖だちたる御ためには、かかるしもこそ心とまらぬもよほしならめ、女君たち、何心地して過ぐしたまふらん。世の常の女しくなよびたる方は遠くや、と推しはからるる御ありさまなり。　(橋姫⑤132-133)

가오루는 우지의 별장이 운치 있는 곳이지만 하치노미야의 딸들에게는 물소리 바람소리가 황량할 것으로 생각한다. 아사리阿闍梨의 거처는 우지 산宇治山 쪽이었지만, 하치노미야의 간소한 저택은 물소리가 들리고 바람이 세찬 도읍 쪽 강가에 있었다. 가오루는 자신의 출생에 의문을 갖고 출가의 뜻을 품고 우지의 하치노미야를 찾아갔지만, 우연히 다리를 지키는 여신 하시히메橋姫로 비유되는 오이기미와 나카노키미가 비파와 금을 연주하는 것을 듣고 관심을 가지게 된다. 특히 가오루는 언니인 오이기미에게 관심을 가지고, 하치노미야도 가오루에게 딸들을 부탁한다.

다음은 椎本卷에서 니오미야匂宮가 長谷寺에 참배하고 돌아가는 길에 우지가와宇治川의 대안에 있는 유기리의 별장에 들리는 대목이다.

> 2월 20일 무렵에 병부경궁은 하세데라에 참배하신다. 오랜 동안의 염원이었지만 결심을 하지 못한 채 세월이 흘러버렸는데, 도중 우지 근처에서 숙박하는 것이 즐거움이었기에 참배를 결심했을 것이다. (중략) 우대신 유기리가 로쿠조인으로부터 상속을 받아 영유하신 별장은 우지가와 건너편에 대단히 넓고 운치 있는 곳으로 대신은 그곳에 병부경궁의 숙소를 준비시켰다.
>
> 二月の二十日のほどに、兵部卿宮初瀬に詣でたまふ。古き御願なりけれど、思しも立たで年ごろになりにけるを、宇治のわたりの御中宿のゆかしさに、多くはもよほされたまへるなるべし。(中略) 六条院より伝はりて、右大殿しりたまふ所は、川よりをちにいと広くおもしろくてあるに、御設けせさせたまへり。　　(椎本⑤169)

유기리의 별장은 아버지 겐지로부터 상속받은 것인데, 우지가와宇治川을 사이에 두고 하치노미야의 별장 건너편에 있었다. 이 별장을『花鳥余情』[16] 에서는 미나모토 도루源融의 별장이었고, 요제이陽成 천황이 한동안 체류했던 우지인宇治院을 준거로 한 것이라고 지적했다. 니오미야는 가오루로부터 하치노미야의 딸들에 대한 이야기를 듣고 의도적으로 찾아온 것이다. 그 해 가을 하치노미야는 산사山寺로 들어가 죽음을 맞이하지만, 오이기미는 끝내 가오루의 사랑을 받아들이지 않는다. 오이기미는 오히려 가오루

---

16 伊井春樹 編,『花鳥余情』櫻楓社, 1978, p.291

에게 나카노키미와의 결혼을 권하지만, 가오루는 오이기미의 마음을 정리하기 위해 나카노키미를 니오미야에게 소개해 버린다. 나카노키미와 결혼한 니오미야의 호색적인 행동을 안타까워하던 오이기미는 결국 병을 얻어죽는다.

이후 가오루는 오이기미와 배다른 자매로 닮은 얼굴인 우키후네를 사랑하게 되지만, 니오미야와 삼각관계가 되어 새로운 갈등이 시작된다. 어린 시절부터 어머니의 재혼으로 관동關東 지방을 방랑했던 우키후네는 자신의 신분과 두 남자의 사랑 사이에서 괴로워하다가 결국 우지가와宇治川에 몸을 던져 자살을 시도한다. 그러나 우키후네의 자살은 미수에 그치고 요카와橫川의 승도僧都에 의해 구출되어, 다시 오노小野로 이동하게 된다. 승도는 어머니 비구니尼君가 하세데라 참배에서 돌아오던 중 발병하여 머물고 있던 우지인으로 하산했다가, 별장 뒤편에서 요괴와 같이 긴 머리카락의 우키후네가 쓰러져 있는 것을 발견한 것이다.

승도의 동생 비구니妹尼는 정체불명의 이 처녀를 죽은 딸 대신으로 하세관음이 점지해 주신 것으로 생각하고 따뜻하게 간호하여 오노小野의 암자로 데려간다.

> 이 비구니들은 히에이산 사카모토의 오노라는 곳에 살고 있었다. 그곳에 도착하기까지는 정말 먼 길이었다. '중간 숙소를 준비해 두었으면 좋았다.'라고들 하면서 밤늦게 도착했다. 승도는 어머니 비구니를 돌보고, 딸 비구니는 누구인지도 모르는 사람을 간호하며 각각 우차에서 안고 내려 한숨을 돌린다. 비구니는 언제부터인지 노환으로 힘들어하신다. 긴 여행 끝에 한동안 앓고 있었지만 점점 나아졌기 때문에 승도는 요카와로 올라가셨다.
>
> 比叡坂本に、小野といふ所にぞ住みたまひける。そこにおはし着くほど、いと遠し。「中宿を設くべかりける」など言ひて、夜更けておはし着きぬ。僧都は親をあつかひ、むすめの尼君は、この知らぬ人をはぐくみて、みな抱きおろしつつ休む。老の病のいつともなきが、苦しと思ひたまふべし、遠路のなごりにこそしばしわづらひたまひけれ、やうやうよろしうなりたまひにければ、僧都は上りたまひぬ。
>
> (手習⑥290-291)

비구니들의 집은 시가현滋賀県 히에이산比叡山 동쪽 자락의 오노에 있었다. 승도의 어머니 아마기미의 병이 조금 회복되자, 우키후네와 함께 두 대의 우차에 나누어 타고 오노로 출발했다. 우키후네는 오노에 도착한 후, 승도의 가지加持를 받고 겨우 깨어나 정신을 차린다. 동생 비구니는 우키후네를 죽은 딸의 남편 중장과 맺어주려 하지만, 우키후네는 거절하고 승도에게 부탁하여 출가한다.

이와 같이 제3부는 가오루薫와 니오미야匂宮 등이 우지宇治라는 이향을 방문하여 남녀의 인간관계가 갈등하는 가운데 불도수행의 길을 제시한다는 이야기이다. 특히 우키후네는 가오루와 니오미야의 사이에서 자신의 의지를 드러내지 않고 이쪽저쪽으로 끌려 다니다가, 끝내는 자신의 의지로 투신자살을 시도하고 가오루와의 재회도 거부하면서 오노에서 출가를 감행한다.

6. 결론

『겐지 이야기』에 나타난 등장인물의 공간이동이 상편의 주제에 어떻게 작의作意되어 있는가. 특히 장편적 주제를 선점하는 대표적인 공간이동이라 할 수 있는 겐지의 기타야마 방문과 스마 퇴거, 로쿠조미야스도코로의 이세 동행, 다마카즈라의 쓰쿠시 방랑, 가오루의 우지 방문 등을 중심으로 분석해 보았다.

겐지의 기타야마 방문의 목적은 학질 치료가 목적이었지만, 와카무라사키若紫의 등장이라고 하는 모노가타리의 복선이 숨겨져 있다. 그리고 스마·아카시로의 이동은 선행 화형과 준거를 수용하면서 아카시노키미와의 결혼과 아카시노히메기미를 통한 섭정관백의 영화가 달성될 것이라는 구상을 읽을 수 있다. 로쿠조미야스도코로의 이세 동행은 澪標卷 이후 겐지가 영화와 왕권획득에 꼭 필요한 전재궁을 양녀로 받아들이는 계기가 된다. 다마카즈라는 쓰쿠시로 방랑한 후, 육조원 여름 저택의 주인공으로 구혼담의 중심인물이 된다. 한편 가오루와 니오미야는 우지와 오노를 배경으로 하치노미야의 딸들을 찾아가는데, 사랑과 불도수행의 사이에서 고뇌하는 남녀의 인간관계는 이향 방문담의 화형을 이루고 있다.

　이와 같이 모노가타리의 공간이동은 반드시 하나 이상의 화형이 복선으로 작의되어 있다는 것을 확인할 수 있었다. 즉 겐지의 기타야마 방문과 스마 퇴거에는 이향방문담과 귀종유리담이, 로쿠조미야스도코로의 이세 동행에는 유언담이, 다마카즈라의 쓰쿠시 방랑에는 계자학대담과 영험담, 재회담이, 가오루의 우지 방문에는 이향방문담 등이 구상되어 있다. 이 이외에도 겐지의 일상 주거공간으로 이조원과 육조원이 있으나, 공간이동과는 위상이 달라 다음 기회에 별도로 고찰하기로 한다.

▌Key Words　物語, 空間移動, 流離, 話型, 作意

겐지 이야기의 전승과 작의

제2장

『겐지 이야기』에 나타난 질병과 치유의 논리

1. 서론

　동서고금를 막론하고 인간은 질병과 싸우며 삶을 영위해 왔다고 할 수 있다. 701년에 성립된 『대보율령大宝律令』 권제9 「医疾令 第24」[1]에는 '典薬寮'에 医博士가 있어 사람이 질병에 걸리면 중국이나 한반도에서 전래한 의술이나 의약으로 치유한다고 되어있다. 그러나 헤이안平安 시대의 대표적 질병인 모노노케物の怪나 역병 등은 약으로 치유하기보다 승려나 음양사들이 가지加持와 기도를 통해 낫게 할 수 있다고 생각했다. 특히 모노가타리物語에 등장하는 각종 질병은 정신적인 고뇌인 경우가 많아 작품의 주제나 인간관계에 특정한 기능과 역할을 하는 작의作意로 설정되는 경우가 많았다.

　『고지키』 스진崇神 천황 대의 미와야마三輪山 전설은 역병을 치유하는 이야기이다. 즉 역병이 크게 유행하여 천황이 신탁을 받자, 오모노누시大物主 신은 자신의 아들인 오호타타네코意富多々泥古로 하여금 제사를 지내면 진정된다고 한다. 이에 천황이 오호타타네코를 찾아 제사를 지내게 하자 '가미노케神の気'가 진정되고 나라도 평안해진다는 것이다. 『古事記』에서는 악

1　井上光貞 他校注, 『律令』(「日本思想大系」3, 岩波書店, 1976) p.421

성 역병인 가미노케를 약물에 의한 치료보다 신탁의 계시에 따라 제사를 통해 우환을 제거했다는 것이다. 한편『만요슈』권(5896)에는 야마노우에 오쿠라山上憶良가 자신이 병에 걸리게 된 이유에 대해, 중국의 문헌을 인용하여 불교적 응보나 현세에 범한 죄업, 음식 등을 지적하고 있다. 그리고 오쿠라는 살아있는 동안 병에 걸리지 않는 것이 최상의 행복이라는 평범한 결론을 이야기하고 있다.

『마쿠라노소시』181단에는, '질병에는 속병, 모노노케, 각기병, 그리고 왠지 식욕이 없는 기분病は胸。物の怪。あしの気。はては、ただそこはかとなくて物食はれぬ心地'²외에 치통 등을 헤이안 시대의 일반적인 질병으로 지적하고 있다. 그리고 별본 23단에는 모노노케로 인하여 고통을 받고 있는 사람과 모노노케의 집념이 강해서 승려가 기도를 해도 좀처럼 굴복되지 않는다는 이야기도 소개하고 있다.『古今著聞集』권17-596화에는 도바鳥羽(1107-1123) 천황의 다섯째 딸이 손을 씻고 있을 때, 아귀가 나타나 세상의 질병은 모두 자신이 일으키는 짓이라고 하는 이야기가 나온다.『슈가이쇼拾芥抄』八卦部 제34 ³에는 사람의 나이가 13, 25, 37, 49, 61, 73, 85, 99세가 되었을 때를 액년厄年이라 하고 질병과 재난을 당하게 된다는 것을 기술하고 있다.

『겐지 이야기』에는 여러 가지 질병이 나타나는데, 등장인물 중에는 갖가지 병으로 고통을 겪거나 먹지 못하고 죽음에 이르는 경우도 있다. 구체적인 예를 들면 다음과 같은 질병이 있었다. 당시의 가장 흔한 감기風病를 앓는 인물로는 히카루겐지와 아카시뉴도明石入道, 아카시明石 중궁, 니오미야, 하치노미야, 空蟬卷의 도시키부노조藤式部の丞의 부인 등이 있었다. 그리고 모노노케의 고통을 받는 인물로는 유가오, 아오이노우에葵上, 무라사키노우에, 온나산노미야 등이 있다. 그리고 히카루겐지와 오보로즈키요는 학질에 걸리고, 히카루겐지와 스에쓰무하나의 뇨보는 기침병咳病, 무라사키노우에는 폐결핵胸病, 스자쿠 천황은 눈병眼病을 앓고, 가시와기와 오치바노미야는 각기脚病에 걸린다. 그리고 거식증이 되는 인물로는 후지쓰보와 무라사키노우에, 오이기미가 있었고, 노인성 치매老人性痴呆症가 되는 사

2 松尾聡・永井和子 校注,『枕草子』(「新編日本古典文学全集」18, 小学館, 1999) p.318
3 洞院公賢,『拾芥抄』, 吉川弘文館, 1928. p.501

람은 아카시노 아마기미明石の尼君와 오노노 하하아마小野の母尼와 같은 노인들이었다.

이러한 질병을 나타내는 표현으로는 '고통痛み', '괴로움悩み', '모노노케物の怪', '아프다病づく', '질병やまひ', '앓다わづらふ' 등으로 기술되어 있다. 그런데 『겐지 이야기』의 질병은 신분이 높거나 주요 등장인물일수록 단순히 병을 앓는 것이 아니라, 그로 인해 특별한 인간관계가 맺어지는 기능과 역할을 하는 경우가 많다. 따라서 『겐지 이야기』에 그려진 질병과 치유는 단순한 병이 아니라 작품의 주제를 이어가는 작의作意가 되고 모노가타리의 복선이 된다고 할 수 있다.

平安 시대의 질병에 대한 연구로는 池田龜鑑의 『平安時代の文学と生活』[4], 清水好子 他의 『源氏物語手鏡』[5], 山中裕의 『平安朝物語の史的研究』[6], 新藤協三의 「平安時代の病気と医学」[7] 등이 있다. 그리고 질병과 치유의 문제를 모노가타리의 주제와 결부시켜 분석한 연구로는 島内景二의 「素材としての病」[8], 山中博의 「病気の恐怖」[9], 三田村雅子의 「光源氏の死と再生」[10], 松井健児의 「受苦の深みへ」[11], 石阪晶子의 「〈なやみ〉と〈身体〉の病理学」[12], 日向一雅의 「源氏物語と病—病の種々相と〈もの思ひに病づく〉世界」[13], 久富木原玲의 「源氏物語の密通と病」[14] 등을 들 수 있다.

본고에서는 상기와 같은 연구 성과를 참고하면서 모노가타리의 주제를 선점하는 히카루겐지와 오보로즈키요의 학질, 아오이노우에와 무라사키노우에의 모노노케, 스자쿠 천황의 질병을 살펴보도록 한다. 특히 『겐지

---

4 池田龜鑑, 『平安朝の生活と文学』 角川書店, 『平安時代の文学と生活』 至文堂, 1981.
5 清水好子 他, 『源氏物語手鏡』 新潮社, 1983
6 山中裕, 『平安朝物語の史的研究』 吉川弘文館, 1983.
7 新藤協三, 「平安時代の病気と医学」(『平安時代の信仰と生活』 國文学解釋鑑賞別冊, 至文堂, 1992)
8 島内景二, 『源氏物語の話型学』, ぺりかん社, 1989.
9 山口博, 『王朝貴族物語』 講談社, 1994.
10 三田村雅子, 『源氏物語』, 筑摩書房, 1997.
11 松井健児, 『源氏物語の生活世界』, 翰林書房, 2000.
12 石阪晶子, 「〈なやみ〉と〈身体〉の病理学」(『源氏物語研究』 第五号, 翰林書房, 2000)
13 日向一雅, 「源氏物語と病—病の種々相と「もの思ひに病づく」世界」(『日本文学』 日本文学協会, 2001. 5月)
14 久富木原玲, 「源氏物語の密通と病」(『日本文学』 日本文学協会, 2001. 5月)

이야기』에 묘사된 질병과 치유의 논리가 모노가타리의 주제에는 어떠한 기능을 하고 있는가를 규명하고자 한다. 또한 등장인물의 장편적 인간관계와 모노가타리의 作意에는 어떠한 역할을 하고 있는가를 고찰하고자 한다.

2. 光源氏와 朧月夜의 학질

『겐지 이야기』에서 학질瘧疾에 걸리는 인물은 若紫卷의 히카루겐지光源氏와 賢木卷의 오보로즈키요朧月夜가 있다. 여기서는 두 사람이 앓는 학질에 대한 질병 그 자체보다는 이를 계기로 새로운 모노가타리의 구상과 주제의 장편성이 어떻게 전개되는가를 규명하고자 한다.

若紫卷의 서두에는 18세의 히카루겐지는 학질을 앓게 되어 갖가지 치료를 받았지만 효험이 없다. 그 때 겐지는 어떤 사람으로부터 기타야마北山에 훌륭한 수행자가 있다는 소문을 듣는다.

> 학질에 걸려 여러 가지로 신불에 기원을 올리고 가지 등을 시켰지만 효험이 없고 자주 발삭이 일어나자, 어떤 사람이 "기타야마의 어떤 절에 훌륭한 수행자가 있습니다. 작년 여름에도 크게 유행하여 많은 사람들이 기원을 올렸지만 효험이 없어 애를 먹고 있었는데, 바로 낫게 한 적이 여러 번 있었습니다. 병을 악화시키면 성가시게 되니까 빨리 한번 시도해 보는 것이 좋을 것입니다."라고 말씀드리자,
>
> 瘧病にわづらひたまひて、よろづにまじなひ、加持などまゐらせたまへどしるしなくて、あまたたびおこりたまひければ、ある人、「北山になむ、なにがし寺といふ所にかしこき行ひ人はべる。去年の夏も世におこりて、人々まじなひわづらひしを、やがてとどむるたぐひあまたはべりき。ししこらかしつる時はうたてはべるを、疾くこそこころみさせたまはめ」など聞こゆれば、
>
> (若紫①199)

겐지는 학질에 걸려 갖가지 치료를 받았으나 효험이 없자, 어떤 사람으로부터 기타야마의 고승에게 치료를 받고 나은 사람이 많다는 소문을 듣는다. 이에 겐지는 바로 사람을 보내 모셔오려고 했으나 고승이 나이가 많

아 절 밖으로 나올 수 없다고 하여, 이른 새벽에 4, 5명의 부하만 데리고 직접 기타야마의 절로 찾아간다. 고승은 '높은 산 바위 속에서峰高く、深き岩の中にぞ'(若紫①200) 수행하고 있었다. 즉 승려는 종교적인 지도만이 아니라 중생의 질병까지도 치유하는 능력을 소지하고 있었다는 것을 알 수 있다.

고승은 세상과의 인연을 끊고 질병을 치료하는 방법 등도 잊었다고 겸손해 하면서 다음과 같이 겐지를 치료한다.

> 대단히 높은 덕을 쌓은 사람이었다. 적절한 호부를 만들어 마시게 한다. 가지 등을 하는 동안에 해가 높이 떴다.
> いとたふとき大徳なりけり。さるべきもの作りて、すかせたてまつる。加持などまゐるほど、日高くさしあがりぬ。　　　　　　　　　　　　　　　(若紫①200)

미나모토 시타고源順(911-983)는 『와묘루이주쇼倭名類聚鈔』에서 약 70종류의 질병을 나열하고 있는데, 瘧病에 대해 '오한과 열이 이틀에 한번 일어나는 병이다.寒熱竝作二日一發之病也'[15]라고 기술하고 있다. 즉 겐지가 걸린 학질은 이틀에 한 번 오한과 발작을 수반하는 오늘날의 말라리아와 같은 병으로 볼 수 있다. 고승은 부처의 덕이나 이름 등을 범자梵字로 쓴 호부護符를 겐지에게 먹게 하거나, 가지加持를 하는 등 갖가지 방법으로 치료한다. 겐지는 하루 종일 치료를 받아 저녁 무렵이 되자 발작도 줄고 많이 좋아졌지만, 고승은 아직도 모노노케가 붙어있으니 좀더 가지를 받아야 된다고 한다. 즉 겐지는 약물 등의 의학적인 방법이 아니라 고승의 가지와 같은 정신적인 치료로 완쾌된다는 점에 주목할 필요가 있다.

3월 말이지만 기타야마北山의 산 벚꽃은 아직 한창이다. 이에 겐지는 밖으로 나와 주변을 살펴보다가, 어떤 승도가 산다고 하는 제법 세련된 울타리로 꾸민 승방을 내려다보게 된다. 여기서 겐지가 기타야마의 높은 곳에 서서 승방을 내려다보는 행위나, 다음 날 '도읍 쪽을 바라보시다.京の方を見たまふ'(若紫①201)라고 하는 대목은 고대 천황의 구니미国見와 같이 왕권을 실현하는 행위로 볼 수 있다. 이어서 부하인 요시키요良清로부터 아카시明石

15　正宗敦夫 編,『倭名類聚鈔』病類第四十, 風間書房, 1977.

에 살고 있다는 아카시뉴도明石入道와 그의 딸 아카시노키미에 대한 이야기를 듣는다. 그리고 다음 날 저녁 무렵에 다시 세련된 울타리의 승방을 내려다보다가 승도의 여동생尼君과 후지쓰보의 조카인 와카무라사키를 엿보게 된다. 이와 같이 겐지의 질병은 단순히 아파서 치료를 받는다는 개념이 아니라, 구니미와 왕권, 아카시노키미와 와카무라사키若紫의 만남을 위한 복선으로 작의된 것으로 읽을 수 있다.

이후 고승이 겐지의 학질을 치유하여 쾌유되는 과정을 다음과 같이 기술하고 있다.

> 이름도 없는 초목의 꽃들도 여러 가지가 뒤섞여 비단을 깐 것처럼 보이는데, 사슴이 이쪽저쪽에 멈추어 서있는 것도 신기하게 바라보고 있자, 좋지 않던 기분도 완전히 잊혀졌다.
> 고승은 몸도 잘 움직이지 못했지만 겨우 호신의 기도를 해 드렸다. 이 사이로 새어나오는 쉰 목소리를 잘 알아들을 수가 없는 것도 정말 공덕이 느껴지는데 다라니경을 읊었다.
> 名も知らぬ木草の花どももいろいろに散りまじり、錦を敷けると見ゆるに、鹿のたたずみ歩くもめづらしく見たよふに、なやましさも紛れはてぬ。
> 聖、動きもえせねど、とかうして護身まゐらせたまふ。かれたる声の、いといたうすきひがめるも、あはれに功づきて、陀羅尼読みたり。 (若紫①219-220)

겐지의 학질은 기타야마라는 공간에서 고승이 다라니경을 읽는 등 정신적인 가지기도로 치유한다. 이후 겐지가 치유를 위해 기타야마에 갔다는 소식이 전해지자, 천황을 비롯한 귀족들은 모두 병문안을 보낸다. 다음은 겐지가 치료를 받고 도읍으로 되돌아가려 할 때, 고승과 승도가 겐지의 완쾌를 기원하는 약과 갖가지 선물을 바치는 대목이다.

> 고승은 부적으로 독고를 드렸다. 이를 보신 승도는, 성덕태자가 백제로부터 입수해 두신 금강자의 염주에 옥을 장식한 것을, 그 나라에서 들어온 상자가 당나라 풍인 것을, 투명한 보자기에 넣어 다섯 잎의 소나무 가지에 묶고, 감색의 보석 상자에 여러 가지 약을 넣고, 등나무와 벚나무 가지에 묶어, 이러

한 때에 어울리는 갖가지 선물을 바쳤다.

聖、御まもりに独鈷奉る。見たまひて、僧都、聖徳太子の百済より得たまへりける金剛子の数珠の玉の装束したる、やがてその国より入れたる箱の唐めいたるを、透きたる袋に入れて、五葉の枝につけて、紺瑠璃の壷どもに、御薬ども入れて、藤桜などにつけて、所につけたる御贈物ども捧げたてまつりたまふ。

(若紫①221)

고승은 겐지에게 번뇌를 치유하는 불구佛具인 독고独鈷를 선물하고, 승도는 성덕태자가 백제에서 들여왔다고 하는 염주와 약을 정성껏 포장하여 바친다. 겐지 또한 고승과 법사들에게 보시布施를 할뿐 아니라 근처의 나무꾼들에게까지 선물을 하사하는 것으로 군왕과 같은 포용력을 나타낸다.

이와 같이 겐지는 질병을 앓게 되어 기타야마의 고승에게 가지를 받고 치유된다. 이 이야기는 학질이라고 하는 병을 핑계로 겐지가 왕권을 달성할 인물로 암시하고, 아카시노키미와 와카무라사키若紫라고 하는 여주인공을 등장시키는 복선이 깔려있다. 즉 겐지의 기타야마 방문은 신병 치료가 첫 번째 목적이었으나 이향방문담의 화형으로 와카무라사키를 만나고, 아카시 이야기라고 하는 장편 이야기가 구상된다는 점에 주목할 필요가 있다.

賢木卷에서는 오보로즈키요가 학질에 걸려 친정인 우대신의 저택으로 나왔다가 겐지와 밀회를 거듭하게 된다.

그 무렵 나이시노키미가 친정으로 나오셨다. 학질을 오랜 동안 앓았기 때문에 주술도 마음 편히 하려는 생각이었다. 주문 등을 시작하여 완전히 완쾌하여 모두 다 기쁘게 생각하자, 여느 때처럼 이는 더없이 좋은 기회라 생각하여 겐지와 함께 연락하여 무리하게 매일 밤 밀회를 거듭했다.

そのころ尚侍の君まかでたまへり。瘧病に久しうなやみたまひて、まじなひなども心やすくせんとてなりけり。修法などはじめて、おこたりたまひぬれば、誰も誰もうれしう思すに、例のめづらしき隙なるを、と、聞こえかはしたまひて、わりなきさまにて夜な夜な対面したまふ。

(賢木②143)

오보로즈키요의 학질도 의학적인 처방이 아닌 주술적인 가지기도加持祈

褉를 통해 완쾌된다. 히카루겐지는 우대신의 딸로 동궁에 입궐 예정이었던 오보로즈키요와 우연히 궁중의 벚꽃 축제花宴에서 만난 이후 밀회를 거듭하고 있었다. 이후 오보로즈키요는 뇨고女御가 아닌 상시尙侍로서 입궐하여 스자쿠 천황의 총애를 한 몸에 받았다. 그러나 오보로즈키요는 스자쿠 천황보다 겐지에게 더욱 매력을 느꼈고 친정으로 나온 것을 좋은 기회라 여기고 매일 밤 만난다는 것이다. 그런데 어느 폭풍우가 몰아친 다음날 아침, 갑자기 오보로즈키요의 방에 들어온 우대신에게 겐지의 허리띠薄二藍와 와카를 주고받은 편지지 등이 발각된다.

우대신과 고키덴 뇨고弘徽殿女御는 격앙되어 맹렬히 겐지를 비난하고 추방할 계책을 강구하자, 겐지는 자신의 일로 아들 레이제이 천황의 즉위에 영향을 있을까 두려워하여 스스로 스마須磨로 퇴거한다. 즉 겐지와 오보로즈키요의 학질은 겐지가 스마로 퇴거하고, 폭풍우로 인해 옮긴 아카시明石에서 아카시노키미를 만나 딸을 얻고, 그 딸로 인해 섭정의 지위를 누리게 되는 먼 동인으로 작용하고 있는 것이다.

3. 葵上와 紫上의 모노노케

모노노케物の怪는 원래 원시적인 정령이나 원령이 천변지와 질병을 일으켜 사람의 목숨을 앗아가는 악령으로 나타나는 것이라 생각했다. 모노노케의 종류로는 生靈과 死靈, 怨靈, 邪氣 등이 있는데 모두 사람을 괴롭히는 질병의 원인이 된다고 보았다. 모노노케는 승려나 수험자修驗者, 음양사 등이 밀교의 수법修法인 인계印契를 맺거나 주문을 외고 부처님의 가호를 빌어 퇴치했다. 특히 질병의 모노노케는 가지 기도를 통해 우선 환자에 붙은 모노노케를 요리마시憑坐에게 옮겨 붙게 하고, 이를 조복調伏시킴으로써 완전히 치유된다고 생각했다.

모노노케로 인한 질병으로는 다음과 같은 기록이 남아 있다. 『마쿠라노소시』 별본 23단에는 모노노케로 인하여 고통을 받고 있는 사람과 모노노케의 집념이 강해서 승려가 기도를 해도 좀처럼 굴복되지 않는다는 이야기를 소개하고 있다. 『곤자쿠 이야기집』권12-35화에는 태정대신 후지와라 긴스에藤原公季가 여름에 학질이 걸려 진묘지神明寺의 에이지쓰睿實라는 고승을 찾아갔는데, 이 때 에이지쓰 본인도 심한 감기에 걸렸지만 법화경 16품인 壽量品을 읊어 완쾌된다는 이야기가 있다. 또한 에이지쓰는 엔유円融(969-984) 천황의 모노노케도 법화경을 읊어 치유한다. 그리고 권16-32 화에는 모노노케로 설정된 남자가 작은 망치로 병자인 아가씨의 머리와 허리를 심하게 때려 고통을 느끼게 한다. 이에 영험 있는 기도승이 반야심경을 읊자, 모노노케가 된 남자가 원래의 모습으로 다시 돌아오고 아가씨의 병도 완쾌된다는 것이다.

『겐지 이야기』에는 유가오夕顔가 겐지를 따라 도피한 모원某院에서 갑자기 나타난 모노노케에 의해 죽임을 당한다. 또한 후지쓰보의 출산이 예정보다 늦어지자 사람들은 모노노케의 탓일 것으로 추정한다. 특히 葵卷에는 좌대신의 딸 아오이노우에葵上가 회임한 후 모노노케로 고통을 겪는 장면이 다음과 같이 묘사된다.

> 좌대신가에서는 마님이 모노노케가 붙어 고통스러워하자, 모두가 가슴아파하고 겐지는 은밀히 외출하는 것도 모양이 좋지 않다고 생각하여 이조원에도 자주 들리지 않았다. 그래도 지체 높은 분이고 각별히 아끼는 부인이 임신으로 인한 고통까지 겹쳐, 대단히 걱정이 되어 거처하시는 방에서 기도 등을 올리게 했다. 모노노케와 생령 등이 많이 나타나 제각기 이름을 대는 가운데, 빙의하지 않고 가만히 몸에 붙어서 특별히 심하게 괴롭히는 것은 아니지만, 한시도 떨어지지 않는 모노노케가 하나 있었다. 훌륭한 수험자들의 조복에도 굴하지 않고 집념이 강한 것이 보통이 아닌 것 같았다.
>
> 大殿には、御物の怪めきていたうわづらひたまへば、誰も誰も思し嘆くに、御歩きなど便なきころなれば、二条院にも時々ぞ渡りたまふ。さはいへど、やむごとなき方はことに思ひきこえたまへる人の、めづらしきことさへ添ひたまへる御悩みなれば、心苦しう思し嘆きて、御修法や何やなど、わが御方にて多く行はせたまふ。物の怪、生霊などいふもの多く出で來てさまざまの名のりする中に、人にさらに移らず、ただみづからの御身につと添ひたるさまにて、ことにおどろおどろしうわづらはしきこゆることもなけれど、また片時離るるをりもなきもの一つあり。いみじき験者どもにも從はず、執念きけしきおぼろけのものにあらずと見えたり。 (葵②31-32)

이 대목에는 겐지를 비롯한 좌대신가의 사람들이 아오이노우에葵上가 회임으로 인한 고통 받는 것을 모노노케의 탓이라고 생각하고 이를 치유하는 과정이 잘 나타나 있다. 겐지의 애인 로쿠조미야스도코로는 소위 우차 소동車争い에서 아오이노우에의 가신들로부터 심한 모욕을 당했다고 생각한다. 그리고 아오이노우에가 회임을 했다는 소문을 접한 로쿠조미야스도코로는 자신도 어찌할 수 없는 질투심으로 인해 혼이 유리되어 생령으로 빠져나간다. 좌대신가에서는 아오이노우에에게 붙은 모노노케 중에서 영험 있는 수험자들이 아무리 가지기도를 해도 요리마시에 옮겨 붙지도 않고 임신한 아오이노우에를 끈질기게 괴롭히는 것을 로쿠조미야스도코로의 모노노케로 생각한다.

다음은 로쿠조미야스도코로가 자신의 혼백이 모노노케가 되어 임신한 아오이노우에를 괴롭힌다고 자각하는 대목이다.

좌대신 저택에서는 모노노케가 대단히 많이 나타나 심히 괴로워한다. 로쿠조미야스도코로는 모노노케가 자신의 생령이라든가 죽은 아버지 대신의 원령이라는 사람이 있다는 말을 듣고 생각해 보니, 자신의 운명이 기구함을 한탄하는 것 외에 다른 사람이 불행하게 되도록 하려는 마음은 없지만, 혼백은 근심걱정으로 인해 몸을 빠져나간다고 하는데 그럴 수도 있는가 하고 집히는 일도 있다. 최근 몇 년 동안 온갖 근심걱정을 해왔지만 이렇게까지 마음을 졸이지는 않았다. 정말 대수롭지 않게 재원이 결재하는 날 저쪽으로부터 무시당했던 그 사건 이래로 마음이 들떠 얼이 빠진 듯이 안정되지 않은 탓인지 잠시 깜박 조는 꿈에, 그 마님이라 생각되는 사람이 정말 아름다운 모습으로 계신 곳에 나아가 이것저것 괴롭히고 미치광이처럼 난폭하고 무섭게 외골수가 되어 거칠게 끌어당기고 하는 장면을 자주 보게 되었다.

大殿には、御物の怪いたう起こりていみじうわづらひたまふ。この御生霊、故父大臣の御霊など言ふものありと聞きたまふにつけて、思しつづくれば、身ひとつのうき嘆きよりほかに人をあしかれなど思ふ心もなけれど、もの思ひにあくがるなる魂は、さもやあらむと思し知らるることもあり。年ごろ、よろづに思ひ残すことなく過ぐしつれどかうしも砕けぬを、はかなき事のをりに、人の思ひ消ち、無きものにもてなすさまなりし御禊の後、一ふしに思し浮かれにし心鎮まりがたう思さるるけに

や、すこしうちまどろみたまふ夢には、かの姫君と思しき人のいときよらにてある
所に行きて、とかく引きまさぐり、現にも似ず、猛くいかきひたぶる心出で來て、
うちかなぐるなど見えたまふこと度重なりにけり。   (葵②35-36)

로쿠조미야스도코로는 자신의 생령이나 아버지의 원령이 아오이노우
에의 출산을 괴롭히고 있다는 소문을 듣는다. 그 배경으로 가모 신사賀茂神
社의 신재원新斎院이 재계禊를 하는 날 우차 소동車争い으로 겐지의 본처인 아
오이노우에 집안의 하인들로부터 심한 모욕을 당했던 일을 생각하면 꿈속
에서 자신도 모르게 그녀를 찾아가 괴롭히게 된다는 것을 느낀다. 즉 葵巻
에서 로쿠조미야스도코로의 모노노케가 발현하게 되는 동기는 아오이노
우에에 대한 질투와 자존심의 상처로 인한 것으로 볼 수 있다.

아오이노우에의 출산이 가까워지자 꼼짝하지 않았던 로쿠조미야스도
코로의 모노노케는 드디어 그 정체를 드러낸다. 모노노케는 먼저 겐지에
게 승려들의 가지기도를 멈추어 달라고 애원하고 자신의 근심걱정으로 인
해 혼이 유리되는 것 같다고 고백한다.

〈모노노케〉 "한탄스러워 몸을 빠져나간 저의 혼백을 옷자락으로 묶어 붙잡
아 주세요." 라고 말씀하시는 목소리와 느낌이 아오이노우에 본인과는 전혀
다른 사람으로 변해버렸다. 이건 아무래도 이상하다고 생각해보니 바로 그
로쿠조미야스도코로였다. 너무나 놀라 지금까지 사람들이 이러쿵저러쿵 하
는 소문을 들어도 입방아 찧기 좋아하는 사람들의 허튼소리라고 못들은 척
하고 있었는데, 눈앞에서 이렇게 생생하게 보게 되니 세상에는 이런 일도 있
는 것인가 하고 울적한 기분이 되었다.
〈物の怪〉なげきわび空に乱るるわが魂を結びとどめよしたがひのつま
とのたまふ声、けはひ、その人にもあらず変りたまへり。いとあやしと思しめぐらす
に、ただかの御息所なりけり。あさましう、人のとかく言ふを、よからぬ者どもの言
ひ出づることと、聞きにくく思してのたまひ消つを、目に見す見す、世にはかかる
ことこそはありけれと、疎ましうなりぬ。   (葵②40)

그간 겐지는 사람들이 로쿠조미야스도코로에 대한 여러 가지 소문을 믿

지 않고 있었지만, 모노노케의 정체가 로쿠조미야스도코로라는 것을 스스로 확인한 순간 역겨운 기분이 들었다. 겐지는 출산을 앞둔 아오이노우에에게 처음으로 깊은 애정을 느끼면서 자신이 대화한 상대가 로쿠조미야스도코로의 모노노케라는 것을 알게 된 것이다. 이윽고 아오이노우에가 남자 아이를 출산하자 모두가 축하하고 승려들도 안심하며 사찰로 돌아갔다. 겐지를 비롯한 좌대신 집안의 남자들도 궁중의 관리임용식司召除目에 나간 후, 아오이노우에는 다시 모노노케의 발작이 일어나 겐지에게 알릴 사이도 없이 숨이 끊어진다. 이미 한밤중이라 히에이산比叡山의 승려를 불러도 소용없는 일이라, 겐지는 하는 수 없이 도리베노鳥辺野에서 장례를 치른다. 모노노케에 대한 역사 민속학적인 연구가 많이 있지만, 아오이노우에를 죽인 모노노케는 로쿠조미야스도코로가 질투로 인해 생령이 된 것으로 확인이 된다. 이 모노노케는 겐지와 이상적인 여성 무라사키노우에紫上의 결혼을 유도하기 위한 장치로 作意되어 있다는 점에 주목할 필요가 있다고 생각된다.

若菜下卷에서 여성들의 화려한 음악회女楽가 끝나고, 겐지가 자신의 여성관계를 술회한 후 무라사키노우에는 갑자기 발병한다. 겐지가 무라사키노우에의 거처를 이조원으로 옮기자 육조원은 인적이 드문 저택이 된다. 이 기회를 틈탄 가시와기柏木는 은밀히 숨어들어 결국 온나산노미야女三宮와 밀통을 하고 두 사람은 죄의식에 사로잡혀 전전긍긍한다. 한편 이조원의 무라사키노우에가 다시 위독해지자, 겐지는 이를 '모노노케의 소행일 것이다.物の怪のするにこそあらめ'(若菜下④234)라고 하며 영험 있는 수험자들을 불러 모아 머리에서 연기가 나도록 가지기도를 시킨다. 이에 좀처럼 모습을 드러내지 않던 모노노케가 요리마시인 '작은 여자아이에게로 옮겨가서小さき童に移りて'(④234) 소리를 지르자, 무라사키노우에는 겨우 숨을 내쉬며 혼수상태에서 깨어난다. 이리하여 겨우 조복된 모노노케는 겐지에게 할 말이 있으니 다른 사람들은 모두 나가달라고 한다. 그리고 자신이 이렇게 다시 나타난 것은 옛날의 미련이 남아있기 때문이라고 하며 울고 있는 모습은 겐지가 이전에 아오이노우에의 임종에서 보았던 바로 그 모노노케였다.

겐지와 로쿠조미야스도코로의 모노노케는 다음과 같은 대화를 나눈다.

〈겐지〉 "정말 그 사람인가. 나쁜 여우 등이 실성하여 죽은 사람의 불명예가
되는 이야기를 한다고 들었다. 분명히 이름을 말하라. 달리 아무도 모르는 일
로 내가 분명히 기억할 수 있는 것을 이야기하라. 그렇게 하면 조금은 믿을
것이다."라고 말씀하시자, 눈물을 뚝뚝 흘리시며,

"내 육신은 완전히 변해버렸지만, 옛 모습 그대로 시치미를 떼는 당신은 변
함이 없군요.

정말로 원망스럽군요, 원망스러워." 라고하며 소리 내어 울지만, 그래도 어
딘지 모르게 부끄러워하는 모습은 옛날의 로쿠조미야스도코로와 다름없어
오히려 정말 기분 나쁘고 싫어서 더 이상 아무 말도 하지 못하게 해야지 하
고 생각하셨다.

〈源氏〉「まことにその人か。よからぬ狐などいふなるもののたぶれたるが、亡き人
の面伏せなること言ひ出づるもあなるを、たしかなる名のりせよ。また、人の知ら
ざらむことの、心にしるく思ひ出でられぬべからむを言へ。さてなむ、いささかに
ても信ずべき」とのたまへば、ほろほろといたく泣きて、

〈物の怪〉「わが身こそあらぬさまなれそれながらそらおぼれする君はきみなり

いとつらし、つらし」と泣き叫ぶものから、さすがにもの恥ぢたるけはひ変らず、
なかなかいとうとましく心うければ、もの言はせじと思す。　　　(若菜下④235-236)

　겐지는 무라사키노우에에게 나타난 모노노케가 로쿠조미야스도코로의
사령死靈인 것을 확인하고 다시 한번 놀랍고 꺼림칙하게 느껴져 섬뜩한 마
음이 들었다. 로쿠조미야스도코로가 강한 집념과 질투심으로 죽은 사령이
되어 다시 나타난 것을 본 겐지는 절망적인 심경이 되었다. 로쿠조미야스
도코로의 사령은 겐지에게 딸 아키코노무 중궁의 후견을 맡아준 점에 대
해서는 고맙게 생각하지만, 자신을 좋지 않게 이야기하는 것은 참을 수 없
다고 한다. 그리고 무라사키노우에를 그다지 미워하지는 않지만, 겐지 당
신은 신불의 가호가 너무 깊어서 붙을 수가 없어 하는 수 없이 무라사키노
우에에게 나타난 것이라고 고백한다.

　柏木巻에서 겐지가 가시와기와 온나산노미야의 밀통을 알게 된 후, 세
사람은 제각기 고뇌하는 가운데 온나산노미야는 아들 가오루薫를 출산한
후 출가할 결심을 밝힌다. 온나산노미야女三宮가 아버지 스자쿠인의 도움

으로 출가한 후, 로쿠조미야스도코로의 모노노케는 또 다시 나타나 자신이 온나산노미야의 출가에 관여했다는 것을 다음과 같이 고백한다.

> 후반야의 가지에 모노노케가 나타나서 〈모노노케〉 "그것 봐요. 한사람에 대해서는 정말 잘 회복했다고 생각하시겠지요. 무라사키노우에만을 사랑하신 것이 너무나 얄미웠기에 이 근처에 살짝 와서 며칠 동안 붙어 있었던 것입니다. 이제 사라지겠습니다."라고 하며 웃는다. 겐지는 너무나 한심한 생각이 들어 그렇다면 이 모노노케가 여기에도 붙어있었다는 말인가라고 생각하니, 온나산노미야가 안타깝기도 하고 또 출가시킨 것이 후회되었다.
>
> 後夜の御加持に、御物の怪出で來て、〈物の怪〉「かうぞあるよ。いとかしこう取り返しつと、一人をば思したりしが、いと妬かりしかば、このわたりにさりげなくてなん日ごろさぶらひつる。今は帰りなむ」とてうち笑ふ。いとあさましう、さは、この物の怪のここにも離れざりけるにやあらむ、と思すに、いとほしう悔しう思さる。
>
> (柏木④310)

後夜란 새벽 6시경으로, 가지에 의해 퇴출되는 모노노케가 공허하게 메아리치는 웃음은 겐지를 소름끼치게 했을 것이다. 겐지는 온나산노미야의 출가에게도 로쿠조미야스도코로의 모노노케가 관여했다는 사실을 확인하고 아연실색하며, 지금까지 온나산노미야에 대해 박정하게 대한 것을 후회하고 애처롭게 생각한다. 결국 로쿠조미야스도코로의 모노노케는 겐지의 정처인 아오이노우에를 죽이고, 정처격인 무라사키노우에를 발병하게 만들고, 온나산노미야를 출가하게 한 것이다. 즉 로쿠조미야스도코로의 질투심에서 나타난 모노노케는 아오이노우에와 무라사키노우에, 온나산노미야를 파멸시킴으로써 겐지 영화의 상징인 육조원을 조락하게하고 상대화시키는 역할을 하게 된 셈이다.

무라사키시키부는 가집 『紫式部集』44, 45[16]에서 모노노케를 '마음의 귀신心の鬼', '귀신의 모습鬼の影'이라는 표현으로 읊었다. 즉 후처의 병이 전처

---

16   山本利達 校注, 『紫式部日記 紫式部集』(「新潮日本古典集成」 新潮社, 1987) pp.131 -132

의 모노노케 때문이라고 하는 것은 후처의 의심암귀疑心暗鬼 때문이라는 것
이다. 『紫式部集』의 논리에 따르면 로쿠조미야스도코로의 모노노케는 결
국 겐지 자신의 마음에서 유발된 것이고, 어령御靈이나 생령, 사령死靈 등도
이를 당하는 사람의 마음에서 유발된 것이라 할 수 있을 것이다.

4. 朱雀院의 질병

葵卷에서 기리쓰보 천황이 양위하여 스자쿠朱雀 천황이 즉위하고, 후지
쓰보 중궁과 히카루겐지의 아들이 동궁이 된다. 그러나 賢木卷에서 기리쓰
보인이 후지쓰보 중궁, 스자쿠 천황, 동궁, 히카루겐지에게 각각 유언을 남
기고 임종하자 조정은 우대신의 권세가 압도하게 된다. 한편 스자쿠 천황
은 심약하여, '어머니 황태후와 조부인 우대신이 각각 하시는 일은 반대하
실 수가 없고, 세상의 정치가 뜻대로 되지 않는 것 같다.母后、祖父大臣とりどりに
したまふことはえ背かせたまはず、世の政御心にかなはぬやうなり(賢木②104)는 상황이다.

이후 스자쿠 천황은 기리쓰보인의 유언을 지키려고 노력하지만, 모후인
고키덴 대후와 외척인 우대신으로 인해 겐지가 스마로 퇴거하는 것을 지
켜볼 수밖에 없다. 겐지가 스마로 퇴거하게 된 표면적인 이유는 오보로즈
키요와의 밀회가 발각된 것이지만, 잠재적인 이유로는 若紫卷에서 꾼 자
신의 꿈에서 자신이 천황의 아버지가 될 것이라는 해몽을 의식하고 동궁
의 후견이 되라는 고 기리쓰보인의 유언이 있었기 때문이다.

스마에서 폭풍우를 만난 겐지를 지켜본 고 기리쓰보인은 겐지의 꿈에
나타나서 스미요시 신住吉神의 인도에 따라 스마 해변을 떠나라고 한다. 그
리고 기리쓰보인은 스자쿠 천황의 꿈에도 나타나 눈을 노려보고 여러 가
지 주의를 준다.

> 그해 조정에는 신기한 전조가 빈번하게 나타나 왠지 소란스러운 일이 많았
> 다. 3월13일, 천둥 번개가 치고 비바람이 소란한 밤, 천황의 꿈에 기리쓰보인
> 이 궁전 앞의 계단 아래에 서서 대단히 기분 나쁘게 쏘아보시자 스자쿠 천황
> 은 단지 황송해할 뿐이다. 기리쓰보인은 여러 가지 많은 일에 대하여 주의를

시키시는 것이었다. 겐지에 관한 일이었을 것이다. (중략) 천황은 부황이 노려보는 눈과 서로 마주친 꿈을 꾼 탓인지, 눈병을 앓게 되셔서 대단히 고통스러워 하셨다. 금기사항을 궁중에서도 대후의 저택에서도 지키게 했다. 태정대신이 돌아가셨다. 그만한 나이이기는 했지만, 계속해서 자연히 좋지 않은 일이 일어나고, 대후 또한 왠지 몸이 좋지 않아 나날이 쇠약해지자, 천황은 이것저것 걱정을 하신다.

その年、朝廷に物のさとししきりて、もの騒がしきこと多かり。三月十三日、雷鳴りひらめき雨風騒がしき夜、帝の御夢に、院の帝、御前の御階の下に立たせたまひて、御気色いとあしうて睨みきこえさせたまふを、かしこまりておはします。聞こえさせたまふことども多かり。源氏の御ことなりけんかし。 (中略) 睨みたまひしに目見あはせたまふと見しけにや、御目わづらひたまひて、たへ難う悩みたまふ。御つつしみ、内裏にも宮にも限りなくせさせたまふ。太政大臣亡せたまひぬ。ことわりの御齢なれど、次々におのづから騒がしき事あるに、大宮もそこはかとなうわづらひたまひて、ほど経れば弱りたまふやうなる、内裏に思し嘆くことさまざまなり。

(明石②251-252)

스자쿠 천황은 겐지源氏를 스마로 퇴거하게 했기 때문에 天変地異가 일어났고, 기리쓰보인이 꿈에 나타나 기분 나쁘게 자신을 쏘아보았기 때문인지 안질眼疾을 앓게 되었다고 생각한다. 또 같은 이유로 천황의 외조부인 태정대신이 죽고, 어머니 고키덴 대후마저도 병이 깊어졌다고 생각한다. 즉 스자쿠 천황은 이러한 모든 재앙의 원인을 자신이 기리쓰보인의 유언을 무시하고 무고한 겐지를 퇴거하게 한 것이 그 원인이라 생각한다. 결국 스자쿠 천황은 어머니 대후의 만류를 뿌리치고 동궁에게 양위를 하겠다고 하고, '조정의 후견이 되어 세상의 정치를 맡을 수 있는 사람朝廷の御後見をし、世をまつりごつべき人'(明石②262)은 겐지 밖에 없다고 생각하여 복귀하라는 명령을 내린다.

이에 겐지는 2년여 스마須磨, 아카시明石의 퇴거생활을 마치고 사면의 선지宣旨를 받아 권대납언이 되어 조정에 복귀한다.

대후는 심한 병을 앓으시고, 게다가 결국 겐지를 제압하지 못했다는 것을 원

통하게 생각하고 있었지만, 스자쿠 천황은 고 기리쓰보인의 유언을 마음에
두고 계신다. 반드시 뭔가의 응보가 있을 것이라는 생각이 들었는데, 겐지를
원래 자리로 부르신 후로는 기분이 상쾌한 듯했다. 때때로 불편했던 눈도 완
전히 나았지만, 아무래도 그렇게 오래 살지 못할 것이라고 초조해 하시고 보
위에도 오래 계시지 않으려고 생각하시며, 항상 겐지를 찾으시기 때문에 입
궐하여 가까이 있었다.

大后、御なやみ重くおはしますうちにも、つひにこの人をえ消たずなりなむこと
心病み思しけれど、帝は、院の御遺言を思ひきこえたまふ。ものの報いありぬべ
く思しけるを、なほし立てたまひて、御心地涼しくなむ思しける。時々おこりなや
ませたまひし御目もさわやぎたまひぬれど、おほかた世にえ長くあるまじう、心細
きこととのみ、久しからぬことを思しつつ、常に召しありて、源氏の君は参りたま
ふ。(澪標②279-280)

스자쿠 천황은 모후의 조언에도 불구하고 기리쓰보인의 유언을 지키지
못한 것을 더욱 후회하고 의식했다. 그리고 안질이 낫게 된 것도 유언에 따
라 겐지를 소환하여 동궁의 후견으로 승진시켰기 때문이라고 믿고 있다.
결국 겐지가 조정으로 복귀한 것은 스자쿠 천황의 눈병이라는 동인과 유
언이나 예언, 해몽은 반드시 실현된다는 모노가타리의 논리에 의한 것이
다. 즉 모노가타리의 주인공인 스자쿠 천황은 유언을 지킴으로써 눈병도
치유되는 것이다.

明石卷으로부터 10년 후인 若菜上卷, 스자쿠인朱雀院은 '내내 건강이 좋
지 않고 병을 앓으신다.例ならずなやみわたらせたまふ'(若菜上④17)는 상태라
출가할 것을 생각하고 있다. 42세가 된 스자쿠 천황은 자신의 병을 가지기
도를 통해 치료하기보다 여생도 얼마 남지 않았다고 생각하여 출가를 통
해 치유하려 한다.

"여러 해 동안 출가에 대한 마음이 깊었는데, 모후인 대후가 살아계신 동안
은 여러 가지 이유로 조심하여 지금까지 망설이고 있었는데, 역시 이 길로
마음이 끌린 것이겠지. 이제 그렇게 오래 살지 못할 것 같구나."라고 말씀하
시고 이것저것 출가를 위해 필요한 준비를 하신다.

「年ごろ行ひの本意深きを、后の宮のおはしましつるほどは、よろづ憚りきこえさせたまひて、今まで思しとどこほりつるを、なほその方にもよほすにやあらむ、世に久しかるまじき心地なんする」などのたまはせて、さるべき御心まうけどもせさせたまふ。 (若菜上④17)

스자쿠인은 병약한 체질로 자주 병을 앓아 출가를 원했지만 모후가 살아있어 마음대로 할 수가 없었다. 이제 그 짐도 벗게 되어 바라는 출가를 하겠다는 것이다. 그런데 스자쿠인의 출가에 또 하나짐이 되는 것은 가장 총애하는 셋째 딸 온나산노미야였다. 그래서 스자쿠인은 아들인 동궁에게 온나산노미야의 장래를 부탁하는 한편으로, 온나산노미야의 결혼을 마무리 짓고 출가를 결행하기로 한다. 그래서 스자쿠인은 온나산노미야의 후견으로 적합한 사람을 찾다가 결국 겐지에게 강가降嫁시키는 것이 최선이라는 생각을 하게 된다. 겐지의 입장에서는 온나산노미야가 후지쓰보 중궁의 질녀이기에 소위 '지치 풀의 연고紫のゆかり'(末摘花①289)가 되는 사람이라는 점에 매력을 느꼈다. 즉 스자쿠인의 질병이 계기가 된 온나산노미야의 결혼문제는 신분의 고귀함으로 인해 겐지의 정처로 결정된다. 그러나 온나산노미야의 강가는 명실상부한 육조원의 왕권이 확립됨과 동시에 평화로운 육조원의 질서가 상내화 되고 凋락하는 계기가 된다.

스자쿠 천황의 질병은 明石巻과 若菜上巻에 기술되는데, 전자는 스마須磨·아카시明石의 겐지를 다시 도읍으로 불러 조정의 후견으로 앉히는 계기가 되었고, 후자는 온나산노미야를 겐지에게 강가시키는 동인이 된다고 할 수 있다. 즉 스자쿠인의 질병 묘사는 단순한 발병이 아니라 장편 이야기의 주제를 움직이는 작의로서의 역할을 한다는 것을 확인할 수 있었다.

5. 결론

본고에서는 『겐지 이야기』에 나타난 질병과 모노가타리의 논리를 고찰해 보았다. 특히 모노가타리의 장편 주제와 깊은 관련이 있는 히카루겐지와 오보로즈키요의 학질, 아오이노우에와 무라사키노우에의 모노노케, 스자쿠 천황의 질병을 중심으로 살펴보았는데, 귀족들은 대체로 승려나 수험자들에 의한 가지기도로 치유를 받았다. 그리고 만년의 나이가 된 스자쿠인은 출가를 통해 현세의 고뇌와 질병에서 벗어나려 했다.

겐지가 학질에 걸려 기타야마北山의 고승에게 가지를 받고 완쾌되는 이야기에는 와카무라사키와 아카시노키미를 만나게 되는 모노가타리의 구상이 작의되어 있다. 또한 겐지는 오보로즈키요의 학질을 계기로 밀회를 계속하다 우대신에게 발각되고, 고키덴 뇨고로부터 추방당하기 전에 스스로 스마로 퇴거한다. 스마 퇴거로 만나는 아카시노키미와의 사이에 태어난 딸은 섭정의 지위를 달성하게 해 준다. 아오이노우에를 죽인 로쿠조미야스도코로의 모노노케는 질투심의 화신이지만 질병의 성격을 띠고 있다. 그리고 아오이노우에의 죽음은 결과적으로 겐지와 무라사키노우에와의 결혼을 유도하기 위한 복선이 된다고 할 수 있다. 또한 로쿠조미야스도코로의 모노노케는 온나산노미야를 출가하게 하고 무라사키노우에를 발병하게 만든다. 즉 모노노케는 일종의 질병이지만 겐지의 부인들을 차례로 파멸시킴으로써 영화의 상징인 육조원을 파괴하고 상대화시킨다. 스자쿠 천황의 질병은 겐지의 권력과 영화를 복귀시키는 역할을 하거나 온나산노미야를 겐지에게 강가시키는 복선으로 작용한다.

이와 같이 『겐지 이야기』에 묘사된 질병은 단순히 발병하고 치유되는 것이 아니라, 발병이 장편적 주제의 복선이 된다는 것을 확인할 수 있었다. 즉 히카루겐지와 오보로즈키요의 학질은 와카무라사키若紫 이야기와 스마 퇴거의 논리를, 아오이노우에와 무라사키노우에의 모노노케는 히카루겐지와의 인간관계를, 스자쿠 천황의 질병은 겐지의 영화와 왕권달성의 모노가타리를 위해 설정되었다는 것을 살펴보았다.

Key Words 疾病, 物の怪, 瘧疾, 加持, 祈禱, 作意

겐지 이야기의 전승과 작의

제3장

헤이안 시대 문학에 나타난 놀이문화

1. 서론

본고는 헤이안平安 시대의 귀족들이 어떻게 여가를 즐기면서 일생을 살았는지를 규명하기 위해, 모노가타리物語, 이야기 등의 문학작품에 그려진 당시의 오락과 놀이문화를 분석하고자 하는 것이다. 헤이안 시대는 초기 100년 동안 당나라와 한반도로부터 활발한 문화 수입을 한 후에, 견당사 폐지를 계기로 일본 고유의 국풍문학이 성황을 이루게 된다. 국풍문학의 주된 장르로는 가나假名 문자로 창출된 와카和歌, 일기, 모노가타리物語, 수필 등으로, 작자는 주로 궁중에서 커리어우먼으로 활약했던 뇨보女房들이 많았다.

이러한 뇨보들은 가인歌人이나 작가로서 왕족이나 귀족 집안의 딸들에게 여성의 교양을 교육하며 귀족관료들과 자유로이 교류할 수 있었다. 이를 위해 당시의 귀족 여성들이 반드시 익혀야 했던 교양은 습자와 악기의 연주, 와카 등이었다. 세이쇼나곤清少納言의 『마쿠라노소시枕草子』제21단 '세이료덴 동북 방향 구석의清涼殿の丑寅の隅の'[1]에는 당시 여성들의 기본교양이 습자와 음악, 와카였다는 점을 지적하고 있다. 즉 村上(946-967) 천황

---

1 松尾聰 他校注, 『枕草子』(「新編日本古典文学全集」 小学館, 1999) p.49. 이하 『枕草子』의 인용은 「新編全集」의 페이지를 표기함.

대에 센요덴뇨고宣耀殿女御는 후궁으로 입궐하기 전에, 뇨고의 아버지 후지와라 모로타다藤原師尹(920-969)로부터, 첫째 습자를 배우고, 둘째는 거문고를 다른 사람보다 잘 연주하려고 하고, 셋째는『고킨슈』20권을 전부 암송하라고 배웠다는 것이다. 후지와라 모로타다가 딸 센요덴뇨고에게 익히게 한 이 세 가지는 당시 여성들의 필수 교양이었을 뿐만 아니라 남성 귀족 관료의 교양이기도 했다. 즉 남녀간의 연애에 있어서 풍류인色好み 남성이 되는 조건은 반드시 필체가 아름답고, 관현의 음악에 조예가 깊고, 와카를 잘 읊을 수 있어야만 했다. 한편 남성 귀족 관료들은 이러한 기본 교양 외에 조정의 공무에 필요한 한문을 익히는 것이 필수였다.

헤이안 시대 귀족들은 이와 같은 기본 교양을 익히는 것 외에 일상생활의 여가에 갖가지 오락과 놀이를 즐겼다. 우선 여성 중심의 실내 놀이로는 바둑圍碁, 쌍륙双六, 돌 맞추기弾棊, 향 겨루기香合, 사물 겨루기物合, 인형놀이雛遊び 등이 있었고, 남성들의 실외 놀이로는 공차기蹴鞠, 활쏘기競射, 매사냥鷹狩 등이 있었다. 그리고 남녀 공통의 문학적 유희의 성격이 짙은 놀이로는 와카 겨루기歌合, 모노가타리 겨루기物語合, 그림 겨루기絵合, 운 감추기韻塞ぎ, 편 잇기偏つぎ 등이 있었다. 이 중에서 바둑圍碁, 그림 겨루기, 조가비 겨루기, 향 겨루기, 문학적인 유희 등은 남녀 공통의 놀이였고, 실외의 놀이는 주로 남성이 즐기는 경우가 많다.

오락이나 놀이는 기본 교양이나 한문과는 달리 일상생활 속에서 사교나 유희적 성격을 띠고 있지만, 일기나 수필, 모노가타리와 같은 당시의 문학과는 깊은 관련이 있었다. 즉 특히『겐지 이야기源氏物語』와 같은 모노가타리 문학 속에 등장하는 주인공들은 대체로 이러한 오락과 놀이를 통해 인간관계를 맺는 경우가 많다. 따라서 헤이안 시대의 문학을 이해하기 위해서는 당시의 오락과 놀이를 모르고는 인간관계와 주제를 파악하기 어렵다고 할 수 있을 것이다. 또한 이러한 오락과 놀이는 귀족들의 기본 교양이라 할 수 있는 습자나 음악, 와카와도 깊은 연관을 갖고 있다고 생각된다.

헤이안 시대 작품에서 '놀이遊び'라고 하는 표현은 크게 세 가지 의미가 있는데, 첫째는 관현의 연주회이고, 둘째는 유녀遊女, 셋째는 오락과 유희의 의미이다. 다시『마쿠라노소시枕草子』에서 용례를 살펴보면, 먼저 73단에서 '아름다운 음악을 연주하고, 피리를 불며をかしう遊び、笛吹き立てて'(p.130)의

'遊び'는 관현악을 연주한다는 뜻이고, 一本² 5단의 '강 하류의 유녀かうじりの遊'(p.455)의 '遊'는 창녀를 뜻하고, 202단에서는 '놀이에는 활쏘기, 바둑, 품위는 없지만 공차기도 재미있다.遊びわざは、小弓。碁。さまあしかれど、鞠もをかし'(p.337)에서 '遊び'는 여가를 즐기는 놀이의 보통명사로 쓰이고 있다. 그리고『마쿠라노소시』134단에는 '무료함을 달래주는 것으로는 바둑, 쌍륙, 모노가타리‥‥‥つれづれなぐさむもの、碁。双六。物語‥‥' (p.254)과 같이 놀이의 종류를 들고 있다. 이와 같은『마쿠라노소시』의 용례에서 볼 수 있듯이 헤이안 시대 사람들은 무료함을 달래기 위해 바둑, 쌍륙, 모노가타리, 활쏘기, 공차기 등의 오락과 놀이를 즐겼다는 것을 알 수 있다.

헤이안 시대의 오락과 놀이문화에 관한 선행연구는, 주제나 구상론, 작품론, 작가론, 시대배경을 다룬 논문에서 부분적으로 다루고 있다. 현재까지의 연구는 역사사회학적인 분석이 대부분이지만, 일본 고전문학의 텍스트 안에서 문화의 전승과 놀이가 어떻게 허구의 수법에 적용되고 있는지 분석할 필요가 있다고 생각한다. 특히 모노가타리物語 문학에 내재하는 문화 코드와 허구의 논리를 찾아내는 것이 일본고전을 이해하는데 있어서 중요한 작업이라 생각된다. 선행연구로는 우선 池田龜鑑의『平安朝の生活と文学』³과 岡一男의『源氏物語事典』⁴, 清水好子 他二人의『源氏物語手鏡』⁵, 山中裕・鈴木一雄의『平安時代の信仰と生活』⁶는 용어의 해설이 중심이고, 林田孝和 他編의『源氏物語事典』⁷은 구체적인 용례와 배경을, 上原作和의『源氏物語を読むための基礎百科』⁸에서도 유희의 용례를 해설하고 있다. 한편 川名淳子는「源氏物語の遊戯」『源氏物語講座』第七卷⁹에서『源氏物語』의 각 장면에 나타난 유희의 용례와 인간관계를 분석하고 있고, 松井健児는『源氏物語の生活世界』¹⁰에서 일상생활에 나타난 음악과 놀이문화의 표

2 본고에서 인용하고 있는『枕草子』三卷本에서 참조한 底本.
3 池田龜鑑,『平安朝の生活と文学』, 角川書店, 1964.
4 岡一男,『源氏物語事典』, 春秋社, 1964.
5 清水好子 他二人,『源氏物語手鏡』, 新潮社, 1983.
6 山中裕・鈴木一雄,『平安時代の信仰と生活』, 至文堂, 1992.
7 林田孝和 他編,『源氏物語事典』, 大和書房, 2002.
8 上原作和,「遊戲・娛樂」(『源氏物語を読むための基礎百科』, 学燈社, 2004)
9 川名淳子,「源氏物語の遊戯」(『源氏物語講座』第七卷, 勉誠社, 1992)
10 松井健児,『源氏物語の生活世界』, 翰林書房, 2003.

현을 고찰하고 있다. 이 이외에도 인물론이나 주제론 등의 개별 논문에서 등장인물의 인간관계와 이야기의 주제를 규명하는 가운데 오락과 놀이문화의 배경과 여가 활용의 양상을 분석한 연구가 있다.

본고에서는 이상의 선행연구를 염두에 두고 헤이안 시대 문학에 나타난 오락과 놀이문화의 양상을 등장인물과 관련하여 고찰하고자 한다. 선행연구와 다른 점은 오락과 놀이의 의미를 규명하는데 그치지 않고 작품의 주제와 결부하여 작자의 작의作意가 어떻게 움직이고 있는가를 고찰하고자 한다. 특히 이러한 놀이문화를 여성의 실내 놀이와 남성의 실외 놀이, 놀이와 문학적 유희, 성차性差의 문제를 염두에 두면서 모노가타리의 인간관계를 살펴보고자 한다.

2. 여성의 실내 놀이

헤이안 시대 귀족사회의 여성들은 외부와의 노출을 꺼리고, 당의唐衣와 같은 긴 의상을 입기도 했기 때문에 대체로 실내의 놀이를 즐겼다. 앞에서 인용한 『마쿠라노소시』134단에서도 무료함을 달래는 것으로 가장 먼저 들고 있는 바둑囲碁은 7세기 무렵 중국에서 전래된 놀이로, 헤이안 시대인 9세기 무렵에는 하급 관료나 귀족에서 천황에 이르기까지 크게 유행한다. 또한 『마쿠라노소시』202단에서 대표적인 놀이의 종류로 활소기와 바둑, 공차기를 들고 있듯이, 바둑은 헤이안 시대 귀족들이 무료할 때 여가를 보내는 가장 일반적인 오락이었다는 것을 알 수 있다.

『야마토 이야기』29단에는 우대신 후지와라 사네카타藤原定方(873-932)가 다른 귀족들과 밤늦도록 '바둑을 두고 관현의 음악 연주를 하다가碁うち、御遊びなどしたまひて'[11] 술을 마시고 취해서 이야기하며, 마타리꽃をみなえし을 머리에 꽂고 와카를 읊었다고 한다. 그리고 『무라사키시키부 일기』에는 '하리마 수령이 내기 바둑에 진 날播磨守碁の負わざしける日'[12], 작자가 잠시

---

11 高橋正治 他校注, 『竹取物語 伊勢物語 大和物語 平中物語』(「新編日本古典文学全集」 小学館, 1994. p.273. 이하 『竹取物語 伊勢物語 大和物語 平中物語』의 인용은 「新編全集」의 페이지를 표기함.

친정에 갔다 돌아와 보니 진 사람이 향응하는 화려한 밥상 위에 와카를 읊은 것이 놓여 있었다는 대목이 나온다. 즉 바둑을 둘 때에도 그냥 승부만 가리는 것이 아니라 진 사람이 음식을 내거나 와카를 읊는 문학적 유희를 즐겼다는 것을 알 수 있다.

『겐지 이야기』에는 바둑을 두는 장면이 자주 나오는데 동성끼리 대결하는 경우가 대부분이다. 우선 空蟬卷에는 우쓰세미空蟬와 노키바노오기軒端荻, 竹河卷에는 다마카즈라의 딸인 오이기미大君와 나카노키미中の君, 宿木卷에는 금상 천황과 가오루薫, 手習卷에는 우키후네와 소장 비구니少將尼, 우키후네浮舟와 오노小野의 妹尼가 각각 바둑을 두는 장면이 나온다. 須磨卷에는 히카루겐지가 스마須磨에 퇴거하여 지내는 기간에도, '바둑, 쌍륙판, 세간, 돌 따먹기 도구 등을 촌스럽게 만들어 놓고碁、双六の盤、調度、弾棊の具など、田舎わざにしなして'[13] 지낸다는 기술이 나온다. 즉 히카루겐지는 유배 생활과 마찬가지인 스마 퇴거 기간 중에도 바둑과 쌍륙 등을 하며 소일했다는 것을 알 수 있다. 絵合卷에는 소치노미야帥宮가 다른 예능은 배운 만큼의 결과가 나오지만 '서예와 바둑을 두는 것만큼은筆とる道と碁打つことぞ'(②389) 신기하게도 천부적인 재능을 타고나는 것 같다고 말한다. 또 手習卷에는 소장 비구니가 우키후네의 울적함을 달래주기 위해 바둑을 두자고 제의한다. 그런데 소장 비구니는 당연히 자신이 우키후네보다 셀 것으로 생각했는데, 우키후네가 예상치 않게 한 수 위인 것을 알고, '아마도 자칭 기성이라고 하는 소즈노키미보다 더 잘 둘 것 같아요.碁聖が碁にはまさらせたまふべきなめり'(⑥326)라고 칭찬하여 우키후네의 기분을 반전시키려고 노력한다.

宿木卷에는 금상 천황이 궁중에서, '바둑판을 가져오게 하여, 가오루를 바둑 상대로 삼으셨다.碁盤召し出でて、御碁の敵に召し寄す'(⑤376)라고 되어있다. 천황이 중납언中納言 가오루에게 3판 2승으로 지자 짐짓 분하다고 하면서도 내기에 졌으니 자신의 둘째 딸女二宮를 주겠다고 제의하고 결국 정략결혼이 성사된다. 따라서 금상 천황이 가오루를 부른 것은 단순히 무료하니

---

12 中野幸一 他校注, 『和泉式部日記 紫式部日記 更級日記 讃岐典侍日記』(「新編日本古典文学全集」 小学館, 1994) p.126

13 阿部秋生 他校注, 『源氏物語』2 (「新編日本古典文学全集」 小学館, 1999) p.213. 이하 『源氏物語』의 인용은 「新編全集」의 권, 페이지를 표기함.

까 바둑이나 한판 두자는 것이 아니라, 가오루와 둘째 딸을 결혼시키기 위한 포석이었던 것이다. 이와 같이 바둑은 무료함을 달래기 위한 놀이이지만, 신분의 고하를 막론하고 바둑을 통해 인간관계와 인물조형이 이루어진다는 것을 확인할 수 있다.

쌍륙双六은 인도에서 발생하여 중국을 거쳐 일본에 전해진 오락으로 오늘날의 백개면backgammon과 비슷한 놀이이다. 즉 두 사람이 대좌하여 쌍륙 판에 말을 놓고, 6개의 눈을 가진 주사위를 굴린 수대로 말을 움직여 먼저 상대의 궁을 공략하는 쪽이 이기는 놀이이다. 그런데『日本書紀』지토持統 천황 3년(689) 12월조에 '쌍륙을 금지했다. 双六を禁断む'[14]라던가,『續日本紀』고켄孝謙 천황 天平勝宝 6년(754) 10월조에는 '엄히 쌍륙을 금지하라.固く双六を禁断せよ'[15]라는 등의 기사가 있는데, 이는 쌍륙을 하면서 지나친 재물을 거는 도박을 금지한 것이다. 그러나『마쿠라노소시』134단에서도 무료함을 달래는 놀이로 지적하고 있듯이 쌍륙은 헤이안 시대 귀족들의 보편적인 놀이 문화였다. 한편 133단에서는 「따분한 일」로서 '말이 움직이지 않는 쌍륙馬おりぬ双六'(p.253)을 예로 들어, 쌍륙이란 마음먹은 대로 잘되지 않음을 지적하고 있다.『겐지 이야기』의 常夏巻에서 내대신内大臣은 딸 오미노키미近江の君가 쌍륙을 하면서 상대가 던질 때마다, '작은 눈, 작은 눈.小賽、小賽'(③242)이라고 빠른 말로 외치는 깃을 한심하게 생각한다. 또한 若菜下巻에서 아카시노아마기미明石の尼君의 손녀가 황자를 출산하여 일족이 영화를 누리자, 오미노키미는 '쌍륙 놀이를 할 때의 바램으로 "아카시노아마기미, 아카시노아마기미"라고 외치며 좋은 숫자가 나오기를 기원했다.双六打つ時の言葉にも、「明石の尼君、明石の尼君」とぞ賽はこひける'(④176)는 것이다. 이와 같이 쌍륙은 귀족 사회에 널리 유포된 놀이라는 것을 알 수 있고, 또한 좋은 숫자가 나오도록 "아카시노아마기미"를 외치는 오미노키미의 우스꽝스러운 행위를 야유하는 모노가타리의 의도를 읽을 수 있다.

돌 맞추기弾棊는 상 위에 흑백의 작은 돌이나 바둑돌을 6개 혹은 8개 정

---

14 小島憲之 他校注,『日本書紀』3 (「新編日本古典文学全集」 小学館, 1998) p.501.
15 宇治谷孟 訳,『續日本紀』中 講談社, 1992. p.123

도 놓고 엄지나 인지로 튕겨서 상대의 돌을 떨어뜨려 먼저 다 잡는 쪽이 이기는 놀이이다.『우쓰호 이야기』의 「축제의 사신권祭の使巻」에서는 경신庚申날 밤에 '남녀가 나뉘어 돌 튕기기를 하신다.男女方分きて石弾きしたまふ'[16]는 기술에서, 돌 튕기기 놀이는 돌 맞추기弾棊 놀이와 비슷한 것으로 볼 수 있다. 앞에서 인용한『겐지 이야기』에서도 히카루겐지가 스마로 퇴거할 때에도 갖고 있었던 오락 도구이기도 했다. 椎本卷에도 하치노미야八の宮가 가오루薫를 위해 '바둑, 쌍륙, 돌 맞추기 판 등 갖가지 놀이기구를 꺼내서棊、双六、弾棊の盤ともなどとり出でて'(⑤170), 각기 좋아하는 놀이를 하며 하루를 보냈다고 기술하고 있다.

향 겨루기薫合는 다키모노아와세薫物合라고도 하는데, 좌우 두 사람이 각기 조제한 향을 피워 맡아보고 판자判者가 우열을 가리고 품평을 하는 놀이이다. 향은 원래 절에서 부처에 올리는 공양으로부터 시작되었는데, 분말로 만들어 태워서 실내에 피우거나 의복에 풍기게 하여 체취를 없애고 우아한 생활의 분위기를 연출했다. 특히 남녀의 연애에서 상대의 향이 옮아서 남게 되는 잔향移り香으로 인해 사랑하는 마음이 더욱 깊어지기도 하고, 이로 인해 부부싸움의 발단이 되기도 했다.

『겐지 이야기』의 梅枝卷에는 히카루겐지가 '공사 모두 한가한 시기에 향을 조합하신다.公私のどやかなるころほひに、薫物合はせたまふ'(③403)라는 대목이 나온다. 히카루겐지는 아카시노히메기미明石の姫君의 입궐을 계기로 육조원六条院의 부인들과 아사가오朝顔 전재원前斎院에게 향을 조제하게 하여, 호타루 병부경궁蛍兵部卿宮을 심판으로 삼아 향 겨루기를 한다. 결국 병부경궁은 아사가오와 히카루겐지, 무라사키노우에가 제조한 향이 특별하다는 품평을 내리지만, 우열을 가리기 어렵다는 결론을 내린다. 향 겨루기가 끝난 밤에는 그대로 주연이 이어지고 관현의 음악회가 열리고 향과 관련한 와카가 증답된다.

헤이안 시대에는 와카 겨루기歌合의 영향으로 갖가지 동식물의 겨루기가 크게 유행했는데 이를 일괄하여 사물 겨루기物合라고 했다.『마쿠라노

---

16 中野幸一 校注,『うつほ物語』1 (「新編日本古典文学全集」 小学館, 1999) p.506. 이하『うつほ物語』의 인용은 「新編全集」의 권, 페이지를 표기함.

『소시』의 254단에는 「즐거운 것うれしきもの」(p.389)으로 사물 겨루기物合에서 이기는 것을 예로 들고 있다. 이 시대의 동식물 겨루기로는 대표적인 것만 해도 초목 겨루기前栽合, 뿌리 겨루기根合, 국화 겨루기菊合, 닭싸움鷄合, 벌레 겨루기虫合, 조가비 겨루기貝合, 부채 겨루기扇合 등 20가지가 넘는다. 우선 초목 겨루기前栽合는 정원에 심은 초목이나 초목을 읊은 와카의 우열을 가리는 시합인데, 초목의 종류로는 소나무, 패랭이꽃, 마타리, 난, 억새, 싸리꽃, 국화, 도라지 등이 있었다. 뿌리 겨루기根合는 5월 5일 단오에 주로 창포 뿌리를 겨루었는데, 좌우 어느 쪽의 뿌리가 더 길고 예쁜가를 가리는 시합이었다. 닭싸움鷄合은 수탉을 싸우게 하여 승부를 가리는 시합으로 오늘날의 투계와 비슷한 놀이였다. 『栄花物語』권8에는 가잔인花山院(968-1008)이 황자들을 기쁘게 해주려고 닭싸움을 주최하는데, '이 닭싸움에서 다섯째 황자가 응원하는 왼쪽편이 계속 지자この鷄の左のしきりに負け'[17], 대단히 화를 내며 불쾌해 한다는 이야기가 나온다. 벌레 겨루기虫合는 귀뚜라미, 방울벌레 등 여러 가지 벌레를 잡아 우는 소리나 형태에 따라 우열을 가리는 시합이다.

조가비 겨루기貝合는 좌우 어느 쪽이 더 진귀하고 아름다운 조개껍질을 수집했는가에 대한 우열을 가리는 겨루기이다. 중세 이후에 여러 가지 조개껍질을 늘어놓고 서로 맞는 짝을 찾는 놀이와는 다르다. 조가비의 종류로는 대합, 모시조개, 소라 등 10여 가지로, 간혹 와카를 함께 읊어 경합을 벌였다고 한다. 『쓰쓰미추나곤 이야기堤中納言物語』의 「貝合」단에는 '조가비 겨루기를 하시려고貝合せさせたまはむとて'[18]라는 표현이 나오는데, 구로우도蔵人 소장이 어떤 집을 엿보다가, 그 집의 의붓딸이 조가비 겨루기를 위한 준비를 할 수 없어 안타까워하는 것을 알게 되어 진귀한 조개를 많이 보내주어 이기게 한다는 이야기이다. 그리고 부채 겨루기扇合는 생활용품의 겨루기인데, 부채에 기술된 시가나 서체 등을 함께 판정하는 놀이이다. 예를 들면 『拾遺集』17권 秋雑 1088, 1089번과 『和漢朗詠集』의 권상 夏扇 201,

---

17 山中裕 他校注, 『栄花物語』1 (「新編日本古典文学全集」 小学館, 1999) p.378. 이하 『栄花物語』의 인용은 「新編全集」의 권, 페이지를 표기함.
18 三谷栄一 他校注, 『落窪物語 堤中納言物語』(「新編日本古典文学全集」 小学館, 2000) p.447

202[19]의 증답은 같은 七夕扇合의 와카이다. 즉 부채 겨루기는 부채의 예술적인 감각과 와카의 수준을 함께 겨루었고 평가되었다는 것을 알 수 있다.

인형놀이雛遊び는 여자 아이들의 놀이로 오늘날까지도 이어지고 있다. 예를 들면 『겐지 이야기』 若紫卷에는 와카무라사키若紫가 히카루겐지의 인형에 옷을 입히고 노는 장면이 나온다. 와카무라사키의 인형놀이는 단순한 놀이가 아니라 미래의 히카루겐지와 와카무라사키의 사랑과 결혼을 연상케 하는 놀이인 것이다. 또한 紅葉賀卷에서 와카무라사키는 히카루겐지가 들어와도 상자 안에 집을 짓고 인형을 장식하고 노는 일에만 열중하고 있다. 이를 본 시녀 쇼나곤少納言은 '10살이 넘은 사람은 더 이상 인형놀이 하지 않는다는데.十にあまりぬる人は、雛遊びは忌みはべるものを'(①321)라고 하며, 와카무라사키를 빨리 히카루겐지에게 어울리는 여자로 만들려고 애를 쓴다. 그리고 螢卷에서 히카루겐지는 8살인 아카시노히메기미明石姬君가 '아직 천진난만하게 인형놀이를 좋아하는 것을 보고まだいはけたる御雛遊びなどのけはひの見ゆれば'(③217), 아들 유기리夕霧와 남매간의 정을 느끼도록 배려하는 대목이 나온다. 또한 아카시노히메기미는 이후 동궁비로 입궐할 때에도, 후견인으로 동행하는 친모 아카시노키미의 눈에 '대단히 귀엽고 인형 같은 모습いとうつくしげに雛のやうなる御ありさま'(藤裏葉③451)의 딸로 비유된다. 즉 인형놀이는 주로 어린 여자 아이들의 놀이였지만, 귀엽고 아름다운 여자 인형과 남자 인형을 통해 자연히 남녀 교제를 실습하는 도구이기도 했을 것이다.

이와 같이 여성의 놀이는 대체로 실내에서 무료함을 달래기 위해 행해 졌는데, 보통 겨루기 형태로 진행되는 놀이가 많았다. 그리고 놀이가 끝나면 음악을 연주하거나 와카를 읊는 등 문학적 유희를 동반하는 경우가 많았다는 것을 확인할 수 있다.

---

19 菅野礼行 校注, 『和漢朗詠集』(「新編日本古典文学全集」 小学館, 1999) p.116
201 天の川かは辺すずしきたなばたに扇の風をなほや貸さまし(七夕扇合 中務)
202 天の川扇のかぜに雲はれて空澄みわたるかささぎの橋(同前 元輔)

3. 남성의 실외 놀이

헤이안 시대 귀족들의 놀이는 실내놀이와 실외놀이로 구별할 수 있는
데, 보통 남성 귀족들은 실내놀이뿐만 아니라, 사냥복狩衣 등의 간편복을
입고 실외의 놀이도 자유로이 즐길 수가 있었다. 따라서 실외의 놀이는 대
체로 남성 전용이었고, 여성들은 직접 참여하지는 않고 실내에서 이를 구
경하는 경우가 많았다.

우선 공차기蹴鞠는 중국에서 전래된 이래 나라奈良 시대부터 귀족 남성들
사이에 유행한 놀이이다. 공차기는 정원 등의 공터에서 4-8명이 둘러서서
사슴 가죽으로 만든 공을 떨어지지 않게 오래 차는 것을 즐기는 놀이이다.
『古今著聞集』권제11, 蹴鞠 제17에는 공차기는 몬무文武 천황 대보大宝 원
년(701)부터 시작되었다[20]라고 기술하고 있다. 그리고 제대로 된 공차기
경기장을 '가카리かかり'라고 했는데, 정원에 흰모래를 깔고 사방에 서북에
는 소나무, 북동에는 벚나무, 동남에는 버드나무, 남서에는 단풍나무를 심
었다고 한다.『겐지 이야기』「若菜上卷」3월의 화창한 봄날 히카루겐지는,
유기리夕霧 대장이 육조원 동북의 하나치루사토花散里의 저택에서, '공차기
를 시키고 구경하신다.鞠もてあそばして見たまふ'(④137)는 이야기를 듣는다. 이
에 히카루겐지는 공차기에 대해, '그건 소란한 놀이이지, 그런데 기량이 뛰
어난 사람은 눈에 뛰는 법이지.乱れがはしきことの、さすがに目さめてかどかどしきぞか
し'(④137)라고 평하면서 자신이 거처하는 동남의 침전으로 와서 놀도록
연락한다.

이러한 히카루겐지의 지시는 단순히 공차기 장소를 옮긴 것에 그치지
않고 이후의 모노가타리 전개와 인간관계에 크나큰 변화를 가져온다. 이
침전의 동면에는 아카시 뇨고明石女御가 황자를 데리고 친정으로 나와 있었
기에, 유기리와 가시와기柏木 등은 결국 야리미즈遣水의 물가에 자리를 잡
고 공차기를 시작했다. 이 때 방안에 있던 온나산노미야의 뇨보女房들은

20　永積安明, 島田勇雄 校注,『古今著聞集』(「日本古典文学大系」岩波書店, 1968) pp.323
-330. 이하『古今著聞集』의 인용은 「岩波大系」의 페이지를 표기함.

'공차기에 열중하는 젊은 귀족들鞠に身をなぐる若君達'(④141)을 보려고 발簾 가까이 나와 있었다. 한참 후 유기리와 가시와기는 함께 벚꽃이 눈처럼 떨어지는 나무 아래에 앉아 잠시 휴식을 취하다가, 우연히 고양이가 발을 끌어당겨 발안에 서 있던 온나산노미야女三宮의 얼굴을 보게 된다. 당시의 귀족 여성이 자신의 얼굴을 외간 남자에게 보이는 것은 큰 사건이었다. 이 때 유기리는 온나산노미야의 부주의함을 걱정했지만, 평소에 온나산노미야를 연모하고 있던 가시와기는 연정에 불이 붙어 결국 밀통으로 이어지게 된다. 즉 육조원에서의 공차기는 가시와기와 온나산노미야가 밀통을 하고, 그 사이에 태어난 아들 가오루薫가 제3부의 주인공이 되는 먼 동인이 된다는 점에 주목할 필요가 있다.

활쏘기 놀이競射에는 1월에 천황이 유바도노弓場殿에 직접 임석하는 도궁賭弓과 도보로 걸으면서 쏘는 보사步射, 단오절에 말을 타고 활을 쏘는 기사騎射, 작은 활을 쏘는 놀이인 소궁小弓 등이 있다. 앞에서 인용한『마쿠라노소시』202단에서도 '놀이에는 활쏘기遊びわざは、小弓'(p.337)라고 하여, 제일 먼저 활쏘기를 지적하고 있듯이 남성의 대표적인 놀이였다.『古今著聞集』권제9, 弓箭 제13에는 '세이료덴의 동쪽 행랑에서 또 소궁 시합이 있었다. 淸涼殿の東の廂にて、又小弓ありけり'라든가, '태극전에서 도궁 시합이 있었다.太極殿にて賭弓事ありけり'(p.279)와 같이 갖가지 내기를 걸고 활쏘기 시합이 있었다는 것을 기술하고 있다.『겐지 이야기』蛍巻에는 騎射는 육조원 하나치루사토花散里의 저택 마장馬場에서 거행되는데 젊은 뇨보들이 문을 열고 시끌벅적하게 구경하는 장면을 기술하고 있다. 그리고 若菜下巻에는 원래 1월 18일에 해야 할 '전상의 도궁殿上の賭弓'(④153)이 여러 가지 사정에 의해 연기되다가 육조원에서 활쏘기 시합을 하려 했는데, 결국 걸으면서 쏘는 보궁步弓이 행해졌다는 것을 기술하고 있다. 이 이외에도 匂兵部卿巻에는 육조원에서 '도궁이 끝난 후의 향연 준비賭弓の還饗の設け'(⑤33)를 하는데 정성을 들이고 있다는 기술이 나온다. 또한 竹河巻에서 병부경궁兵部卿宮이 '좌대신 유기리 저택의 도궁 시합의 향연左の大臣殿の賭弓の還立'(⑤111)의 자리에 와 있다는 기술이나, 浮舟巻에는 니오우미야匂宮가 천황이 참가하는 '도궁, 내연 등이 끝나고賭弓、内宴など過ぐして'(⑥116), 우키후네浮舟가 있는 우지宇治로 갈 궁리만 한다는 대목이 나온다. 이상에서 살펴본 바와 같이

활쏘기 놀이는 남성 귀족들의 놀이였으나 여성들은 구경하는 경우가 많았다는 것과 놀이가 끝나면 곧장 향연으로 이어졌다는 것을 알 수 있다.

매사냥鷹狩은 일찍이 나라奈良 시대부터 행해져온 놀이인데, 매를 훈련하여 산야에 풀어놓아 수렵을 하는 놀이이다. 『이세 이야기』114단에는 닌나仁和 천황이 매사냥을 갔을 때, 주인공인 옛날 남자昔男는 자신은 이미 나이가 먹어 가지 않으려 했지만, '큰 매를 다루는 관리大鷹の鷹飼'(p.210)로서 어쩔 수 없이 수행하게 되었다는 것을 밝히고 있다. 『겐지 이야기』松風卷에는 히카루겐지가 오이大堰의 아카시노키미明石の君를 만나고 돌아가는 길에 가쓰라인桂院에 들렸을 때, 가쓰라가와桂川 근처에서 젊은 귀족들이 매사냥을 해서 '작은 새를 아주 조금小鳥しるしばかり'(②418), 싸리나무 가지에 묶어 히카루겐지에게 바치는 장면이 나오는데, 이 대목은 흔히 그림絵卷으로도 잘 그려지는 유명한 장면이다.

行幸卷에는 레이제이冷泉 천황이 12월 오하라大原 벌판에 매사냥을 갔을 때의 기술이다.

　　황자와 귀족들도 매사냥에 관계하는 사람은 모두 진귀한 사냥 복 차림이다.
　　근위부의 매사냥꾼들은 더더욱 세상에서도 보기 드문 무늬의 옷을 입고 있
　　는 모습이 각별하다.
　　親王たち、上達部なども、鷹にかかづらひたまへるは、めづらしき狩の御装ひど
　　もを設けたまふ。近衛の鷹飼どもは、まして世に目馴れぬ摺衣を乱れ着つつ、
　　気色ことなり。　　　　　　　　　　　　　　　　　　　　　　　　　(行幸③290)

레이제이 천황이 매사냥을 갔을 때의 의상에 대해 자세하게 기술하고 있다. 이 대목에서 매사냥을 구경나온 다마카즈라玉鬘는 자연스럽게 자신의 친 아버지인 내대신을 확인하고, 호타루노미야蛍宮, 히게쿠로鬚黒, 레이제이 천황의 얼굴을 보고 자신의 거취를 정한다. 한편 手習卷에는 8월 10일 무렵, 가오루薫 중장이 '작은 매사냥을 하는 것을 핑계로小鷹狩のついでに'(⑥314), 우지宇治의 우키후네를 만나러 간다는 것을 기술하고 있다. 이와 같이 헤이안 시대 문학에서 매사냥은 남성이 대외활동을 하는 공식적인 외출이었기에 남녀가 이성을 만나거나, 뭔가를 달성하기 위해서 매사냥을

핑계로 삼는 경우가 자주 묘사된다.

　이 이외에도 연중행사와 관련한 남녀의 놀이로 꽃구경花見, 칠석七夕, 달구경月見, 단풍놀이紅葉狩, 눈 굴리기雪まろばし, 눈구경雪見 등이 있고, 천황이 친전하는 씨름相撲은 전국에서 모인 씨름꾼이 벌이는 남성들의 의례이나 귀족들이 직접 참여하는 놀이는 아니어서 다음 기회로 미룬다. 이상에서 헤이안 시대 문학에 나타난 오락과 놀이문화는 놀이 그 자체로 소한消閑의 의미가 있었으나, 모노가타리의 구상을 위한 복선이나 동기로 작용하거나 인물조형의 수법이 되는 경우가 많다는 것을 확인할 수 있었다.

4. 놀이 문화와 문학적 遊戱

　헤이안 시대의 귀족사회는 후지와라藤原씨의 안정된 섭정관백攝政関白의 정치와 경제적인 풍요 속에서 높은 교양을 갖추고 갖가지 오락과 놀이를 즐겼다. 귀족들의 놀이에는 와카나 그림 겨루기, 바둑과 같이 인간미가 중심인 놀이와 조가비 겨루기, 향 겨루기, 뿌리 겨루기와 같이 주로 자연미를 겨루는 놀이가 있었다. 그리고 그것이 행해지는 장소에 따라 실내와 실외의 놀이가 있고, 그림 겨루기나 바둑처럼 남녀의 구별이 없이 즐기는 놀이도 있었다. 따라서 놀이문화에는 귀족들의 미의식과 생활상이 형상화 되어있다고 할 수 있다. 또한 문학 작품에 많이 등장하는 이러한 놀이문화는 대체로 문학적 유희와 결부되어 있는 경우가 많거나 놀이 자체가 문학인 경우도 적지 않았다.

　우선 와카 겨루기歌合는 좌우의 작자가 정해진 제목에 따라 와카和歌를 1수씩 읊어 판자判者가 우열을 가리는 문학적 유희였다. 처음에는 남녀가 개인적으로 몇 번 하는 정도였으나, 나중에는 천황이나 후궁, 상황 앞에서 공적인 와카 겨루기를 했는데, 『六百番歌合』나 『千五百番歌合』처럼 대규모의 시합이 한편의 가집으로 남아있다. 『가게로 일기』의 卷末歌集에는 '와카 겨루기에서 읊은 댕강목 꽃歌合に、卯の花'[21]을 소재로 와카를 읊었다는 것

21　木村正中 他校注, 『土佐日記 蜻蛉日記』(「新編日本古典文学全集」 小学館, 1995) p.377

을 기술하고 있다. 『겐지 이야기』東屋卷에는 밤새 와카 겨루기와 음악 연주를 하며 놀이에 열중한다는 대목이 나온다.

> 젊고 아름다운 여자들이 모여, 의상이나 옷가지 등은 훌륭하지만, 서투른 와카 겨루기를 하고, 밤새 모노가타리나 경신의 음악 연주회를 하는 것이, 차마 눈을 뜨고 볼 수 없을 정도로 놀이에 열중하고 풍류를 즐기는 것을,
> よき若人ども集ひ、裝束ありさまはえならずととのへつつ、腰折れたる歌合はせ、物語、庚申をし、まばゆく見苦しく遊びがちに好めるを、　　　(東屋⑥19)

이는 우키후네浮舟가 성장한 히타치노카미常陸守 저택에서 젊은 여성들이 서투른 와카 겨루기나 모노가타리, 음악의 연주 등으로 밤을 새우는 것을 비판하는 대목이다. 또한 히타치노카미가 원래 미천한 신분은 아니고 재력이 있고 활쏘기도 능숙했지만, 아즈마東國의 시골에서 오랜 동안 생활하여 말투에 사투리가 섞이고 와카 겨루기나 이야기 등이 세련되지 못하다는 점을 지적한 것이다.

한편 『古今著聞集』 권제5 和歌 제6에는 와카 겨루기에 참가한 많은 실례를 들고 있는데, 고시키부노나이시小式部内侍가 '이즈미시키부가 야스마사의 부인이 되어 단고에 내려갔을 무렵에, 도읍에서 와기 겨루기가 있었을 때和泉式部、保昌が妻にて丹後にくだりける程に、京に歌合ありけるに'(p.168), 참가하여 가인으로 선발되었다는 것을 소개하고 있다. 특히 고시키부나이시小式部内侍가 가인으로서 명성이 나게 된 것은, 이 때 궁중에서 후지와라 긴토藤原公任의 아들 사다요리定頼와 와카를 증답한 것이 계기가 되었다는 것을 소개하고 있다. 이러한 와카 겨루기에는 당대 최고의 가인歌人들이 서로 시합을 했기 때문에 좌우의 우열을 심판하는 판자判者는 이기고 진 이유를 판사判詞에서 분명히 밝혀야만 했다. 이것이 그대로 가론歌論이나 가학歌学이 되고 오늘날의 문학 이론이 되었다.

모노가타리 겨루기物語合는 좌우에서 제시한 모노가타리의 내용과 등장인물에 대한 우열을 가리는 놀이이다. 그리고 에아와세絵合는 자신의 그림보다는 수집한 유명한 화가가 그린 그림을 좌우가 경합하여 우열을 가리는 놀이인데, 모노가타리의 내용과 그림을 함께 겨루는 경우도 있었다. 국

보 「源氏物語絵巻」의 東屋巻에는 주인공 우키후네浮舟가 그림을 보면서 뇨보가 읽는 모노가타리를 들으며 감상하는 장면²²이 그려져 있다. 이를 보면 헤이안 시대의 귀족 여성들은 모노가타리를 그림과 함께 향수했다는 것을 알 수 있다. 그리고『栄花物語』37권 煙の後巻에는 '모노가타리 겨루기라고 해서 새로이 창작하여, 좌우로 나누어 20명 정도가 경합하여 대단히 운치가 있었다.物語合とて、今新しく作りて、左右方わきて、二十人合などさせたまひて、いとをかしかりけり'(③402)라고 기술하고 있다. 이 이야기는 六条斎院 고스자쿠後朱雀 천황의 넷째 딸 저택에서 이전에 와카 겨루기를 했는데, 이번에 새로운 모노가타리를 제작해서 좌우 20 명이 겨루기를 하는 것이 대단히 운치 있다는 것이다.

『겐지 이야기』絵合巻는 권명 자체가 '그림 겨루기'라는 뜻인데, 좌우 양측은 우메쓰보 뇨고梅壺女御와 고키덴 뇨고弘徽殿女御로 모노가타리의 그림을 경합할 뿐만이 아니라 이를 준비하는 사람들이 입고 있는 의상이나 주변의 액세서리와 상황, 종이나 소재까지도 경합하는 우아한 행사로 기술하고 있다. 우선 후지쓰보藤壺 중궁 앞에서 경합을 하게 되는데, 먼저 왼쪽의 우메쓰보 뇨고梅壺女御(사이구 뇨고, 아키코노무 중궁)가 낸 『다케토리 이야기』는 고세노 오미巨世相覧(10세기 초)가 그리고, 글씨는 기노 쓰라유키紀貫之(868-945년경)가 쓴 것이고, 오른쪽의 고키덴 뇨고弘徽殿女御가 낸 『우쓰호 이야기』는 쓰네노리常則(10세기 중엽)가 그리고, 글씨는 오노노 도후小野道風(894-966)가 쓴 것이다. 그리고 두 번째는『이세 이야기』와『쇼산미正三位』를 내어 주인공에 관한 이야기와 줄거리, 내용과 관련한 와카로 대결하지만 결국 비기게 된다. 히카루겐지도 이 시합을 재미있게 생각하고, 마지막으로 그림을 좋아하는 레이제이 천황冷泉帝의 어전에서 겨루게 되었다. 弘徽殿女御는 최근에 새로이 그린 당세풍의 그림을 내고, 우메쓰보 뇨고는 히카루겐지가 스마須磨 유리 시절의 그림일기를 내어, 결국 우메쓰보 뇨고가 이기게 된다는 것이다. 이 그림 겨루기로 인해 우메쓰보 뇨고가 중궁이 되고 우메쓰보를 후원하는 히카루겐지의 정치적 기반은 더욱 확고해진다. 이처럼 그림 겨루기도 단순한 시합이 아니라 서로의 우위를

---

22 秋山虔, 田口栄一 監修,『豪華「源氏絵」の世界 源氏物語』, 学習研究社, 1988. p.229

와카로 증답하고 이긴 쪽이 천황의 총애와 나아가 조정의 실권을 장악하게 된다는 것을 알 수 있다.

운 감추기韻塞ぎ는 고시古詩의 운을 감추고 이를 알아맞추는 놀이로, 맞으면 '명明'이라고 했다. 『겐지 이야기』賢木巻에는 귀족들이 좌우 두 패로 나뉘어 갖가지 내기를 하는 가운데, '운을 차례로 감추어 가자, 어려운 운자가 너무나 많아서塞ぎもてゆくままに、難き韻の文字どもいと多くて'(②140), 훌륭한 박사들도 머뭇머뭇했으나, 한학에 대한 지식이 뛰어난 히카루겐지가 이를 모두 맞춘다는 것이다. 그리고 浮舟巻에는 니오우미야匂宮가 부하에게 '운 감추기 놀이를 하고 싶은데, 한시문집을 몇 권 가려서 이쪽 책장에 쌓아 두도록韻塞すべきに、集ども選り出でて、こなたなる厨子に積むべきこと'(⑥113-114)라고 지시하며 운 감추기 놀이 준비를 시키는 대목이 나온다. 한편 편 잇기偏つぎ는 시구詩句 속의 편偏을 지우고 방旁만을 남겨두고, 편을 알아맞추는 놀이인데, 그 반대 경우의 놀이도 있었다고 한다.

남녀를 막론하고 모든 겨루기는 대체로 무료할 때 하는 경우가 많았다. 『栄花物語』1권 月の宴巻에는 무라카미村上 천황이 뇨고女御나 고이更衣들에게 '무료하게 느껴지는 날에는 어전에 불러서 바둑이나 쌍륙을 두거나 편 잇기, 공기를 하게하여.つれづれに思さるる日などは、御前に召し出でて、碁、雙六うたせ、偏をつがせ、いしなどりをせさせて'(①21), 구경하시는 등 정취 있는 놀이를 했다고 기술하고 있다. 『겐지 이야기』葵巻에서 아오이노우에葵上가 죽은 후, 히카루겐지는 '무료한 가운데 단지 이쪽에서 바둑을 두거나 편 잇기 놀이를 하며 하루를 지내시는데つれづれなるままに、ただこなたにて碁打ち、偏つぎなどしつつ日を暮らしたまふに'(②70), 무라사키노우에紫上가 이러한 놀이에서도 영리하다는 생각을 한다. 그리고 히카루겐지는 무라사키노우에가 인형놀이를 할 때와는 달리 편 잇기 놀이를 하는 것으로 이미 성인이 되었다고 보았는지 결혼을 한다. 즉 운 감추기와 편 잇기는 모두 한자를 이용한 놀이로 학문의 한가지로도 볼 수 있으나, 결혼 직전의 히카루겐지와 무라사키노우에가 이러한 놀이로 가까워졌다는 점에 주목할 필요가 있다.

이와 같이 헤이안 시대 귀족들은 바둑囲碁이나 조가비 겨루기, 향 겨루기 등의 실내 겨루기가 끝나면 대체로 와카를 읊거나 음악의 향연을 열었다. 특히 와카 겨루기나 모노가타리 겨루기 등 문학적 소양을 담은 놀이를 한 후에는 관현의 연주회 등 여흥으로 이어지는 것이 보통이었다. 그리고 허구의 모노가타리 속에서 놀이와 겨루기 등에서 이긴다는 것은 단순한 승부가 아니라, 승자가 천황의 총애를 받거나, 승자의 집안이 정치적으로 우세해지는 것을 확인할 수 있었다.

5. 결론

본고에서는 헤이안 시대 문학에 나타난 놀이문화의 현황과 기능을 고찰해 보았다. 이 시대의 놀이가 오늘날까지 변형된 형태로나마 전승되고 있는 이유는 놀이에 담겨있는 문화가 많은 사람들에게 재미와 카타르시스를 주었기 때문일 것이다. 즉 헤이안 시대 문학에 나타난 놀이문화에는 당시의 귀족들이 향유했던 교양과 문화가 담겨있다고 해도 과언이 아닐 것이다.

귀족들은 바둑이나 공차기, 쌍륙과 같이 대륙으로부터 전래된 문화도 즐겼지만, 와카 겨루기나, 모노가타리 겨루기와 같은 우아한 고유의 놀이에도 심취했다. 여성들이 즐겼던 실내의 놀이로는 바둑, 쌍륙, 돌 맞추기, 향 겨루기, 사물 겨루기, 인형놀이가 있었고, 승부의 결과에 따라 진 쪽이 와카를 읊어야 했기에 문학적 소양은 필수적이었다. 남성 중심의 실외 놀이로는 공차기, 활쏘기, 매사냥 등이 있고, 이에는 남성 귀족들의 교양이 담겨 있다. 또한 남녀 공통의 놀이인 와카和歌, 모노가타리, 그림 겨루기絵合나 한자의 운 감추기, 편 잇기 등의 놀이는 문학적인 교양뿐만이 아니라 학문적으로도 지식과 교양이 없이는 불가능한 것이었다.

헤이안 시대 귀족들이 이러한 오락과 놀이문화가 가능했던 것은 후지와라씨를 정점으로 하는 정치적 안정과 경제적인 풍요와 귀족들의 풍부한 교양과 전통 문학의 소양이 있었기 때문이다. 즉 귀족사회에 유행했던 놀이 문화는 현란한 왕조문학의 미의식과 불가분의 관계라 생각된다. 특히 허구의 모노가타리에 나타난 오락과 놀이는 단순한 겨루기가 아니라 승자가 천황의 총애를 받게 되거나 정치적 승리를 얻는 등 이야기의 주제와 깊은 관련을 갖고 있었다.

이상에서 살펴본 바와 같이 헤이안 시대의 귀족들은 남녀노소를 막론하고 갖가지 오락과 놀이를 즐겼다. 특히 모노가타리에 그려진 각종 겨루기나, 공차기 등의 놀이는 단순한 오락이 아니라, 그것이 행해지는 장소와 인간관계, 승부의 결과에 따라 허구의 주제를 제어하는 복선이 되기도 했다는 것을 알 수 있었다. 차후의 과제로는 한·일의 놀이문화를 비교·대조함으로써 문화의 동류東流 현상을 살펴보고자 한다.

▌Key Words 遊び, 教養, 物語, 和歌, 美意識

제4장

『겐지 이야기』에 나타난 바둑을 통한 인간관계

1. 서론

헤이안平安 시대의 남녀 귀족들은 일상생활의 여가로 갖가지 오락을 즐겼다. 당시의 귀족 여성들은 외부와의 노출을 꺼리고, 당의唐衣와 같은 긴 의상을 입기도 했기 때문에 대체로 실내에서 무료함을 달래는 놀이遊び를 즐겼다. 여성의 실내 오락으로는 바둑囲碁, 쌍륙双六, 와카 겨루기歌合, 모노가타리 겨루기物語合, 향 겨루기香合, 그림 겨루기絵合, 인형놀이雛遊び, 돌 맞추기弾某, 운 감추기韻塞ぎ, 편 잇기偏つぎ 등이 있었고, 남성들의 대표적인 실외 놀이는 공차기蹴鞠, 활쏘기競射, 매사냥鷹狩, 경마, 씨름相撲, 빙어氷魚 잡이, 우카이鵜飼 등이 있었다. 그리고 바둑, 관현의 연주, 와카 겨루기, 모노가타리 겨루기, 그림 겨루기, 향 겨루기, 운 감추기, 편 잇기 등을 통한 문학적인 유희는 남녀가 공통으로 즐기는 실내 오락이었다.

이러한 놀이 문화 중에서 바둑의 기원은 중국의 『박물지博物志』[1]에서 '요임금이 만들어 아들 단주의 교육에 바둑을 이용했다. 造圍棊 而丹朱善圍棊'고 한다. 일본의 『倭名類聚鈔』에는 『博物志』를 인용하여 '堯造圍碁'라 하고, 또 『中興書』를 인용하여 '요순이 바둑으로 어리석은 아들을 가르쳤

---

1 張華, 『博物志』佚文, 임동석 옮김, 고즈윈, 2004. p.463.

다圍碁堯舜以敎愚子也'[2]라고 되어 있다. 『論語』〈第17陽貨〉에서 공자는 포식을 하고 하루 종일 마음을 쓸 데가 없는 것은 좋지 않다고 하고, '빈둥빈둥 놀고만 있을 바엔 차라리 주사위 놀이나 바둑이라도 두는 편이 낫다不有博奕者乎 爲之猶賢乎已'[3]고 하여, 바둑 두는 것을 여가를 보내는 좋은 놀이의 하나로 생각했다. 한편 任昉의 『술이기述異記』95에는, 晋(265-420) 나라 때 나무꾼 王質이 석강浙江 상류인 信安郡의 石室山에서 나무를 베다가 동자들이 주는 대추씨 같은 것을 얻어먹고 바둑 두는 것을 구경하고 있었다고 한다. 그런데 한 동자가 왜 집으로 가지 않느냐고 하여, '왕질이 일어나 도끼를 보니 자루가 다 썩어 있었다質起視斧 柯爛盡'[4]라는 고사에 연유하여 바둑을 난가爛柯라고도 한다. 우리나라에서는 『三国史記』에 고구려 장수왕(394-491) 때의 승려 도림道琳이 백제의 개로왕蓋鹵王과 바둑을 두었고, 『三国遺事』에는 신라 34대 효성왕(737-742)이 잠저에 있을 때 신충信忠과 바둑을 두었다는 이야기를 전하고 있다.

일본에도 이미 나라奈良 시대 무렵에 바둑이 전해져 여가를 보내는 오락으로 즐겼다는 기록이 보인다. 우선 『常陸国風土記』多珂郡에는 '동남 쪽 바닷가에는 바둑돌이 있다東南の浜に碁石あり'[5]라고 되어 있으며, 그 색이 옥과 같고 이 해변에서만 난다고 전한다. 『懷風藻』에는 벤쇼辨正 법사가 大宝(701-703) 연간에 당나라에 유학했을 때, '바둑을 잘 둔다고 하여圍棊に善きことを以ちて'[6], 현종 황제 李隆基로부터 예우를 받았다는 기록이 있다. 또한 『江談抄』第三雑事[7]에는 기비노 마키비吉備真備(695?-775)가 752년 두 번째로 견당사 부사로서 갔을 때, 당나라 사람들이 그를 누각에 유폐시키고 죽이기 위해 세 가지 난제를 제시했다고 한다. 즉 文選의 독해, 바둑시합, 野馬台詩의 독해였는데, 마키비는 아베노 나카마로阿倍仲麻呂의 유령이 시킨 대로 하여 세 가지 시합에서 모두 이긴다는 것이다. 특히 바둑의 시합에서

2 正宗厚夫 編, 『倭名類聚鈔』風間書房, 1977, 권4-5.
3 李家源 訳註解, 『論語 孟子』東西文化史, 1976. p.199. 이하 『論語 孟子』의 인용은 같은 책의 페이지 수를 표시함. 번역은 일부 수정.
4 李和英, 「『述異記』試論 및 訳註」, 이화여대 대학원 석사학위논문, 2003. p.95.
5 植垣節也 校注, 『風土記』(『新編日本古典文学全集』, 小学館, 1998) p.419.
6 小島憲之 校注, 『懷風藻』(『日本古典文学大系』, 岩波書店, 1967) p.96.
7 後藤昭雄 他校注, 『江談抄』(『新日本古典文学大系』, 岩波書店, 2005) p.63.

는 마지막에 결정적인 당나라의 흑돌黑石 한 알을 훔쳐 삼켜 이기게 된다는 이야기를 전하고 있다. 『續日本紀』聖武 천황 덴표天平 10년(738)에는, 大伴宿禰 고무시子虫가 中臣宮処連 아즈마비토東人와 정무를 보는 여가에 바둑을 두다가 시비가 붙어 칼부림으로 아즈마비토을 죽인다는 기술이 있다[8]. 또한 스가와라 미치자네菅原道真는 『간케분소菅家文草』에서 囲碁를 '손으로 대화하는 그윽한 것 마음을 움직이는 흥취가 어떠한가手もて談らふ、幽静の処、意を用ゐること興如何'[9]라고 읊었다. 또한 『日本霊異記』상 19화에는 야마시로山城의 어떤 사미승이 '속인과 함께 바둑을 두고 있는데白衣と俱に碁を作しき'[10], 그 때 법화경을 독경하며 구걸을 하는 거지를 보고 비웃었는데, 나중에 입이 비뚤어졌다는 현보의 이야기가 나온다.

헤이안 시대의 여류문학에는 바둑을 두는 것이 여성들의 일상적인 놀이로 지적되어 있다. 『마쿠라노소시』202단에 '놀이에는 활쏘기, 바둑, 품위는 없지만 공차기도 재미있다遊びわざは、小弓。碁。さまあしかれど、鞠もをかし'[11]라고 하여 대표적인 놀이문화로 바둑을 들고 있다. 또 134단에는 '무료함을 달래주는 것으로는 바둑, 쌍륙, 모노가타리つれづれなぐさむもの、碁。双六。物語 …'(p.254)라고 하여 일상의 무료한 시간을 보낼 수 있는 대표적인 오락으로 바둑을 들고 있다. 『야마토 이야기』29단에는 우대신 후지와라 사네카타藤原定方(873-932)가 귀족들과 밤늦도록 '바둑을 두고 관현의 음악 연주를 하다가碁うち、御遊びなどしたまひて'[12], 취해서 마타리꽃をみなえし을 머리에 꽂고 와카를 읊었다고 한다. 그리고 『무라사키시키부 일기』에는 '하리마노카미가 내기 바둑에 진 날播磨守碁の負わざしける日'[13], 작자가 잠시 친정에 갔다 돌아와 보니 진 사람의 향응으로 화려한 밥상 위에 와카를 읊은 것이 놓여 있었다는 대목이 나온다. 한편 『栄花物語』月の宴巻에는, 무라카미村

8 宇治谷孟 校注, 『続日本紀』講談社学術文庫, 1992. p.380.
9 川口久雄 校注, 『菅家文草 菅家後集』(『日本古典文学大系』, 岩波書店, 1967) p.428.
10 中田祝夫 校注, 『日本霊異記』(『新編日本古典文学全集』10, 小学館, 1995). p.74.
11 松尾聰 他校注, 『枕草子』(『新編日本古典文学全集』, 小学館, 1999) p.337. 이하 『枕草子』의 인용은 『新編全集』의 페이지를 표기함.
12 片桐洋一, 高橋正治 他校注, 『竹取物語 伊勢物語 大和物語 平中物語』(『新編日本古典文学全集』, 小学館, 1999) p.273. 이하 『竹取物語 伊勢物語 大和物語 平中物語』의 인용은 『新編全集』의 페이지를 표기함.
13 中野幸一 他校注, 『紫式部日記』(『新編日本古典文学全集』, 小学館, 1994) p.126.

上(846-967) 천황이 뇨고나 고이들에게 '무료하게 느껴지는 날에는 어전
에 불러서 바둑이나 쌍륙을 두거나 편 잇기, 공기를 시켜つれづれに思さるる日
などは、御前に召し出でて、碁、雙六うたせ、偏をつがせ、いしなどりをせさせて'[14], 정취 있
는 놀이를 했다고 기술하고 있다. 『枕草子』 유취적 장단에서 알 수 있듯이,
바둑은 7세기 무렵 중국에서 일본으로 전래된 이래로, 9세기 무렵에는 하
급 관료나 귀족, 천황에 이르기까지 크게 유행했고, 남녀노소의 귀족들이
무료함을 달래거나 만남의 계기를 만들기 위해 겨루었던 대표적인 실내
오락이었다.

바둑에 관한 선행연구로는 인물론과 주제론, 엿보기의 인물조형, 인간
관계를 다룬 분석 등이 있다. 池田龜鑑의 『平安朝の生活と文学』[15], 岡一男
의 『源氏物語事典』[16], 清水好子 他二人의 『源氏物語手鏡』[17], 山中裕・鈴木
一雄의 『平安時代の信仰と生活』[18], 林田孝和 他編의 『源氏物語事典』[19], 上
原作和의 「遊戲・娛樂」『源氏物語を読むための基礎百科』[20] 등에는 구체
적인 용례와 용어에 관한 해설이 정리되어 있다. 『源氏物語』에서 바둑을
두는 인물론과 성차의 문제를 분석한 연구로는, 大曾根章介의 「平安朝文
学に見える囲碁」[21], 松井健児의 「碁を打つ女たち」[22], 川名淳子의 「源氏物語
の遊戯」[23] 등이 있다.

본고에서는 이상의 연구를 참고하면서 『겐지 이야기』에서 바둑을 두는
주인공들의 인간관계를 분석하고자 한다. 특히 바둑을 두는 등장인물 중
에서 우쓰세미空蟬와 노키바노오기軒端荻, 다마카즈라의 딸 오이기미大君와
나카노키미中の君, 금상 천황今上帝과 가오루薫, 우키후네浮舟와 소장 비구니
少将尼 등의 대국을 통한 인간관계와 이야기의 주제를 규명하고자 한다. 또

14 山中裕 他校注, 『栄花物語』1 (『新編日本古典文学全集』, 小学館, 1997) p.21.
15 池田龜鑑, 『平安朝の生活と文学』, 角川書店, 1964.
16 岡一男, 『源氏物語事典』, 春秋社, 1964.
17 清水好子 他二人, 『源氏物語手鏡』, 新潮社, 1983.
18 山中裕 鈴木一雄, 『平安時代の信仰と生活』, 至文堂, 1992.
19 林田孝和 他編, 『源氏物語事典』, 大和書房, 1983.
20 上原作和, 「遊戲・娛樂」(『源氏物語を読むための基礎百科』, 学燈社, 2004)
21 大曾根章介, 「平安朝文学に見える囲碁」(『日本漢詩文学論集』, 汲古書院, 1983)
22 松井健児, 『源氏物語の生活世界』, 翰林書房, 2003.
23 川名淳子, 「源氏物語の遊戯」, 『源氏物語講座』第七卷, 勉誠社, 1992)

한『겐지 이야기』에 등장하는 이들 주인공의 대국을 통해 당시의 문화 코드와 모노가타리의 주제, 허구의 논리를 규명하고자 한다.

2. 空蟬와 軒端荻

『겐지 이야기』에 나오는 바둑碁의 용례는 24例, 碁聖 2例, 碁盤 1例, 碁手の錢 1例 등이 나온다. 이하 바둑의 구체적인 용례를 중심으로 대국을 통한 인간관계를 분석하고자 한다. 帚木卷에서 히카루겐지는 비오는 날 밤의 여성 품평회에서 들었던 중류계층의 여성인 우쓰세미와 관계를 맺은 후 재회의 기회를 노리고 있었다. 어느 날 겐지는 기이 수령紀伊守의 저택에서 부하인 고기미小君의 인도로 우쓰세미와 의붓딸 노키바노오기軒端荻가 바둑 두는 것을 엿보게 된다.

> 고기미는 겐지를 동쪽 여닫이문에 서 있게 하고 자신은 남쪽 모퉁이 사이로 격자문을 두드리며 큰 소리를 내며 들어갔다. 뇨보들이 "밖에서 다 보이겠어요."라고 이야기하는 듯하다. 〈고기미〉 "이렇게 더운데 왜 이 격자문을 닫고 있는가요."라고 묻자, 〈뇨보들〉 "낮부터 서쪽 별채 아가씨가 건너오셔서 바둑을 두고 계셔요."라고 대답한다. 겐지는 그렇게 서로 마주보고 있는 모습을 보고 싶어서 살짝 문에서 걸어 나와 발 사이로 살짝 들어가셨다. 조금 전 고기미가 들어간 격자문은 아직 닫지 않았기에 틈이 보이는 곳으로 다가가서 서쪽을 살펴보니 격자문 옆에 세운 병풍도 끝을 접어두었고 가리개용의 휘장도 더웠던 탓인지 모두 걸어 올려서 정말 잘 들여다보였다.
>
> 東の妻戸に立てたてまつりて、我は南の隅の間より、格子叩きののしりて入りぬ。御達、「あらはなり」と言ふなり。〈小君〉「なぞ、かう暑きにこの格子は下ろされたる」と問へば、〈御達〉「昼より西の御方の渡らせたまひて、碁打たせたまふ」と言ふ。さて向かひゐたらむを見ばやと思ひて、やをら歩み出でて、簾のはさまに入りたまひぬ。この入りつる格子はまだ鎖さねば、隙見ゆるに寄りて西ざまに見通したまへば、この際に立てたる屏風端の方おし畳まれたるに、紛るべき几帳なども、暑ければにや、うちかけて、いとよく見入れらる。　　　　　　　(空蟬①119)[24]

이 대목은 『겐지 이야기』의 본문에서 바둑을 두는 첫 번째 장면이고 가장 구체적으로 묘사되어 있다. 겐지는 우연히 기이 수령의 저택에서 만난 중류층의 여성 우쓰세미를 잊지 못하고 부하인 고기미(우쓰세미의 동생)를 시켜 다시 만날 수 있도록 주선을 하게 했다. 고기미는 누나인 우쓰세미와 노키바노오기가 바둑을 두고 있는 집안으로 들어가, 겐지가 문 밖에서 엿볼 수 있도록 일부러 격자문을 살짝 문을 열어 놓는다. 여름이라 휘장이 걷혀 있었기도 했지만, 겐지는 마침 두 사람이 바둑을 두는 모습을 한눈에 들여다 볼 수 있었다. 특히 겐지의 시선은 몸집이 크고 화려한 미인이지만 어쩐지 조심성이 없어 보이는 노키바노오기보다, 옆으로 앉아 있어 잘 보이지 않았지만 작고 단정한 모습인 우쓰세미에게 집중되어 있다.

다음은 우쓰세미와 의붓딸 노키바노오기가 바둑을 다 두고 뒷정리를 하는 장면이다.

> 노키바노오기가 재능이 없는 것은 아닐 것이다. 바둑이 끝나고 공배를 메우고 있을 때, 재빠르고 활달하게 떠들자, 안쪽에 있는 사람은 대단히 침착하게, 〈우쓰세미〉 '기다리세요. 그곳은 비긴 거예요. 이 부분의 패를 먼저 가려요.'라고 말하는데, 〈노키바노오기〉 '아니오, 이번에는 제가 졌어요. 이 귀는 모두 몇 집이 되나요.'하며 손가락을 곱으며, 〈노키바노오기〉 '열, 스물, 서른, 마흔'하며 세는 모습은 이요 온천의 칸막이 개수도 쉽게 헤아릴 수 있을 듯 하다. 조금은 기품이 떨어지는 느낌이다.
>
> かどなきにはあるまじ。碁打ちはてて結さすわたり、心とげに見えてきはきはとさうどけば、奥の人はいと静かにのどめて、〈空蝉〉「待ちたまへや。そこは持にこそあらめ、このわたりの劫をこそ」など言へど、〈軒端荻〉「いで、この度は負けにけり。隅の所、いでいで」と、指をかがめて、〈軒端荻〉「十、二十、三十、四十」など数ふるさま、伊予の湯桁もたどたどしかるまじう見ゆ。少し品おくれたり。

(空蝉①120-121)

---

24 阿部秋生 他校注, 『源氏物語』2 (「新編日本古典文学全集」, 小学館, 1999) p.213. 이하 『源氏物語』의 인용은 「新編全集」의 권, 페이지를 표기함.

우쓰세미와 노키바노오기는 바둑이 끝나자 패, 귀 등에서 승부를 가리기 위해 집을 계산하고 있는 대목이다. 여기서도 겐지의 시선은 활달한 미모의 노키바노오기보다 나이는 들어 보이지만 침착한 우쓰세미에게 가 있다. 즉 겐지의 여성관은 미모보다도 우쓰세미의 침착한 행동과 품위를 더욱 중시한다는 것을 알 수 있다. 바둑이 끝나고 모두 잠자리에 들어 조용해지자, 겐지는 고기미의 안내로 집안으로 숨어 들어가 우쓰세미가 자고 있는 곳으로 다가간다.

한편 우쓰세미는 자신의 입장과 겐지와의 신분 차이를 고민하며 잠을 들이지 못하고 상념에 사로잡혀 있는데, 누군가 다가오는 소리를 듣고 바로 겐지라는 것을 알아차린다.

> 우쓰세미는 겐지가 그 일이 있은 후로 자신을 잊어준 것을 기쁘게 생각하려고 하지만, 그 때의 꿈과 같은 일이 한시도 떠나지 않는 요즈음이라 편안히 잠을 잘 수도 없었다. 낮에는 수심에 잠겨있고 밤에는 잠을 자지 못하는 경우가 많아 봄의 나무 싹처럼 눈을 쉴 틈이 없고 한숨만 쉬고 있었다. 바둑을 두었던 아가씨는 오늘 밤에는 여기서 자야지하며 활달하게 이야기하다가 잠들어 버렸다.
>
> 女は、さこそ忘れたまふをうれしきに思ひなせど、あやしく夢のやうなることを、心に離るるをりなきころにて、心とけたる寝だに寝られずなむ、昼はながめ、夜は寝覚めがちなれば、春ならぬ木のめもいとなく嘆かしきに、碁打ちつる君、今宵はこなたにと、いまめかしくうち語らひて寝にけり。
>
> (空蝉①124)

우쓰세미는 겐지와의 꿈같은 관계를 생각하며 잠들지 못하고 고민하고 있던 차에, '옷자락이 스치는 소리御衣のけはひ'가 들리고, '정말로 좋은 향내가 풍겨오자いとかうばしくうち匂ふに'(①124), 겐지가 숨어들었다는 것을 알아챈다. 우쓰세미는 순간적으로 속옷만 입고 잠자리를 빠져 나가버렸다. 이를 모르는 겐지는 옆자리에 자고 있던 노키바노오기를 우쓰세미라 생각하여 다가가서 관계를 맺는다. 겐지는 곧 다른 사람이라는 것을 알아채고 적당히 둘러 대지만 노키바노오기는 이러한 사실 조차도 인식하지 못한다. 이에 겐지는 하는 수 없이 우쓰세미가 벗어두고 나간 겉옷을 들고 이조원으로 돌아간다.

葵卷에서 아오이노우에葵上가 죽은 후, 겐지는 무라사키노우에와 '무료한 가운데 단지 이쪽에서 바둑을 두거나 편 잇기 놀이를 하며 하루를 지내시는데つれづれなるままに、ただこなたにて碁打ち、偏つぎなどしつつ日を暮らしたまふに'(②70), 무라사키노우에가 무척 재치 있고 영리하다는 생각을 한다. 즉 겐지는 바둑과 편 잇기 등을 통해 무라사키노우에와 가까워지고, 이를 결혼 직전의 놀이로 여기고 있는 점에 주목할 필요가 있다. 그리고 겐지는 무라사키노우에가 인형놀이를 할 때와는 달리 이제 한 사람의 여성(14세)이 되었다고 생각하여 부부의 관계를 맺는다. 다음 날 겐지는 무라사키노우에가 괴로워 한다는 이야기를 듣고 '오늘은 바둑도 두지 않고 재미없네今日は碁も打たでさうざうしや'(②71)라고 하며 여러 가지로 위로한다. 여기서 무라사키노우에가 겐지의 결혼의 상대가 되었다는 것을 바둑의 대국을 통해 조형되고 있다는 점에 주목할 필요가 있다.

須磨卷에는 겐지가 스마須磨에 퇴거하여 지내는 기간에도, '바둑, 쌍륙판, 세간, 돌 따먹기 도구 등을 촌스럽게 만들어 놓고碁、双六の盤、調度、弾棋の具など、田舎わざにしなして'(②213), 지냈다고 되어있다. 즉 겐지는 유배 생활과 마찬가지인 스마에 퇴거하여 지내는 동안에도 바둑과 쌍륙 등을 하며 소일했다는 것을 알 수 있다. 또한 絵合卷에는 소치노미야帥宮가 겐지에게 다른 예능은 배운 만큼의 결과가 나오지만 '서예와 그림, 바둑을 두는 것은筆とる道と碁打つことぞ'(②389) 신기하게도 천부적인 재능을 타고나는 것 같다고 지적한다. 『河海抄』에서는 이 대목에 대해, '『유선굴』에 말하기를 바둑에서 지혜가 나온다遊仙窟云囲碁出於知惠'[25]라고 지적했다. 張文成이 쓴 「遊仙窟」에는 다섯 부인五嫂이 '바둑은 지혜의 놀이입니다. 장 도령께서는 바둑도 대단히 뛰어나십니다.'[26]라고 하며 감탄한다.

이와 같이 바둑은 남녀가 실내에서 무료함을 달래기 위해 두는 놀이였다. 특히 겐지가 엿보는 우쓰세미와 노키바노오기의 바둑은 인간관계의 중요한 매개가 된다. 즉 우쓰세미와 무라사키노우에 등 바둑을 잘 두는 사

---

25 玉上啄弥 編,『河海抄』, 角川書店, 1978, 347쪽.

26 前野直彬 訳,「遊仙窟」,(『中國古典文學全集』33卷, 平凡社, 1958) p.104

람이 현명하고 지혜롭다는 이야기와 함께 엿보기의 대상이 된 여성과 결
혼을 하게 된다는 점에도 주목할 필요가 있다. 또한 모노가타리의 남녀가
바둑의 겨루기를 통해 성장하고, 이를 엿보는 사람의 심리를 통해 남녀관
계가 묘사되는 모노가타리의 논리를 읽을 수 있다.

3. 玉鬘의 大君과 中の君

다마카즈라는 남편 히게쿠로鬚黑가 죽은 후 혼자서 지혜롭게 3남 2녀를
양육하고 있었다. 다음은 竹河卷에서 벚꽃이 한창일 때, 다마카즈라의 두
딸 오이기미大君와 나카노키미中の君가 바둑을 두는 대목이다.

> 바둑을 두신다고 서로 마주보고 계신 머리카락의 가장자리나 드리워진 모습
> 이 정말 아름답다. 지주노키미가 바둑의 심판을 하신다고 가까이 앉아있는
> 곳에, 오빠들이 들여다보고 "지주노키미는 누나들이 특별히 마음에 들어 하
> 는구나. 바둑의 참관을 허락하는 정도이니."라고 하며, 어른스런 태도로 꿇
> 어앉자 아가씨 가까이 있는 뇨보들도 자세를 바로 했다. 중장은 "궁중의 공
> 무가 바빠져 지주보다 늦어졌구나. 정말 마음대로 되지 않아."라고 하며 불
> 평을 하시자, 〈우추벤〉 "저 같은 판관은 더더욱 바빠서 사적인 일은 소홀해지
> 게 되는데 그렇다고 내버려둘 수도 없고."라고 말씀하신다. 바둑 두는 것을
> 멈추고 부끄러워하는 아가씨들의 모습이 너무나 아름답다.
> 碁打ちたまふとて、さし向ひたまへる髪ざし、御髪のかかりたるさまども、いと見ど
> ころあり。侍従の君、見証したまふとて近うさぶらひたまふに、兄君たちさしのぞ
> きたまひて、「侍従のおぼえこよなうなりにけり。御碁の見証ゆるされにけるをや」
> とて、おとなおとなしきさまして突いゐたまへば、御前なる人々とかうゐなほる。中
> 将、「宮仕のいそがしうなりはべるほどに、人に劣りたるは。いと本意なきわざ
> かな」と愁へたまへば、〈右中辯〉「辯官は、まいて、私の宮仕怠りぬべきままに、
> さのみやは思し棄てん」など申したまふ。碁打ちさして恥ぢらひておはさうずる、
> いとをかしげなり。(竹河⑤76)

상기 인용문은 「源氏物語絵巻」에 두 자매의 바둑 두는 장면으로도 유명한 대목이다. 남동생 지주가 자매가 두는 바둑의 심판을 하는데 이를 본 형들이 부러워한다. 중장과 우추벤 등은 궁중의 일이 바빠 일찍 빠져나올 수가 없었다고 미안해 한다. 중장은 자매가 바둑을 멈추고 부끄러워하는 모습을 보며 부친인 히게쿠로髭黒가 돌아가신 것을 안타까워한다. 그리고 중장은 마침 만개한 정원의 벚꽃을 보고, 자매가 어린 시절 서로 벚꽃을 놓고 서로 자기 것이라 다투었던 일화를 들려준다. 정원의 벚나무를 두고 아버지는 오이기미 것이라 하고, 어머니 다마카즈라는 나카노키미의 것이라고 성원했다는 것이다.

다음은 중장들이 자리를 뜬 다음, 오이기미와 나카노키미는 정원의 벚꽃을 걸고 바둑을 두는 장면이다. 이 때 유기리의 아들인 구로우도 소장藏人小将이 오이기미를 엿보고 연모하는 마음을 품는다.

중장들이 일어선 뒤에 아가씨들은 중단하셨던 바둑을 다시 두신다. 옛날부터 서로 가지려했던 벚꽃을 걸고, "세 번 두어 가장 많이 이긴 사람에게 꽃을 양보하는 것으로 합시다."라고 하며 서로 농담을 하신다. 어두워졌기 때문에 처마 끝으로 나와 끝까지 두신다. 뇨보들은 발을 걷어 올리고 양쪽이 모두 경쟁적으로 승리를 기원한다. 때마침 형들과 함께 온 구로우도 소장이 지주 노키미의 방에 와 있었는데, 마침 사람도 적고 게다가 복도의 문이 열려있어 살짝 다가가 엿보게 되었다. 이렇게 좋은 기회가 생긴 것은 부처님이 출현한 곳에 우연히 오게 된 듯한 기분이 드는 것도 철없는 연심이라 할 수 있을 것이다. 저녁 무렵의 안개에 가려 분명하지는 않지만 잘 보니 벚꽃 색의 옷이 분명하게 보였다. 정말로 져버린 벚꽃을 생각하며 보고 싶을 정도로 아름답게 빛나는 모습이라, 이 분이 다른 사람과 인연이 맺어지게 되면 어쩌나 하고 점점 더 참을 수 없는 기분이 들었다. 젊은 뇨보들이 편한 자세로 있는 모습이 석양에 비치어 아름답게 보인다. 오른쪽이 이겼다.

中将など立ちたまひて後、君たちは打ちさしたまへる碁打ちたまふ。昔より争ひたまふ桜を賭け物にて、「三番に数一つ勝ちたまはむ方に花を寄せてん」と戯れかはしきこえたまふ。暗うなれば、端近うて打ちはてたまふ。御簾捲き上げて、人々みないどみ念じきこゆ。をりしも、例の少将、侍従の君の御曹司に來たりけ

るを、うち連れて出でたまひにければ、おほかた人少ななるに、廊の戸の開きた
るに、やをら寄りてのぞきけり。かううれしきをりを見つけたるは、仏などのあらは
れたまへらんに参りあひたらむ心地するも、はかなき心になん。夕暮の霞の紛れ
はさやかならねど、つくづくと見れば、桜色の文目もそれと見分きつ。げに散りな
む後の形見にも見まほしく、にほひ多く見えたまふを、いとど異ざまになりたまひ
なんことわびしく思ひまさらる。若き人々のうちとけたる姿ども夕映えをかしう見
ゆ。右勝たせたまひぬ。(竹河⑤79)

　자매는 바둑의 승부를 삼판이승으로 하자고 약속하고 내기에는 벚꽃을
걸고, 뇨보들은 각각 모시는 분을 응원했다. 바둑의 결과는 오른쪽인 나카
노키미가 이겼기 때문에 고구려의 아악 고려악高麗楽이 연주되기를 기다린
다. 왼쪽 오이기미가 이겼을 경우에는 당악唐楽이 연주되었을 것이다. 그리
고 바둑의 결과에 따라 오이기미 측은 벚꽃을 잃게 된 아쉬움을, 나카노키
미 측은 벚나무를 갖게 된 기쁨을 와카로 증답한다. 한편 구로우도 소장은
우연히 바둑을 두는 오이기미를 엿보고 연심을 품지만 이미 아버지 유기
리로부터 레이제이인冷泉院에 입궐할 것이라는 이야기를 들었는지, '다른
사람과 인연이' 맺어지게 되는 것을 안타까워한다. 이 때 다마카즈라는 아
들들의 반대에도 불구하고 이미 오이기미를 레이제이인의 후궁으로 들여
보낼 생각을 갖고 있었다. 이후 오이기미가 레이제이인으로, 나카노키미
가 금상 천황에 입궐하게 되면서, 구로우도 소장은 엿보기의 대상이었던
오이기미와 맺어지지 못한다. 『이세 이야기』나 『겐지 이야기』 등의 모노
가타리에서 엿보기의 주인공은 대체로 엿보게 된 상대 여성과 맺어지는
것이 보통인데, 구로우도 소장의 경우 그 유형이 깨어진다는 점에 주목할
필요가 있다.
　竹河巻에서 오이기미와 나카노키미의 대국은 소한消閑의 의미가 있다.
그러나 구로우도 소장과 오이기미가 맺어지지는 않지만, 소장의 시점을
통해 오이기미와 나카노키미의 인물조형이 이루어진다는 점에 주목할 필
요가 있다. 즉 모노가타리의 구상과 동기에서 바둑이 주제를 리드하는 작
의로 작용한다는 것을 확인할 수 있다.

4. 今上帝와 薰

宿木卷에는 금상 천황의 후지쓰보 뇨고가 14살이 되는 딸 온나니노미야女二宮를 남기고 죽는다. 천황은 늦가을 비가 내리는 무료한 저녁 무렵, 온나니노미야를 위로하며 함께 '바둑 등御碁など'(宿木⑤377)을 두신다. 이어서 천황은 사람을 시켜 궁중에 신하들 중에서 누가 남아있는지를 묻고, 그 중에서 중납언 미나모토 가오루源薰를 데려오라고 명한다.

다음은 천황이 무료하다는 것을 핑계로 가오루를 상대로 바둑을 두는 대목이다.

> 〈천황〉"오늘 내리는 초겨울 비는 보통 때보다 특별히 조용한 느낌이 들지만, 상중이라 관현의 놀이를 할 수는 없고, 정말 무료한 때이라 왠지 여가를 보내는 것으로는 이것이 제일이겠지."라고 말씀하시고, 천황은 바둑판을 끌어당겨, 바둑의 상대로 중납언 가오루를 불렀다. 중납언은 이렇게 가까이 부르는 것은 항상 있는 일이라 오늘도 그렇겠지 하고 생각했는데, 〈천황〉"좋은 내기가 있지만 그렇게 가볍게 내놓을 수는 없으니까. 그런네 무엇을 걸까."라고 말씀하시는 얼굴을 중납언은 어떻게 본 것일까, 점점 긴장하여 앉아있다. 그런데 바둑을 두어 보니 천황이 세 번 중에 두 번을 지셨다. 〈천황〉"분하도다."라고 말씀하시고, 〈천황〉"우선 오늘은 이 꽃(국화) 한 송이를 허락하지."라고 말씀하시자, 중납언은 대답을 하지 않고, 단 아래로 내려가 우아한 아름다운 꽃 한 송이를 꺾어 자리로 돌아갔다.
>
> 〈帝〉「今日の時雨、常よりことにのどかなるを、遊びなどすさまじき方にて、いとつれづれなるを、いたづらに日を送る戯れにて、これなんよかるべき」とて、碁盤召し出でて、御碁の敵に召し寄す。いつもかやうに、け近くならしまつはしたまふにならひにたれば、さにこそはと思ふに、〈帝〉「よき賭物はありぬべけれど、軽々しくはえ渡すまじきを、何をかは」などのたまはする御気色、いかが見ゆらん、いとど心づかひしてさぶらひたまふ。さて打たせたまふに、三番に数一つ負けさせたまひぬ。〈帝〉「ねたきわざかな」とて、〈帝〉「まづ、今日は、この花一枝ゆるす」とのたまはすれば、御答へ聞こえさせで、下りておもしろき枝を折りて参りたまへり。　(宿木⑤378)

금상 천황은 스자쿠인이 딸 온나산노미야를 히카루겐지에게 시집보낸 선례를 상기하며 '이 중납언 외에는 달리 적당한 사람은 없다この中納言より外に、よろしかるべき人、また、なかりけり'(宿木⑤377)고 생각하고, 온나니노미야女二宮를 가오루와 맺어줄 의향을 굳히고 있었다. 그래서 궁 안에 남아있는 여러 신하들 중에서 특별히 가오루를 부른 것이다. 천황은 가오루와의 바둑 시합에서 일부러 져주고 짐짓 분하다고 말한다. 그리고 내기에 졌으니 '꽃 한 송이'를 허락한다는 것으로 온나니노미야를 가오루에게 주겠다는 제의를 한 것이다. 여기서 '花一枝'라고 하는 것은 '궁전 앞의 국화꽃이 아직 시들지 않고 한창일 때御前の菊うつろひはてで盛りなるころ'(⑤376)라는 것으로 보아 국화꽃으로 볼 수 있다. 「新編全集」 등에는 『和漢朗詠集』下, 「恋」783번의 '당신의 정원에는 아름다운 꽃이 만발해 있다는데, 부디 그 봄꽃 한 송이를 꺾게 해 주세요聞き得たり園中に花の艶を養ふことを, 請ふ君一枝の春を折ることを許せ'[27]라는 무명씨의 시를 전거로 지적하고 있다. 이 시의 내용이 천황이 말한 '꽃 한 송이'와 같은 개념은 아니지만 표현의 원용으로 볼 수 있을 것이다.

천황은 '정말 무료한 때이라' 바둑을 두는 것이 여가를 보내기에 가장 좋다고 말한다. 이는 천황의 생각만이 아니라 당시 사회의 일반적인 통념으로 볼 수 있다. 『河海抄』 등에는 무료할 때 바둑을 두는 것이 좋다는 점에 대해, 『白氏文集』卷16, 「官舍閒題」의 '봄을 보내는 데는 단지 술이 이어야 하고 세월을 보내는 데는 바둑만한 것이 없다春を送るには唯酒有り、日を銷するは棊に過ぐず'[28]라는 구를 인용하고 있다. 이 시의 내용과 宿木卷의 주제는 직접적인 관련이 없지만, 바둑이 여가를 보내는데 가장 적절한 놀이였다는 점에는 공감하고 있다. 즉 바둑에 대한 이러한 관념은 당시의 여류작가 세이쇼나곤清少納言이나 무라사키시키부 등이 공통적으로 갖고 있었다는 것을 알 수 있다.

이 대목은 『우쓰호 이야기』「内侍のかみ」단에서 스자쿠朱雀 천황이 7월에 씨름의 연회가 끝나고 나카타다仲忠와 내기 바둑을 두는 장면을 상기시킨다.

---

27 菅野礼行 校注, 『和漢朗詠集』, (『新編日本古典文学全集』, 小学館, 1999) pp.407-408
28 佐久節 校注, 『白楽天全詩集』第二巻, (『續國訳漢文大成』, 日本圖書センター, 1978) p.579

그렇게 하고 있는 동안에 천황은 '어떻게 해서 나카타다에게 말을 듣게 할까.'하고 생각한다. 나카타다는 훨씬 떨어진 곳에 엎드려 있었는데, 가까이 오게 하여 나카타다와 바둑을 두신다. "무엇을 걸까. 너무 소중한 것을 걸지는 말아야지. 서로 상대가 원하는 것을 걸지."라고 말씀하시고, 세 판으로 한정하여 두시기 시작한다.

かかるほどに、上、「何ごとをして、これに物を言はせむ」と思ほす。仲忠はいとかけ離れて候ふに、上、碁盤を召して、仲忠と碁遊ばす。「何を賭物に賭けむ。いと切ならむ物も賭けじ。言ひ言を賭けむ」とのたまはせて、三番に限らせ給ひて遊ばす。[29]

스자쿠 천황은 갖가지 놀이에 조예가 있었지만, 특히 '바둑을 제일 좋아하고碁なむ一にしたまひ' 꼭 이기려고 생각하여 두었으나, 나카타다는 딴 생각을 하고 두어 결국 천황이 두 판을 이겼다. 천황은 나카타다에게 약속한대로 칠현금의 연주를 요구했지만, 나카타다는 이런저런 변명을 대며 응하지 않고 대신에 어머니 도시카게의 딸俊蔭女에게 연주를 하게 한다.

그런데 천황이 바둑에 이기고자 한 것은 나카타다에게 칠현금의 연주를 시키려는 것이었으나, 한편으로는 나카타다와 딸 온나이치노미야女一宮를 결혼시키려는 속셈도 있었다. 이에 앞서 스자쿠 천황은 '온나이치노미야를 나카타다에게 주어야지今宮をやはとらせたまひね'(②163)라고 생각하고 있었다. 그리고 沖つ白波巻의 8월에 나카타다는 온나이치노미야와 결혼하게 된다. 즉『겐지 이야기』宿木巻에서 금상 천황이 가오루에게 일부러 바둑에 지는 행위나,『우쓰호 이야기』「内侍のかみ」단에서 스자쿠 천황이 나카타다에게 바둑을 이긴 것은 각각 사위로 삼아 딸과 혼인을 시키려는 것이 목적이었던 것이다.

이와 같이 천황이 가오루를 부른 것은 단순히 무료하니까 바둑이나 한 판 두자는 것이 아니라 둘째 딸 온나니노미야와의 정략결혼을 위한 치밀한 포석이었던 것이다. 그로부터 2년 후 온나니노미야 16세 되는 해 성인

---

29 中野幸一 校注,『うつほ物語』2 (「新編日本古典文学全集」, 小学館, 2003) p.225. 이하『うつほ物語』의 인용은 「新編全集」의 권, 페이지를 표기함.

식을 치른 다음 날 '가오루 대장과 결혼하셨다大将参りたまひける'(⑤474)고 하고, 만인이 부러워하는 영화를 누리게 된다. 즉 바둑은 일상의 무료함을 달래기 위한 유희이지만, 금상 천황은 온나니노미야와 가오루를 맺어주기 위한 매개로 바둑을 이용했다는 것을 확인할 수 있다.

5. 浮舟와 少将尼

橋姫巻에는 우지宇治로 은퇴한 하치노미야八の宮가 불도수행을 하는 여가를 틈타 어린 딸들과 갖가지 놀이를 하는 가운데 바둑을 둔다. 즉 하치노미야는 두 딸 오이기미大君와 나카노키미中の君에게 여성으로서 갖추어야 할 필수 교양으로 '금을 배우게 하고, 바둑을 두고, 편 잇기 등琴ならはし、碁打ち、偏つぎなど'(橋姫⑤121)을 익히게 했다. 또한 하치노미야는 오이기미에게 비파를, 나카노키미에게 쟁을 가르쳤는데, 두 딸은 습자, 와카, 음악에 조예가 깊고 성격도 신중하고 기품과 사려분별이 있는 미모로 자란다. 특히 하치노미야가 딸들에게 바둑을 가르쳤다는 것은, 葵巻에서 겐지가 어린 무라사키노우에에게 바둑을 가르친 것을 상기시킨다.

椎本巻에는 니오미야匂宮가 하쓰세初瀬(하세데라)에 참배하고 돌아오는 길에 우지 산장에 들러서, 마중 나온 가오루薫 등의 귀족들과 함께 '바둑, 쌍륙, 돌 맞추기 등碁、双六、弾碁の盤ともなど'(椎本⑤170)의 놀이와 관현의 음악을 연주하며 즐긴다는 대목이 있다. 이들 일행이 즐기는 유희는 겐지가 스마에서 여가를 보낼 때 했던 놀이와 거의 대동소이한데, 하치노미야도 출가한 몸이지만 함께 관현의 음악을 연주한다고 되어 있다. 즉 바둑은 당시의 여러 가지 놀이 중에서 모두가 함께 즐길 수 있는 가장 대표적인 놀이였다는 것을 알 수 있다.

우키후네는 하치노미야와 주조노키미中将君와의 사이에 태어났지만, 시녀였던 어머니의 신분으로 인해 딸로서 인정받지 못하고 쫓겨난다. 이후 어머니가 히타치노스케常陸介의 후처로 재혼하게 되어 우키후네는 아즈마東國에서 성장한다. 오이기미가 죽은 후, 가오루는 나카노키미의 소개로 우키후네의 존재를 알게 되는데, 우지에서 우연히 오이기미와 닮은 우키후네를 엿보고 감동한다. 그런데 東屋卷에서 어머니 주조노키미가 우키후네를 도읍으로 데려가 언니인 나카노키미에게 맡기게 되는데, 이를 엿본 니오미야의 구애를 받게 된 우키후네는 가오루와의 삼각관계로 인해 고뇌가 깊어진다. 우키후네는 가오루와 니오미야의 사이에서 갈등하다 결국 우지강에 투신자살을 시도한다. 그런데 요카와橫川의 승도僧都 일행에게 구출된 우키후네는 승도와 동생 비구니 일행을 따라 오노小野의 산장으로 들어가 간호를 받으며 습자를 하며 지낸다.

다음은 手習卷에서 소장 비구니少将尼가 우키후네의 울적함을 달래주기 위해 바둑을 두자고 제의하는 대목이다.

〈소장 비구니〉 "제가 괴로울 정도로 수심에 잠겨 계시는군요. 바둑을 두십시다."라고 한다. 〈우키후네〉 "너무 서툴러서요."라고는 했지만, 두어볼까 하는 생각이 있는 듯하여, 소장 비구니는 바둑판을 가져오게 한다. 아무래도 본인이 이길 것으로 생각하여 선수를 두게 했는데, 당해낼 수가 없자 이번에는 자신이 선수를 두었다. 〈소장 비구니〉 "동생 비구니가 빨리 돌아오시면 좋을 텐데. 이 바둑을 보여드려야지. 그 분의 바둑은 정말 세었습니다. 승도님이 이전부터 대단히 좋아하셔서 기량도 보통이 아니다 라고 자만하셨는데, 아주 기성 대덕이 된 것처럼, '내가 뭐 스스로 그렇게 두려는 것은 아니지만 바둑은 지지 않을 것입니다.' 라고 어머니 비구니에게 말했지만, 결국 승도가 두 판 지셨습니다. 당신은 자칭 기성이라는 분의 바둑보다도 더 잘 두는 것 같습니다. 정말 대단하십니다."라고 감탄하시기에, 나잇살이나 먹은 비구니가 흥한 모습으로 이런 호기심을 갖는 것을, 우키후네는 성가신 일에 손을 대었구나 라고 생각하여, 기분이 좋지 않다고 하며 자리에 누워버렸다.

〈少将の尼〉「苦しきまでもながめさせたまふかな。御碁を打たせたまへ」と言ふ。〈浮舟〉「いとあやしうこそはありしか」とはのたまへど、打たむと思したれば、盤取りにやりて、我はと思ひて先せさせてたてまつりたるに、いとこよなければ、また手なほして打つ。〈少将の尼〉「尼上とう帰らせたまはなん。この御碁見せたてまつらむ。かの御碁ぞいと強かりし。僧都の君、はやうよりいみじう好ませたまひて、けしうはあらずと思したりしを、いと碁聖大徳になりて、さし出でてこそ打たざらめ、御碁には負けじかしと聞こえたまひしに、つひに僧都なん、二つ負けたまひし。

<u>碁聖</u>が碁にはまさらせたまふべきなめり。あないみじ」と興ずれば、さだすぎたる
尼額の見つかぬに、もの好みするに、むつかしきこともしそめてけるかなと思ひ
て、心地あしとて臥したまひぬ。(手習⑥325-326)

    동생 비구니가 하쓰세 참배를 위해 떠난 뒤라 집안에 사람도 적고 무척
이나 '무료한 가운데つれづれなるに'(⑥325), 소장 비구니는 우키후네를 위로
하기 위해 바둑을 두자고 제의한다. 우키후네도 수긍을 하여 바둑을 두게
되었다. 그런데 소장 비구니는 자신의 바둑이 훨씬 더 강할 것으로 생각했
는데 예상치 않게 우키후네가 한 수 위인 것을 알고 놀라며, 이를 동생 비
구니에게 보여주고 싶어 한다. 소장 비구니는 자칭 기성이라고 하는 승도
보다도 더 잘 둘 것 같다고 칭찬하며 우키후네의 기분을 반전시키려 노력
한다. 그러나 우키후네는 자신의 자질이 드러난 것을 오히려 후회하고 기
분이 좋지 않다고 하며 자리에 누워버리며 울적한 기분을 털어내지 못한
다. 상기 인용문은 자칭 바둑의 명인으로 기성이라는 승도보다 우키후네
가 한 수 위일 것이라는 문맥 속에 출가 후의 심적 갈등이 묘사되어 있다.
    중세의 주석서『花鳥余情』에는 '碁聖大德'에 대해 다음과 같은 근거를
지적하고 있다.

> 비젠의 판관 다치바나노 요시토시는 히젠의 후지쓰 고을 오무라 사람이다.
> 출가 명을 간렌이라 하고 데이지인 때 전상 법사가 되었다. 데이지 법황이
> 입산하셨을 때 동행했던 사연이 야마토 모노가타리에 실려 있다. 바둑이 능
> 숙하여 기성이라 했다. 엔기 13년(913) 5월 3일 바둑의 규칙을 제정하라는
> 명을 받아 이를 바쳤다.
> 備前ノ掾橘ノ良利ハ肥前国ノ藤津郡ノ大村人也。出家名寛蓮ト、爲亭子院ノ殿
> 上法師、亭子法皇山ふみし給ふ時御ともしけるよし大和物語にのせ侍り、碁ノ上
> 手なるによりて碁聖といへり。延喜十三年五月三日碁聖奉勅作碁ノ式献之。[30]

    다치바나 요시토시는 우다宇多(亭子院, 887-897) 천황을 따라 출가하여

---

30   伊井春樹 編,『花鳥余情』(「源氏物語古注集成」, 桜楓社, 1978) p.345

법명을 간렌寛蓮이라 했는데 바둑의 명인으로 기성이라 불렸다고 한다. 그리고 다이고醍醐(897-930) 천황 엔기 13년(913)에 바둑의 규칙을 제정하여 바쳤다고 한다.『야마토 이야기』2단에는 우다 천황 때 히젠備前의 하급관리 다치바나 요시토시橘良利가 궁중에 근무하다가 천황이 입산하자 따라서 출가했다고 되어 있다. 그런데 간렌이 대덕大德으로 줄곧 데이지인을 모셨지만 碁聖으로 불렸다는 기술은 보이지 않는다.『곤자쿠 이야기집』권 24-6화에는 '고세이와 간렌이라는 두 사람의 승려가 있었는데, 바둑이 능숙했다碁勢寛蓮ト云フ二人ノ僧、碁ノ上手ニテ有ケリ'[31]라고 되어있다.『곤자쿠 이야기집』은 '碁聖 寛蓮'을 '碁勢 寛蓮'의 두 사람으로 오기하여, 두 사람이 모두 바둑을 잘 두었다고 기술하고 있다. 이어지는 이야기의 내용은, 간렌이 다이고 천황과 내기 바둑을 두어 이겨 '금 베개金ノ御枕'를 얻어 미륵사를 짓는다는 이야기, 그리고 간렌이 정체불명의 여자와 바둑을 두어 완패한다는 이야기를 기술하고 있다.『古事談』6-73화에는 다이고 천황이 '고세이 법사를 불러 금 베개를 걸고 바둑을 두셨는데碁勢法師を召して、金の御枕を御懸物にて、囲碁を決せし給ふに'[32], 고세이가 이겼다고 한다. 고세이 법사는 이 금 베개로 닌나지仁和寺 북쪽에 미륵사를 창건했다고 한다. 한편『古今著聞集』권12의 419화[33]에도 다이고 천황 4년(901)에 간렌이 우쇼벤 기요쓰라右少弁清貫와 바둑을 두어 이긴다는 이야기가 나온다. 간렌이 바둑에 이겨 '금 베개'를 획득하여 미륵사를 창건했다는 이야기처럼, 헤이안 시대의 내기 바둑에서 금전을 거는 경우도 흔히 있는 일이었던 것 같다.『源氏物語』宿木巻에도 가오루가 나카노키미中の君의 출산을 축하하는 선물로 '내기 바둑의 돈碁手の銭'(⑤473)을 준비한다는 기술이 나온다.

다음은 출가한 우키후네가 무료한 가운데 오노小野의 동생 비구니妹尼와 바둑을 두는 대목이다.

그래서 몇 달이나 계속해서 수심에 잠겨 있었는데, 바라던 바대로 출가를 하신 후에는, 조금 밝은 기분이 되어 동생 비구니와 덧없는 농담도 하고, 바둑

31　馬淵和夫 他校注,『今昔物語集』3, (『新編日本古典文学全集』, 小学館, 1999) p.253
32　川端善昭 他校注,『古事談 続古事談』(『新日本古典文学大系』, 岩波書店, 2005) p.594
33　永積安明 他校注,『古今著聞集』, (『日本古典文学大系』, 岩波書店, 1966) p.331

을 두기도 하며 매일 매일을 지내신다. 근행도 열심히 하고, 법화경은 물론 그 외의 경전 등도 정말 열심히 많이 독송하신다. 그렇지만 눈이 깊이 쌓여 인적도 끊기는 시기이니 정말 어떻게 기분을 풀길이 없었다.

されば、月ごろたゆみなくむすぼほれ、ものをのみ思したりしも、この本意のこと したまひて後より、すこしはればれしうなりて、尼君とはかなく戯れもしかはし、碁 打ちなどしてぞ明かし暮らしたまふ。行ひもいとよくして、法華経はさらなり、こと 法文なども、いと多く読みたまふ。雪深く降り積み、人目絶えたるころぞ、げに 思ひやる方なかりける。

(手習⑥354)

　우키후네는 동생 비구니의 사위인 중장으로부터 구혼을 받지만 동요하지 않고 독경을 하며 수행을 하다가 요카와의 승도에게 부탁하여 출가한다. 출가한 우키후네는 동생 비구니와 농담도 하며, 바둑을 두기도 한다는 것이다. 그런데 출가한 후에야 비로소 중장의 와카에 대한 답장을 쓰는데, 출가한 사람의 자세와는 달리 아직도 현세에 대한 미련을 남기고 있다. 앞에서 소장 비구니가 이야기한 것처럼 우키후네와 동생 비구니의 바둑은 좋은 적수였을 것이나 구체적인 대국의 양상이나 승부는 그려지지 않고 사실 관계만 전하고 있다.

6. 결론

　이상으로 바둑의 발명과 전승, 여가를 즐기는 대표적인 놀이로 정착하게 된 배경을 살펴보고, 『겐지 이야기』에서 바둑을 두는 주인공들의 인간관계를 분석해 보았다. 특히 우쓰세미와 노키바노오기, 다마카즈라의 딸 오이기미와 나카노키미, 금상 천황과 가오루, 우키후네와 소장 비구니 등, 바둑을 통해 등장인물이 어떠한 인간관계를 형성하게 되는가를 규명해 보았다.

　『겐지 이야기』에서 바둑은 실내에서 무료함을 달래기 위한 유희로 남녀가 두는 대국도 있지만, 바둑을 통해 등장인물의 인물조형이나 주제가 전개되는 경우가 많았다. 그 중에서 제일 처음으로 구체적인 묘사가 되어있는 우쓰세미와 노키바노오기의 바둑은 우쓰세미가 이기지만, 겐지의 엿보기를 통해 인물조형이 이루어지고 사랑의 인간관계가 맺어지게 된다. 다마카즈라의 딸 오이기미와 나카노키미의 바둑은 나카노키미가 이기며 구로우도 소장의 엿보기를 통해 자매의 인물조형이 이루어진다. 그러나 구로우도 소장은 엿보게 된 오이기미를 연모하지만 결혼으로 이어지지 않는다. 금상 천황은 의도적으로 가오루에게 바둑을 져주고 내기로 건 온나니노미야를 가오루와 결혼시킨다. 우키후네와 소장 비구니의 바둑에서는 우키후네가 기성의 실력도 능가할 정도로 뛰어나다는 점을 역설하고 있다. 즉 絵合巻에서 소치노미야가 글씨와 바둑은 신기하게도 천부적인 재능을 타고난다고 한 것처럼, 우키후네는 어머니의 신분은 낮지만 바둑에 관한 재능을 타고난 인물로 묘사된다.

헤이안 시대의 바둑은 기본적으로 무료한 가운데 여가를 보내기 위한 놀이라는 것을 기술하고 있다. 그러나 『겐지 이야기』에 나타난 바둑은 단순한 오락의 차원을 넘어서 그것이 행해지는 장소와 인간관계를 통해 허구의 주제를 제어하는 복선이 된다. 특히 남녀노소를 막론하고 바둑의 승부와 마주한 두 사람의 인간관계, 또 이를 지켜보거나 엿보는 사람의 심리가 장편 모노가타리의 주제를 형성한다는 것을 확인할 수 있었다.

▮ Key Words 囲碁, 遊戯, 物語, 人間関係, 作意

제8부

한국에서의 『겐지 이야기』
연구와 번역

源氏物語千年紀 프로그램, 国立京都国際会館メインホール, 2008

겐지 이야기의 전승과 작의

제1장

한국에서의 헤이안 시대 문학 연구
현황과 전망

1. 서론

한일 양국은 흔히 일의대수一衣帶水로 비유할 정도로 가까운 나라이기 때문에 오랜 기간 동안 정치, 경제, 사회, 문화적인 교류가 지속되어왔다. 그러나 문화의 흐름은 물과 같아서 고대에는 한국에서 일본으로, 근대 이후에는 일본에서 한국으로 시대에 따라 일방통행인 경우가 많았다. 그리고 임진왜란이나 한일합병과 같은 일본의 침략으로 인하여 문화의 흐름이 단절되거나 거꾸로 뒤바뀌는 시기도 있었다.

한일간 문화교류의 역사를 살펴보면 삼국시대로부터 조선시대에 이르기까지 일본어를 배워 통역을 하는 사람도 있었고, 근대 이후 1945년의 해방이전에도 일본문학을 연구한 사람이 있었다. 그러나 한국에서 일본문학을 연구의 대상으로 생각하게 된 것은 1961년 한국외국어대학에 일본어과가 설립된 이후이고, 특히 일본의 헤이안平安 시대 문학을 본격적으로 연구하기 시작한 것은 극히 최근이라 해도 과언이 아닐 것이다.

본고에서는 한국에서의 일본문학 연구를 위해 다음과 같이 시대구분을 해 보았다. 근대 이후 1960년까지를 태동기胎動期, 1961년부터 1979년까지를 모색기模索期, 1980년 이후부터 현재에 이르기까지를 성장기成長期로 구분하였다. 태동기를 근대 이후 1960년대까지로 잡은 것은 일제식민지 때와 해방 후에도 극히 제한적이나마 일본문학의 연구가 있었다고 보았기 때문이다. 그리고 모색기를 1961년부터 1979년까지 잡은 것은 한국외 국어대학에 일본어과가 설립되고 학회활동 등이 시작되는 것을 일본문학 연구의 준비단계였다고 생각했기 때문이다. 특히 1973년에는 한국외대에 일본어과 석사과정이 신설되고, 같은 해 韓国日本学会의 창립, 그리고 1978년 韓国日語日文学会의 창립으로 본격적인 일본문학의 연구 성과가 나오기 시작했다.

한편 성장기는 1980년 한국외대에 일본어과 박사과정이 신설되고 외국 어로서 일본어를 배운 세대들이 유학을 마치고 귀국하기 시작했고 학회활 동도 활발해지기 시작하는 시기이다. 1980년대 이후 일본문학의 연구성과 는 학회를 중심으로 꾸준히 성장해 왔다. 특히 1990년대 이후에는 대학원 박사과정의 신설이 꾸준히 증가하고, 전국 규모의 학회도 늘어나고 일본 의 대학원으로 유학하는 학생의 전공분야도 다양해졌다. 또한 대학원 학 생들의 석사논문과 박사논문, 학회지나 연구소의 잡지에 실리는 연구논문 의 수가 질적인 수준은 차치하고 양적으로는 급격히 증가했다는 점을 지 적하지 않을 수 없다.

일본문학의 연구사는 1993년 2월에 정형이 한국일본학회 창립 20주년 기념 심포지엄[1]에서 보고한 것이 최초이다. 정형은 발표 논문에서 1960년 대로부터 1989년까지의 일본문학에 관한 연구사와 현황, 그리고 일본문학 연구가 나아가야 할 방향을 제시하고 있다. 그리고 이한섭은 『韓国日本文 学関係研究文献一覧』[2]에서 한국인 연구자들과 한국에서 활동하는 일본인 연구자들에 의한 일본문학 연구를 정리 편집했다. 이 자료집은 1945년부 터 1999년까지의 일본문학 연구문헌을 조사한 것으로, 1998년에 이어서 간행된 책이다. 제1부는 저서 및 역서, 제2부는 논문, 제3부는 학위논문을 시대별, 작품별, 작자별로 4,583건을 분류하고 있다. 여기에 수록된 문헌 은 공적인 교육기관 및 연구소 등의 학술잡지에 실린 문헌을 그 대상으로 하고, 일본인 중 한국에 와서 발표한 연구도 수록대상에 포함시키고 있다.

---

1 정형, 「한국에 있어서의 일본문학연구의 성과와 과제」(『일본학보』제30집, 한국일 본학회, 1993. 5)
2 李漢燮 編, 『韓国日本文学関係研究文献一覧』高麗大学校出版部, 2000.

한편 개개의 작품별로 연구사를 정리한 보고로는 졸고, 「韓国における源氏物語研究」, 「韓国における近年の源氏物語研究」, 「韓国における源氏物語の翻訳と研究」, 「韓国に 있어서 日本文学研究의 現況과 展望」,[3] 등이 있고, 金順姫[4]와 日向一雅[5]는 柳呈의 번역을 岩波大系의 본문, 谷崎潤一郎訳, 与謝野晶子訳을 대비하면서 분석비판을 가하고 있다. 최근 김영심은 「植民地朝鮮에 있어서의 源氏物語」,[6]에서 일제식민지시대의 『겐지 이야기源氏物語』 연구에 대한 상황과 내용을 분석하고 있고, 이미숙은 真木柱巻을 중심으로 『源氏物語』의 한국어[7]에 대한 소개를 하고 있다.

본고는 이상과 같은 분석 자료 등을 참고로 하면서 2004년 현재의 한국에 있어서 헤이안 시대 문학연구의 현황을 파악하고 앞으로의 과제를 전망해 본 것이다. 1945년 이후 국내외에서 한국인 연구자들이 발표한 일본 헤이안 시대 문학의 석사논문, 박사논문, 연구논문, 단행본, 학술번역과 외국인이 한국에서 발표한 헤이안 시대 문학 연구도 분석 대상으로 삼았다. 또한 최근의 연구 잡지와 학위 논문 등 필자가 조사한 자료를 포함하여, 2004년도 10월 시점에서 일본 헤이안 시대 문학의 연구현황과 전망을 제시해 보고자 한다.

본고에서는 이한섭 http://nihon.korea.ac.kr/, 국회도서관 http://www.nanet.go.kr/, 국립중앙도서관 http://www.nl.go.kr/ 등의 홈페이지에 올라있는 일본 헤이안 시대 문학과 관련한 연구문헌을 학위논문, 연구논문, 저서 및 역서로 나누고, 다시 장르, 작품·작자별로 분류하여 연구현황과 동향을 비판적으로 분석해 보고자 한다.

---

3 金鍾徳, 「韓国における源氏物語研究」, (『源氏物語講座』9, 勉誠社, 1992)
   「韓国における近年の源氏物語研究」, (『国文学 解釈と鑑賞』, 至文堂, 2000. 12)
   「韓国における源氏物語の翻訳と研究」, (『源氏研究』翰林書房, 2002)
   「韓国に 있어서 日本文学研究의 現況과 展望」(『日語日文学研究』제45집, 한국일어일문학회, 2003. 5)
4 金順姫 「韓国における『源氏物語』の研究」(『国文学 解釈と鑑賞』, 至文堂, 1994. 3)
5 日向一雅, 「朝鮮語訳『源氏物語』について」(『新·物語研究』物語研究会, 1994)
6 金栄心「植民地朝鮮에 있어서의 源氏物語」(『日本研究』第21号, 韓国外国語大学校日本研究所, 2003. 12월)
7 李美淑「韓国語訳」(『源氏物語の鑑賞と基礎知識』至文堂, 2004. 11)

2. 헤이안 시대 문학연구의 배경

일본의 『고지키古事記』나 『니혼쇼키日本書紀』, 『겐지 이야기』 등에는 갖가지 형태로 한반도 문화가 투영되어 있으나, 근대 이전의 한국 문헌에서 일본문학의 흔적을 찾기란 그리 쉽지 않다. 그러나 申叔舟가 편찬한 『해동제국기海東諸国紀』(1471)에는 일본과 琉球国의 역사, 지리, 풍속, 언어, 교역의 실상이 자세하게 기술되어 있다. 특히 「国俗」의 항목에는 '남녀를 막론하고 모두 그 나라의 国字를 사용한다. 国字는 가타카나加多干那라고 한다. 대략 47자이다. 단지 승려는 경서를 읽고 한자를 안다.'[8]라고 기술되어 있다. 이 기사는 申叔舟가 1443년 通信使의 書状官으로서 교토京都에 갔을 때, 일본인들이 47자의 가나문자를 사용하고 있는 것을 목격하고 느낀 감상을 기술한 것이다. 그러나 『해동제국기』에도 일본문학에 관한 문헌을 읽었다는 어떤 내용도 언급되어 있지 않다. 또한 당시의 朝鮮通信使가 조선으로 가지고 들어온 일본 서적도 주로 역사, 외교관계의 문헌이고 일본문학과 관련한 책은 없었던 것으로 파악되고 있다. 즉 조선의 유학자들은 상대적으로 떨어진다고 생각한 일본의 문화나 문학에 관해서는 전혀 관심이 없었던 것이다.

1904년 황실 유학생으로서 渡日했던 崔南善(1890-1957)은 『고지키古事記』, 『니혼쇼키日本書紀』, 『후도키風土記』, 『만요슈万葉集』, 『겐지 이야기源氏物語』, 『쓰레즈레구사徒然草』 등의 일본고전을 읽었던 것으로 보인다. 그는 귀국 후에 「日本神典 속의 性愛的 文学」, 「日本文学에 있어서의 朝鮮의 모습」[9] 등의 평론에서 한일 비교 문화론을 펼치고 있다. 특히 '情'이라고 하는 한일 공통의 문예이념을 논하면서 『고지키』와 『겐지 이야기』에 대한 의의와 주제를 통하여 헤이안 시대 문학을 연구한 흔적을 남기고 있다. 또한 최남선은 헤이안平安 시대의 작가 무라사키시키부紫式部의 재능을 높이 평가하여 『겐지 이야기』를 일본문학의 금자탑이라 평가했다. 그리고 『겐지 이야

---

8 申叔舟 著, 田中健夫 訳注, 『海東諸国紀』岩波書店, 1991. p.118
9 六堂全集編纂委員會, 『六堂崔南善全集』9巻, 玄岩社, 1974

기』를 동양 소설 사상 최대 최장의 작품으로 평가하는 한편, 발해나 백제
에서 도래한 관상가나 한국인의 품성, 생활양식, 연중행사, 풍속 등이 『겐
지 이야기』에 영향을 준 구체적인 예를 들고, 이를 문화의 동류東流 현상으
로 설명하고 있다. 이와 같은 연구는 최남선이 한국인의 입장에서 일본 고
전문학을 연구한다는 자세를 분명히 하고 있는 부분이라고 생각한다.

그리고 일제치하인 1940년대에 경성제국대학 국문학과를 졸업한 梨花
女子專門大学의 徐斗銖 교수는 일본고전 중에서 헤이안 시대 문학에 관한
많은 논문들을 발표했다. 특히 「日本文学의 特質」[10]에서 일본문학은 표현
의 유형화에 의미를 두는 미의식이 있다고 서술하고, 「문학의 日本心」[11]에
서는 『겐지 이야기』가 일본의 국문학에서 가장 큰 결실이고 여기에서 평
화성, 도덕성, 협조성 등의 현저한 민족성이 나온다고 지적하고 있다. 또한
「日本文学과 古典」[12]에서는 한국인으로서 일본문학의 의의를 파악하려고
시도하고 있다. 이러한 한국인 연구자들의 일본고전문학 연구가 그 동안
친일문학이라는 굴레로 인하여 제대로 평가받지 못한 면이 없지 않다. 그
러나 개개인의 친일 문제는 있는 그대로 해명을 해야겠지만, 외국문학으로
서 일본문학 연구사의 일부분을 지워버리는 우를 범해서는 안 될 것이다.

1993年 정형의 보고에 의하면 1989년까지의 일본문학 연구문헌 총수가
1016편이었는데, 2002년 12월 김종덕이 한국일어일문학회에서 발표한
「韓国에 있어서 日本文学研究의 現況과 展望」에서는 1945년부터 1999년
까지 일본문학 연구문헌 총수는 4,583편으로 10년 동안에 약 4, 5배로 늘
어났다. 일본문학의 연구를 헤이안平安(중고문학)에 국한하여 살펴보면,
1993년 정형의 보고에는 총 71편으로 전체의 약 7%였으나 2004년 현재
헤이안 시대 문학의 연구문헌 총수는 740편으로 10년 전에 비해서 약 10
배가 늘어난 셈이다.

일본 헤이안 시대의 문학연구가 이렇게 급격하게 증가한 것은 무엇보다
연구자수의 팽창과 비례한다고 볼 수 있다. 현재 전국규모의 학회만도 15
개 이상으로 매년 2회 이상의 심포지엄과 강연회, 연구발표 등을 열고 있

---

10 徐斗銖 「日本文学의 特質」(『人文評論』人文社, 1940. 6)
11 徐斗銖, 「文学의 日本心」(『三千里』朝光, 1942. 9)
12 徐斗銖, 「日本文学과 古典」(『毎日新聞』1942. 3. 28-4. 3)

다. 특히 서울에 사무국을 두고 있는 '韓国日語日文学会'와 '韓国日本学会'의 정기 학술발표회에서는 하루에 70-110명 정도의 발표가 이루어질 정도로 대성황을 이루고 있다.

이렇게 연구논문이 늘어난 배경으로는 서로 연관성이 있지만, 다음 세 가지를 들 수 있을 것이다. 첫째, 한국연구재단과 각 대학의 연구지원에 의한 연구촉진을 들 수 있다. 둘째, 한국의 대학에서 일본어·일본문학의 학과 및 대학원이 폭발적으로 늘어난 점을 들 수 있다. 80년대 이후 일본어의 수요와 함께 각 대학에 학과가 늘어나면서 대학원 수도 동반하여 증가했다. 셋째, 이와 같이 연구자의 증가는 자연히 일본문학 관련학회의 증가로 이어지게 되었다고 생각된다.

3. 학위논문

2004년 현재까지의 헤이안 시대 문학과 관련한 학위논문은 총 153편이었다. 장르별로는 다음 표와 같이 모노가타리物語가 63편(41.2%), 일기 23편(15%), 설화 19편(12.4%), 와카和歌 16편(10.5%), 수필이 15편(9.8%), 한일비교가 15편(9.8%)의 순으로 나타났다.

〈표 1〉 학위논문의 장르별 연구 현황

구분	일반	物語	和歌	일기	수필	설화	한일비교	합계
편수	2 1.3%	63 41.2%	16 10.5%	23 15%	15 9.8%	19 12.4%	15 9.8%	153 100%

작품별로는 『겐지 이야기』가 43편(28%)으로 가장 많았고, 『곤자쿠 이야기집今昔物語集』이 16편(10.5%), 『마쿠라노소시枕草子』가 15편(9.8%), 『가게로 일기蜻蛉日記』가 11편(7.2%), 『다케토리 이야기竹取物語』가 9편(6%), 『고킨슈古今集』가 7편(4.6%), 『이세 이야기伊勢物語』5편(3.3%)의 순이었다. 학위논문의 한일비교는 주로 일기문학, 설화, 와카和歌와의 비교연구인데 상

대문학이나 근대문학에 비하면 상대적으로 적은 편이다. 기타 학위논문에서 많이 다루어지고 있는 작품으로는 『에이가 이야기』, 『오카가미大鏡』, 『쓰쓰미추나곤 이야기』, 『우쓰호 이야기』, 『이즈미시키부슈和泉式部集』, 『무라사키시키부집紫式部集』, 「팔대집八代集」, 『사라시나 일기更級日記』, 『도사 일기土佐日記』, 『니혼료이키日本靈異記』 등이 있었다.

『겐지 이야기』의 경우 석사논문이나 박사논문에서 다루고 있는 테마를 분류해 보면, 구성・구상・주제론이 27편(57.4%)으로 가장 많고, 인물론이 13편(27.7%), 紫式部에 관한 작가론이 5편(10.6%), 표현론이 2편(4.3%) 등으로 나타났다. 같은 한자문화권의 작품으로서 영향관계 등 비교문학적인 연구는 거의 없는 실정이다. 그 이유는 『겐지 이야기』와 신라시대 작품과 직접적인 영향관계에 있는 작품이 없다는 점 때문인 것으로 생각된다.

한편 『今昔物語集』의 경우는 각부별 권별 영험담과 화형연구 외에 선행하는 『日本靈異記』의 영향관계나 한국과 중국의 불교설화와 비교연구가 많았다. 『마쿠라노소시』는 장르가 수필인 관계인지 자연관이나 미의식, 한시문의 인용관련 연구가 많았다. 그리고 『가게로 일기蜻蛉日記』, 『무라사키시키부 일기紫式部日記』, 『이즈미시키부 일기和泉式部日記』, 『사라시나 일기更級日記』 등의 일기문학은 작가론과 와카, 연애론과 꿈에 관한 분석이 눈에 띄었다. 그리고 『다케토리 이야기竹取物語』는 구혼담, 『이세 이야기』는 풍류, 『오치쿠보 이야기』는 계모학대담, 『우쓰호 이야기』는 음악의 전승담 등이 주로 연구되고 있었다. 『고킨슈』와 같은 가집의 경우는 가인의 가풍이나, 사계, 연애, 가어歌語, 지명에 관한 연구가 많았다.

국내의 대학원 중에서 헤이안 시대 문학의 학위논문이 가장 많이 배출된 대학은 한국외국어대학교 46편이며, 중앙대학교 12편, 상명대학교 8편, 고려대학교 7편, 한남대학교 5편, 경희대학교 4편, 단국대학교 4편의 순이었다. 한국외대의 학위논문이 타 대학에 비해 압도적으로 많은 이유는 1973년에 석사과정, 1981년에 박사과정이 설치되어 역사가 가장 오래되었다는 점과 교수진이 일찍이 유학을 마치고 돌아와 체계적인 후진 양성에 힘을 기울였기 때문이라 생각된다.

석・박사의 비율은 석사가 130편, 박사가 23편이었는데, 일본에서 학위를 한 사람의 경우에 통계에 잡히지 않은 예도 상당수 있으리라 생각된다.

그리고 박사학위의 작품별 수는 『겐지 이야기』가 11편으로 단연 으뜸이었고, 설화문학과 와카和歌, 일기, 수필 등에서 박사학위가 많이 나왔다. 특히 1995년 이후에 많은 대학에 박사과정이 설치되었기 때문에 앞으로 석사학위 논문만이 아니고 박사학위 논문도 더욱 활발히 배출되리라 생각된다.

최근 일본문학의 연구는 인터넷의 확산으로 인해 일본 국문학연구자료관이나 대학 도서관 등의 텍스트나 참고문헌 검색이 용이하게 되었을 뿐만 아니라, 세계 각국의 홈페이지에서 자료를 접하기가 쉬워졌다. 그러나 중요한 것은 이러한 자료의 풍요 속에서 어떻게 자신의 해석読み를 어떻게 확립하는가 하는 문제일 것이다. 즉 헤이안 문학연구에 관한 자신의 아이덴티티를 확립하는 것이 학위논문 작성자로서 세계의 겐지 연구자 및 일본 연구자들과 대등해질 수 있는 요건이라 할 수 있을 것이다.

4. 연구논문

2004년 현재 헤이안 시대 문학에 관한 연구논문은 총 575편이 발표되었다. 이를 장르별로 살펴보면 모노가다리物語가 261편(45.4%)으로 가장 많았고, 두 번째로는 와카和歌가 94편(16.3%), 일기문학이 64편(11%), 설화문학이 63편(11%), 수필이 42편(7.3%), 한일비교가 15편(2.7%)의 순으로 나타났다. 모노가타리 연구가 가장 많은 것은 학위논문과 공통이지만, 학위논문에서는 모노가타리 41.2%, 다음으로 일기 15%, 설화 12.4%, 와카 10.5%, 수필 9.8%의 순이었으나, 연구논문에서는 와카 연구가 두 번째로 많아졌다. 이것은 국내에서 연구하기 어려운 와카 연구가 일본에서 유학을 마치고 귀국한 연구자들이 늘어난 탓으로 생각된다.

〈표 2〉 연구논문의 장르별 연구 현황

구분	일반	物語	和歌	일기	수필	설화	한일 비교	합계
편수	36 6.3%	261 45.4%	94 16.3%	64 11%	42 7.3%	63 11%	15 2.7%	575 100%

연구논문 575편중에서 一般으로 분류된 것은 36편(6.3%)인데, 이것은 헤이안 시대 문학 전반에 걸친 개론적인 연구와 몇 개의 작품에 걸친 비교연구, 문학의 장르에 따라 통시적으로 폭넓게 연구한 논문이다. 예를 들면 『平安朝文学에 나타난 꿈의 研究』, 『헤이안 시대에 있어서 女性의 地位』, 『헤이안 시대의 後宮制度』, 『헤이안시대 시녀女房의 사회적 역할 변동과 모노가타리物語 문학 변천사』, 『일본 平安朝 일기 문학에 나타난 憂世観 연구』, 『헤이안 시대의 혼인거주형태에 대해』와 같이 어떤 특정한 작품만이 아닌 헤이안 시대 문학 전반에 걸친 연구가 이에 해당된다.

작품별로는 575편중에서 『겐지 이야기』가 173편(30%)으로 연구자의 수와 양적으로 가장 많이 연구가 이루어지고 있었다. 다음이 『곤자쿠 이야기집』로 61편(10.6%), 『마쿠라노소시』가 42편(7.3%), 『이세 이야기』가 37편(6.4%), 『고킨슈古今集』가 26편(4.5%), 『가게로 일기蜻蛉日記』가 18편(3.1%), 『이즈미시키부슈和泉式部集』가 18편(3.1%), 『다케토리 이야기』가 16편(2.9%)의 순이었다. 즉 『겐지 이야기』, 『곤자쿠 이야기집』, 『마쿠라노소시』가 상위 세 작품인 셈인데, 이는 학위논문의 경우와 마찬가지로 연구자의 관심도가 대체로 비슷하다는 것을 알 수 있다. 이 외 많이 연구되는 작품으로는 『요루노네자메夜의 寝覚』, 『에이가 이야기』, 『쓰쓰미추나곤 이야기』, 『오키가미大鏡』, 『슈이슈拾遺集』, 『료진히쇼梁塵秘抄』, 『도사 일기土佐日記』, 『니혼료이키日本霊異記』 등이 있었다.

『겐지 이야기』의 연구 중에서 가장 많은 연구자가 몰려있는 분야는 구성·구상·주제론이고, 그 다음이 인물론, 표현론, 작가론의 순으로 나타났다. 그리고 본문 연구와 최근의 연구분야인 젠드론, 왕권·이향론은 아직 연구가 미흡한 실정이고, 본문의 인용과 영향관계의 연구는 부분적으로 이루어지고 있었다. 본격적인 한·일 비교연구는 거의 찾아볼 수 없었지만, 여류문학이라는 점과 젠드론, 왕권·이향론 등의 분야에서 미흡하나마 조금씩 비교연구가 성과를 올리고 있었다.

『곤자쿠 이야기집』은 학위논문의 경우와 마찬가지로 각부별 권별 영험담이나 화형연구, 『日本靈異記』의 비교, 한국과 중국의 불교설화와 비교연구 등이 있었다. 한·중·일의 비교연구는『곤자쿠 이야기집』을 비롯한 불교설화의 연구에서 가장 활발하게 진행되고 있었다.『마쿠라노소시』는 자연관과 미의식, 한시문의 인용, 각 장단별 연구가 많았다. 그리고『이세이야기』는 풍류와 각 단별 연구, 『다케토리 이야기』의 경우는 구혼담, 『오치쿠보 이야기』는 계모학대담, 『우쓰호 이야기』는 음악의 전승담 등이 많이 연구되고 있었다. 그리고『가게로 일기』와 같은 일기문학은 와카 분석을 통한 작가론과 연애론 등의 연구가 많았다.『고킨슈』와 같은 와카和歌의 연구는 가인의 가풍이나, 사계, 연애, 지명,『만요슈』로부터의 전승 등에 관한 연구가 있었다. 한편 한일 비교연구는 전부 15편(2.7%)으로 시대와 장르에 따라 몇 개의 작품을 비교 고찰한 연구가 있었다. 그러나 헤이안 시대 문학의 비교연구는 당시의 일본이 발해와는 교류가 있었지만 신라, 고려와는 교류가 단절된 시대였기 때문에 상대·근대문학에 비하면 상대적으로 연구가 적은 편이었다.

이상의 연구논문을 살펴보면 연구자 개개인이 80년대 후반에서 90년대에 걸쳐 유학을 다녀온 사람이 많았고, 논문에는 연구자가 유학했던 대학과 지도교수의 성향이 많이 남아있음도 느낄 수 있었다. 특히 90년대 이후 한국연구재단의 지원에 의한 연구가 늘어나면서 공동주제와 신청 테마에 따라 통시적으로 폭넓은 연구가 이루어지는 경우가 많았다. 그리고 최근 인터넷에는 텍스트의 데이터베이스화, 참고문헌의 교류가 확대되면서 헤이안 문학의 연구에 있어서도 글로벌화는 더욱 가속화가 붙을 것으로 생각된다. 따라서 이제 국내에서의 헤이안 문학의 연구도 세계화되지 않을 수 없게 되었기 때문에, 문제는 고전 원문을 어떻게 읽어내느냐에 따라서 연구자 개개인의 오리지널티가 견지될 수 있다고 생각된다.

5. 저서 및 역서

헤이안 시대 문학 연구의 저서는 최근 보고사의 「일본문화연구총서」와 제이엔씨의 총서 형태의 단행본이 늘어나고 있지만 다른 시대나 비교문학 등에 비해 상대적으로 적은 편이다. 2004년 현재까지 헤이안 시대 문학에 관한 저서는 9권, 번역서는 3권이 출판되었다.

〈표 3〉 저서 및 역서의 장르별 연구 현황

구분	일반	物語	和歌	일기	수필	설화	한일 비교	합계
편수	2 17%	3 25%	3 25%	0	3 25%	1 8%	0	12 100%

그러나 저서의 경우 전체 논문 편수가 최근 14년 사이에 약 10배로 증가하고, 질적으로도 크게 성장하고 있으므로 단행본의 출판은 시간문제라 생각된다. 현재까지 출판된 저서는 대체로 박사학위 논문을 정리한 연구 논문집이나 해당 작품이나 작가의 입문서 형태가 많았다.

헤이안 시대 문학의 작품 번역도 근대문학에 비해서는 적은 편이지만 줄거리가 있는 모노가타리物語와 수필의 번역은 늘어나고 있는 추세이다. 『겐지 이야기』의 경우 1975년에 柳呈이 『겐지源氏 이야기』상하[13]를, 1999년에는 田溶新이 『겐지 이야기』1, 2, 3권[14]을 번역하였다. 류정의 『겐지 이야기』상하는 拙稿와 金順姬[15], 日向一雅[16]가 지적하고 있는 것처럼 与謝野晶子訳을 한국어로 번역한 것으로 보인다. 을유문화사의 세계문학전집 4, 5권에 들어있는 유정 역은 세부적으로 오역과 고유명사 등의 번역에 문제

---

13 柳呈 訳, 『겐지 이야기』上下「世界文学全集」4, 5 巻, 乙酉文化社, 1975
14 田溶新 訳, 『겐지 이야기』1,2,3, 나남출판, 1999. 이하 나남출판 『겐지 이야기』의 인용은 책수와 페이지를 표기함.
15 金順姬, 「韓国における『源氏物語』の研究」(『国文学 解釈と鑑賞』, 至文堂, 1994, 3月)
16 日向一雅, 「朝鮮語訳『源氏物語』について」(『新・物語研究』物語研究会, 1994)

점도 있지만, 와카和歌의 음수율을 한국의 시조형식으로 번역하는 등 최초의 한국어역이라는 점에서 그 의의가 있다.

한편 전용신의 번역은 출판사와 제본 상태 모두 좋으나 내용면에서는 24년 전의 유정 역보다 오히려 오역도 많고, 역자가 헤이안平安 시대 문학에 관한 이해가 결여된 해석과 번역을 하고 있는 부분이 많다. 우선 해설부분에서 『겐지 이야기』 이전의 『다케토리 이야기』, 『오치쿠보 이야기』, 『우쓰호 이야기』 등을 모두 단편소설로 인식하고 있는 부분은 역자의 헤이안 시대 문학에 대한 기초 지식이 의심된다. 또한 『겐지 이야기』 첫 권인 桐壺卷의 서두에 나오는 '어느 천황의 치세 때였는지いづれの御時にか'라고 하는 말조차 번역이 되어 있지 않다. 이어지는 본문 '그다지 높은 신분은 아니지만いとやむごとなき際にはあらぬが'[17](①93)은 '집안은 미천하나'(①19)로 번역하고 있는데, 기리쓰보 고이의 집안은 아버지가 다이나곤大納言인 정3위로 결코 집안이 미천하다고 할 수는 없다.

또한 기리쓰보 천황이 기리쓰보 고이의 죽음을 슬퍼하고 있는 장면에서 '덧없이 세월이 지나가, 49제의 법회 등에도はかなく日ごろ過ぎて、後のわざなどにも'(①102)로 번역해야 할 부분을 田溶新訳에서는 '실없이 날이 지나가는 동안 임금은 7월 7일의 법회에도'(①23)라고 오역하고 있다. 소학관 전집의 현대어역에 있는 「七日七日の法事」(①101)는 사람이 죽은 후 49일째의 법회를 뜻하며 「なななぬか」로 읽히는데, 이를 칠석날의 법회로 번역하고 있는 것은 오역이 명백하다. 그리고 帚木卷에서 左馬頭의 체험담을 듣고 있는 겐지의 모습을 '女にて見たてまつらほし'①137라고 하는 부분은 '이 분을 여자로 보고 싶을 정도이다'라는 뜻인데, 전용신은 '여인에게 보여주고 싶을 정도였다'(1권-44)라고 번역하고 있는 것도 오역이라고 생각된다.

이 이외에도 인물의 호칭에 있어 후지쓰보와 온나산노미야女三宮는 출가한 후 '尼君'라 불리는데, 田溶新訳에서는 이를 '여승'이라고 번역하고 있다. 그런데 헤이안 시대의 '尼君'는 출가를 하고 그대로 집안에 기거하는

---

17 阿部秋生 他校注, 『源氏物語』1 (「新編日本古典文学全集」, 小学館, 1999) p.93. 이하 『源氏物語』의 인용은 「新編全集」의 권, 페이지를 표기함.

여성으로 특정 종파에 소속한 우리나라의 여승과는 다르다. 또한 宇治十
帖의 등장인물인 '大君'를 그대로 대군으로 번역하고 있는데 고유명사와
보통명사의 구별이 필요하다.

　이상과 같이 전용신의 번역에서는 문화적인 배경을 담은 어휘나 주제에
관한 이해부족, 또는 주어를 잘못 이해하고 번역하는 등 오역의 예를 일
일이 다 지적할 수 없을 정도이다. 그리고 와카를 산문과 같은 「小学館全
集」의 현대어역을 그대로 번역하고 있어 와카의 음수율을 전혀 맛볼 수 없
게 되어있고, 인용한 시가和歌의 장면은 왜 이 노래가 인용되어 있는지 알
수 없는 점도 재고해야 할 문제이다. 그러나 田溶新訳은 나남출판에서 호
화 장정으로 제본되어 나왔고 柳呈訳이 품절된 시점에 출판되어 일반 독
자들이 『겐지 이야기』의 세계를 그나마 접할 수 있게 된 것만으로도 그 의
의는 있다고 생각된다.

　최근 구정호가 번역한 『이세모노가타리』[18]는 전공자에 의한 충실한 주
석과 함께 번역된 책이다. 한편 정순분에 의해 번역된 『마쿠라노소시』[19]가
2004년 8월 출판되었다. 정순분은 『마쿠라노소시』를 연구한 전공자로서
4년에 걸쳐 번역을 완성했다고 하는데, 충실한 주석과 해설을 붙여 일반
독자들이 읽고 이해하기 쉽게 번역한 것으로 보인다.

　일본 고전문학의 번역은 작품에 관한 깊은 이해 없이 현대 일본어만 안
다고 해서 번역하는 것이 얼마나 위험한 일인가를 지적하지 않을 수 없다.
일본의 원로 연구자들이 고전작품을 현대어로 번역하는 것을 가장 어렵고
고된 작업이라고 생각하는데 비해 한국의 번역자들은 좀 쉽게 생각하는
경향이 있고, 전공자가 아니라도 일본어를 아는 사람이면 누구나 번역도
할 수 있다고 생각하는 풍토가 있다. 그러나 한 번의 번역은 영구히 남게
되고 일반 독자에게 미치는 영향 또한 크기 때문에 번역은 좀 더 신중한 자
세가 필요하다고 생각된다.

18　구정호 『이세모노가타리』 제이앤씨, 2003.
19　정순분 옮김 주해, 『마쿠라노소시』 갑인공방, 2004.

6. 결론

앞에서도 지적한 바와 같이 한국에 있어서의 일본 헤이안 시대 문학 연구는 정형 교수가 1990년까지를 시야에 넣고 발표했을 때 전부 71편이었다. 그런데 2004년 현재 아래 표에서 볼 수 있듯이 전체 논문 편수가 740편으로 14년 사이에 약 10배로 증가하였고 질적으로도 크게 향상되었다.

〈표 4〉 헤이안 시대 문학 전체의 장르별 연구 현황

구분	일반	物語	和歌	일기	수필	설화	한일 비교	합계
편수	40 5.4%	327 44.2%	113 15.3%	87 11.8%	60 8.1%	83 11.2%	30 4%	740 100%

상기 표에 나타난 헤이안 시대 문학의 학위논문, 연구논문, 저서 및 역서의 장르별 연구 현황을 살펴보면 다음과 같다.

헤이안 시대 문학 연구 총계를 장르별로 살펴보면 모노가타리物語가 327편(44.2%)으로 압도적으로 많고, 와카和歌가 113편(15.3%), 일기가 87편(11.8%), 설화가 83편(11.2%), 수필이 60편(8.1%), 헤이안 시대 문학 一般이 40편(5.4%), 한일비교가 30편(4%)으로 나타났다. 즉 모노가타리와 와카를 합하면 거의 60%에 달하고, 거의 대부분이 가나仮名 문자로 쓴 문학을 연구하고 있다고 할 수 있다.

작품별로 많이 연구되고 있는 작품은 다음과 같다. 전체 740편 중에서 『겐지 이야기』가 218편(29.5%)으로 가장 많은 연구가 이루어지고 있었고, 다음이 『곤자쿠 이야기집』으로 78편(10.5%), 『마쿠라노소시』가 60편(8.1%), 『이세 이야기』가 43편(5.8%), 『고킨슈』가 36편(4.9%), 『가게로 일기』가 29편(3.9%), 『다케토리 이야기』가 25편(3.4%)의 순이었다. 즉 전체적으로도 『겐지 이야기』, 『곤자쿠 이야기집』, 『마쿠라노소시』가 상위 세 작품으로 학위논문과 연구논문과 함께 가장 많은 연구자들이 관심을 갖고 있는 작품이라는 것을 알 수 있다.

이상과 같이 일본 헤이안 시대 문학의 연구는 14년 동안 10배 이상 증가하여 장족의 발전을 하였으나 아직도 여러 가지 문제점을 내포하고 있다. 이에 한국에 있어서 헤이안 시대 문학 연구의 저변을 확대하고 균형 발전을 위해 다음과 같은 전망을 제시하고자 한다.

첫째, 헤이안 시대 문학의 연구는 아직도 특정 작품과 작자에 치중되어 불균형을 이루고 있는데 헤이안 시대 문학의 전체상을 파악할 수 있는 좀 더 폭넓은 연구가 이루어져야 하겠다. 이제 양적인 증가만이 아니라 질적인 성장도 있어야 한다고 생각한다. 전체 논문의 편수가 증가한 만큼 장르별 균형만이 아니라 작가·작품별로도 연구의 편식이 되지 않도록 해야 할 것이다.

둘째, 헤이안 시대 문학의 한일비교는 전체 740편 중 30편(4%)에 지나지 않는다. 헤이안 시대 문학이 한반도 문학과 직접적인 관계가 없다고 해도 당시의 신라, 발해, 고려와 문화적으로는 밀접한 관계가 있었기 때문에, 모노가타리物語나 와카和歌, 수필, 설화 속에 한반도와의 영향관계나 미의식, 문학성을 대조하는 등의 방법이 있을 것으로 생각한다.

셋째, 헤이안 시대 문학의 번역이 작품에 대한 이해가 가능한 전문가들에 의해 체계적으로 이루어질 필요가 있다. 그러나 아직도 국내에서 번역은 아직도 제대로 평가를 받지 못하고 있어 연구자가 번역에 몰두할 수 있는 사람은 그렇게 많지 않은 듯하다. 대학의 강단에서는 헤이안 시대 문학의 원문을 이해할 수 있어야 하고 연구도 되어야 하겠지만, 일반 독자들을 위한 「일본고전문학전집」 형태의 번역이 일본고전문학의 저변확대를 위해서도 반드시 필요한 작업이라 생각된다.

넷째, 국내에서 발표된 헤이안 시대 문학 연구의 참고문헌을 보면 거의 일본의 논문만이 인용되고 있는데, 국내의 선행 연구에 대한 고찰과 비판적인 인용이 필요하다. 국내 연구자의 논문을 서로 읽어주고 검증함으로써 건전한 연구 환경이 조성되고 상호 심화 발전할 수 있다고 생각하기 때문이다.

Key Words 平安時代, 研究史, 学位論文, 研究論文, 著書及び訳書

겐지 이야기의 전승과 작의

제2장

한국에서의 『겐지 이야기』 연구와 과제

1. 서론

한일양국의 문화교류는 삼국시대부터 있었지만, 근대 이전에는 중국이
라는 문화의 태양에서 출발한 빛이 한반도를 거쳐 일본으로 흘러들어 갔
다. 그러나 근대 이후의 서양이 문화의 태양이 되자 일본을 통해서 서구문
물이 유입되었다. 예를 들면 일본 고대의 『고지키古事記』나 『니혼쇼키日本書
紀』, 『겐지 이야기源氏物語』 등에는 갖가지 형태의 한반도 문화가 투영되어
있지만, 한국 고전문학 속에서 일본 문화를 찾아내기란 쉽지 않다.

조선왕조 세종 때인 1443년 조선통신사의 서장관으로 따라간 申叔舟가
편찬한 『海東諸国紀』(1471)에는 일본의 역사, 지리, 풍속 등이 상세하게
기술되어 있으나 일본의 고전문학 특히 『겐지 이야기』나 와카和歌에 관한
내용은 전무하다. 또한 조선통신사들이 가지고 온 일본서적도 伊藤仁斎의
『童子問』이나 『荻生徂徠文集』과 같은 유학서나 시문집이 있을 뿐 와카和
歌나 모노가타리와 같은 가나仮名 문자로 쓴 문헌은 없었다. 그러나 『海東
諸国紀』의 「国俗」에는 일본의 '남녀가 모두 나라의 글자国字를 배운다. 国
字는 47자이다'[1]라고 기술하고 있는 것으로 보아, 신숙주가 가나 문자에
관해 관심을 가지고 있었다는 것을 알 수 있다. 어쩌면 신숙주의 이러한 체

---

[1] 申叔舟 著, 田中健夫 訳注, 『海東諸国紀』 岩波書店, 1991, p.118

험이 귀국하여 세종 임금이 한글을 창제하는데 적극적으로 참여하게 되는
계기가 되었을 지도 모른다.

그러면 한국 사람으로 『겐지 이야기』를 처음 읽은 사람은 언제 어떤 사
람이었을까. 현재까지 조사한 기록을 보면 아마도 근대 초 일본에 유학한
학생 중의 한 사람일 것으로 생각된다. 예를 들면 최남선崔南善(1890-1957)
도 그 중의 한 사람일 것이다. 崔南善은 15살 때인 1904년 황실 유학생으
로 선발되어 도일하여 東京府立第一中学校에 입학했으나 다음 해 1월에
귀국한다. 그 후 1906년에 다시 출국하여 早稲田大学의 지리역사과에 유
학했다. 귀국 후의 崔南善은 『少年』(1908)을 창간하고, 언문일치의 신문학
운동과 문학가, 역사학자로서 활약했다. 崔南善이 언제 『겐지 이야기』를
읽었는지는 알려져 있지 않으나, 1931년 2월 京城府立図書館에서 행한 강
연[2]에서 『겐지 이야기』의 주제를 상세하게 피력하고 있는 것으로 보아 연
구의 깊이를 알 수 있다.

1980년대 이후 한국에서의 源氏 연구에 계기를 마련한 것은 일본으로
부터 내한한 저명한 교수들이 집중강의와 강연회를 통하여 『겐지 이야기』
의 세계를 소개한 점을 들지 않을 수 없다. 1983년 九州大学을 정년퇴임한
今井源衛 교수가 한국외대 대학원에서 1년간 『겐지 이야기』를 강의하고,
같은 해 7월 한국일어일문학회의 초청으로 東京大学의 秋山虔 교수가 『겐
지 이야기』를 주제로 강연[3]을 했다. 그리고 1989년에는 明治大学의 日向
一雅 교수가 한국외대에서 1년간 『源氏物語』를 강의했고, 해석에 관한 새
로운 이론[4]을 소개했다. 1992년 韓国日本学会에서 青山短期大学의 小林正
明 교수가 연구발표[5]를 했고, 東京大学의 鈴木日出男 교수는 1993년 한국
일본학회의 국제학술발표대회, 1999년의 한국외대 일본연구소의 강연회,
2003년 한국일어일문학회의 초청으로 『源氏物語』와 관련한 강연[6]을 했

2 崔南善, 「日本における朝鮮の姿」(『六堂崔南善全集』第九巻, 玄岩社, 1974)
3 秋山虔, 「源氏物語についての一私見」(『日語日文学研究』第4輯, 韓国日語日文学会,
   1984)
4 日向一雅, 「読むということ - 源氏物語に即して」(『日本学報』第23輯, 韓国日本学会,
   1989. 11월)
5 小林正明, 「ソウルの浮舟 - 源氏物語の引用論」(『日本学報』第29輯, 韓国日本学会, 1992)
6 鈴木日出男, 「源氏物語の対話と贈答歌」(『日語日文学研究』第46輯, 韓国日語日文学

다. 名古屋大学의 高橋亨 교수는 2001년 韓国日語日文学会 夏季国際学術 심포지엄[7]에서 강연했다. 그리고 2003년 10월에는 한·중·일의 『源氏物語』 전문가들이 참가하는 제2회 『源氏物語』 국제회의[8]가 한국에서 개최되었다. 그리고 같은 해 12월 한국일어일문학회의 동계국제학술발표대회에서는 東北大学의 仁平道明 교수가 『源氏物語』와 중국문학의 영향관계에 관한 강연[9]을 하였다. 이러한 일본의 『겐지 이야기』 전문가들에 의한 강의나 강연, 세미나의 개최는 한국의 겐지 연구자들에게 연구방법의 새로운 이론과 신선한 자극을 주었으리라 생각한다.

한국에서의 『源氏物語』 번역과 연구현황을 분석한 연구로는 拙稿「韓国における源氏物語研究」, 「韓国における近年の源氏物語研究」, 「韓国における源氏物語の翻訳と研究」,[10] 등에서 연대별로 소개하고 있고, 金順姬[11]와 日向一雅[12]도 柳呈의 번역과 岩波大系의 본문, 谷崎潤一郎訳, 与謝野晶子訳을 대비하면서 분석비판을 가하고 있다. 최근 김영심은 「植民地朝鮮에 있어서의 源氏物語」[13]에서 일제식민지시대의 『源氏物語』 연구에 대한 상황과 내용을 분석했고, 이미숙은 真木柱를 중심으로 韓国語訳[14]에 대한 소개를 하고 있다.

본고에서는 이상과 같은 분석을 바탕으로 이한섭의 홈페이지 http://nihon.korea.ac.kr/, 국회도서관 http://www.nanet.go.kr/, 국립중앙도서관 http://www.nl.go.kr/ 등에 올라있는 서지학적 자료를 토대로 현 시점

会, 2003)

7 高橋亨, 「源氏物語における虚構と記憶」(『日語日文学研究』第39輯, 韓国日語日文学会, 2001)
8 金鍾德 他, 『日本研究』第21号, 韓国外國語大学校 日本研究所, 2003. 12월.
9 仁平道明, 「源氏物語の成立と中国史書 – 影響と引用」(『日語日文学研究』第49輯, 韓国日語日文学会, 2004. 5월)
10 김종덕, 「韓国における源氏物語研究」(『源氏物語講座』9, 勉誠社, 1992)
        「韓国における近年の源氏物語研究」(『国文学 解釈と鑑賞』, 至文堂, 2000. 12월)
        「韓国における源氏物語の翻訳と研究」(『源氏研究』, 翰林書房, 2002)
        「柳呈と田溶新の韓国語訳について」, (『源氏物語講座』9, おうふう社, 2008)
11 金順姬, 「韓国における『源氏物語』の研究」(『国文学 解釈と鑑賞』, 至文堂, 1994. 3월)
12 日向一雅, 「朝鮮語訳『源氏物語』について」(『新·物語研究』物語研究会, 1994)
13 金栄心, 「植民地朝鮮に있어서의 源氏物語」(『日本研究』第21号, 韓国外国語大学校 日本研究所, 2004. 12월)
14 李美淑, 「韓國語訳」(『源氏物語の鑑賞と基礎知識』至文堂, 2004. 11월)

에서『겐지 이야기』의 연구와 그 과제를 분석하고자 한다. 특히 2004년 현재의『겐지 이야기』연구를 번역과 학위논문, 연구논문, 단행본 등으로 나누어 구체적인 연구성과와 과제를 조명해 보고자 한다.

2. 번역의 문제점

한국에서의『겐지 이야기』번역은 1975년에 柳呈이『겐지源氏 이야기』上下[15]를, 1999년에 田溶新이『겐지 이야기』1, 2, 3권[16]을 번역하였다. 그리고 2007년에는 김난주金蘭周 역, 김유천 감수의『겐지 이야기』[17], 2008년에는 김종덕의『겐지 이야기』[18] 초역이 출간되었다.

처음으로 번역된 류정 역은 을유문화사에서 세계문학전집 4, 5권으로 출판되었는데, 일반 독자들이 세계적인 일본의 고전『겐지 이야기』를 읽을 수 있게 되었다는 것만으로도 큰 의의가 있었다. 류정은 1982년에 韓國出版社에서「世界代表古典文学全集」12권 중 7, 8권으로 다시『源氏 이야기』上下를 내었는데, 이 책의 해설, 연보, 내용 등은 을유문화사에서 출판된 번역과 동일한 것이다.

류정 역의『겐지源氏 이야기』上下는 본문만 1060페이지이고 上卷의 서두에는 解題, 下卷의 뒤에는 年譜가 있다. 해제에는 (1) 문학작품으로서의 의의, (2) 작자 무라사키시키부, (3) 주제와 구성, (4) 平安朝의 후궁제도, (5) 성격과 특징, (6) 한국어역에서의 방법론 등에 관한 해설을 하고 있다. 류정역은 한국어역 방법으로서 특히 다음 두 가지의 방침을 세우고 있다.

---

15 柳呈 訳,『겐지源氏 이야기』上下, (「世界文学全集」4, 5 巻, 乙酉文化社, 1975). 이하 번역문의 인용은 권, 페이지를 표시함. 1975년 한 권으로 간행되었으나, 1979년에 상하권으로 분철.

16 田溶新 訳,『겐지 이야기』나남출판, 1999. 이하 번역문의 인용은 권수와 페이지를 표시함.

17 김난주 역, 김유천 감수,『겐지 이야기』전10권, 도서출판한길사, 2007. 이하 한길사『겐지 이야기』의 인용은 책수와 페이지를 표기함.

18 김종덕 역,『겐지 이야기』, 지만지, 2009.

(1) 여러 異本 중의 「青表紙本」

『겐지 이야기』의 底本에는 가와치본河内本, 청표지본青表紙本, 별본別本 중에서 青表紙本이 있는데, 이 번역의 텍스트로 삼은 것은 「日本古典文学大系」의 『源氏物語』(岩波書店)에 의한다는 것을 밝히고 있다. 그리고 현대일본어역 중에서 与謝野晶子訳, 谷崎潤一郎訳을 참고로 했다고 하고 특히 뛰어난 가인이었던 与謝野訳을 높이 평가하고 있다.

(2) 和歌 번역의 한 방법

외국 고전은 그 枝葉末節에 구애될 경우 엉뚱한 착오를 일으키기가 십상이므로 전편을 통독해서 어긋남이 없도록 했다고 밝혔다. 우선 등장인물의 이름은 일본어 원어의 발음을 떠나서 의역으로 처리하고, 와카의 경우 앞뒤 관계로 보아 소홀히 할 수 없거나 와카 자체가 명작으로 평가를 받고 있는 것은 반드시 번역하고 한국어 번역이 불가능하거나 그다지 중요하지 않은 것은 지문에 넣은 것도 있다. 또한 와카의 음수율音数率은 한국의 時調形式의 일부를 차용하여 七・七音×二行으로 했다고 한다.

류정은 『겐지源氏 이야기』의 해제에서 번역의 본문을 청표지본인 「日本古典文学大系」와 현대어역으로 与謝野晶子, 谷崎潤一郎訳을 참고했다고 기술하고 있다. 柳呈訳은 와카의 음수률을 한국의 시조형식으로 번역하는 등 전체적인 스토리는 파악하기 쉬운 명역이라 할 수 있다. 그러나 류정 역은 졸고와 日向一雅의 상기 논문에서 분석하고 있는 바와 같이 与謝野晶子의 현대어역을 그대로 한국어로 옮겼다는 것이 확인되었다. 그리고 류정 역에는 堀口大学에게 사숙을 했고 일본에서 시인, 가인으로서 활약했던 유정의 번역인지 의심스러울 정도로 세부의 내용에 있어서 오역이 눈에 띈다.

이하 류정 역의 결점을 찾자는 것이 아니라 어떻게 번역할 것인가, 혹은 어떻게 번역하면 원문을 훼손하지 않고 『겐지 이야기』의 세계를 일반 독자들에게 전달할 수 있을 것인가를 생각해 보고자 한다.

(1) 등장인물의 이름을 음독으로 번역한 경우

등장인물의 이름을 후지쓰보, 어린 무라사키, 아오이, 우쓰세미, 아카시, 니오우, 가오루, 우키후네 등으로 호칭한 경우는 일본어를 모르는 독자들이 이름에 담긴 고유어의 어감을 이해할 수가 없다. 예를 들면 『이세 이

야기』 등에서부터 전승되는 '와카무라사키若紫'라고 하는 의미를 모르고는
인물상과 모노가타리物語의 주제 파악에 장애가 될 것이기 때문이다.

(2) 등장인물의 이름을 의역했을 경우

박꽃夕顔, 빨강꽃末摘花, 새벽달의 공주朧月夜, 꽃지는 마을花散里, 나팔꽃朝
顔, 옥덩굴玉鬘, 구름의 기러기雲居雁, 저녁안개夕霧, 떡갈나무柏木 등으로 번역
한 경우는 등장인물의 이미지는 전달되지만 독자들이 이름과 자연 경물을
혼돈할 우려가 있다. 예를 들면 夕顔卷에서 겐지가 '꿈에서나마 박꽃을 보
고 싶다.(上81)夢をだに見ばや'¹⁹고 하는 부분에서, 이 문장만 보면 식물인 박
꽃을 보고 싶다는 의미로도 해석이 될 수 있기 때문이다. 참고로 허구의
『겐지 이야기』에서는 주인공의 실명이 사용되지 않고 대부분 통칭이 불린
다. 예를 들면 관직이나 사건에서 유래된 중장, 두중장, 좌대신, 태정대신,
우키후네 등, 등장인물의 와카에서 유래된 오치바노미야, 오보로즈키요
등, 신체적 특징이나 출생지에서 유래된 히게쿠로, 아카시노키미, 아키코
노무 중궁 등이 있다.

(3) 『겐지 이야기』에는 高麗, 高麗人, 高麗楽, 高麗紙, 高麗錦, 高麗笛 등
의 국명이 나오는데, 이들 국명의 실체는 渤海와 高句麗이다. 그런데 柳呈
訳에서는 이를 '高麗'(918-1392), 혹은 '朝鮮'으로 번역하여 실체와 다른
나라를 연상하게 한다.

(4) 若紫, 朝顔, 末摘花, 六条御息所 등의 여주인공을 '女王'이라고 번역
하고 있다. 이는 与謝野訳에서 이들 여주인공들의 아버지가 황족 출신이
었다는 것에 연유하여 여왕이라고 번역한 것을 그대로 옮긴 것이다. 그러
나 우리나라에서 여왕이라 함은 선덕여왕이나 진성여왕과 같은 실제 왕위
에 올랐던 왕을 말하기 때문에 오해의 소지가 있다.

(5) 葵卷에서 히카루겐지가 정처 아오이노우에의 죽음을 앞두고 '원하
던 출가 생활이라도 할까願はしきさまにもなりなまし'(②44)라고 생각하고 있는
장면이 있다. 柳呈은 이 부분을 '중이 되고 말걸'(上171)이라고 번역했다.
그런데 헤이안 시대 귀족들의 '願はしきさま'는 관직에서 물러나 집안에 은

---

19 阿部秋生 他校注,『源氏物語』1 (『新編日本古典文学全集』 小学館, 1999) p.93. 이하
   『源氏物語』의 인용은 『新編全集』의 권, 페이지를 표기함.

둔하는 출가이지 비구의 계율을 받고 승려가 되는 것이 아니었기 때문에 우리말의 중이 되는 것과는 다르다.

(6) 옛 시가의 일부를 인용한 히키우타引歌는 원래의 노래를 전부를 번역하거나, 원문의 전후에 시의 배경을 보충한 것은 이해하기가 쉽다. 須磨巻에서 스마로 퇴거하는 겐지가 '부럽게도うらやましくも'(②178)라는 옛 노래의 한 구절을 읊조리자, '그러한 세상에 흔해빠진 문구이지만さる世の古事なれど'(②178), 동행하는 사람들이 듣고 슬퍼한다는 문맥이 있다. 柳呈은 이 부분을 与謝野訳과 동일하게 '누구나 다 아는 나리히라業平 대감의 옛노래이지만'(上227)이라는 말을 보충하여 가독성이 높은 번역이 되었다.

(7) 동음이의어掛詞 등은 거의 한 쪽의 의미만을 번역하고 있어 원문의 다의적多義的인 분위기를 살릴 수가 없다. 이는 일본 고전의 외국어역의 경우 같은 문제가 있으나 번역의 한계라 할 수 있겠다.

(8) 등장인물의 관계를 나타내는 간단한 계보도 싣고 있지 않아 수많은 작중 인물들과의 관계를 이해하기 어렵다. 또한 초역抄訳에 가까울 정도로 생략이 많고 원문과는 거리가 있는 의역이 많다는 점을 들 수 있다.

이상과 같은 여러 가지 문제점에도 불구하고, 류정의『겐지源氏 이야기』는 한국의 독자들에게 처음으로 헤이안 시대의 여류작가 무라사키시키부가 쓴『겐지 이야기』를 읽을 수 있게 해주었다는 것만으로도 충분한 의의가 있다고 하겠다.

두번째의 源氏訳은 田溶新의 번역으로 1999년 나남 출판사에서 나왔다. 역자인 전용신은 원래 심리학자로 1987년 고려대학교를 정년퇴임한 후 번역을 시작했다고 한다. 전용신 역은 전3권으로 표지에는【源氏物語】라는 한자와『겐지 이야기』라는 한글 서명이 있고,『겐지 이야기』와는 아무 관계가 없는 近世의 浮世絵風의 여성이 그려져 있다. 그리고 내용에는 연표나 등장인물의 계보도 없고 역자의 서문이 3페이지 정도 실려 있다. 서문에는 헤이안 문학의 배경, 작자 무라사키시키부의 生没, 底本, 古注釈 등을 간결하게 소개하고 있는데, 역자는 '『겐지 이야기』 앞에『다케토리 이야기』,『오치쿠보 이야기』,『우쓰호 이야기』등의 短編小説이 있었다.'(1-8)라고 기술하고 있다.『오치쿠보 이야기』,『우쓰호 이야기』를 단편소설로 소개하는 대목은 역자의 헤이안 문학에 관한 기초 지식이 의심스럽다. 그리고 텍스트로서 비교적 새로운 小学館 「日本古典文学全集本」『源氏物語』六巻의 현대어역을 그대로 번역했다고 기술하고, 유사한 본문으로 「岩波大系」, 「朝日古典全書」, 「玉上評釈」이 있다고 지적하고 있다. 그런데 그 이후에 나온 새로운 주석서인 「新潮日本古典集成」(新潮社), 「完訳日本の古典」(小学館), 「新日本古典文学大系」(岩波書店), 「新編日本古典文学全集」(小学館) 등에 대한 언급은 전혀 없다.

전용신은 만 5년 걸려서 源氏訳을 완성했다고 소개하고 있지만, 반드시 류정 역보다 좋은 역이라고 하기는 어려울 듯하다. 전체를 일독해 보면 곳곳에 결정적인 오역과 주제가 이해되지 않은 채 번역된 곳을 발견할 수 있다. 예를 들면 서두의 제1부에 관한 해설에서 '히카루겐지는 자식을 셋 두는데, 한 아들은 천황이 되고 한 사람 중궁, 또 한사람은 태정대신이 된다.'(1-15)라고 기술하고 있다. 이것은 澪標巻의 宿曜에서 '아이는 셋인데, 천황, 황후가 반드시 나란히 태어날 것이다. 그 중에서 좀 낮은 신분은 태정대신의 지위에 오를 것입니다.御子三人、帝、后かならず並びて生まれたまふべし。中の劣りは太政大臣にて位を極むべし'(澪標②285)라고 했던 예언을 풀이한 것이다. 그러나 좀 낮은 신분인 유기리는 모노가타리가 끝날 때까지 太政大臣이 되지는 못하기 때문에, '또 한사람은 태정대신이 된다.'라고 기술한 것은 내용을 이해하지 못하고 있을 뿐만 아니라 추정의 조동사 'べし'에 대한 번역도 잘못하고 있는 셈이다.

전용신 역에서는 『源氏物語』의 첫 권인 桐壷巻의 서두에 나오는 '어느 천황의 치세 때였는지いづれの御時にか'라고 하는 내용조차 번역이 되어 있지 않다. 이어지는 본문 '그다지 높은 신분은 아니지만いとやむごとなき際にはあらぬが'(桐壷①17)을 '집안은 미천하나'(1-19)로 번역하고 있는데, 기리쓰보 고이의 집안은 아버지가 다이나곤大納言인 정 3위로 결코 집안이 미천하다고 할 수는 없다. 같은 桐壷巻의 '母北の方なむいにしへの人のよしあるにて、親うち具し、さしあたりて世のおぼえはなやかなる御方々にもいたう劣らず'(①18)를 '어머니인 대납언의 본처는 전통적인 교양이 몸에 밴 여인이었다.'라고 번역하고 있다. 즉 원문의 「親うち具し‥‥‥劣らず」의 부분은 번역을 빠트리고 있다. 또한 '何ごとの儀式をももてなしたまひけれど'(①18)를 '동호는 궁중의 법도에 따라 잘 처신했지만'이라고 번역하고 있는데, 이 문장의 주어는 '기리쓰보 고이의 어머니'인데 주어를 '동호(고이)'로 잘못 번역하고 있다. 또 기리쓰보 천황이 기리쓰보 고이의 죽음을 슬퍼하고 있는 장면에서 '덧없이 세월이 지나가, 49제의 법회 등에도はかなく日ごろ過ぎて、後のわざなどにも'(①26)로 번역해야 할 부분을 전용신 역에서는 '실없이 날이 지나가는 동안 임금은 7월 7일의 법회에도'(1-23)로 번역되어 있다. 전용신은 전집의 현대어역에 '七日七日の法事'(①26)로 되어 있는 것을 '7월 7일의 법회', 칠석날의 법회로 번역한 것이다. 일본어 고어의 '七日七日'은 'なななぬか'로 읽히며 사람이 죽은 후 49일째의 법회를 뜻한다.

기리쓰보 고이의 어머니를 방문했던 유게히노 묘부靫負の命婦가 궁중으로 되돌아온 장면에서, 'このごろ、明け暮れ御覧ずる長恨歌の御絵、亭子院の描かせたまひて、伊勢、貫之に詠ませたまへる、大和言の葉をも、唐土の詩をも、ただその筋をぞ枕言にせさせたまふ'(桐壺①33)라는 부분을 전용신 역에서는 '요사이 임금은 아침저녁으로 보려고 장한가의 그림을 정자원(亭子院: 古今集 시대의 여류 가인)에게 그리게 하고, 이세(伊勢: 古今集 시대의 여류 시인)과 관지(貫之: 古今集의 편찬자)에게 시를 읊게 한 것이었지만, 노래도 한시도 오로지 장한가 같은 것만을 소재로 삼고 있었다.'(1-27)라고 번역하고 있다. 문맥과 맞춤법은 차치하고라도, 정자원亭子院은 '古今集 시대의 여류 가인'이 아니라 우다宇多 천황(867-931)의 통칭이다. 즉 장한가의 그림을 '정자원이 그리시고'라고 번역해야할 것을 '정자원에게 그리게 하고'라고 번역한 것은 분명한 오역이다. 모노가타리物語 속의 기리쓰보 천황이 과거 역사상의 데이지인亭子院(宇多天皇)에게 장한가의 그림을 그리게 한 셈이 되어 있다.

帚木巻에서 左馬頭의 체험담을 듣고 있는 히카루겐지의 모습을 '女にて見たてまつらほし'(①61)라고 하는 부분은 '이 분을 여자로 보고싶을 정도이다.'라는 뜻인데, 전용신 역은 '여인에게 보여주고 싶을 정도였다'(1-44)라고 번역하고 있는데, 원문과는 좀 거리가 있다고 생각된다.

인물의 호칭에 있어 후지쓰보와 온나산노미야는 출가한 후 '尼君'라 불리는데, 전용신 역에서는 이 '尼君'를 '여승'이라고 번역하고 있다. 그런데 헤이안 시대의 '尼君'는 출가를 하고 그대로 집안에 기거하는 여성으로 우리나라의 여승과는 다르다. 또한 宇治十帖의 등장인물인 '大君'를 그대로 대군으로 번역하고 있는데, 고유명사와 보통명사의 구별이 필요하다. 이 이외에도 등장인물의 이름이나 지명 등의 고유명사나 관직명을 모두 음독으로만 번역하고 있어 고유명사의 이미지가 전혀 떠오르지 않는 점도 지적할 수 있다. 그리고 和歌 번역을 산문과 같은 「小学館全集」의 현대어역을 그대로 번역하고 있어 와카의 음수율을 전혀 맛볼 수 없게 되어있고, 인용한 시가引歌는 왜 이 노래가 인용되어 있는지 알 수 없는 점도 재고해야 할 문제이다. 이상과 같이 전용신의 『겐지 이야기』는 문화적인 배경을 담은 어휘나 주제에 관한 이해부족, 또는 주어를 잘못 이해하고 번역하는 등 오역의 예를 일일이 다 들 수 없을 정도이다. 그러나 전용신 역은 나남출판에서 호화 장정으로 제본되어 나왔고 류정역이 품절된 시점에 출판되어 일반독자들이 『겐지 이야기』의 세계를 접할 수 있게 된 것만으로도 그 의의는 인정할 수 있다고 생각된다.

2007년에는 김난주金蘭周 역, 김유천 감수의 『겐지 이야기』가 도서출판 한길사에서 출판되었고, 2008년에는 김종덕의 『겐지 이야기』 초역이 지만지 출판사에서 출간되었다. 김난주 역은 일본 講談社에서 출간한 세토우치 자쿠초瀬戸内寂聴의 현대어역 10권을 한국어로 번역을 했는데, 와카와 히키우타引歌 등은 상명대학교의 김유천 교수가 감수를 맡았다. 세토우치의 현대어역을 그대로 옮겼다고는 하지만, 헤이안 시대의 문화와 와카和歌, 일본 고전어의 장벽이 있었을 것으로 생각된다. 講談社에서 출간한 호화 장정과 삽화, 해설, 5행으로 나눈 와카 등도 그대로 번역하여 일반 독자들이 읽기 쉽게 되어있다.

김종덕의 초역은 작자와 작품, 각권의 해설과 작품의 일부분을 감상한 그야말로 초역이다. 고전문학의 번역은 현대어를 안다고 해서 가능한 일이 아니라 당시의 역사와 문화, 고전어에 관한 깊은 이해가 필요하다. 일본의 국문학자들은 고전작품을 현대어로 번역하는 것을 가장 어렵고 고된 작업이라고 생각하는데 비해 한국의 번역자들은 좀 쉽게 생각하는 경향이 있는 것을 아닐가 생각한다. 무엇보다 고전의 번역은 영구히 남게 되고 일반 독자들에게 미치는 영향 또한 크기 때문에 고전문학 번역에 대해 좀 더 신중한 자세가 필요하다고 생각된다.

3. 학위논문의 현황

한국의 대학원에서『겐지 이야기』를 석사학위 논문으로 다루게 되는 것은 1980년대 이후이고, 그 수가 급격하게 늘어나는 것은 1990년대 이후이다. 앞에서 소개한 金順姬의 보고에 의하면 1991년까지의『겐지 이야기』와『紫式部日記』,『紫式部集』를 중심으로 쓴 학위논문은 6편이었다. 이후약 10여년 동안 석사 박사학위 논문 편수는 전체 47편으로 늘어났다. 이에는 이한섭의 홈페이지, 국회도서관, 국립중앙도서관에 들어있지 않은 일본의 대학에서 발표한 논문도 포함되어 있으나 약 8배로 늘어난 셈이다. 이 중에서 석사학위 논문은 33편, 박사학위 논문은 14편으로 약 7:3의 비율인데 이를 연구 분야별로 분류해 보면 다음과 같다.

〈표 1〉석・박사 학위논문의 분야별 현황

구분	본문	구성・구상・주제론	인물론	표현론	왕권・이향론	젠드론	작가론	기타	합계
편수	0	27 57.4%	13 27.7%	2 4.3%	0	0	5 10.6%	0	47 100%

석사논문이나 박사논문에서 다루고 있는 테마를 분류해 보면 구성・구상・주제론이 27편(57.4%)으로 가장 많고, 인물론이 13편(27.7%), 무라사키시키부에 관한 작가론이 5편(10.6%), 표현론이 2편(4.3%) 등으로 나타났다. 일본 국내에서는 같은 한자문화권의 작품으로서 중국문학과는 인용, 영향관계 등 많은 비교문학적인 연구가 이루어지고 있는 반면에 우리나라 문학과의 본격적인 비교연구는 적은 실정이다. 그 이유는 당시의 헤이안平安 시대와 신라와는 국교가 단절되었다는 점과『겐지 이야기』와 직접적인 영향관계에 있는 작품이 없다는 점을 들 수 있을 것이다.

구성・구상・주제론은 제2부의 주제와 화형 분석, 계모와 의붓자식간의 갈등문제, 민속학적인 문제와 오칼트적인 귀신物の怪 연구 등이 있었고, 최근에는 제3부를 대상으로 구성과 주제분석을 한 연구도 나오고 있다. 그

리고 주제분석의 방법으로는 귀종유리담, 継子譚, 羽衣伝説 등의 화형 분석 등이 있었다. 인물론으로는 히카루겐지光源氏, 로쿠조미야스도코로, 후지쓰보, 무라사키노우에, 다마카즈라玉鬘, 온나산노미야女三宮, 오이키미大君, 우키후네浮舟 등이 많이 다루어지고 있었는데, 히카루겐지는 사랑의 인간관계를, 로쿠조미야스도코로는 모노노케物怪와 愛執의 갈등, 후지쓰보는 윤리와 상반하는 밀통의 문제, 무라사키노우에는 사랑과 출가의 문제, 다마카즈라는 계모자 이야기의 話型, 女三宮은 밀통과 출가, 大君과 우키후네는 異郷의 여성으로서 결혼문제를 분석한 연구가 있었다. 그리고 표현론은 적은 수이지만 和歌와 모노가타리의 키워드를 통해 작품의 주제나 표현 자체의 의미분석을 논한 연구가 있었다. 작가론으로는 『紫式部日記』나 『紫式部集』의 분석과 함께 작가의 物語観이나 교육관, 인생관 등을 분석한 연구가 시도되었다. 한편 古代伝承과 관련한 比較研究나 韓・百済・高麗 등의 용례를 중심으로 文化交流와 비교연구도 부분적으로나마 관심을 끄는 분야였다. 그리고 많은 등장인물들이 출가를 하게 되는 배경과 출가양상을 宿世와 대비한 연구도 있었다. 기타 『겐지 이야기』에 등장하는 인물 중에서 朝顔나 大君 등 결혼을 거부하는 여성의 심리를 규명하거나, 일부다처제라는 제도 하에서 살아가는 정처와 애인과의 인간관계를 젠드의 문제로서 고찰한 연구도 있었다.

국내의 대학원별로 『겐지 이야기』에 관한 학위논문이 가장 많이 배출된 대학은 韓国外国語大学校 17편인데, 그 이유는 대학원의 역사가 가장 오래 되었다는 점과 앞에서 지적한 것처럼 일본의 저명한 교수들이 객원교수로 내한하여 강의를 하거나, 유학을 마친 전임교수가 부임하여 논문지도를 할 수 있었던 점을 들 수 있을 것이다. 기타 『겐지 이야기』를 소재로 하는 학위논문이 많이 배출된 대학으로는 高麗大学校 4편, 祥明大学校 3편, 한남대학교 1편, 경희대학교 1편, 군산대학교 1편 등이 있었다. 한편 한국의 대학원 『겐지 이야기』의 세미나에서는 대체로 岩波書店의 「大系」나 「新大系」, 小学館의 「全集」이나 「新編全集」 등의 텍스트를 사용하고 있고, 학위논문에서는 대체로 고전 원문을 인용하고 있다. 또한 최근에는 학위논문을 작성하기 위해 인터넷을 이용한 원문과 문헌정보를 자유로이 접할 수가 있어 앞으로는 학위논문을 작성할 수 있는 한 차원 더 높은 여건이

조성될 것으로 예상된다.

　최근 인터넷의 확산으로『겐지 이야기』의 경우도 일본 국문학자료관이나 대학 도서관 등의 텍스트나 참고문헌 검색이 용이하게 되었을 뿐만 아니라, 세계 각국의 홈페이지에서 자료를 접하기가 쉬워졌다. 그러나 중요한 것은 이러한 자료의 풍요 속에서『겐지 이야기』에 대한 자신의 해석讀み를 어떻게 확립하는가 하는 문제일 것이다. 즉 자신의 아이덴티티를 확립하는 것이 학위논문 작성자로서 세계의 겐지 연구자 및 일본 연구자들과 대등해질 수 있는 기본조건이라 할 수 있을 것이다.

4. 연구논문의 향상

　1990년대에 들어서 한국에서의 겐지 연구가 급격히 성장하게 된 배경에는 앞에서 소개한 바와 같이 일본으로부터 저명한 교수들이 내한하여 집중강의와 강연을 통하여 작품세계를 소개한 것이 영향을 준 것은 분명하다. 1983년의 今井源衛, 秋山虔, 1989년에는 日向一雅, 2001년에는 高橋亨, 1993, 1999년, 2003년에 鈴木日出男, 그리고 2003년 12월에는 仁平道明가 각각 한국의 대학과 학회에서 집중강의와 강연을 했다. 그리고 2003년 10월에는 한·중·일의 학자들이 참가하는 제2회『겐지 이야기』국제회의가 서울의 한국외대에서 개최되었다. 일본과 중국, 그리고 세계의『겐지 이야기』전문가들에 의한 세미나는 한국의 겐지 연구자들에게 새로운 방법론과 신선한 자극을 주었으리라 생각한다.

　金順姬의 보고에 의하면 1991년까지 잡지 등에 게재된 겐지 관련 연구논문이 16편 정도였으나, 2004년 현재 전체 연구논문은 179편으로 약 11배가 늘어난 셈이다. 이를 연구 분야별로 분류해 보면 아래와 같다.

〈표 2〉 연구논문의 분야별 현황

구분	본문	구성·구상·주제론	인물론	표현론	왕권·이향론	젠드론	작가론	기타	합계
편수	2 1.1%	82 45.8%	30 16.8%	24 13.4%	1 0.6%	2 1.1%	12 6.7%	26 14.5%	179 100%

『겐지 이야기』의 연구논문에서 가장 많은 연구가 이루어지고 있는 분야는 구성·구상·주제론으로 82편(45.8%), 그 다음은 인물론이 30편(16.8%), 표현론이 24편(13.4%), 작가론이 12편(6.7%) 등으로 나타났다. 그리고 본문 연구와 최근 활발한 연구분야인 젠드론은 각 2편씩, 왕권·이향론은 1편으로 아직 연구가 미흡하다고 할 수 있다. 기타 26편(14.5%)은 어떤 한 가지 분야가 아니고 헤이안 시대 전반에 걸친 연구이다. 한편 본문의 인용과 영향관계의 연구는 부분적으로 이루어지고 있었으나 본격적인 작품의 비교연구는 거의 찾아볼 수 없었다.

연구자별로 『겐지 이야기』와 작자 무라사키시키부에 관한 연구 분야를 살펴보면 다음과 같다. 우선 초기의 은동기는 모노가타리론物語論과 샤머니즘 등 민속학적인 연구를 했다. 국내에서 80년대 초에 석사학위 논문을 작성했던 송귀영은 일기와 가집을 분석하여 무라사키시키부를 중심으로 작가론과 관련한 논문이 많고, 김순희는 모친상과 히카루겐지 등 등장인물의 혼인형태에 관한 연구를 했다. 이후 일본 유학세대인 이상경은 기리쓰보인, 히카루겐지, 다마카즈라, 가오루 등의 인물론을 고찰한 논문이 많았다. 김종덕은 주제론을 중심으로 왕권론, 화형, 작가론, 비교문학적인 시각에서 고전승과 인용의 문제 등을 고찰한 논문이 있다. 신선향은 와카를 중심으로 여성의 인물상을, 배정열은 유모와 유모 아들의 역할에 관한 연구를 하였다. 그리고 김유천은 주제론을 중심으로 주인공 히카루겐지의 영화와 道心, 등장인물의 출가의식 등에 관한 연구를, 김영심은 우키후네와 로쿠조미야스도코로가 여성으로서 겪게 되는 젠드의 문제를 분석했다. 서인석은 일본문학의 자연과 『겐지 이야기』와의 관계를 규명한 논문을 발표했다. 권연수는 유가오, 우키후네 등의 인물론과 헤이안 시대 뇨보女房의 위상에 관한 연구를 했고, 박연정은 유가오, 온나산노미야 등의 인물론을,

김현정은 꿈과 모노노케物の怪에 관한 연구를 했다. 한편 박광화는 특이하게 주석서 연구와 표현론을 분석했다. 이애숙은 천황제와 표현론, 이준호는 민간신앙과 죄의식에 관한 연구, 김혜정은 출가와 구제에 관한 논문을 발표했다. 여기서 일일이 다 지적할 수는 없으나, 이 이외에도 헤이안 시대의 결혼제도나 복식, 여성의 지위, 후궁제도 등의 문제를 규명하기 위해『겐지 이야기』를 분석한 연구, 그리고 선행하는 작품과의 영향관계를 분석한 비교연구 등 다양한 논문이 있었다.

이상에서 살펴본 연구자 개개인은 80년대 후반에서 90년대에 걸쳐 유학을 다녀온 연구자들이 대부분이었다. 그리고 그 연구자가 유학을 했던 대학의 연구 풍토와 지도교수의 성향이 남아있는 것을 느낄 수 있었다. 또한 연구자에 따라서는 초기의 관심분야가 나중에 바뀌는 경우도 있었고, 한국연구재단의 지원에 의한 연구는 본인의 주된 연구 분야보다는 공동주제와 한국연구재단에 신청한 테마에 따라 통시적으로 폭넓게 다루어지는 경우가 많았다. 그러나 이와 같은 연구의 분포도는 질적인 면을 차치하면 일본에서의『겐지 이야기』연구와 거의 대등한 분포를 나타내고 있다고 할 수 있을 것이다. 오늘날 인터넷 등의 영향으로 텍스트의 데이타베이스화, 연구문헌, 연구방법론의 수입개방으로 겐지 연구의 글로벌화는 더욱 가속화 될 것으로 보인다. 따라서 이제 국내에서의 겐지 연구도 어설픈 문학이론의 대입으로 안주할 수 없고 고전 원문의 표현을 어떻게 읽어내느냐에 따라 연구자 개개인의 독창성이 견지될 수 있다고 생각된다.

5. 결론

한국에서의 겐지 연구의 총계는 2004년 현재 약 229편으로 집계되었는데, 보고되지 않은 논문이나 일본에서 발표한 논문 등 파악되지 않은 것도 상당수 있을 것으로 추정된다. 전체의 연구 분야별 현황은 아래 표에서 알수 있듯이 구성·구상·주제론이 109편(48%), 인물론이 43편(19%), 그리고 표현론이 26편(11.4%), 작가론이 17편(7.4%) 등으로 나타났다.

〈표 3〉『겐지 이야기』 연구 전체의 분야별 현황

구분	본문	구성·구상·주제	인물론	표현론	왕권·이향론	젠드론	작가론	번역·단행본	기타	합계
편수	2 0.9%	109 48%	43 19%	26 11.4%	1 0.4%	2 0.8%	17 7.4%	3 1.3%	26 11.4%	229 100%

전체의 분야별 현황은 연구논문에서와 비슷하지만 구성·구상·주제론, 인물론, 표현론, 작가론이 가장 활발하고 본문, 젠드론, 왕권·이향론, 비교연구 등은 아직 양적으로 부족한 것으로 나타났다. 그리고 많은 연구가 이루어지고 있음에도 불구하고 다른 작품의 연구에 비해 단행본의 출판이 적은 편이다. 그러나 이와 같이 활발한 연구가 진행되고 있는 만큼 단행본의 출판은 시간문제라 생각된다. 연구자가 자신의 연구분야를 선택하는 것은 대체로 자신의 지적 호기심에 따라 결정할 것이다. 따라서 약간의 불균형은 피할 수 없겠지만, 연구분야의 편식은 그 작품의 전체상을 파악할 수 없게 하므로 어느 정도의 균형감각은 필요하다고 생각한다.

이상과 같이 『겐지 이야기』 연구가 양적으로는 급격하게 팽창하였으나 어떻게 연구해야 하는 점에 관해서는 아직도 많은 문제점을 안고 있다고 생각된다. 한국에서의 겐지 연구가 본고장인 일본과 세계의 겐지 학계에 인정을 받고 국내에서 저변을 확대하고 연구의 균형을 이루기 위한 다음과 같은 제언을 하고자 한다.

첫째, 대학의 강단에서는 고전문학의 원문을 이해할 수 있어야 하고 연구도 되어야 하겠지만 일반 독자들을 위한 좋은 번역은 반드시 나와야 한다고 생각된다. 그러나 아직도 우리나라에서는 연구에 비해서 번역은 제대로 평가를 받지 못하고 있어 연구자가 번역에 몰두하는 사람은 그렇게 많지 않다. 다른 일본고전문학의 경우도 마찬가지이겠지만 『겐지 이야기』의 번역도 전공자에 의해 정확한 주석과 함께 가능하면 일본고전문학전집 형태로 번역이 이루어져 독자들에게 제공될 필요가 있다.

둘째, 국내에서 발표된 『겐지 이야기』의 논문에서 참고문헌을 보면 거의 일본의 논문만이 인용되고 있는 것을 볼 수 있는데, 이제 국내의 선행연구에 대한 고찰과 비판적인 인용이 필요하다. 국내 연구자의 논문을 서로 읽어주고 검증해야만 건전한 연구풍토가 조성되고 심화 발전할 수 있다고 생각한다.

셋째, 최근 학회에서 연구논문의 발표자는 대부분 일본에서 유학 경험을 가진 연구자이거나 영향을 받은 연구자들이다. 각각 일본에서 유학한 대학에서『겐지 이야기』의 연구방법론을 익힌 연구자들이 모인 학회에서의 연구발표회장은 일본 학회의 축소판을 방불케 한다. 그러나 보편성을 지닌 연구자로서 자립하기 위해서는 자신의『겐지 이야기』읽기를 정립해야 하고, 또한 한국 연구자로의 아이덴티티를 지닐 필요도 있다고 생각한다.

┃ Key Words 源氏物語, 飜訳, 研究史, 主題論, 作家論

겐지 이야기의 전승과 작의

제3장

한국에서의 『겐지 이야기』 번역에 관한 연구

1. 서론

『겐지 이야기源氏物語』는 1008년 11월경 여류작가 무라사키시키부紫式部가 궁정 귀족들의 사랑과 인간관계를 풍부한 상상력과 유려한 문체로 그린 세계최고 최장편의 소설이다. 이에 천년이 되는 2008년 11월, 일본의 교토에서는 헤이세이平成 천황까지 참석한 가운데 성대한 기념식과 국제 학술대회가 개최되었다. 성립된 지 천년이 된다는 근거는 작자의 일기에서 1008년 11월경 천황과 궁중의 귀족들 사이에서 읽혔다는 기술을 근거로 하고 있다.

한국인으로 제일 먼저 『겐지 이야기』를 읽은 사람이 누구인지 확실히 알 수는 없으나, 현재까지 조사한 바에 의하면 아마도 근대 초 최남선과 같은 일본유학생 중의 한 사람일 것으로 생각된다. 최남선(1890-1957)은 15살 때인 1904년 황실 유학생으로 선발되어 도쿄부립東京府立 제1중학교에 입학했고, 1906년에 다시 출국하여 와세다대학早稲田大学의 지리역사과에 유학했다. 그는 귀국한 후 『소년』1908을 창간하고 언문일치의 신문학 운동과 문학가, 역사학자로서 활약한다. 최남선이 1931년 2월 경성부립 도서관에서 행한 강연[1]에서 『겐지 이야기』의 주제에 한반도의 문화가 투영되어있다는 점을 피력하고 있는 것을 보면 그가 『겐지 이야기』를 깊이 읽었던 것으로 짐작된다. 그리고 일제의 식민통치 시대에 일본문학을 전공했던 이화여자전문대학의 徐斗銖 교수와 같은 경우를 제외하면 일반 독자들이『겐지 이야기』를 접하게 되는 것은 1975년 류정의 번역 이후라 생각된다.

『源氏物語』의 한국어역은 1975년에 류정柳呈이 번역한『겐지源氏 이야기』[2]에 이어서, 1999년에는 전용신田溶新의『겐지 이야기』[3], 2007년에는 김난주金蘭周 역, 김유천 감수의『겐지 이야기』[4], 2008년에는 김종덕의『겐지이야기』[5] 초역이 출간되었다. 한국어역에 관한 본격적인 분석으로는, 우선졸고「한국에 있어서 겐지 이야기 연구韓国における源氏物語研究」,「한국에 있어서 근년의 겐지 이야기 연구韓国における近年の源氏物語研究」,「한국에 있어서 겐지 이야기 번역과 연구韓国における源氏物語の翻訳と研究」,「류정과 전용신의 한국어역에 관하여柳呈と田溶新の韓国語訳について」[6] 등이 있다. 김순희[7]와 日向一雅[8]는 桐壺巻을 중심으로, 류정의 번역이「岩波大系」를 번역한 것이 아니라 요사노 아키코与謝野晶子 역을 번역했다는 것을 밝히고 있다. 한편 이미숙은『겐지 이야기』의 真木柱巻을 중심으로 한국어역[9]의 문제점을 규명하고 있다.

본고에서『겐지 이야기』의 한국어역에 나타난 번역의 현황과 문제점에 관해 고찰하고자 한다. 현재 완역된 세 가지 번역에 나타난 한국어역의 일반적인 문제점, 고유명사의 번역, 와카和歌와 히키우타引歌의 번역, 소시지草

1 최남선,「日本文学에 있어서의 朝鮮의 모습」(『六堂崔南善全集』九巻, 玄岩社, 1974)
2 류정 역,『겐지源氏 이야기』上,下,『新装版世界文学全集』四,五巻, 乙酉文化社, 1975. 이하『겐지源氏 이야기』의 인용은 책수와 페이지 수를 표기함.
3 전용신 역,『겐지 이야기』1,2,3, 나남출판, 1999. 이하 나남출판『겐지 이야기』의 인용은 책수와 페이지를 표기함.
4 김난주 역, 김유천 감수,『겐지 이야기』전10권, 도서출판한길사, 2007. 이하 한길사『겐지 이야기』의 인용은 책수와 페이지를 표기함.
5 김종덕 역,『겐지 이야기』, 지만지, 2009.
6 김종덕「韓国における源氏物語研究」(『源氏物語講座』9, 勉誠社, 1992)
　　　　「韓国における近年の源氏物語研究」(『国文学 解釈と鑑賞』, 至文堂, 2000. 12月)
　　　　「韓国における源氏物語の翻訳と研究」(『源氏研究』, 翰林書房, 2002)
　　　　「柳呈と田溶新の韓国語訳について」, (『源氏物語講座』9, おうふう社, 2008)
7 김순희,「韓国における『源氏物語』の研究」(『国文学 解釈と鑑賞』, 至文堂, 1994. 3月)
8 日向一雅,「朝鮮語訳『源氏物語』について」(『新・物語研究』, 物語研究会, 1994)
9 이미숙,「韓國語訳」(『源氏物語の鑑賞と基礎知識』, 至文堂, 2004. 11月)

子地의 번역 등의 문제를 규명한다. 특히 세 가지 번역에 나타난 구체적인 번역의 오류, 탈락에 관한 문제를 비교 고찰함으로써 올바른 번역과 방향을 제시하고자 한다.

2. 한국어역의 일반적인 문제점

(1) 류정 역의 『겐지源氏 이야기』

柳呈의 『겐지 이야기源氏物語』는 1975년 을유문화사의 「세계문학전집」 100권 중 99권째의 한 권으로 출판되었다. 이후 1979년에는 같은 출판사의 「新裝版 世界文學全集」 전60권 중 4, 5권에 『겐지源氏 이야기』상하로 분리되어 출판된다. 상권은 519페이지까지, 하권은 1089페이지까지의 일련번호가 매겨져 있다. 류정은 1982년 한국출판사의 세계대표고전문학전집 12권 중 7, 8권으로도 『겐지 이야기』상·하를 출판했는데, 이는 을유문화사의 번역을 더욱 초역한 것이다. 또한 요사노 역과 마찬가지로 각권各卷의 서두에 와카和歌를 한 수씩 인용하고 있다. 류정 역의 『겐지源氏 이야기』에는 상권에 해제 28페이지, 하권에는 연보가 25페이지로 정리되어 있다. 해제에는, 1. 문학작품으로서의 의의, 2. 작자 무라사키시키부, 3. 주제와 구성, 4. 헤이안조의 후궁제도, 5. 성격과 특징, 6. 한국어역의 방법론 등의 항목을 들어 각각 상세한 해설을 하고 있다. 또한 어려운 용어에 관하여는 할주割注와 미주尾注가 있어 참고할 수 있어 독자의 이해를 돕고 있다.

그러나 역자 자신이 해제에서 '한국어역의 방법론'에서 '외국 고전은 그 지엽말절에 구애될 경우 엉뚱한 착오를 일으키기가 십상이므로, 전편을 통독해서 어긋남이 없도록 함이 역자에게 요구되는 첫 요인일 것이다.'(상, 27)라고 지적하고 있듯이, 전편에 걸쳐 원문과는 거리가 있는 초역에 가까운 의역이 많다. 그리고 전전戰前부터 일본의 작가 호리구치 다이가쿠堀口大學에게 사숙을 하면서 시인이나 가인歌人으로 활약한 역자의 번역으로 보기 어려운 누락과 오역도 다수 보인다.

또한 류정 역은 '여러 이본 중의 「청표지본青表紙本」'이라는 항목에서 번역의 저본에 대한 해설을 하고 있다. 즉 『겐지 이야기』의 저본에는 가와치

본河内本, 청표지본, 별본이 있는데, 후지와라 데이카藤原定家의 청표지본을 저본으로 사용하고 있는 「岩波書店 日本古典文学大系」의 『源氏物語』 1-5권을 번역의 텍스트로 삼았다(상, 26)고 밝히고 있다. 그리고 요사노 아키코与謝野晶子와 다니자키 준이치로谷崎潤一郎의 현대어역 중에서 특히 요사노 아키코가 뛰어난 가인이어서 평이하고 유창한 문체로 옮겨 놓았다고 칭찬하고 참고했음을 밝히고 있다. 그러나 졸고와 히나타 가즈마사日向一雅, 김순희 등의 분석에서 이미 밝혀진 바와 같이, 류정 역에서는 「日本古典文学大系」와 다니자키 역의 거의 흔적은 거의 찾을 수가 없고, 오로지 요사노 아키코 역을 그대로 한국어로 옮긴 것으로 보인다.

(2) 전용신 역 『겐지 이야기』

전용신 역의 『겐지 이야기』 1, 2, 3은 류정 역이 이미 절판이 된 1999년 나남출판사에서 호화 장정으로 간행되었다. 전용신은 심리학자로 1987년 고려대학교를 정년퇴직한 후, 번역하기 시작하여 만 5년 만에 완성했다고 한다. 전용신의 『겐지 이야기』의 표지에는 【源氏物語】라는 한자 서명과 『겐지 이야기』라고 하는 한국어 서명이 나란히 쓰여 있다. 초판의 전용신 역에는 커버에 『겐지 이야기』와는 아무런 관계가 없는 근세의 우키요에浮世絵 풍의 여성 삽화가 그려져 있었으나, 재판 이후에 헤이안平安 시대의 귀족 남자로 바뀌었다. 그리고 전3권 중 권1은 502페이지, 권2는 1085페이지, 권3은 1611페이지까지 일련번호가 매겨져 있다. 전용신 역의 『겐지 이야기』에는 의식·의례 등에 각주를 붙이거나 회화문은 전부 행을 바꾸어 일반 독자들을 배려한 흔적이 보인다.

그러나 전용신 역에는 구체적인 해설이나 연보, 계도系圖도 없고, 단지 서문이 3페이지 정도 있을 따름이다. 역자는 이 서문에서 '단편소설 『다케토리 이야기竹取物語』, 『우쓰호 이야기うつほ物語』, 『오치쿠보 이야기落窪物語』 등이 씌어졌다. 그 뒤를 이어 최초의 장편소설 『겐지 이야기』가 나왔다.'(1-8)라고 서술하고 있다. 즉 전용신은 장편 소설인 『우쓰호 이야기』나 『오치쿠보 이야기』를 단편소설로 인식하고 있는 셈인데, 일본문학에 대한 기초지식이 의심되는 대목이다. 그리고 텍스트로는 비교적 새로운 소학관의 「일본고전문학전집본」 『겐지 이야기』 전6권의 하단에 있는 일본 현대

어역을 번역했고, 현대문이 까다로운 부분은 원문을 확인하여 알기 쉽게 고쳤다고 되어있다. 또한 유사한 서적으로 (1) 1958-1963, 山岸德平 校註, 《源氏物語》(日本古典文学大系), (2) 1946-1955, 池田龜鑑, 《源氏物語》(日本古典全書), (3) 1964-1968, 玉上琢弥, 《源氏物語評釈》가 있다고 기술하고 있다. 이는 1999년에 출간된 전용신 역이 「新潮集成」(1983)이나 「完訳日本の古典」(1988), 「新大系」(1997), 「新編全集」(1998) 등의 최신 주석서는 확인하지 않았다고 볼 수 있다.

전용신 역은 우선 등장인물의 이름이나 지명, 관직명 등의 한자를 거의 한국어 읽기로 부르고 있어, 고유명사의 이미지가 떠오르지 않는다. 또한 제1부의 줄거리에서 '자식을 셋 두는데, 한 아들은 천황이 되고 한 사람은 중궁, 또 한 사람은 태정대신이 된다.'고 기술하고 있다. 그러나 澪標卷에서 겐지의 운명을 점친 숙요의 예언에서 유기리夕霧가 태정대신이 될 것이라는 예언은 있었지만 54권의 모노가타리가 끝날 때까지 태정대신이 되지는 못한다. 또한 제2부의 줄거리에서도 '특이할 만한 주제는 없고 장면 장면에 묘사된 것이 중심 화제가 된다.'(2-783)라고 지적하고 있으나 납득하기 어렵다. 왜냐하면 제2부야말로 히카루겐지 이야기와 무라사키紫 이야기의 중요한 주제인 육조원의 조락과 인과응보의 결말을 그리고 있기 때문이다.

전용신 역은 『겐지 이야기』에서 각권의 개관과 단락의 번호 등을 전부 「소학관전집」대로 번역하고 있지만, 해설과 번역 등에 수많은 오역과 생략이 보인다. 따라서 전용신 역이 24년 전의 류정 번역에 비해 나아졌다고 하기 어렵고, 「완역」이라고 하기가 무색할 정도로 이야기의 주제가 이해되지 않거나 주어가 바뀐 번역도 많이 눈에 뜨인다.

(3) 김난주 역『겐지 이야기』

2007년 김난주 역, 김유천 감수의 『겐지 이야기』 전10권은 도서출판 한길사에서 출판되었다. 김난주는 경희대학교 국문학과를 졸업하고, 일본의 쇼와여자대학昭和女子大学에 유학하여 근대문학을 전공하여, 귀국 후에는 요시모토 바나나吉本バナナ, 에쿠니 가오리江国香織, 시마타 마사히코島田雅彦 등의 전문번역가로 활약하고 있다. 김난주는 처음부터 세토우치 자쿠초瀬戸内

寂聽의 현대어역을 한국어로 번역을 했으나, 난해한 와카와 히키우타引歌 등은 상명대학교의 김유천 교수가 치밀한 감수를 했다고 한다.

김난주도 앞의 두 번역자와 마찬가지로 전공자가 아닌 점에서는 동일하나, 각권마다 세토우치의 현대어역과 해설, 다카기 가즈코高木和子의 어구 해석 등, 강담사의『겐지 이야기』전10권을 그대로 번역하고, 삽화 그림이나 계보 등도 그대로 사용하여 화려한 장정으로 제본되어 있다. 본문의 단락이나 회화문, 와카의 번역도 고전 원문 아래에 있는 현대어역과 꼭 같이 5행으로 나누어 번역하고 있다. 역자는 '특히 복식에 관한 용어는 마지막까지 애를 먹었다.'(10-372)라고 기술하고 있지만, 단순한 어휘보다도 더 중요한 것은 원작자가 이야기하고자 했던 내용이 그대로 전달되고 있느냐이다. 세토우치의 중역이지만 문체를 전부 '습니다'체로 옮긴 것은 새로운 시도라 할 수 있다. 그러나 한국어로 옮기는 과정에서 그 의미가 미묘하게 원문과 달리 번역된 부분이 곳곳에 보인다.

3. 고유명사의 번역

『겐지 이야기』의 권명卷名이나 인명, 지명 등 고유명사에는 오랜 역사와 전통, 문화가 배어있다. 따라서 고전의 번역은 고유명사에 담긴 역사와 문화를 번역할 수 있어야 한다. 우선 류정 역과 김난주 역에서는 고유명사나 의례 등을 대체로 음독과 훈독 두 가지 경우로 나누어 번역하고 있어 이해하기 쉬웠다. 한편 전용신 역에서는 한자어의 경우 대체로 한국어로만 읽어 일본 고유명사에 담겨있는 이미지가 전혀 전달되지 않았다.

(1) 권명

류정은 권명 중에서 기리쓰보桐壺, 하하키기帚木, 우쓰세미空蟬, 아오이葵, 스마須磨, 아카시明石, 우키후네浮舟는 원래의 발음대로 읽어 번역하고, 호접胡蝶, 횡적橫笛은 한국어로 읽고, 나머지는 뜻을 풀어서 의역했다. 그리고 스에쓰무하나末摘花는 '빨강꽃', 태풍野分은 '찬바람'으로 번역했다. 권명 중에서 등나무 속잎藤裏葉의 한자를 '藤末葉'로 꿈의 부교夢浮橋를 '浮橋'로 기술하고 있는 것은 각각 오자와 탈자일 것으로 보인다.

한편 전용신 역에서는 스마須磨, 아카시明石는 원음대로 읽고, 소녀少女는 한국어로, 나머지는 '오동의 방桐壺', '끝따는 꽃末摘花', '떡갈나무柏木', '대의 내竹河', '꿈속의 다리夢浮橋'와 같이 직역에 가까운 번역을 했다. 또한 권명과 인물명이 같은 경우에도 권명은 의역을 하고, 인물명은 음독으로 번역하고 있어 혼동이 발생할 수 있다.

김난주 역에서는 기리쓰보, 하하키기, 스마, 아카시는 훈독으로 읽고, 홍매紅梅만이 유일하게 한국어로 읽고, 나머지는 모두 뜻을 풀어서 권명으로 삼았다. 그런데 권명을 뜻으로 풀어 새김으로써 이해하기 쉬운 부분도 있으나, 少女卷을 '무희'로 번역한 것은 오히려 난삽하고, 스즈무시鈴虫는 오늘날의 청귀뚜라미인데 '방울벌레'로 번역한 것은 오역이라 생각된다.

권명의 고유명사는 가능한 한 그대로 읽어주어야 할 것이고, 보통명사 부분은 풀어서 새겨야 할 것이나, '소녀'와 같이 우리말로 의미가 통하는 명사는 그대로 옮겨도 무방할 것이다. 그리고 권명에 특별한 의미가 담겨 있는 것은 각주 혹은 미주로 해설을 해 주는 것이 독자에 대한 배려라 생각된다.

(2) 인물명

류정 역에서는 중장中将, 우대신右大臣, 두중장頭中将, 좌대신左大臣, 승도僧都, 식부경式部卿, 태정대신太政大臣, 육조원六条院, 주작원朱雀院 등의 관직명은 음독으로 번역하고, 겐지源氏, 후지쓰보藤壺, 고레미쓰惟光, 요시키요良清, 우쓰세미空蟬, 가오루薫, 우키후네浮舟는 훈독으로, 같은 훈독이라도 무라사키노우에紫上를 무라사키紫로, 아오이노우에葵上를 아오이葵로, 아카시노키미明石君를 아카시明石로 니오우미야匂宮를 니오우로 번역하고 있다. 이 외 박꽃夕顔, **빨강꽃末摘花**, 으스름달朧月夜, 꽃 지는 마을花散里, 나팔꽃朝顔, 옥덩굴玉鬘, 구름에 기러기雲居雁, 저녁안개夕霧, 떡갈나무柏木 등은 뜻으로 풀어서 번역했다. 花宴卷에서 오보로즈키요를 '으스름달朧月夜 공주', '새벽달 공주' 등 두 가지로 번역하고 있는 것은 통일이 필요하다.

전용신 역에서는 겐지 이외의 대부분의 인물은 실명이든 통칭이든 모두 한국어로 읽고 있어 한글만으로 된 이들 이름을 이해하기가 난삽하다. 예

를 들면 겐지源氏 이외는 동호桐壺, 등호궁藤壺宮, 홍위전여어弘徽殿女御, 농월야朧月夜, 규의상葵の上, 자의상紫の上, 석안夕顔, 유광惟光, 입도入道, 명석의군明石の君, 석무夕霧, 추호중궁秋好中宮, 옥만玉鬘, 팔의궁八の宮, 대군大君, 중의군中の君, 훈薰, 부주浮舟와 같은 식이다. 따라서 일본어를 이해하는 독자들에게 이들 인명이 갖고 있는 원래의 이미지가 전혀 전달되지 않는다. 그리고 규의상, 자의상, 명석의군, 팔의궁, 중의군처럼 '의の'만 뜻으로 새겨 더욱 인명으로는 와 닿지 않아 등장인물의 이미지와 주제파악에 걸림돌이 된다고 생각된다.

김난주 역의 인명 표기 방법은 류정 역과 비슷하다. 갱의, 두중장, 좌대신, 우대신, 태정대신 등의 관직은 그대로 한국어의 음독으로 읽고, 겐지源氏, 기리쓰보桐壺, 후지쓰보藤壺, 고레미쓰惟光, 우쓰세미空蟬, 유가오夕顔, 어린 무라사키若紫, 육조 미야스도코로六条御息所, 아카시明石, 다마카즈라玉鬘, 온나산노미야女三宮, 가오루薰, 니오노미야匂宮, 우키후네浮舟 등은 원래의 발음대로 읽어 번역하고 있다. 단지 이요의 개伊予の介와 같은 경우는 이요 지방의 차관 벼슬인데, '이요노스케'로 훈독하든가 '이요의 차관'으로 뜻을 새기는 것이 이해하기 쉬울 듯하다.

고유명사인 등장인물의 이름을 한국어로 음독해 버리면 일본어가 지닌 이미지가 사라져 버린다. 반면에 훈독을 하는 경우는 일본어를 아는 독자는 이름과 함께 인간관계가 연상되는 장점이 있으나, 일본어를 모르는 사람에게는 기억하기 어려운 이름이 될 수도 있다. 또한 뜻으로 새기는 경우에 일본어를 모르는 독자에게도 의미가 전달되지만 의도치 않은 오해가 발생할 수도 있다. 예를 들어, 류정 역에서는 겐지가 '꿈에라도 유가오를 보고 싶구나 夢をだに見ばや'(①267)라고 생각하는 대목을 '꿈에라도 박꽃을 보고 싶구나.'(上81)라고 번역하고 있는데, 이 경우 인명과 자연경물에 대한 혼란이 생길 수가 있다.

(3) 지명과 의례

한국의 일반 독자가 헤이안平安 시대의 지명이나 의례 등을 주석 없이 이해한다는 것은 난해한 일이라 생각된다. 류정 역에서는 지명을 나카가와中川, 이요伊予, 도리베노鳥辺野, 하쓰세가와初瀬川, 우지宇治와 같이 일본어 발음대로 번역했다. 전용신 역은 인명과 마찬가지로 수마須磨, 명석明石, 우치宇治와 같이 전부 한국어 음독으로 읽고 있다. 김난주 역은 류정 역과 같이 이요伊予, 기요미즈清水, 도리베노鳥辺野, 히에이比叡, 스마須磨, 아카시明石, 우지宇治, 요카와横川 등 일본어 발음대로 번역했다. 한편 나라 이름인 '고려高麗'를 류정은 고려, 조선으로 번역하고, 전용신은 글자 그대로 '고려'로 번역하고, 김난주는 세토우치의 현대어역에 있는 대로 '발해' 혹은 '고려'로 번역하고 있다. 그런데『겐지 이야기』에 나오는 '高麗'는 이야기의 준거準據를 살펴보면 '고구려'이거나 '발해'이기 때문에 각각 구별해서 번역할 필요가 있다.

또 류정 역에서는 천황의 후손인 와카무라사키若紫, 아사가오朝顔, 스에쓰무하나末摘花, 로쿠조미야스도코로六条御息所 등을 '여왕'이라 지칭하고 있는데, 한국에서 사용되는 여왕의 의미와 혼동될 우려가 있어 통칭의 이름만으로 충분하다고 생각된다. 그리고 전용신 역에서는 '49제(七日七日)'를 '7월 7일의 법회'(1-23)로, 뇨보女房를 '하녀'로 번역한 것은 원문의 의미와 다른 번역이라 하겠다. 한편 김난주 역에는 桐壺卷의 '처소는 기리쓰보이다御局は桐壺なり'(①20)를 '갱의의 처소는 숙경사입니다.'(1-22)로 기리쓰보의 원래 명칭인 숙경사淑景舎로 고쳐 번역했는데 오히려 이해하기가 어렵게 되었다. 이는 세토우치 역에서 '고이의 처소는 기리쓰보입니다 更衣のお部屋は桐壺です'[10]라는 번역과도 다르게 번역한 것이다. 이와 같이 고유명사나 고 지명에는 오랜 역사와 문화가 담겨있기 때문에 가능하다면 원래의 발음을 살려주는 것이 중요하고, 의례 등의 의미는 정확하게 전달되어야 할 것이다.

4. 와카와 히키우타의 번역

『겐지 이야기』에 등장하는 와카和歌와 히키우타引歌는 등장인물의 심상 풍경을 묘사하고 의사소통의 도구로서 기능한다. 와카는 독영独詠, 증답贈

10　瀬戸内寂聴 訳,『源氏物語』1-10, 講談社, 2007. p.13.

咎, 창화唱和의 세 가지 형태로 795수나 산재되어 있다. 류정은 『겐지源氏 이야기』의 해제에서 노래 이야기와도 같은 작품의 와카 번역에 대해, 첫째 이야기의 전후 내용에서 소홀히 할 수 없는 명작은 반드시 번역하고, 둘째, 번역하기 어려운 경우나 그다지 중요하지 않은 경우는 지문으로 했다고 기술하고 있다. 또한 음수율은 민족 고유의 표현이므로 유럽의 역자들처럼 음수율을 맞추지 않고, 한국의 시조 형식에 맞추어 7·7×2행으로 번역했다고 한다.

한편 전용신과 김난주는 『겐지 이야기』의 역자 서문과 발문에서 와카 번역의 방법론에 관한 일체의 언급이 없다. 단지 번역되어 있는 와카를 보면 전용신 역에서는 「소학관전집」의 현대어역을 그대로 번역하고 있고, 김난주 역에서는 세토우치의 번역에 있는 5행의 현대어역을 그대로 번역하고 있다. 세 가지 번역 모두 일본 와카의 음수율 5·7·5·7·7은 무시하고 의미를 중심으로 번역했다. 이하 몇 수의 와카를 인용하여 세 가지 한국어 역의 문제점과 특징을 고찰하고자 한다.

다음은 玉鬘巻에서 다마카즈라가 유모를 따라 쓰쿠시筑紫에 내려갔을 때, 유모의 딸들이 읊은 와카 중의 한 수이다.

> [원문] 来し方も行く方もしらぬ沖に出でてあはれいづくに君を恋ふらん
>
> (③90)
>
> [류정 역] 온 길도 갈 길도 천리 만리 먼 바다/ 어즈버 그 어디메 우리 임을 그리랴
>
> (상,397)
>
> [전용신 역] (과거도 미래도 배의 갈 곳도 모르는 앞바다 쪽에 나가, 어디를 향해도 당신을 그리워하게 됩니다. 어디에 계신가를 가르쳐 주세요.)
>
> (2-559)
>
> [김난주 역] 어디에서 와 어디로/ 가는 줄도 모르는 망망한 바다로/ 떠내려 가는 배여/ 안타깝구나/ 어디를 향해야/ 그대 사랑을 얻을 수 있으리
>
> (4-164)

유모의 딸들이 죽은 유가오의 행방을 모른 채 그리워하며 읊은 와카라는 점을 염두에 두고 번역할 필요가 있다. 류정 역은 원문에 없는 '천리만

리'를 보충하여 의역하고 있다. 한편 전용신 역은 「소학관전집」의 현대어
역과 비슷하지만, 추정의 조동사 'らん'을 단정하여 번역하고, 마지막에 사
족까지 추가하고 있다. 그리고 김난주 역은 어디까지가 감수자의 의견인
지 알 수 없으나 세토우치 역을 비교적 알기 쉽고 무난하게 번역한 것으로
생각된다.

다음은 宿木巻에서 가오루가 출타하기 전, 아침 일찍 정원에 핀 나팔꽃
을 보면서 읊은 와카이다.

[원문]　　「今朝のまの色にやめでんおく露の消えぬにかかる花と見る見る
　　　　　はかな」と独りごちて、折りて持たまへり。女郎花をば見過ぎてぞ出
　　　　　でたまひぬる。　　　　　　　　　　　　　　　　　　　(⑤391)

[류정 역]　번역 생략　　　　　　　　　　　　　　　　　　　　(하,870)

[전용신 역]　〈얹혀있는 이슬이 사라지지 않고 있는 동안만, 덧없는 목숨을
　　　　　부지하는 꽃인 줄 알지만, 하다못해 그 잠깐 동안 오늘 아침의
　　　　　색과 향을 사랑해 볼까?〉 덧없는 것이여! 혼잣말을 하면서 꽃을
　　　　　꺾어 가지고 갔다. 마타리 쪽은 그대로 지나쳐 버리고 출발했다.
　　　　　　　　　　　　　　　　　　　　　　　　　　　　　(3-1319)

[김난주 역]　오늘 아침 잠시 핀/ 아름다운 꽃의 향기에/ 이 마음 **빼앗기고 마**
　　　　　는구나/ 내린 이슬이 마르기 전까지/ 꽃의 목숨 짧은 것을 알면
　　　　　서도/ "참으로 허망하구나." 이렇게 홀로 읊조리며 나팔꽃을 꺾
　　　　　어 몸에 지녔습니다. 그 곁에 피어있는 요염한 마타리는 쳐다보
　　　　　지도 않고 집을 나섰습니다.　　　　　　　　　　　　(9-66)

요사노 역에서는 와카와 지문을 원문대로 번역하고 있는데, 류정 역은
와카와 전후의 분위기를 축약해서 초역했다. 류정 역은 다른 대목에서도
이와 같이 요사노 역을 다시 초역한 경우가 많았다. 전용신 역은 「소학관
전집」의 현대어역을 그대로 축어역하고 있으나, '꽃을 꺾어 가지고 갔다'
라는 번역은 원문과 다르다. 김난주 역은 세토우치의 현대어역에 따라 원
만하게 번역하고 있다.

한편 『겐지 이야기』에는 와카나 한시 등의 고가古歌를 인용한 히키우타

引歌가 혼자 혹은 대화용으로 인용되는 경우가 많다. 이는 어떤 시가의 일부분을 인용함으로써 고가 전체의 분위기를 상기시키는 수법이다. 히키우타引歌는 이미지가 중층적으로 연상되는 시가의 일부분이기 때문에 이를 외국어로 번역하는 것은 매우 어려운 일이다.

다음은 須磨卷에서 겐지가 『이세 이야기伊勢物語』 제7단을 연상하며 히키우타를 읊는 대목이다.

[원문]　　渚に寄る波のかつ返るを見たまひて、「うらやましくも」とうち誦じたまへるさま、さる世の古事なれど、　　　　　　　　　　(②187)

[류정 역]　물가로 밀치는 파도가 이내 다시 들어가는 파도가 되는 것을 바라보고, 한 번 더 돌아가는 저 물결 부러워라/ 이몸은 더더구나 지난 날이 그리워도/ 그런 노래도 겐지의 입에 올랐다. 누구나 다 아는 나리히라業平 대감의 옛노래이지만,　　　(상, 227)

[전용신 역] 겐지는 파도가 밀려왔다 밀려가는 것을 보면서 '부럽게도'라고 읊조리고 있었다.　　　　　　　　　　　　　　　　(2-318)

[김난주 역] 파도가 밀려왔다 밀려가는 것을 보면서 '부럽구나 돌아가는 파도여'라고 모두 아는 옛 노래를 읊조리는데,　　　　　　(3-46)

류정 역은 요사노 역에서 번역하고 있는 히키우타의 고가 전체를 마치 『겐지 이야기』에 등장하는 와카처럼 번역을 하고 있다. 그리고 히키우타의 가인이 아리와라 나리히라在原業平라는 사실까지도 밝히고 있다. 전용신 역은 히키우타의 원래 고가를 인용하지 않고 '부럽게도'라고만 번역하고, 이하 'さる世の古事なれど'라고 하는 원문의 번역은 생략하고 있어 주변 사람들이 고가에 공감하는 느낌이 전해지지 않는다. 김난주 역에서는 '渚に'를 생략하고, '돌아가는 파도여'를 보충하여 번역했다.

다음은 若菜上卷에서 겐지가 온나산노미야女三宮와 신혼 3일째에 무라사키노우에의 꿈을 꾸고 새벽에 돌아가는 것을, 온나산노미야의 유모들이 불만을 토로하는 대목이다.

[원문]　　なごりまでとまれる御匂ひ、「闇はあやなし」と独りごたる。　(④69)

[류정 역]　번역 생략　　　　　　　　　　　　　　　　　　　(하, 540)

[전용신 역]　"어두움은 무늬가 없다." 돌아온 뒤까지 감도는 옷의 향기에 문
　　　　　　득 유모는 혼잣말을 했다.　　　　　　　　　　　　(2-814)

[김난주 역]　떠나간 후에도 남아있는 그윽한 향내에 유모는 '봄날의 어둔 밤
　　　　　　은 아무 소용이 없구나 매화꽃은 어둠 속에 보이지 않으나 그
　　　　　　향만은 숨길 길 없어'란 옛 노래를 홀로 읊조리며 깊은 밤에
　　　　　　돌아간 겐지를 아쉬워합니다.　　　　　　　　　　　(6-63)

　여기서 인용된 고가는 『고킨슈』41번 미쓰네躬恒의 노래로, 와카의 의미
는 봄날의 밤은 경계가 없어 매화의 향기는 떠돌아 숨길 수가 없다는 뜻으
로, '암향부동暗香浮動'을 읊은 와카이다. 류정 역은 히키우타의 번역이 생략
되어 있고, 전용신 역에서 '경계가 없다'는 의미의 'あやなし'를 '무늬가 없
다'고 한 것은 지나친 축어역이고, 돌아온 뒤까지 향기가 남아있다는 것으
로 번역한 것도 원문과는 다르다. 김난주 역에서는 세토우치의 역과 같이
원문에 없는 히키우타 전체를 인용하고 있다.

　이상에서 와카와 히키우타의 문제를 살펴보았는데, 류정은 와카를 한국
의 시조 형식으로 번역했고, 전용신은 「소학관전집」의 현대어역을 그대로
번역하고 있어 와카의 음수율이 모두 사라진 점이 아쉽다. 한편 김난주는
어디까지나 세토우치의 현대어역을 번역했기 때문에 고전에 대한 본인의
해석은 개입되지 않았으나, 5, 7, 5, 7, 7의 5행으로 나누어 번역한 점이 새
롭다. 한편 히키우타는 인용된 부분만 번역하는 경우 의미가 전달되지 않
을 수도 있기 때문에 전후의 문맥이 통하도록 해야 할 것이다.

　와카와 히키우타의 경우 류정 역과 김난주 역은 요사노와 세토우치의
번역과 마찬가지로 고가를 인용하고 있는 경우가 많았으나, 전용신 역의
경우는 해당 부분만 번역하고 있다. 히키우타를 해당부분만 번역할 경우
는 반드시 각주 등으로 보충하는 해설이 필요할 것으로 생각된다.

5. 소시지의 번역

소시지草子地란 이야기, 物語의 지문 중에서 원작자로 생각되는 이야기꾼이 등장하여 독자들에게 직접 발언하는 표현이다. 구체적으로는 보충설명이나 추정, 비평, 전달, 생략을 이야기하는 대목이다. 따라서 소시지의 의미를 살려 번역하는 것은 대단히 난해한 문제라 생각되지만, 이하 세 가지 번역에서는 각각 어떻게 처리하고 있는지를 살펴본다.

(1) 등장인물이나 상황 등을 설명

다음은 夕顔卷에서 겐지가 유가오의 집에 묵은 다음날 아침, 서민생활을 이야기하는 대목이다.

[원문]　　　くだくだしきことのみ多かり　　　　　　　　　(①156)

[류정 역]　번역 생략　　　　　　　　　　　　　　　　　　　(상, 62)

[전용신 역] 번역 생략　　　　　　　　　　　　　　　　　(1-101)

[김난주 역] 그밖에도 여러 가지로 성가신 소리가 많이 들렸습니다. (1-167)

앞의 두 사람은 무슨 이유인지 번역을 하지 않았다. 김난주 역은 '성가신 소리'가 많이 들렸다고 번역을 했지만, 이 부분은 이야기꾼이 독자에게 직접 '여러 가지 구차한 일들'이 많았다는 것을 설명하는 대목이다.

다음은 紅梅卷의 서두에서 아제치 대납언按察大納言의 가계에 대해 설명하는 대목이다.

[원문]　　　そのころ、按察大納言と聞こゆるは、故致仕の大臣の二郎なり、亡

　　　　　せたまひにし衛門督のさしつぎよ、　　　　　　　　(⑤39)

[류정 역]　지금 안찰사 대납언按察使大納言으로 일컬어지고 있는 사람은

　　　　　고인이 된 태정대신의 차남이다. 고인인 떡갈나무 위문독의 바

　　　　　로 밑의 동생이다.　　　　　　　　　　　　　　(하,733)

[전용신 역] 그 때보다도 3, 4년 후, 안찰대납언按察大納言이라 부르는 분은

고치사의 대신의 차남이고, 죽은 위문독인 백목의 바로 아래 아우였다. (3-1113)

[김난주 역] 그 무렵, 안찰사 대납언이라 하는 분은 젊은 나이에 죽은 가시와기 권대납언의 바로 아래 동생인 전 태정대신의 둘째 아들이었습니다. (7-295)

류정 역에서는 '그 무렵そのころ'을 '지금'으로, 전용신 역은 전집의 주석을 참고하여 '그 때보다도 3, 4년 후'로 번역하고 있다. 태정대신이 고치사 대신이긴 하지만, 여기서는 전용신 역이 상대적으로 원문에 충실하다. 김난주 역에서 '젊은 나이에 죽은 가시와기'는 사족이고, 도치된 문장이기 때문에, '동생인'을 '동생이고,'라고 옮겨야 자연스러울 것이다.

(2) 등장인물의 심정을 추정

花宴巻에서 후지쓰보가 몰래 읊은 와카인데 어떻게 세상에 유출되었는지, 모순됨을 변명하는 소시지이다.

[원문]   御心の中なりけんこと、いかで漏りにけん。 (①355)
[류정 역]   이런 의미의 노래를 아무한테도 보이셨을 리가 없는데도 어째서 이것이 전해졌을까. (상,150)
[전용신 역] 등호는 마음속으로 가만히 노래를 읊어 보았다. (1-216)
[김난주 역] 이 노래는 후지쓰보 중궁이 마음속으로만 은밀히 읊었을 터인데 어떻게 세상으로 흘러나왔을까요. (2-113, 114)

류정 역은 설명조의 의역이고, 전용신 역은 소시지의 원래 의미와는 전혀 엉뚱하게 번역했다. 이 대목은 김난주 역이 가장 소시지의 의미를 제대로 번역하고 있다.

다음은 宿木巻에서 천황이 온나니노미야女二宮와 가오루薫의 결혼을 추진하자, 보통 사람과 다른 가오루의 성격을 지적한 소시지이다.

[원문]　　世に還り出でん心地すべきこと、と思ふも、かつはあやしや。

(⑤379)

[류정 역]　속세로 돌아간 것 같은 기분이 들어 묘한 느낌이 드는 것이었다.

(하, 866)

[전용신 역] 새삼스레 세상을 버린 성자가 다시 속세로 돌아오는 듯한 생각
　　　　　　이 든다. 이런 생각을 하는 것은 자기 생각에도 보통의 경우는
　　　　　　아닌 것 같았다.　　　　　　　　　　　　　　(1-1313)

[김난주 역] 세상을 등졌던 중이 환속을 한 듯한 기분이 들 터이지. 아, 이렇
　　　　　　게 생각하는 것도 이상한 일이야.　　　　　　(9-55)

세 가지 번역이 모두 소시지의 표현이 아니라, 마치 주인공이 스스로 자
신의 심정을 이야기하는 것처럼 번역했다.

(3) 등장인물이나 사건을 비평

다음은 賢木巻에서 겐지가 우린인雲林院에 참배하고 있는 동안에도 무라
사키노우에紫上만을 생각하고 있는 태도에 대한 비판이다.

[원문]　　いとわろき心なるや。　　　　　　　　　(②117)

[류정 역]　이것을 보면 대단한 도심道心도 없는 셈이다.　(상,199)

[전용신 역] 번역 생략　　　　　　　　　　　　　　(1-281)

[김난주 역] 참으로 미련이 많은 마음입니다.　　　　　(2-232)

류정 역은 의역이고 전용신 역은 생략했다. 김난주 역은 직역에 가까운
비평이다.

다음은 宿木巻에서 가오루와 나카노키미의 관계를 의심하는 니오우미
야를 비판하는 소시지이다.

[원문]　　色めかしき御心なるや。　　　　　　　　(⑤436)

[류정 역]　너무도 여성적이라 하겠다.　　　　　　　(하,888)

[전용신 역] 번역 생략　　　　　　　　　　　　　　(3-1345)

[김난주 역] 이 얼마나 다감한 심사인지요. (9-109)

류정 역은 니오우미야의 시기심과는 관계없는 의역이고, 전용신 역에서는 아예 생략되어 있다. 김난주 역의 '심사'라는 표현은 조금 무겁게 느껴진다.

(4) 이야기꾼에 의한 전달의 의미

다음은 桐壺卷의 권말에서 '히카루키미光る君'라고 하는 이름은 고마우도高麗人가 지었다고 하는 장면이다.

[원문] 光る君といふ名は、高麗人のめできこえてつけたてまつりけるとぞ言
ひ傳へたるとなむ。 (①50)
[류정 역] 「히카루군」이라는 이름은 전에 홍로관(鴻臚館)에 왔던 고려사
람이 겐지의 미모와 천재를 칭찬해서 지은 이름이라고 그 당시
일컬어졌다고들 한다. (상,19)
[전용신 역] '빛나는 님'이라는 이름은 고려인이 예찬하여 붙인 이름이라고
전하고 있다. (1-37)
[김난주 역] '빛나는 님'이라는 뜻의 히카루 겐지란 이름은 저 발해에서 온
관상쟁이가 이런 겐지를 칭송하여 붙인 것이라고 전해집니다.
(1-56)

전달의 소시지는 '…라고 하는 것이다'라는 것처럼 결말의 표현이다. 여기서는 세 가지 번역 모두 전문의 형식을 취하고 있으나, 원문의 '高麗人'을 류정은 '홍로관에 와 있던 고려사람'으로, 전용신은 '고려인'으로, 김난주는 '발해인'으로 각각 번역했다. 앞의 지명에서도 지적한 바와 같이 여기서는 발해인 사절이다.

(5) 이야기의 내용을 생략

다음은 夕顔卷에서 고레미쓰惟光가 유가오의 집을 정탐하는 장면에서 이야기를 생략하는 대목이다.

[원문]	このほどのことくだくだしければ、例のもらしつ。	(①151)
[류정 역]	번역 생략	(상,60)
[전용신 역]	겐지는 그렇게 해서 석안을 만나게 되었다.	(1-98)
[김난주 역]	그 이야기를 구구절절 하자면 번거로우니, 이전처럼 생략하도록 하겠습니다.	(1-162)

류정 역은 생략되어 있고, 전용신 역에서는 원문의 의미와는 별개로 전체 이야기의 흐름에 따라 대충 이어 놓았다. 김난주 역은 세토우치의 현대어역을 그대로 옮겨 놓았다.

이와 같이 소시지草子地라고 하는 모노가타리物語 속에서 이야기꾼의 표현을 류정과 전용신은 의역을 하든가 생략을 하는 경우가 많은 반면에, 김난주는 세토우치의 현대어역을 충실히 번역하고 있는 것을 확인할 수 있었다.

(6) 오역과 번역의 누락

앞에서도 확인한 바와 같이 류정 역의『겐지源氏 이야기』는 요사노 아키코 역을 번역했고, 전용신 역은『소학관전집』의 현대어역을 번역했고, 심난주 역은 세토우치 자쿠초의 현대어역을 번역했다. 류정 역은 전용신 역만큼 심각한 오역은 없으나 생략이 많고, 김난주 역은 애초부터 현대어역을 번역했기 때문인지 미묘한 표현의 차이는 있으나 대체로 무난한 번역이라 할 수 있다. 이하 세 종류의 번역 중에서 현저한 오역이나 누락이라 생각되는 몇 군데 대목을 비교해 보고자 한다.

다음은『겐지 이야기』의 첫 번째인 桐壺卷의 서두이다.

[원문]	いづれの御時にか、女御更衣あまたさぶらひたまひける中に、いとやむごとなき際にはあらぬが、すぐれて時めきたまふありけり。	
		(①17)
[류정 역]	어느 천자의 시절이던가, 여어女御니 갱의更衣니 하는 후궁이 많은 속에 으뜸가는 귀족 출신은 아니지만 깊은 총애를 받는 여인이 있었다.	(상,5)

[전용신 역] 임금의 시중을 드는 여러 여어女御와 갱의更衣들 중에 집안은
　　　　　 미천하나 임금의 사랑을 한 몸에 받는 동호桐壺라는 여인이 있
　　　　　 었다.　　　　　　　　　　　　　　　　　　　　　(1-19)

[김난주 역] 어느 천황의 치세 적 일이온지요. 여어女御와 갱의更衣 등 천황
　　　　　 의 시중을 드는 수많은 후궁 가운데, 폐하의 사랑을 한 몸에 받
　　　　　 아 누구보다 융숭한 대접을 받는 갱의가 있었습니다.　(1-19)

　　서두의 '어느 천황의 치세 때였는지 いづれの御時にか'라고 하는 번역도 각
각 조금씩 다르다. 그런데 전용신 역에서는 무슨 이유인지 알 수 없지만 이
유명한 시작 문구의 번역이 누락되어 있다. 그리고 '그다지 최상의 귀족 집
안은 아니었지만 いとやむごとなき際にはあらぬが'이라고 하는 대목을, 전용신이
'집안이 미천하나'라고 번역한 것은 『소학관전집』의 현대어역과도 다르고
분명한 오역이라 생각된다. 또한 전용신의 번역에서 기리쓰보 고이桐壺更衣
의 이름은 고이更衣에 중점이 있는데, 이를 「동호」라고 한국어 음독으로 읽
게 되면 '기리쓰보桐壺' 천황과도 같은 이름이 되어 혼란스럽다. 한편 이 대
목 김난주 역에서는 아예 번역이 빠져있다.

　　다음은 若菜下卷에서 병들어 몸져누운 가시와기柏木가 아내 온나니노미
야女二宮, 오치바노미야를 염려하고 있는 장면이다.

[원문]　　 あはれに悲しく、後れて思し嘆かんことのかたじけなきをいみじと思
　　　　　 ふ。　　　　　　　　　　　　　　　　　　　　　　(④281)

[류정 역]　공주를 두고 간다는 것이 슬펐으며 쓸쓸한 미망인의 처지에 떨
　　　　　 어뜨리는 것이 견딜 수 없는 고통으로 느껴졌고, 또 황송스러운
　　　　　 생각에 한탄하지 않을 수 없었다.　　　　　　　(하, 623)

[전용신 역] 여이의궁은 슬픔에 가슴이 미어졌다.　　　　　(2-932)

[김난주 역] 이것이 마지막 이별은 아닐까 생각하니 몸이 에이도록 슬프고,
　　　　　 자신이 앞서 죽어 남은 부인이 슬퍼하는 것은 황송한 일이라며
　　　　　 괴로움을 견디지 못합니다.　　　　　　　　　　(6-255)

　　류정 역과 김난주 역은 각각 요사노와 세토우치 역을 의역하여 비교적

원문의 의미를 잘 살리고 있다. 그런데 전용신 역은 주어를 가시와기가 아니라 온나니노미야로 삼은 것은 원문의 의도와 다른 번역이 되어 있다.

다음은 手習卷에서 우키후네浮舟가 습자로 쓴 와카를, 소장 비구니少将の 尼가 그대로 중장中将에게 보낸다는 대화문이다.

[원문]　　　　「書き写してだにこそ」とのたまへど、「なかなか書きそこなひはべり
　　　　　　　　なん」とてやりつ。　　　　　　　　　　　　　　　　　　(⑥342)

[류정 역]　　　"그렇다면 정서나 해서 드릴걸." "별말씀 다 하시네. 오히려 그
　　　　　　　　르치거나 망쳐버리면 어떡하십니까." 　　　　　　　(하, 1044)

[전용신 역]　"하다못해 다시 써서라도 드리십시오.", 사람들은 이렇게 말하
　　　　　　　　였지만, 부주는 거절하여 그대로 보냈다. 　　　　　　(3-1580)

[김난주 역]　"그대가 깨끗하게 옮겨 써서 보내세요." 아씨는 이렇게 말하나
　　　　　　　　소장은 섣불리 옮겨 썼다가 틀릴 수도 있다며 아씨가 쓴 것을
　　　　　　　　그대로 보냈습니다. 　　　　　　　　　　　　　　(10-257)

류정 역은 대화문만을 번역하고 지문은 생략했다. 전용신 역에서는 우키후네와 소장 비구니의 주어를 달리하여 '사람들'과 '부주'로 번역하고 뒷부분의 내용도 생략했다. 김난주 역은 상세한 세토우치의 역이 그대로 옮겨 알기 쉽게 번역되었다.

이상에서 세 가지 한국어역을 살펴보았는데, 류정 역은 요사노 역을 의역했고, 전용신 역은 「소학관전집」을 완역했다고 하나 주어의 도치와 생략이 곳곳에 보인다. 한편 김난주 역은 세토우치의 현대어역을 번역해서인지 심각한 오역은 없으나 원문과 거리가 있는 대목이 곳곳에 보인다.

6. 결론

고전문학의 번역은 해박한 시대배경이나 작자에 관한 지식을 바탕으로 문맥과 어휘 등을 치밀하게 조사하는 작업이 병행되어야 한다. 흔히 번역을 직역과 의역으로 분류하지만, 얼마나 원작에 충실한 번역이냐가 보다

중요한 문제라 생각된다. 아무리 저명한 번역가의 작업이라 하더라도 실수에 의한 오역은 발생할 수 있지만, 작품을 얼마나 정확하게 읽느냐는 번역에 있어서 가장 중요한 문제라 생각된다.

E.G.사이덴스티커Edward G. Seidensticker는 아서 웨일리Arthur Waley의 『The Tale of Genji』를 의식한 나머지, 자신이 또 하나의 『겐지 이야기』를 번역할 필요성을 논하면서 자신은 역자로서 원문에 충실하고 싶다[11]고 했다. 즉 웨일리 역이 '문학적인 번역'이라면 사이덴스티커의 번역은 '문자 그대로의 번역'이라고 할 수 있다. 한국에서의 『겐지 이야기』 번역은 같은 한자문화권이기 때문에 영어로의 번역에서 발생하는 문제와는 다른 차원의 문제가 있다. 이상의 세 가지 한국어역도 각각 나름대로의 특징은 있다고 생각되나, 문제는 어느 쪽이 원작에 더 충실한가이다. 결론적으로 류정 역이 문학적인 번역이라면, 전용신 역은 글자 그대로 축어역에 가깝다. 그리고 김난주 역은 구어에 가까운 현대어역을 그대로 다시 한국어로 옮겼다고 생각된다.

세 종류의 『겐지 이야기』를 충분히 분석하지는 못했지만, 번역에 있어서 주의해야할 공통의 문제점을 몇 가지 지적하고자 한다. 첫째, 오랜 세월의 문화가 담겨있는 고유명사나 고 지명은 원래의 발음을 살려주고, 필요하다면 각주에서 보충 설명을 해 주어야 할 것이다. 둘째, 와카와 히키우타의 번역에서 해당 부분만 옮길 경우 반드시 각주 등으로 보충하는 해설이 필요하다. 셋째, 이야기 속의 이야기꾼이 하는 말인 소시지를 생략하거나 의역만 할 것이 아니라 충실한 번역이 필요하다. 넷째, 생략과 주어의 변경 등 오역에 관해서는 철저한 수정이 이루어져야 할 것이다. 다섯째, 일반 독자를 위한 번역과 완벽한 각주와 함께 연구를 위한 텍스트로서의 번역을 구별할 필요하다고 생각된다.

▌Key Words　翻訳, 固有名詞, 和歌, 引歌, 草子地.

11　E.G.サイデンステッカー, 『西洋の源氏 日本の源氏』, 笠間書院, 1984. p.65.

겐지 이야기의 전승과 작의

【참고문헌】

〈텍스트·주석서·사전〉

阿部秋生 他校注·訳, 『源氏物語』1-6(「新編日本古典文学全集」20-25, 小学館, 1998)

阿部秋生 他校注·訳, 『源氏物語』1-6(「日本古典文学全集」12-17, 小学館, 1970)

阿部秋生 他校注·訳, 『源氏物語』1-10(「完訳日本の古典」14-23, 小学館, 1988)

柳井滋 他校注·訳, 『源氏物語』1-5(「新日本古典文学大系」19-23, 岩波書店, 1997)

石田穣二 他校注·訳, 『源氏物語』1-8(「新潮日本古典集成」新潮社, 1985)

山口佳紀 他校注·訳, 『古事記』(「新編日本古典文学全集」1, 小学館, 1997)

小嶋憲之 他校注·訳, 『日本書紀』1-3(「新編日本古典文学全集」2-4, 小学館, 1998)

植垣節也 他校注·訳, 『風土記』(「新編日本古典文学全集」5, 小学館, 1998)

小島憲之 他校注·訳, 『万葉集』1-4(「新編日本古典文学全集」6-9, 小学館, 1998)

中田祝夫 校注·訳, 『日本霊異記』(「新編日本古典文学全集」10, 小学館, 1995)

小沢正夫 他校注·訳, 『古今和歌集』(「新編日本古典文学全集」11 小学館, 2007)

片桐洋一 他校注·訳, 『竹取物語 伊勢物語 大和物語 平中物語』(「新編日本古典文学全集」12, 小学館, 1994)

菊地靖彦 他校注·訳, 『土佐日記 蜻蛉日記』(「新編日本古典文学全集」13, 小学館, 1995)

中野幸一 校注·訳, 『うつほ物語』1-3(「新編日本古典文学全集」14-16, 小学館, 1999-2002)

三谷栄一 他校注·訳, 『落窪物語 堤中納言物語』(「新編日本古典文学全集」17, 小学館, 2000)

松尾聰 他校注·訳, 『枕草子』(「新編日本古典文学全集」18, 小学館, 1999)

菅野礼行 校注, 『和漢朗詠集』(「新編日本古典文学全集」19, 小学館, 1999)

藤岡忠美 他校注·訳, 『和泉式部日記 紫武部日記 更級日記 讃岐典侍日記』(「新編日本古典文学全集」26, 小学館, 1994)

山中裕 他校注·訳, 『栄花物語』1-3(「新編日本古典文学全集」31-33, 小学館, 1998)

橘健二 他校注·訳, 『大鏡』(「新編日本古典文学全集」34, 小学館, 1996)

馬淵和夫 他校注·訳, 『今昔物語集』1-4(「新編日本古典文学全集」35-38, 小学館, 2002)

三角洋一 他校注・訳, 『住吉物語 とりかへばや物語』(「新編日本古典文学全集」39, 小学館, 2002)

高田真治 校注, 『詩経』上, 下(「漢詩大系」第二巻　集英社)

久保木哲夫 校注, 『無名草子』(「完訳日本の古典」27, 小学館 1989)

國民文庫刊行会 編, 『国訳漢文大成』文学部 第十二巻, 国民文庫刊行会, 1920.

吉田賢抗, 『論語』(「新釈漢文大系」明治書院, 1993)

김난주 역, 김유천 감수, 『겐지 이야기』전10권, 도서출판한길사, 2007.

大野晋 編, 『本居宣長全集』第四巻, 筑摩書房, 1981.

大曽根章介 他校注, 『古代政治社会思想』(「日本思想大系」岩波書店, 1979)

柳呈 訳, 『겐지源氏 이야기』上下「世界文学全集」4, 5巻, 乙酉文化社, 1975.

峯岸義秋 校訂, 『六百番歌合』岩波書店, 1984.

北村季吟 著・有川武彦 校訂, 『源氏物語湖月抄』上中下, 講談社, 1982

桑原博史 校注, 『無名草子』(「新潮日本古典集成」新潮社版, 1982).

小島憲之 校注, 『懐風藻』(「日本古典文学大系」岩波書店, 1967)

小林保治 校注, 『古事談』下, 現代思想社, 1981.

新編国歌大観編集委員会, 『古今和歌六帖』(「新編国歌大観」第二巻, 角川書店, 1986)

永積安明 他校注, 『古今著聞集』(「日本古典文学大系」, 岩波書店, 1968)

玉上琢弥 編, 『紫明抄 河海抄』角川書店, 1978.

玉上琢弥, 『源氏物語評釈』第1巻-第12巻, 角川書店, 1965-1968

宇治谷孟 訳, 『續日本紀』上中下, 講談社, 1992.

源為憲 撰, 江口孝夫 校注 『三宝絵詞』上　現代思潮社, 1982.

伊井春樹, 『花鳥余情』, 桜楓社, 1978. 345쪽.

一然 著, 金思燁 訳, 『三国遺事』六興出版, 1980.

前野直彬 訳, 「遊仙窟」(「中國古典文学全集」, 平凡社, 1958)

田溶新 訳, 『겐지 이야기』1,2,3권, 나남출판, 1999.

정순분 옮김 주해, 『마쿠라노소시』갑인공방, 2004.

佐久節 校注, 『白楽天全詩集』第二巻(「續国訳漢文大成」, 日本圖書センター, 1978)

川口久雄 校注, 『菅家文草 菅家後集』(「日本古典文学大系」, 岩波書店, 1967)

川端善昭 他校注, 『古事談・続古事談』(「新日本古典文学大系」41, 岩波書店, 2005)

青木和夫　他校注, 『続日本紀』1-5(「新日本古典文学大系」岩波書店, 2003)

萩谷朴, 『紫式部日記全注釈』上下巻, 角川書店, 1982.

後藤昭雄 他校注, 『江談抄』(「新日本古典文学大系」32, 岩波書店, 2005)

김민수 외,『금성판 국어대사전』금성출판사, 1991.

大野晋 編,『岩波古語辞典』岩波書店, 1973

林田孝和 他編,『源氏物語事典』大和書房, 2002

市古貞次 他編,『日本古典文学大辞典』全6巻, 岩波書店, 1985.

新村出 編,『広辞苑』, 岩波書店, 1999

〈단행본〉

NHK名古屋よみがえる源氏物語絵巻取材班,『よみがえる源氏物語絵巻』, 日本放
　　　　　送出版協会, 2006.

岡一男,『源氏物語の基礎的研究』東京堂, 1955.

岡一男,『源氏物語事典』, 春秋社, 1964.

京都新聞社編,『源氏物語を歩く』, 光風社, 1973.

高橋亨,『色好みの文学と王権』新典社, 1990.

高崎正秀,『源氏物語論』, 桜楓社, 1979.

구정호 역,『이세모노가타리』제이앤씨, 2003.

今井源衛,『紫式部』吉川弘文館, 1985.

金允植,『韓日文学의 関聯様相』一志社, 1974.

金両基,『韓国神話』青土社,　1996.

大曾根章介,『日本漢詩文学論集』, 汲古書院, 1983.

島内景二,『源氏物語の話型学』, ぺりかん社, 1989.

藤本勝義,『源氏物語の物の怪』青山学院女子短期大学, 1991.

藤原猶雪 編,『聖徳太子伝略』(「聖徳太子全集」第二巻, 臨川書店, 1988)

鈴木一雄,『夜の寝覚』(「新編日本古典文学全集」小学館, 1999)

鈴木日出男,『源氏物語歳時記』, 筑摩書房, 1989.

鈴木日出男,『はじめての源氏物語』講談社, 1991.

鈴木日出男,『源氏物語虚構論』, 東京大学出版会, 2003.

柳成竜,『懲毖録』, 玄岩社, 1973.

六堂全集編纂委員会,『六堂崔南善全集』9巻, 玄岩社, 1974.

李漢燮 編,『韓国日本文学関係研究文献一覧』, 高麗大学校出版部, 2000.

林田孝和 他編,『源氏物語事典』, 大和書房, 2002.

服藤早苗,『平安朝の女と男』中央公論社, 1995.

山口博,『王朝貴族物語』講談社, 1994.

山田孝雄,『源氏物語の音楽』宝文館出版, 1978.

山中裕・鈴木一雄,『平安時代の信仰と生活』至文堂, 1992.

山中裕 鈴木一雄 他,『平安貴族の環境』國文学解釋鑑賞, 至文堂, 1991.

山中裕,『平安朝物語の史的研究』吉川弘文館, 1983.

三谷邦明,『源氏物語躾糸』, 有精堂, 1991.

三田村雅子,『源氏物語 感覚の論理』, 有精堂, 1986.

三田村雅子,『源氏物語』, 筑摩書房, 1997.

上村悦子,『王朝女流作家の研究』笠間書院, 1975.

西郷信綱,『日本古代文学史』改稿版 岩波書店, 1971.

小嶋菜温子,『源氏物語批評』有精堂, 1995.

小嶋菜温子,『かぐや姫幻想』ー皇権と禁忌ー, 森話社, 1995.

小町谷照彦,『源氏物語の歌ことば表現』東京大学出版部, 1980.

松井健児,『源氏物語の生活世界』, 翰林書房, 2000.

手塚昇,『源氏物語の再檢討』風間書房, 1966.

申叔舟 著, 田中健夫 訳,『海東諸国紀』岩波書店, 1991

辛恩卿,『風流』-동아시아 美学의 근원-, 보고사, 1999.

深沢三千男,『源氏物語の形成』, 桜楓社, 1972.

阿部秋生,『源氏物語研究序説』, 東京大学出版会, 1970.

永積安明, 島田勇雄 校注,『古今著聞集』(「日本古典文学大系」岩波書店, 1968)

玉上琢弥 編,『紫明抄 河海抄』角川書店, 1978.

玉上啄弥,『王朝人のこころ』講談社, 1975.

伊井春樹,『源氏物語引歌索引』笠間書院, 1977.

日向一雅,『源氏物語の主題』桜楓社, 1983.

日向一雅,『源氏物語の王権と流離』新典社, 1989.

日向一雅,『源氏物語の準拠と話型』至文堂, 1999.

折口信夫全集刊行会 編,『折口信夫全集』第1, 8, 12, 14巻. 中央公論社, 1986.

正宗敦夫 編,『倭名類聚鈔』風間書房. 1977.

重松信弘,『源氏物語の主題と構造』風間書房, 一九八一年

池田龜鑑,『平安時代の文学と生活』至文堂, 1966.

池田龜鑑,『平安朝の生活と文学』角川書店, 1981.

秋山虔,『源氏物語の研究』, 東大出版会, 1974.

秋山虔,『王朝女流文学の世界』東京大学出版部, 1976.

秋山虔,『源氏物語必携』学燈社, 1978.

秋山虔,『源氏物語の世界』東大出版会, 1980.

秋山虔 編,『王朝語辞典』, 東京大学出版会, 2000.

秋山虔, 田口栄一 監修,『豪華「源氏絵」の世界源氏物語』, 学習研究社, 1988.

河添房江,『源氏物語の喩と王権』有精堂, 1993.

河添房江,『性と文化の源氏物語』筑摩書房, 1998.

沢田正子,『源氏物語の美意識』, 笠間書院, 1979.

清水好子,『紫式部』岩波書店, 1981.

清水好子 他2人,『源氏物語手鏡』, 新潮社, 1983.

清水好子,『源氏物語の文体と方法』東京大学出版部, 1980.

〈논문〉

philip Thomson 저, 金栄茂 역,『그로테스크』, 서울대학교출판부, 1986.

岡一男,『源氏物語事典』, 春秋社, 1964.

高橋文二,「道行としての物語」(『源氏物語の探求』14, 風間書房, 1989)

高橋文二,「光源氏とをこ」(『物語鎮魂論』, 桜楓社, 1990)

高橋亨,「引用としての准拠」(『平安時代の歴史と文学』) 文学編, 吉川弘文館, 1981)

高橋亨,「源氏物語の光と王権」(『日本文学』日本文学協会　1989. 2月)

高橋亨,「源氏物語のもののけと心的遠近法」(『日本における宗教と文学』国際日本
　　　　文化研究センター, 1999)

高橋亨,「源氏物語における虚構と記憶」(『日語日文学研究』第39輯, 韓国日語日
　　　　文学会, 2001)

高橋亨,「〈ゆかり〉と〈形代〉―源氏物語の統辞法」(『源氏物語の詩学』, 名古屋大
　　　　学出版会, 2007)

高橋和夫,「源氏物語-高麗人予言の事」(『群馬大学教育学部紀要 人文社会科学
　　　　編 第31巻, 1981.9)

高橋和夫,「源氏物語の舞台と平安京」(『源氏物語講座』第5巻, 勉誠社, 1991)

高田祐彦,「垣間見」(『竹取物語伊勢物語必携』学燈社, 1988)

高田祐彦, 「光源氏の復活―松風巻からの視点―」(『国語と国文学』東大国語国文
　　　　学会, 1989)

関根賢司,「都と鄙」(『源氏物語講座』第5巻, 勉誠社, 1991)

久保朝孝,「紫式部日記と源氏物語」(『源氏物語講座』4, 勉誠社, 1993)

久富木原玲,「源氏物語の密通と病」(『日本文学』日本文学協会, 2001.5)

鬼束隆昭,「紫式部日記と源氏物語」(『女流日記文学講座』第三巻, 勉誠社, 1992)

近藤潤一,「紫式部の物語観」(『日本の中古文学』新日本出版社, 1983)

今井源衛,「中古小説創作上の一手法」(『国語と国文学』東京大学国語国文学会,
　　　　1948. 1)

今井源衛,「物語構成上の一手法―かいま見について」(『王朝文学の研究』, 角川

書店, 1970)

今井源衛,「王朝文学の特質 – その廣さ」(『國文学』学燈社, 1981, 9)

金鍾德,「光源氏の栄華と予言」(『第十回国際日本文学研究資料館集会発表』1986.11)

金鍾德,「韓国における源氏物語研究」(『源氏物語講座』9, 勉誠社, 1992)

金鍾德,「色好み物語の条件」(『東アジアに中の平安文学』勉誠社, 1997)

金鍾德,「韓国における近年の源氏物語研究」(『国文学 解釈と鑑賞』, 至文堂, 2000.12)

金鍾德,「韓国における源氏物語の翻訳と研究」(『源氏研究』翰林書房, 2002)

金鍾德,「光源氏의 須磨流離와 王権」(『日語日文学研究』제40집, 한국일어일문
　　　　학회, 2002)

金鍾德,「柳呈と田溶新の韓国語訳について」(『源氏物語講座』9, おうふう社, 2008)

吉海直人,「源氏物語の若紫巻の垣間見再検討」(『国学院雑誌』, 国学院大学, 1999.7)

吉海直人,「伊勢物語の垣間見再検討」(『伊勢物語の表現史』笠間書院, 2004. 10)

吉海直人,「垣間見る薫」(『源氏物語宇治十帖の企て』おうふう, 2005.12)

金順姫,「韓国における『源氏物語』の研究」(『国文学 解釈と鑑賞』, 至文堂, 1994.3)

金栄心,「植民地朝鮮에 있어서의 源氏物語」(「日本研究」第21号, 韓国外国語大
　　　　学校 日本研究所, 2003.12)

南波浩,「物語作者としての紫式部」(『源氏物語講座』4, 勉誠社, 1993)

大岡信,「飜訳の創造性」(『文学』, 岩波書店, 1991, 春)

大森順子,「源氏物語'人笑へ'考」(『名古屋大学国語国文学』, 名古屋大学国語国
　　　　文学會, 1991.12)

島津久基,「源氏物語に描く作者の自画像のいろいろ」(『源氏物語』Ⅱ, 有精堂, 1979)

島内景二,「旅とその話型」(『王朝物語必携』, 学燈社, 1987)

東原伸昭,「明石の君」(『源氏物語講座』第二巻, 勉誠社, 1991)

藤本宗利,「空白への視点」(『むらさき』第21輯, 武蔵野書院, 1984, 7)

藤田加代,「空蝉」(『源氏物語講座』第2巻, 勉誠社, 1991)

藤井貞和,「玉鬘」(『源氏物語講座』第3巻, 有精堂, 1982)

藤井貞和,「形代浮舟」(『講座源氏物語の世界』8, 有斐閣, 1983)

藤村潔,「六条御息所の遺言」(『講座源氏物語の世界』4, 有斐閣, 1980)

鈴木一雄,「『源氏物語』の女性造型と"ゆかり"」(『物語文学を歩く』, 有精堂, 1989)

鈴木日出男,「主人公の登場–光源氏論(1)」(『講座源氏物語の世界』第一集, 有斐
　　　　閣, 1980)

鈴木日出男,「物語成立史覚え書き」(『竹取物語伊勢物語必携』学燈社, 1988),

鈴木日出男,「'人''世''人笑へ'」(『源氏物語の文章表現』, 至文堂, 1997)

鈴木日出男,「源氏物語の対話と贈答歌」(『日語日文学研究』第46輯, 韓国日語日

文学会, 2003)

瀨古碓, 『源氏物語講座』第五巻, 有精堂, 1979.

瀨戸内寂聴, 『歩く源氏物語』, 講談社., 1994.

瀨戸内寂聴 訳, 『源氏物語』1-10, 講談社, 2007.

柳田国男, 「笑の本願」(『柳田国男全集』9, 筑摩書房, 1990)

李美淑, 「韓国語訳」(『源氏物語の鑑賞と基礎知識』至文堂, 2004.11)

梅野きみ子, 「源氏物語の自然美」『源氏物語講座』第七巻, 勉誠社, 1992.

木船重昭, 「『源氏物語』高麗人の觀相と構想・思想」(『日本文学』日本文学協会, 1973.10)

藤井貞和, 「神話の論理と物語の論理」(『日本文学』Vol.22, 1973.10)

木船重昭, 「母子離別」(『講座源氏物語の世界』, 有斐閣, 1980)

北川久美子, 「『源氏物語』'明石'巻の'人笑へ'-光源氏に関して」(『清心語文』, ノートルダム清心女子大学日本語日本文学会, 2003.8)

北川真理, 「形代の女君」(『源氏物語講座』4, 勉誠社, 1983)

北川真理, 「ゆかり」(『源氏物語事典』, 大和書房, 2002)

山本利達, 「'人笑へ'と'人笑はれ'」(『むらさき』, 紫式部学会, 1995.12)

三谷邦明, 「源氏物語における虚構の方法」(『源氏物語講座』第1巻, 有精堂, 1971)

三谷邦明, 「野分巻における〈垣間見〉の方法」(『物語文学の方法』Ⅱ, 有精堂, 1989)

三谷邦明, 「夕霧垣間見」(『講座源氏物語の世界』5巻, 有斐閣, 1999)

森藤侃子, 「松風・薄雲・槿」(『源氏物語講座』第三巻, 有精堂, 1982)

森本茂, 「初瀬詣」(『講座源氏物語の世界』, 有斐閣, 1981)

森一郎, 「桐壷巻の高麗人觀相家の予言に関する解釈」(『青須我波良』第26號, 1983.7)

三田村雅子, 「物語文学の視線」『源氏物語感覚の論理』有精堂, 1996.

三田村雅子, 「若紫垣間見再読」(『源氏研究』8, 翰林書房, 1999.4)

相原宏美, 「さいかいたん(再会譚)」(『源氏物語事典』, 大和書房, 2002)

上原作和, 「遊戯・娯楽」(『源氏物語を読むための基礎百科』, 学燈社, 2004)

徐斗鈇, 「日本文学과 古典」『毎日新聞』1942. 3.28-4.3

徐斗鈇, 「日本文学의 特質」『人文評論』, 人文社, 1940. 6

西郷信綱, 「古代王権の神話と祭式」(『文学』岩波書店, 1961年. 1, 3月)

石阪晶子, 「〈なやみ〉と〈身体〉の病理学」(『源氏物語研究』第五号, 翰林書房, 2000)

所功, 「皇位の継承儀礼」ー『北山抄』を中心にー(『平安時代の儀礼と歳事』至文堂, 1991)

小林正明, 「ソウルの浮舟 - 源氏物語の引用論」(『日本研究』第29輯, 韓国日本学

会, 1992)

小山敦子,「紫上」(『源氏物語の研究』, 武蔵野書院, 1975)

篠原義彦, 「源氏物語に至る覗見の系譜」(『季刊文学・語学』 全国大学国語国文学会, 1973.8)

小町谷照彦,「六条院の季節的時空」『源氏物語の歌ことば表現』東大出版部, 1980

新藤協三,「平安時代の病気と医学」(『平安時代の信仰と生活』國文学解釋鑑賞別冊, 至文堂, 1992)

阿部秋生,「須磨明石の源氏」(『源氏物語研究序説』, 東京大学出版会, 1975)

阿部好臣,「竹取物語 研究の現在」(『竹取物語, 伊勢物語必携』学燈社, 1988)

阿部好臣,「竹取物語から源氏物語へ研究の現在」(『国文学』学燈社, 1985.7)

野村精一,「六条院の四季の町」(『講座源氏物語の世界』第五巻, 有斐閣, 1981)

野村精一,「訓みの表現空間」(『平安時代の歴史と文学』文学編, 吉川弘文館, 1981)

永井和子,「空蟬再会」(『講座源氏物語の世界』, 有斐閣, 1980)

原岡文子,「浮舟物語と'人笑へ'」(『国文学』, 学燈社, 1993.10)

原岡文子,「源氏物語の'人笑へ'をめぐって」(『新物語研究』1, 有精堂, 1993.10)

由良君美,「グロテスク」(『文芸用語の基礎知識』「国文学解釈と鑑賞」4月臨時増刊号, 至文堂, 1985)

이미숙,「일본문화에 나타난 인물 도형의 그로테스크 양상」(『日本研究』제24号, 한국외대일본연구소, 2005.9)

伊井春樹,「高麗の相人の予言」(『講座源氏物語の世界』第一集, 有斐閣, 1980)

伊井春樹,「光源氏の栄華と運命」(『源氏物語の探究』第二集, 風間書房, 1976)

李和英,「『述異記』試論 및 訳註」, 이화여대 대학원 석사학위논문, 2003.

仁平道明,「源氏物語と史実」(『国文学解釈と鑑賞』至文堂, 2000.12)

仁平道明,「源氏物語の成立と中国史書 – 影響と引用」(『日語日文学研究』第49輯, 韓国日語日文学会, 2004.5)

日向一雅,「朝鮮語訳『源氏物語』について」(『新・物語研究』物語研究会, 1994)

日向一雅,「読むということ – 源氏物語に即して」(『日本研究』第23輯, 韓国日本学会, 1989.11)

日向一雅,「玉鬘物語の流離の構造」(『源氏物語の王権と流離』, 親典社, 1989)

日向一雅,「源氏物語と病―病の種々相と『もの思ひに病づく』世界」(『日本文学』日本文学協会, 2001.5)

長谷章久,「源氏物語の風土」(『源氏物語講座』第5巻, 有精堂, 1979)

長谷川政春,「さすらいの女君」(『講座源氏物語の世界』5, 有斐閣, 1981)

張華,『博物志』佚文, 임동석 옮김, 고즈윈, 2004.

折口信夫, 「叙景歌の発生」(『折口信夫全集』第1巻, 中央公論社, 1985)

鄭澄, 「韓国に있어서의 日本文学研究의 성과와 과제」(『日本学報』第30輯, 韓国日本学会, 1993.5)

池田利夫, 「蓬生・関屋」(『源氏物語講座』第三巻, 有精堂, 1982)

池田勉, 「桐壺の巻における高麗の相人の語をめぐって」(『成城国文学論集』第一集, 成城大学大学院文学研究会, 1969.11)

川名淳子, 「源氏物語の遊戯」(『源氏物語講座』第七巻, 勉誠社, 1992)

川上規子, 「源氏物語における垣間見の研究」(『日本文学』46, 東京女子大学, 1976.9)

清水好子, 「源氏物語の源泉, Ⅴ準拠論」(『源氏物語講座』第8巻, 有精堂, 1977)

清水好子, 「源氏物語の作風」(『源氏物語の文体と方法』東大出版部, 1980)

清水好子 他二人, 『源氏物語手鏡』, 新潮社, 1983.

村井利彦, 「紫のゆかり」(『源氏物語講座』3, 勉誠社, 1992)

塚原鐵雄, 「高麗相人と桐壺父帝-源氏生涯の路線定位-」(『中古文学』第28号, 中古文学会, 1981.11)

최남선, 「日本文学に있어서의 朝鮮의 모습」, (『六堂崔南善全集』제9권, 玄岩社, 1974)

秋山虔, 「桐壺帝と桐壺更衣」(『講座源氏物語の世界』第一集, 有斐閣, 1980)

秋山虔, 「源氏物語についての一私見」(『日語日文学研究』第4輯, 韓国日語日文学会, 1984)

秋山虔「みやびの構造」『講座 日本思想』第5巻, 東京大学出版会, 1985.

秋山虔, 「紫式部と源氏物語」(『国文学解釈と鑑賞』至文堂, 2000.12.)

鷲山茂雄, 「形代」(『源氏物語事典』, 学燈社, 1989)

土方洋一, 「高麗の相人の予言を読む」(『むらさき』紫式部学会, 1980.7)

土井清民, 「古代の笑い」(『古代文学の思想と表現』, 新典社, 2000)

平井仁子, 「玉鬘」(『源氏物語講座』第2巻, 勉誠社, 1991)

河添房江, 「源氏物語の内なる竹取物語」(『国語と国文学』, 東京大学国語国文学会, 1984.7)

河添房江, 「竹取物語の享受」(『国文学』学燈社, 1985.7)

河添房江, 「王権と天皇制」(『王朝物語必携』学燈社 1987)

河添房江, 「源氏物語の一対の光」(『文学』岩波書店, 1987.5)

河添房江, 「享受」(『竹取物語, 伊勢物語必携』学燈社, 1988)

河添房江, 「光る君の誕生と予言」(『源氏物語講座』3, 勉誠社, 1992)

河添房江, 「源氏物語の時空意識」(『国文学解釈と鑑賞』至文堂, 2000.12)

韓正美, 「澪標・若菜下巻における住吉詣」(『日本言語文化』10輯, 韓国日本言語文

化学会, 2007)

後藤祥子, 「光源氏像の一面-高麗人の觀相をめぐつて-」(『文学』岩波書店, 1983.3)

後藤祥子, 「手習いの歌」(『講座源氏物語の世界』第九集, 有斐閣, 1984.

横井孝, 「〈ゆかり〉の物語のしての源氏物語」(『源氏物語の探究』14, 笠間書院, 1989)

ドーリズ・G・バーゲン, 「紫上の再見」(『源氏研究』4, 翰林書房, 2003.4)

E．G．サイデンステッカー, 『西洋の源氏 日本の源氏』, 笠間書院, 1984.

【 초출일람 】

제1부 헤이안 시대의 자연과 문화

1) 헤이안 시대 여성의 교양 : 『日本研究』 제37호, 한국외대 일본연구소, 2008년 9월

2) 헤이안 시대의 문학과 미의식 : 『외국문학』 第18号, 열음사, 1989년 5월

3) 『겐지 이야기』의 사계와 춘추우열논쟁 : 『日語日文学研究』 第48輯, 韓國日語日文学会, 2004년 2월

제2부 일월의 상징과 왕권

1) 『겐지 이야기』의 원천 『다케토리 이야기』 : 『日本文化研究』 第5号, 한국외국어대학교, 일본문화연구소, 1990년

2) 왕권담의 전승과 『겐지 이야기』 : 『日本文化研究』 第4号, 한국외국어대학교, 일본문화연구소, 1989년 5월

3) 일월표현과 한일 왕권담의 비교연구 : 『외국문학연구』 제11호, 한국외대 외국문학연구소, 2002年 8月

제3부 꿈과 예언의 실현

1) 고대문학에 나타난 예언과 작의 : 『日本思想』 창간호 일본사상학회, 1999年 3月

2) 『겐지 이야기』의 예언과 구상 : 『ことばが拓く古代文学史』 笠間書院, 1999年

3) 무라사키시키부의 기억과 허구 : 『日本言語文化』 제2집, 日本言語文化学会, 2003年 2月

제4부 집안의 유지와 유언

1) 헤이안 시대 문학에 나타난 유언담 : 『日語日文学研究』 第63輯, 韓國日語日文学会, 2007年 11月

2) 기리쓰보인의 유언과 왕권달성 : 『日本研究』 제9호, 韓國外國語大学校, 日本研究所, 1994年 5月

3) 『겐지 이야기』에 나타난 연고자와 장편의 구상 : 『日本研究』 제45호, 한국외대 日本研究所, 2010年 9月

제5부 이로고노미와 모노노케

1) 이로고노미의 원천과 전승 : 『日本研究』 제8호 韓國外國語大学校, 日本研究所, 1993년

2) 『겐지 이야기』에 나타난 엿보기의 표현과 구조 : 『日本研究』 第34号, 한국외대 일본연구소, 2007年 12月

3) 모노노케와 조소표현에 나타난 그로테스크 양상 : 『日本研究』 第24号, 한국외대 일본연구소, 2005年 6月

4) 『겐지 이야기』에 나타난 골계담의 계보 : 『외국문학연구』 제33호, 한국외대 외국문학연구소, 2009年 2月

제6부 유리와 재회의 논리

1) 『겐지 이야기』에 나타난 계모자담의 전승 : 『日本文化研究』 第6号, 韓國外國語大学校, 日本文化研究所, 1991年

2) 귀종유리담의 전승과 『겐지 이야기』 : 『日本研究』 第16号, 2001年 8月

3) 『겐지 이야기』에 나타난 재회담의 전승 : 『외국문학연구』 제37호, 한국외대 외국문학연구소, 2010年 2月

제7부 일상생활과 놀이문화

1) 『겐지 이야기』에 나타난 공간과 작의 : 『日語日文学研究』 第79輯 2권, 韓國日語日文学会, 2011年 11月

2) 『겐지 이야기』에 나타난 질병과 치유의 논리 : 『日語日文学研究』 第80輯 2권, 韓國日語日文学会, 2012月 2月

3) 헤이안 시대 문학에 나타난 놀이문화 : 『日語日文学研究』 第71輯2호, 韓國日語日文学会, 2009年 11月

4) 『겐지 이야기』에 나타난 바둑을 통한 인간관계 : 『외국문학연구』 제49호, 한국외대 외국문학연구소, 2013年 2月

제8부 한국에서의 『겐지 이야기』 연구와 번역

1) 한국에서의 헤이안 시대 문학의 연구현황과 전망 : 『日語日文学研究』 第52輯, 韓國日語日文学会, 2005年 2月

2) 한국에서의 『겐지 이야기』 연구와 과제 : 『日本学報』 第62輯, 韓國日本学会, 2005年 2月

3) 한국에서의 『겐지 이야기』 번역에 관한 연구 : 『통번역학연구』 제12권 2호, 한국외대 통번역연구소, 2009年 2月

【색인】

저자약력

┃金鍾德

한국외국어대학교 일본어대학 일본언어문화학부 교수

1976년 한국외국어대학교 일본어과를 졸업하고, 1982년 일본 도쿄대학 대학원 일본문학연구과정에 유학하여 석사학위와 박사학위 취득하였다. 현재 한국외국어대학교 일본언어문화학부 교수, 입학처장, 대학원장 역임. 일본 중고시대의 대표적인 작품인『겐지 모노가타리源氏物語』를 중심으로 일본고전문학을 연구를 하고 있다. 한국일어일문학회 회장(2009), KOREANA(한국국제교류재단) 편집장, BBB Korea 일본어위원장 등으로 활약하고 있다. 대표적인 연구로는『표현이 펼치는 고대문학사ことばが拓く古代文学史』(공저, 笠間書院, 1999), 『신화・종교・무속神話・宗教・巫俗』(공저, 風響社, 2000),『교착하는 고대交錯する古代』(공저, 勉誠社, 2004),『일본고대문학과 동아시아日本古代文学と東アジア』(공저, 勉誠出版, 2004), 초역『겐지 이야기』(지만지, 2008),『일본고전문학의 흐름』(제이앤씨, 2013) 외 다수의 논문이 있다.

한국외국어대학교 일본연구소 총서 ⑦

겐지 이야기의 전승과 작의

초 판 인 쇄	2014년 04월 21일
초 판 발 행	2014년 04월 29일
저　　　자	김 종 덕
발 행 인	윤 석 현
발 행 처	제이앤씨
책 임 편 집	최인노・김선은
등 록 번 호	제7-220호
우 편 주 소	㉾ 132-702 서울시 도봉구 창동 624-1 북한산 현대홈시티 102-1106
대 표 전 화	02) 992 / 3253
전　　　송	02) 991 / 1285
홈 페 이 지	http://www.jncbms.co.kr
전 자 우 편	jncbook@hanmail.net

ISBN 978-89-5668-508-3　　93830　　　　　　정가 43,000원